NOS RÊVES DE CASTLEBAY

DU MÊME AUTEUR

CHEZ POCKET

RETOUR EN IRLANDE
NOCES IRLANDAISES
LE CERCLE DES AMIES
PORTRAITS DE FEMMES
LES SECRETS DE SHANCARRIG
LE LAC AUX SORTILÈGES

MAEVE BINCHY

NOS RÊVES DE CASTLEBAY

ÉDITIONS DU ROCHER

Titre original :
ECHOES

Traduit de l'anglais par Maud Sissung
et Marc Duchamp

ISBN 2-266-09747-4

PREMIÈRE PARTIE

1950-1952

On appelait souvent la grotte de sainte Brigide la « grotte de l'Écho ». En fait, ce n'était pas un écho qu'elle renvoyait mais la réponse à une question, à condition de se tenir en un endroit précis et de la lancer à tue-tête. L'été, elle ne désemplissait pas de filles en vacances à Castlebay. Elles demandaient à l'écho si elles auraient un amoureux, ou si Gerry Doyle ferait enfin attention à elles. Clare les trouvait folles de révéler leurs secrets à la grotte. D'autant plus que des gens comme sa sœur Chrissie et ses copines allaient les écouter en se tordant de rire, après quoi elles colportaient ce qu'elles avaient entendu. Clare disait que pour rien au monde elle n'interrogerait l'écho, parce que dans ce cas, sa question ne serait plus secrète. Elle y alla pourtant, à cause du prix d'histoire. Mais ce n'était pas pareil.

Pas pareil puisqu'on était en hiver, Castlebay était désert, et puis, ce qu'elle avait à demander était autrement sérieux qu'une histoire de garçons. En plus, il était agréable de rentrer à la maison par la route de la Falaise, en admirant la mer, au lieu de traverser la ville où les gens vous arrêtaient pour vous parler. Elle n'avait qu'à descendre par le sentier garni de pancartes « Danger », courir poser sa question dans la grotte, et revenir par la plage jusqu'à l'escalier — et elle ne rentrerait pas plus tard que si elle était passée par Church Street, parce que, en hiver, comme la clientèle manquait, les commerçants vous faisaient signe de venir, pour vous offrir un gâteau sec ou vous demander de dire ceci ou cela à Untel. Elle irait aussi vite par la grotte et la plage.

Avec le temps sec, le sentier n'était pas dangereux. Clare descendit facilement la falaise. La mer venant de se retirer, le sable mouillé faisait une surface ferme sous les pas. Toute noire, l'entrée de la grotte était un peu impressionnante. Mais après tout, elle était pareille en été, et pourtant les gens y venaient en foule. Clare se redressa, passa les bretelles de son cartable pour avoir les mains libres afin de se guider. Et une fois qu'on s'accoutumait à la pénombre, on distinguait très bien le petit rebord sur lequel il fallait se tenir. Elle respira très fort et cria :

— Pour l'exposé d'histoire, est-ce que j'aurai le prix ?

— Ii, ii, ii, renvoya l'écho.

— Il dit oui ! lança une voix toute proche d'elle.

Clare fit un bond. C'était David Power.

— C'est comme d'écouter les gens qui se confessent ! dit-elle. Ça ne se fait pas.

— Je croyais que tu m'avais vu. Je ne me cachais pas.

— J'arrivais de la grande lumière, et ici, c'était tout noir, je ne voyais rien, riposta-t-elle, indignée.

— Dis donc, la grotte est à tout le monde. Ce n'est pas une propriété privée !

— Vé, vé, vé, renvoya l'écho.

Ils ne purent s'empêcher de rire.

David Power était vraiment sympathique. Il avait quinze ans, le même âge que Ned, l'un des grands frères de Clare. Elle avait entendu Ned raconter à quelqu'un qu'ils étaient à la maternelle ensemble, tout fier de pouvoir dire que le fils du médecin et lui avaient été camarades.

David Power était tout le temps en complet cravate et pas seulement le dimanche, pour aller à la messe. Il était grand, il avait le nez criblé de taches de rousseur et des cheveux un peu fous avec une mèche en travers du front. Très souriant, il semblait aimer bavarder, et, en même temps, être trop occupé pour le faire. Parfois, il mettait un blazer orné d'un écusson, qui lui donnait un air très chic ; mais si on lui en faisait la remarque, il répondait qu'on a l'air nettement moins chic quand on est au collège — cent quatre-vingts types avec le même blazer. Cela faisait plus d'un an qu'il était pensionnaire, mais son collège avait renvoyé les élèves chez eux, parce qu'il y avait eu un cas de scarlatine. À Castlebay, les seuls autres jeunes qui soient pensionnaires étaient les fils et les filles Dillon, et, bien sûr, les enfants des West et des Green, mais ceux-là, c'étaient des protestants, et il fallait bien qu'ils aillent en pension parce qu'il n'y avait pas d'institutions de leur confession.

— J'ai fait ça pour rire. Je ne croyais pas qu'il répondrait, dit Clare.

— Je sais. Moi aussi, j'ai essayé.

— Pour demander quoi ?

— Je ne sais plus.

— Ce n'est pas juste. Tu as entendu ma question. Tu devrais me dire la tienne.

— Non. J'ai seulement entendu « ii, ii, ii », dit David Power en criant très fort les trois syllabes, aussitôt renvoyées par l'écho.

— Bon, dit Clare apaisée, maintenant, il faut que je rentre. J'ai mes devoirs à faire. Toi, tu n'as pas de devoirs.

— Mais si. Tous les jours, Miss O'Hara vient me donner des cours. Justement, c'est bientôt l'heure.

Ils étaient sortis de la grotte et foulaient la dure surface du sable mouillé.

— Des cours particuliers avec Miss O'Hara ! Quelle chance !

— C'est vrai. Elle explique épatamment. Je veux dire, pour une femme.

— Dis donc, nous autres, nous n'avons que des institutrices et des sœurs.

— Oui, je n'y pensais plus. En tout cas, elle est épatante. Et on lui parle tellement facilement. Comme à une personne normale.

Clare était d'accord. Côte à côte, ils allèrent jusqu'à l'escalier. David aurait pu couper en montant directement par le sentier portant les pancartes « Danger » — il menait pratiquement dans son jardin. Mais, dit-il, il voulait acheter des caramels durs à l'épicerie des parents de Clare. David raconta à Clare que, deux élèves ayant contracté la scarlatine, on désinfectait par fumigations le sanatorium. Mais elle crut qu'il s'agissait de ce grand hôpital sur la colline où on envoyait les tuberculeux. Elle ne savait pas que c'était une salle dans le collège même. De son côté, elle lui raconta une histoire longue et embrouillée au sujet d'une camarade que mère Immaculata avait envoyée porter des livres dans une classe et qui, se trompant de chemin, s'était retrouvée dans la partie du couvent où habitent les religieuses. Comme David ignorait qu'on avait *défense formelle* de s'y rendre, tout le sel de la chose lui échappa. Mais peu leur importait. Ils bavardaient sans façon, et à Castlebay, c'était plutôt rare. Il la suivit dans l'épicerie ; comme il n'y avait personne au comptoir, Clare retira son manteau, le pendit à la patère et prit sur un rayonnage le bocal de caramels durs. Elle servit David (six pour un penny), et, avant de refermer le bocal, elle offrit un caramel à David et en prit un pour elle.

Il la regardait avec envie. Vendre des bonbons et en offrir un au client, il trouvait ça super. Il repartit chez lui en soupirant. Il aurait aimé vivre dans une épicerie comme Clare O'Brien, avoir des frères et des sœurs, ramasser des algues pour l'établissement de bains ou aller dans le pré au moment de la traite des vaches et rapporter les seaux de lait. À la maison, sa mère dirait qu'il devrait avoir un peu plus de plomb dans la tête.

Et franchement, c'était exaspérant, parce que ça s'appliquait à tout et à rien, et jamais deux fois de suite à la même chose. Heureusement, Miss O'Hara venait lui donner son cours. Avec elle, l'enseignement était beaucoup plus intéressant qu'au collège. Il avait eu la bêtise de faire cette remarque à sa mère. Oui, avait-elle répliqué, pour une école primaire rurale, Miss O'Hara était d'un bon niveau, mais sans commune mesure avec celui des Jésuites.

Clare soupirait aussi. Ce devait être formidable de rentrer dans une maison comme celle de David Power, avec tous ces livres sur des rayons et un feu dans la cheminée, même s'il n'y avait personne dans la pièce. Et pas de radio qui braille, pas de bruits de voix. Faire ses devoirs pendant des heures sans qu'on vous dise de libérer la table. Elle se souvenait de la maison de David pour l'avoir vue le jour où le Dr Power avait dû lui poser des agrafes. Elle s'était entaillé la jambe sur un morceau de ferraille rouillée. Pour détourner son attention, le Dr Power lui avait demandé de compter les tomes d'une encyclopédie, et Clare avait été si étonnée de voir autant de livres dans une seule famille qu'elle n'avait même pas senti les agrafes. Le Dr Power avait dit à sa mère que sa fillette avait été *étonnamment* brave. Elles étaient reparties, Clare soutenue par sa mère. En chemin, elles s'étaient arrêtées à l'église, pour remercier sainte Anne que la blessure n'ait pas été infectée, et tandis que, devant la grotte de la sainte, sa mère récitait une prière d'action de grâces, Clare avait songé que ce devait être fabuleux d'habiter dans cette grande maison si tranquille au lieu d'être les uns sur les autres, sans avoir un endroit pour se réfugier — ni d'ailleurs le temps de se réfugier où que ce soit.

Et à présent elle y repensait tandis que David Power retournait chez lui, dans cette maison où le tapis touchait les murs au lieu d'être un carré laissant voir le sol tout autour, comme un tapis ordinaire. Il y aurait un feu dans la cheminée et on n'entendrait pas un bruit. Sa mère serait peut-être dans la cuisine, et son père occupé à soigner le monde. Miss O'Hara arriverait pour donner ses cours *particuliers* à David. Que rêver de mieux ? L'espace d'un instant, elle songea qu'elle aurait aimé être la sœur de David. Mais elle en éprouva aussitôt du remords, parce que désirer cela, c'était désirer être privée de maman et de papa, de Tommy, Ned, Ben et Jimmy. Oh, et puis de Chrissie aussi. Mais alors là — et tant pis si c'était une vilaine pensée — elle se dit que ça ne la dérangerait pas d'être privée de Chrissie tous les jours de la semaine, dimanche compris.

Ce bref moment de calme dans la boutique ne pouvait pas durer. Papa, qui repeignait la façade de derrière, rentra, les mains levées, en demandant qu'on descende une bouteille de white spirit et qu'on l'ouvre en vitesse. L'hiver, à Castlebay, chacun prenait le pinceau, parce que d'une année sur l'autre l'air marin écaillait les peintures extérieures. Au même moment, maman revenait de la poste, toute retournée par une scène qu'elle avait surprise : Chrissie et ses deux vauriennes de copines grimpées sur le toit de la boutique de Miss O'Flaherty, et faisant descendre par une fente une longue algue mouillée, histoire de causer une frayeur à la pauvre femme. Elles auraient pu la faire tomber raide morte, oui ! Et Chrissie et les deux autres gredines auraient eu sur la conscience le péché de meurtre jusqu'au jour du Jugement et après. Elle ramenait Chrissie à la maison par l'oreille. Elle était rouge de colère. Clare trouvait très bien d'avoir voulu faire peur à l'affreuse Miss O'Flaherty, qui vendait des cahiers et des fournitures scolaires mais détestait les écolières. Quelle malchance que maman soit justement passée par là ! Clare fit un sourire complice à Chrissie, mais l'autre se mit à crier :

— C'est ça, prends tes airs de sainte-nitouche !

Tu bois du petit-lait, hein ? Ce que tu peux être bête ! Mais regardez-la donc ! se mit-elle à crier en s'étranglant de rage parce que ses méchancetés lui avaient valu une tape de maman. Elle n'est contente que quand les autres ont des ennuis. Mademoiselle pavoise !

— Chrissie, aujourd'hui tu seras privée de thé. Et ce n'est pas tout. Tu vas voir de quel bois je me chauffe ! Allez, file dans ta chambre !

La voix flûtée d'Agnes O'Brien était devenue stridente. Ayant expédié la coupable à l'étage, elle frotta les mains de son mari avec un chiffon imbibé de white spirit afin d'enlever le plus gros de la peinture, non sans s'interrompre pour montrer, d'un geste, le manteau de Clare pendu à la patère.

— Dis donc, nous ne sommes pas une boutique de fripier. Va me mettre ce manteau à sa place !

— Mais justement, il est à sa place. La patère est faite pour ça, répliqua Clare, ulcérée d'une telle injustice.

— Je ne te le répéterai pas !

Du regard, Agnes O'Brien chercha le soutien de son mari. Ne le recueillant pas assez vite, elle fonça vers l'escalier. Chrissie allait avoir droit à une fameuse séance.

— As-tu fini d'énerver ta mère ? Si elle te dit de décrocher ton manteau, fais-le. Pourquoi toutes ces histoires ?

Clare décrocha son manteau. Elle ne pouvait pas aller le ranger puisque, dans la chambre, maman passait un savon à Chrissie. Elle resta dans la boutique, à perdre son temps.

Son père avait l'air fatigué, il se tenait voûté. On aurait plutôt dit un grand-papa qu'un papa. Il était tout gris — sa figure, ses cheveux, sa veste de laine. Il n'avait que les mains de blanches, à cause de la peinture. Clare se dit qu'en trois ans, depuis l'année où elle avait fait sa première communion, il s'était beaucoup voûté. Il paraissait si grand, à ce moment-là. Et il n'avait pas non plus ces petites touffes de poils qui, maintenant, lui sortaient du nez et des oreilles. Ni cette mine tracassée ! Comme s'il manquait toujours de temps et d'argent. En fait, c'était le cas. La famille O'Brien vivait grâce aux rentrées des mois d'été — la saison était courte et jamais vraiment assurée. Elle pouvait être ruinée par la pluie, par la nouvelle popularité d'une autre station balnéaire, ou si les propriétaires de villas, sur la route de la Falaise, augmentaient trop leurs locations. En hiver, la petite épicerie-confiserie travaillait au ralenti. On joignait les deux bouts, rien de plus.

Basse de plafond, la boutique était pleine de coins et de recoins qui auraient dû être masqués ou garnis de rayonnages mais on n'avait jamais trouvé le temps de le faire. Si trois clients arrivaient en même temps, elle paraissait bondée. Alors que les produits s'entassaient un peu partout sans ordre apparent, les O'Brien se retrouvaient parfaitement dans ce fouillis. Et derrière la porte du fond, c'était pareil. Dans la cuisine, il y avait une cuisinière (avec un séchoir à linge au-dessus) et une table occupant presque toute la place. Quant à la petite souillarde attenante, elle était si sombre qu'on y lavait la vaisselle presque à l'aveuglette. Pour éclairer la cuisine, il y avait une seule ampoule, pendue au plafond sous un réflecteur jaune ébréché. Depuis peu, Tom O'Brien devait se placer juste sous la lumière pour arriver à lire son journal.

— Cette fille finira la corde au cou, dit Agnes qui redescendait de l'étage, avec la mine de quelqu'un qui s'est débarrassé d'une corvée.

Petite, menue, les cheveux tirés et noués en chignon, c'était une femme qui avait été très souriante ; mais à présent, même entre quatre murs elle semblait toujours affronter les morsures du vent de Castlebay, les yeux mi-clos, la bouche pincée. À l'épicerie, elle mettait une blouse jaune pour protéger ses vêtements. En réalité, en fait de toilettes elle n'avait pas grand-chose à protéger. Mis à part ses quatre ensembles, qu'elle alternait pour aller à la messe dominicale, cela faisait des années qu'elle portait les mêmes robes, les mêmes jupes, les mêmes cardigans fatigués. À l'intérieur de ces cardigans, elle épinglait des médailles et des reliques. Une fois, avant d'en laver un, elle avait oublié de défaire un petit étui de satin rouge renfermant une relique de sainte Thérèse de Lisieux, et elle l'avait retrouvé rose pâle, tandis que le cardigan avait viré au mauve.

Le regard courroucé d'Agnes O'Brien tomba sur Clare.

— Tu te crois peut-être en visite ? Parce que, si tu habites ici, tu es priée de faire ce qu'on te dit. Et si tu ne me ranges pas immédiatement ce manteau, je le jette au feu, tu m'entends ?

Une menace qu'elle n'exécuterait jamais, Clare le savait. Mais elle avait espéré qu'après sa séance avec Chrissie, maman ne penserait plus au manteau. Et voilà que ça recommençait...

— Je le lui ai dit, Agnes, Dieu m'est témoin que je le lui ai dit, mais aujourd'hui, les enfants..., s'excusa Tom O'Brien d'un air découragé.

Clare alla fourrer le corps du délit dans le placard sous l'escalier ; en même temps, elle prit quelques pommes de terre dans le grand sac. Tous les soirs, c'était elle ou Chrissie qui préparait les pommes de terre qu'ils mangeaient avec le thé. Dans la cuisine, Ben et Jim lisaient un illustré. Les deux grands, Tommy et Ned, rentreraient bientôt de l'école des Frères, mais Clare devrait s'occuper toute seule des pommes de terre. À la cuisine, les garçons n'aidaient jamais, même pas pour la vaisselle. Tout le monde sait que ce n'est pas l'affaire des garçons.

Après le thé, Clare avait un programme chargé. Elle voulait repasser les rubans jaunes pour ses couettes.

Si elle remportait le prix, il fallait qu'elle soit impeccable. Elle allait cirer ses chaussures d'intérieur, celles qu'on mettait pour pénétrer dans la classe, elle les avait rapportées exprès ; et elle essaierait encore une fois de faire partir ces deux taches sur sa blouse. Mère Immaculata répéterait sans doute encore une fois qu'on doit être soignée pour le bon renom de l'école. Clare maintiendrait ce renom. Miss O'Hara avait dit que, depuis qu'elle enseignait, elle n'avait jamais lu une copie aussi satisfaisante que celle de Clare. Cela lui donnait le courage de continuer dans l'enseignement. Elle avait dit ça mot pour mot. Elle ne serait pas allée arrêter Clare dans le couloir pour lui confier pareille chose si son exposé ne devait pas lui valoir le premier prix.

Avoir fait mieux que les filles de quinze ans ! Mieux que les Bernie Conway et les Anna Murphy. À présent, elles ne regarderaient plus Clare de si haut. Et à la maison, ça changerait aussi un peu la mentalité. Elle avait envie de leur annoncer dès ce soir. Mais non, le moment était mal choisi. Agités comme ils l'étaient, ils ne l'écouteraient pas, et de toute façon, elle aurait l'air de se faire valoir par rapport à Chrissie, qui avait tout de même deux ans et demi de plus qu'elle. Sans compter que Chrissie lui en voudrait à mort.

Clare prépara un grand sandwich (fromage et bacon), fit une tasse de chocolat et les monta à sa sœur. Assise sur son lit, celle-ci se regardait dans une glace. Clare remarqua une fois de plus qu'au bout des deux grosses tresses de Chrissie, juste après les élastiques, les cheveux ne tombaient pas comme ceux des autres filles mais rebiquaient ; on aurait dit qu'ils voulaient s'échapper. Devant, Chrissie se faisait une frange, seulement elle la coupait si mal qu'il fallait ensuite la mener chez la coiffeuse pour l'égaliser. Le soir, elle la roulait sur des cure-pipes en guise de bigoudis.

À côté de Clare, Chrissie était franchement grasse, et elle avait une vraie poitrine, que l'on voyait même sous sa blouse de classe.

Chrissie s'intéressait énormément à son nez ; elle était tout le temps en train de l'examiner. Et ce soir, malgré la tempête qu'elle avait soulevée en embêtant Miss O'Flaherty, et sa relégation sans manger dans la chambre, elle traquait une fois de plus ses points noirs. Chrissie avait une figure ronde, et une sorte de mine constamment surprise. Mais pas surprise agréablement. Et elle faisait encore cette tête-là alors qu'on lui apportait de quoi se remplir l'estomac — malgré la punition décrétée par maman.

— Je n'en veux pas, dit-elle.

— Eh bien, ne mange pas, répondit Claire, plutôt piquée.

Elle redescendit dans la cuisine, et essaya de trouver un coin où elle pourrait apprendre la poésie à réciter le lendemain ; et faire aussi les quatre additions que Miss O'Hara avait données comme devoir d'arithmétique. Dans cette maison où ils étaient six à fréquenter l'école, pourquoi était-elle la seule à avoir des devoirs et des leçons ?

Gerry Doyle entra. Clare repassait ses rubans jaunes.

— Où est Chrissie ? demanda-t-il dans un souffle à Clare.

— Là-haut, dans la chambre. Ça a terriblement bardé, parce qu'elle a voulu faire peur à Miss O'Flaherty avec une algue. Ne dis pas que tu venais la voir. Si tu prononces seulement son nom, ils deviendront fous furieux.

— Écoute, veux-tu lui transmettre de ma part...

Il se tut. Non, elle était trop gamine.

— C'est parce que je suis trop jeune, hein ? rétorqua Clare, piquée au vif. Eh bien, je m'en fiche. Tes commissions pour Chrissie, tu peux les garder, parce que je ne m'en chargerai pas. Elle criera que je me mêle de ses affaires et maman m'enverra des claques. C'est tout ce que j'y gagnerai.

Et elle se remit à repasser vigoureusement les rubans. En imaginant la mine étonnée de mère Immaculata et la mine horrifiée des Bertie Conway et des Anna Murphy.

Nullement fâché, Gerry Doyle dit en riant :

— Tu as bien raison. Tu n'as pas à faire de sales besognes pour les autres.

Bien qu'il y ait beaucoup de bruit dans la cuisine, les mots « sales besognes » arrivèrent jusqu'aux oreilles d'Agnes O'Brien qui venait de vider sur le sol le tiroir inférieur du buffet. Tom prétendait qu'elle avait jeté par mégarde une longueur de fil souple qu'il avait mise de côté pour installer l'éclairage au-dessus de la porte de derrière. Agnes était sûre d'avoir vu ce fil quelque part.

Comme toutes les semaines, Tommy et Ned épluchaient les petites annonces d'offres d'emploi dans le journal en cochant celles qui les intéressaient avec un petit bout de crayon violet. Ben et Jimmy chahutaient et commençaient à s'envoyer des gifles. Ça finirait par des larmes, après quoi ils seraient tranquilles un moment et puis trouveraient un autre jeu idiot. Tom réparait le poste de radio, qui crépitait à travers le brouhaha.

— Quelles sales besognes ? demanda-t-elle à voix forte.

Ce Gerry Doyle était un garçon remarquable, mais avec lui, il fallait constamment rester vigilant. Quand une sottise se préparait, il était toujours dans le coup.

— Je disais à Clare que le bricolage n'est pas mon fort. Je ne suis bon que pour les gros travaux, les sales besognes, expliqua-t-il en souriant de loin à Agnes.

Agenouillée par terre, devant le fouillis de petites boîtes, sacs en papier, pelotes de laine, vieux couverts et moules à gâteaux, elle lui rendit son sourire.

Clare leva les yeux vers Gerry. Elle était ébahie de sa présence d'esprit. Mentir avec un tel aplomb !

À présent, il s'approchait de Tommy et de Ned. Il avait appris, disait-il, qu'un homme d'une grande agence de placement anglaise allait arriver incessamment ; il recevrait à l'hôtel les garçons cherchant du travail.

— Mais un type comme ça ne doit s'intéresser qu'au personnel qualifié, à ceux qui ont un métier, remarqua Ned, qui ne pouvait croire qu'on vienne jusqu'à Castlebay pour embaucher des jeunes dans son genre.

— Voyons, Ned, tu en connais beaucoup qui sont qualifiés, par ici ? Pourquoi ne pas attendre de savoir ce qu'il propose, au lieu d'user vos chaussures à courir partout ou de vous ruiner en timbres à envoyer toutes ces lettres ?

Tommy, l'aîné, riposta :

— On voit bien que tu n'es pas forcé de chercher du travail, toi. Vous avez votre commerce.

— Vous aussi, répliqua Gerry en montrant la boutique.

Mais ce n'était pas la même chose. Le père de Gerry était le photographe de Castlebay ; l'hiver, il survivait grâce aux travaux que lui procuraient les bals et les mariages. L'été, il faisait des portraits de groupe sur la plage et, le soir, il photographiait les couples au dancing, très fréquenté pendant les vacances. Les jeunes filles étaient ses meilleures clientes. Il est si agréable de rapporter une photo romantique du couple qu'on a formé brièvement, le temps d'une danse, avec un beau garçon, de la montrer aux camarades de bureau, de soupirer en repensant aux flirts de vacances. La mère et la sœur de Gerry développaient et tiraient les clichés, elles « aidaient », comme on disait. Gerry, lui, suivait partout son père, qui l'avait initié de bonne heure aux ficelles du métier, aussi bien techniques que psychologiques.

Son père lui avait appris qu'il ne faut jamais importuner les gens. On doit se montrer courtois, et même un peu distant. On appuie sur le déclencheur alors qu'ils ne s'y attendent pas, et s'ils font attention, s'ils posent, on les photographie vraiment. En fait, on n'a pas pris le premier cliché ; ce n'est qu'un truc pour susciter l'intérêt des gens. Ensuite, on leur précise bien qu'ils n'ont aucune obligation d'acheter les photos dont les épreuves seront à leur disposition dans vingt-quatre heures. Après ça, tu ne perds pas ton temps à bavarder, tu t'en vas. Et tu opères en souriant, mais pas de façon mielleuse. N'insiste jamais pour les faire poser. Et quand des bécasses te demandent de les prendre sous toutes les coutures, n'oublie pas qu'au mieux elles n'achèteront que quelques tirages d'une seule pose ; alors, ne les photographie pas à chaque fois, fais seulement semblant.

Brune, les cheveux longs et bouclés, la sœur de Gerry, Fiona, était une beauté. L'été, lorsqu'elle ne développait pas dans la chambre noire, elle tenait leur petite baraque de bois, sur la plage, pour vendre les photos. Le père de Gerry estimait que, dans une aussi petite ville que Castlebay, il n'était pas viable d'agrandir son commerce au point de devoir engager du personnel. En ne voyant pas trop grand, en conservant à son affaire un caractère purement familial, il préparait une jolie succession pour son héritier, Gerard Anthony Doyle.

Pourtant, Gerry n'avait pas l'attitude d'un garçon dont l'avenir est assuré. Il consultait les offres d'emploi avec les frères O'Brien comme s'ils devaient émigrer tous trois pour trouver du travail.

Et d'ailleurs, avait-il seulement un avenir à Castlebay ? Son père n'arrêtait pas de dire qu'il suffirait d'un concurrent débrouillard, ne venant opérer là que durant l'été, pour couler leur fonds. Et si les gens se toquaient de la photo couleur, s'il fallait acheter du matériel sophistiqué ? Tandis que les

O'Brien, eux, étaient sûrs d'avoir toujours des clients ; du beurre, du lait, du pain, de l'épicerie, ils en vendraient jusqu'à la fin des temps, et aussi des glaces, des bonbons, des oranges, si les vacanciers continuaient à venir.

Gerry avait le chic pour embellir les choses. Tel qu'il imaginait l'avenir de Tommy et de Ned, ils travailleraient en Angleterre, et puis l'été, quand les Anglais se demandent où aller en congé, eux ils reviendraient à Castlebay, ils aideraient leurs parents à la boutique et en même temps ils passeraient des vacances formidables. Au dancing, ils auraient toutes les cavalières qu'ils voudraient, parce que, vivant en Angleterre, ils connaîtraient les nouvelles danses. Tommy fit remarquer qu'en fait de vacances ils devraient s'échiner comme des malheureux. L'été, la boutique restait ouverte de huit heures du matin à minuit ! Gerry répliqua en riant que, justement, la famille travaillerait par roulement, tout le monde s'y mettrait, de sorte qu'on n'empiéterait pas sur leur temps libre. C'était la même chose dans toutes les stations balnéaires. Gerry était très convaincant. Tommy et Ned commençaient à rêver. Il avait raison, ce Gerry, pourquoi ne pas attendre que le type arrive avec sa liste d'offres d'emploi, au lieu de se tuer à déchiffrer des annonces qui, somme toute, ne déboucheraient sur rien ?

Clare avait posé le fer à repasser près de la cuisinière, droit sur son talon ; elle repliait la toile et le molleton en se demandant où les ranger, puisque maman étalait par terre tout le contenu du buffet. Assis sur la table, Gerry balançait ses jambes. Elle sentit brusquement qu'il donnait de mauvais conseils à ses frères. Ils n'étaient pas comme lui. Ce n'étaient pas des garçons capables et sûrs d'eux. Ils tombaient toujours d'accord avec le dernier qui avait parlé.

— Ces emplois que l'homme va venir proposer, ce

sont des places où on peut avancer ou juste des postes où il faut en mettre un coup ?

Ils la regardèrent, surpris qu'elle se mêle de la conversation. Derrière le coffret de la radio, son père leva la tête.

— C'est la même chose, fillette, dit-il. Si on en met un coup, on avance.

— Non, je veux dire des places où on vous forme. Tu te souviens, quand il est arrivé cet ordre au sujet des filles : celles qui voulaient être postulantes au couvent ne devaient plus continuer jusqu'au brevet mais suivre un enseignement technique.

— Tu nous vois en postulantes ? pouffa Ned. Avec la robe longue et le voile, on serait mignons !

Clare voulut s'expliquer :

— Tu n'as pas compris...

— Je ne crois pas que la Révérende Mère nous accepterait, dit Tommy.

— Sœur Thomas, il faudrait prendre une voix de tête. Avec votre basse, vous couvrez le chœur, minauda Ned.

— Je fais de mon mieux, sœur Edward, mais parlons donc de vos brodequins cloutés.

— Dites donc, sœur Thomas, et vos jambes poilues ?

Ben et Jimmy n'en perdaient pas une miette.

— Et je ne veux plus vous voir shooter dans la cour du couvent, glissa Ben.

— Des sœurs qui jouent au football ! s'exclama Jimmy.

Maman, toujours à genoux mais brandissant triomphalement le morceau de fil électrique, ne put s'empêcher de rire. Papa souriait. Clare reçut une aide inattendue.

— Mère Edward et mère Thomas, ha, ha, très drôle ! dit Gerry Doyle, mais Clare a raison. Être embauché par un entrepreneur quand on n'est ni maçon ni charpentier, ça ne vous mène pas loin.

Ce qu'il faut discuter sérieusement avec ce type, ce n'est pas le salaire mais le genre de travail. (Clare rougit de plaisir. Tout le monde semblait de l'avis de Gerry.) À propos, j'allais manger ma commission. Le père m'a demandé d'aller repérer les plus beaux points de vue de Castlebay, il est à moitié décidé à éditer une carte postale « Panorama de Castlebay », et il se demandait si le meilleur angle ne serait pas de vos chambres. Vous permettez que je monte voir ?

— Mais il fait nuit, remarqua Tom O'Brien.

— Justement, ça donne une meilleure idée des contours, affirma Gerry qui avait déjà un pied sur la première marche.

— Eh bien, monte donc, mon garçon.

Chacun reprit ses activités, et personne, sauf Clare, ne se douta le moins du monde que Gerry Doyle, quinze ans et demi, était monté à l'étage pour voir Chrissie, treize ans.

Lorsque David entra, Nellie était à genoux devant la cheminée, le soufflet en main.

— Je vous fais un bon feu pour votre cours, dit-elle.

L'effort lui avait empourpré le visage, et des mèches de cheveux s'échappaient de son bonnet de linge. Elle ne semblait jamais à l'aise sous ses bonnets, et elle avait beau les fixer par une masse d'épingles neige, ils avaient toujours un air penché. Nellie était vieille — pas aussi vieille que maman, mais elle avait bien trente ans —, dodue et réjouie. Elle avait été là de tout temps. Nantie d'un tas de frères mariés et d'un père âgé, elle confiait souvent à David (autrefois, quand il était petit) qu'elle était bien mieux lotie qu'eux tous, à vivre dans une belle maison propre et confortable, et manger tout son soûl. Quand David lui demandait si elle ne se trouvait pas trop seule dans sa cuisine, alors que lui et ses parents étaient ensemble, elle répondait avec un grand sourire qu'elle n'aurait pas été mieux pourvue si elle avait épousé un gendarme, et peut-être même moins. Son argent était bien à elle, elle profitait de tout ce qu'il y a de meilleur, et elle avait sa liberté le jeudi après-midi et un dimanche après-midi sur deux.

Comme David voulait l'aider, elle se releva en faisant craquer ses genoux et dit que le feu prenait bien et est-ce que ce n'était pas son professeur qui arrivait au portail ?

De fait, Angela O'Hara remontait l'allée de gravier en poussant sa bicyclette rouge. Grande et mince, elle portait ses manteaux serrés à la taille par une ceinture, comme si c'était le seul moyen de les fermer. Les autres gens se contentaient de boutonner le leur, mais il faut dire qu'ils ne pédalaient pas d'un bout à l'autre de la ville comme elle. Elle avait des cheveux auburn qu'elle rassemblait sur la nuque par un ruban ou un bout de cordon, mais de façon si lâche qu'ils n'arrêtaient pas de s'échapper, et de grands yeux verts. Quand elle riait, elle rejetait la tête en arrière.

Miss O'Hara ne se comportait pas du tout comme les autres adultes. Elle avait demandé à David si, le collège ayant dû fermer en raison de ce cas de scarlatine, les Jésuites avaient remboursé les journées de pension correspondantes. N'en sachant rien, David avait répondu qu'il interrogerait ses parents. Mais elle l'avait prié de n'en rien faire, parce qu'on pourrait en déduire qu'elle voulait être payée davantage, ce qui n'était pas le cas. David ignorait combien elle demandait pour lui donner des cours. Il n'envisageait pas très bien cet aspect financier, pensant quasiment qu'elle enseignait parce qu'elle aimait ça. Non qu'elle n'aimât pas ça, lui dit-elle, mais toute peine mérite salaire, comme il est écrit dans l'Évangile. Et sa boîte religieuse n'était pas gratuite, non ? Non, concéda David, parce que, dans une pension, on est nourri et logé, mais il n'aurait pas pensé qu'il fallût payer les cours.

Elle venait tous les jours en début de soirée ; dans l'intervalle entre la fin des classes et son arrivée, elle passait chez elle pour s'occuper de sa mère. Mrs. O'Hara était percluse d'arthrite. On aurait dit un vieil arbre noueux. Miss O'Hara avait deux sœurs mariées, qui habitaient l'Angleterre, et un frère prêtre, qui était parti en Extrême-Orient. Elle était la seule à n'avoir jamais voyagé, avait-elle dit à David. Comme il lui demandait ce qui se serait passé pour sa maman, avec son arthrite, si elle aussi était partie, elle avait répondu sereinement qu'elle serait revenue. De toute façon, puisque ses sœurs étaient mariées et son frère dans les ordres, il lui incombait de s'occuper de leur mère.

Leur maison étant située un peu à l'écart, sur la route du Golf, Miss O'Hara circulait partout sur sa haute bicyclette rouge munie d'un panier à l'avant dans lequel elle transportait les livres et les cahiers. Quand il pleuvait, elle les protégeait par une toile imperméable. L'hiver, elle s'enroulait une grande écharpe autour du cou, et s'il y avait du vent ses longs cheveux flottaient horizontalement derrière elle. La mère de David avait dit un jour qu'elle faisait penser à une sorcière se ruant vers la route de la Falaise pour s'envoler au-dessus de la mer, bicyclette comprise. Mais le Dr Power avait pris chaleureusement sa défense. Personne ne mesurait le dévouement d'Angela O'Hara pour sa mère, à s'occuper d'elle matin, midi et soir. Et la preuve, c'était que lorsque la pauvre fille prenait deux malheureuses semaines de congé par an, trois personnes défilaient dans la journée pour prendre soin de l'infirme, et encore n'arrivaient-elles pas à faire aussi bien que sa fille. La mère de David n'aimait pas Miss O'Hara, fermée aux belles choses que renfermait sa villa ou au récit de ses petits voyages à Dublin. Non que sa mère l'exprimât ouvertement, mais David le sentait.

Il avait préparé ses livres sur la table près de la cheminée. Nellie leur apporterait le thé et des tranches de cake ou de la tarte aux pommes.

Miss O'Hara parlait plus avec Nellie qu'avec la mère de David. Elles avaient été camarades d'école. Elle lui demandait comment allait son vieux père, là-bas à la campagne, si la brouille avec ses frères était terminée ou si sa sœur se plaisait au Canada. Elle pouffait avec Nellie parce que la gouvernante du père O'Dwyer en avait encore sorti une bien bonne. Cette miss McCormack, tout le monde l'appelait sergent McCormack, parce qu'elle voulait régenter non seulement le père O'Dwyer mais aussi l'église et même tout Castlebay.

Miss O'Hara pénétrait à présent dans le salon. Elle tendit au-dessus des flammes ses mains gelées d'avoir cramponné son guidon dans le grand vent.

— Eh bien, tu allumes ce feu juste pour David et moi ? Nous pourrions très bien travailler dans la cuisine, à côté du fourneau.

— Oh, non ! Travailler dans la cuisine ! dit Nellie horrifiée.

— Cela vous dérangerait, David, si..., commença Miss O'Hara, et puis elle se ravisa. Allons, ne faites pas attention. Mon problème, c'est que je veux tout le temps changer le monde. Nous avons la chance d'avoir ce beau salon pour nous tout seuls, profitons-en. Nellie, sais-tu ce qu'on construit sur le côté de l'hôtel Dillon ? On dirait un terrain d'aviation.

— Ce sera un so-la-ri-um, expliqua Nellie d'un air important. L'été, ils y mettront des chaises longues, et peut-être des tables de jeu et des fauteuils ; et ils y serviront le thé.

— Si nous avons le même temps que l'année dernière, ils feraient bien de prévoir des couvertures et des bouillottes. Allons, jeune collégien, prenez votre géographie. Nous allons vous rendre incollable sur les alizés. Ils en baveront tous de jalousie quand vous réintégrerez votre splendeur de boîte. Ils verront le genre de savants que nous fabriquons, à Castlebay.

Paddy Power était grand et massif. Il avait le visage tanné de l'homme qui sort par tous les temps, et surtout qui doit affronter le vent de mer pour aller à pied faire ses visites, au bout de chemins où sa grosse auto ne pouvait s'engager. Comme fourmillants d'épis, ses cheveux poivre et sel se hérissaient dans toutes les directions. On pouvait lui trouver l'air féroce, à cause de sa taille et de son effrayante tignasse, mais on n'y pensait plus dès qu'on le connaissait. Il avait une fameuse verve — une façon de parler de tout et de rien tandis qu'il vous examinait. C'était un truc à lui pour vous détendre pendant qu'il traquait le grain de sable rentré dans l'œil, l'écharde dans le doigt, l'éclat de verre dans la plante du pied, ou qu'il palpait un ventre douloureux.

Avec son grand corps, il n'arrivait jamais à s'habiller correctement en confection, et d'ailleurs, il se moquait bien de ce qu'il portait. La vie était trop courte, disait-il, pour perdre son temps chez un tailleur à discuter de modèles et de coupe et de revers. Et il était peut-être lourd et peu élégant, mais cela ne l'empêchait pas, six mois sur douze, de dégringoler le sentier menant de la villa à la plage pour son bain quasi quotidien ni, en plus, de jouer au golf une fois par semaine. Mais aujourd'hui, Paddy Power était fatigué. Il avait une longue journée derrière lui, ayant notamment fait près de soixante kilomètres de route à cause d'une visite à une jeune mère de famille qui ne passerait pas Noël. Elle disait qu'avec les beaux jours, elle se rétablirait. Pendant ce temps, ses cinq petits jouaient bruyamment autour des pieds du médecin, tandis que le jeune et blême mari regardait d'un œil vide le feu dans la cheminée. Il avait également passé un sale quart d'heure, à l'hôtel, en tentant une fois de plus de faire entendre à Dick Dillon qu'il courait à la cirrhose. Généralement, Dick Dillon l'écoutait d'un air buté et recommençait à boire de plus belle. Mais cette fois, il l'avait carrément envoyé paître, en rétorquant que lui, Paddy

Power, était mal placé pour prêcher, parce que la moitié du comté pouvait témoigner qu'à l'occasion des courses, trois ans plus tôt, il s'était magistralement cuité ! Et puis, il avait eu à traiter deux cas de mauvaise grippe chez des vieillards, et il redoutait que ça tourne à la pneumonie, à cause de leurs bronches délicates. Les gens parlaient tout le temps du *bon air de la mer,* de son côté *tonifiant.* Ils ne voyaient pas ceux qui défilaient l'hiver dans son cabinet, songeait le Dr Power, parce que dans ce cas ils mettraient une sourdine à leurs histoires de « climat tellement sain ».

Molly lui dit que David prenait feu et flammes pour ses cours ; en plus, il s'était mis de lui-même à travailler deux bonnes heures tous les matins.

— Cette Angela est une enseignante remarquable, remarqua Paddy qui se déchaussait et mettait ses pantoufles avec des gestes accusant la fatigue. Il est triste qu'elle n'ait pu faire mieux.

— Faire mieux ? Elle est institutrice, non ? Et bien payée. Pour la fille de Dinny O'Hara, ce n'est pas vilain !

— Tu ne me comprends pas, Molly. Voici une petite qui est particulièrement douée, et elle est coincée ici, à Castlebay, pour former des gamines qui deviendront serveuses ou vendeuses. Et la vie qu'elle mène chez elle, hein ? Il n'y a pas une sœur de charité qui se dévouerait comme Angela se dévoue pour sa mère.

— Oui, je sais, je sais, concéda Molly, qui souhaitait à présent changer de sujet.

— Évidemment, on peut toujours penser qu'un chevalier passant par la ville l'enlèvera, dit le Dr Power en souriant.

— Allons donc, à son âge !

— Elle n'a jamais que vingt-huit ans. Quand nous nous sommes mariés, tu en avais vingt-sept.

Molly détestait qu'il parle de choses comme ça devant Nellie. Molly n'était pas une enfant de Castlebay. Elle venait d'une grande ville, elle avait fait ses études à Dublin. Il lui déplaisait qu'on sache des choses sur elle.

Elle se regarda dans la glace, et trouva que pour son âge, elle se défendait bien. Depuis qu'elle s'était liée d'amitié avec l'acheteuse de ce magasin pour dames à Dublin, elle n'avait plus de difficultés pour s'habiller. Son style, c'était l'ensemble de jersey ou de tricot (elle en avait des quantités), pas trop près du corps pour pouvoir porter dessous un pull léger et un gilet. À Castlebay, on devait se vêtir chaudement. Au revers, elle épinglait une jolie broche — au fil des années, Paddy lui en avait offert toute une collection. Qu'on se présente à n'importe quelle heure chez les Power, Molly paraissait prête à recevoir, élégante, maquillée discrètement, impeccablement coiffée (tous les six mois, elle se faisait faire une permanente à Dublin).

Elle détailla son visage. Elle avait craint que le climat de l'endroit ne lui donne cette peau ridée et tannée qu'elle voyait à tant de femmes, mais c'était sans doute qu'elles n'employaient jamais de crème de beauté.

Elle se sourit, en tournant légèrement la tête pour voir ses nouvelles boucles d'oreilles, exactement assorties à la broche verte qui décorait son ensemble tricoté vert et gris. La voyant sourire, Paddy vint derrière elle et la prit par les épaules.

— Tu as raison, tu es splendide, dit-il.

— Ce n'était pas à ça que je pensais, s'indigna-t-elle.

— Eh bien, tu aurais dû. Une mère, une épouse ? Non. Une créature de rêve.

Elle songea un instant à ce mot « mère ». Elle avait cru qu'elle ne pourrait jamais l'être. Des semaines de joie, et puis, brusquement, une fausse couche à trois mois. Trois fois de suite. Et les deux enfants qu'elle avait ensuite menés à terme étaient mort-nés. Et puis, alors qu'elle n'osait plus y croire, David. Exactement l'enfant dont elle rêvait. Exactement.

Angela trouvait que David était un petit bonhomme épatant. Il avait le cheveu en bataille, les lacets de chaussures dénoués, la cravate de travers. Quand il bûchait, il se défaisait de partout.

Quel plaisir ce serait d'avoir une classe entièrement composée de sujets brillants, sans devoir tout le temps s'interrompre pour attendre que les autres aient compris.

Elle le regardait mettre la dernière touche à sa carte des alizés. Il la lui tendit triomphalement.

— Pourquoi souriez-vous ? demanda-t-il d'un air méfiant.

— Je n'en sais rien. C'est peut-être la folie qui me gagne. Je me surprends moi-même à sourire quand il arrive qu'on me présente un devoir correct, ça me fait un tel choc.

— Ce sont des cas si désespérés, dans votre école ? dit-il en riant.

— Non, pas du tout, certaines sont même sacrément vives. Mais à quoi bon ? Où cela les mènera-t-il ?

— À passer leurs examens, non ?

— Oui, c'est ça.

Elle se leva. Une adulte qui ne tient pas à continuer la conversation avec vous. Il était déçu.

Pour rentrer chez elle, Angela dut pédaler contre le vent. Il lui giflait la figure, et le sel lui piquait les yeux. En hiver, le moindre trajet s'apparentait à une expédition au pôle. Pour la millionième fois elle se demanda si elle ne devrait pas emmener sa mère vivre dans une ville plus importante. Ce cottage où les vents humides pénétraient par les moindres fissures, ce trou perdu tout juste bon pour les mouettes et les phoques pendant neuf mois sur douze, ce n'était pas sain. Allons donc ! Pourquoi se raconter des histoires ? Si elle s'y décidait, ce serait pour elle-même, afin de pouvoir vivre un peu, et non à cause des pauvres vieux os déformés de sa mère. Mais justement, quelle existence espérait-elle se faire dans une ville ? Elle ne serait jamais qu'une institutrice soignant sa mère malade — et en supposant déjà qu'elle trouve un poste. Une institutrice frisant quasiment la trentaine. Il n'y avait pas de quoi enflammer beaucoup de cœurs. Arrête de rêver et pédale, Angela, tu es presque arrivée. Tu as déjà franchi le plus dur, l'endroit où le vent s'engouffre par une brèche de la falaise et vous frappe de plein fouet. Tu aperçois déjà la fenêtre éclairée.

On disait le « cottage O'Hara » parce que, de la route, la maison paraissait petite, mais en fait elle avait un étage. Toute blanche, elle était précédée du jardinet classique : haie bien taillée et minuscule allée menant à sa porte d'entrée.

Angela songea que, dans son enfance, ils tenaient à six là-dedans. À l'étage, il y avait la chambre des parents, celle des trois filles et celle de Sean, le garçon. En bas, la pièce qu'elle avait transformée en chambre pour sa mère devait être alors la salle de séjour — elle ne se souvenait plus très bien. En tout cas, la maison n'était pas remplie de livres, comme à présent, ni égayée de cuivres rutilants, de petits bouquets ou de bottes de bruyère et d'ajoncs. En ce temps-là, la maisonnette abritait un alcoolique, une ménagère exténuée et quatre enfants décidés à prendre le large dès que possible. Qui aurait eu le temps de lire des livres ou de faire des bouquets ?

Sa mère était encore assise sur la chaise percée où Angela l'avait installée avant de partir chez les Power. Elle avait fait tomber sa canne, et comme l'autre fauteuil était trop éloigné pour qu'elle s'y cramponne, elle n'avait pas pu se lever. Loin de se plaindre, elle s'excusait. Après avoir vidé et désinfecté le pot de chambre, Angela apporta à sa mère une cuvette d'eau savonneuse et un gant, l'aida à faire sa toilette intime et à se mettre du talc. Puis elle lui enfila sa chemise de nuit en flanelle et la soutint pour gagner sa chambre qui communiquait avec la cuisine. L'ayant mise au lit, elle lui donna son rosaire et posa à sa portée son verre d'eau et la pendulette. Elle ne l'embrassa pas ; chez les O'Hara, on ne s'embrassait qu'exceptionnellement. Elle tapota les mains jointes de sa mère. C'était son bonsoir à elle.

Puis Angela O'Hara retourna dans la cuisine, et prit les exposés qu'on rendrait aux filles le lendemain. La lauréate ne faisait aucun doute, c'était évident depuis longtemps, mais l'institutrice voulait écrire quelques lignes à la fin de chaque texte, pour bien prouver aux gamines qu'elle avait lu attentivement le fruit de leur labeur. Elle tenait à les encourager, parce que cet exposé d'histoire, pour lequel elle avait institué un prix, elles l'avaient rédigé en dehors de la classe, en prenant sur leurs heures de liberté.

S'étant préparé du thé, elle se mit à l'ouvrage. Dehors, le vent hurlait. Dans la chambre voisine, sa mère ronflait doucement.

Clare O'Brien était arrivée en avance à l'école. Elle s'était lavée si vigoureusement le cou qu'elle avait l'impression de s'être emporté la peau. Elle avait réussi à faire disparaître les taches de sa blouse en les attaquant à la brosse à ongles. Ses chaussures de classe étincelaient, semelle comprise, et quant aux coques de rubans jaunes, elle les avait particulièrement réussies. Elle le voyait en tournant et retournant la tête devant une vitre à l'école. Elle faisait aussi bonne figure que n'importe qui dans l'école, même ces filles de fermiers qui avaient les moyens de changer d'uniforme quand il devenait trop petit, alors que, chez les O'Brien, on relâchait les coutures et on mettait de faux ourlets — on l'avait fait pour Chrissie et on l'avait fait pour Clare.

Est-ce que la journée allait enfin commencer ? Quand elle pensait à son triomphe, et devant toute l'école ! Il y aurait des oh ! et des ah ! à cause de son âge.

Elle avait des années de moins que certaines concurrentes. Évidemment, Chrissie le prendrait très mal. Mais comme elle prenait tout très mal, ça lui passerait.

Elle alla voir le tableau d'affichage au bout du couloir. Demain, la remise du prix et la lauréate y seraient sans doute mentionnées. Pour l'instant, il ne portait rien de nouveau. Il y avait l'emploi du temps, la liste des fêtes d'obligation (ces jours-là, l'école fermait), le programme d'une excursion éducative à Dublin et son prix (lequel excluait que Clare songe à y participer). Il y avait aussi la lettre du père O'Hara, le frère de Miss O'Hara, qui était missionnaire. Il remerciait les élèves de leur collecte de papier d'argent et de timbres. Il disait sa fierté que les jeunes filles de sa ville natale contribuent si notablement à aider la mission à répandre la parole de Notre Seigneur parmi tous ces pauvres gens qui ne connaissaient pas Dieu.

Clare ne se souvenait pas du père O'Hara, mais d'après tout le monde, c'était un homme merveilleux. Tel qu'on le décrivait physiquement, il était grand et très beau. Maman disait que ce serait une telle joie, quand il reviendrait, de le voir célébrer la messe, et aussi que c'était un si bon fils. Mrs. O'Hara montrait volontiers les lettres qu'il lui envoyait des missions enfin, plus maintenant, mais du temps où elle pouvait encore sortir.

Et telle qu'il la dépeignait, l'œuvre missionnaire était très joyeuse. Clara aurait aimé qu'il écrive toutes les semaines. Elle se demandait ce que Miss O'Hara lui racontait dans ses lettres. Est-ce qu'elle lui parlerait du prix d'histoire ?

Justement, Miss O'Hara entrait dans la cour de l'école en poussant sa bicyclette.

Mère Immaculata avait un visage pointu comme un bec de plume.

— J'aimerais vous parler, Miss O'Hara. Juste quelques mots. Si vous pouvez me consacrer une minute.

Angela se promit qu'un de ces jours elle répondrait à mère Immaculata qu'elle ne pouvait pas lui consacrer une minute parce qu'elle avait des tâches pressantes : aider les grandes à distiller clandestinement du whisky et préparer les moyennes pour la traite des Blanches. Rangeant sa bicyclette sous le petit toit et ramassant le paquet d'exposés protégé par la toile imperméable, elle dit en grimaçant un sourire :

— Mais certainement, ma mère.

Elle suivit mère Immaculata qui referma la porte de son antre et s'installa derrière son bureau. La seule autre chaise étant couverte de livres, Angela dut rester debout.

Elle décida de ne pas se laisser faire. Immaculata voulait la traiter comme une gamine à qui on se prépare à adresser une semonce ? Eh bien, on allait voir ça ! Elle se dressa sur la pointe des pieds, tendit le cou comme une girafe. À la regarder, la supérieure en prendrait un torticolis. Et ça marcha. Mère Immaculata dut se lever.

— Qu'est-ce que j'apprends, Miss O'Hara ? Un prix en espèces pour un concours ? Pouvez-vous me dire l'origine de ce projet et quand nous en avons délibéré ?

— Je leur ai donné un exposé d'histoire à rédiger, et j'attribue un prix au meilleur, expliqua l'institutrice avec un sourire angélique.

— Mais quand en avons-nous délibéré ?

Le visage pointu en frémissait.

— Est-il nécessaire de discuter point par point de tout ce que nous faisons en classe, ma mère ? Je veux dire, comment pourriez-vous assumer toutes vos tâches si je venais vous trouver pour délibérer sur chaque devoir et tout ça ?

— Ce n'est pas ce que *moi* je veux dire. Et j'attends

une explication. Depuis quand rétribuons-nous les enfants pour étudier ?

Angela se sentit soudain lasse. Ce serait toujours la même chose. Voir étouffer la moindre initiative un peu stimulante. Lutter à propos de tout, y compris le privilège d'écorner son maigre salaire pour aiguillonner les gamines, qui s'étaient passionnées au point que même les plus obtuses s'étaient plongées dans des livres d'histoire.

C'était comme une lente et pesante danse, avec des figures et des pas imposés. D'abord, le douloureux étonnement. Angela devait s'excuser en disant qu'elle avait cru que cela plairait beaucoup à mère Immaculata (pur mensonge, évidemment ; elle savait parfaitement que si Immaculata en avait eu vent, elle y aurait fait obstacle). Après ça, jouer les désemparées : que faire à présent que les exposés étaient prêts à rendre (geste en direction des copies), que les filles attendaient les résultats ? Et enfin, implorer : mère Immaculata accepterait-elle de remettre elle-même le prix ? Une guinée, vingt et un shillings. Voici l'enveloppe. Oh, et puis il y avait un prix subsidiaire pour la seconde. Un livre. C'était ce petit paquet. Et pour finir, feindre la gratitude et promettre (avec encore moins de sincérité) que cela ne se reproduirait plus, non, *plus jamais.*

À présent, mère Immaculata arborait un air indulgent, aussi révoltant que son hostilité antérieure.

— Et qui a gagné ce malheureux concours ? demanda-t-elle.

— Bernie Conway. Sa copie est excellente. En fait, j'aurais voulu que le prix aille à la petite Clare O'Brien. Son exposé est absolument remarquable, surtout considérant son âge. Mais les grandes lui en voudraient trop. D'où ce livre, en guise de prix de consolation, et si vous vouliez bien, en le lui remettant, dire qu'elle...

Mais mère Immaculata ne voulait absolument pas.

Angela O'Hara essaya de plaider la cause de Clare O'Brien, la fille des épiciers, ceux de la petite boutique près de l'escalier de la plage. Et une des plus jeunes à avoir participé au concours.

Non. Il n'était pas question de distinguer une gamine à côté de Bernie Conway, une grande, la fille de la receveuse des postes. Mettre dans la même catégorie que cette dernière la sœur de Chrissie O'Brien, cela frisait l'indécence.

— Mais elle n'est pas du tout comme Chrissie...

C'était peine perdue. Les enfants pénétraient en rang dans le hall de l'école, pour les prières et le cantique. Mère Immaculata prit l'enveloppe sur laquelle Angela avait calligraphié « Bernadette Conway, Lauréate du concours d'Histoire ». Elle laissa sur son bureau le *Trésor de la poésie anglaise* de Palgrave, le prix d'excellence de Clare O'Brien, enveloppé dans un beau papier. Angela récupéra le petit paquet. Il est puéril de croire qu'on peut gagner sur toute la ligne...

Après les prières, mère Immaculata fit les annonces. Pour Clare, les mots sortaient des minces lèvres de la supérieure avec une lenteur désespérante...

Il avait été décidé que toutes les élèves apprendraient à répondre la messe. Bien entendu, seuls les garçons pouvaient servir les messes du père O'Dwyer, mais elles seraient répondantes, et elles devraient être attentives afin de tenir harmonieusement leur rôle. Les jeunes filles désignées pour fleurir les autels de l'école manquaient de diligence pour changer l'eau des vases. Que pouvait-on attendre d'enfants qui n'étaient même pas capables de préparer des vases propres pour la Très Sainte Vierge ? Un geste pourtant si simple à faire, et pour la mère du Seigneur. Ensuite, elle répéta que les chaussures de ville étaient proscrites en classe : les chaussures de classe étaient faites pour ça. Et elle en arriva enfin au prix. Son ton changea imperceptiblement. Clare s'étonnait. On aurait dit que mère Immaculata ne souhaitait pas le remettre.

— J'ai appris seulement ce matin que s'était déroulé une sorte de concours d'histoire. Bien entendu, je suis heureuse de cette assiduité au travail dans notre établissement. J'ai donc le grand plaisir, au nom de cet établissement, de décerner le prix.

Elle s'interrompit, balaya du regard les rangées d'élèves debout devant elle. Clare tirait sur sa blouse pour qu'elle ne fasse pas un pli. Elle devrait se forcer à marcher lentement, surtout ne pas se précipiter, de peur de tomber sur les marches de l'estrade où se tenaient mère Immaculata, les autres religieuses et les enseignantes laïques. Très calme, elle remercierait Miss O'Hara et mère Immaculata...

— Je ne vous ferai pas attendre plus longtemps, reprit mère Immaculata en les faisant justement attendre encore quelques secondes. Le prix est attribué à Bernadette Mary Conway. Je te félicite, mon enfant. Viens, monte sur l'estrade.

Clare se dit qu'elle devait à tout prix continuer de sourire. D'ailleurs, ça lui plissait les yeux ; s'il y montait des larmes, on ne les verrait pas.

Cette idiote de Bernie Conway s'était plaqué la main sur la bouche puis sur la poitrine. Ses voisines la poussaient du coude. Tandis qu'elle faisait ses grimaces, Clare se mordait la lèvre inférieure mais elle réussissait à sourire. Elle vit que Miss O'Hara balayait du regard les rangées d'élèves et sentit à un moment que ses yeux s'arrêtaient sur elle. Elle sourit d'un air encore plus décidé. Miss O'Hara ne saurait jamais combien elle la détestait. Fallait-il pourtant qu'elle soit fausse, et méchante ! Pire que mère Immaculata. Aller lui dire qu'elle n'avait jamais lu une copie aussi satisfaisante, que ça lui donnait le courage de continuer. Des tas de mensonges, oui !

Clare réussit à rester souriante jusqu'au moment où elles repartirent en rang vers leurs classes. Après, ça n'avait plus d'importance. Elle sentit qu'un de ses nœuds de ruban se défaisait. Encore une chose dont elle se moquait bien.

Pour déjeuner, on apportait des sandwiches. Et quand on les mangeait en classe, il fallait faire attention à ne pas laisser de miettes, pour ne pas attirer les souris. Clare développa le papier qui entourait les siens, les regarda et les remballa. Elle n'avait vraiment pas faim. À côté d'elle, Josie Dillon faisait une mine éloquente. Clare lui donna les sandwiches.

— Tu es sûre que tu n'en veux pas ? demanda Josie.

— Tout à fait sûre.

Elles ne pouvaient pas aller manger dans la cour parce qu'il pleuvait. Dans ces cas-là, la pause de midi était sinistre. Les vitres se couvraient de buée et il régnait une forte odeur de victuailles. Les sœurs et les institutrices faisaient la tournée des salles, pour veiller à ce que le brouhaha ne tourne pas au tumulte. À leur approche, les bruits se calmaient, et puis ils recommençaient de plus belle dès qu'elles s'éloignaient.

Josie était la petite dernière des Dillon. Les autres poursuivaient leurs études en pension, mais on disait que les parents n'en feraient pas autant pour Josie, parce qu'elle n'était pas très éveillée. C'était une grosse fille blafarde et morne. La seule chose qui l'animait un peu, c'était de manger.

— Il est rudement bon, dit-elle entre deux bouchées. Tu ne sais pas ce que tu perds. Tu as mal au cœur ? demanda-t-elle, en voyant Clare grimacer un pâle sourire.

— Non, je n'ai rien. Rien du tout.

Elle s'adressait plus à elle-même qu'à Josie Dillon qui couvait le second sandwich d'un ait béat.

Le calme se fit dans la classe, car Miss O'Hara venait d'entrer. Elle donna des ordres : ramassez-moi tout de suite ces miettes et aérez ; je me moque du froid et de la pluie, ouvrez les fenêtres, vous m'entendez ? Et combien de fois leur avait-elle dit qu'elles devaient ranger leurs livres *avant* de manger ?

— Clare, viens avec moi une minute dehors, lança-t-elle soudain.

Clare ne voulait pas y aller. Elle ne voulait plus jamais parler à Miss O'Hara, cette horrible institutrice qui s'était moquée d'elle.

— Clare, je te dis de venir, répéta Miss O'Hara.

Clare sortit en traînant les pieds. Le couloir était plein de filles se hâtant vers les vestiaires ou déjà prêtes à entrer en classe. La cloche allait bientôt sonner.

Miss O'Hara posa ses livres sur l'autel du Sacré-Cœur. Presque toutes les tablettes des fenêtres portaient leur autel, et chaque classe était responsable du sien.

— J'avais préparé un prix pour toi, parce que ton exposé était vraiment excellent. Si tu avais concouru seulement parmi des filles à peu près de ton âge, tu aurais gagné haut la main. Tiens, le voilà, dit-elle en tendant un petit paquet à Clare.

Si elle croyait qu'un prix clandestin arrangeait les choses !

— Je vous remercie beaucoup, dit Clare.

— Tu ne regardes pas ce que c'est ?

— Je l'ouvrirai plus tard, répondit Clare d'un air pincé. Merci beaucoup, répéta-t-elle.

— Clare, arrête de bouder et ouvre ce paquet, lui intima Miss O'Hara.

— Je ne boude pas.

— Mais si. Et c'est très vilain. Arrête immédiatement, et regarde le cadeau que je t'ai acheté personnellement, sur ma bourse.

L'ordre cabra Clare. En même temps, elle sentit qu'elle devait se conduire poliment.

C'était un recueil de poésies. Un livre relié dans un

cuir soyeux et décoré de fleurs dorées. Il s'intitulait *Le Trésor de la poésie anglaise.* Comme il était beau !

Le petit visage, les grands yeux recommençaient à s'animer.

— Lis la dédicace, ordonna Angela, de son ton tranchant d'institutrice.

« C'est ton premier livre. Plus tard, quand tu auras une grande bibliothèque, tu te souviendras de lui et, le sortant pour le montrer à quelqu'un, tu diras que c'était le premier et que tu l'as gagné à dix ans. »

— Vous croyez que j'aurai une bibliothèque ? demanda fiévreusement Clare.

— Mais oui, il suffira que tu le veuilles. Pour avoir, il faut vouloir.

— C'est vrai ? demanda Clare, surprise que Miss O'Hara énonce ça mi-figue mi-raisin.

— Non, pas tout à fait. Moi, je voulais que tu reçoives ton prix devant toutes tes camarades, des mains d'Immaculata. Elle s'y est refusée. Pour ne pas te rendre crâneuse. Oui, il y a bien des choses que je voudrais et que je n'obtiens pas. Mais la question n'est pas là. L'important, c'est d'essayer. Parce que si on n'essaie pas, on n'obtient rien du tout.

— Il est magnifique, dit Clare en caressant le livre.

— C'est un remarquable recueil. Bien meilleur que votre livre scolaire de *Poésies choisies.*

Clare se sentait haussée au rang des adultes. Miss O'Hara disant « Immaculata », sans « mère » ! Déclarant que leur manuel n'était pas formidable !

— De toute façon, si j'avais gagné la guinée j'aurais acheté un livre, dit-elle, dépouillée de toute rancune.

— Clare, écoute-moi, lança brusquement Miss O'Hara, si tu te cramponnes, si tu ne te décourages pas, toi tu arriveras à quelque chose. Tu peux faire infiniment mieux que les autres.

— J'aimerais bien... aller loin, avoua Clare, osant pour la première fois dire ce qu'elle taisait depuis si longtemps par crainte qu'on ne se moque d'elle. Mais ce sera dur, hein ?

— Oui, très dur. Et c'est justement pour cette raison que ça en vaudra la peine. Si c'était facile, on se bousculerait au portillon. C'est parce que c'est difficile que c'est rare.

— Comme d'arriver à la sainteté ! dit Clare avec ferveur.

— Oui, seulement les voies sont différentes. Voyons d'abord si tu peux t'accrocher pour pousser tes études. J'aime autant que tu sois une sainte adulte plutôt qu'une jeune sainte.

La cloche sonna, leur vrillant les oreilles.

— Moi aussi j'aimerais autant ne pas être une jeune sainte. Ce sont généralement des martyres, n'est-ce pas ?

— Quasi invariablement, déclara Miss O'Hara, en attrapant ses livres avec tant de vigueur qu'elle faillit faire basculer la statue du Sacré-Cœur.

Chrissie et ses deux bonnes à rien de copines, Peggy et Kath, s'étaient résolues à aller présenter leurs excuses à Miss O'Flaherty. Cela, c'était l'ouvrage de Gerry Doyle, quand il était monté soi-disant repérer la meilleure vue en pleine nuit. Puisqu'elles avaient été prises sur le fait et punies par leurs parents, si elles allaient s'excuser, Miss O'Flaherty serait obligée de leur pardonner, sous peine de passer pour une vieille chipie rancunière. Au début, Chrissie ne voulait pas en entendre parler, mais Gerry savait être très persuasif. Une fois qu'elles auraient fait amende honorable, on cesserait de les tenir à l'œil. Sans quoi, elles pouvaient dire adieu à l'escapade nocturne dans la grotte. Son conseil, c'était qu'elles se montrent bien contrites. Et qu'elles ne craignent pas d'en faire trop. Le côté « pécheuses repenties », ça plaît aux adultes.

Clare fut surprise de voir le trio s'arrêter devant la boutique de Miss O'Flaherty. Alors qu'elle s'attendait à ce qu'elles filent, toutes penaudes, voilà qu'elles entraient ! Elle fit semblant de contempler la vitrine amplement salie par les mouches, avec son étalage inchangé depuis qu'elle le connaissait, et tendit l'oreille.

Les bribes qui lui parvinrent étaient stupéfiantes. Chrissie racontait que ça l'avait empêchée de dormir. Tête basse, Peg avouait que plus elle repensait à leur « farce » et plus elle se rendait compte que causer une frayeur à quelqu'un est un méchant tour. Et quant à Kath, elle se mettait à la disposition de Miss O'Flaherty si elle avait des commissions à faire. Elle voulait se racheter.

La corpulente demoiselle, une personne brouillonne aux cheveux entortillés n'importe comment sur le sommet du crâne, était si ahurie par cette démarche qu'elle en restait sans voix.

— Et c'est pour ça qu'on est venues, dit Chrissie afin de dénouer la situation. Vous ne pouvez imaginer comme on est honteuses.

— Et bien sûr, à la maison on a été punies, ajouta Kath. Mais ce n'est pas comme de vous présenter des excuses à vous, Miss O'Flaherty.

— Et si nos mamans viennent vous trouver, peut-être que vous pourriez leur dire un...

Miss O'Flaherty sortait un bocal de gâteaux secs. Allons, on n'en parlait plus. Tout bien pesé, elles avaient agi en écervelées, mais elles n'étaient pas méchantes, et elles avaient l'honnêteté de venir s'excuser. Elles étaient entièrement pardonnées. Elle le dirait à leurs mamans.

Elles émergèrent de la boutique la tête haute. Clare était révoltée. Miss O'Flaherty était une affreuse bonne femme, qui méritait amplement qu'on lui cause des frayeurs. Pourquoi venir ainsi s'excuser ? Mystère !

En la voyant, Chrissie fit la grimace.

— Écoutez, Peg et Kath, je n'y suis pour rien, mais ma raseuse de sœur nous file le train.

— Jamais de la vie ! Pour rentrer de l'école, je suis bien obligée de passer par là, avec le vent qu'il y a sur la route de la Falaise.

— Ouiche, dit Kath.

— Et on tend l'oreille, dit Peg.

— Ce que vous pouvez être *veinardes* de ne pas avoir de petite sœur, déclara Chrissie. Ça vous suit dans tous les coins. Et c'est jérémiades sur jérémiades.

Clare resta plantée devant le magasin de nouveautés. Encore une vitrine qu'elle connaissait par cœur — le cardigan vert, présenté sur un mannequin en buste, les coffrets de mouchoirs, un peu décolorés par le soleil. Elle attendit que les autres aient tourné le coin. Et puis elle suivit lentement la rue, au bout de laquelle un escalier descendait à la plage, au milieu de la baie encadrée par les falaises. En face de l'escalier, se dressait l'épicerie O'Brien qui, de l'avis général, aurait dû être une petite mine d'or en raison de son emplacement. La dernière boutique avant d'aller à la plage, ça voulait dire que les gens achetaient au passage des oranges et des sucreries. Et quand ils en remontaient, ils y prenaient des glaces ou des boissons pétillantes, parce qu'ils étaient assoiffés. Et par très beau temps, si on ne voulait pas quitter la plage, on envoyait un enfant y chercher du ravitaillement. Oui, disait-on en hochant la tête, Tom O'Brien pouvait se faire une petite fortune. Clare se demandait pourquoi ils pensaient ça. L'été ne durait pas plus longtemps pour les O'Brien que pour le reste des gens. Onze semaines. Tandis que les hivers étaient plus longs et plus froids, la maison étant autrement exposée aux vents que celles de Church Street.

Sans amis de son âge, dit Molly, David devait se trouver bien seul. On pourrait peut-être inviter un de ses condisciples. Des garçons de son âge, il n'en manquait pas, répondit le Dr Power, ses anciens camarades de l'école des frères. Molly trouvait que ce n'était pas du tout la même chose. Si David téléphonait à son ami James Nolan pour l'inviter à venir passer quelques jours ? À Dublin, ses parents le mettraient dans le train, et ici, on irait le chercher à la gare en voiture.

David avait trouvé l'idée formidable. Et au téléphone, James Nolan semblait ravi. Il avait dit qu'il se rendait seulement compte maintenant à quel point toute sa famille était dingue. Ça avait d'ailleurs dû empirer depuis qu'il était interne au collège. David le prévint que Castlebay lui paraîtrait bien endormi, comparé aux lumières de Dublin. Elles n'étaient pas aussi éblouissantes que ça, avait riposté Nolan, et en plus, sa mère lui interdisait d'aller au cinéma, de peur qu'il y attrape des puces. Il piaffait à l'idée de se retrouver à la mer.

— Dois-je compter avec un doublement de l'effectif de ma classe ? demanda Angela O'Hara en apprenant la venue de James Nolan.

David n'en savait rien. Il n'avait pas pensé à cet aspect de la question.

— Peu importe, avait-elle tranché, je verrai ça avec vos parents. Mais la présence du dénommé Nolan va empiéter sur votre temps, alors que nous avions établi un programme de travail strict pour la durée de votre séjour. Qu'allons-nous faire ? Essayer de mettre les bouchées doubles ? Et l'ennui, c'est que vous ne tenez pas à ce que votre camarade vous voie suivre les cours d'une femme ? (David parut gêné mais soulagé qu'elle ait compris.) Une solution, ce serait que je vous donne du travail à l'un et à l'autre. Vous y passeriez par exemple deux heures par jour. Je corrigerai vos copies, mais le professeur restera invisible. (Le soulagement se peignit sur le visage de David.) Mr. Nolan est-il aussi pitoyable que vous en latin ?

— Non, meilleur que moi. Pour lui, c'est nécessaire, parce qu'il va faire son droit.

— Son père est avocat ?

— Il est solicitor.

— Eh oui, c'est dans l'ordre des choses, remarqua-t-elle avec un petit rire amer.

Il était normal que David devienne médecin comme son père, James Nolan solicitor comme le sien, et qu'au prix des plus grandes difficultés Clare O'Brien arrive peut-être à être quelque chose. Mais ce n'était tout de même pas impossible, songea Angela en se redressant. Son institutrice n'en était-elle pas la preuve vivante ? Angela, la benjamine des enfants de Dinny O'Hara, l'ivrogne, le bon à rien, le nécessiteux de Castlebay. Attirée par les études, elle était arrivée brillamment jusqu'à l'université ; elle avait un frère missionnaire (on s'était assez privé pour qu'il puisse entrer dans les ordres), des sœurs qui menaient confortablement leur vie de mère de famille en Angleterre. Lorsqu'ils avaient enterré leur père, cinq ans plus tôt, ils ne faisaient pas matériellement pitié. Si, avec un père ivrogne et une mère handicapée par l'arthrite, Angela avait pu réussir, alors Clare O'Brien le pouvait aussi. Pourvu qu'elle prenne vraiment les choses à cœur. Ce qui était actuellement le cas — et peut-être même à l'excès.

— Vous êtes épatante, Miss O'Hara, déclara admirativement David. Si seulement vous aviez été un homme, aujourd'hui vous seriez prêtre, et vous feriez un fameux professeur !

Tenant à réserver le plus digne accueil au jeune ami de David, Molly voulait lui faire monter le petit déjeuner dans sa chambre. Le napperon, l'argenterie, la disposition du plateau avaient donné lieu à d'interminables instructions à Nellie. Mais David avait supplié qu'on les laisse prendre le petit déjeuner en bas, comme d'habitude. Puis ils se débarrasseraient des devoirs préparés par Miss O'Hara. Comme ça, ils seraient libres tout le reste de la journée. James Nolan trouvait formidable d'habiter si près de la plage, c'était presque comme une piscine privée, remarqua-t-il avec envie. Quand il pensait qu'il suffisait d'aller au bout du jardin, d'escalader la barrière et de dégringoler le sentier pour être aussitôt sur le sable et dans les grottes ! Et un sentier plein de pancartes disant « Danger » ! Il eut vite fait de connaître tous les recoins de la grotte de l'Écho et des autres. Étant chaussé de bottes de caoutchouc, il parcourait les récifs d'un pied instable. Il ramassa des coquillages bizarres. Il arpenta de bout en bout la route de la Falaise, alla inspecter les links. L'été prochain, dit-il, il faudrait que David et lui apprennent à jouer au golf. Et il n'en revenait pas qu'on les laisse aller à la séance de nuit du cinéma. À Dublin, il ne voyait des films qu'en matinée — et d'ailleurs à présent plus du tout, depuis que sa mère avait entendu dire que les salles étaient pleines de puces.

En un rien de temps, Nolan s'était rendu populaire à Castlebay. Pas très grand, mais les traits fins et le front barré d'une mèche retombant souplement, il avait un regard vif auquel rien n'échappait. Il ne manquait pas d'allure, avec sa façon de porter ses cols relevés et de déambuler les mains dans les poches. Il était le premier à plaisanter sur sa taille en disant qu'à l'instar de Napoléon et de Hitler, il faisait le complexe du grand homme.

Il était extrêmement courtois avec Mrs. Power, il questionnait avidement le docteur sur des sujets médicaux, il félicitait Nellie de sa cuisine et disait que, pour lui, Castlebay était sans rivale en Irlande. C'était vraiment un invité charmant. Il conquit même Angela O'Hara. Il avait fait consciencieusement les devoirs qu'elle leur avait préparés. Sur la première copie corrigée qu'elle lui retourna, Angela avait noté : « Avec vos pattes de mouche, il m'est impossible de savoir si vous avez employé les désinences correctes pour les cas des mots. Je vous serais reconnaissance d'écrire lisiblement. »

— Ce doit être un personnage, dit-il à David. Pourquoi reste-t-elle invisible ?

— Elle est timide, mentit David, assez penaud.

Le lendemain, sur la route de la Falaise, une sorte de derviche juché sur une bicyclette rouge les dépassa, vira sec, revint vers eux. Angela prit le paquet de copies dans le panier et le jeta à David.

— Tenez, monsieur le collégien, ça m'évitera d'aller jusque chez vous en pédalant contre le vent. Ainsi, voilà l'homme qui ne connaît pas le pluriel des mots neutres. Il faut vous y mettre, mon cher, parce qu'ils ne se déclineront pas tout seuls !

— Ce serait plus facile si vous veniez nous donner des cours ! lança James Nolan.

— J'ai trop à faire. Mais notre système de cours par correspondance fonctionne bien, non ?

Ses cheveux flottaient au vent derrière elle. Elle portait un manteau gris, une écharpe gris et blanc.

— Elle est superbe ! dit Nolan, saisi.

— Miss O'Hara ? Elle est vieille comme tout, répondit David, qui n'avait jamais songé à l'aspect physique de son professeur.

Ils calculèrent l'âge qu'aurait Miss O'Hara lorsque Nolan atteindrait vingt-cinq ans et pourrait songer au mariage. Ils en riaient encore lorsqu'ils rencontrèrent Gerry Doyle. Avec ses bottes de caoutchouc et son maillot de marin, il cadrait mieux qu'eux dans le paysage. Gerry était certainement le seul qui ne se gênait pas pour les interroger sur le collège, sur leur nourriture de pensionnaires et sur le genre d'autos qu'avaient les parents de leurs camarades.

— Je me disais qu'on allait peut-être la brûler, votre boîte, s'il y a la peste, dit-il aimablement.

Pour lui, c'était bien plus grave qu'on ne le leur avait dit. La scarlatine ? Mais non, sûrement la peste. Sans ça, est-ce qu'on irait fermer un collège aussi important ? Il leur conseillait d'ailleurs, quand ils y retourneraient, de se méfier des microbes. Ces bestioles-là, ça reste dans les recoins.

David nota intérieurement d'en parler à son père.

— Ça vous dirait de venir à une minuit-partie ? Dans votre boîte, ça devait être plutôt courant, avant la peste et tout le reste ?

— J'ai assisté à une, avoua David, et nous nous sommes fait pincer.

— Moi, j'étais à celle-là et à une autre. La deuxième n'a pas été découverte, précisa James.

— Eh bien, c'est demain soir, dans la grotte du Phoque. On commencera sur le coup de onze heures et demie. Apportez des saucisses et de la boisson, du jus d'orange ou même des bières.

— Tu crois que nous pourrons, David ?

— Pourquoi pas ? dit bravement David. Nous sommes à Castlebay, pas dans un patelin attardé comme Dublin.

Gerry Doyle précisa qu'il y aurait des filles...

Gerry Doyle avait recommandé à Chrissie de ne rien dire à Tommy et à Ned du pique-nique nocturne dans la grotte. Ils étaient trop étourdis pour garder un secret. D'ailleurs, lui-même n'en avait pas parlé à sa sœur, parce qu'elle était du même genre. Chrissie se réjouit que Fiona ne vienne pas. Peggy et Kath apprécièrent également cette information. Fiona était trop jolie pour leur goût. Évidemment, avec ses quatorze ans, elle les éclipsait déjà automatiquement. Mais en plus, physiquement, elle les reléguait au deuxième rang. Et quant à tenir Tommy et Ned à l'écart, elle l'aurait fait d'elle-même. Ils auraient rêvé tout haut de la fête et pour finir elle n'aurait pu avoir lieu, parce que les parents auraient été alertés. D'après Gerry, ils seraient environ une douzaine à y participer, et c'était bien suffisant. On se retrouverait dans la grotte vers onze heures et demie du soir.

Clare tressaillit. Elle voyait les jambes de sa sœur

émerger de l'autre lit, se poser sur le sol. Et Chrissie était encore habillée. Elle se levait ; sans bruit, elle cherchait ses chaussures. La lueur de la veilleuse du Sacré-Cœur permettait à Clare de distinguer les gestes de Chrissie. Elle emballait un gros tas de saucisses et de tranches de bacon (forcément prélevés sur les réserves de la boutique) dans un papier blanc, tout en jetant nerveusement des coups d'œil dans la direction de Clare.

Clare comprit brusquement que Chrissie s'enfuyait. D'une certaine façon, c'était épatant. Elle aurait la chambre pour elle toute seule, et plus de Chrissie pour lui faire des misères du matin au soir. Et il y aurait beaucoup moins de disputes à la maison. Mais d'un autre côté, ce serait assez pénible. Maman et papa seraient bouleversés, les gendarmes rappliqueraient aussitôt. À marée haute, le père O'Dwyer et des tas de gens se répandraient au pied des falaises pour voir si la mer ne ramenait pas un corps — c'était toujours comme ça quand il arrivait quelque chose à Castlebay. On réciterait des prières pour Chrissie, et maman n'arrêterait pas de pleurer en se demandant où elle était et dans quel état. Non, se résigna Clare avec un soupir, il valait mieux empêcher Chrissie de partir. Ça créerait des ennuis encore pires que sa présence.

Le soupir alerta Chrissie qui se tourna vers le lit de Clare.

— Est-ce que tu te sauves ? demanda Clare.

— Oh, Dieu du ciel ! Quelle fatigue d'avoir une sœur aussi bête. Je vais aux toilettes, espèce de tourte ! dit Chrissie d'une voix mal assurée.

— Tu as besoin d'être complètement habillée et d'emporter des saucisses et du bacon pour aller aux toilettes ?

Vaincue, Chrissie s'assit sur le bord de son lit.

— Ce que je voudrais pouvoir te secouer, dit-elle, espionne que tu es ! Tu as ça dans le sang, hein ? Tu n'es bonne à rien d'autre qu'à filer les gens et leur gâcher la vie. Tu me détestes, tu ferais n'importe quoi pour m'embêter.

— Tu te trompes. Si je te détestais vraiment, je te laisserais t'enfuir, non ? (Chrissie ne répondit pas.) Mais ça fera tellement de chagrin à maman, et à papa aussi. Je veux dire que tout le monde sera en larmes et bouleversé. Je ne t'espionnais pas. Je te demande si tu te sauves, pour qu'ils ne te croient pas morte ou je ne sais quoi.

— Je ne me sauve pas, je vais faire un tour.

— Un *tour* ? s'écria Clare en se redressant brusquement dans son lit de fer.

— Chut ! Oui, un tour. Et on cassera une petite croûte en chemin.

Clare tendit le cou pour regarder la fenêtre, derrière la statue du Sacré-Cœur et la petite veilleuse rouge. La nuit était d'un noir d'encre. Dans Castlebay, tout devait dormir.

— Peggy et Kath vont avec toi ?

— Chut ! Oui.

— Vous allez faire un pique-nique ?

— Oui. Mais ne compte pas venir. Je ne veux pas que tu me gâches la soirée, moi !

— Ah bon, si c'est seulement un pique-nique ! dit Clare qui s'était renfoncée sous ses couvertures. Je craignais que tu ne t'enfuies, parce que ça ferait tellement d'histoires. C'est tout.

Sur le rebord de la hotte de la cuisine, il y avait une pendulette de voyage. David la prit en montant se coucher, et la glissa sous son oreiller. Bien qu'étouffée, la sonnerie le tira d'un sommeil profond. Ahuri, il se demanda ce qui se passait, et puis tout lui revint. Il avait rangé la bouteille de cidre bouché et les saucisses dans son sac de gym. De son côté, James avait acheté quatre petites bouteilles de stout et deux paquets de biscuits à la guimauve dont il disait que, rôtis au feu de bois, ils étaient délicieux. Gerry Doyle les avait prévenus qu'on ferait un feu au fond de la grotte du Phoque. C'était très possible, il l'avait vérifié.

Le seul problème serait Bones. Le père de David affirmait qu'en pleine nuit ce chien irait lécher les mains d'un cambrioleur alors qu'il ferait un raffut d'enfer si quelqu'un de la maison rentrait ou sortait. Ce n'était pas un chien de garde mais un péril ambulant. David et James Nolan avaient décidé d'emmener Bones à la minuit-partie. C'était ça ou lui administrer un somnifère — solution que Nolan aurait préférée. Mais David ne voulait même pas considérer cette possibilité, à la fois parce qu'on ne doit pas jouer avec les substances pharmaceutiques (ce qu'on lui serinait depuis son enfance) et parce que, chez les Power, même l'aspirine était gardée sous clé.

Il se rendit à pas de loup dans la chambre d'amis et secoua Nolan qui dormait profondément (il avait prétendu être capable de se réveiller tout seul).

— Je réfléchissais simplement les yeux fermés, dit Nolan.

— Oui, et tu ronflais aussi les yeux fermés.

Ils se firent des « chut » mutuels et descendirent précautionneusement l'escalier. En les voyant, Bones se mit à bondir de joie. D'une main, David lui tint la gueule fermée et, de l'autre, il lui caressa une oreille, ce qui le plongeait habituellement dans une douce béatitude. Nolan entrebâilla la porte d'entrée et ils se retrouvèrent dehors sans encombre. Ils se dirigèrent au jugé vers le bout du jardin, tandis que Bones les précédait en trottant, sans trouver l'heure insolite. Ils ne pouvaient pas se servir de leurs lampes de poche avant d'avoir franchi la barrière et d'être masqués par le mur. Il aurait suffi qu'ils éclairent leur chemin pour que ça tombe justement au moment où Mrs. Power se rendait aux toilettes, et si elle avait perçu une lumière elle aurait réveillé tout le voisinage.

Mais une fois dans le sentier ils allumèrent leurs lampes, et ils le dégringolèrent plus qu'ils ne le descendirent, parce qu'il était glissant, à cause d'une averse en soirée.

Sur la plage, Bones se mit à gambader et à aboyer comme un fou. Ça n'avait plus d'importance, car le fracas des vagues et le vent couvraient tous les bruits.

La noire entrée béante de la grotte du Phoque était un peu impressionnante. David fut heureux de ne pas être seul. Tout au fond, brûlait un grand feu. Gerry avait raison : à cet endroit la roche ne suintait pas et le sol était sec. Ils étaient déjà en train de griller du bacon, en tenant les tranches au-dessus des flammes au bout de longs bâtons. Ils devaient bien être une douzaine autour du feu. Des filles qui gloussaient en se poussant du coude partirent d'un grand rire. C'étaient Peg et Kath, qu'il connaissait de vue, et Chrissie O'Brien, la fille des épiciers. Il chercha Clare du regard. Mais elle était probablement trop jeune pour participer à une fête de ce genre. Pour des sœurs, ce qu'elles pouvaient être différentes l'une de l'autre ! Le rire aigu de Chrissie couvrait les voix, elle tapait sur les bâtons des autres pour faire tomber le bacon ou la saucisse dans le feu. Alors que Clare était une petite personne solennelle et beaucoup plus douce.

Les garçons buvaient du stout. David les imita. À la première rasade, il faillit vomir. Mais il se força virilement à finir sa bouteille et en attaqua une autre. Nolan paraissait aimer le stout, et David ne voulait pas être en reste. Gerry Doyle dut remarquer ses efforts car il lui dit :

— Goûte donc le cidre bouché, c'est moins amer.

David but quelques gorgées de cidre. Oui, c'était agréable. Doux et pétillant.

Tourné vers le feu, Gerry penchait sa petite silhouette avec l'air sérieux d'un type qui sait de quoi il retourne.

David leva son verre, regarda le cidre par transparence.

— Ça se laisse déguster, dit-il avec aplomb.

Plus tard, alors qu'on commençait à serrer les filles d'un peu plus près, ce fut encore Gerry qui le tira d'affaire. Pas la peine d'essayer avec celle-là, elle n'arrêtera pas de rire. Mais cette autre se montrera plus coopérative. Avec un clin d'œil entendu que David lui rendit comme il put. Gerry Doyle était un ami. Il vous mettait sur la bonne voie.

Le lendemain, dans tout Castlebay surgirent de mystérieux malaises. Cependant, et contre toute attente, nul ne vendit la mèche. Le pique-nique nocturne demeura ignoré. Chrissie O'Brien était rentrée chez elle couverte de boue et les jambes pleines d'écorchures, parce qu'elle était tombée en montant l'escalier de la plage, et elle vomit deux fois dans le pot de chambre. Clare grogna que ces sauteries auraient intérêt à ne pas se reproduire, mais Chrissie ne la rembarra même pas, car elle ne pensait qu'à une chose : comment expliquer son lamentable état ? Finalement, elle décida qu'elle partirait de bonne heure pour l'école et qu'elle se casserait volontairement la figure. Et ça marcha : personne ne remarqua que la boue maculant son manteau était à moitié sèche. Et on la garda à la maison. Son amie Peggy réussit à faire bonne contenance toute la journée, mais Kath vomit en pleine classe et on la renvoya chez elle.

Chez les Power, on se perdit en conjectures à propos d'une marque apparue magiquement sur les lèvres de James Nolan. (Il avait mordu dans une saucisse brûlante.) Molly s'inquiétait de ce que diraient ses parents. En plus de ça, David était blanc comme un linge et il n'arrêtait pas de s'enfermer dans les toilettes ! Et la troisième énigme, c'était Bones. Il avait apparemment réussi à s'échapper durant la nuit, et on l'avait retrouvé endormi dans le garage, une saucisse grillée dans les pattes. Le Dr Power dit à sa femme qu'au bout du compte, il valait mieux ne pas se mettre martel en tête en cherchant à percer tous les mystères.

Au petit déjeuner, le père de Gerry Doyle demanda à son fils s'il avait une idée sur cette abominable sarabande en plein milieu de la nuit. Comme si des femmes pleuraient devant la porte. Il lui semblait avoir entendu ce braque de chien du docteur hurler et gémir, répondit Gerry. Oui, c'était peut-être lui, dit son père sans conviction. Et, reniflant autour de lui, il lança à sa femme : « On se croirait au pub. » Là-dessus, il disparut dans la petite pièce de devant qu'on appelait son « bureau ». Énervée, la mère de Gerry débarrassa bruyamment la table.

— Gerry, lave-toi donc les dents et mange une orange ou un fruit quelconque avant de partir pour l'école, dit Fiona.

Gerry regarda sa sœur avec reconnaissance. Non seulement elle était gentille, mais elle avait l'esprit pratique.

— Je me doutais qu'il devait rester une légère odeur, convint-il en souriant.

— Légère ? On en tomberait raide ! C'était réussi ?

— Pas mal.

— J'aurais bien aimé y aller.

— Pas question.

— Mais je suis plus vieille que certaines des filles qui y étaient.

— Ce n'est pas affaire d'âge. Ces trucs-là, ce n'est pas pour toi. Je ne laisserai personne chahuter avec ma sœur. Tu es tout ce que j'ai, je dois veiller sur toi.

— Mais tu nous as tous... la famille, dit Fiona, étonnée.

— La famille ? Papa vit dans son monde à lui. Son petit commerce, c'est tout ce qui l'intéresse.

— Qu'est-ce qu'il y a, Gerry ? demanda Fiona.

Dans ses grands yeux noirs, une inquiétude perçait.

— Je ne sais pas trop. C'est seulement que tout est

si terne, si étriqué. Il est tellement timoré. Et quant à maman...

— Je la trouve bien mieux, en ce moment.

C'était la première fois qu'ils évoquaient cette question.

— Tu dis ça parce qu'elle est sortie étendre le linge dans le jardin. Une prouesse, hein ? Mais elle n'a pas mis le pied dans la rue depuis six mois. Est-ce que c'est normal ?

— Je le sais bien. Ils ne veulent pas consulter le Dr Power.

— C'est justement ce que je reproche à papa. Il s'imagine que si le Dr Power est au courant, ça amènera des ennuis.

Comme Gerry terminait sa phrase, Mr. Doyle reparut. Il ne pouvait renier son fils : ils étaient pareillement petits et bruns, avec un visage mobile et éclairé de fugitifs sourires.

— Je me demandais seulement s'il y a ici des gens qui partent pour la classe, à moins que nous ayons tous obtenu nos diplômes sans que je m'en aperçoive.

— Justement, papa, je m'en vais. Au cas où je passerais du côté de chez David Power, veux-tu que je demande à son père de venir voir...

— Si quelqu'un a besoin de consulter le médecin, il ira à son cabinet. Et s'il ne peut se déplacer, on appellera le médecin, trancha sèchement son père.

Comme Gerry allait se laver les dents, il vit sa mère collée au mur dans le couloir. Elle tendait l'oreille, alarmée par le mot « médecin ».

— Ne t'inquiète pas, Mary, dit Mr. Doyle. Retourne dans ta cuisine. Personne n'a besoin du docteur.

La poste apporta à Angela un petit paquet plat. C'était un carré de soie à impressions, quelque chose de très chic. Les parents de James Nolan y avaient joint un petit mot : « Nous vous remercions infiniment.

Vos élèves de Castlebay ont beaucoup de chance de travailler avec un aussi bon professeur. » Ravie, elle montra le foulard et le mot à sa mère. Hélas, ce n'était pas un bon jour pour Mrs. O'Hara, toutes ses articulations lui faisaient mal.

— Est-ce qu'ils n'ont pas des raisons de t'être reconnaissants ? dit-elle. Mais c'est de l'argent qu'ils auraient dû t'envoyer. Le facteur, on le paye pour distribuer le courrier.

Rencontrant David dans la soirée, Angela trouva une oreille beaucoup plus complaisante.

— On peut dire que les gens de Dublin savent vivre, commenta-t-il. Nous n'aurions jamais pensé à vous faire un cadeau comme ça, et pourtant, il y a largement de quoi.

— Ne soyez pas ridicule, monsieur le collégien. Je vous en informe pour que vous sachiez que votre ami a apprécié les leçons, c'est tout.

— Il vous trouvait très jolie, lança soudain David.

— Il était assez à mon goût aussi, encore qu'un peu petit. Quel âge a-t-il ? Quinze ans ?

— Oui, il vient de les avoir.

— Nous sommes donc presque contemporains. Dites-lui que nous en reparlerons quand il atteindra ses vingt-cinq ans. À ce moment-là, j'entrerai dans la fleur de l'âge.

— Ça m'étonnerait qu'il hésite, remarqua David en riant de bon cœur.

Peu de temps avant la réouverture de son collège, David revit Gerry Doyle par hasard. Celui-ci lui demanda :

— As-tu pris d'autres cuites depuis la nuit de la grotte ?

— Je crois que je vais adhérer à une ligue de tempérance. Le lendemain, j'ai bien dû vomir une dizaine de fois.

— Tu as réussi à tenir le coup jusque chez toi. Ça n'a pas été le cas de tout le monde. On peut quand même dire qu'on ne s'est pas ennuyés.

— Non. C'était épatant. James Nolan disait qu'il ne s'était jamais amusé aussi royalement.

— Il m'a parlé de ton tourne-disque. Ça marche sur le haut-parleur de la radio ?

— Non, c'est un électrophone. Un appareil qu'on branche séparément.

— Combien ça va chercher, un machin comme ça ? dit Gerry d'un ton envieux.

— Je n'en sais rien. C'est un cadeau. Mais si tu veux, je peux me renseigner.

— J'aimerais voir à quoi ça ressemble.

David eut une très brève hésitation, et puis il dit :

— Viens. Je vais te le montrer.

Sa mère n'apprécierait pas la présence de Gerry Doyle sous son toit. D'ailleurs, n'importe quel autre garçon de Castlebay aurait décliné l'invitation. Mais pas Gerry Doyle. Il aurait été toute sa vie un familier des Power qu'il n'aurait pas paru plus à l'aise. Sur la route de la Falaise, les villas de vacances avaient l'air de maisons abandonnées. On avait peine à les imaginer envahies par des familles entières — les enfants entrant et sortant, la pelle et le seau en main, les parents mettant des transats dans les jardins en bordure de la route.

— Faut être cinglé pour louer des machins comme ça, remarqua Gerry en désignant d'un mouvement de la tête la rangée de villas hétéroclites.

— Je n'en suis pas sûr. Qu'est-ce que tu ferais, si tu n'habitais pas au bord de la mer ?

— Mais si on a l'argent pour louer ici pendant les deux mois, c'est qu'on a les moyens d'aller en Espagne et même peut-être en Grèce, riposta Gerry.

Qu'on puisse faire les frais de venir à Castlebay, cela le dépassait.

— Suppose que tu sois marié et que tu aies des

enfants, tu ne pourrais pas emmener toute la famille à l'étranger.

— Dans ce cas, bien sûr. Mais la différence, c'est que je ne me marierai pas.

— Eh bien, moi, si.

— Tu ne sais pas ce que tu racontes, David Power, affirma Gerry Doyle avec un bon sourire.

Mrs. Power était en train de disposer des branches de feuillage dans un vase du vestibule. La porte d'entrée s'ouvrit.

— Bonjour, dit-elle. Ah, c'est vous, Gerry ? Bonjour. Vous voulez voir le docteur ?

La mine un peu étonnée, elle avait fait un signe de tête en direction du cabinet. Les clients n'entraient pas par ici mais par la petite véranda sur le côté.

— Non, Mrs. Power, je vous remercie. Je viens voir le tourne-disque de David, dit Gerry avec assurance.

— Son tourne-disque ? interrogea-t-elle d'un ton poli mais glacial.

— Oui, maman, je vais lui montrer l'électrophone. À propos, il a coûté combien ? demanda David, moins rassuré qu'il n'y paraissait.

— C'était un cadeau, mon chéri. On ne demande pas combien a coûté un cadeau, le reprit Mrs. Power avec un sourire contraint.

— Oui, bien sûr. Mais tu pourrais le dire à Gerry tout seul. Il se demandait si c'est dans ses moyens.

— Je doute que ce soit tout à fait à la portée de Gerry, dit-elle avec des inflexions de voix que David détestait.

— Vous êtes sûrement dans le vrai, convint Gerry qui n'avait apparemment rien remarqué. Et de toute façon, il faut que j'attende la fin de l'été, parce que en fait d'argent de poche, je n'en gagne que lorsqu'il y a du travail avec les vacanciers. Mais ça me fera tout de même plaisir de voir la machine. (Tout en adressant un large sourire à Mrs. Power, il avait posé un pied sur la première marche de l'escalier.) C'est là-haut ? demanda-t-il à David.

David monta derrière lui. Il devinait la tête que devait faire sa mère.

À midi, Mrs. Power attendit que Nellie soit sortie de la salle à manger pour s'adresser à son mari :

— Paddy, veux-tu demander à David de ne pas amener Gerry Doyle ici ?

Le Dr Power, qui lisait son journal, leva calmement les yeux.

— Ne peux-tu lui demander toi-même ? Il est assis à côté de toi.

— Tu sais bien ce que je veux dire.

— Est-ce une dispute ? interrogea le docteur en regardant alternativement sa femme et son fils.

— Certainement pas de mon côté, affirma David.

— Voilà ce que je veux dire, déclara Molly Power.

— Je te trouve désinvolte avec ta mère, mon garçon. Arrête, dit le Dr Power en se replongeant dans son journal.

— Paddy, je t'en prie. Explique à David que nous n'avons rien contre Gerry Doyle mais que nous ne le recevons pas.

— Voyons, que se passe-t-il ? demanda le Dr Power en abandonnant à regret sa lecture. Le jeune Doyle s'est mal conduit ?

Le sang au visage, Molly se taisait. David avait sa mine rebelle.

— Pas du tout, répondit David. Il est monté pour voir mon électrophone. Il l'a admiré. Il est reparti.

— La question n'est pas là, dit Molly Power, et tu le sais parfaitement, David. Si tu ne le comprends pas, à ton âge !

— Ce que veut dire ta mère, intervint le Dr Power, c'est qu'elle se donne du mal pour que la maison soit impeccable, et qu'elle ne tient donc pas à ce qu'il y ait des allées et venues parce que ça salit. C'est assez normal, non ?

Avant d'accepter l'explication, David l'examina mentalement.

Et puis soudain, il comprit.

— Mais oui, certainement. Excuse-moi, maman. Sur le moment, j'avais cru que tu avais quelque chose contre Gerry Doyle. Mais c'est entendu. Je n'inviterai personne à l'improviste. (Molly souriait sans conviction. Elle n'était pas sûre d'avoir gagné.) Et tout à l'heure, je dois passer chez lui. Il va me montrer leur chambre noire, et il me laissera l'aider à développer les photos que son père a faites à un mariage.

Le visage épanoui par un grand sourire, il se servit un verre de jus d'orange.

La sœur de Gerry Doyle était incroyablement belle. Elle portait un sarrau qui lui donnait un genre artiste. On aurait dit un personnage sorti d'un livre illustré. Elle devait être timide, parce qu'elle ne répondait que par « oui » ou « non » aux questions de David. Mais elle n'en était pas moins pleine de sollicitude. Elle proposa de leur faire du chocolat. Et elle irait prendre une demi-livre de cassures de gâteaux secs chez O'Brien.

— Pourquoi ne l'as-tu pas amenée à la cave du Phoque ? demanda David.

— On n'emmène pas *sa sœur* à un truc comme ça. C'est bon pour des filles comme Chrissie, Peggy ou Kath. Pas pour Fiona.

David comprit qu'il outrepassait une limite dont il n'avait aucune idée. Il se sentit gêné. En même temps, c'était juger bien durement les filles qui étaient venues. Les garçons les avaient encouragées à boire du cidre bouché et de la bière. Évidemment, elles étaient un peu parties, Kath s'était mise à vomir et elles avaient toutes réussi à se flanquer par terre. Mais une minuit-partie, c'est fait pour s'amuser. Pourquoi

Fiona ne pouvait-elle s'amuser ? Pourtant, quand Fiona leur apporta les tasses de chocolat et les gâteaux, il se dit que, lui non plus, il n'aurait pas aimé qu'elle participe à ces bêtises.

Il aurait voulu lui demander d'entrer en correspondance. Chez les Jésuites, Nolan recevait de longues lettres d'une fille. Mais ce serait trop compliqué à organiser. Pour commencer, si elle était d'accord il devrait lui expliquer tout le système : comme le courrier des pensionnaires était d'abord lu par les prêtres, la fille écrivait au masculin. L'amie de Nolan, Alice, signait « Anthony ». En fait, il fallait tellement tout transposer, les études, les sports, les distractions, qu'on ne s'y retrouvait plus. Mais c'était tout de même agréable pour Nolan de recevoir ce genre de courrier et de raconter à tout le monde qu'Alice était une sacrément belle fille. Avec Fiona, ce serait encore mieux. Mais puisque Gerry ne l'avait pas laissée venir dans la grotte du Phoque, il s'opposerait certainement à ce qu'elle envoie des lettres codées à un garçon. David se rendit compte qu'il pensait aux enfants Doyle comme à des orphelins, alors qu'ils vivaient dans leur famille.

— Toi et Fiona, vos parents ne s'occupent pas beaucoup de vos affaires, hein ?

— Non, ils travaillent trop dur. C'est comme ça depuis toujours. Une vie de forçats. Maman déteste ce travail, mais elle n'a pas le choix.

— Qu'est-ce qu'elle préférerait faire ?

— Disposer des fleurs dans des vases, comme la tienne, dit Gerry Doyle en riant. Mais c'est ce que toutes les femmes aimeraient, non ?

Lorsque David rentra, en fin d'après-midi, il trouva à la maison une atmosphère paisible. Ses parents devaient s'être expliqués. Sa mère marquait pour lui des pyjamas et des chaussettes neufs en y cousant les petites bandes portant son nom tissé. Elle semblait avoir totalement oublié la scène du déjeuner.

— Tu auras sans doute du mal à te remettre au travail, après ces vacances forcées, remarqua-t-elle.

— Oui, je le crois, dit-il, décidé à être gentil, lui aussi. Mais heureusement que j'ai eu Miss O'Hara. Nolan dit que nous ne connaissons pas notre chance, parce qu'à Dublin les répétiteurs demandent des fortunes et ils sont tous à moitié alcooliques.

Le père de David était installé dans son fauteuil, à l'autre angle de la cheminée. Il se mit à rire.

— Ton ami Nolan raconte n'importe quoi. On ne peut pas plus généraliser sur les répétiteurs que sur ma profession ou sur celle de son père. Et Dieu merci !

— Tu sais bien comme Nolan s'emballe.

— Mais oui, mais oui. Il a l'esprit vif, ce garçon. Il nous a beaucoup plu, à ta mère et à moi. Invite-le quand tu veux, lui ou n'importe lequel de tes camarades, la maison est assez grande. Et ça fait plaisir d'entendre un peu de bruit.

Le vent avait sérieusement tourné, pensa David. À midi, j'introduisais des intrus dans la maison. Il répondit qu'il serait content d'inviter encore Nolan. Et que Nolan serait sûrement heureux de revenir. Chez lui, l'atmosphère n'était pas très détendue, avec sa mère qui s'inquiétait de tout. Quand ce n'était pas des puces, c'était de la chute éventuelle des plafonds. Et le produit qu'elle prenait pour ses nerfs ne semblait pas lui faire beaucoup d'effet.

La veille de son départ, David dit en fin d'après-midi qu'il aimerait aller remercier Miss O'Hara et, si c'était possible, lui porter un cadeau. Sa mère affirma qu'Angela O'Hara n'apprécierait pas du tout, qu'elle avait été payée correctement, mais son père prit le parti de David. Angela admirait toujours la bibliothèque quand elle venait : David n'avait qu'à choisir un livre à son intention.

— Quel besoin a-t-il d'aller au cottage de Dinny O'Hara ? contre-attaqua Molly Power.

— Dinny O'Hara est au cimetière depuis cinq ans, dit le docteur, il ne risque pas de corrompre le garçon.

Elle ne répondit pas mais prit son air désapprobateur.

Nellie aida David à emballer le cadeau : un livre sur les noms de lieux irlandais. Ils retirèrent la vieille couverture de papier qui le protégeait. En dessous, la reliure était intacte. Nellie regarda avec admiration le texte en petits caractères.

— Quand je pense qu'Angela lit tout ça et qu'elle le comprend ! remarqua-t-elle. Ça, on peut dire qu'elle a étudié.

Elle avait été en classe avec Angela à l'école du couvent. Quelle affaire lorsque la nouvelle était arrivée qu'Angela avait remporté une bourse d'études secondaires à l'école du chef-lieu ! En ce temps-là, quand une fille était boursière, les religieuses en étaient si fières qu'elles lui confectionnaient elles-mêmes son uniforme. Elles avaient constitué le trousseau de pensionnaire d'Angela, parce qu'il ne fallait pas compter sur cet ivrogne de Dinny O'Hara pour aider sa petite dernière à réussir dans la vie.

— Elle méritait d'arriver, dit soudain Nellie tout en terminant adroitement le paquet-cadeau. Elle ne vous écrasait pas avec ses succès et ses diplômes. Elle n'est pas fille à pavoiser, ça non !

David ne trouvait pas que Miss O'Hara ait tellement de quoi pavoiser : être institutrice dans une malheureuse école de sœurs, rester enterrée à Castlebay à cause de sa vieille mère, alors qu'elle devait avoir eu bien d'autres ambitions, puisqu'elle s'était acharnée à poursuivre ses études. Mais évidemment, sa situation devait paraître enviable à Nellie, dont toute la vie se passait entre le ménage, la cuisine et la lessive.

Tournant à gauche en sortant de chez lui, il prit la direction du golf. Le chemin lui parut long. Il comprit pourquoi Miss O'Hara faisait tous ses trajets à bicyclette. En arrivant en vue du cottage, il vit de la lumière aux fenêtres du rez-de-chaussée. Pourvu que ce ne soit pas la vieille maman qui vienne lui ouvrir, courbée en deux sur ses cannes.

Mais ce fut Clare O'Brien qui l'accueillit. Elle était vive et menue, avec de grands yeux marron et des cheveux blonds attachés en couettes. Elle avait toujours un petit air interrogateur. David se souvint du ton sur lequel, le jour où ils s'étaient rencontrés à la grotte de l'Écho, elle avait envié sa chance d'avoir des cours particuliers avec Miss O'Hara. Eh bien, elle avait peut-être cette chance à présent.

— Elle est en train de coucher sa maman. La pauvre, ses douleurs ont été méchantes aujourd'hui. Miss O'Hara a dit qu'elle n'en avait que pour quelques minutes. Si tu veux l'attendre, assieds-toi.

David était un peu démonté de la trouver là. Il ne voulait pas débiter son compliment à Miss O'Hara devant un témoin. Mais il pouvait difficilement conseiller à la petite O'Brien de s'en aller, ou même seulement lui dire qu'il voulait parler seul à seul avec Miss O'Hara. Du regard, il fit le tour de la cuisine. Elle était entièrement garnie de rayonnages montant jusqu'au plafond. Des bibelots, des livres, des boîtes à gâteaux et encore des livres, des paniers à couture, des statuettes. Ça faisait un peu penser à une boutique de cadeaux de Noël. Sauf que la plupart des objets étaient des livres.

— Elle sait exactement où chaque chose se trouve, tu te rends compte ! dit Clare en faisant des yeux tout ronds.

Sur une table, il y avait un bloc de papier à lettres, une bouteille d'encre et un buvard. Miss O'Hara avait dû écrire des lettres avec Clare avant que sa mère se retire.

— Tu prends des cours ? lui demanda-t-il.

Il l'enviait. Il aurait préféré travailler avec Miss O'Hara dans cette drôle de pièce où il y avait tant de choses, chacune ayant son histoire et sa place. Elle était beaucoup mieux appropriée à l'étude que le salon de sa mère, où celle-ci gardait à portée de main des magazines illustrés, *Tatler and Sketch* ou *Social and Personal,* sans compter le journal féminin *The Housewife* qu'elle recevait mensuellement de Londres, sur abonnement. Quand les numéros avaient au moins deux mois, ils prenaient le chemin du salon d'attente du Dr Power. Évidemment, il y avait aussi toutes les encyclopédies et les beaux volumes reliés. Mais ils n'étaient pas lus, maniés, aimés comme les objets qui se trouvaient ici.

— Oh, non, je le voudrais bien. Je veux dire, ça me plairait plus que tout. Si Miss O'Hara me donnait des cours particuliers, je deviendrais un génie.

Elle parlait avec le plus grand sérieux. David en fut attristé. Ce devait être affreux de ne pas pouvoir étudier faute d'argent. Il n'avait jamais pensé à ça, parce que, pour lui, tout venait automatiquement.

— Et si tu faisais quelque chose pour elle en échange ? Je ne sais pas, moi, les commissions ou la cuisine ?

— Oui, ça m'est venu à l'idée, déclara Clare de son petit air solennel. Mais ce ne serait pas honnête. Elle serait obligée de m'inventer des besognes. Ça reviendrait à demander la charité.

— Oui, je comprends.

— Mais si je suis là aujourd'hui, c'est parce que Miss O'Hara va justement m'aider. Je vais écrire au couvent du chef-lieu — c'est l'école secondaire de jeunes filles. Je leur demanderai le niveau qu'il faut avoir pour le concours général des bourses d'études, dans deux ans. Tu sais, Miss O'Hara est passée par là elle aussi, il y a des années, et elle dit qu'on doit être rudement malin, que ce n'est pas très différent de mener une guerre.

La gamine en avait les yeux illuminés. Au même moment, Angela revint dans la cuisine.

— Clare, ne livre pas tous nos secrets, lança-t-elle. Monsieur le collégien pourrait très bien se déguiser et te battre au poteau.

Nolan aurait fait une remarque spirituelle. Ne trouvant rien à dire, David se contenta de rire en disant gauchement :

— Je vois que je vous dérange, vous faisiez du courrier.

— Ne vous inquiétez pas, David. En fait, Clare rédigeait une lettre la concernant, et moi j'écrivais à mon frère. Or, que puis-je lui rapporter d'intéressant ? Je me suis levée tôt, j'ai fait la classe, je n'ai pas étranglé Immaculata... la routine, quoi !

— Et lui ? Que dit-il dans ses lettres ? Je suppose que c'est tout aussi routinier ?

Angela prit une enveloppe où le timbre avait été découpé aux ciseaux, pour la collecte de l'école.

— C'est exactement la réflexion que je me faisais. Ma mère garde précieusement les lettres de Sean. Il y en a de pleines boîtes. Vous les voyez ? Et il répète toujours la même chose. Mais ça fait tout de même plaisir de le lire.

— Quand on vieillit, il n'y a plus grand-chose de nouveau à raconter, hasarda Clare.

— Non, mais le pire, c'est quand on ne vit pas du tout de la même façon. C'est pour ça que je n'ai jamais eu un correspondant étranger, en Inde ou ailleurs, déclara David. Une fois que, de part et d'autre, on a décrit son existence, qu'est-ce qu'on peut se dire ?

— Oui, c'est un peu ce qui arrive, convint Angela. Prenant un mince feuillet de papier « par avion », elle lut :

Chère maman et chère Angela,

Merci de votre lettre qui est arrivée hier. Nous sommes au milieu de la saison des pluies, ce qui rend tout plus difficile, mais nous pouvons accomplir l'œuvre du Seigneur grâce au brave et bon soutien que nous recevons des nôtres, au pays.

Je voudrais que vous puissiez voir combien les petits Japonais sont beaux. Sans doute ai-je peu approché d'enfants avant d'être missionnaire. Les petits Irlandais sont peut-être encore plus beaux...

Angela n'alla pas plus loin. Il était évident, dit-elle, qu'il n'avait jamais dû consacrer toute une journée à enseigner des petites Irlandaises dans une école religieuse, parce que ça changerait sa façon de voir.

— C'est un peu la même chose que ce qu'il a écrit à l'école, non ? remarqua Clare.

— Toutes ses lettres se ressemblent. Il s'efforce peut-être de se mettre à notre portée. Pourtant, certaines questions m'intéressaient. Par exemple, je lui ai demandé s'ils ordonnaient beaucoup de Japonais, et ce qu'il était advenu de tous ces gens convertis en Chine, à présent que les missions ont quitté le pays : sont-ils retournés à leur ancienne religion ? Mais il ne me répond jamais sur ce genre de choses.

Miss O'Hara resta un instant plongée dans ses pensées. David s'éclaircit la voix en toussotant :

— Je suis venu vous dire au revoir et vous remercier, dit-il. Et vous donner ce livre, en témoignage de ma reconnaissance.

Angela s'assit, et chercha de la main son paquet de cigarettes. Finalement, tout en essayant de dénouer la faveur entourant le paquet, elle dit d'une voix très douce, que ni David ni Clare ne lui connaissaient :

— C'est très gentil. Merci.

— Ce n'est pas un ruban neuf, dit David. Vous pouvez le couper.

Clare trouva tout de suite un couteau. Miss O'Hara ouvrit le paquet et ils se plongèrent tous les trois dans le livre. Il était fascinant d'apprendre pourquoi les lieux portaient tel ou tel nom. Mais ils furent scandalisés que l'auteur ait omis Castlebay. S'il prétendait avoir autant voyagé, comment pouvait-il ignorer l'existence d'un aussi bel endroit ? À un moment, ils entendirent geindre la maman, mais Miss O'Hara expliqua qu'il ne fallait pas s'inquiéter : sa mère essayait de trouver une position confortable, ce n'étaient pas des plaintes de douleur.

Et les ayant lestés de thé et de cake, elle les mit dehors dans la nuit en disant que leurs parents allaient croire qu'on les avait enlevés.

Au collège, Nolan raconta à qui voulait l'entendre que Power était vraiment quelqu'un. Il fallait voir la taille de sa villa, et située sur la falaise, avec son chemin privé pour descendre à la plage. Les Power avaient une domestique et un labrador. Dans la ville, tout le monde les connaissait et les saluait. David trouva que c'était un peu audacieux de qualifier Bones de labrador, mais il convint que le reste était assez exact. Et il se rendit compte qu'il suscitait un intérêt considérable pour avoir emmené Nolan à des réjouissances nocturnes où on allait drôlement loin avec les filles. Nolan avait nettement brodé à partir des petits baisers échangés autour du feu dans les débuts, parce que, ensuite, ils avaient tous trop bu pour passer à des jeux plus périlleux. Il n'en était pas moins agréable de jouer les héros, et David se contentait de rire en prenant des airs entendus.

Un autre sujet de satisfaction, ce furent les compliments que lui fit le père Kelly pour avoir exécuté le programme d'études fixé pendant la fermeture de l'établissement.

— J'en rends grâce à votre répétiteur, puisque vous me dites qu'on vous a fait travailler, déclara le père Kelly, pourtant habituellement avare de louanges.

— En fait, c'était une répétitrice, mon père.

— Il est vrai que certaines ne manquent pas de compétence, reconnut le prêtre du bout des lèvres.

David raconta à Nolan que Gerry Doyle avait une sœur absolument sensationnelle, mais qu'il n'avait pas voulu la laisser participer à la fête dans la grotte. À son habitude, Nolan trancha sans appel :

— Évidemment. On n'emmène pas sa sœur à un truc comme ça. Jamais je n'y aurais emmené la mienne. Caroline, au milieu d'une pareille bande ! Gerry Doyle a eu tout à fait raison. Est-ce qu'elle va t'écrire ?

— Je ne le lui ai pas demandé.

— Parfait, Power ! Tu as saisi la technique. Les laisser mijoter. C'est exactement ce que je fais.

— Est-ce que tu vas continuer à correspondre avec Alice ?

— Non. J'ai dépassé le stade d'Alice, déclara Nolan d'un ton laissant percer que c'était Alice qui avait dépassé son stade à lui.

Il apprit à David que sa mère surmontait un peu mieux ses phobies, et qu'elle acceptait la perspective d'aller passer l'été à la mer. Chez lui, tout le monde en avait envie depuis des années, mais sa mère s'y opposait à cause des rats, des insectes et des serpents d'eau. D'après elle, si saint Patrick avait débarrassé l'Irlande des serpents terrestres, il était resté impuissant contre les anguilles — nom sous lequel se dissimulaient les gros serpents de mer envahissant toutes les plages. Or, à présent, grâce à ses nouveaux comprimés, elle n'y pensait plus. Les Nolan envisageaient donc de louer une villa à Castlebay, puisque leur fils en était revenu emballé. La nouvelle ravit David : si James et sa famille venaient à Castlebay, l'été serait passionnant.

Angela dit à Clare qu'elle devait rédiger elle-même sa lettre, parce que des mots d'adulte ne conviennent pas quand c'est une enfant de dix ans qui écrit. Elle la relirait seulement pour l'orthographe et les tournures. Elle donna à Clare un bloc de papier à lettres uni (mais un papier réglé qu'on glissait sous la feuille permettait d'écrire droit). Clare devait expliquer qu'elle envisageait, d'ici deux ans, de se présenter au concours libre pour l'obtention d'une bourse d'études, et demander quel programme elle devrait travailler.

— Vous croyez que je pourrai y arriver ? Parce que je ne voudrais pas me monter la tête comme pour... enfin...

— Comme pour le prix d'histoire. Eh bien oui, je pense que tu le peux, à condition de te tuer au travail. Mais si tu veux un conseil, n'en parle à personne.

— Je l'ai déjà confié à David Power.

Ça n'avait pas d'importance, la rassura Miss O'Hara. Il n'y pensait sûrement déjà plus. C'était à ses camarades et à sa famille qu'elle ne devait rien dire, parce que ces choses-là agacent les gens. Justement, Clare s'était bien gardée d'évoquer la lointaine perspective du concours, car ses parents étaient déjà suffisamment agités.

Tommy et Ned avaient vu cet homme qui recrutait de la main-d'œuvre pour l'Angleterre, et ils ne pensaient plus qu'à partir. En raison des destructions massives de la guerre, partout on reconstruisait à tour de bras. Sans compter les travaux de voirie, les nouvelles routes, et tout le reste. Ce recruteur, qui avait reçu les jeunes gens de Castlebay et des environs pendant deux heures à l'hôtel Dillon, n'avait pas vraiment interrogé Tommy et Ned. Il avait simplement noté leur nom et leur adresse, en leur disant de venir le trouver quand ils arriveraient en Angleterre. Mais qu'ils prennent leur temps — il valait mieux débarquer à la belle saison. Leur logement ne poserait pas de problème : autour de Kilburn et de Cricklewood, il y avait des masses de familles irlandaises qui seraient trop heureuses de prendre des compatriotes en pension. Là, ils retrouveraient un foyer. Ils n'auraient pas à vivre parmi ces étrangers d'Anglais. Lui-même était un homme d'affaires, et il veillerait à ce que ses compatriotes trouvent de bons emplois. Avec ses relations, on pouvait être tranquille : les jeunes Irlandais ne seraient pas exploités.

Le père de Clare se demandait si l'homme ne leur avait pas fait ça au bluff. S'il avait été à la tête d'une agence de placement, il aurait pris de l'argent aux candidats. Cela, c'est une attitude compréhensible. Mais aller s'installer à l'hôtel Dillon (sans cravate), et donner à tous les candidats un bout de papier où, en dessous de son nom, il était indiqué qu'on le trouverait le vendredi dans un des deux pubs de Kilburn ! Est-ce qu'il n'y avait pas lieu de se méfier ?

Mais Tommy et Ned n'avaient rien voulu entendre. Qu'est-ce qu'ils avaient à y perdre ? En supposant qu'au bout de la première semaine de travail ils s'aperçoivent que l'homme les carottait, ils iraient s'adresser à une de ces agences de placement dont parlait papa. Ils n'étaient pas attachés, ils n'avaient pas signé de papier. Au lieu de faire toutes ces histoires, les parents devraient s'estimer heureux qu'ils connaissent quelqu'un sur place.

Tommy n'allait plus en classe. Il n'avait même pas obtenu son certificat. Au bout de toutes ces années chez les frères, il savait à peine lire et écrire. En attendant de partir chercher fortune à Londres, il était entendu qu'il aiderait son père à aménager enfin la boutique. Mais il passait le plus clair de son temps à traîner.

Ce n'était pas facile d'arranger la boutique dans la journée, à cause de la clientèle. Il fallait donc s'y mettre après la fermeture. Sans qu'il y ait d'ailleurs d'heure vraiment précise, parce qu'on ne pouvait refuser de rouvrir si Mrs. Conway voulait une livre de sucre, ou si Miss O'Flaherty décidait qu'elle ne pouvait prendre son thé du soir sans petits gâteaux.

L'été précédent, il y avait eu une telle cohue avec

la vente des glaces au beau milieu de tout le reste que Tom O'Brien avait décidé de placer le meuble réfrigérant contre une paroi latérale de la petite boutique. On rangerait la confiserie au-dessus et les fruits à côté. Ainsi pourrait-on tout servir en même temps aux gens de la plage, tandis que, sans être pris dans la cohue, les vacanciers des villas sur la falaise réfléchiraient à loisir avant de choisir finalement, selon leur habitude, du jambon et des tomates. Théoriquement, c'était bien beau, mais en attendant, on ne savait plus où étaient les articles. Les soirées se passaient à nettoyer les rayonnages et à y punaiser de la toile cirée neuve. Pour le sol, il n'y avait malheureusement pas grand-chose à faire : comme l'argent manquait pour remplacer le lino, on s'était contenté d'en changer seulement un rectangle, juste à l'entrée, là où il était le plus usé. Un autre travail avait consisté à vider le maximum de cartons et à les ranger dans la remise. L'été, tout le monde réclamait des cartons.

Et au milieu de tout ça, Clare avait bien du mal à faire ses devoirs. Son cahier d'histoire étalé devant elle, elle était en train de peiner sur une carte muette de l'Irlande (Miss O'Hara leur avait fait dessiner une carte muette toutes les quatre pages, pour y localiser les événements historiques au fur et à mesure des leçons). Ayant situé la bataille de Kinsale (1601), elle dessinait les petits navires espagnols et le trajet de Hugh O'Neill, descendant du Nord à la tête de son armée. Elle s'entendit appeler, mais fit la sourde oreille. L'instant d'après, sa mère ouvrait la porte de la chambre. Elle avait sa mine des mauvais jours.

— Mademoiselle se prélasse alors qu'on a besoin d'elle !

— Mais non, maman, tu vois bien que je fais ma carte.

— Ce que je vois, c'est que tu vas descendre immédiatement aider ton père. Je m'égosillais à t'appeler.

— Ce sont mes devoirs.

— Ne viens pas me dire que tu fais tes devoirs quand tu dessines des bonshommes et des bateaux. Allons ! Il y a tous les rayonnages du haut à nettoyer.

— Mais on ne met jamais rien dessus.

— As-tu fini de répondre ? Je te dis de descendre, un point c'est tout.

— Où vas-tu, Chrissie ? Ce soir, nous devons retirer toutes les affichettes collées aux vitres.

— Je ne peux pas rester, maman. Je vais chez Peggy... elle va m'apprendre à couper une robe. Elle a un patron.

— Bon. Mais ne rentre pas trop tard.

— Non, maman. Sois tranquille.

— Clare, qu'est-ce que tu fais ?

— Je dessine le trajet des alizés. Nous devons savoir leur origine et pourquoi ils dirigeaient les flottes...

— C'est ça. En attendant, viens m'aider à nettoyer les vitres.

— Clare, ma petite fille, c'est bien d'avoir toujours le nez dans tes livres, mais si tu t'occupais du linge à laver ? Ta mère est proprement exténuée.

— Est-ce que Chrissie ne peut pas le faire, et moi je m'en chargerai la prochaine fois ? J'ai de la mythologie à apprendre, et je n'arrive pas à retenir tous ces noms compliqués.

— Chrissie est allée faire ses devoirs avec Kath.

— Papa, est-ce que je suis vraiment obligée de...

— Obligée ? Non. Je pensais simplement que tu trouverais normal d'aider ta mère.

— Bon, j'y vais, dit Clare en refermant son livre avec un claquement sec.

Elle se lèverait plus tôt le lendemain matin, pour parvenir à se mettre dans la tête cette histoire de Jason et la Toison d'or. Ce ne serait jamais qu'une fois de plus...

— Clare, tu as attrapé un rhume ?

— Non, maman. C'est peut-être la poussière qui me fait tousser.

— Bois donc un verre d'eau. Et j'aimerais qu'au lieu de passer tes journées dans la cuisine tu viennes me donner un coup de main pour ranger les cartons. Mets-toi un foulard sur la bouche, pour éviter d'avaler de la poussière.

— Maman, est-ce qu'après je pourrai faire mes...

— Tes devoirs, tes devoirs ! C'est tout de même curieux que tu sois la seule à trouver tout le temps cette excuse. Regarde les autres.

— Justement, je les regarde.

— À quoi ça rime, cette remarque ?

— À rien, maman.

Clare était souvent obligée de faire ses devoirs au lit. Dès qu'elle allumait sa lampe de poche, Chrissie lui cherchait des histoires.

— Tu m'empêches de dormir et tu t'esquintes les yeux. Tu vas devenir aveugle. Je te vois d'ici, en train de tâtonner avec ta canne blanche.

— Chrissie, si tu veux bien la boucler ? J'apprends une poésie.

— Eh bien, moi, je le dirai à maman, lança Chrissie, surprise de la vivacité de la riposte. On verra si tu continues à marmonner et à garder de la lumière.

Il n'y eut pas de réponse. Les mains collées aux oreilles et les yeux fermés, Clare répétait : « *Do Ghealadh mo chroi nuair chinn Loch Greinne.* »

— Il faut que tu aies vraiment la tête dure, reprit Chrissie, pour ne pas être fichue de retenir trois malheureux mots !

— C'est parce que je sais pas ce que veut dire *Ghealadh.* C'est difficile de retenir quelque chose quand on ne le comprend pas.

— Qu'est-ce que tu me chantes ? Personne ne comprend les vieux poèmes irlandais. C'est juste des mots à la file.

— Pas du tout. Ça signifie : « Il est arrivé quelque chose à mon cœur quand j'ai vu le Loch Greinne », mais je ne sais pas ce qui est arrivé. *Ghealadh,* qu'est-ce que ça peut bien vouloir dire ? Quand tu étais dans la même classe que moi, tu as dû l'apprendre ?

— C'est possible, mais j'ai déjà tout oublié. Dis donc, je ne blague pas : si tu n'éteins pas immédiatement je dirai à maman que tu m'empêches de dormir avec tes sornettes de poésie. Attends un peu ! Tu vas en prendre pour ton grade.

— Sûrement pas. Si tu rapportes, maman trouvera bizarre que *toi* tu n'aies jamais de leçons à apprendre. Alors, laisse-moi tranquille et dors.

Quand Angela entra dans le salon d'attente, il n'y avait qu'une cliente, la vieille Mrs. Dillon, de l'hôtel. Celle-ci s'empressa de lui confier qu'elle venait consulter le médecin secrètement. Parce que sa bru l'empoisonnait. Pour sortir, elle avait prétexté la neuvaine de prières à l'église. Angela plaignit intérieurement le Dr Power. Il devait en entendre autant que le père O'Dwyer dans son confessionnal. Elle prit un vieux numéro du *Tatler and Sketch* et se plongea dans les échos périmés de Dublin. Contrairement à ce qu'elle redoutait, le Dr Power ne garda Mrs. Dillon que quelques minutes, et quand il la raccompagna à la porte, la vieille dame était toute souriante.

— Vous avez encore largement le temps d'aller à l'église, lui lança-t-il tandis qu'elle s'éloignait. Et récitez donc quelques ave pour moi.

— Comme si vous en aviez besoin, docteur ! Vous êtes un saint incarné !

— Elle dit vrai, remarqua Angela en se levant pour suivre le médecin dans son cabinet.

— Mais non. Je suis seulement un menteur incarné.

— Que lui avez-vous donc raconté ?

— Que je venais de faire mon inspection d'hygiène à l'hôtel et que je possédais des instruments capables de détecter du poison même à grande distance. Qu'en période de froid on trouve un goût différent aux aliments. Que c'était un fait bien connu. Sur quoi, je lui ai donné un flacon de sirop d'églantine. Elle est ravie. Et toi, Angela, qui t'empoisonne ? Mère Immaculata ?

— Oui, souvent. Mais ce n'est pas ce qui m'amène. Je ne dors plus de la nuit.

— Cela fait longtemps ?

— Trois semaines.

— Tu sais pourquoi ? Des soucis ?

— Oui.

— Est-il possible d'y remédier ?

Angela secoua négativement la tête. Le Dr Power prit son bloc d'ordonnances.

— Bien entendu, je vais te prescrire quelque chose. Mais tu sais comme moi que ce n'est qu'un palliatif.

— Je le sais. Merci, docteur.

— Angela, mon enfant, je ne me gêne pas pour parler de la vieille Mrs. Dillon mais je suis aussi homme à tenir ma langue. Si ça t'aide de te confier, tu peux compter sur ma discrétion.

— Vous n'aviez pas à me le dire, docteur. Je me souviens trop de tout ce que vous avez fait pour mon père.

Mais elle avait décidé de se taire. Elle remercia le Dr Power avec un pâle petit sourire. Il remarqua ses yeux cernés par le manque de sommeil. Ce n'était pas une affaire de cœur. Il le savait parce que dans une aussi petite ville rien ne passait inaperçu. Ce ne pouvait pas non plus être une aventure amoureuse sans lendemain et qui l'aurait laissée enceinte. Et au demeurant, Angela O'Hara ne perdrait pas le sommeil pour une histoire comme ça. Il se souvenait encore de sa réaction quand cette chose était arrivée à une gamine de l'école du couvent — il y avait quatre ans de cela. Elle était la seule à avoir gardé les pieds sur terre. C'était Angela qui avait pensé à expliquer à la fillette comment naissent les enfants, et suggéré d'expédier l'oncle fautif en Angleterre — en lui envoyant quelques costauds pour l'avertir que s'il remettait jamais les pieds à Castlebay, il n'y ferait pas de vieux os. Non, Angela n'était pas fille à s'exposer à un pareil désastre.

En soupirant, il passa au salon. Molly lisait au coin du feu.

— Rien ne change, rien ne s'améliore, dit-il.

Surprise, elle le regarda. Lui qui était toujours si optimiste !

— Tu as un client moribond ?

— Mais non. Simplement, je regrette de ne pas être médecin sur un paquebot.

— Voyons, Paddy, tu n'aurais jamais pu. Tu danses trop mal. Et c'est l'unique fonction des médecins de bord : danser.

Comme elle était jolie quand elle s'animait comme ça pour lui remonter le moral. Elle ne faisait pas son âge. Ce qui la vieillissait, c'était quand elle prenait sa figure revêche de maîtresse de maison excédée, de mère de famille incomprise.

— Je vois que j'ai encore bien des choses à apprendre, dit-il en se dirigeant vers le petit bar.

Tout en se servant un whisky, il ruminait à propos d'Angela O'Hara. Que pouvait-il y avoir de si grave qu'elle ne puisse le lui confier ?

Angela prit les somnifères chez Mr. Murphy, le pharmacien. Il crut que c'était pour sa mère, et elle ne le détrompa pas.

— C'est franchement terrible, cette arthrite. Et quand on pense qu'il n'existe pas de remède ! Autrefois, on appelait ça des douleurs. Aujourd'hui, on sait que c'est de l'arthrite, mais on n'est pas plus capable de la guérir. Je ne vois pas où est le progrès. En tout cas, avec ça elle fera de bonnes nuits. Et toi, Angela, je te trouve une petite mine. Ce qu'il te faudrait, c'est pouvoir dételer un peu. Toute la journée au milieu de ces braillardes. Quand nous allons voir Anna et Nan au couvent, on en a les oreilles cassées, sans compter qu'avec ta pauvre mère, tu dois...

— Je suis solide comme un roc, Mr. Murphy, dit Angela.

Elle se traîna jusqu'au bureau de poste. Mais au moment d'entrer, elle sentit que Mrs. Conway l'achèverait — sa voix de tête, ses questions sur le travail de Bernie, et le prix d'histoire qui revenait à chaque fois sur le tapis. Non, ce n'était pas aujourd'hui qu'elle lui demanderait le renseignement qui l'intéressait. Et pourtant, certains jours, elle aurait pu affronter dix Mrs. Conway avant le petit déjeuner. Mais c'était avant l'arrivée de la lettre, il y avait juste trois semaines.

Elle l'avait ouverte machinalement, sans remarquer qu'elle n'était adressée qu'à elle seule. Si elle l'avait décachetée devant sa mère... La lettre commençait ainsi : « Chère Angela, J'avais songé à t'envoyer la présente au couvent, mais j'ai craint que ça ne suscite la curiosité. Si mère la voit, invente une explication quelconque pour ce courrier "confidentiel". Je t'en prie, Angela. »

Ce qu'il lui apprenait, c'était qu'il avait quitté la mission depuis trois ans et épousé une Japonaise ; ils avaient un enfant de quatorze mois et en attendaient un autre.

Sean O'Hara était encore un petit garçon quand il avait dit aux frères qu'il serait missionnaire. Ils en avaient été très satisfaits, les ambitions de leurs élèves se limitant en général à devenir conducteur de locomotive ou confiseur. De loin en loin, ils essayaient de l'orienter vers leur ordre, mais sans succès. Sean voulait aller convertir les sauvages et non faire la classe aux petits catholiques de Castlebay.

Il n'était pas du tout du genre confit en dévotion, et ses camarades le considéraient plus comme un futur explorateur que comme un pieux missionnaire. Que ce soit en Afrique, en Inde ou en Chine, il ferait de beaux voyages. Le frère qui enseignait la géographie appréciait beaucoup les documents que lui fournissait le jeune Sean, qui entretenait une correspondance suivie avec les diverses missions. En échange des magazines et des brochures qu'il en recevait, il organisait à leur profit les collectes de papier d'argent.

La petite Angela, sa cadette de trois ans, le soutenait sans réserve. Tous les soirs, elle l'accompagnait pour aller dénicher leur père et obtenir l'aide d'un voisin afin de le porter jusqu'à la maison. Ce fut elle qui obtint qu'on leur laisse un coin de la cuisine où ils puissent étudier, et qu'on fixe la lampe à pétrole sur une planche à proximité. Leurs deux sœurs, Geraldine et Maire, songeaient déjà à quitter la maison. Geraldine avait écrit à un hôpital gallois qui formait des infirmières. Quant à Maire, elle avait une amie vendeuse à Londres, dans un magasin élégant — rien à voir avec les minables boutiques de Castlebay. Elles avaient respectivement quinze et seize ans, et elles savaient ce qu'elles voulaient. Elles étaient parties quelques mois plus tard. On ne les avait revues qu'aux congés, et puis plus du tout. Elles écrivaient de temps à autre, envoyaient des photos de leur petite famille. Des enfants qu'on ne verrait pas grandir et qui parleraient avec l'accent anglais.

Geraldine et Maire étaient revenues pour les obsèques de leur père. En manteau et chapeau noirs. Surprises de voir tout le monde en imperméable et foulard sur la tête, elles qui, justement, avaient emprunté leur tenue de deuil. Elles regardaient d'un œil curieux le cimetière mouillé et battu par les vents, les gens de Castlebay courbant le front autour de la fosse. Au bout de treize ans d'absence, elles étaient complètement dépaysées. Elles avaient contemplé le petit cottage en hochant tristement la tête. Angela leur en voulut abominablement. Au cours de la maladie de son père, elle s'était donné tant de mal pour rendre la maison présentable afin que sa mère puisse offrir aux voisins le thé, les gâteaux ou le whisky sans avoir honte de son intérieur.

Mais heureusement, il y avait eu l'énorme réconfort de la présence de Sean. Normalement, il ne devait revenir qu'au printemps mais, en même temps qu'elle le prévenait, Angela avait écrit à ses supérieurs — les jours de leur père étaient comptés, maladie du foie incurable. Ils avaient réagi promptement et humainement en avançant la date des congés du jeune missionnaire.

Et le jeune père O'Hara avait retrouvé sa ville natale. Il était à peine descendu de l'autocar que des gamins filaient au cottage pour annoncer son arrivée. Il avançait en retroussant un peu sa robe à cause de la boue de Castlebay — le même geste que dans leurs marécages d'Extrême-Orient. Le missionnaire O'Hara, rentré pour administrer l'extrême-onction à son père et célébrer le service funèbre.

Le père O'Hara avait eu un mot aimable pour tout le monde à Castlebay. Il regardait le vieux cottage, sa mère toute voûtée, d'un œil clair et direct. Il ne se voilait pas la face devant la vie que son père avait menée. « Il a été malheureux en ce monde, prions pour qu'il retrouve dans l'autre la paix qu'il cherchait. » Une attitude généreuse. Évidemment, il n'avait pas vu ce malheureux père dans ses pires crises, depuis le temps qu'il était parti au séminaire puis passé par le noviciat et enfin envoyé dans les missions. Mais pardonner à un père qui n'avait été qu'une source d'ennuis et de tristesse, c'était quand même d'une rare mansuétude.

Pendant tout le temps que le père Sean resta auprès d'elle, sa mère souffrit moins de l'arthrite. Le matin du dernier jour, alors qu'il allait de nouveau s'éloigner pour cinq ans, il dit une courte messe dans une des chapelles de l'église, rien que pour sa mère et sa sœur.

Il n'y avait même pas d'enfant de chœur. Angela lut les répons en latin dans son missel.

La messe terminée, Mrs. O'Hara glissa dans la main de son fils quatre-vingts livres pour les missions — tout ce qu'elle avait secrètement économisé en prévision de sa visite.

Les adieux privés furent mouillés de larmes. Mais à l'arrêt de l'autocar, en face de la poste, on se montra brave en agitant les mouchoirs. Et la fierté de la veuve était que toute la ville ait pu voir ce qu'il était devenu, son grand beau garçon.

Et il continuait à écrire ponctuellement : remerciant pour les coupures du journal local qu'on lui envoyait ; se félicitant de ce que leur collecte de timbres soit la plus importante de tout le comté ; demandant, après la mort du vieux Mr. Dillon, qu'on transmette à la famille, en même temps que ses condoléances, une image sainte sur laquelle il avait inscrit de sa main une bénédiction ; parlant de moins en moins de lui, mais commentant point par point toutes les petites nouvelles du pays que lui rapportait Angela, préposée à la rédaction de la lettre bimensuelle depuis que Mrs. O'Hara ne pouvait plus tenir une plume.

Et justement, elle lui avait demandé récemment pour son propre compte de leur raconter plus en détail la vie de la mission. « Tu es gentil de t'intéresser à nos petites histoires provinciales, mais parle un peu plus de toi et de ce que vous faites, des élèves, de tes collègues. Au début, tu t'étendais bien plus là-dessus. Je me souviens encore de ces pluies de mousson qui ont éclaté juste le jour de l'arrivée de l'évêque pour les confirmations. Et il n'a confirmé personne parce qu'il était impossible de sortir sous les trombes d'eau. Pour nous, ces choses-là sont *passionnantes...* »

Sean écrivait qu'il ne pouvait supporter plus longtemps de mentir par omission. Pour lui et Shuya, cela devenait intenable de lire des lettres évoquant un passé depuis longtemps révolu. Et l'argent qu'on lui envoyait pour dire des messes passait dans le loyer et l'alimentation. À Tokyo, Sean enseignait l'anglais. Son ordre n'y avait pas de maison missionnaire. L'adresse qu'il avait indiquée était celle du frère de Shuya. Tout son courrier arrivait là.

Ses collègues et même le supérieur avaient été formidables. Au début, ils avaient essayé de le faire revenir sur sa décision en l'assurant qu'il pourrait réintégrer la Maison, et quant à Shuya, on veillerait à ce qu'elle ait les moyens d'élever l'enfant qu'elle attendait. Ce qu'ils ne comprenaient pas, c'était que Sean l'aimait, qu'il voulait fonder une famille avec elle. En fait, depuis longtemps (bien avant de rencontrer Shuya), l'évangélisation des populations d'Extrême-Orient ne signifiait plus rien pour lui. Ces gens vivaient fort bien avec leurs croyances, et il ne pensait pas que le Seigneur tînt à ce qu'ils en changent.

Il allait adresser à Rome sa requête en réduction à l'état laïque. C'était moins rare qu'on ne le croyait. Ensuite, il pourrait épouser religieusement Shuya et faire baptiser leurs enfants. Shuya acceptait volontiers qu'ils soient catholiques.

Après avoir lu la lettre, Angela était restée glacée. Sean n'avait pas succombé à un égarement des sens comme cela arrivait parfois à des prêtres. Dans son esprit, cette femme était déjà son *épouse.* Ses collègues et son supérieur étaient au courant. Et Monsieur trouvait « intenable » de lire les lettres arrivant de sa famille. Eh bien, il pouvait se préparer à en recevoir pas mal d'autres, et du même genre ! Comment pourrait-elle révéler à cette pauvre maman qu'elle avait un petit-fils semi-japonais prénommé Denis, « comme son grand-père », alors qu'elle-même, pourtant jeune, intelligente et moderne, elle n'arrivait pas à l'admettre ? Évidemment, Sean avait des excuses. Être seul, isolé, et savoir qu'il en ira ainsi toute sa vie ! Cette Japonaise sans religion et sans morale en avait profité. En tout cas, la seule solution consistait à continuer comme par le passé, du moins en ce qui concernait leur mère. Tout ce qu'Angela lui demanderait, c'était d'envoyer ses lettres de soi-disant missionnaire.

Mais la nuit, quand elle se réveillait au bout d'une heure et savait qu'elle ne retrouverait pas le sommeil, elle s'apitoyait sur son propre sort. Elle allumait une cigarette et passait son existence en revue. Pendant combien de temps n'avait-elle pas dû lésiner afin d'envoyer de l'argent à son frère, même quand elle n'était encore que suppléante et qu'elle allait partout à pied faute d'avoir de quoi prendre l'autobus ? Elle était retournée à Castlebay avec un engagement d'un an au couvent. Cela, c'était l'année de la mort de leur père. Ainsi leur mère aurait-elle au moins un de ses enfants auprès d'elle pendant la période sombre qui se préparait. Ce n'était pas sans peine qu'elle avait quitté la grande et plaisante institution de jeunes filles de Dublin. Mais la révérende mère l'avait assurée qu'elle retrouverait son poste l'année suivante — on tenait trop à Miss O'Hara, une enseignante tout à fait remarquable. Lorsque Sean était revenu pour les obsèques de leur père, ils s'étaient promenés tous les deux sur les falaises, s'arrêtant pour franchir les échaliers, ou restant à l'abri d'un talus herbeux pour regarder les vagues où tournoyaient les mouettes criardes. Sean avait parlé avec sollicitude des liens, des obligations, du choix que chacun doit faire seul. Et elle avait su qu'elle ne retournerait pas à Dublin, qu'elle resterait pour prendre soin de leur mère. Elle n'en avait pas voulu à ses sœurs ni à lui. Pas plus Geraldine que Maire n'allaient venir s'enterrer à Castlebay avec leur mari et leurs enfants anglais. Quant à Sean, en tant que missionnaire il vouait déjà sa vie aux autres — et d'ailleurs, à supposer qu'il puisse se réinstaller dans sa ville natale, à quoi un homme était-il bon dans une maison ?

Mais à présent, quand l'insomnie la livrait à toutes les inquiétudes, à toutes les craintes, elle éprouvait du ressentiment envers Sean. Qu'avait-il fait, lui qui parlait si bien du devoir ? Il avait couché avec une Japonaise, et sans s'en priver, puisque leur deuxième enfant était en route. Angela n'avait jamais couché avec personne, et pourtant, elle était tout de même plus en droit de s'y risquer qu'un prêtre !

La mère supérieure de l'école secondaire avait répondu à Clare. Elle lui adressait quelques lignes et lui joignait le programme du concours libre pour les bourses de l'année 1952. La lettre arriva au milieu du flot de factures, de quittances et de publicités qui constituait le courrier habituel des O'Brien.

Assise près de la cuisinière, Agnes veillait à ce que la grosse théière circule sans accidents et à ce que chacun reçoive équitablement sa part de porridge. En hiver, ils pouvaient prendre le petit déjeuner tous ensemble, car la clientèle n'arrivait jamais de bonne heure.

On avait bien chaud dans la cuisine, mais une fois tout le monde installé autour de la grande table couverte d'une toile cirée fatiguée, il n'y avait plus moyen de passer tellement la pièce était encombrée. Il y avait le vieux canapé, jonché de vêtements et de livres de classe, des sacs empilés contre le mur, en attendant qu'on les place dans la boutique, le linge séchant au plafond, et le buffet sur lequel s'amoncelaient mille choses posées là « en attendant ».

Tom O'Brien poussait ses soupirs et ses grognements habituels en triant les enveloppes, d'un côté les unies, de l'autre celles avec fenêtre.

— Tiens, dit-il, il y a une lettre pour *toi,* Clare !

Comme c'était la première qu'ait jamais reçue Clare, tout le monde se montra vivement intéressé.

— Elle doit avoir un amoureux, un affreux moutard plein de dartres, dit Chrissie.

— Vas-tu te taire ? la sermonna Agnes O'Brien. On n'entend que toi.

— Qui est-ce qui lui écrit, hein ? Moi, je dois tout le temps dire où j'étais, ce que j'ai fait. Alors, on peut bien poser une question à la petite sainte ?

— Ne réponds pas sur ce ton à ta mère, intervint Tom O'Brien qui était déjà de mauvaise humeur. Allons, Clare, arrête tes cachotteries. Dis-nous ce que c'est.

— C'est une liste de livres, pour préparer le certificat, dit Clare en montrant seulement la feuille polygraphiée mais non la lettre.

— Et à quoi ça te sert, une liste ? railla Chrissie.

— Comme ça, je sais exactement ce que je devrais étudier.

— Tiens donc ! Montre voir. Oh, on a fait tout ça l'année dernière.

— Dans ce cas-là, dit très calmement Clare, tu pourras me passer tes livres.

Elle savait pertinemment que ça clouerait le bec à Chrissie, qui en avait déjà fait de la charpie.

Agnes avait l'esprit ailleurs. Ses deux grands fils allaient partir en Angleterre, ils y vivraient sous un toit inconnu et travailleraient aux côtés d'hommes faits, et d'une nationalité différente. Quel terrible souci ! D'un autre côté, que pouvaient-ils espérer en restant à Castlebay ? Évidemment, si les O'Brien avaient eu un peu de terre, les choses se seraient présentées autrement, mais la petite épicerie suffisait difficilement à nourrir tout son monde...

Clare décida d'aller montrer la lettre à Miss O'Hara après la classe. Pas à l'école, parce qu'on l'accuserait de faire sa cour à l'institutrice, mais au cottage. Quand elle y venait à l'improviste, Miss O'Hara l'accueillait toujours aimablement.

Mrs. O'Hara mit longtemps à lui ouvrir la porte. En entendant le raclement de son fauteuil sur les dalles, annonciateur de sa longue et pénible traversée de la pièce, Clare eut envie de déguerpir. Quand la porte s'ouvrit enfin, elle s'excusa de déranger ainsi la vieille dame.

— Ce n'est rien. Et au train où vont les choses, je peux me préparer à faire entrer tout le monde moi-même.

— Vous allez mieux ? demanda Clare tout heureuse.

— Non, mais quand on reste seul !

— Miss O'Hara n'habiterait plus là ?

— Ni au cottage ni même à Castlebay.

Miss O'Hara s'en irait ? C'était trop injuste ! Comment Clare pourrait-elle préparer son concours ?

— Elle se marie ? interrogea-t-elle, révoltée à cette seule idée.

— Se marier ? Qui irait souhaiter une longue suite de misères ? Elle ne se marie pas, mais elle ne tient plus en place. Elle passe toutes ses nuits à marcher de long en large. Je l'entends suffisamment. Et quand je lui demande ce qui ne va pas, voilà la réponse : elle ne tient plus en place. Écoute bien ce que je te dis, Clare : quand on est vieux, on dérange, et c'est tout.

Justement, Miss O'Hara arrivait. Elle paraissait fatiguée, et depuis un moment, elle se fâchait souvent contre les filles. Mais jamais contre Clare. Aussi celle-ci ne s'attendait-elle pas à être rabrouée.

— *Bonté divine !* Faut-il qu'on soit tout le temps après moi ? À l'école, dans la rue, et maintenant à la maison ? Qu'est-ce que c'est, cette fois, Clare ? Le catéchisme de persévérance, les multiplications à douze chiffres ?

— J'ai cru que vous seriez contente de lire leur réponse, puisque vous m'avez aidée à faire ma lettre, dit-elle, rouge d'indignation, en posant l'enveloppe sur la table, et en gagnant vivement la porte. Au revoir, Mrs. O'Hara, lança-t-elle avant de disparaître.

Elle rentra sans rien voir en chemin. Pas plus, une fois arrivée dans Church Street, Chrissie et Kath perchées sur un muret et en grande conversation avec trois garçons dont Gerry Doyle, que l'effervescence dans la boucherie Dwyers où ce braque de chien du médecin venait de voler une épaule de mouton.

À la maison, on avait déjà rempli les deux valises, bien que les grands frères ne soient pas encore à la veille du départ. C'était si rare de partir en voyage que la préparation des bagages était une chose sérieuse. Le père de Clare avait déniché une bonne courroie de cuir qui servirait à en boucler une (il y avait beau temps que les fermetures étaient trop rouillées pour marcher). Pour l'autre, ils prendraient probablement une grosse ficelle.

Avec le linge pendu dans la cuisine, on ne voyait plus maman. Le séchoir consistait en cinq longues lattes de bois fixées à un cadre, lequel se manœuvrait par un dangereux système de cordons et de petites poulies que seule maman maîtrisait. (Pour dépendre une pièce, le reste de la famille montait sur une chaise.) Mais aujourd'hui, les choses semblaient s'être sérieusement gâtées. La cuisinière était éteinte et maman, grimpée dessus, étendait la partie de la lessive qui avait échappé à la catastrophe — à en juger par le tas de linge maculé de cendres qui restait dans un coin.

— Est-ce que je peux t'aider ? demanda-t-elle.

— Si *quelqu'un* aidait dans cette maison, ça ferait un agréable changement ! Oui, ce serait agréable qu'*on* aide, et étonnant !

— Dis-moi ce que je peux faire. Veux-tu que je prépare le thé ?

— Le thé pour huit personnes ? Sans feu ? Réfléchis un peu, ma fille !

— Écoute, c'est à toi de me dire comment je peux t'aider !

Clare commençait à se rebeller. À quoi servait d'être gentille avec maman si elle faisait la tête ?

— Va donc fourrer ton nez dans tes livres, c'est tout ce qui t'intéresse ! cria Agnes O'Brien.

Et tout le linge trempé dégringola brusquement avec le séchoir sur la tête de Clare. Il y eut d'abord un silence, et puis le visage de maman apparut tandis qu'elle envoyait promener n'importe où les draps et les chemises. « Tu n'as rien, ma bichette ? » disait-elle. Clare éclata de rire. Une réaction nerveuse. Maman l'étreignait, sans prendre garde au linge mouillé qui enveloppait encore Clare. En temps normal, elle aurait pensé que ça peut vous donner des rhumatismes. Mais non, elle serrait encore une fois sa petite fille dans ses bras.

— Ma chérie, ma petite belle, tu n'as rien, non ? Tu vois, c'est Dieu qui me punit d'avoir été méchante avec toi.

Clare en demeurait ébahie et ravie. En tout cas, la catastrophe avait rendu à maman son humeur des meilleurs jours.

— Allons, disait-elle, laisse-moi te détortiller de tout ce linge mouillé. Et j'allume le feu, je n'en ai que pour une minute. Nous allons prendre notre thé toutes les deux. Avec des gâteaux secs. Après ça, nous mettrons ce linge sali dans la baignoire. Et nous ferons réparer la corde du séchoir par un de nos hommes. Ils se tournent suffisamment les pouces.

Cela faisait longtemps que Clare n'avait pas entendu maman plaisanter.

David Power avait de sacrés ennuis, et, à cause de lui, les autres trinquaient. Le père Kelly avait lu la lettre devant tous les élèves assemblés, et pas une fois mais *trois* pour bien montrer jusqu'où pouvait aller la ruse de certains.

La lettre, signée par une certaine Miss Angela O'Hara, venait de la ville où habitait la famille de David Power :

> Mon cher David,
> Veuillez trouver ci-joint l'arbre généalo-

gique de la dynastie Tudor, assorti de notes sur le traitement que chaque monarque a réservé à l'Irlande. J'aurais pensé qu'avec tout ce que vous devez payer là-haut, dans ce grand vilain château, un de ces prêtres qui n'ont même pas à faire leur lit ni préparer leur repas aurait trouvé le temps de le dresser pour vous. Quant à vos jeux puérils des signatures — très peu pour moi. Je ne signerai pas « Andrew ». Si c'est ce genre de sottises qu'on encourage dans votre institution, je le regrette pour vous, et pour les hommes qui — théoriquement — vous ont en leur charge.

Je vous souhaite de continuer à bien travailler et je le souhaite aussi à votre ami, James Nolan.

Meilleurs sentiments,

Angela O'Hara

De mémoire de prêtre, on n'avait jamais vu pareille insolence. Et, en plus, imaginer qu'un des garçons aille solliciter une aide pédagogique *extérieure* — quand on savait que ce collège était le meilleur d'Irlande et un des meilleurs d'Europe !

Laisserait-il calomnier ainsi des prêtres de Dieu ? Et qu'en était-il de ces pseudo-signatures masculines ? On trompait les gardiens, cela durait apparemment depuis longtemps, et c'était une pratique courante ? Eh bien, le père Kelly allait enquêter en profondeur. Et que ceux qui savaient quelque chose osent le dire !

David s'excusa auprès de tout le monde. Il ne pouvait imaginer qu'elle ferait une chose pareille. Elle avait été si formidable, plaida-t-il auprès de Nolan. Ce que Nolan ne contestait pas.

Elle avait dû devenir dingue. Oui, dit Nolan, qui s'y connaissait en dinguerie. Mais de là à le citer nommément dans une lettre adressée au collège, tout de même...

Angela avait blessé Clare. La frimousse pâle mangée par les grands yeux noirs avait une expression de méfiance, comme si elle s'attendait à être de nouveau rembarrée.

— Tiens, dit Angela en lui rendant la lettre de l'école secondaire. C'est très encourageant. Tu sais, quand tu es passée chez moi, j'avais des soucis.

— Oui, Miss O'Hara.

— Alors, si je t'ai paru un peu sèche, je m'en excuse. Ça ne te concernait pas, tu t'en doutes bien.

— Oui, Miss O'Hara.

— Viens donc au cottage quand tu voudras ; je te ferai travailler.

— Non, Miss O'Hara. Je vous remercie.

— Bon sang de bois, qu'est-ce qu'il te faut donc ? Que je te supplie à genoux ? (Clare resta muette.) Clare, écoute-moi bien, parce que je parle dans ton propre intérêt : tu es intelligente ; je serais ravie que tu obtiennes cette satanée bourse ; et je suis prête à travailler tous les jours jusqu'à minuit pour t'y préparer. Mais *je ne supporte* pas tes façons de bouder. Si, ma petite, tu boudes. Tu en as fait autant à cause du prix d'histoire. Et les gens n'aiment pas ça, crois-moi. C'est une espèce de chantage. On n'a pas obtenu ce qu'on voulait, alors on fait la tête à tout le monde. Si tu veux un conseil, débarrasse-toi de ce très vilain défaut, parce que, sans ça, tu devras te passer d'amies.

— Des amies, je n'en ai pas beaucoup.

— Justement ! Demande-toi un peu pourquoi.

— Et de toute façon, pourquoi parler de m'aider puisque vous vous en allez ? riposta Clare, butée.

— Je m'en vais ? Première nouvelle. Et où ?

— Votre mère a dit...

— Eh bien, elle a perdu une bonne occasion de se taire !

— Elle a dit que vous marchiez de long en large toute la nuit, que vous ne teniez pas en place.

— Ah oui ? Voilà une femme qui déraille.

— Alors, vous restez ? dit Clare avec un timide sourire.

— Évidemment. Seulement, si tu ne t'amendes pas, ça n'ira pas du tout entre nous deux. Alors, je t'attends dans la soirée et nous commencerons à bûcher. Et pour tout te dire, ça me distraira.

À plusieurs reprises, Angela O'Hara alla jusqu'à la poste et puis battit en retraite. Non, elle ne pouvait pas demander à Mrs. Conway d'envoyer à Sean un télégramme du genre : « Lettre bien reçue. Prière cesser toute correspondance. » La nouvelle se répandrait comme une traînée de poudre. Et d'ailleurs, cela pousserait peut-être Sean à un acte irréfléchi. N'avait-il pas envisagé avec bonheur le jour où il reverrait Castlebay, où il le ferait découvrir à sa femme et à ses enfants ? Le *père* O'Hara promenant son épouse et sa progéniture dans Castelbay ! L'homme était fou à lier. À lier et à enfermer !

Elle s'efforça d'imaginer ce qu'elle conseillerait à une amie si pareille chose lui arrivait. Par exemple à Emer, qui enseignait toujours à Dublin, dans l'établissement où elles avaient été collègues. (En ce temps-là, Emer et elle sortaient ensemble en espérant trouver l'élu de leur cœur.) Au fond, elle lui recommanderait de ne pas rompre les ponts et de voir venir. Fort bien. Et finalement, elle laissa parler son cœur.

Elle écrivit que cette décision de Sean d'abandonner son ministère lui avait causé un choc. S'il était absolument sûr de ne pas céder à une impulsion passagère, alors elle se réjouissait qu'il ait trouvé le bonheur auprès de son amie japonaise et que leur fils leur donne tant de joie. Cependant, il devait bien comprendre que Castlebay, en 1950, n'était pas un endroit où on admît le mariage d'un prêtre. Tandis qu'elle écrivait dans la cuisine, disait-elle, la pluie battait les carreaux — sa mère avait ouvert la porte du poêle et elle tisonnait les braises avec le vieux pique-feu qu'elle tenait à deux mains. La pauvre femme devrait toujours ignorer la vérité. La vie lui avait déjà apporté plus qu'amplement sa part de souffrances. Angela convenait que ce serait dur, mais la piété filiale commandait que, dans ses lettres, Sean continue à jouer les missionnaires. Et comme Mrs. Conway scrutait tout le courrier qu'on expédiait, Angela ne cesserait pas de mettre « *Père* O'Hara » dans la suscription de l'enveloppe. Sans doute serait-il déçu par le ton de sa lettre, mais Angela se montrait à la fois honnête et pratique et, dans l'état actuel des choses, il ne pouvait espérer davantage.

Pendant deux jours, l'enveloppe cachetée et timbrée resta sur le buffet. L'ayant remarquée, Clare O'Brien demanda :

— Est-ce que vous me permettez de la mettre à la boîte ? Poster une lettre pour le Japon, ce n'est pas donné à tout le monde !

— Mais oui, c'est ça, répondit Miss O'Hara d'un ton bizarre.

— Si nous cherchions sur la mappemonde tous les pays qu'elle va traverser avant que le père O'Hara la reçoive ?

— Oui, dit Angela sans faire un geste pour la lui passer alors qu'elle l'avait à portée de main.

— Est-ce que je peux la prendre ? hésita Clare.

— Quoi ? Mais oui, bien sûr, voyons ces pays, dit Angela en posant la mappemonde devant elle.

— Voilà, elle part de Castlebay, commença Clare.

— Ça, c'est la partie la plus difficile du voyage, affirma l'institutrice qui s'était ressaisie. Si elle arrive à sortir des mains gluantes de Mrs. Conway sans avoir été décachetée à la vapeur et lue d'un bout à l'autre, le plus dur sera fait.

Clare se rengorgeait d'être prise à témoin des méfaits de l'affreuse Mrs. Conway, la mère de cette archi-affreuse Bernie. Elle décida d'acheminer la lettre par la route de l'Ouest : océan Atlantique (avec escale en Nouvelle-Écosse), traversée des États-Unis jusqu'au Pacifique et enfin Hawaii, dernière étape avant le Japon. Du regard, elle quêta l'approbation de Miss O'Hara. À sa grande surprise, elle vit des larmes dans ses yeux.

Clare se dit qu'elle avait involontairement manqué de tact en soulignant qu'une énorme distance séparait Miss O'Hara de son frère.

Rentré chez lui pour les grandes vacances, David commençait à regretter que les Nolan aient décidé de louer la villa sur la route de la Falaise. Ils avaient écrit qu'ils souhaitaient quelque chose de *très, très bien.* Les Power pouvaient-ils leur adresser une liste des demeures disponibles ? Or, Castlebay ignorait totalement ce genre de liste. Il y avait les vingt villas de la route de la Falaise, généralement prises en location mensuelle ; les maisons en bordure de la route du Golf, plus petites, mais mieux situées pour les golfeurs acharnés ; et enfin, de l'autre côté de la baie, un fouillis de maisonnettes dont certaines, à la belle saison, étaient occupées en permanence par leurs propriétaires, des gens habitant le reste du temps au chef-lieu, à une trentaine de kilomètres. Ceux qui venaient à Castlebay connaissaient l'endroit, ils savaient d'avance ce qu'ils voulaient. Mrs. Power s'exténua à le faire comprendre aux Nolan, qui lui laissèrent finalement carte blanche.

Elle choisit la villa Crest View, qui appartenait à la sœur de Mrs. Conway, discuta des conditions et la retint. Elle expliqua que les Nolan, des gens très bien, puisque le mari exerçait une profession libérale, viendraient avec trois jeunes gens (leur fils, leur fille et une amie de celle-ci) et la bonne, et elle insulta tous les Conway et leurs parents par alliance en remarquant que la véranda avait besoin d'une bonne couche de peinture. La réflexion resta en travers de la gorge des Conway, mais la véranda fut repeinte. Il n'était pas question que ces Dublinois distingués pussent critiquer la villa.

David était excédé de devoir inspecter Crest View avec sa mère et répondre à un tas de questions oiseuses. Mr. et Mrs. Nolan allaient-ils dormir sur le devant de la maison ? Est-ce que Caroline Nolan et son amie occuperaient la même chambre ? Est-ce que la bonne ne se trouverait pas trop à l'étroit dans la petite pièce du haut ? Une domestique de Dublin avait peut-être des exigences.

Peu avant l'arrivée des Nolan, Mrs. Power prépara une commande d'épicerie à faire livrer à Crest View. En la voyant dresser sa liste, David remarqua :

— Mrs. Nolan ne le remarquera même pas. D'après James, la plupart du temps, elle n'a pas toute sa tête.

— David ! Je me donne un mal fou, je veille à préparer le meilleur séjour possible pour tes amis, et tu viens me dire que cette dame que tu ne connais même pas n'a pas toute sa tête !

— Si, je la connais. James m'a présenté à elle quand elle est venue le voir, au milieu du dernier trimestre.

— Et alors ?

— Ce jour-là, elle avait les pieds sur terre. Ça lui arrive.

Il trouva que l'épicerie O'Brien avait bien meilleur aspect. Ils avaient remplacé l'enseigne et accroché à la devanture un panneau fourni par un fabricant de glaces, ce qui lui donnait un air bien plus moderne que l'année précédente. La famille au grand complet devait s'affairer, servir les glaces, débiter des bonbons et des oranges, envelopper le jambon ou la demi-livre de bacon dans du papier sulfurisé. Tommy et Ned appréciaient sûrement de se faire un peu d'argent de poche.

Il entra, les chercha vainement du regard. Il interrogea Chrissie. Elle lui dit qu'ils étaient partis en

Angleterre, depuis plusieurs mois. Pour quoi faire ? Pour travailler dans le bâtiment, pardi ! Est-ce qu'ils se plaisaient là-bas ? Elle n'en savait rien. Ils n'écrivaient pas ? Si, trois mots, le vendredi. En envoyant un peu d'argent.

Mrs. O'Brien servait une famille, la petite Clare débitait les glaces, en s'appliquant à faire des parts bien égales, sous l'œil vigilant des jeunes amateurs de glaces à deux pence. Seule Chrissie avait le temps de bavarder.

— James Nolan et sa famille viennent passer les vacances ici, dit-il. Ils ont loué Crest View.

— C'est bien celui qui s'était brûlé la lèvre ? demanda-t-elle en étouffant un petit rire.

— Exactement.

— Eh bien, il arrive juste au bon moment. Gerry va organiser un pique-nique au clair de lune, dans les dunes des links, lui chuchota-t-elle.

Cette perspective réjouit David, qui avait craint que les vacances ne soient plus mornes que son dernier séjour.

— Est-ce qu'il a une sœur ou une cousine ? reprit Chrissie. Gerry disait qu'il n'y aurait pas assez de filles. Quoique moi, je ne trouve pas...

— Oui, il y a sa sœur, Caroline, et aussi une amie à elle. Mais je ne crois pas...

Il s'interrompit brusquement, pour ne pas froisser Chrissie. Il avait failli lâcher qu'elles n'étaient pas le genre de filles acceptant d'aller à une minuit-partie où il n'est pas question de jouer les effarouchées.

Molly Power avait rarement été aussi survoltée. Des gens de la meilleure bourgeoisie dublinoise venant en vacances à Castlebay, simplement sur la foi du tableau qu'en avait fait leur fils, après avoir été l'hôte des Power. Elle espérait que James n'avait pas trop exagéré leur train de vie.

Les lettres de Sheila Nolan étaient aimables, et

même amicales, mais on avait l'impression qu'elle se représentait Castlebay comme un petit Monte-Carlo. Elle se faisait une fête d'aller à l'établissement thermal, disait-elle. Sans doute voulait-elle parler des bains d'algues, mais c'était une vieille installation pas mal délabrée et rouillée, qui n'était plus fréquentée que par les ecclésiastiques et quelques excentriques.

Mais ça allait être magnifique, grâce aux Nolan, de renouer avec Dublin, de parler des magasins, de la mode, des événements mondains. Le malheur, c'était que Molly ne voyait pas qui inviter quand elle recevrait les Nolan. À part peut-être les Dillon — et, dans la famille des hôteliers, certains membres étaient assez contestables —, il n'y avait absolument personne. Les Nolan allaient trouver qu'ils menaient une vie bien terne.

Paddy lui conseillait de ne pas s'en faire. Les hommes ne comprennent jamais rien. Il disait qu'au fil des années il avait vu défiler à Castlebay le gratin de l'Irlande, et ces gens ne venaient pas y chercher le confort et l'élégance auxquels ils étaient accoutumés. La vaste baie, les falaises et le soleil fournissaient une compensation suffisante. Il était certain que les Nolan réagiraient de même.

Oui, peut-être. Mais Molly aurait aimé mener le genre d'existence où les amis passent boire un verre chez vous, où on forme un groupe qui se retrouve à l'hôtel pour dîner. Or, quand on sortait avec Paddy, on ne pouvait pas faire trois pas sans qu'il soit arrêté par tous les ivrognes et les bancals du lieu qui lui décrivaient leurs symptômes en long et en large. Et autre chose encore : Molly aurait tellement voulu avoir une serre. Ne serait-il pas charmant de dire aux Nolan : « Passons prendre le café dans la serre, voulez-vous ? Nous nous y installons tous les soirs. » Pourquoi n'avait-elle pas aiguillonné davantage Paddy ? Bumper Byrne, l'entrepreneur local, s'était vanté de pouvoir lui en construire une facilement, mais elle trouvait ses réalisations par trop rustiques. Le résultat, c'était qu'elle n'avait pas de serre.

Et Sheila Nolan qui, dans sa lettre, l'interrogeait sur les « magasins d'alimentation ». À Castlebay ? C'était risible.

Est-ce qu'une habituée des épiceries fines de Dublin allait attendre son tour dans la malheureuse boutique des O'Brien, au milieu de tous ces gamins qui entraient et sortaient ? Et se faire servir par cette Chrissie, si vulgaire avec ses cheveux crêpelés, ou par la lugubre maigrichonne, Clare, qu'on trouvait souvent plongée dans un livre ? En plus, ils ne vendaient que du tout-venant, pas un seul produit un peu surfin.

En pensant aux O'Brien, elle se souvint d'un oubli dans sa liste. Puisque les Nolan amenaient leur bonne, peut-être voudrait-elle, dès le premier soir, faire des scones ou du pain. Il manquait donc de la farine complète, de la farine blanche et de la levure.

Autant s'en débarrasser tout de suite, parce que demain, avec leur arrivée, elle aurait encore à penser à mille choses, sans compter son rendez-vous chez la coiffeuse. Et d'ailleurs, ça lui ferait du bien de marcher, surtout par ce beau temps. Molly Power partit sur la route de la Falaise. Au passage, elle s'efforça de regarder Crest View avec les yeux d'une étrangère. Eh bien, franchement, c'était la villa la plus élégante : la véranda fraîchement repeinte, la pelouse tondue (Molly y avait veillé elle-même). Et en bas, la plage était déjà animée, la saison avait commencé. Paddy avait raison, les Nolan se plairaient ici.

Pour une fois, l'épicerie O'Brien était vide. Derrière le comptoir, Clare lisait.

— Si je ne vous dérange pas, dit Molly.

Clare leva la tête. Franchement, cette fillette n'était pas pressée de servir.

— Avez-vous appris les nuages, en classe, Mrs. Power ? demanda-t-elle.

— Comment ça, les nuages ?

— Oui. Maman et papa ne les ont pas appris, et je n'arrive pas à m'y retrouver dans les cumulus. Je croyais que c'était le nom d'une seule sorte de nuages.

— Je n'ai pas le temps de m'occuper de ce sujet. Je voudrais de la farine. Dois-je attendre que votre mère vienne me servir ?

— Non, non, Mrs. Power, dit Clare en se hâtant de poser son livre. Je vais le faire.

La fillette prit les deux sortes de farine et la levure dans les rayons. Elle eut même l'idée de proposer du bacon. Puis elle fit consciencieusement l'addition. Devant son sérieux, Molly se reprocha de lui avoir parlé aussi sèchement. Après tout, il était réconfortant de voir une gamine de son âge prendre ses études à cœur. Mais elle faisait tellement *ordinaire* dans sa robe passée de couleur, trop courte, et aussi trop large pour sa carrure. Est-ce qu'Agnes O'Brien n'aurait pas pu habiller correctement cette enfant, au moins pendant l'été, quand il défilait tant de monde ? Molly se sentait de nouveau agacée.

— Cela fait une livre et quatre shillings, Mrs. Power, dit Clare en lui tendant la note.

Molly la refusa d'un geste et chercha l'argent dans son sac. Au même moment entrèrent deux couples anglais. Alerté par la sonnette de la porte, Tom O'Brien vint les servir. C'étaient des clients de l'hôtel Dillon. Des gens apparemment très convenables, à en juger par leur langage châtié. Molly engagea la conversation avec eux. Elle songeait à la possibilité de les inviter, quand les Nolan seraient là.

— J'espère que nous nous reverrons, dit Molly, qui apprenait avec satisfaction que chaque couple était venu à Castlebay dans sa voiture et avec son chien. Cela seul dénotait les gens cossus. Elle se retourna vers Clare :

— Si vous voulez bien me rendre ma monnaie, je dois me presser de rentrer.

— Cela fait vingt-quatre shillings, Mrs. Power.

— Je le sais. Je vous ai donné un billet de cinq livres.

— Clare, dépêche-toi de rendre la monnaie à Mrs. Power, intervint Tom O'Brien.

— Vous... enfin... vous ne m'avez pas donné le billet, réussit à articuler Clare.

— *Clare !* s'écria Tom O'Brien, outré, as-tu fini de faire attendre Mrs. Power ? Elle t'a donné cinq livres, rends-lui trois livres et seize shillings, tu m'entends ?

— Vous avez remis le billet dans votre sac, Mrs. Power, dit Clare.

— Veuillez l'excuser, Mrs. Power, implora Tom O'Brien.

Écartant sa fille du tiroir-caisse, il en tirait des billets et des pièces.

— Papa, regarde. Il n'y a pas de billet de cinq livres. Mrs. Power l'avait sorti mais elle l'a remis dans son sac en parlant avec ces gens...

Dans la boutique, tout le monde surveillait la scène. Molly sentit ses joues s'empourprer.

— De ma vie..., dit-elle.

— Je vous réitère nos excuses, Mrs. Power, déclara Tom O'Brien, humilié.

Du pied, il poussa violemment la porte du fond, pour qu'Agnes vienne servir la clientèle qui n'avait cessé d'arriver et qui était témoin de cette scène mortifiante.

Molly avait ouvert son sac. Le billet de cinq livres était là, et bien visible pour tous. Rougissant cette fois jusqu'à la racine des cheveux, elle dit :

— Mais non, Mr. O'Brien. Votre fille a absolument raison. J'avais effectivement remis machinalement ce billet dans mon sac. Saluons la vigilance de votre fille.

D'un geste élégant, elle tendit le billet à Clare. La fillette le prit et rendit la monnaie, sans faire chorus avec son père qui mâchouillait des « c'est si banal, ça peut arriver à n'importe qui ».

— Merci, Mrs. Power, dit-elle.

— Merci, Clare, dit Mrs. Power.

— Elle ne repassera jamais le seuil de cette boutique, déclara Tom O'Brien à sa femme.

Après ça, la journée fut si chargée que la famille n'eut pas le loisir de revenir sur l'affaire. Et plus le temps passait, et plus, mentalement, Clare se montait contre Mrs. Power. C'était tout de même *elle* la responsable, et elle n'avait pas prononcé le plus petit mot d'excuse. Clare en voulait à mort à son père de s'être aplati de la sorte alors que celle qui était dans son tort, c'était cette femme, et non sa fille.

À un moment, voyant avec bonheur que la boutique restait vide, elle saisit son livre de géographie. Elle allait enfin pouvoir revenir aux nuages. Agnes O'Brien la regardait.

— Ne t'inquiète pas, dit-elle à sa fille. Demain, tout cela sera oublié et pardonné.

— Mais il n'y a rien à pardonner. Elle ne m'avait pas donné le billet. Et moi, j'aurais peut-être dû lui laisser emporter la monnaie et la marchandise ?

— Voyons, Clare, ne fais pas ta mauvaise tête.

— Maman, je voudrais comprendre. Si c'est ça, il n'y a qu'à me le dire, et je le ferai. Mais je n'étais pas avertie.

— Je me demande d'où nous t'avons tirée, dit Agnes O'Brien en la regardant tendrement. Tu es tellement plus intelligente que nous tous réunis. Il y a des choses pour lesquelles on ne peut pas fixer de règles. Cela, tu le comprends ?

— Oui. C'est comme le Saint-Esprit.

— Hein ?

— C'est comme le Saint-Esprit. Nous devons croire en Lui sans le comprendre. Il n'est pas un oiseau. Il n'est pas un grand vent. Mais Il est quelque chose, et nous devons nous suffire de cette explication.

— Je ne crois pas du tout que ce soit la même

chose, répondit Agnes, troublée. Mais si cela t'aide à saisir les problèmes du commerce dans une petite ville, eh bien, accroche-toi à ta comparaison.

Les O'Brien ne purent fermer boutique qu'à onze heures du soir. Tom avait mal dans le dos. Il avait oublié que c'était comme ça tout l'été : tendre les bras vers les rayons du haut, soulever des charges, se baisser. La fatigue n'allait plus le quitter. Et ce n'était que la première semaine : il y en aurait encore dix autres comme ça, rien que pour arriver — Dieu veuille ! — à survivre. Il y avait ses arriérés de paiement à l'un des grossistes en crémerie, sans compter ce qu'il devrait à la fabrique de bacon qui, en été, consentait toujours des conditions plus souples aux petits commerçants. Tom O'Brien soupira. Il était si difficile de prévoir. L'année dernière, tout le monde raffolait de ces grands biscuits couverts de glaçages différents. Cette année, il n'en avait vendu que deux. Les autres étaient en train de rassir à l'étalage. Tout était aujourd'hui si précaire. Un père de six enfants ne connaissait rien d'autre que des soucis.

Il s'inquiétait des deux aînés, partis en Angleterre, et particulièrement de Tommy, un garçon à l'esprit lent et facilement influençable. Comment s'en tirerait-il là-bas, où les gens étaient si malins ? Quant à Ned, bien que plus éveillé, il n'avait tout de même que seize ans. Tom O'Brien aurait tellement voulu avoir un grand commerce : ses garçons auraient travaillé avec lui, après être allés faire leur apprentissage à la ville, dans des épiceries fines. Mais ce n'était qu'un rêve. Castlebay, ville aux confins de l'Irlande, se serait depuis longtemps désagrégée s'il n'y avait eu le flot des estivants, de juin à fin août. En tout onze semaines exactement, qui devaient compenser les quarante et une autres de l'année. Il appela Agnes. Est-ce qu'il y avait de l'eau chaude ?

— À une heure pareille ! Pour quoi faire ?

— Tu vois, sur les sels de bain que nous vendons, il est écrit que c'est souverain quand on a mal dans le dos.

— On va t'en faire chauffer. Clare, ma jolie, mets-en deux grandes casseroles sur le feu avant d'aller te coucher. Et Chrissie... Où est Chrissie ?

— Je crois qu'elle est allée faire ses devoirs de vacances avec Kath et Peggy, répondit Clare automatiquement.

Elle savait que les attractions foraines avaient commencé. Ce n'était pas pour rien que les trois copines s'attifaient et se pomponnaient.

— Avec tout le travail que cette fille abat, elle doit être aussi calée qu'un ministre, grogna Tom O'Brien. Ce que je ne m'explique pas, c'est qu'elle ait toujours ces mauvaises appréciations sur son carnet.

— Les sœurs sont autrement exigeantes que les frères, dit Clare tout en se battant avec les casseroles. Si tu voyais ce qu'elles écrivent sur les livrets des autres.

Protéger sa sœur aînée, c'était se protéger. Quand Chrissie pouvait rester dehors assez tard, elle tourmentait moins Clare.

— J'ai peine à croire que soit efficace, dit Agnes en regardant le sachet de sels de bain. En tout cas, on va bien voir. Tu peux passer dans la salle de bains, Tom. Et toi, Clare, va donc te coucher. Tu t'es rendue très utile, aujourd'hui. Je vais essayer de remettre ton père en forme ; on ne peut pas le laisser courbaturé de partout dès la première semaine de l'été.

En se déshabillant pour se mettre au lit, Clare entendit ses parents rire dans la salle de bains, et cela lui fit du bien. Par la fenêtre, elle aperçut Gerry Doyle qui descendait sur la plage avec une très jolie vacancière. Si Chrissie apprenait ça, elle serait furieuse. Elle vit aussi une petite bande de gens qui étaient allés s'approvisionner au bar Haig (ils portaient des bouteilles dans des sacs en papier). Ils partaient vers l'autre extrémité de la baie — la Pointe ; ils louaient probablement une maison par là-bas. On entendait au loin la musique du dancing. Le soir, tout le monde s'y retrouvait. Chrissie enrageait parce qu'il fallait avoir seize ans pour pouvoir y entrer. Elle avait encore deux ans et cinq mois à attendre. La lune dessinait une trouée lumineuse dans la mer, Castlebay se réveillait pour tout l'été.

Les Nolan arrivant de Dublin par le train, les Power allèrent les chercher en voiture à la gare du chef-lieu, à trente-cinq kilomètres de Castlebay. En apercevant de loin leur monceau de bagages, le Dr Power s'empressa de héler un porteur. Heureusement qu'il avait prévu de faire venir un taxi de Castlebay en plus de sa Ford. Sheila et Jim Nolan regardaient tout autour d'eux. David se précipita. Tout le monde se serra la main. Caroline Nolan et son amie Hilary n'arrêtaient pas de pouffer.

En robe de voile imprimé de grandes fleurs rouges et vertes, Mrs. Nolan avait tout de l'invitée à une garden-party. Elle reniflait l'air, comme pour y déceler d'innombrables microbes.

Le visage épanoui par un large sourire, le Dr Power lui prit les deux mains puis il serra la main de Jim et leur dit le plaisir que lui et sa femme avaient eu à recevoir leur fils. À présent, Castlebay s'apprêtait à accueillir toute la famille. Sa femme veillait aux préparatifs du thé dans la villa louée pour eux, sans ça elle l'aurait accompagné.

Jim Nolan était blond, svelte, et il avait une expression assez distraite. Mais en fait, il surveillait son excentrique épouse. Sheila devait avoir été une véritable beauté. C'était encore très évident, alors qu'elle approchait sûrement de la cinquantaine. Ses yeux très clairs avaient une fixité déconcertante. Elle fouilla Paddy Power du regard.

— Vous êtes un brave homme, dit-elle. Quelqu'un en qui nous pouvons avoir confiance.

Le Dr Power connaissait bien ce genre de regard. Le médecin qu'il était en rencontrait souvent.

— Je le souhaite, dit-il, parce que vous devrez vous fier à moi, vous fier à nous, dans les débuts, jusqu'à ce que vous vous accoutumiez aux bizarres façons de notre coin.

Et là-dessus il les mena vers sa Ford, où il les installa ainsi que le plus gros des bagages. David avait mission de mettre les autres dans le taxi : les trois jeunes gens et Breeda, la bonne des Nolan. Avant de démarrer, on se fit des grands signes. Après tout, on n'allait se retrouver qu'à Castlebay.

David eut l'impression que Caroline et Hilary trouvaient plutôt médiocre tout ce qu'elles voyaient au passage. Elles voulaient savoir quelle était la ville la plus proche de Castlebay, et quand il leur dit que, justement, elles s'y trouvaient, elles recommencèrent à pouffer. Et leur hilarité redoubla en apprenant qu'on roulait depuis cinq bons kilomètres sur la *nationale* ! Elles firent la moue en apprenant que Castlebay ne possédait pas de club. Les seuls courts de tennis étaient ceux de l'hôtel Dillon. Comment se faire des amis, s'il n'y avait pas de club ? Alors que David s'en excusait presque, le chauffeur du taxi, qui conduisait également le corbillard et avait des intérêts dans un pub, vint à la rescousse. Il dépeignit Castlebay sous un jour beaucoup plus flatteur : une station très recherchée, où des gens huppés revenaient chaque été. Même des Anglais, avec voiture et chien. Faire tout ce chemin, alors qu'ils avaient tout de même le choix chez eux, sans compter l'Écosse et le pays de Galles ! David se rendit compte qu'il n'avait pas su souligner les avantages de Castlebay. Alors, il leur parla du golf. James et lui allaient prendre des leçons. On pouvait y louer des clubs.

Caroline et Hilary minaudèrent qu'elles s'y mettraient peut-être, elles aussi.

On ne découvrait vraiment la mer dans son immensité qu'une fois passée la colline de Bennett. David guettait la réaction des filles. Oui, elles étaient fortement impressionnées. Il se détendit et échangea des clins d'œil complices avec le chauffeur.

Caroline et Hilary en restaient muettes... Comme c'était la marée basse, la plage prenait l'aspect d'un large tapis argenté déployé entre les deux caps aux silhouettes violettes. Et quand ils arrivèrent au dernier embranchement, tout le charme de Castlebay se révéla. Le chauffeur descendit lentement Church Street, la rue principale, avec la grande église à droite. Des deux côtés, les boutiques repeintes pour l'été avaient un aspect pimpant. Certaines, un peu en retrait, étaient précédées de murets blancs où les vacanciers s'asseyaient pour bavarder au soleil. Les gens mangeaient des glaces, ou déambulaient, un gros ballon de plage à la main. Les enfants portaient leur bouée et leur petit filet. L'odeur de la mer arrivait par bouffées. C'était merveilleux.

Les filles écarquillaient les yeux, remarquant au passage la vaste façade du dancing, la belle entrée de l'hôtel Dillon, la boucherie Dwyer avec son grand panneau « Viande de premier choix ». Les gens se hélaient, se faisaient des signes. Tout le monde semblait connaître tout le monde.

Arrivé au bout, le taxi vira majestueusement dans la route de la Falaise. Les voyageurs découvrirent la plage dans toute son étendue.

— Tiens, c'est Gerry Doyle ! s'écria James Nolan. Tu connais la fille qui est avec lui ?

— Mais oui, c'est Fiona, sa sœur. Je t'en ai parlé, répondit David.

— Elle est sensationnelle ! déclara Nolan, le souffle coupé.

Sur la banquette arrière, les filles n'appréciaient pas

du tout. Elles ne disaient rien, mais on les entendait s'agiter.

— Nous ne deviendrons jamais des champions de golf si tu te mets dans un tel état devant la première fille que tu vois à Castlebay.

— Exactement, approuva Caroline. Pas question de se gâcher les vacances avec des idioties et des déclarations d'amour.

— Non, jamais de la vie ! affirma Hilary.

Leurs protestations sonnaient faux, mais la discussion tourna court car le taxi stoppait devant Crest View. Les jeunes gens retrouvèrent joyeusement les parents sur la pelouse. David remarqua que sa mère sortait de chez la coiffeuse et qu'elle avait mis sa robe la plus élégante. Bones ne participait pas aux réjouissances. On avait dû le laisser attaché à la maison, en estimant, à juste titre, que ses manières rustiques détonneraient parmi ces gens chics. Molly Power avait amené Nellie pour l'aider à servir le thé. Sur la pelouse baignée de soleil, elles avaient sorti des fauteuils de toile et des pliants. Dans la véranda, le service à thé était préparé sur un plateau, à côté de petits sandwiches, de canapés à l'œuf ou au jambon et de deux grandes tartes aux pommes. Nellie avait son bonnet et son tablier blancs. James fit les présentations entre elle et Breeda, qui, se débarrassant aussitôt de son chapeau et de son manteau, passa à la cuisine pour donner un coup de main.

Assise dans un fauteuil, les yeux mi-clos, Mrs. Nolan savourait l'instant.

— Quel *délicieux* accueil, dit-elle. Et la villa est superbe. C'est une grande chance pour nous que tu aies d'aussi merveilleux amis, James.

Molly Power en rougit de plaisir.

— Dieu sait si, pour des Dublinois, l'endroit doit paraître modeste et simple, lança-t-elle en prenant sa voix flûtée.

— C'est divin, affirma Mrs. Nolan. Et j'imagine que les mouches ne nous donneront pas trop de tracas.

— Les mouches ? s'étonna Molly.

— Il faut bien s'y attendre. Mais d'après ce que je vois, la proportion des grosses par rapport aux petites n'est guère que de un à huit. C'est encourageant.

— Oui, je le pense, répondit Molly, un peu éberluée.

— Nous avons d'ailleurs apporté notre provision de mousselines. Et nous devons finalement nous dire que ce sont des vacances de plein air, et qu'elles ne peuvent pas nous tuer !

— Je vous demande pardon...

— Les mouches ne peuvent pas nous tuer. Et je trouve cet endroit divin !

Le Dr Power renchérit en expliquant que le site était un des plus sains dans le monde en raison de la mer, de l'ozone, du Gulf Stream et de tout ce qu'il put inventer pour faire bonne mesure.

Au même moment, la sœur de Mrs. Conway apparut. Étant venue voir à quoi ressemblaient ces Dublinois, elle avait d'abord failli battre en retraite, impressionnée par le spectacle de ces huit personnes prenant le thé sur la pelouse de Crest View et servies par deux domestiques, mais elle avait finalement cédé à la curiosité. On l'installa dans un fauteuil, on lui offrit une tasse de thé, et Mrs. Nolan la remercia chaleureusement de leur avoir loué sa villa, la plus belle de Castlebay. La sœur de Mrs. Conway emmagasina tous les détails, posa sept ou huit questions pénétrantes, et partit faire son rapport à la postière.

Le Dr Power fit une petite conférence sur les dangers auxquels s'exposent les nageurs. Depuis quatorze ans, dit-il, il y avait une noyade chaque été. Rien que de nouveaux arrivants, à une seule exception près. Les accidents survenaient au début du séjour, avant que les baigneurs se soient habitués à la violence de la barre qui vous renversait et vous entraînait. La plage était pleine de pancartes pour le signaler, mais les gens n'y croyaient pas. Et souvent, le maître nageur attaché à la plage était averti trop tard pour pouvoir intervenir. Caroline trouva le sermon un peu fort : elle nageait très bien, dit-elle, elle avait pris des leçons à Dun Laoghaire, et c'était en mer, non ? Le Dr Power riposta que parmi les noyés dont le corps violacé lui était passé entre les mains, il y avait eu des nageurs émérites, mais ignorant la puissance du courant de fond à Castlebay, et qu'il manquerait à son devoir de ne pas avertir très sérieusement les visiteurs. Le court silence qui suivit laissa penser que l'avertissement porterait.

Le Dr Power passa alors à un sujet plus gai : le club de golf. Il y parrainerait Mr. Nolan. Et James et David pourraient prendre des leçons avec Jimmy le Pro. Mrs. Nolan fit un commentaire flatteur sur la mise en plis de Molly Power et lui demanda où se trouvait le salon de coiffure. Dans la cuisine, Nellie et Breeda discutaient d'attractions foraines et de films.

Caroline s'étira en disant qu'on se sent poussiéreux après un voyage. Il n'y avait pas d'objections à ce qu'elle monte se changer ? Hilary la suivit. Elles ne furent pas longues à redescendre. Caroline n'avait plus les cheveux serrés en catogan mais flottant sur les épaules. Elle avait passé une chemise jaune, un short blanc et des sandales assorties à la chemise. Elle était vraiment ravissante.

— Si vous me faisiez les honneurs de Castlebay ? dit-elle à David.

Il était tentant de parader avec cette jolie Dublinoise. Mais ç'aurait été une attitude vulgaire.

— Volontiers, répondit-il en feignant de se méprendre. Que tout le monde aille prendre ses affaires de bain. Rendez-vous ici dans dix minutes pour une visite guidée de la plage.

Caroline paraissait dépitée. Épatant ! se dit David. Je lui plais.

Il dut bien y avoir des jours pluvieux, ou de grands vents associés aux fortes marées. Mais les Dublinois ne s'en souvenaient pas. Hilary affirmait n'avoir jamais passé meilleures vacances. Mrs. Nolan semblait plus détendue chaque jour, et elle bronzait joliment. Elle et Molly Power s'étaient liées d'une grande amitié. Elles allaient jusqu'à prendre des leçons de tennis sur les courts de l'hôtel Dillon, en tout début de matinée, quand il n'y avait pas encore grand monde. L'une comme l'autre, elles en rêvaient depuis l'adolescence. Eh bien, à présent, elles se rattrapaient. Le père de James ne resta que deux semaines, à cause de son travail. Mais il revenait aux week-ends.

La famille Nolan déjeunait pratiquement tous les jours dans le jardin — avec David pour convive attitré. Le dimanche, ils allaient chez les Power, et Molly mettait les petits plats dans les grands. Puis les familles descendaient à la plage. Et tandis que les vacanciers du camping-caravaning étanchaient leur soif en suçant des oranges ou s'activaient à faire bouillir l'eau du thé sur des réchauds à essence, les Power et les Nolan n'avaient qu'à remonter le sentier de la falaise pour se retrouver soit à la villa du docteur, soit à Crest View, où Nellie ou Breeda leur servait un thé dans les règles, avec des petits sandwiches, des gâteaux secs et de la tarte aux pommes. Le Paradis, il n'y avait pas d'autre mot !

Et cet été-là, Castlebay n'eut pas de noyé. Un enfant l'échappa belle, mais le Dr Power put lui faire vomir toute l'eau de mer qu'il avait avalée, et, une heure après, on n'y pensait plus. Il y eut quand même un accident : une femme qui, en descendant le traître sentier de la plage, se brisa le col du fémur. En bras de chemise, le Dr Power alla planter un bout de bois portant une pancarte où il avait écrit hâtivement : « Sentier *extrêmement* dangereux. » Les conseillers municipaux s'insurgèrent. Ce n'était pas eux qu'on venait chercher, dit le Dr Power, quand il fallait recoller les morceaux. Si on ôtait sa pancarte, il appellerait les gendarmes. La municipalité finit par transiger en faisant apposer une pancarte sortant des mains d'un peintre en lettres, et en promettant que, pour l'été suivant, on voterait des crédits afin d'aménager le sentier, et aussi de consolider l'escalier.

De l'épicerie, Clare ne perdait rien de ce qui se passait. Pour elle, ces gens qui pouvaient changer tous les jours de vêtements vivaient dans un autre monde. Elle avait compté que Caroline Nolan, la fille au short blanc et aux jambes bronzées, devait bien avoir sept corsages ou chemises de couleurs différentes. Et son amie Hilary aussi. On les voyait tout le temps en train de rire, et les garçons de leur bande avaient l'air de rudement s'amuser. Il y avait les fils Dillon, Frank, le frère de Bernie Conway, David Power et James Nolan, et même Gerry Doyle. Normalement, Gerry ne s'associait avec personne, mais il faisait apparemment exception pour elles, s'arrêtant au passage, et même posant son vélo contre un mur pour bavasser avec les Dublinoises.

Et l'argent qu'elles avaient ! Hilary se payait des glaces trois ou quatre fois par jour. Quant à Caroline Nolan, c'était un jour un shampooing, le lendemain une crème de beauté, et le troisième jour des barrettes fantaisie ! Avoir de l'argent de poche au point d'acheter tout ce qui vous passait par la tête, c'était inimaginable !

De tous, c'était David Power le plus gentil. Mais il avait toujours été gentil et, bien sûr, c'était un enfant de Castlebay. Bien qu'il fréquentât des Dublinois, il ne changeait pas.

— Écoute, dit-il un jour à Clare. J'ai un service à te demander.

— Quand tu veux.

— James Nolan et moi voulons acheter certaines provisions... mais... sans les emporter chez nous.

— Nous pouvons vous les livrer, proposa Clare.

Son père avait sans doute raison. Mrs. Power n'avait pas reparu dans la boutique. C'était peut-être une chance qui se présentait.

— Bonté divine, jamais de la vie ! Nous ne voulons pas que ça se sache, ni chez moi ni chez les Nolan, si tu me comprends ?

Clare prit la commande : des saucisses, des bouteilles d'orangeade et de citronnade, des gâteaux secs, du beurre, du pain de mie. Elle proposa même du ketchup. Et comme David songeait à ces grands gâteaux couverts d'une glaçure de sucre, elle dit qu'elle pourrait lui prêter un couteau, pour couper les parts.

— Vous refaites une minuit-partie dans la grotte ? demanda-t-elle à mi-voix.

— Non, cette fois, c'est dans les dunes. Et justement, est-ce qu'il y a un endroit, près d'ici, où tu peux cacher nos achats, et nous les prendrons au passage, cette nuit ?

Oui, dit Clare, mais c'était franchement risqué. Qui sait si un chien ne mangerait pas les saucisses ? Et en plus, s'ils venaient en pleine nuit à proximité de l'épicerie, son père pourrait les prendre pour des cambrioleurs et ça ferait un beau remue-ménage. Elle avait d'ailleurs une meilleure idée. Chrissie serait sûrement de la bande ?

— Oui, bien sûr, dit David.

— Eh bien, je mettrai le sac dans le placard sous l'escalier, et elle vous l'apportera.

Satisfaite d'avoir trouvé la solution, Clare prit l'argent de David, lui rendit la monnaie et lui donna le compte détaillé de ses achats.

— Je regrette que tu ne... enfin, ce serait trop...

— Ce n'est pas encore de mon âge, et vos histoires ne m'amuseraient pas, dit simplement Clare. On verra dans quelques années.

— Mais oui, sûrement, déclara David, soulagé qu'elle prenne les choses aussi philosophiquement.

Au même moment, Mrs. Nolan, dans une de ces robes de voile imprimé qu'elle affectionnait, parut sur le seuil.

— Offrons-nous une glace, Molly, disait-elle. À Dublin, on n'oserait jamais manger une glace en pleine rue. Et puis, les villes sont tellement pleines de microbes. Ici, on peut s'accorder cette fantaisie, c'est merveilleux.

Molly fut bien obligée de la suivre à l'intérieur. Clare fit preuve de présence d'esprit.

— Je n'ai plus de gros berlingots, dit-elle à David. Nous devons être livrés cet après-midi. Vous désirez des glaces ? demanda-t-elle alors aux dames.

— Elles sont tout à fait *fraîches*, au moins ?

— Absolument. Mais le mieux, c'est que j'entame un carton pour vous.

Mrs. Nolan parut sensible à cette attention. David s'esquiva. Clare alla chercher un pot d'eau chaude et un couteau propre dans la cuisine. Elle ouvrit le carton, trempa la lame du couteau dans l'eau chaude et coupa soigneusement les tranches de glace qu'elle plaça entre deux gaufrettes. Et elle les tendit gravement aux dames.

— Cette boutique est très sympathique, Molly, dit Mrs. Nolan.

— Oui, c'est vrai, marmonna Mrs. Power, gênée.

— Je la trouve beaucoup mieux que l'épicerie que vous m'aviez indiquée.

Avec une mine de martyre, Mrs. Power en convint.

Clare songeait que si son père faisait irruption, il gâcherait tout en voulant amadouer Mrs. Power. Très digne, elle dit au revoir aux dames. Et elle saisit au vol le commentaire de Mrs. Nolan :

— Une fillette charmante ! Assez famélique, mais très éveillée, c'est évident.

Ce que Clare pouvait être affreuse, dit Chrissie, quand elle se rengorgeait comme un dindon ! Alors, maintenant qu'elle était au courant du pique-nique de nuit dans les dunes, ce n'était pas fini...

Clare soupira. Elle prévint Chrissie que le sac de David était dans le placard. Et elle y avait mis un de leurs couteaux.

— Est-ce qu'il a dit si Caroline et Hilary venaient, ou non ?

Non, il n'en avait pas parlé. Clare pensait qu'elles iraient. Elles étaient assez grandes.

Oui, mais Gerry Doyle ne semblait pas de cet avis. Et Chrissie souhaitait tellement qu'elles ne soient pas là. Gerry Doyle lorgnait beaucoup trop Caroline. Et elle ne les voyait que trop souvent rire ensemble — à propos de rien du tout. Cela, elle ne l'expliqua pas à Clare. Pourtant, sa sœur parut le comprendre.

— À la fin de l'été, ils vont tous s'en aller, tandis que toi, tu seras toujours là, dit-elle pour lui remonter le moral.

— Je le sais bien, idiote, riposta Chrissie en s'examinant de près dans la glace. C'est à la fois une chance et une poisse.

James Nolan était terriblement déçu que Fiona Doyle ne fasse pas partie de la bande qui, au clair de lune, escaladait joyeusement les dunes. Il avait finalement décidé que Caroline et Hilary seraient de la partie — rendant ainsi l'escapade convenable. C'était donc d'autant plus enrageant que Gerry en ait exclu sa propre sœur.

— Ce n'est pas comme la nuit de la grotte. On a dit qu'on se tiendrait bien, fit-il remarquer à Gerry.

— Oui, mais elle n'a pas à sortir la nuit dans les dunes.

— Dis donc, c'est de Fiona que tu parles, pas d'une couventine.

— Oui, seulement Fiona vit ici, tu comprends ?

répondit Gerry avec un sourire désarmant. Pour elle, ce ne serait pas une histoire de vacances, comme pour Caroline et Hilary. Quand on est du coin, les choses sont différentes. À Dublin, il y a des endroits où tu ne voudrais pas qu'on voie Caroline, même s'il ne s'y passe rien de mal.

Sa démonstration impressionna James Nolan.

Ils avaient apporté un phono. À cette distance, personne ne pouvait l'entendre. Ils allumèrent le réchaud à essence et mirent les saucisses à griller. David avait passé son bras autour de la taille de Caroline, et Chrissie se pelotonnait contre Gerry. Mais il dut la lâcher maintes fois pour ouvrir des boîtes, s'occuper du réchaud, retourner les saucisses. Nolan se retrouva avec Kath pour cavalière ; il constata que, par rapport à l'hiver précédent, elle avait beaucoup changé — et en bien. Il n'y eut pas de couple pour s'isoler discrètement à l'écart, mais il n'y eut personne non plus pour ranimer le réchaud dont la lumière vacilla et s'éteignit, ni pour remonter le phono. Ce fut Gerry Doyle qui donna le signal du départ. Il fallut le temps de se relever, de rajuster hâtivement les corsages avec de petits rires étouffés. Ils revinrent en passant par la plage, qui prenait quelque chose de magique sous les rayons de lune. On bavarda et on rit beaucoup en chemin.

Chrissie et Kath remarquèrent en pouffant que, cette fois, elles ne revenaient pas ivres mais plus expérimentées. Hilary et Caroline couraient comme des gamines, la main sur la bouche pour contenir leur hilarité. Hilary n'avait pas perdu son temps avec l'un des fils Dillon. À part ses dents de lapin, il n'était pas mal du tout.

James et David cheminaient plus calmement. James confia à David qu'il avait mis sa langue dans la bouche de Kath, et que c'était *atroce.* Un vrai bain de salive. Il devait y avoir d'autres façons d'embrasser ! David convint qu'il y en avait sûrement. Il ne révéla pas à James que la bouche de Caroline n'était pas pleine de salive mais très, très agréable.

Le lendemain, passant sur la falaise, Gerry Doyle vit Caroline et Hilary étendues.

— Vous ne vous êtes pas fait pincer ?

— Penses-tu ! Avec tous les somnifères que maman avale, nous aurions pique-niqué dans le jardin sans que ça la réveille, répondit Caroline.

— Notre minuit-partie a été très réussie, remarqua Hilary.

— Oui, et elle aurait pu l'être encore plus, dit Gerry qui semblait viser directement Caroline. En tout cas, si vous me voyez ici, c'est parce que je veux vos photos sur mes murs.

— Nous en avons déjà acheté tout un tas, de quoi remplir un album !

— Non, pas ce genre-là. Des portraits. Pour garder une image des filles les plus sensationnelles qui soient jamais venues à Castlebay.

Non, elles ne voulaient pas poser au débotté. Habillées n'importe comment, sans le moindre soupçon de maquillage ! Mais Gerry savait vaincre ce genre de réticences.

Il prit d'abord Hilary, qui commença par traiter la chose à la blague, grimacer, puis poser avec raideur et finalement regarder droit dans l'objectif.

Avec Caroline, ce fut différent. Elle semblait s'être immédiatement détendue. Elle dit simplement, à un moment :

— Tu sais, je me trouve assez ridicule. Je ne fais jamais des choses comme ça.

— Tu ne fais rien, répliqua Gerry Doyle. Tu es toi-même. C'est parfait. Et l'image que je vois est très jolie.

Épanouie par ce compliment, elle se pencha vers l'objectif, se lécha inconsciemment la lèvre inférieure et ouvrit encore plus grands ses yeux. Comme hypnotisée, elle regardait l'objectif tandis que Gerry mitraillait tout en lui parlant. Elle avait une peau si douce sous le hâle, il espérait que la photo le rendrait. Le grain du noir et blanc s'y prête. Caroline ne fut pas gênée de ces compliments proférés devant Hilary, et Hilary ne ricana pas bêtement. En fait, elle songeait que si elle s'était prêtée plus naturellement à la photo, Gerry Doyle aurait dit de jolies choses sur sa peau et sur ses cheveux.

— Voilà ce que j'aime, déclara-t-il en posant son appareil. Photographier de belles créatures. Les danseurs qui transpirent, les familles de baigneurs, très peu pour moi !

Ce Gerry Doyle, toujours si insouciant, voici qu'il parlait avec une certaine amertume.

— Alors, pourquoi te forcer ? demanda Caroline en le regardant droit dans les yeux (un regard éloquent, à bien d'autres égards). Apparemment, tu fais toujours ce que tu veux.

— Oui. J'y arrive généralement, concéda Gerry d'un air amusé.

Angela trouvait qu'on ne lui avait jamais autant parlé de Sean. Mère Immaculata se demandait s'il irait à Rome pour l'Année sainte, comme tant de prêtres du monde entier. Angela pensait que non — la mission ne pourrait pas le libérer. La jeune Mrs. Dillon l'arrêta au passage pour lui dire que deux clients de l'hôtel se rendaient au Japon en septembre. Si Angela souhaitait leur confier quelque chose à remettre au père Sean... Angela déclara que c'était jouer de malchance, mais c'était justement le mois où il ferait sa tournée aux Philippines.

Elle s'étonnait parfois elle-même d'être là à parler de l'œuvre missionnaire alors qu'elle connaissait la vérité. Et Dieu seul savait comment les choses tourneraient ! Pourquoi tolérait-Il cette dérision, et ce malheur infligé à tant de gens ? Elle appuyait sa bicyclette contre le mur des O'Brien quand elle s'aperçut brusquement que c'était faux : en fait, la seule personne à être malheureuse à cause de Sean, c'était elle. Selon ses propres termes, son frère connaissait pour la première fois la véritable félicité. Tenues dans l'ignorance, Geraldine et Maire écrivaient à Sean à Noël et pour son anniversaire ; leurs enfants signaient les cartes, de leur grosse écriture enfantine. Et, assise au soleil devant le cottage O'Hara, leur mère regardait passer les joueurs de golf, saluant tout le monde d'un sourire. Son réconfort, c'était ce fils prêtre, qui intercédait directement pour elle auprès du Seigneur, lui préparant sa place au ciel.

La seule à en souffrir, c'était donc Angela. Mieux valait une seule tristesse que plusieurs, mais c'était trop *injuste* ! Serrant les dents, elle pénétra dans l'épicerie. La petite Clare s'affairait. Elle n'était pas bronzée comme les filles qui se perchaient sur les murets, en haut de Church Street. Elle n'était pas en rose vif — une couleur qui illumine le teint et qui aurait été de son âge. En robe jaune à ramages, toute délavée — sans doute un héritage de Chrissie —, elle rendait la monnaie à une cliente, son petit visage pâlot plissé de concentration.

— D'habitude, je ne suis pas si longue, expliquait-elle. Mais quand nous sommes tous au tiroir-caisse, parce qu'il y a beaucoup de monde, j'ai peur de me tromper.

La cliente sourit à Clare, qui était si absorbée qu'elle n'avait même pas vu entrer son institutrice. Mrs. O'Brien demanda à Angela des nouvelles de sa mère. Avec ce soleil, est-ce que son arthrite ne la laissait pas un peu en paix ? Est-ce que Geraldine et Maire envisageaient de venir cet été, et est-ce qu'on allait bientôt revoir le révérend ? Quelle tristesse qu'il n'ait pas pu rentrer cette année, parce qu'il aurait pu aller en même temps à Rome pour l'Année sainte !

Les Dillon s'y rendraient en octobre, une fois la saison terminée. Quand on pense qu'ils allaient voir le Saint-Père ! On avait pensé faire une collecte pour y envoyer le père O'Dwyer, mais on s'y était pris trop tard, et maintenant tout le monde était trop occupé pour qu'on puisse se réunir et en discuter. Angela répondait automatiquement, le plus souvent par monosyllabes. Elle se disait souvent qu'un muet n'aurait aucun mal à converser avec les gens de Castlebay. Il suffisait d'écouter en souriant, de hocher la tête et d'émettre un vague son.

Et Mrs. O'Brien lui en administra encore une preuve puisque, tandis qu'Angela plaçait ses achats dans le panier de la bicyclette, elle l'entendit dire à Miss O'Flaherty qu'Angela O'Hara était vraiment une charmante jeune fille et qu'on comprenait que les enfants l'adorent. Angela sourit de plaisir, mais c'était avant que lui arrive aux oreilles la riposte pincée de Miss O'Flaherty : avec toutes ces qualités, pourquoi Angela O'Hara ne trouvait-elle pas de mari ?

Oui, là était la question, songea Angela. Se faire belle, aller au dancing, y trouver un garçon sympathique — tout cela, c'était possible. Mais, une fois les vacances finies, il retournerait chez lui, à Dublin, à Cork, à Limerick. Ou à Dagenham, comme cet Anglais qu'elle avait rencontré trois ans plus tôt. Inutile de rêver. Ayant déjà passé si longtemps auprès de sa mère, ce n'était pas maintenant qu'elle allait caler. Surtout avec le risque de scandale du côté de Sean. Et d'ailleurs, Miss O'Flaherty aurait mieux fait de se demander pourquoi *elle-même* n'avait pas trouvé de mari !

Des semaines plus tard, alors qu'elle pédalait pour rentrer au cottage, elle fut rattrapée par le Dr Power. Il ralentit et roula à sa hauteur.

— Je pensais passer chez vous, pour examiner ta mère.

— Volontiers, mais laissez-moi cinq minutes d'avance pour que je lui mette un corsage tout frais repassé. Sans ça, elle geindra toute la nuit que vous l'avez vue en souillon.

— Tu as tout ton temps. Je vais d'abord m'occuper de quelqu'un au club.

Voilà un homme avec qui la vie conjugale serait agréable, songea Angela. Bien sûr, il était vieux comme tout, mais si calme et si gentil. Sa chichiteuse de femme avait bien de la chance. Le savait-elle seulement ? Appréciait-elle le bonheur d'avoir un fils aussi intelligent ? Aimait-elle leur grande villa blanche, dont deux façades donnaient sur la mer ? Se réveillait-elle avec plaisir en entendant Nellie nettoyer les cheminées et préparer le petit déjeuner ? Cette brave et joviale Nellie Burke qui, à l'école des sœurs, rêvait d'être vedette de cinéma. Certes, le Dr Power n'était pas un saint. Il lui arrivait d'être brusque avec les gens. Mais c'était la bonté même, et comme le disait Mr. Murphy, le pharmacien, on pouvait aller loin pour trouver un praticien aussi habile. À Dublin, un homme de ce calibre s'installait dans Fitzwilliam Square comme médecin consultant et il faisait une fortune. Molly Power en avait-elle seulement conscience ? Non, et c'était tant mieux, parce que, au fond, le docteur était comme Angela, il ne pouvait pas partir. Fils d'un gros fermier des environs de Castlebay, à part la période de ses études, toute sa vie s'était déroulée ici.

Angela prépara sa mère : une rapide toilette, un peu de talc dans les plis, une combinaison et des bas propres, au cas où le docteur voudrait palper ses pauvres genoux douloureux.

Comme sa mère avait belle mine quand elle était arrangée, pensa Angela, avec son visage aux pommettes hautes (Sean avait les mêmes traits), ses cheveux bouclés et soyeux. Mais après tout, quand on s'arrangeait on était toujours à son avantage ! Sur sa lancée, Angela changea de robe et se mit un soupçon de rouge aux lèvres.

— Nous avons l'air de deux coureuses un soir de sortie, plaisanta-t-elle.

Mrs. O'Hara regarda nerveusement autour d'elle, comme si quelqu'un avait pu entendre sa fille.

— Quand tu dis des horreurs pareilles, les gens doivent se méprendre sur ton compte, Angela.

— C'est exactement ce qu'ils font, maman, convint Angela, juste au moment où le Dr Power entrait.

Il avait été appelé au club pour un joueur pris de malaise. Un citadin menant toute l'année une vie sédentaire et qui, à peine arrivé, fait ses trente-six trous sur un parcours très accidenté pendant cinq jours de suite. L'étonnant aurait été qu'il ne s'effondre pas. Les links méritaient tout autant des pancartes « Danger » que le sentier de la plage.

— Il s'en tirera ?

— Oui, quand il sera remis de la volée de bois vert que je lui ai administrée à propos de son mode de vie. Et s'il dure jusqu'à cent ans, ce qui est très possible, il pourra m'en remercier tous les jours que Dieu fait ! Maintenant, occupons-nous de vous, Mrs. O'Hara.

Angela le regarda palper les genoux gonflés de sa mère. Et puis, il prit les pauvres mains déformées par l'arthrite et les garda dans les siennes.

— Apparemment, ça n'a pas empiré, dit-il d'un ton réconfortant, mais je sais bien que ce n'est pas une grande consolation quand on a mal dans toutes les jointures.

Cette façon qu'il avait de mettre les patients en confiance, et d'être toujours disponible pour les écouter !

Angela le raccompagna à sa voiture.

— Toi aussi, tu étais toute pimpante pour me recevoir, la taquina-t-il. Voulais-tu me consulter ?

— Non, je vais bien, répondit-elle en riant.

— Si tu allais bien, tu n'aurais pas d'insomnies.

— C'est presque passé. Je ne prends plus qu'un demi-comprimé.

— Tu es moins tracassée, les choses s'arrangent ? demanda-t-il.

Ils se parlaient par-dessus le toit du véhicule, où Angela appuyait ses coudes.

— Oui, ça s'arrange un peu. Ou plutôt, je m'y accoutume.

— Je ne crois pas que ce soit une question d'inquiétude. Mais si tu veux, je peux te donner l'adresse d'un jeune confrère, un praticien anonyme.

— Non, ce n'est pas le cas, mais merci quand même.

— Et si c'est un homme, sache que pas un de nous ne vaut qu'on perde le sommeil à cause de lui.

— Arrêtez donc d'essayer de me tirer les vers du nez et en même temps de quêter des compliments. Vous savez bien que la moitié de la ville vous porte aux nues.

Le Dr Power s'installa au volant et baissa la vitre.

— S'il y a un homme dans ta vie, et si tu veux t'en aller, fais-le, m'entends-tu ? Pour ta mère, je veillerai à ce qu'on prenne soin d'elle. Tu n'as pas à rester attachée. Il faut vivre ta vie.

— Honnêtement, ce n'est pas ça, affirma-t-elle en lui souriant affectueusement.

— Ou si c'est le couvent ou autre chose, songea-t-il subitement.

— Non, alors là, *absolument pas,* dit-elle avec un grand rire.

— Évidemment. Un dans la famille, ça suffit, convint-il en démarrant.

Oui, et c'était même un de trop, songea Angela en allant retrouver sa mère.

Au cours des vacances, Gerry Doyle avait réalisé deux photos sensationnelles. Une de David et Caroline se lançant un ballon de plage juste au bord de l'eau, avec de grosses vagues derrière eux. David trouvait qu'elle avait autant de chic que les publicités des grandes stations balnéaires anglaises. Et une de Nolan en train de manger une glace, juché sur le muret devant l'épicerie O'Brien et tout entouré de filles : Hilary et Fiona l'encadraient, tandis que Chrissie et ses deux acolytes, Kath et Peggy, étaient assises à ses pieds. Avec sa peau bronzée et son entourage féminin, il ne lui manquait que le turban pour avoir l'air d'un sultan. Au collège, ces photos rehaussèrent singulièrement le prestige des deux amis. David en venait à se demander si la moitié des élèves et leur famille ne débarqueraient pas à Castlebay l'été suivant. L'équipée nocturne à la grotte du Phoque était devenue légendaire, on pâlissait d'envie devant le pique-nique dans les dunes, et nul n'ignorait plus les dons de l'écho dans la grotte du même nom. À cela s'ajoutaient les rencontres autour des courts de tennis de l'hôtel (et les hauts tabourets du bar où on buvait ensuite une citronnade), les leçons de golf et les tournois réservés aux juniors. David gardait la photo de Caroline dans son atlas. Être amoureux de la sœur d'un ami, cela vous met dans une situation délicate. David ne pouvait confier à James qu'il avait échangé des baisers passionnés avec Caroline. Il ne lui cacha cependant pas qu'elle allait lui écrire en signant « Charles » ce qui ne parut intéresser James que médiocrement. Lui-même allait avoir deux correspondantes : Fiona Doyle, qui signerait « Fred », et Hilary, qui deviendrait « Henry ». Si Chrissie O'Brien avait su écrire, elle en aurait probablement fait autant sous le pseudonyme de « Christopher ». En fait, la question ne se posait même pas, car Gerry Doyle devait amplement suffire à l'occuper. Ce Gerry Doyle tombait toutes les filles sans même lever le petit doigt.

Ce qu'ils ignoraient, c'était que Chrissie se persuadait jour après jour que Gerry Doyle n'était plus dans les mêmes dispositions à son égard. Elle en discutait à perte de vue avec Kath et Peggy mais sans arriver à y voir clair. Avec Gerry, elle était allée aussi loin qu'il était possible quand on ne veut pas franchir le pas, ni accepter des choses qui vous font rougir quand on se revoit en plein jour. Qu'est-ce qu'il lui fallait donc ? Elle avait la peau plus soignée, les cheveux plus blonds et, grâce aux cure-pipe, plus bouclés, la poitrine généreuse, et la taille bien marquée par sa ceinture rouge serrée à mort. Elle ne dérangeait jamais Gerry, elle ne l'embêtait pas, elle ne lui demandait pas d'être son cavalier attitré. Il y avait là un mystère. Kath et Peggy faisaient chorus — tous les garçons sont des mystères.

— Nous devrions nous mettre sérieusement à la photo, avait proposé un jour James Nolan. Ça semble un gage de popularité.

— Quelque chose me dit que ce n'est pas si simple, déclara David.

Il aimait bien Gerry, mais il aurait préféré que Caroline ne le trouve pas aussi formidable. Ce qu'elle avait pu l'agacer lorsque, en plein milieu d'une conversation, elle s'épanouissait subitement et faisait un signe de la main. Parce qu'il n'y avait qu'une seule raison possible : Gerry Doyle qui passait par là. Et il se contentait de faire, lui aussi, un signe de loin en souriant. Jamais il n'accourait, hors d'haleine, fou de joie d'être remarqué — comme cet abruti de Bones. Avec les femmes, il valait apparemment mieux imiter le détachement de Gerry Doyle que l'enthousiasme de Bones.

Heureusement qu'il y avait la compensation des succès scolaires. David fut premier aux examens trimestriels de Noël. Piqué, Nolan bûcha dur, et à ceux de Pâques, il devança David qui dut se contenter de la deuxième place. Après ça, ils conclurent un pacte : ils travailleraient modérément durant les grandes vacances, afin d'avoir le maximum de temps pour devenir des as au tennis. Dans tous les sports qu'il pratiquait, Nolan était un as. Il n'avait jamais joué au tennis, mais on allait voir ce qu'on allait voir.

Chrissie dit qu'elle préférait quitter l'école et apprendre quelque chose d'utile. Mais tu voudrais faire quoi ? lui avaient-ils demandé. N'importe quoi plutôt que de se morfondre en classe. Si on savait le temps perdu dans cette école du couvent ! Les gamines ne faisaient rien de rien. Ils rétorquèrent que Clare semblait bien s'en tirer, mais Chrissie leur démontra que ça ne prouvait rien. Clare était à part. Une fille qui n'a pas d'amies, et qui ne lève pas le nez de ses livres parce que le reste de sa vie est sinistre. L'argument fut moins bien digéré que Chrissie ne s'y attendait. Et il n'était pas question qu'elle quitte l'école à quatorze ans. Elle y ferait encore une année. Et elle aurait intérêt à se tenir correctement. En plus de ça, elle venait vous dire que Clare n'avait pas d'amies ! Et Josie Dillon, alors ?

Clare avait terriblement bûché. Au niveau où elle en était, elle aurait déjà de fortes chances d'obtenir la bourse. Et comme elle ne passerait le concours que l'année suivante, à douze ans, Miss O'Hara lui prédisait un succès certain.

— Tu sais, Clare, lui dit-elle un soir, j'ai un peu honte de te consacrer du temps. À présent, tu es parfaitement capable de travailler seule. J'ai l'impression d'être tout juste bonne à te répéter que tu es exceptionnelle.

— Vous ne voulez plus vous occuper de moi ? demanda Clare, que cette idée terrifiait.

— Mais si, bien sûr. Je songeais simplement que mes leçons seraient plus utiles à certaines filles, Josie Dillon ou la petite Murphy, par exemple. Et au moins, quand elles quitteraient l'école, elles sauraient lire.

— Josie sait lire.

— Elle sait déchiffrer, c'est tout. Je ne peux pas lui

demander de faire une lecture à haute voix, ou de jouer un des personnages quand nous étudions une pièce de théâtre. Avec sa façon d'ânonner, on en aurait pour toute la journée.

— L'étude ne l'intéresse pas beaucoup.

— Ah oui ? Parce qu'il y a des choses qui l'intéressent ? Ses sœurs n'étaient pas géniales, mais elles ont fait une scolarité moyenne, et elles continuent dans le secondaire, Josie n'y arrivera jamais.

— Elle le sait.

— Ah bon ! C'est décidé ? Et elle l'accepte ?

— Oui, parce qu'elle ne tient pas à être pensionnaire. Elle veut rester à Castlebay.

— Puisque tu l'aimes bien, tu devrais l'aider. Lui dire qu'en se donnant un minimum de mal elle pourrait aller dans un cours commercial, où elle apprendrait la dactylographie, la sténo et la comptabilité. Ainsi, elle sera capable de travailler à l'hôtel quand son vieux dragon de grand-mère cédera enfin le terrain à ses fils parce qu'elle aura rendu l'âme.

— Je verrai ce que je peux faire, convint Clare, qui se sentait très grande fille quand Miss O'Hara se laissait aller devant elle à de tels écarts de langage.

L'anniversaire de Josie tombant en pleine période scolaire, sa mère, la jeune Mrs. Dillon comme on l'appelait, lui dit qu'on devrait attendre les vacances pour le fêter, quand ses frères et sœurs seraient rentrés de pension. Contrairement à son habitude, Josie regimba. On avait déjà fait ça pour ses dix ans et ses onze ans. Eh bien, cette année, ce ne serait pas pareil. Elle voulait inviter Clare O'Brien pour le thé, et elles iraient ensuite ensemble au cinéma. Au cinéma, en soirée et un jour de semaine ! Ça ne se faisait pas. Clare avait demandé à sa mère, dit Josie, Mrs. O'Brien autorisait cette sortie si la mère de Josie donnait son accord. La jeune Mrs. Dillon contempla le gros visage de lune de sa benjamine et fut émue. Oui, elle donnait son accord. D'après ce qu'elle en savait, cette petite Clare était beaucoup plus sérieuse que cette écervelée de Chrissie, et il était sûrement bon que la pauvre Josie ait une amie, même si ce n'était qu'une fille de petit boutiquier.

Tandis qu'elles attendaient que le film commence, Clare dit à Josie qu'elle ne connaissait pas sa chance d'avoir une chambre pour elle toute seule. Elle aurait donné n'importe quoi pour pouvoir travailler tranquille.

— Bien sûr, tu *aimes* ça !

— Mais non. Personne n'aime apprendre des choses par cœur, ni se casser la tête sur des problèmes d'arithmétique. Seulement, je le fais pour arriver à ce que je veux.

— Qu'est-ce que tu veux ? demanda Josie, le regard vide.

— Eh bien, se risqua Clare, comme mes parents ne peuvent pas me payer des études, je me dis que si je travaille vraiment bien, l'école secondaire me prendra peut-être gratuitement.

— Pourquoi pas ? Les sœurs doivent mieux aimer avoir des élèves qui sont fortes, plutôt que des cancres.

— Voilà pourquoi je me donne tout ce mal, dit Clare, encouragée. Toi aussi, tu devrais.

— Mais moi, mes parents ont les moyens de m'envoyer en pension. C'est moi qui dis non.

— Qu'est-ce que tu vas faire, alors ?

— Rester ici.

— À l'hôtel ?

— Évidemment. Où voudrais-tu que j'aille ?

— Josie, si tu n'apprends rien de spécial, tu ne seras bonne qu'à servir les petits déjeuners et changer les draps. Aussi bien tes frères que Rose et Emily vont sûrement recevoir une formation pour diriger ensuite votre hôtel, non ?

— Oui, c'est bien possible.

— Alors, si toi aussi tu as une spécialité, tu auras ta place toute trouvée.

— Une spécialité dans quoi ? demanda Josie d'un ton touchant.

— Par exemple le secrétariat et la comptabilité. C'est possible au cours commercial du chef-lieu. Tu prendrais pension chez des gens pendant la semaine, mais tu reviendrais tous les week-ends.

Clare savait que les Dillon avaient là-bas au moins trois familles de cousins. Josie semblait aussi y songer lentement.

— Mais je serai toute seule, dit-elle.

— Non. Le cours commercial dépend du couvent, comme l'école secondaire où j'espère aller.

Le film avait commencé, mais elles n'arrivaient pas à le regarder, tellement leurs projets étaient plus passionnants.

— Je ne pourrai jamais y entrer, contre-attaqua encore faiblement Josie. Je suis trop mauvaise en orthographe. Je suis trop nulle, oui !

— Et si je t'aidais ?

— Pourquoi irais-tu m'aider ? demanda Josie avec une incrédulité presque outrageante.

— Parce que nous sommes amies, répondit Clare, non sans quelque gêne.

Le visage de Josie s'éclaira brusquement d'un sourire radieux.

Et elles s'attelèrent à la tâche. Elles travaillaient à l'hôtel Dillon. Les O'Brien laissaient sortir Clare. Avec elle, on n'avait pas à craindre de bêtises, comme avec Chrissie. D'ailleurs, on les voyait en passant devant l'hôtel, installées devant une fenêtre de l'étage. Étant progressivement plus sûre de son orthographe, Josie se mit à écrire bien lisiblement. Elle tenait mieux ses cahiers, elle suivait les leçons plus attentivement. Un jour, elle alla même jusqu'à poser une question en classe, et mère Brendan faillit en tomber raide de stupéfaction. De loin, Clare rappela Josie à l'ordre en lui faisant les gros yeux : elle ne devait pas vendre la mèche en révélant trop vite ses progrès, parce que, alors, on l'enverrait en pension, et leurs projets tomberaient à l'eau.

Le couvent n'admettant pas qu'une religieuse s'aventure seule dehors, il était coutumier, pour les sœurs, de demander à une institutrice laïque ou à une fille des grandes classes de les accompagner à la poste ou dans une boutique quelconque. Aussi Angela trouva-t-elle tout naturel que mère Immaculata la prie de l'escorter pendant une sortie.

Côte à côte, elles franchirent le portail du couvent et descendirent la rue en pente. Même quand tout allait bien, Angela devait se battre les flancs pour trouver des sujets de conversation avec mère Immaculata. Et aujourd'hui, tout n'allait pas bien. Malgré le demi-comprimé de somnifère absorbé avec du lait chaud, Angela avait à peine fermé l'œil de la nuit. La veille, elle avait reçu une lettre de son amie Emer, lui annonçant qu'on achèterait la bague de fiançailles le samedi suivant. Elle escomptait vivement qu'Angela pourrait venir à Dublin pour le mariage : elle tenait à l'avoir comme demoiselle d'honneur. Le matin, sa mère était tellement ankylosée qu'Angela en avait mal pour elle en lui mettant ses bas, en lui pliant les bras pour lui passer ses manches. Les voix aiguës des fillettes lui avaient vrillé les oreilles toute la matinée ; en plus, une petite ayant vomi pendant la leçon d'Histoire sainte, l'odeur stagnait dans toute l'école, bien qu'on ait aéré et passé du désinfectant. Et au lieu de pouvoir enfin s'octroyer une cigarette et parcourir le journal, voici qu'elle devait se trimbaler avec cet épouvantail qui voulait s'acheter une carte postale ou Dieu sait quoi !

— Pourquoi devez-vous toujours sortir accompagnées ? Je suis ravie de vous escorter, ma mère, mais c'est une question que je me pose souvent.

— Notre règle nous l'impose, déclara Immaculata de toute sa hauteur.

— Est-ce pour prévenir les escapades ?

— *Sûrement pas,* Miss O'Hara.

— Il y a forcément une raison.

— Nous suivons la règle sans la discuter.

— Sincèrement, je vous admire. Moi, je n'arrêterais pas de mettre ses articles en question.

— Je n'en doute aucunement, Miss O'Hara, dit la religieuse avec un petit rire acide.

Une fois de plus, Angela s'interrogea sur l'âge d'Immaculata. Dix ans de plus qu'elle ? Oui, certainement. Donc, même pas quarante ans. Extraordinaire ! Les gamines lui en donnaient quatre-vingt-dix. Mais tous les enfants croient que leurs professeurs sont vieux comme le monde.

— En fait, je voulais vous parler, reprit la mère supérieure. J'ai donc saisi cette occasion. C'est au sujet du père O'Hara. Il y a une sorte de mystère.

Angela en eut instantanément la bouche sèche et une boule au creux de l'estomac.

— Une sorte de mystère, ma mère ?

— Oui, je m'interroge. Va-t-il tout à fait bien ?

— À ma connaissance, oui. Pourquoi cette question ?

Angela avait répondu par une sorte de réflexe, mais elle avait le cerveau complètement paralysé. De toute façon, à présent elle n'avait plus qu'à laisser la supérieure déballer son histoire, en glissant un mot de temps en temps. C'était l'un de ses grands talents.

Mère Immaculata fit traîner son récit comme à plaisir. Le noyau de l'affaire, c'était qu'elle avait fourni à une jeune religieuse, qui avait appartenu à la communauté jusqu'à l'année précédente mais avait à présent quitté le couvent de Castlebay pour un autre, l'adresse du père O'Hara au Japon. Actuellement séminariste, le frère de celle-ci voulait se consacrer à l'œuvre missionnaire. Or, loin de se réjouir d'avoir donné deux enfants au Seigneur, leurs parents faisaient obstacle à la vocation de leur fils. « Notre sœur » avait donc pensé à contacter un prêtre des missions, qui pourrait décrire à ses parents l'existence et les travaux d'un homme de Dieu en Extrême-Orient. Et mère Immaculata avait apaisé les scrupules de la jeune sœur, qui trouvait délicat de raconter à un prêtre que sa famille n'approuvait pas entièrement la vocation de leur fils.

— Je lui ai dit que le chemin du père O'Hara jusqu'à l'ordination n'avait pas été facile non plus.

La *garce* ! pensa Angela avec une férocité qui la surprit. Elle est allée parler à cette idiote de Dinny O'Hara, l'ivrogne, et de ses débortements !

— Non, je peux vous dire qu'il ne fut pas facile, s'entendit prononcer Angela.

— Toujours est-il que notre sœur a reçu du père O'Hara une très curieuse lettre.

— Il déclarait ne pas pouvoir l'aider ?

— Non, pas du tout. Il décrivait longuement l'Extrême-Orient, les tâches des missionnaires, mais sans donner un seul détail sur le Japon, où il accomplit son œuvre, ni sur le fonctionnement de la mission là-bas. Et il ajoutait : « Je suis sûr que ma sœur aura informé la communauté de mes problèmes ici. En tout état de cause, je n'ai pas qualité pour tenter d'infléchir vos parents relativement à la vocation de votre frère. » Je vous cite de mémoire. Ce ne sont peut-être pas ses phrases mot pour mot.

Avec ça que tu ne connais pas ses phrases et tout le reste de la lettre par cœur ! pensa Angela.

— Il est un si piètre correspondant, dit-elle pour tout commentaire.

— Mais le reste était très clair.

— Bien sûr, il est imbattable pour décrire le climat ou les paysages. Je lui dis souvent qu'il ferait un superbe professeur de géographie. En revanche, il n'y a pas plus gauche pour communiquer ce qu'il pense ou ressent. À mon avis, c'est un travers masculin.

Ma mère et moi n'arrêtons pas de nous en plaindre. Nous savons tout, sauf ce qu'il éprouve.

— Mais il y a tout de même autre chose...

— Exactement, ma mère. Je le disais hier encore à maman : il y a tout de même autre chose. Que pense-t-il, quand il a fini sa journée ? Est-ce qu'en rentrant, à travers les rues bondées de Tokyo, il regarde les gens en songeant que lui et les autres pères ont un peu avancé aujourd'hui, que la parole du Seigneur a été semée parmi les païens ? Est-ce que les petits Japonais comprennent ce que fut Bethléem, alors que c'est déjà difficile pour nous ?

Immaculata lâcha prise. Elles étaient arrivées au bout de Church Street.

— Où vouliez-vous aller ? demanda Angela d'un air innocent.

— Nulle part, répondit Immaculata d'un ton coupant. Je voulais simplement vous parler de cette affaire.

— Eh bien, ma mère, nous avons bien fait de venir jusque-là, dit suavement Angela. J'ai besoin de cigarettes. Suivez-moi donc, je vais en acheter ici. Je préférerais donner ma pratique aux O'Brien, mais c'est trop loin.

Un sourire angélique aux lèvres, elle pénétra dans une épicerie-buvette qui empestait le stout. Immaculata ne put que l'attendre à la porte en rageant copieusement.

Ce soir-là, Angela écrivit à son frère tout ce qu'elle avait sur le cœur. À part demander au père O'Dwyer d'annoncer en chaire que Sean O'Hara s'était défroqué, elle ne voyait pas ce qu'il aurait pu faire de pire que de semer le doute dans le premier bastion de Castlebay. Aller battre sa coulpe, ou presque, dans sa réponse à une abrutie de nonne ! À quoi songeait-il ? Et pour la première fois, elle omit le mot « Père » dans la suscription de l'enveloppe.

En donnant sa lettre à affranchir à Mrs. Conway, elle remarqua sa « bêtise ».

— Où ai-je la tête ? Tant pis, je préfère la laisser comme ça plutôt que de rajouter « Père » avec une encre d'une autre couleur. C'est difficile d'y songer, quand on écrit à son frère.

Mrs. Conway rit elle aussi, et abonda dans son sens. Et qu'est-ce que ce serait si elle était la sœur du pape ? Elle oublierait probablement d'écrire « Sa Sainteté ». Savait-elle quand le père O'Hara reviendrait ? Non, mais Angela espérait que ce ne serait pas dans trop longtemps.

Trois semaines plus tard, la réponse arriva. Sean disait avoir examiné très attentivement les arguments d'Angela. Par bonheur, les choses se précipitaient. Après avoir adressé à Rome un dossier très détaillé de la situation, il allait y présenter personnellement sa défense. Tout indiquait qu'on y donnerait une suite favorable. Bien entendu, il emmenait les siens. Sous peu, Shuya et lui débarqueraient donc à Rome avec Denis et Laki, la toute petite, une vraie réplique de sa mère en miniature. Et une fois rendu à l'état laïque, il pourrait leur faire découvrir Castlebay.

La machine romaine tournait sans doute lentement. De tout l'été, Angela ne reçut plus de nouvelles. À présent, elle réussissait à dormir sans somnifère. De temps en temps, elle partait vers les rochers avec l'intention de lire. Mais au lieu d'ouvrir le livre, elle restait à contempler la mer.

À la rentrée, Fiona Doyle lui remit timidement une enveloppe contenant une photo : un portrait d'Angela assise sur un rocher. Pris à son insu.

— Gerry trouve que c'est un peu comme un tableau, dit Fiona.

— Il a raison. Je le remercie infiniment. Je la mettrai au mur, chez moi.

Elle regardait la photo. Si c'était un tableau, on aurait facilement deviné le titre : « Solitude ».

Cet été-là, appelé un soir au chevet d'un malade, le père O'Dwyer remarqua un nombre anormal d'autos garées sur la route de la Pointe. À sa surprise, il vit qu'elles étaient toutes occupées. Par deux personnes de sexe opposé, pour être précis. Et le plus terrible, c'était qu'il ne s'agissait pas seulement de vacanciers, de citadins aux mœurs relâchées, mais aussi de paroissiens.

Au début du mois de septembre, alors que les estivants étaient repartis, il tonna en chaire, sommant les familles d'être vigilantes car leurs enfants frôlaient le bord de l'abîme. On assistait dans le monde à un avilissement général des valeurs. L'année prochaine, il faudrait reconsidérer radicalement la question des divertissements licites, et particulièrement de la danse. Pendant près de trois semaines, le père O'Dwyer en resta violet d'indignation, et la moue réprobatrice du sergent McCormack disait assez son sentiment sur ceux qui scandalisaient ainsi Sa Révérence.

Cet été-là, Josie Dillon et Clare O'Brien apprirent à jouer au tennis. Lorsque Mrs. Power et Mrs. Nolan prenaient leur leçon sur un court de l'hôtel, très tôt le matin, les petites ramassaient les balles, et ensuite, à la fois comme récompense de leur aide et parce que Josie était la fille de la maison, elles avaient droit à une courte leçon. Chrissie en était ulcérée, d'autant plus que la jeune Mrs. Dillon leur interdisait désormais l'entrée du bar, à elle et à ses copines Peggy et Kath. Des filles de quatorze ans ne pouvaient pas entrer dans l'hôtel alors que les deux morveuses, Clare la gourde et Josie la limace, *y jouaient au tennis* !

Au demeurant, Clare ne faisait pas tache sur les courts. Elle était tout en blanc : un vieux short que lui avait donné Miss O'Hara, des tennis devenues trop petites pour Ned (tous les soirs elle leur passait du blanc à chaussures), une tunique de classe. Un matin où Angela se trouvait dans les parages, elle s'arrêta pour la regarder monter au filet et renvoyer une balle difficile. Elle ne regrettait pas de lui avoir acheté ce short chez les demoiselles Duffy (elle l'avait lavé pour que Clare ne s'aperçoive pas qu'il était neuf). Voir la fillette se démener avec une telle assurance, voilà qui était nouveau. Et est-ce que Josie Dillon n'avait pas perdu un peu de graisse ? En tout cas, elle se déplaçait beaucoup plus lestement qu'Angela ne s'y attendait.

Cet été-là, David Power promena partout une mine sombre, solitaire, mains enfoncées dans les poches. Un jour, Angela l'interrogea au passage. Nolan ? Il ne quittait pas Fiona Doyle. Et la sœur de Nolan ? Eh bien, elle se découvrait une passion pour la photographie. Ça finirait peut-être par un double mariage, dit-il avec un sourire sans gaieté. Dans un cas de ce genre, un frère et une sœur devenaient en plus beau-frère et belle-sœur. Angela remarqua que c'était tout de même relativement rare. Et d'ailleurs, les Doyle n'étaient pas comme le reste des gens. Ils ne s'impliquaient pas, ils flottaient à la périphérie. David répliqua qu'il les trouvait pas mal impliqués dans la famille Nolan. Pas du tout, riposta Angela, Fiona va son chemin et James la suit. Il lui porte ses emplettes, il lui paie des glaces, c'est tout. Et quand Gerry fait sa tournée sur la plage, Caroline lui emboîte le pas. Ça se passait déjà comme ça avec leur père, Johnny Doyle. On aurait dit un Gitan. David dit qu'Angela ne comprenait peut-être pas exactement la situation. Et Angela dit qu'elle la comprenait si bien qu'elle aurait volontiers parié avec lui, mais il est malhonnête de dépouiller un mineur de son argent.

Cet été-là, Tommy et Ned O'Brien cessèrent d'envoyer de l'argent à la maison. Mrs. Conway, la postière, ne fut pas longue à noter l'absence des mandats hebdomadaires.

— Alors, les grands fils n'aident plus ? remarqua-t-elle à Agnes O'Brien avec une fausse sollicitude.

— Oh, nous leur avons dit d'arrêter pour l'instant,

expliqua Agnes O'Brien. En Angleterre, ils ont besoin de bien des choses, ils ne peuvent pas s'installer sans un minimum.

Son grand sourire dissimulait mal son inquiétude.

Ce fut également cet été-là qu'Angela reçut toutes les semaines une lettre de son amie Emer. Angela se disait trop vieille, à vingt-neuf ans, pour être demoiselle d'honneur ? Emer était prête à pardonner une attitude pourtant contestable sur le plan purement amical, puisqu'elle soulignait l'âge de la mariée, qui venait d'avoir trente ans sonnés. Mais si Angela n'assistait pas au mariage, Emer ne le lui pardonnerait jamais. Étant enseignants, Kevin et elle avaient choisi la meilleure période pour eux : celle de Pâques. Malheureusement, tout le monde s'en mêlait. Depuis un mois, la mère d'Emer refusait de lui adresser la parole. Ses deux sœurs mariées arrivaient à n'importe quelle heure du jour ou de la nuit pour donner des avis non sollicités. Et, pour ne rien arranger, du côté de Kevin ils étaient tous confits en dévotion. De vieilles religieuses s'exténuaient à obtenir l'autorisation de quitter leur couvent pour être présentes aux noces, et les cousins prêtres étaient à couteaux tirés parce qu'un seul d'entre eux pourrait célébrer le mariage. Si Angela ratait ce cirque, disait Emer, elle ne savait pas ce qu'elle perdrait.

Angela assura qu'elle serait présente au mariage. Rien ne pourrait lui faire obstacle. Elle avait d'ailleurs du mal à se représenter Emer nageant dans les difficultés tant ses lettres étaient drôles. Une façon de dissimuler une foule d'humiliations, de chagrins. Mais Angela n'en faisait-elle pas autant dans les siennes, quand elle dépeignait la vie dans ce trou perdu d'Irlande, avec cette abominable mère Immaculata et l'horrible postière, Mrs. Conway ? En lui cachant le pire : qu'elle était piégée là à jamais, et confrontée au problème de son dingue de frère qui avait abandonné le sacerdoce et fait deux enfants à une Japonaise.

Le père de Gerry et Fiona Doyle dut être hospitalisé au chef-lieu — pour une maladie qui ne pardonnait pas. On trouvait franchement bizarre que sa femme n'aille jamais le voir. L'explication vint du Dr Power : en raison de chutes de tension, la malheureuse devait rester confinée chez elle. Il déconseillait d'ailleurs les visites à Johnny Doyle, trop fatigantes pour le pauvre homme qui avait d'énormes difficultés d'élocution. Bien entendu, son fils Gerry lui rendait régulièrement visite. Comme il se servait de la camionnette de son père, il faisait bénévolement le taxi pour ceux qui voulaient aller au chef-lieu. Gerry émerveillait les infirmières. Il calmait non seulement son père mais les trois autres patients de la chambre.

Et puis on déploya les paravents autour du lit de Johnny Doyle. Dans un dernier souffle, il dit à Gerry qu'il ne devait pas songer à agrandir l'affaire. Castlebay ne deviendrait jamais une grande station. Et un photographe ne peut pas compter sur des ventes répétées, comme par exemple un épicier. La clientèle est vite saturée. Il mourut paisiblement, rassuré par Gerry sur la bonne marche de l'affaire (c'était vrai), sur le fait qu'il ne l'agrandirait pas (c'était faux) et sur l'amélioration de l'état de maman. (En réalité, son agoraphobie devenait si aiguë qu'elle n'allait même plus ouvrir la porte d'entrée.) Gerry avait fait taire les scrupules de sa mère, qui s'en voulait de ne pas aller voir son mari à l'hôpital, en lui disant que les visites épuisaient le malade. Et il n'avait emmené Fiona que trois fois parce que c'était vraiment trop lugubre.

Gerry ne pleura pas quand la sœur infirmière ferma les yeux de son père. Il lui demanda si la mort était toujours aussi paisible.

Non, dit-elle, Mr. Doyle avait eu le réconfort de savoir que tout allait pour le mieux dans sa famille.

Un des vieux malades de la chambre demanda à Gerry de revenir les voir. Gerry le promit. Un autre aurait aimé qu'il lui tire le portrait. Devant le visage ravagé, le cou maigre flottant dans la veste de pyjama, Gerry préféra s'abstenir. Il prétexta la difficulté de prendre des photos à l'intérieur, surtout avec ces murs blancs. Il valait mieux attendre les beaux jours. Mais quand vinrent les beaux jours, les vieillards n'étaient plus là pour poser devant l'objectif.

Gerry se mit à travailler avec acharnement. Sa mère allait tantôt mieux, tantôt plus mal. Il ne laissait jamais Fiona rentrer seule de la séance de nuit du cinéma. Pour la décharger de certaines besognes ménagères, il nettoyait les vitres et astiquait le heurtoir de cuivre de la porte. Extérieurement, la maison était donc impeccable. L'intérieur était moins important, puisqu'ils ne recevaient jamais personne.

Et quand on voyait Fiona Doyle, avec ses belles boucles soyeuses, ses robes bien repassées, et Gerry, toujours le sourire aux lèvres et l'air nonchalant, on n'aurait jamais pu deviner qu'il y avait de la tristesse ou des soucis dans cette famille ; le cancer avait emporté le père, la mère s'abandonnait à une perpétuelle anxiété, et Gerry négociait un gros prêt avec la banque pour agrandir l'entreprise familiale. Fiona n'ignorait certainement pas que Gerry allait ainsi contre la volonté de leur père, mais elle ne disait rien. Gerry estimait qu'une fille doit être réservée.

La lettre de Sean venait d'Italie. Ils s'y trouvaient depuis cinq semaines, disait-il. Les choses n'avançaient que lentement. Il n'aurait jamais cru qu'il faille tant de paperasserie, de temps perdu, de questions vingt fois répétées par le même sous-fifre, d'obstacles pour parvenir jusqu'à un responsable, même mineur. Il avait trouvé un poste de précepteur dans une famille de très ancienne noblesse. Des gens qui possédaient une grande propriété à Ostie, une ville située à l'embouchure du Tibre. Ne donnant que trois heures de cours par jour aux fils de la maison, Sean avait le temps d'aller voir au Vatican si les choses progressaient. Très experte en couture, Shuya était employée à la lingerie. Ils étaient logés dans un petit pavillon. Les enfants profitaient du jardin. Sean disait que c'était un supplice d'être si près de son pays et en même temps si loin. La semaine précédente, il avait vu des pèlerins irlandais, portant tous un sac de la compagnie Aer Lingus. Il s'était fait violence pour ne pas leur parler mais il tenait sa promesse à Angela. Si elle estimait qu'il fallait rester dans l'ombre jusqu'à ce qu'il soit rendu à l'état laïque, elle avait ses raisons. Pourtant, quand Denis disait que la mer était belle, il avait envie de l'emmener tout de suite à Castlebay. Il attendait impatiemment des nouvelles d'Angela.

Angela libella l'enveloppe au nom de Mr. et Mrs. S. O'Hara, en prenant soin de déguiser son écriture, pour ne pas éveiller les soupçons de Mrs. Conway. Seigneur ! Ça tournait à la psychose ! Comme s'il n'y avait au monde qu'un seul O'Hara...

Clare apprit à Angela que Josie s'était procuré un livre intitulé *J'apprends la dactylographie,* et qu'elle s'exerçait sur la machine à écrire de l'hôtel. Le plus difficile, c'était d'atteindre les touches avec le petit doigt, mais Josie s'y mettait rudement bien. En plus, elle observait un régime et elle s'était fait couper les cheveux. Elle était en train de persuader ses parents de l'envoyer au cours commercial. De son côté, Angela avait habilement manœuvré Immaculata qui croyait à présent avoir trouvé elle-même qu'il fallait orienter Josie vers cet établissement, de sorte qu'on pourrait compter sur son soutien.

La grande affaire, maintenant, c'était le concours pour l'obtention de la bourse d'études. Il avait lieu au cours des vacances de Pâques. À ce moment-là, Angela serait à Dublin, pour le mariage d'Emer, mais Clare se débrouillerait très bien toute seule. En février, la petite avait demandé à mère Immaculata si elle la jugeait assez forte pour concourir, et, là aussi, la supérieure s'attribuait le mérite du projet. Angela remarqua qu'en quinze ans les choses n'avaient guère changé ; il se passait pour Clare ce qui s'était passé pour elle. Les religieuses s'exaltaient à l'idée qu'une de leurs élèves pourrait se distinguer de la sorte. Elles rivalisaient de sollicitude pour Clare, lui proposaient des répétitions qu'elle acceptait avec reconnaissance. La solidité du bagage qu'elle possédait déjà les surprenait.

Dans la salle des professeurs, elles parlaient de Clare. Quelle singulière enfant ! Avec sa sœur Chrissie, c'était le jour et la nuit. Et quel petit visage intéressant, avec ses grands yeux noirs et ses cheveux blonds — deux caractéristiques rarement associées. Les sœurs lui faisaient des cadeaux : une pochette de dentelle, des images pieuses collées sur des rectangles de satin brodés de paillettes ou de fils d'or. Une vieille religieuse lui donna un stylo, et une autre, un plumier bariolé. Immaculata se rengorgeait, et Angela O'Hara observait tout cela de loin avec amusement.

— Comment ont-ils réagi, chez toi ? demanda Angela.

— Ils ne le savent pas. Vous m'aviez dit de ne pas en parler.

— Oui, mais maintenant il faut leur annoncer.

— D'accord, je le ferai ce soir.

Agnes O'Brien regardait d'un air morne le contenu de la grande casserole.

— Cette histoire d'avoir des bas morceaux pour trois fois rien parce que Chrissie travaille chez Dwyers, il y a du pour et du contre, dit-elle. Parce que, en fin de compte, ce ne sont guère que des os.

Tom O'Brien regarda à son tour dans la casserole.

— Ça fera de la soupe, remarqua-t-il.

— Oui, une fois de plus. Mais je devrais m'estimer heureuse, tout est si cher aujourd'hui.

Clare sortait ses livres de son cartable et les protégeait avec un sac en papier. Dans la cuisine, une tache de graisse ou de soupe était si vite attrapée...

— Il m'est arrivé quelque chose d'agréable à l'école, annonça-t-elle.

Tout le monde tendit l'oreille, car elle ne parlait pratiquement plus jamais de ses études, qui ne semblaient intéresser personne à la maison.

— Et quoi donc ? demanda Agnes, qui en abandonna la casserole.

— Mère Immaculata et les autres sœurs pensent que je devrais me présenter au concours pour une bourse d'études à l'école secondaire. C'est pendant les vacances de Pâques.

— L'école secondaire ? répéta Tom O'Brien, stupéfait.

— Oui, papa. Évidemment, il y aura des tas de candidats de partout, et rien ne dit que j'obtiendrai une bourse. Mais je suis contente qu'à l'école on pense que j'ai peut-être une chance.

— Une bourse couvre tout, la pension et l'enseignement ?

— Oui, maman.

— Comment fait-on pour gagner un concours ? demanda Ben.

— Eh bien, des tas de filles viennent le même jour et font les mêmes compositions. Et la meilleure est admise.

— Pour toujours ? interrogea Jim.

— Non, jusqu'à la fin de sa scolarité, à seize ou dix-sept ans.

— On va encore en classe à dix-sept ans ? dit Ben, les yeux tout ronds d'étonnement.

— Tom, te rends-tu compte ? prononça Agnes avec emphase. Clare faisant ses études secondaires !

— Comme les filles de gens riches, se réjouit Tom.

— Je n'ai pas encore gagné la bourse, leur fit remarquer Clare.

— Voyons, fillette, mère Immaculata est une personne très intelligente. Si elle t'encourage, elle a de bonnes raisons.

Clare retint un sourire. Durant près de deux ans, on s'était bien gardé de parler du projet à l'intelligente mère Immaculata.

— Pendant ces quelques semaines, j'aurai trop de révisions pour pouvoir aider à la maison. Ce n'est pas parce que je ne veux pas, vous le savez.

— Mais bien sûr, fillette. Est-ce que nous ne sommes pas tout le temps à te renvoyer à tes livres ? dit Agnes O'Brien, apparemment persuadée d'énoncer une vérité.

— Agnes, je ne veux plus voir cette enfant lever un petit doigt dans la maison, m'entends-tu ?

— J'allais justement te dire de te prendre par la main pour tapisser tes rayonnages et faire tes commissions.

Ils bataillaient gaiement au-dessus de la casserole d'os de mouton, sous les regards intéressés de Jim et Ben.

— Bon sang, on gèle dehors, et ce n'est pas mieux dans la boutique, avec la porte tout le temps ouverte, dit Chrissie qui revenait, encore revêtue de son tablier plein de sang. J'ai failli me débiter le bras en même temps que les côtelettes que Miss McCormack achetait pour le curé.

— Clare va aller à l'école secondaire ! s'exclama Jim.

— Pendant des années et des années, et gratuitement, ajouta Ben.

— Mais non, se défendit Clare. Je vais seulement passer un concours pour y aller avec une bourse. Tu ne dis pas que tu as gagné un concours de mots croisés simplement parce que tu as rempli une grille.

— Ta petite sœur va remporter une bourse pour l'école secondaire du chef-lieu ! Qu'est-ce que tu en dis ? demanda Agnes d'un air triomphant.

— Regardez-moi ça ! renchérit Tom O'Brien.

Chrissie enrageait. Travailler toute une longue journée dans une boutique glaciale, et, quand on rentre chez soi pour le thé, trouver tout le monde portant aux nues cette affreuse petite hypocrite de Clare, qui faisait ses coups en douce...

— Est-ce que tu seras interne ? demanda-t-elle à sa sœur.

— Si je remporte la bourse. Mais rien ne dit que j'y arriverai.

— Allons donc ! Tu arrives toujours à tes fins, toi !

— Oh non, c'est juste le contraire.

— Tu parles ! C'est toujours sainte Clare par-ci et sainte Clare par-là. Eh bien, tâche de l'avoir, ta bourse, que je puisse être enfin tranquille dans ma chambre, sans t'avoir tout le temps sur le dos à m'espionner.

Furibonde, elle avait les joues aussi rouges que le sang maculant son tablier.

— Chrissie, tais-toi ! lui intima Agnes O'Brien. Tu devrais être contente de la réussite de ta sœur.

— Et à la boucherie, on te regardera avec plus de considération si ta sœur va à l'école secondaire, remarqua Tom.

— Qu'elle aille là ou au pénitencier, ils s'en fichent complètement ! cria Chrissie.

Et elle se précipita dans l'escalier pour aller se réfugier dans sa chambre. Ce n'était pas ce soir que Clare pourrait y travailler à la lueur de sa lampe de poche.

— N'y fais pas attention, dit Agnes O'Brien à Clare. Au fond, elle est contente pour toi.

Dans la chambre, Chrissie se jeta sur son lit. Une séance pareille, et justement aujourd'hui, pour tout arranger ! Gerry était venu acheter une demi-livre de haché. Un homme qui fait les commissions, alors qu'il y a deux femmes à la maison ! avait-elle dit pour le taquiner. Il avait souri sans relever la plaisanterie. Alors, par politesse, par *gentillesse,* elle lui avait demandé comment allait sa mère. Est-ce qu'elle ne voulait toujours pas sortir ? D'une voix étouffée, pour que les autres ne l'entendent pas, il la traita d'espèce de pie, incapable de tenir sa langue. Comment ça, espèce de pie ? avait-elle balbutié. Qu'est-ce qu'elle avait dit de mal ? Elle n'avait pas à parler des affaires des autres en public, lui avait assené Gerry.

Elle lui avait demandé anxieusement s'il viendrait au cinéma. Ils étaient toute une bande à s'y retrouver le vendredi soir.

— Tu le verras bien, avait-il répondu.

Dire que, pour avoir été gentille en prenant des nouvelles de son idiote de mère qui ne mettait plus le nez dehors depuis des mois, elle allait être lâchée par Gerry !

Rentrer avec ça sur le cœur, et trouver la maison sens dessus dessous à cause de Clare, c'était trop. Sans compter toute l'histoire qu'il venait d'y avoir à cause de Tommy et Ned. Comme maman ne recevait plus de réponse à ses lettres, elle avait écrit à leur logeuse, et cette femme avait envoyé quelques lignes plutôt aigres : les deux fils O'Brien étaient partis clandestinement, sans lui payer trois semaines de loyer. C'était tout juste si papa n'en avait pas pleuré. Les parents avaient tout de suite expédié un mandat à la logeuse, accompagné de leurs excuses.

Alors, la femme avait de nouveau écrit pour en dire un peu plus long aux O'Brien. Les deux garçons avaient quitté leur place. Ils travaillaient à présent avec une équipe qui ne serait sûrement pas du goût des O'Brien. Ils recevaient leur paie de la semaine le vendredi soir, au pub. Si leurs parents y envoyaient une lettre là, elle leur parviendrait. Et puis, Ned donna tout de même signe de vie. Dans son mot, il racontait que lui et Tommy avaient changé de travail et de domicile. Pour l'instant, ils étaient un peu juste —

ils ne pouvaient rien envoyer. Il espérait que maman et papa comprendraient. Les parents voulaient avant tout recevoir des nouvelles ; l'argent n'avait pas d'importance. Et qu'est-ce qui était arrivé la fois suivante ? Une carte postale. À Castlebay, on n'aimait pas recevoir des cartes postales, parce que ça donnait à Mrs. Conway une occasion toute trouvée de mettre son nez dans vos affaires. Sa mère lui expédia aussitôt un petit mot aux bons soins du pub. Elle y joignait un billet d'une livre en lui demandant de s'en servir pour les enveloppes et l'affranchissement. Elle ne tenait pas à ce que tout Castlebay sache ce que lui écrivaient ses fils. Et justement, pourquoi était-ce Ned qui se chargeait toujours du courrier ? La réponse avait été que Tom n'aimait pas trop tenir une plume, c'était bien connu. À part ça, il était en bonne forme, il se débrouillait parfaitement.

Il restait encore un mois et demi avant le concours. Clare allait deux fois par semaine au cottage. Miss O'Hara se contentait parfois de lui donner un sujet d'exposé, et la laissait travailler tandis qu'elle préparait le repas de sa mère ou faisait un peu de ménage. Ensuite, elle corrigeait le texte de Clare, et lui expliquait le sens et les raisons de ses corrections. Ce n'était pas pour souligner ses fautes, disait-elle, car Clare faisait toujours du bon travail, mais pour lui apprendre à s'en tirer encore mieux — et mieux que toutes les autres. Parce qu'un concours, ce n'est pas comme une composition. On ne peut pas se rattraper la fois suivante.

Aujourd'hui, Clare s'absorbait dans l'opposition entre vie rurale et vie citadine. Soudain, Miss O'Hara poussa un léger cri. Levant les yeux, Clare vit qu'elle lisait une lettre. La vieille Mrs. O'Hara avait tourné la tête et regardait sa fille d'un air surpris.

— C'est Emer ! s'exclama Angela. Elle et Kevin en ont par-dessus la tête de toutes ces histoires au sujet de leur mariage. Alors, savez-vous ce qu'ils vont faire ? Aller se marier à Rome. Tout est déjà organisé. Ils seront unis dans une chapelle de Saint-Pierre, le lundi de Pâques, par un prêtre qui est un ami de Kevin et qui séjourne actuellement à Rome, pour des travaux d'érudition. « Nous lui avons envoyé tous les papiers nécessaires, lut Angela. Personne ne peut nous désapprouver de nous marier dans la Ville sainte, n'est-ce pas ? Les affreux cousins de Kevin ravalent leurs reproches, car ça équivaudrait à critiquer le pape lui-même. Avec ça, comme c'est un déplacement trop long et trop coûteux, personne n'y viendra. Je m'habillerai donc à mon goût, et non comme mes sœurs le décrétaient. En plus, c'est un décor idéal pour notre lune de miel. *Pourquoi* n'y avons-nous pas songé plus tôt ? Ça me dépasse. »

— N'est-ce pas splendide ? dit Angela à la vieille dame et à la fillette qui en restaient ébahies.

— Mais alors, tu ne peux pas aller au mariage d'Emer.

— Si, maman. Je devais faire le voyage de Dublin, je ferai celui de Rome, s'écria Angela en se laissant tomber sur une chaise et en dédiant au plafond un sourire extasié. À présent, je crois aux miracles !

Emer n'en revenait pas.

— Et tu seras ma demoiselle d'honneur ?

— Pourquoi pas ? À Rome, on a vu des lions manger des chrétiens, mais on a bien dû y voir aussi des demoiselles d'honneur un peu mûres.

Elle téléphonait à Emer de l'hôtel Dillon — loin de l'indiscret standard de Mrs. Conway.

— Je nous vois déjà là-bas. Ce sera formidable. Et tu resteras un peu plus longtemps, non ? Tu n'es pas obligée de rentrer tout de suite.

— Absolument. J'apporterai mes chemises de nuit froufroutantes et un déshabillé de dentelle et je me mettrai au lit avec toi et Kevin. Tu auras une lune de miel inoubliable !

— Angela, c'est vraiment formidable. Quand je pense que tu vas venir à Rome. Je ne te remercierai jamais assez.

— *Moi,* je me marierai à Jérusalem. On verra si toi tu fais le voyage.

À l'autre bout du fil, Emer riait.

— Je doute qu'il puisse naître quelque chose entre toi et le garçon d'honneur. Mais qui sait ?

— Oui. L'Italie, la musique, le vin. Et la tête vous tourne.

— Angela, c'est *merveilleux.* J'ai l'impression d'avoir vingt ans.

— Et moi donc ! dit Angela.

Apparemment, tout le monde savait qu'elle irait à Rome. Dick Dillon (il ne buvait plus mais il devenait un vrai porc-épic) l'appela un jour au passage et lui montra tout un tas de dépliants publicitaires. La formule la plus intéressante pour elle était le « forfait pèlerin ». Elle serait sûre d'avoir une chambre réservée dans un hôtel et, en cas de pépin, elle ne se retrouverait pas seule. Angela le remercia. Elle avait pensé que le voyage serait beaucoup plus coûteux.

Dick Dillon dit qu'il était allé à Rome, et qu'il avait jeté des pièces dans une certaine fontaine. Ce qui signifiait qu'on y reviendrait. Mais ça ne s'était pas réalisé. Il hochait tristement la tête.

Angela fit valoir que rien ne l'empêchait d'y retourner.

Elle n'avait pas compris la situation, riposta-t-il. Depuis qu'il avait renoncé à l'alcool, quel intérêt avait-il à aller où que ce soit ? Si on est en Italie, on boit du vin. Et la grappa, Seigneur ! Quelle merveille ! Non, aller à Rome et avaler du lait, est-ce que ça avait un sens ?

Ils passèrent à des sujets moins douloureux. Josie

entrait l'année suivante au cours commercial, dit Angela, et est-ce que cette gamine n'avait pas fait beaucoup de progrès ? Dick Dillon en convint. Josie avait été longtemps plutôt décourageante à tous égards. En tout cas, à présent, elle ne resterait pas sur la touche, tandis que ses frères et sœurs — tellement plus éveillés — se partageraient les bénéfices de l'hôtel. Ça valait tout de même mieux que de s'acheminer vers la cirrhose parce qu'on se sent inutile.

— Mais vous allez très bien à présent, Dick Dillon, répliqua Angela un peu sèchement. Qu'est-ce qui vous empêche de réclamer votre part, ou de prendre votre place dans l'hôtel, ou de vous bagarrer avec eux ? De faire ce que vous voulez faire.

— Justement, je ne sais pas ce que je veux faire.

— Venez à Rome. Vous serez mon chevalier servant.

Dick Dillon prit la proposition au sérieux.

— Avec ma mine longue ? dit-il. Et puis ça me rendrait méchant de voir les gens attablés devant des verres.

— Dans ce cas, mieux vaut pour vous ne pas bouger de Castlebay. Je vous enverrai une vue de votre fontaine.

— Vous prierez pour moi, à Rome, Miss O'Hara ?

— Évidemment, Clare. Je prierai à Saint-Pierre le dimanche et le lundi de Pâques. Et le jour du concours, j'assisterai à la messe spécialement pour toi.

— Alors, ça marchera, avec tant de prières... Mais j'aurais préféré que vous soyez là.

— Je ne suis pas sûre que ce serait bon pour toi. Ça t'angoisserait. Il vaut mieux que tu sois toute seule.

— Mais en rentrant, je n'aurai personne à qui en parler.

— Allons donc ! Tu auras le Dr Power puisque tu vas profiter de sa voiture. Tu as de la chance que les épreuves tombent justement le jour où il doit aller au chef-lieu. Et puis Josie, qui grillera d'impatience. Et tes parents, bien sûr. Et David Power ! ajouta-t-elle subitement, ravie d'avoir trouvé encore quelqu'un qui pourrait s'intéresser à Clare. Il revient toujours chez lui pour les vacances de Pâques.

— Oh non, Miss O'Hara, pas David Power. C'est un jeune homme, et puis, il est un peu poseur.

— Tu te trompes. Il n'est pas du tout comme sa mère. Mais si tu préfères me réserver la primeur de tes émotions, je serai là à la fin de la semaine. Laisse-moi un mot au cottage pour me dire comment tu t'en es tirée, parce que j'arriverai tard le samedi soir. Et le dimanche matin, tu n'as qu'à venir après la première messe. Nous prendrons le petit déjeuner toutes les deux et tu me raconteras en détail comment tu as défendu les couleurs de Castlebay.

Tout en parlant, elles étaient arrivées à l'embranchement des deux routes, celle du Golf et celle de la Falaise. Subitement, Clare se jeta au cou de Miss O'Hara. La scène n'eut pas d'autres témoins qu'un homme passant à bicyclette et son chien.

— Vous êtes si gentille ! Vous m'aidez tellement !

Un peu gênée, Angela étreignit l'enfant et la lâcha aussitôt.

— Allons, fillette, du cran ! Nous n'avons pas encore fait le plus dur : attendre les résultats.

Angela trouva Kevin follement sympathique. À Dublin, il était venu avec Emer la chercher à la gare de Kingsbridge. Il courut au-devant d'elle, la débarrassa de sa valise. Il avait une tignasse rousse et le visage criblé de taches de son. Et il traitait Emer comme si elle était un merveilleux cadeau.

Cela faisait sept ans qu'elles ne s'étaient pas vues, et pourtant Emer n'avait absolument pas changé. Avec sa robe-chasuble de velours côtelé marron, ouverte sur un corsage blanc, et son sac en bandoulière, on aurait dit une étudiante. Angela porta instinctivement sa main à son visage. Elle avait un an de moins qu'Emer, mais elle était sûre de paraître plus vieille, à cause de l'air marin qui vous tanne la peau, et aussi de son existence grise, entre une mère infirme et une école étriquée. Sans parler de ses vêtements. Elle n'avait rien de gai, rien d'un peu joli.

Tandis qu'ils remontaient le quai, Emer prit le bras d'Angela, comme autrefois.

— Je ne te remercierai jamais assez, déclara-t-elle, en la regardant d'un air rayonnant. Ça rend les choses plus normales, moins bizarres, si tu vois ce que je veux dire.

Kevin approuvait en hochant la tête.

— Oui, Angela, vous êtes merveilleuse. Si vous aviez vu notre joie, le jour où vous avez téléphoné. Après avoir raccroché, Emer s'est mise à danser.

— En plus, maman est très contente, dit Emer, et Dieu sait si ça lui arrive rarement de nos jours. Elle se souvient très bien de toi, et elle te trouve plus sérieuse que toutes les amies que j'ai pu avoir.

— Mais c'est abominable. Pour rien au monde je ne voudrais être sérieuse. Qu'est-ce qui lui fait croire ça ?

— Tu es retournée t'occuper de ta mère, non ? Si, aux yeux d'une autre mère, ce n'est pas une preuve de sérieux, alors qu'est-ce qu'il te faut ?

Ils prirent l'autobus, et grimpèrent en haut pour pouvoir fumer. Une légère envie pinça le cœur d'Angela. Kevin paraissait si agréable, si gai. S'apprêter à passer sa vie avec un tel homme, ce devait être formidable. En route, Emer et lui apprirent à Angela qu'ils avaient acheté une maison. Il faudrait la retaper considérablement, mais on pouvait en faire quelque chose de superbe.

Au lieu d'aller directement chez Emer, ils emmenèrent d'abord Angela dîner dans un restaurant d'un genre qui n'existait pas quand elle habitait Dublin. Il y avait des bougies fichées dans des bouteilles, et les serveurs étaient étrangers — le dépaysement commençait déjà.

Mrs. Kelly attendait les deux amies de pied ferme.

— Enfin, Angela, vous voilà ! bougonna-t-elle. À quoi pense Emer, de vous faire rester dehors jusqu'à une heure pareille ? J'avais préparé des sandwiches.

— Mrs. Kelly, n'est-ce pas merveilleux qu'ils puissent se marier à Rome ? Et tellement inespéré.

Angela était très habile à détourner la conversation. Il y fallait simplement un peu de patience.

— Oui, sans doute, mais c'est à une telle distance, et pour la famille... enfin, je ne suis pas convaincue que...

— Oui, Mrs. Kelly, et je réagirais comme vous si la chance était offerte à ma fille de voir le Saint-Père et d'assister aux célébrations de Pâques à Rome. N'importe qui peut se marier à Dublin, tandis que dans la Ville sainte... Comme je serais heureuse que ma fille vive un pareil moment, et qu'elle soit photographiée dans ce cadre !

Angela touchait juste. Le mariage d'Emer allait hisser la famille un cran au-dessus des autres gens. L'idée plaisait à Mrs. Kelly. Elle en était même si contente qu'elle leur proposa un verre de xérès. Emer allait refuser, mais Angela lui dit entre ses dents : « C'est ton dernier soir sous ce toit. »

Elles s'assirent toutes les trois et parlèrent des photos du mariage. Quel décor grandiose ! Quand Mrs. Kelly lui demanda si elle porterait un chapeau classique ou fantaisie, Angela fut prise de court. Elle n'en avait pas, elle n'en avait jamais porté de sa vie.

— Angela veut que nous le choisissions ensemble, intervint Emer. Nous y allons demain matin.

En montant l'escalier, elle expliqua que ce serait une excuse épatante pour s'esquiver une heure ou deux, avant que la famille arrive pour des adieux qui seraient assommants comme tout.

Dans la chambre d'Emer, elles s'assirent sur le divan-lit dans lequel Angela allait dormir et elles bavardèrent interminablement. Et elles se couchèrent à regret, non sans avoir au moins fermement décidé une chose : Angela viendrait tous les ans à Dublin ; elle descendrait chez Emer et Kevin, lesquels lui ficheraient une paix royale.

— L'usage veut que le garçon d'honneur fasse un cadeau à la demoiselle d'honneur, dit Emer en se glissant dans son lit. Kevin m'a priée de te sonder pour savoir si tu ne préférerais pas de l'argent, puisque tu as les frais de voyage. Je te le demande directement, alors qu'il m'avait recommandé d'y mettre du tact.

— Quel gentil garçon. Tu as beaucoup de chance, Emer.

— Oui, une chance incroyable. Alors, quelle réponse devrai-je lui transmettre ?

— Que je suis profondément touchée, mais que je préfère un cadeau. À Castlebay, je n'ai pas de loyer à payer, je sors très peu, je ne m'habille pas, de sorte que chaque semaine je fais un petit dépôt sur mon livret de caisse d'épargne et je mets de côté chez moi une somme égale. Ces économies-là, je les enferme dans une boîte que je cache sous mon lit, comme une vieille avare.

— Pourquoi donc ? demanda Emer, amusée.

— Parce que je ne veux pas que cette sale chipie de postière sache ce que j'ai réussi à économiser depuis sept ans. C'est pourquoi l'argent du voyage ne me pose pas de problème. Depuis le temps que j'attendais une aussi belle occasion que celle-ci.

Emer sentit les larmes lui monter aux yeux. Allongée sur le divan, Angela s'appuyait sur un coude pour lui parler. Avec ses cheveux tirés en arrière et retenus par un élastique, son teint pâle, son air soucieux, elle était l'image de la tristesse. Emer s'en voulut d'être tellement heureuse alors que son amie menait une existence sans joie. Et en plus, elle prélevait sur ses économies pour assister à leur mariage à Rome. En tout cas, c'était elle qui l'avait décidé de son plein gré, et, loin de se plaindre de la dépense, elle envisageait ce voyage comme une merveilleuse escapade. Emer s'endormit paisiblement. Angela fuma cinq cigarettes en attendant le sommeil, et finit par prendre un demi-comprimé de somnifère.

Le garçon d'honneur les retrouverait directement à Rome, car il préférait passer sur le continent et faire le voyage en train. Ils n'étaient donc que cinq : les futurs mariés, Angela, une parente du côté de Kevin (sa cousine Marie, une employée d'Aer Lingus qui bénéficiait d'une réduction), un parent du côté d'Emer (l'oncle David, un artiste peintre qui connaissait bien l'Italie).

Des deux côtés, on avait réussi à dissuader la famille proche et lointaine (bonnes sœurs et ecclésiastiques compris) d'aller assister au mariage à Rome. Cela avait pris un jour entier de discussions — Emer et Kevin feignant d'être ravis que la famille se déplace si loin, et assenant aux uns et aux autres argument sur argument pour les en décourager. Et ils avaient finalement gagné.

Ils se présentèrent à l'embarquement. Emer, Kevin, Angela, la cousine Marie et l'oncle David. Ils franchirent la porte.

Le mariage commençait.

Il l'attendait devant son hôtel. Elle lui avait pourtant bien dit d'y laisser simplement un mot pour fixer un rendez-vous. Mais non, il avait fallu qu'il vienne rôder autour d'un hôtel particulièrement fréquenté par des pèlerins irlandais !

Le taxi frété par le père Flynn pour Angela, Marie et l'oncle David, stoppa devant l'entrée. Sean fit mine de s'approcher. D'un geste impératif, elle le cloua sur place. Elle avait eu un haut-le-corps en le voyant en complet bleu marine et chemise bleu ciel à col ouvert. Elle n'avait jamais songé qu'il ne portait plus la soutane.

David et Marie restèrent pendant une éternité pour s'assurer que tout était en ordre, qu'elle n'avait pas perdu son passeport, que sa chambre était bien retenue. Et on se répéta à satiété le lieu du rendez-vous du lendemain : en bas de la *Scala di Spagna,* l'escalier d'Espagne.

Angela se raidit en s'apercevant que Sean tendait l'oreille. Elle tenait à mettre une barrière entre sa vie avec le groupe et ses affaires familiales. Elle en voulait à Sean de rester ainsi à proximité, mourant d'envie de parler à des compatriotes. Et elle s'en voulait de l'avoir écarté d'un geste. Enfin, ses compagnons de voyage remontèrent dans le taxi qui les déposerait à l'hôtel où, sous la houlette du père Flynn, Emer et Kevin étaient déjà arrivés. Et où, dans la soirée, arriverait le garçon d'honneur. Emer était contrariée qu'Angela ne soit pas dans le même hôtel qu'eux. Elle avait insisté pour qu'Angela demande à l'agence de voyages d'y transférer sa réservation. Mais Angela avait refusé. Les choses étaient organisées, il était trop tard pour les modifier. Et d'ailleurs leurs deux hôtels n'étaient pas très éloignés l'un dc l'autre.

L'employé donna à Angela la clé de sa chambre et lui montra de loin un ascenseur qui paraissait assez vétuste. Sean s'approcha d'elle.

— Angela, *Angela* ! Merci, oh merci d'être venue. Que le Seigneur te bénisse. Shuya veut que je te dise d'abord toute sa gratitude. Elle y tient particulièrement.

Il l'avait prise par les épaules, et il grimaçait pour retenir ses larmes.

— Tu ne peux pas savoir tout ce que ta présence signifie pour moi, reprit-il, les yeux embués.

Angela lui laissa le temps de se ressaisir. Dans cet

homme larmoyant, elle ne reconnaissait plus son frère, ce prêtre si sûr de ce qu'était le devoir... notamment celui de soigner sa vieille mère à Castlebay.

— Je t'accompagne, dit-il en se chargeant de la valise.

— Jamais de la vie ! Que vont-ils penser ?

Non sans volubilité, Sean se justifia auprès de l'employé de la réception, un petit homme replet qui opinait, *si, si.* Le père Sean savait toujours séduire son monde, pensa aigrement Angela.

La cabine de l'ascenseur était si exiguë, et sa montée si poussive, qu'Angela ne respira de nouveau que lorsqu'ils eurent débarqué à son étage. Sean ouvrit la porte de la chambre, une petite pièce ne contenant qu'un lit étroit, une coiffeuse, une chaise et, au mur, cinq cintres pendus à des crochets. Les chambres pour une personne ne comportaient ni penderie ni lavabo. Dans le couloir, ils étaient passés devant les portes d'*Il Bagno* et *Il Gabinetto.* Angela jeta un regard autour d'elle. Ce n'était pas ainsi qu'elle avait envisagé les retrouvailles avec son frère. Elle avait pensé pouvoir se reposer un peu, puis prendre un bain, se changer, défaire sa valise, ranger le chapeau acheté le matin même chez Clery (elle n'en revenait pas de penser que, quelques heures plus tôt, elle était encore au milieu de la foule de O'Connell Street). Puis elle serait allée retrouver Sean dans un café qu'il lui aurait indiqué en laissant un billet à la réception. Et là, tranquillement, ils auraient pu parler pendant des heures. Elle détestait cette rencontre à chaud, trop chargée d'une émotion gênante.

Il avait posé la valise par terre, et placé soigneusement le grand sac contenant le chapeau sur la coiffeuse, à côté de la grosse clé de la chambre. Et tandis qu'Angela restait debout sans trop savoir que faire, impuissante à maîtriser la situation alors que c'était son premier voyage à l'étranger, son premier séjour à l'hôtel, et la première fois qu'elle revoyait son frère depuis qu'il n'était plus prêtre, Sean la serra dans ses bras, posa sa tête sur son épaule et pleura comme un enfant.

Le rendez-vous au pied de l'escalier d'Espagne ne posa aucun problème. Marie et David étaient déjà venus l'un et l'autre à Rome. Quant à Emer et Kevin, ils semblaient trop pleins d'enthousiasme et d'énergie pour trouver la moindre difficulté à quoi que ce soit. Le père Flynn se montrait plein d'enthousiasme, lui aussi. Après tout, il était à l'origine de ce voyage, il résidait à Rome — et il adorait son rôle de cicérone. Angela arriva la dernière, parce qu'elle s'était arrêtée en route pour acheter des lunettes noires. Elle avait évidemment échoué dans une boutique ultra-chic, et elle les avait payées une fortune. Mais la vendeuse lui avait dit d'un air admiratif qu'ainsi elle faisait la *bella figura*.

Les autres la taquinèrent en remarquant qu'elle n'avait pas mis longtemps à se transformer en indigène, en passant sans doute par un dîner fortement arrosé de vins italiens, non ? Tandis qu'ils discutaient du restaurant où ils allaient déjeuner, Emer s'inquiéta de ce qu'Angela avait fait le soir précédent.

— J'ai déambulé. Tu sais, on marche au hasard, on s'imprègne des lieux, on rêve. Tout est si beau.

Emer se souvint qu'autrefois, à Dublin, Angela se promenait ainsi pendant des heures le long du canal ou dans les collines des environs. Rassurée, elle se mêla de la discussion au sujet du restaurant. En fait, le père Flynn prit l'affaire en main. Il n'avait pas gaspillé tout son temps à étudier et prier, dit-il, il s'était aussi occupé de choses utiles en découvrant les bons endroits pour boire et manger.

Celui où il les conduisit était sympathique. Au cours du repas, un client dont la veste jaune clair s'ornait d'une pochette criarde se mit en frais pour Angela, en se levant pour lui donner un cendrier et en balbutiant quelques mots d'anglais.

— Ces lunettes m'avantagent, j'ai intérêt à ne plus les quitter, remarqua Angela tandis que l'homme sortait à reculons, sans cesser de la saluer et de la dévorer des yeux.

Après ça, les autres la laissèrent tranquille. Puisqu'elle avait plaisanté, c'était qu'elle allait bien. Se détachant de la conversation, elle repassa mentalement tous les événements à partir de son arrivée à l'hôtel.

Elle avait finalement obtenu que Sean aille l'attendre dehors, en disant qu'elle le rejoindrait dans une heure le temps de défaire sa valise et de se calmer. Mais elle n'avait fait ni l'un ni l'autre. Elle était restée les yeux rivés sur sa pendulette de voyage, à se demander pourquoi elle n'était pas sortie directement avec lui, puisque, de toute façon, ils devaient avoir une explication.

Il l'avait conduite Piazza Navona, une place entourée de restaurants et dont le centre était plein de petits vendeurs et de bateleurs. Ils s'étaient assis à une terrasse et avaient commandé des cafés. Le café italien était très fort et servi dans des tasses minuscules.

Sean commença par lui parler de sa famille. Il avait fait la connaissance de Shuya peu après le regroupement, au Japon, de la mission expulsée de Chine. Leur fils Denis, trois ans, était extraordinairement précoce. Et quant à Laki, dix-huit mois, elle était si jolie qu'Angela en aurait les larmes aux yeux. Il décrivit la vie qu'ils avaient menée au Japon, où ils étaient logés par le frère de Shuya, puis leur existence actuelle à Ostie. Dès qu'il serait rendu à l'état laïque, ils se marieraient. Il décrivit la procédure en long et en large, ses multiples démarches auprès de la Congrégation pour le clergé. Il était intarissable. Lorsque Angela tentait de glisser une remarque, il lui imposait silence du geste. Non seulement il était prolixe, mais il en devenait presque discourtois.

Il ne rentrerait pas à Ostie ce soir. Shuya lui avait conseillé de passer la nuit à Rome, parce qu'il voudrait certainement revoir sa sœur le lendemain matin. Angela en fut soulagée, car elle n'arriverait pas à placer un mot de la soirée. Or, elle n'aurait pas trop de la matinée pour lui expliquer tout ce qui s'opposait à la vision riante qu'il se faisait de son avenir. Mais où allait-il dormir ? Une grande partie du soliloque de Sean avait été consacrée aux difficultés d'argent du couple ; il n'aurait donc pas les moyens de se payer une chambre d'hôtel. La question ne se posait pas, dit-il. Il avait un ami, un prêtre britannique, qui résidait au Collège anglais et qui mettait un lit à sa disposition.

Il parla alors des discussions qu'il avait eues avec des prêtres. S'agissant de ceux qui renonçaient au sacerdoce, l'attitude changeait dans l'Église. On s'interrogeait. Et il dévidait ses idées sur le sujet. Angela se contentait de hocher la tête en risquant de temps à autre une interjection pour montrer qu'elle suivait. On aurait cru qu'il n'avait reçu aucune de ses lettres, et encore moins la dernière, dans laquelle elle disait qu'elle lui expliquerait de vive voix les raisons pour lesquelles, même libéré de ses vœux par l'Église, il était impossible qu'il ramène à Castlebay une épouse japonaise (et même une épouse tout court) et deux enfants. Il semblait n'avoir lu que la première phrase : elle faisait le voyage de Rome pour le voir.

Pensant que la conversation prendrait peut-être un autre tour s'ils changeaient de cadre, elle lui proposa d'aller dîner et, remarquant qu'il hésitait, elle précisa qu'elle l'invitait. Il accepta. S'il lésinait, dit-il, c'était à cause de Shuya et des enfants. Au restaurant, le même refrain recommença : il semblait incapable de parler d'autre chose que de lui-même et des siens. Il connaissait trente-quatre façons d'accommoder les spaghettis, et tous les soirs c'était lui qui faisait la salade, souvent avec des feuilles prises dans le jardin. Il y avait des quantités de végétaux comestibles, par exemple les feuilles de beaucoup de plantes à fleurs. Est-ce qu'Angela le savait ?

Non, elle l'ignorait. Mais à la fin du repas, elle savait une foule de choses de cet acabit. Une fois rentrée, elle pourrait se présenter à l'émission-concours de Radio Eirann : *Êtes-vous imbattable ?* Sur la Piazza Navona, les lumières s'allumaient, les musiciens jouaient, les gens profitaient de la douceur nocturne du printemps romain. Tirant un morceau de papier de son sac, elle y inscrivit quatre mots.

— Qu'est-ce que c'est ? demanda-t-il comme elle lui tendait le papier.

— L'ordre du jour pour la matinée de demain. Nous discuterons des sujets que j'ai énumérés, et d'eux seuls.

En souriant pour atténuer la sécheresse de ses paroles, elle fit signe au garçon de lui donner l'addition.

— Hypocrisie et Trahison, lut Sean tout haut. Famille et Communauté. Qu'est-ce que ça veut dire, Angela ?

— Attendons demain, veux-tu ? répondit-elle presque suavement. La soirée est trop belle pour entamer de nouveau une discussion.

— Mais oui, bien sûr. Et nous prendrons nos dispositions pour que tu viennes à Ostie.

Rien qu'à la perspective de rencontrer cette Japonaise qui partageait le lit de son frère, Angela en avait des sueurs froides.

— Pas avant mardi. Après le mariage d'Emer.

— Mais nous t'attendions pour Pâques, dit-il, manifestement déçu.

— Je veux aller aux cérémonies de la Semaine sainte, et passer ces trois jours avec mes amis.

Angela se disait que si l'idée d'aller à Ostie était

trop rebutante, elle pourrait toujours prétexter une indisposition, une fièvre ou quelque chose de ce genre.

Apparemment peiné, Sean revint à la charge :

— J'avais pensé que...

— Non. Tout est organisé.

— Je n'insiste pas, Angela. Mais je pensais que tu nous inviterais à assister au mariage d'Emer. J'avais fait sa connaissance à Dublin, poursuivit-il sans remarquer la stupéfaction de sa sœur. Et elle est venue aux obsèques de papa.

— Oui, mais ce qu'elle sait de toi, c'est que tu es prêtre.

— Comment ça, Angela, tu ne l'as donc pas mise au courant ? demanda-t-il, tout à fait déconcerté.

— Non, pas plus elle que quiconque, répliqua-t-elle sans douceur, car elle commençait à avoir un sérieux mal de tête.

— Je vois que c'est beaucoup plus compliqué que je ne l'imaginais. Je croyais que tu le cachais seulement à maman, en attendant que les choses se décantent. Mais je ne m'attendais pas à rencontrer chez toi une attitude aussi passéiste. Bon sang, je suis toujours catholique et croyant ! J'assiste à la messe, je communie.

L'heure n'était plus à la discussion. Il la raccompagna à son hôtel sans aucune fausse note. En chemin, il lui montra les curiosités de Rome, comme si elle était une touriste normale, et lui, un frère normal. Il la laissa à l'entrée, en l'embrassant sur les deux joues. Et il disparut dans la nuit, pour aller dormir chez ce prêtre de ses amis, que l'avenir de l'ex-père O'Hara n'empêcherait certainement pas de dormir, lui.

Quand ils se retrouvèrent, le lendemain matin, elle lui parla carrément : elle allait lui exposer toute la situation, et elle le priait de ne pas l'interrompre. Elle passa alors en revue toutes les possibilités : s'il voulait absolument revoir Castlebay, il n'avait qu'à emprunter un habit ecclésiastique, et feindre d'être toujours dans les ordres — proposition qui le scandalisa. Et qu'il contra en faisant valoir que, de toute façon, il ne pourrait pas célébrer la messe dans l'église du père O'Dwyer. Alors ?

Ne pourrait-il prétexter que la règle de son ordre avait changé ? Que, de missionnaires, ils étaient devenus des enseignants et des travailleurs sociaux ? Non, c'était grotesque. À Castlebay, les gens lisaient tout de même le journal ; ils sauraient que c'était faux.

Et si Angela répandait le bruit qu'il avait été enlevé, ou qu'il était mort ? Alors, on ne s'occuperait plus de lui.

Sean la regardait comme si elle déraillait totalement. Pourquoi ces mensonges, cette ridicule hypocrisie ?

Alors, Angela s'énerva franchement. Si elle disait la vérité à sa mère, cela revenait à la tuer. Sa seule contribution positive dans la communauté, son unique titre de gloire, c'était d'avoir enfanté un prêtre. Voilà ce que recouvrait le mot « Trahison » : dire à une vieille femme percluse d'arthrite que son fils retournait à l'état laïque. Si Angela était venue à Rome, c'était pour supplier son frère d'épargner un tel calvaire à leur mère.

Sean lui expliqua patiemment que, une fois rendu à l'état laïque, il aurait, sous le regard de Dieu, le même droit que les autres hommes de se marier. Il avait brûlé les étapes, mais cela serait régularisé *post hoc.* Angela lui intima silence. La veille, il avait parlé tout son soûl. À présent, c'était à elle. Il devait choisir entre « Hypocrisie » et « Trahison ». Les bouffées d'air frais dans les couloirs poussiéreux du Vatican, elle ne voulait plus en entendre parler, pas plus que des attitudes nouvelles chez les ecclésiastiques. Parce que, à Castlebay, il n'y avait pas d'autre air frais pour traverser l'église du père O'Dwyer que celui qui s'infiltrait par les vitraux, quand le vent soufflait de l'est.

Et au cottage O'Hara, on ne « repensait pas la foi ». Quant à parler d'amour fraternel chez le sergent McCormack et consorts, c'était se bercer d'illusions. Sean devait choisir entre *l'hypocrisie* et la *trahison.* En fonction du vieux principe de la satisfaction du plus grand nombre. Blesser le moins possible de personnes.

Sean protesta. On ne pouvait pas travestir la vérité. La vérité était absolue. On ne la modèle pas à sa guise.

Ils burent café sur café. À un moment, Angela tapa sur la table pour que Sean l'écoute. Elle allait lui dire ce qu'était la vie de chaque jour à Castlebay. Et elle le fit, avec un humour involontaire qui les forçait parfois l'un et l'autre à sourire. Cependant, même si elle exagérait ici ou là, dans l'ensemble son tableau était exact.

Elle jura qu'en ce qui la concernait, peu lui importait. Certes, elle préférerait ne pas avoir à compter avec les attitudes désolées et compréhensives d'Immaculata pendant tout le reste de sa vie d'enseignante, ni avec les brusques silences de ses collègues chaque fois qu'elle apparaîtrait. Mais elle y survivrait. Parce que, après tout, elle avait survécu à la réputation de leur ivrogne de père. En revanche, pour sa mère, elle se battrait à mort.

— Quand maman ne sera plus là, tu pourras revenir quand tu voudras, et je monterai et descendrai Church Street à côté de toi.

— Écoute, Angela, ce n'est pas normal. Comment expliquer à mes enfants qu'ils ne connaîtront leur pays qu'après la mort de leur grand-mère ?

Angela sentit le découragement l'envahir. Sean croyait vraiment que ses enfants semi-japonais et leur mère *avaient leur place* à Castlebay ! Elle regarda sa montre et fit signe au garçon. Il était temps d'aller retrouver ses amis pour déjeuner.

— Mais tu vas venir chez nous, n'est-ce pas, Angela ? Nous pouvons compter sur toi mardi ? Nous voulons te garder quelques jours.

— Non, Sean, je ne resterai que la journée.

Il paraissait décontenancé.

— Tu ne me charges pas d'un message pour Shuya ? demanda-t-il.

— Si. Dis-lui que je serai heureuse de faire sa connaissance.

— Ton message n'est pas très chaleureux.

— Je n'y peux rien. Quant à toi, réfléchis à notre conversation. Parles-en avec Shuya.

— Oui, mais ça me sera pénible. Sa famille a été bonne pour nous, si accueillante. Et la mienne va lui paraître si inflexible.

— Oui, je te comprends.

— En tout cas, je te remercie, Angela. Je sais que tu fais ce que tu peux.

Alors là, c'était un comble. À moitié aveuglée par les larmes, Angela jeta l'argent des consommations sur la table et prit carrément la fuite. *Tu fais ce que tu peux !* Elle qui n'arrêtait pas de se dépasser ! Sean lui cria qu'il irait la prendre mardi à son hôtel. Sans se retourner, elle fit un signe d'assentiment et partit à toutes jambes. Quand elle s'arrêta enfin et se mit à demander son chemin, elle se rendit compte qu'elle devait s'acheter immédiatement des lunettes noires, parce que ses yeux rouges la trahiraient.

Le père Flynn était une mine de renseignements. Il savait tout sur tout. Il remarqua qu'une fois rentré à Dublin il trouverait la vie terriblement morne. Et puis, Rome était si belle. Tandis que Dublin, c'était l'austérité et la grisaille. L'oncle David, jugé un peu excentrique par le reste de la famille Kevin (des gens assez rigoristes), ne frayait généralement pas avec les prêtres ; selon sa formule, il ne les digérait pas. Mais ce petit druide était une exception. Avec son corps replet, il ne paraissait pas fait pour porter la soutane. À un moment, comme ils passaient devant une boutique de lingerie pour dames, il demanda à Emer et

Angela s'il ne devrait pas s'acheter une guêpière, pour avoir belle allure sur les photos du mariage. Le père Flynn ne tarissait pas d'histoires sur les uns et les autres — des histoires plutôt comiques mais jamais méchantes. Et, mieux encore, il était capable de se moquer de lui-même. Il semblait connu partout. Les épiciers lui lançaient de grands bonjours.

Mais il savait aussi être sérieux. Il emmena ses amis visiter la basilique Saint-Pierre, toute bourdonnante, en ce Jeudi saint, des préparatifs des cérémonies pascales. Il montra aux fiancés la chapelle latérale où ils auraient l'honneur insigne de recevoir le sacrement du mariage. Et il les fit descendre dans la crypte, où ils furent impressionnés par les tombeaux des papes. L'idée qu'Emer et Kevin allaient être unis là-haut, à proximité du monumental baldaquin abritant le trône papal, en devenait presque surnaturelle.

Et le père Flynn s'y connaissait aussi en toilettes. S'étant inquiété de ce que porteraient la mariée et sa demoiselle d'honneur, il trouva leurs tenues parfaites... à l'exception des chaussures. Elles étaient trop irlandaises pour Rome. De sorte que, ce même jeudi, en fin d'après-midi leur petite troupe disparate se rendit chez un chausseur de la Via Condotti. Angela et Emer essayèrent différents modèles. Se prenant au jeu, Marie les imita, et le père Flynn avoua que si ce n'était sa soutane, qui les cacherait, il était fortement tenté par telle paire en daim gris. Les vendeuses se tordaient de rire. Et lorsque Emer, Angela et Marie eurent finalement choisi des chaussures très habillées, le père Flynn marchanda sans vergogne et obtint une très substantielle réduction.

Sur le chemin du retour, il s'arrêta devant un fleuriste en plein vent. Là aussi, on le connaissait bien. À grand renfort de gestes, il se lança dans la description des toilettes du mariage. Emer serait en tailleur blanc soutaché de bleu, et chapeau bleu ceint d'un grosgrain blanc. Angela serait en robe beige et chapeau blanc garni de fleurs beige et marron. À l'idée de préparer des bouquets de mariage, le patron et toute sa famille entrèrent en ébullition. Chacun avait un avis différent, et tenait à l'exprimer haut et fort. On prenait des fleurs, on les tenait tout contre le visage d'Emer et d'Angela, on hochait la tête, on gesticulait. On finit enfin par tomber d'accord sur la composition idéale des bouquets, sur leur prix et sur l'heure de la livraison à l'hôtel. En plus, la famille épingla une fleur au corsage des jeunes filles et orna d'une boutonnière les revers de veston de l'oncle David et de Kevin. On se sépara sur des baisemains et de chaleureux souhaits de bonheur. Les fleuristes semblaient aussi heureux que s'ils mariaient quelqu'un de leur famille.

— Je ne vois pas ma mère manifester une joie pareille à propos des noces d'une inconnue, remarqua Emer. Après ça, comment s'étonner qu'on préfère se marier ici ? Des étrangers nous font fête, alors que chez nous tout le monde ronchonnait.

— Ma famille serait déjà en train de pousser et de tirer les prêtres et les religieuses cacochymes, et ils n'arrêteraient pas de se plaindre, dit Kevin.

— Dites donc, moi aussi je serai un jour un prêtre cacochyme, intervint le père Flynn. Et quand vous marierez vos enfants, d'ici une trentaine d'années, j'espère bien qu'on viendra me chercher avec une chaise roulante pour que j'assiste à la fête.

Comme cet homme était bon, se dit Angela. Et quelle sensibilité ! Ne serait-ce pas formidable d'avoir un prêtre aussi épatant à Castlebay, au lieu de ce sinistre vieux père O'Dwyer ? Est-ce qu'un homme de ce calibre songerait jamais à abandonner le sacerdoce, lui ? *Stop.* Jusqu'à mardi, elle ne penserait plus à Sean, elle profiterait de son séjour, elle s'amuserait. Si elle en était capable.

Ils étaient toujours sans nouvelles du garçon d'honneur. Le père Flynn aplanit la difficulté. Si, finalement, il n'arrivait pas, est-ce que David ne pourrait pas prendre sa place ? L'oncle David se montrait plutôt réticent. Il n'était pas précisément en état de grâce. Et il n'était guère du genre à prendre part à une cérémonie. Le père Flynn semblait considérer qu'il n'y avait rien de plus normal que d'être en état de péché mortel.

— Vous n'y prendrez pas part, dit-il, vous n'en serez que témoin. Seriez-vous même en état de péché réservé que ça ne ferait aucune différence pour la cérémonie. Évidemment, puisque vous vous trouvez à Rome, si vous souhaitez qu'on vous colle une bonne absolution, je peux vous envoyer au prêtre idoine.

— Je ne pense pas...

— Comme vous voulez, puisque rien ne vous y oblige. Sachez tout de même qu'il est pratiquement sourd, et qu'il y a toujours une interminable file d'attente devant son confessionnal. Mais si je vous pistonne honteusement, vous passerez tout de suite.

Le père Flynn plaisantait-il ou non ? C'était difficile à démêler. Et de toute façon la question ne se posa pas car, en rentrant à leur hôtel, ils y trouvèrent le garçon d'honneur, Martin Walsh, un grand gaillard qui devait friser la quarantaine et paraissait abominablement timide. Il arrivait avec un tel retard parce qu'il s'était trompé de train. Il semblait au bord des larmes. En quelques minutes, le père Flynn eut rétabli la situation. Il n'aurait pu débarquer plus opportunément, lui dit-il, car ils étaient en train de se séparer pour ne se retrouver qu'à neuf heures du soir. D'ici là, il aurait tout le temps de se détendre en prenant un bon bain et en bavardant avec Kevin.

Martin se confondait en excuses. Il avait failli à son devoir de garçon d'honneur, puisqu'il n'était pas arrivé à temps pour s'occuper des fleurs, etc. Et il montra au père Flynn le manuel de savoir-vivre qu'il avait potassé. Le petit prêtre lui conseilla de s'en débarrasser au plus vite. À Rome, tout était beaucoup plus simple. Le soulagement redonna à Martin figure humaine. Jusque-là, il avait plutôt une mine de chien battu.

Le tout petit cortège de mariage avançait d'un pas hésitant dans l'immense basilique. Les visiteurs leur criaient des vœux de bonheur dans des tas de langues différentes, et un groupe d'Allemands les photographia. Ils arrivèrent enfin devant la chapelle latérale où allait officier le père Flynn. Tandis qu'il disparaissait pour revêtir ses ornements sacerdotaux, Emer et Kevin, Angela et Martin, la cousine Marie et l'oncle David s'agenouillèrent et se recueillirent.

Angela priait avec ferveur. Elle demandait à Dieu de bénir la vie de ce couple. Sa main gantée chercha la main d'Emer, la pressa. Emer tourna la tête et lui sourit.

Dans son costume liturgique blanc et or, le père Flynn était transfiguré. Et il avait l'air si doux ! Angela sentit ses yeux s'embuer en entendant Emer et Kevin prononcer leur « oui » d'une voix étranglée. À présent, ils étaient mari et femme. Ils échangèrent un chaste baiser et allèrent signer le grand registre. Le photographe tenait à ce qu'ils sortent tous ensemble pour faire un portrait de groupe sur les marches de Saint-Pierre, et encore un autre au centre de la place, juste à côté de l'obélisque, avec toute la façade de la basilique en arrière-plan.

Quand elle descendit, Sean l'attendait dans le salon de l'hôtel.

— Préviens la réception que tu ne rentreras peut-être pas ce soir, au cas où on s'inquiéterait.

— Je rentrerai ce soir.

— Mais le voyage est cher, tu sais. Pourquoi faire des allées et venues ?

— On y va ?

D'abord un peu morose, Sean retrouva très vite sa

belle humeur. Denis attendait sa tante Angela, dit-il. La formule fit courir un frisson dans le dos de la tante. Quelle langue parlait-il ? demanda-t-elle. Le japonais et l'anglais, évidemment, et il se débrouillait déjà bien en italien. Ce qu'il avait dit, c'était « *Mia zia* », expliqua Sean d'un air béat. Ça veut dire « ma tante » en italien.

Angela se demanda si elle ne faisait pas un de ces mauvais rêves où des gens absurdes disent des choses absurdes dans un décor absurde. Elle s'efforça d'orienter la conversation dans un autre sens en lui décrivant le mariage. Elle ne voulait pas entendre Sean lui raconter qu'il attendait toujours à cet endroit du quai parce que c'était là que stoppaient les wagons de troisième classe de l'omnibus, ni remâcher ses histoires de navettes Ostie-Rome pour essayer de faire avancer son dossier devant la Congrégation du clergé.

Elle s'efforçait de ne regarder que la gare. Quand elle débarquerait ici ce soir, elle connaîtrait la famille de Sean.

— Qu'est-ce que tu souhaiterais le plus, en ce moment ? lui demanda Sean lorsqu'ils se furent assis face à face dans le train.

— Je ne sais pas.

— Je veux dire, ce qui serait le mieux à ton avis. Pour tout le monde.

Angela regardait par la vitre. Aux fenêtres des immeubles, le linge séchait, accroché à des perches ou à des cordes.

— Franchement, Sean, je ne sais pas. Peut-être que tu reviennes sur ta décision, que tu rentres dans ton ordre. Que Shuya comprenne que c'est ta vocation, qu'elle retourne au Japon avec les enfants. Je sais que c'est impossible, que ça n'arrivera pas, mais tu m'as demandé ce que je souhaiterais.

— Eh bien, Shuya est une devineresse, dit-il d'un air satisfait, parce qu'elle m'a dit que ce serait exactement ta réponse.

— Écoute, Sean, je vais tout de même les voir, n'est-ce pas ? Alors, arrête de vouloir me piéger.

— Oui, tu viens chez nous, et j'en suis tellement heureux. Après ça, nous pourrons tous vivre normalement.

Sean était-il vraiment aussi naïf ? Découragée, Angela ferma les yeux et fit semblant de somnoler jusqu'à l'entrée en gare d'Ostie.

Après ça, il fallait prendre l'autobus. La file d'attente était passablement remuante et bruyante, et quand ils réussirent à monter dans le véhicule, il n'y avait plus de places assises. Sean souriait, clignait des yeux, se penchait vers sa sœur pour lui commenter le paysage.

La villa était encore à dix minutes de marche de l'arrêt. Par le portail monumental ouvert à deux battants, on apercevait la grande demeure jaune aux volets blancs, tout envahie de plantes grimpantes. L'élégance italienne, le style ! fit remarquer Sean d'un air fiérot. Bien que le signor et la signora fussent loin d'y résider en permanence, la propriété était remarquablement entretenue. Angela se demandait pourquoi il ne la faisait pas entrer. Peut-être flanchait-il au dernier moment ? Il n'était que onze heures du matin, mais elle était déjà aussi lasse que s'il était onze heures du soir. Notre entrée est plus loin, expliqua Sean en l'entraînant. Ils longèrent le mur de la propriété et arrivèrent enfin à un petit portail — l'entrée du personnel et des fournisseurs, évidemment. Il y avait plusieurs pavillons, de la végétation et des fleurs, mais ce quartier domestique était médiocrement entretenu. De tout jeunes enfants jouaient au soleil, ou entraient et sortaient par les portes ouvertes.

— Voilà, c'est ici, dit Sean. Shuya, Shuya ! Denis, viens donc...

La main sur la bouche, le gamin restait planté, apparemment intimidé. Derrière lui arrivait la toute petite, un gros bébé pas encore très assuré sur ses jambes. Ses couches dépassaient de sa culotte de jersey. Et Shuya était appuyée contre le montant de la porte. Contrairement à l'idée qu'Angela s'en était faite, elle n'était pas en kimono ceinturé du large *obi,* elle n'avait pas des pieds de poupée ni les cheveux relevés en coques, avec deux espèces d'aiguilles à tricoter fichées dedans.

Shuya avait l'air d'une vieille femme. On aurait dit une de ces mendiantes chinoises ou philippines que montrent les revues des missions. Elle avait le teint gris, les cheveux collés au crâne et rattachés sur la nuque. Elle portait une robe informe et un long cardigan qui n'avait plus de couleur. Ce ne pouvait pas être Shuya, mais une amie plus âgée qui l'aidait à s'occuper des enfants...

— Bonjour, An-jai-la, bienvenue à vous. Vous êtes si bonne d'avoir accompli ce grand voyage pour faire connaissance avec votre famille.

Elle passa de l'ombre au soleil pour venir au-devant du frère et de la sœur. Éclairé par un grand sourire, son visage paraissait moins vieux, moins résigné. Sean la regardait béatement. Angela eut brusquement une illumination : le pauvre diable avait souffert d'être *seul,* et il avait trouvé auprès de cette femme une sorte de chaud refuge. Ça n'arrangeait rien, mais au moins était-ce une explication logique.

— Bonjour, Shuya, se força-t-elle à articuler. Je suis très heureuse de faire votre connaissance et celle des enfants.

Il y eut un court silence. Angela se dit que Shuya devait la trouver vraiment froide, d'autant que Sean avait certainement brodé sur sa spontanéité et sa chaleur, de même qu'il avait dépeint cette triste Asiatique comme une merveilleuse créature.

— Voici Laki, annonça Shuya.

Le gros bébé tendait ses deux bras à l'horizontale pour arriver à garder l'équilibre.

— Bonjour, Miss Laki O'Hara.
— Et moi, c'est Denis, dit le frère, enfin rassuré.
— Je le savais. Je l'ai deviné tout de suite.
Si elle avait cru qu'on pourrait réexpédier ces trois-là au Japon et que Sean retournerait à son ministère, elle s'était lourdement trompée. Ils étaient là, et ils y resteraient.
Angela revint tous les jours à Ostie. Sean avait raison, il aurait été plus simple qu'elle accepte leur hospitalité. Mais elle ne pouvait plus faire machine arrière, parce qu'il comprendrait alors que, la première fois, elle avait voulu voir si la famille de son frère était acceptable. Elle apportait des jouets aux enfants, et des boîtes de confiserie ornées de rubans et de papier-dentelle. Laki grimpait sur ses genoux. Denis s'étonnait qu'elle ne parle pas japonais. Shuya ne disait pas grand-chose.

Le jeudi, Sean avait rendez-vous avec deux prêtres qui connaissaient une meilleure filière que celle qu'il suivait. Angela dit qu'elle viendrait à Ostie, comme d'habitude. Ce ne serait jamais que la troisième fois, mais elle en avait déjà pris l'habitude. Elle était d'ailleurs contente que Sean s'absente. Shuya serait peut-être plus communicative. Sean lui attribuait des propos d'une grande profondeur. Angela avait peine à le croire, car Shuya restait généralement muette, se contentant de servir la *pasta* et les fameuses salades de Sean, restant en retrait pendant que les autres mangeaient. Aujourd'hui, elle serait bien obligée de parler.
Denis commença par monopoliser sa tante. Angela y mit un terme en lui demandant d'aller cueillir dix sortes de feuilles différentes et de les disposer sur un papier ; ensuite, ils essaieraient tous les deux de trouver le nom de chaque plante. Denis partit avec enthousiasme. Laki jouait avec une petite Italienne aussi ronde qu'elle et à peu près du même âge. Le moment d'avoir une conversation était arrivé. Shuya

parut le comprendre. Elle s'assit, croisa les mains et attendit qu'Angela commence.

Ce fut d'abord difficile, car Angela posait une question, Shuya répondait puis attendait la suivante. Elle avait trois frères et deux sœurs. Leur mère était morte, et leur père, remarié, habitait auprès de la parenté de sa nouvelle femme. Chez elle, tout le monde aimait Sean. Cela ne leur faisait rien qu'il ait été prêtre. Ils voyaient en lui une sorte d'enseignant. Il était célibataire, il avait épousé Shuya. Pour eux c'était très simple.

Et pour elle ? Eh bien, Shuya savait que c'était plus compliqué que ça. Un prêtre catholique est, pour ainsi dire, marié avec l'Église, et elle ne lui rend sa liberté que s'il a trouvé ailleurs un bonheur encore plus grand. Mais il y a des quantités de formalités. C'était pour ça qu'ils étaient venus à Rome et que Sean allait tout le temps au Vatican. Elle souhaitait que ses démarches aboutissent, parce que cela semblait si important pour lui. Et ensuite, ils pourraient organiser leur existence.

On arrivait en terrain miné. Angela fit appel à toute sa diplomatie. Envisageaient-ils de rester en Italie ? Shuya ne le pensait pas. Évidemment, pour une famille c'était un pays idéal, parce que les Italiens adorent les enfants. Mais Sean voulait devenir enseignant, de préférence dans un collège où ils seraient logés. Où ça ? Oh, forcément en Irlande.

Angela se mit à décrire l'Irlande, à expliquer ce qu'était Castlebay. Elle raconta les difficultés familiales pour envoyer Sean au séminaire, et ensuite les moments de gloire : la première messe du père O'Hara célébrée dans sa ville natale, et son retour, sept ans plus tard, pour les obsèques de leur père. Shuya l'écoutait si passivement qu'Angela se demandait si elle saisissait quoi que ce soit. Peu importait, dit-elle, ce que décidait la Congrégation du clergé à Rome : en Irlande, le prêtre rendu à l'état laïque et marié était exclu de la communauté, fût-il parfaitement en règle vis-à-vis de l'Église et pur entre les purs aux yeux de Dieu.

Shuya ne voulait-elle pas en savoir plus ? Pourquoi ne posait-elle pas de questions ? Parce qu'elle n'avait aucune raison de douter de ce que disait Angela. Elle essayait de lui faire comprendre que Sean ne devrait jamais retourner en Irlande, n'est-ce pas ?

Oui, exactement. Angela l'avait assez exposé dans ses lettres à Sean. N'en avait-il pas parlé à Shuya ? Si, mais quand Angela avait annoncé qu'elle arrivait à Rome et qu'elle acceptait de voir sa famille, il avait compris qu'il était pardonné, que tout s'arrangerait. Ce qu'il espérait le plus chèrement était arrivé.

Denis rapportait sa moisson de feuilles. Angela se passa la main sur le front. Ainsi Sean avait vu dans la visite d'Angela le feu vert qu'il attendait. Le malentendu ne cessait de s'aggraver. C'était encore plus compliqué de vive voix que par lettre.

Pour la première fois, Shuya prit une initiative. Elle dit à Denis et Laki qu'ils allaient déjeuner et faire leur sieste chez les voisins, de l'autre côté de la cour.

— Quand vous reviendrez, ta tante Angela sera encore là, affirma-t-elle à Denis pour adoucir sa déception.

En aparté, elle confia à Angela que ces voisins-là étaient le jardinier et sa femme ; celle-ci travaillait à la lingerie, elle aussi. Quand le jardinier partait au marché, sa femme recevait son jeune amant, et dans ces cas-là, Shuya prenait leurs enfants chez elle. C'était donc un échange de bons procédés. Eh bien, il s'en passait de belles dans le quartier des domestiques, et Shuya n'en paraissait pas autrement émue ! Passablement ébahie, Angela la regarda se munir de quelques bonbons et emmener les petits.

Quand Shuya rentra, elle semblait plus jeune, et plus énergique. À présent, elle participait activement à la conversation. Pressentant l'existence d'un problème qu'elle ignorait, elle voulait en savoir plus, afin de trouver une solution. À son tour, elle posait des questions, auxquelles Angela était bien en peine de répondre. Par exemple : puisque les gens étaient si religieux en Irlande, comment était-il possible qu'ils n'acceptent pas un document signé de la main du pape et statuant que Sean était délié de ses vœux ? Ou encore : pourquoi dire qu'on pratique un culte fondé sur l'amour alors qu'on refuse cet amour aux autres ? Sans se retrancher derrière de fausses excuses, Angela avoua franchement qu'elle n'en savait rien. Et à son tour, elle interrogea Shuya. Les Japonais n'avaient-ils pas un code d'honneur, un ensemble de règles qui paraissaient tout aussi bizarres aux étrangers ? Oui, il y avait le *ko,* qui est une sorte de piété filiale. En vertu du *ko,* on doit obéir à ses parents, et, en particulier, une bru doit obéir à sa belle-mère. Mais c'était sans commune mesure avec ce qu'on attendait de Sean : qu'il cache la vérité. Ce ne peut jamais être bon en soi de cacher la vérité.

Le soleil pénétrait par les fentes des volets. Angela se sentait triste et lasse. À Rome, Sean scrutait de nouveaux documents avec deux ecclésiastiques. À Castlebay, les voisines devaient avoir fait déjeuner leur mère. À Amalfi, Kevin et Emer sortaient main dans la main d'un restaurant du bord de mer. Et elle était là à discuter de la *vérité* avec cette Japonaise. Elle était si déprimée qu'elle ne saisit pas aussitôt ce que disait Shuya :

— Il vaut donc mieux que nous n'allions pas en Irlande pour l'instant. Sean devra attendre.

— Comment ?

— Sean devra attendre pour réaliser son rêve de retourner en Irlande.

— Je me suis exténuée sans succès à le lui expliquer.

— J'y arriverai.

— Il va croire que nous complotons dans son dos.

— Ce n'est pas le cas.

— Non, bien sûr. Je ne vous ai rien dit que je n'aurais pu exprimer devant lui, mais il n'aurait pas arrêté de m'interrompre, de me démontrer que je ne comprends rien à sa situation.

Cette femme vieillie et laide, habillée comme une pauvresse, avait donc de l'ascendant sur son grand et beau garçon de frère ?

— Vous croyez pouvoir le convaincre ? reprit-elle. Je crois que ce serait mieux pour tout le monde, et pas seulement pour notre mère. Maintenant que je vous connais, vous et les enfants, cela me peine de vous le demander. Je ne dis pas que c'est bien ni que c'est juste, mais c'est ainsi.

— Oui, c'est ainsi, convint Shuya. Le plus dur pour lui, ce sera de continuer à écrire à votre mère comme s'il était toujours prêtre. Mais quand on pense à tout ce par quoi vous devez passer vous-même.

Angela la regarda en face, surprise et touchée de cette sollicitude. Sean n'avait pas eu cette douceur, cette compréhension.

— Je m'en tire, dit-elle avec un pauvre sourire.

— Oui, mais vous devez vous en tirer toute seule. Vos sœurs vivent en Angleterre, et puisque ni vous ni Sean ne les avez averties, c'est sans doute qu'elles ne vous seraient d'aucune aide. Étant contrainte au silence, vous n'avez même pas le soutien de vos amis ou de votre curé. Pourtant, vous ne récriminez pas, et vous puisez dans votre petit salaire d'institutrice pour venir nous voir alors même que vous nous désapprouvez.

La gorge serrée, Angela balbutia :

— Ce n'est pas... Enfin, vous aussi, vous devez vous en tirer seule.

Un sourire illumina le visage ingrat de Shuya.

— Non. Moi, j'ai tout, j'ai tout ce qu'on peut vouloir au monde.

Comme s'ils attendaient cette réplique, les deux

enfants arrivèrent en trébuchant sur les pavés de la cour, Denis chargé d'une nouvelle brassée de feuilles, et Laki avec son petit museau encore tout barbouillé de sauce tomate.

Angela y retourna le vendredi. Sean croyait enfin toucher au but. Les deux prêtres rencontrés la veille lui avaient donné de précieux conseils : passer par la filière directe, ne pas essayer de pénétrer par la petite porte. Un terrible découragement s'empara d'Angela. Elle s'était trompée en croyant que Shuya pourrait le faire changer d'avis. Puis il dit :

— Hier soir, nous discutions. Et Shuya m'a étonné une fois de plus par sa pénétration.

À ce moment-là, Shuya était dans la lingerie de la signora, réservant son œil pénétrant au raccommodage, à points invisibles, d'une taie d'oreiller de soie blanche.

— À propos de quoi ?

— De la différence entre la ville et la campagne. On le voit au Japon et on le voit ici. Les ruraux évoluent moins vite, ils résistent aux changements qui s'opèrent dans le monde entier. Et on ne peut leur en faire grief. (Les mains croisées sur les genoux, un peu dans la même attitude que Shuya, la veille, Angela écoutait son frère avec une patience qu'elle ne se connaissait pas.) Ils y viendront, bien sûr, mais ce sera plus long. Il est vain d'espérer qu'ils iront à votre propre rythme. C'est pourquoi il vaut mieux temporiser jusqu'à ce qu'ils en soient arrivés au point d'acceptation... que l'opinion soit assez mûre, qu'elle comprenne, qu'elle ne doute plus... ainsi atténue-t-on le choc, et les gens se laissent alors guider plus par l'amour que par la règle...

Soulagée, Angela ferma les yeux. À sa façon alambiquée, Sean lui disait qu'il renonçait à retourner à Castlebay.

Ils ne quittèrent pas Rome sans tristesse. Le samedi,

le père Flynn les accompagna à l'aéroport où, dix jours plus tôt, il était venu les accueillir.

— Ça a marché ? demanda-t-il à Angela à un moment où, les autres s'occupant des bagages, ils se trouvaient seuls.

— Pardon ?

— Ce que vous êtes venue remettre d'aplomb.

Angela le dévisagea. Il était irlandais, prêtre, et il résidait à Rome. Avec Sean qui parlait à tout le monde de son affaire, le père Flynn était peut-être parfaitement au courant. Mais elle n'avouerait rien.

— Oui, le séjour a été formidable, et je me suis remise d'aplomb. J'adore l'Italie. C'est un déchirement de la quitter.

— Vous pouvez revenir.

— Le voyage est tellement cher...

— Mais votre présence y sera tellement appréciée.

Le père Flynn n'en dit pas plus. Il souriait à Angela en songeant à ce qu'il ferait ces prochains jours. Parce qu'il avait tout de même beaucoup de temps libre...

Angela n'aurait su dire comment elle était rentrée à Castlebay. Dans l'avion, elle avait certainement parlé avec ses voisins. À l'arrivée elle avait dû leur faire ses adieux. Et puis, elle avait pris le train et ensuite l'autocar pour Castlebay. À l'arrêt, Clare l'attendait. Angela sut que la fillette avait remporté la bourse, et elle fondit en larmes.

Elle pleurait encore en descendant de l'autocar.

— Miss O'Hara, dit Clare, je vous attendais. Je ne l'ai pas encore annoncé à mère Immaculata ni à mes parents.

— Tu ne peux imaginer comme je suis heureuse !

— Je vous accompagne jusqu'au cottage, dit la fillette en prenant le sac de voyage d'Angela. Quand il n'y aura plus personne en vue, nous pourrons parler.

Elle avait raison. Si on les voyait s'étreindre en

pleurant, en moins d'une demi-heure tout Castlebay serait au courant de l'issue du concours.

Quand elles se furent engagées dans la route du Golf, Clare raconta à Miss O'Hara qu'au couvent du chef-lieu, une très gentille sœur lui avait dit de lui téléphoner la veille de l'annonce officielle des résultats. Clare avait appelé ce matin, et la sœur lui avait annoncé que c'était sûr. Sa mère supérieure devait appeler mère Immaculata demain. Elles étaient arrivées au cottage O'Hara. Angela engagea sa clé dans la serrure.

— Vous préférez peut-être rentrer seule, après ce voyage ? demanda Clare qui restait en retrait.

— Mais pas du tout, voyons ! dit Angela en ouvrant la porte d'entrée. Maman, c'est moi !

La vieille dame était assise dans son fauteuil. Elle paraissait si heureuse.

— Je t'attendais plus ou moins à l'autocar du soir. Alors, est-ce qu'on a peur quand on monte en avion ? As-tu rapporté de l'eau bénite ?

— J'en rapporte tout un tas de flacons, maman. Mais laisse-moi t'annoncer la meilleure nouvelle. Clare a remporté la bourse, se hâta-t-elle de dire, en comprenant brusquement que, pour sa mère, la meilleure nouvelle serait le retour de son fils missionnaire. Maman, n'est-ce pas une nouvelle prodigieuse !

Sur ces mots, Angela s'assit à la table et se mit à sangloter. Toutes les larmes qui n'étaient pas venues à Rome arrivaient en torrent. Ses épaules s'agitaient spasmodiquement.

Clare et Mrs. O'Hara se regardèrent avec inquiétude. On n'entendait que les gros sanglots d'Angela. Mrs. O'Hara voulut la réconforter du geste, mais elle était trop loin. Et Clare ne savait pas très bien quoi faire.

Du bout des doigts, elle tapota le bras de son institutrice.

— Ne pleurez pas, dit-elle. Je vous en prie.

De son fauteuil d'infirme, Mrs. O'Hara vint à la rescousse.

— Voyons, Angela, arrête donc de pleurer. Puisque Clare a réussi ! Quand *toi* tu as remporté la bourse, on n'a pas répandu de larmes sous ce toit.

Angela leva la tête. Clare et sa mère faisaient une mine longue ! Et elle devait elle-même être toute rouge et bouffie.

— C'est la réaction du voyage, dit-elle, vous comprenez ? Et puis le bonheur de savoir que Clare a réussi. Bravo, ma petite fille ! C'est ton premier triomphe. Tu en auras bien d'autres.

Devant le sourire mouillé de larmes de Miss O'Hara, Clare hésita à peine : elle se précipita dans ses bras. Et elles firent le tour de la cuisine en dansant et en criant de joie.

Mrs. O'Hara marquait la cadence en frappant dans ses mains.

Il y avait longtemps qu'on n'avait pas entendu pareille gaieté dans le cottage.

DEUXIÈME PARTIE

1957-1960

Le plus pénible pour Clare, lorsqu'elle revenait à la maison en fin de trimestre et l'été, c'était de partager la chambre de sa sœur. Les vêtements de Chrissie sentaient la transpiration ; elle laissait des bas roulés en boule dans ses chaussures, et elle jonchait la coiffeuse de poudre renversée, de barrettes et de peignes où restaient des tortillons de cheveux blonds. En plus, au lieu de pendre ses affaires, elle les entassait sur le lit de Clare, et à chaque fois il fallait batailler pour qu'elle le débarrasse.

Clare se prenait à regretter le dortoir, son petit lit blanc, flanqué d'une chaise où elle disposait son uniforme pour le lendemain et, par-dessus, les bas pliés et placés en croix. Constamment aérée, la grande salle était plutôt froide, et même parfois glaciale, mais il n'y stagnait jamais ces odeurs corporelles si gênantes dans la chambre de Chrissie. Et le pire, c'étaient ses blouses et tabliers maculés de sang, qu'elle laissait traîner en attendant de se décider à les laver. Pour ne plus les voir, Clare les cachait sous d'autres effets.

Évidemment, Chrissie était à plaindre. C'était sinistre de travailler à la boucherie Dwyers, toute la journée debout à tailler dans des carcasses de bœufs et de moutons. Et même le reste du temps, parce que, au dancing, elle ne devait pas s'attirer une grande popularité quand les garçons apprenaient qu'elle avait un emploi aussi rebutant. Clare lui avait conseillé plus d'une fois de chercher une autre place. Par exemple, à la pharmacie. Avec ce vieux raseur de Mr. Murphy, qui communiait tous les jours et ne laissait pas sortir ses filles ? Merci bien ! Alors, à l'hôtel ? Pour faire la bonniche et avoir sur le dos la jeune Mrs. Dillon plus sa cinglée de belle-mère ? Très peu pour elle.

Un moment, Clare avait espéré qu'on lui attribuerait l'ancienne chambre de Tommy et Ned, au rez-de-chaussée. Mais à présent, maman et papa en avaient fait une réserve, car la clientèle estivale avait sérieusement augmenté depuis la création d'un camping-caravaning, sur la route de la Pointe. Ce n'était pas un genre de vacanciers à faire beaucoup de cuisine. Pour leurs repas, ils achetaient surtout du jambon et des conserves. Quand ils quittaient le camp pour aller à la plage, la première boutique sur leur chemin était celle des O'Brien, juste en face de l'escalier. Et quand ils remontaient de la baignade, ils se lestaient de tout ce qu'il fallait pour le soir. Les O'Brien étaient loin de s'en plaindre, mais c'était pour ça qu'il leur fallait une réserve supplémentaire. Clare n'avait d'ailleurs guère insisté. Si elle devait se heurter avec ses parents, ce ne serait que pour des questions finalement plus importantes.

Miss O'Hara partageait de nouveau un secret : Clare allait se présenter au prix Murray, une bourse décernée, une fois par an, à un candidat du comté. Le projet était super-ambitieux : l'unique lauréat entrait, tous frais payés, à l'UCD, l'University College de Dublin, pour y préparer une licence. Le prix Murray, du nom de l'homme qui avait légué l'argent, allait généralement à un garçon, car les petits séminaires formaient des sujets particulièrement brillants. Cependant, trois ans plus tôt, il y avait eu une lauréate, une fille de professeur.

Cette fois, il ne s'agissait pas d'un concours. Le jury qui décernait le prix décidait en fonction des résultats obtenus au diplôme de fin d'études secondaires ainsi que d'un entretien avec chaque candidat. On ne pouvait se porter candidat que si on avait un nombre respectable de mentions. Mais c'était déjà un honneur que d'être convoqué pour un entretien avec le jury. Cependant, cet honneur, s'il était conféré à Clare, ne surviendrait qu'à la fin du mois d'août, puisque le jury devait d'abord examiner les titres des diplômés.

Miss O'Hara avait insisté pour que Clare profite de son dernier été de liberté, car, si elle entrait à l'université, ensuite elle devrait potasser pendant les grandes vacances, et en plus travailler pour se faire un peu d'argent — la bourse étant loin d'être princière. Et si elle n'entrait pas à l'université... mais mieux valait n'y pas penser. « Amuse-toi », lui avait conseillé Miss O'Hara, en ajoutant que ce ne serait pas difficile pour une belle fille comme elle. Clare en avait rougi.

Clare s'examinait dans la glace. Malgré les rinçages « Reflets platine », elle trouvait ses cheveux trop foncés. À l'école, certaines filles employaient de l'eau oxygénée, mais il n'y avait qu'à voir ce que ça donnait sur la tignasse de Chrissie, sans compter l'odeur répugnante de ce produit. Clare se coiffait en queue-de-cheval, et Chrissie disait que ça complétait son allure de grande bringue. Heureusement, elle n'était plus touchée par les méchancetés de son aînée. Chrissie était d'ailleurs dans le vrai en ce qui concernait sa taille. À quatorze ans, Clare avait subitement grandi et forci. Personne ne s'y attendait, et elle moins que quiconque. Il avait fallu rallonger ses uniformes au moyen de faux ourlets, en relâcher les coutures au maximum.

Clare aurait voulu avoir les yeux bleus. Elle trouvait que ses grands yeux foncés détonnaient dans son teint très clair. Elle aurait dû avoir les cheveux bruns et la peau plus mate, comme Ava Gardner, par exemple. De toute façon, elle n'y pouvait rien, et Josie lui disait qu'elle avait tort de se plaindre, parce que cela la distinguait — les blondes aux yeux noirs sont assez rares.

Cette année-là, Josie sidérait tout le monde. Pendant ses deux années de cours commercial, elle avait vécu chez sa tante, une femme extraordinairement avare, dont les repas ne risquaient pas de vous faire engraisser — régime forcé qui lui avait été bénéfique. Chaque fois que ses deux sœurs revenaient du pensionnat, puis, par la suite, de l'École hôtelière, elles la retrouvaient un peu plus changée. À la place de cette grosse mollasse de Josie, il y avait une jeune fille svelte et élégante, qui tapait impeccablement, tenait les livres comptables, secondait papa, maman et l'oncle Dick comme si elle n'avait jamais fait que ça. Et là où cette « pauvre Josie », comme elles l'appelaient naguère, les exaspérait franchement, c'était quand elle jouait au tennis avec Clare O'Brien, la fille des épiciers. Mais Josie tenait bon : elle jouait le matin de huit à neuf, et le soir, après sept heures — Rose et Emily pouvaient profiter du court pendant toute la journée. Le raisonnement était imparable. Il n'empêche qu'elles rageaient, et encore plus quand elles voyaient Josie et Clare, qui étaient d'une belle force, jouer en double mixte avec des clients de l'hôtel.

Et au dancing, c'était encore pire. Alors qu'elles s'étaient attendues à avoir du succès, parce qu'elles arrivaient de Dublin, Rose et Emily faisaient souvent tapisserie alors que les deux autres, connues de tout le monde, ne rataient pas une danse. Un soir où, accoudées à la balustrade du balcon, elles regardaient Josie exécuter un rock endiablé, Emily se plaignit bruyamment que les gamines aient la belle vie. Pas d'examens à passer, un bon petit travail tranquille à l'hôtel. En somme, des vacances perpétuelles. Chrissie O'Brien, qui n'avait pas non plus trouvé de cavalier, contemplait sa propre sœur d'un air rageur. Il n'y avait pas de justice, dit-elle. Rose et Emily ne relevèrent pas la remarque. Elles avaient le même sujet de contrariété, mais il n'était pas question de s'allier avec cette affreuse Chrissie O'Brien.

Les Nolan continuaient à passer leurs vacances à Castlebay. La station les avait adoptés. Malheureusement, ils étaient arrivés sans James, soupira Josie.

— Il viendra peut-être plus tard, dit Clare, et tu vas l'éblouir.

— Non, j'ai parlé à sa mère. Il est en France avec David Power ; ils font les vendanges. Est-ce que ce n'est pas complètement idiot ? Ils n'ont pas besoin de gagner de l'argent en cueillant du raisin, et c'est ici qu'on a besoin d'eux.

— C'est drôle, il me semblait qu'on cueillait le raisin beaucoup plus tard dans la saison, remarqua Clare.

— Mais bien sûr, ils racontent des histoires, convint lugubrement Josie. Ils doivent avoir des petites amies françaises.

— Ils feraient mieux de préparer leurs examens, dit sentencieusement Clare.

David était en quatrième année de médecine, et James Nolan, à présent licencié en sciences économiques, devait se présenter à l'examen d'admission à l'École de droit. Josie ne se trompait pas : ils avaient passé l'âge de faire les vendanges en France, et aussi passé l'âge d'aller s'enterrer à Castlebay.

La lettre de David comblait Molly. Lui et James arriveraient jeudi en huit. Il lui demandait d'en avertir les Nolan. En France, les choses ne s'étaient pas déroulées comme ils l'espéraient, de sorte qu'ils venaient finir leurs vacances à Castlebay. Entendant la voiture de son mari, Molly courut au-devant de lui dans l'allée en agitant la lettre :

— Paddy, quel bonheur ! David arrivera la semaine prochaine.

Le visage du Dr Power s'illumina.

— David revient, Bones ! annonça-t-il au chien qui, fou de joie, tourna trois fois autour de l'auto, ventre à terre et en aboyant comme un perdu.

Paddy Power prit le bras de sa femme et ils s'assirent sur le banc, face à la mer. Il faisait délicieusement bon.

Par la fenêtre de la cuisine, Nellie leur cria :

— Restez donc où vous êtes. Je vais vous servir le déjeuner dehors. C'est tout ce qu'il y a de chic.

Ils se sourirent. Ils étaient tellement heureux du retour de David.

— Je viens de faire le nécessaire pour qu'on prenne la vieille Mrs. O'Hara pendant une quinzaine à l'hôpital du chef-lieu. Je la mets en observation.

— Qu'est-ce qu'elle a ?

— La même chose que depuis des années, rien de plus. Mais je veux qu'Angela profite un peu de l'été. Elle vit dans un endroit où accourent la moitié de l'Irlande et la moitié de l'Angleterre, et elle ne peut même pas en profiter.

— Comme tu penses aux autres, dit Molly en lui tapotant affectueusement le genou.

— J'ai toujours aimé cette fille, moi. Je trouve qu'elle a un sacré cran. Et veux-tu que je te dise, eh bien, Clare O'Brien aussi. En elle, je retrouve Angela O'Hara.

— Crois-tu ? demanda Molly d'un ton un peu acide.

— Mais oui. Ces filles-là serrent les dents, et contre vents et marées elles font ce qu'elles ont décidé.

— Ce n'est pas mon avis. Mais je reconnais qu'Angela a du caractère, et cela lui a servi, considérant son origine...

Comme Molly était agaçante quand elle jouait les grandes bourgeoises !

— Eh bien, sans qu'elle doive avoir honte de son origine, Clare O'Brien est d'un milieu pauvre, et elle est arrivée par son seul mérite.

— C'est une nature sournoise, Paddy. Une femme ne s'y trompe pas, tu sais. Elle a le regard faux.

— Molly, pour l'amour du Ciel ! Dire des choses pareilles d'une gamine ! C'est ridicule.

— Toi aussi tu fais et tu dis parfois des choses qui me paraissent ridicules. Et pourtant, je m'abstiens de commentaires.

— D'accord, Molly, c'est entendu. La vie est trop courte pour perdre son temps à se disputer.

Le Dr Power ne trouvait plus la journée aussi radieuse.

Dans l'après-midi, Gerry Doyle stoppa sa camionnette devant le cottage O'Hara. Il venait chercher la vieille dame et Angela pour les conduire à l'hôpital du chef-lieu.

— Prenez tout votre temps, dit-il. Je ne suis pas pressé.

Mais elles étaient prêtes, Mrs. O'Hara plutôt tremblante à la perspective d'être secouée dans la camionnette de ce jeune casse-cou, et Angela, la petite valise à la main, pâle d'inquiétude.

Comme il allait chaque mardi chercher du matériel à la ville, le Dr Power lui avait demandé d'emmener les dames O'Hara.

Gerry s'y prit très adroitement pour installer l'infirme sur le siège avant. Il lui demanda quels mouvements étaient le plus douloureux pour elle. Eh bien, dit Mrs. O'Hara après réflexion, c'était de plier les jambes. Gerry trouva aussitôt la solution : lui et Angela la hissèrent sur une caissette, le dos tourné au siège, sur lequel elle put ainsi s'asseoir sans peine. Après quoi, Angela n'eut plus qu'à lui soulever les jambes et à les lui étendre autant que l'espace restreint le permettait. Mrs. O'Hara se prêta de très bon gré à la manœuvre. Tandis qu'Angela grimpait à l'arrière, Gerry se mit au volant et dit en souriant :

— Pour une femme de votre âge, vous êtes vraiment agile.

— Qu'est-ce que tu crois ? riposta-t-elle en souriant

à son tour. Je te défie à la course quand tu veux. Vous êtes tous des petites natures, dans ta génération.

Il était beau, ce Gerry, et elle l'avait toujours bien aimé. Beaucoup plus que Fiona Doyle. Mais elle ne réussissait pas à s'expliquer sa préférence.

Le frère et la sœur étaient de braves enfants. D'après ce qu'on disait, ils travaillaient tellement qu'ils devaient engager un autre opérateur pour la saison d'été. Ils avaient repeint et embelli leur petite baraque sur la plage. Et Gerry avait beaucoup élargi la clientèle en passant dans les villas de la route de la Falaise et chez les vacanciers de la route de la Pointe pour proposer de photographier les familles dans leur cadre de vie.

— J'ai vu que votre élève vedette était revenue de l'école secondaire, lança Gerry par-dessus son épaule à Angela.

— Vedette, c'est le terme exact, répondit Angela non sans fierté. Je fonde de grandes espérances sur elle.

— Moi aussi. De très grandes espérances.

— Arrêtez donc de faire le clown, dit Angela qui avait surpris le sourire malin de Gerry.

Mon Dieu, priait-elle mentalement, faites que Gerry Doyle ne lui tourne pas la tête. Qu'il la laisse en paix jusqu'à ce qu'elle ait affronté l'entretien pour le prix Murray.

À l'hôpital, on s'occupa de Mrs. O'Hara avec beaucoup de sollicitude. Et elle accueillait le changement avec plaisir. Tout l'intéressait. À commencer par la grande statue de sainte Thérèse de Lisieux veillant sur la salle, avec des roses tombant autour du crucifix qu'elle serrait sur son cœur. Mrs. O'Hara avait toujours eu une dévotion particulière pour la petite sainte Thérèse. En plus, le hasard faisait que la femme occupant le lit voisin soit une lointaine parente par alliance, ce qui promettait de longues causeries, à remonter dans la généalogie de tel ou tel défunt — en baissant la voix quand on évoquerait les enfants prodigues ou les ratés.

Soulagée d'avoir laissé sa mère en de si bonnes mains (et en plus, le Dr Power avait eu raison, le changement ne pouvait que lui être bénéfique), Angela consacra ses premiers jours de liberté à nettoyer à fond le cottage. Ensuite, elle repeindrait le rez-de-chaussée. C'était impossible quand sa mère était là, à cause des odeurs de peinture. Elle commença par rassembler les meubles au milieu de la cuisine. Ensuite, il fallait retirer tous les livres et les objets. Elle n'avait pas pensé que ce serait une aussi longue besogne, mais elle l'accomplissait à son rythme. Le livre qu'elle venait d'épousseter, elle en lisait quelques lignes ; le cuivre qu'elle astiquait, c'était un cadeau reçu de telle personne en telle circonstance. Les jours passaient, et elle n'avait toujours pas entrepris la peinture. Les deux visites qu'elle avait faites à sa mère l'avaient rassurée : dorlotée comme elle l'était, l'infirme appréciait son séjour à l'hôpital.

Angela pouvait donc régler agréablement son emploi du temps : matinée consacrée à la peinture ; à midi, un sandwich pris à l'hôtel, parfois en compagnie de Dick Dillon qui broyait toujours du noir, parce qu'il avait renoncé à l'alcool et qu'en plus on l'évinçait progressivement de la direction de l'établissement. L'après-midi, elle allait à la plage. Elle marchait sur le sable, en voyant au passage des figures connues — telle élève ou tel habitant de Castlebay qui se doraient au soleil. Elle allait s'asseoir tout au bout, dans la petite bande d'herbe poussant juste au pied de la falaise. Et quand le soleil tapait vraiment trop fort, elle piquait un plongeon dans l'eau écumeuse des déferlantes. Un jour, elle tira de l'eau une petite fille que les lames jetaient au sol chaque fois qu'elle se relevait. Et elle se retrouva en train de dire entre deux sanglots à ses parents qu'une fillette de cet âge pouvait facilement être entraînée au large. Les parents la remercièrent, mais parurent étonnés. Et elle était encore à portée de voix quand elle les entendit raconter que si elle était si bouleversée, c'était peut-être qu'elle avait eu elle-même une petite fille qui s'était noyée. Angela ne se trouvait nullement bouleversée. Mais cet incident la força à se regarder : c'était le premier été où elle avait bronzé, où elle était allée régulièrement au cinéma et au dancing.

Elle n'avait pas du tout eu l'intention d'aller au bal en question. La robe décolletée et les cheveux raides de laque, très peu pour elle ! Et même si, comme l'annonçait le Comité des fêtes, c'était au profit de Castlebay. L'entrée serait chère, mais les lots en valaient la peine. Tous les commerçants offraient quelque chose : un portrait (personnel ou de groupe) chez Doyle ; une douzaine de vues de Castlebay (avec un petit cadre), dues à la générosité de la postière, Mrs. Conway ; la boucherie donnait une pièce de viande, et Miss O'Flaherty offrait un nécessaire à écrire (garni). Et il y avait aussi deux grosses boîtes de biscuits fins (assortiment) pour le thé — don de l'épicerie O'Brien.

L'argent ainsi recueilli permettrait à la ville d'embellir certains sites, et surtout d'aménager une aire de stationnement à l'extérieur. Parce que avec l'afflux des voitures, on ne pouvait plus circuler dans les rues de Castlebay. Dans le Comité, certains réclamaient des lampadaires modernes pour Church Street, d'autres des toilettes publiques sur la plage.

Pendant tout l'hiver, on en avait débattu avec acharnement. En tant qu'enseignante, Angela était membre de droit du Comité. Mais elle n'avait jamais songé que cela l'obligerait à assister au bal. Dick Dillon lui expliqua que c'était toujours ce qui arrivait quand de vieux machins se mêlaient de tout. Et maintenant ils étaient coincés — il fallait assister à leur bon sang de bonsoir de bal !

— Voulez-vous que nous y allions ensemble ? demanda-t-il à Angela d'un ton aussi sinistre que s'il lui proposait de participer à une mission suicide.

— Volontiers, répondit-elle.

— Dans ce cas, vous n'aurez qu'à passer me prendre à l'hôtel.

— Non, Dick, c'est le gentleman qui va chercher la dame chez elle, dit-elle, singeant Doris Day dans tant de films.

Dick ne fit pas le rapprochement. Il n'avait peut-être pas vu les films en question. Il grommela simplement :

— C'est entendu. Depuis que je ne bois plus, je peux conduire, alors, autant en profiter.

Après ça, elle ne songea plus du tout au bal, et se consacra à ses travaux de peinture. Dès qu'elle eut terminé une moitié de la cuisine-salle de séjour, elle replaça les livres et les objets dans les rayonnages. Cela redonnait déjà vie à la pièce. Dans sa blouse maculée de peinture, et les cheveux protégés par un foulard, elle admirait son œuvre lorsqu'une auto stoppa devant le cottage. James Nolan et David Power lui rendaient visite, et ils apportaient une bouteille de cidre bouché.

Angela fut franchement heureuse de les voir. Elle s'était toujours tenue au courant de leurs études, des examens qu'ils passaient. En revanche elle ne les interrogeait pas sur leurs fréquentations féminines, sur leurs excès de boisson ou sur ce qu'ils étaient allés faire au juste en France.

Du tas de meubles rassemblés au milieu de la pièce, ils tirèrent des sièges, s'installèrent et lui firent part de leurs projets : deux heures de travail intensif le matin, et après ça tout le reste de la journée et de la nuit leur appartiendrait. Ils formaient un curieux contraste, ce grand blond de David au nez qui pelait, et ce petit brun de James Nolan, si bronzé qu'on aurait dit un Italien. Ils voulaient savoir s'il y avait de nouvelles têtes à Castlebay — dans le genre blonde ou rousse, avec une taille de guêpe et un sérieux développement mammaire. Angela dit qu'elle n'en savait rien, les créatures de ce type ne lui attirant pas spécialement l'œil. Mais s'il y en avait, Gerry Doyle devait les monopoliser.

— Qu'est-ce que les filles peuvent bien voir dans ce type ? remarqua James Nolan. Si moi je ne suis pas grand, lui, c'est un nain.

— Alors, ça continue ? se plaignit David. Il a toutes les filles qu'il veut sans même lever le petit doigt. Enfin, Miss O'Hara, vous qui êtes une femme, pouvez-vous nous dire pourquoi il a un tel succès ?

— Il est aimable et souriant. Avec lui on ne s'ennuie pas, et pourtant il ne se met pas en frais. Il aime l'autre sexe, indépendamment des aventures amoureuses.

— Je vous remercie, cela m'aide beaucoup, avoua David. Ne pas trop se mettre en frais. Je suppose que moi j'en fais trop.

— Eh bien, moi, je n'aime pas tellement les femmes, je veux dire, en tant que personnes, reconnut James Nolan.

— Avec ce désordre, je ne peux même pas vous offrir un divan, dit Angela, égayée par les deux garçons. Sans ça, je vous aurais psychanalysés l'un après l'autre.

Sa remarque rappela à David l'objet de leur visite :

— Justement, nous étions venus vous demander si vous vouliez bien venir au bal avec nous. Comme mes parents et ceux de James y vont aussi, on doit se retrouver à la maison pour boire un verre et partir tous ensemble.

Angela les remercia de cette invitation qui la flattait. Mais elle devait assister au bal avec Dick Dillon.

Avec Dick Dillon, remarquèrent-ils, voyez-vous ça ! Était-ce une idylle ? Une très ancienne amitié se transformant lentement en attirance... Alors, à quand le mariage ?

Elle leur dit qu'ils devraient avoir honte de taquiner une pauvre célibataire, une des vieilles filles de la paroisse. David répondit que c'était justement parce qu'elle n'était pas une vieille fille qu'ils pouvaient la taquiner. Angela trouva que c'était le plus beau compliment qu'on lui ait jamais fait.

Clare venait deux fois par semaine répéter avec Miss O'Hara sa prestation devant le jury du prix Murray. Elles avaient pu apprendre qu'un oncle maternel de Josie en faisait partie, parce que l'argent du legs Murray était déposé dans la banque qu'il dirigeait. Selon Josie, il était un peu toqué et trouvait indigne de son rang l'hôtel Dillon, à Castlebay. Angela et Clare en étaient encore à définir la stratégie appropriée à un personnage de ce genre.

Les garçons étaient partis depuis peu quand Clare arriva.

— Ça sent l'alcool, ici, remarqua-t-elle.

— Nous autres femmes, quand nous arrivons à l'âge critique, nous nous mettons à déplacer les meubles et à boire.

— Vous n'en êtes pas encore à l'âge critique, Miss O'Hara, dit Clare en riant.

— Mais bien sûr ! Mon Dieu, gardez-moi désormais de faire de l'esprit devant les enfants. L'alcool a été apporté par deux jeunes visiteurs. C'était du cidre bouché. Et ils venaient m'inviter à aller avec eux au bal du Comité. Tu ne devines pas qui c'était ? David Power et James Nolan. Bien entendu, j'ai refusé, pour ne pas marcher sur les brisées de gamines qui, à côté de moi, n'ont d'autre atout que leur jeunesse. Et d'ailleurs, Dick Dillon les avait devancés. Nous t'y verrons, n'est-ce pas ?

— Oui, j'y vais avec Josie Dillon. Ce n'est pas un bal où on ne peut entrer qu'avec un cavalier. Elle va être contente que James Nolan y soit. Il lui plaît pas mal.

— Dis-lui de faire semblant de ne pas le voir, c'est ce qui marche le mieux. Tiens, aide-moi donc à emporter ce machin dans la cour de derrière. Si je le peins ici, je m'en mettrai partout chaque fois que je passerai à côté. Il ne risque pas de pleuvoir, d'après la météo...

Elle s'interrompit brusquement. Clare n'avait pas bougé. Elle semblait même ne rien avoir entendu.

— Clare, qu'est-ce qu'il y a ?

— Tommy est en prison.

— Tommy ? Ton frère ? (Depuis le temps que les fils O'Brien avaient quitté Castlebay, elle ne savait plus si c'était l'aîné ou le second.) Il est bien en Angleterre, non ?

— Il est condamné pour vol avec effraction. J'ai reçu une lettre de Ned au courrier de l'après-midi. Dans la boutique, je n'arrivais pas à y réfléchir tranquillement. Alors je suis venue chez vous plus tôt que prévu. Maman sera furieuse, mais c'est un détail mineur, à présent.

— Juste ciel ! C'est vraiment terrible.

— Oui. Il m'a écrit pour que je prépare nos parents, au cas où on en parlerait dans les journaux. Évidemment, Thomas O'Brien est un nom assez commun, mais s'ils mentionnent Castlebay... Seulement, quand il me dit de les préparer, je ne sais pas s'il veut que je leur annonce ou non. Lisez cette lettre. Vous comprendrez sûrement mieux que moi.

Angela ne fit pas un geste pour prendre le feuillet de papier réglé couvert d'une écriture laborieuse. Elle restait assise, les coudes sur les genoux, la tête dans ses mains.

— C'est inutile, dit-elle au bout d'un instant. Je sais ce qu'il veut. Il veut que tu décides toi-même, que tu en prennes la responsabilité.

— Mais pourquoi ?

— Parce que Chrissie est une écervelée, parce que ta mère ne saurait rien faire d'autre que de pleurer et ton père piquerait une énorme colère. Toi, tu es intelligente et instruite, ce qui te désigne désormais pour porter les fardeaux. Il est condamné à combien ?

— Deux ans.

— C'est une peine trop lourde pour un simple vol avec effraction. Il a dû être trouvé en possession d'une arme. L'imbécile !

— Ça explique pourquoi il ne nous écrivait jamais.

— Si mes souvenirs sont exacts, Tommy n'a jamais été capable d'écrire. Que vas-tu faire ?

— Je ne sais pas. Si j'étais sûre que ça passera dans les journaux, je préviendrais maman et papa. Sans ça, je risque de leur faire de la peine pour rien.

— Écoute, moi j'ai un moyen d'en savoir plus. Regarde sous la pile de journaux, il doit y avoir un bloc. Je vais écrire immédiatement à un ami que j'ai à Londres — un prêtre. Et tu te dépêcheras de poster ma lettre pour qu'elle parte au courrier de dix-huit heures.

— Un prêtre. Mais il va être...

— Choqué ? Ne crains rien. C'est l'antithèse du père O'Dwyer. Et tu peux être sûre qu'il nous gardera le secret. Alors, me donnes-tu ce bloc ?

Les yeux pleins de larmes de gratitude, Clare regarda Miss O'Hara rédiger une lettre qui commençait ainsi : « Cher Père Flynn, Je viens solliciter votre aide. Oui, une fois encore... »

Le père Flynn fut magnifique. Huit jours plus tard, sa réponse arrivait. Il était allé voir Ned, qui travaillait à la plonge dans un pub assez douteux. Il lui avait trouvé une place plus intéressante — on le logeait, et le patron veillerait sur lui. L'histoire de Tommy était simple. Il faisait partie d'une bande. Six mois plus tôt, il avait été libéré sur parole, après avoir été impliqué dans un vol de matériaux sur un chantier de construction. Mais à présent, c'était une autre affaire : ils avaient voulu dévaliser de nuit les vitrines d'une petite bijouterie, sans penser que le bijoutier pourrait être encore dans sa boutique. Les entendant casser les vitres à coups de barres de fer, l'homme avait commis l'erreur de se montrer — et il s'était fait assommer. Il ne pouvait pas dire que Tommy était son agresseur, mais quand la police était arrivée sur les lieux elle n'avait plus trouvé que lui, avec quelques bijoux dans ses poches.

Tommy n'avait pas parlé. Il avait prétendu que, les autres l'ayant racolé le soir même, il ne connaissait pas leurs noms et il serait incapable de les reconnaître en plein jour. D'après Ned, la bande lui réserverait sa part, puisqu'il n'avait pas mangé le morceau. Il lui restait encore dix-huit mois à tirer. Le père Flynn avait rendu visite au prisonnier. Tommy O'Brien était très heureux de trouver ainsi un lien avec sa famille. Puisqu'on avait demandé au père Flynn de parler en toute franchise, il se devait de dire que Tommy était pratiquement édenté, qu'en guise de lectures il ne demandait que des bandes dessinées à la bibliothèque de la prison ; ce garçon n'avait pas de ressort. Était-il envisageable qu'il rentre à Castlebay, au terme de sa peine ? Honnêtement ou malhonnêtement, il n'était pas capable de vivre seul en Angleterre. Le père Flynn pourrait s'efforcer de veiller sur lui, mais ce serait difficile. Tommy recevrait sa part du vol de la bijouterie, et on pouvait compter que, sous trois mois, il se ferait repincer et écoperait une fois de plus pour les autres. S'agissant des journaux, il n'y avait rien à craindre. Les arrestations ou incarcérations d'Irlandais étaient trop banales pour mériter un entrefilet dans la presse.

Angela communiqua la réponse du père Flynn à Clare.

— Je me demande comment il a perdu ses dents, remarqua Angela. Peut-être dans des bagarres ?

— Ça m'étonnerait. Il a dû les laisser se gâter. Ici, il n'y avait pas moyen qu'il aille chez le dentiste. Il était tellement trouillard. Je me demande comment il a trouvé le courage d'entrer dans une bande de malfaiteurs.

— À mon avis, c'est le contraire. Il n'a pas eu le courage de refuser d'en faire partie. Vas-tu lui écrire à la prison ?

— À quoi bon, puisqu'il ne sait pas lire ? Et puis, je préférerais que les choses continuent comme si je n'étais pas au courant.

— Mais tu es au courant.

— C'est ça, votre avis, n'est-ce pas ? se rebella brusquement Clare. Moi, je n'ai pas votre heureux caractère, ni votre indulgence de sainte. Et le monde n'est pas fait de saints, mais de gens ordinaires et égoïstes comme Tommy, qui a volé, et comme moi, qui ne veux pas lui envoyer des lettres pleines de sollicitude ! Évidemment, je ne devrais pas dire ça, poursuivit-elle, piquée par le silence d'Angela, dans lequel elle lisait une accusation. Vous avez eu votre part de malheur, avec votre père... seulement, c'est vieux. Les gens n'y pensent plus, vous n'avez plus de secrets honteux. Vous êtes arrivée où vous le vouliez. Vous enseignez, votre famille est respectable, et vous avez un frère dans les ordres. Moi, j'ai un frère édenté, illettré et bouclé en prison !

— Clare ! dit brusquement Miss O'Hara.

Clare attendit. Mais Angela s'était déjà reprise. Il ne servirait à rien de révéler sa propre honte secrète. Clare était simplement énervée et chagrine.

— Non, rien, dit-elle. Mais si tu ne remportes pas le prix Murray, rappelle-moi que j'allais te confier quelque chose et que je me suis ravisée.

— Pourquoi ne pas me le confier maintenant ?

— Parce que je ne veux pas, un point c'est tout. Est-ce que tu vas geindre tout l'après-midi ? Tu voulais avoir des informations sur Tommy, je t'en ai procuré. Que tu lui écrives ou non, ce n'est pas mon affaire. Si tu n'as pas assez de cœur pour envoyer un peu d'espoir et d'optimisme à ce pauvre abruti, ça te regarde. Il n'entre pas dans mes attributions de te rendre aimante mais seulement savante. Voyons, où nous sommes-nous arrêtées la dernière fois ? poursuivit-elle en vérifiant dans un carnet. En politique internationale actuelle, tu es au point. Sur Eisenhower, le Moyen-Orient, la démission d'Anthony Eden, le roi Hussein de Jordanie, tu es imbattable, mais il est à craindre que les gens du jury en ignorent jusqu'à l'existence. Passons maintenant à ceux dont nous sommes sûres qu'ils les connaissent : le pape et Eamon De Valera. Date du couronnement de Pie XII ?

— Excusez-moi, Miss O'Hara. Bien sûr, je vais lui écrire.

— Écris à qui tu veux. Pie XII. Comment s'appelait-il ?

— Eugenio Pacelli, il a quatre-vingt-un ans, c'est le deux cent cinquante-huitième souverain pontife. Il a été élu en 1939, l'année du déclenchement de la guerre. Il était le représentant du Vatican à Berlin.

— Le nonce, il était le nonce du pape. Répète.

— Le nonce.

— Et ne débite pas les réponses avec trop d'aplomb, n'aie pas l'air de tout savoir. C'est un genre qu'ils n'apprécient pas. De Valera, à présent. Méfie-toi, parce que les uns doivent l'aimer, et les autres le détester. Bien entendu, toi tu es neutre. Tu t'en tiens aux faits.

— Né à New York en 1882, père espagnol, mère irlandaise. A été élevé à Bruree, comté de Limerick. Mais je ne suis pas neutre à son sujet.

— Je m'en doute. Seulement, si on t'interroge sur lui, tu garderas tes opinions pour toi. S'il y a des quinquagénaires dans le jury, ils se souviennent de la guerre civile pour y avoir pris part, dans un camp ou dans l'autre. Et s'il y en a un qui a un accent anglo-irlandais, fais bien attention à ce que tu dis, parce que les Anglais n'ont jamais pardonné à De Valera la neutralité de l'Irlande pendant la guerre.

— Merci, Miss O'Hara.

— Alors, c'est entendu ? Tu cesses tes grimaces et tu te concentres entièrement sur tes révisions. À propos de grimaces, Gerry Doyle t'a-t-il proposé d'aller avec lui au bal du Comité ?

— Oui, mais j'ai refusé. Je lui ai dit que Josie et moi nous y allions ensemble, et que nous le retrouverions là-bas.

— Je me demande parfois si ce n'est pas toi qui devrais me donner des leçons, soupira Angela.

Quand Dick Dillon vint chercher Angela, il semblait particulièrement grincheux. Angela l'invita à entrer boire une orangeade. Il regarda tout autour de lui d'un air surpris.

— Tout compte fait, vous n'avez pas à vous plaindre, dit-il.

— Qu'est-ce que vous entendez par « tout compte fait » ?

— C'est une façon de parler.

— Je viens de repeindre le rez-de-chaussée, pendant que ma mère est à l'hôpital. Le Dr Power l'y a mise en observation. Mais elle va bientôt rentrer.

Elle s'entendit bavarder à bâtons rompus avec cet homme plus très jeune et passablement bougon. Et Clare qui disait qu'elle était arrivée où elle voulait ! Eh bien justement, elle ne voulait pas bavarder avec un alcoolique repenti qui regardait de haut son cottage. Il avait la grogne. Qu'il ne compte pas sur elle pour l'amadouer ! Elle lui colla son verre d'orangeade à portée de la main et prit une bouteille de gin dans le placard.

— *Tout compte fait,* moi, je ne suis pas abstinente, et je vais donc m'offrir un verre. Et comme ce soir il y aura pas mal de gens qui boiront, autant vous y habituer tout de suite.

Un sourire admiratif éclaira lentement le visage de Dick Dillon.

— Depuis sept ans, c'est la première fois que quelqu'un me traite comme un être humain, dit-il. À votre santé !

Molly avait préparé des canapés au fromage et d'autres aux œufs mimosa, ainsi que des petits bols de noisettes et d'amandes salées. Elle avait garni les vases de brassées d'ajoncs, dont les fleurs éclatantes se mariaient avec les rideaux jaunes et le chintz imprimé des sièges du salon. Depuis que Mrs. Nolan s'était récriée sur la beauté d'un bouquet d'ajoncs (rapporté par Nellie), Molly aimait énormément cette décoration champêtre.

— Je crois que j'ai fini de peler, dit David qui, debout devant la glace, s'enduisait le nez de crème.

— Si tu m'avais écoutée, ce serait terminé depuis longtemps. Il suffisait de ne pas y toucher.

— Je sais, je sais, répondit David en étouffant un soupir.

Sa mère savait tout et avait toujours raison.

— C'est normal, avec ta peau claire, tu rougis et puis tu pèles. Mais il ne faut pas arracher les petites peaux.

— Tu vois bien que je n'y touche pas !

— Je me demande quelle mouche te pique, remarqua Molly assez sèchement. Nous allons recevoir nos amis et puis aller tous ensemble au bal. Nous nous promettons de passer une délicieuse soirée. Et toi, tu me parles avec brusquerie alors que j'essaie simplement de t'aider. Ce n'est pas comme si ton père et moi nous nous mêlions de ta vie. Nous ne te demandons jamais de comptes. Tu rentres à l'heure qui te plaît.

— Voyons, maman, dit David en riant pour dissimuler son exaspération, je suis adulte, non ? À Dublin, je mène ma vie comme je l'entends, et j'en fais autant ici.

— Mais *bien entendu* !

— Parfait ! Nous sommes donc d'accord, dit-il en vérifiant dans la glace comment tombait sa veste neuve. Et si avec ça je n'arrache pas notre jolie Caroline à Gerry Doyle, c'est à désespérer.

— Qu'est-ce que tu racontes ? Il y sera comme photographe.

— Pas du tout, maman. Il paie un assistant pour ça. Et Mr. Gerry Doyle aura toutes les cavalières qu'il veut, sans même lever le petit doigt. Comme d'habitude.

— Tu dis n'importe quoi.

— Attends donc de voir ces demoiselles l'assiéger. Et Caroline ne sera qu'une dans le lot.

— Je n'ai jamais entendu pareilles inepties. Et toi, Paddy ? demanda-t-elle au Dr Power qui entrait. Gerry Doyle serait un bourreau des cœurs. Et Caroline Nolan y succomberait comme les autres ? Caroline, qui a sûrement toute l'université de Dublin à ses pieds...

— À propos, elle est arrivée. Je l'ai vue au carrefour. Elle a klaxonné pour attirer mon attention. Elle a sa voiture à elle, maintenant, une Austin Morris mini. Elle m'a dit qu'elle s'était arrangée pour arriver ce soir, afin de ne pas manquer le bal.

— Sa voiture, c'est merveilleux ! dit Molly. Nous allons bien voir si elle s'intéresse encore à ce Gerry Doyle. David, arrête d'engloutir les canapés. Ou alors, choisis plutôt ceux aux œufs. Ils ont trop ramolli.

Chrissie avait d'abord décidé de ne pas aller au bal du Comité — un truc pour les notables, pour les gens ennuyeux. Mais tout le monde en parlait. À la boucherie Dwyers on discutait à perte de vue sur le lot qu'on donnerait : gigot, rosbif ou rôti de porc ? Et quand elle apprit que Kath et Peggy s'étaient acheté des robes pour l'occasion, elle changea d'avis. Mais comme Gerry Doyle la snobait définitivement, elle se devait d'être accompagnée pour lui prouver que, s'il n'avait pas besoin d'elle, elle en avait autant à son service. Kath et Peggy n'y comprenaient rien. Pourquoi s'encombrer d'avance d'un cavalier quand on pouvait choisir sur place celui qui vous plaisait le mieux ? Chrissie était exactement de l'avis contraire. Aux clients qui n'arrêtaient pas de lui demander si on la verrait au bal, elle répondait en soupirant :

— Seulement si un garçon m'invite. À mon âge, on ne sort plus seule, comme une gamine.

Tandis qu'il achetait sa viande, Bumper Byrne, l'entrepreneur, entendit Chrissie. Il en parla à son plus jeune frère, Maurice, que tout le monde appelait Mogsy, et qui travaillait à la coopérative laitière. Mogsy se rendit à la boucherie.

— Est-ce que vous voulez bien être ma cavalière pour le bal du Comité ? proposa-t-il à Chrissie.

— Qu'est-ce que vous entendez exactement par cavalière ?

— Eh bien, je paierai votre entrée. Je danserai avec vous si vous n'êtes pas déjà retenue. Et je vous offrirai des boissons gazeuses au buffet.

— Et qu'est-ce que vous y gagnerez, *vous* ? bougonna Chrissie.

— Ma foi, je ne sais pas trop, avoua Mogsy, pris de court. Mais en somme, si vous voulez bien sortir avec moi, j'aurai de quoi être fier. Vous êtes la plus jolie fille de Castlebay.

Plantée derrière le comptoir à dessus de marbre, Chrissie lui sourit.

— Merci, Mogsy. Je serai très contente d'être votre cavalière.

— Parfait, dit Mogsy en se dirigeant vers la porte.

— Vous serez élégant ?

— J'ai un costume sensationnel.

— Mogsy, on va leur en mettre plein la vue, dit Chrissie.

Clare était allée se préparer chez Josie, parce que Chrissie monopolisait la chambre. Elle avait enfilé sa jupe de velours rouge et son corsage blanc à volants. Sa queue-de-cheval était retenue par un ruban rouge. Josie portait une robe jaune décolletée en carré devant et derrière et garnie de broderie anglaise.

Elles finissaient de se maquiller.

— C'est drôle, observa Josie, ce rouge à lèvres « Pêche indienne » ne fait pas le même effet sur toi et sur moi. Ce doit être une question de peau. Je ne pense pas qu'il ait quelqu'un cet été.

— Le rouge à lèvres ?

— Très drôle ! Non, je parle de James.

— Je sais par Miss O'Hara qu'il joue beaucoup au golf avec David Power. De temps en temps, ils s'arrêtent chez elle au passage. Mais ils ne sont jamais avec des filles. Sa sœur vient d'arriver. Lady Caroline.

— Je crois qu'elle en pince pour Gerry Doyle.

— Alors, conseille-lui de se mettre à la file, dit Clare en s'enduisant les cils de vaseline pour les faire se recourber.

À la caisse, Chrissie était juste devant elles, bras dessus, bras dessous avec Mogsy Byrne, le garçon de la laiterie. Mais aujourd'hui, il portait un complet. Il avait l'air d'avoir déjà descendu deux ou trois verres.

— J'aurais cru que l'élégante Miss Clare O'Brien et son amie, Miss Josie Dillon, n'en seraient pas réduites à payer elles-mêmes leur entrée, trompeta Chrissie.

Clare la trouva affreuse. La robe de satin rose qui la serrait de partout, le boléro blanc pas très net, les bijoux de verroterie imitant le diamant lui donnaient un genre déplorable, d'autant plus qu'elle avait le visage enfariné de poudre blanche et les lèvres rouge sang. Et pourtant, les garçons la détaillaient admirativement. Après tout, sa tenue était peut-être plus appropriée que celle de Clare, qui faisait un peu écolière montée en graine.

L'orchestre jouait sur un rythme endiablé *The Yellow Rose of Texas.* Toute la salle était décorée de guirlandes et de ballons, et un grand calicot souhaitait la bienvenue à l'assistance et lui adressait les remerciements du Comité des fêtes de Castlebay. Près de l'estrade de l'orchestre, il y avait une longue table ployant sous les lots, et un projecteur qui, en éclairant brusquement un couple, désignait les heureux gagnants d'un des lots. Au moment où Clare et Josie entrèrent, un couple venait ainsi d'être désigné pour recevoir un coffret contenant du talc et des sels de bain. Alors qu'elles se dirigeaient vers un angle où elles pensaient s'installer pour regarder la piste, l'une et l'autre furent invitées à danser. La soirée s'annonçait bien.

Dick Dillon dit qu'il était bon valseur mais qu'il préférerait être pendu plutôt que de faire leurs contorsions de rock and roll. Justement, Angela aimait la valse, pourvu qu'on ne tourne pas trop vite. Au moment où ils entrèrent, la chance voulut que l'orchestre attaque les *Histoires de la forêt viennoise.* L'instant d'après, ils tournoyaient sur la piste. Le mouvement faisait s'évaser en corolle la robe beige d'Angela — celle du mariage d'Emer. Elle aperçut le Dr Power qui la signalait à Mrs. Nolan.

— On les épate, dit Dick Dillon entre ses dents.

— Je m'attends qu'on nous demande une exhibition, répondit-elle.

Au même moment, le projecteur se posa sur eux, et le chef d'orchestre annonça qu'ils avaient gagné un gigot, offert par la boucherie Dwyers, « viande de qualité aux plus justes prix ».

Tout le monde s'amusait. De grands sourires éclairaient les visages bronzés. Le beau maître nageur, Simon, qui portait son pull-over sur les épaules, manches nouées par-devant, discutait avec Frank Conway, gendarme de son état, qui paraissait encore plus grand parce qu'il se tenait droit comme un piquet. Ils attiraient les regards des filles. Frank Conway guettait la porte :

— Je pensais que Fiona Doyle viendrait, expliqua-t-il.

— Tu n'es pas le seul, remarqua Simon en souriant. Mais ça ne m'étonnerait pas que le chien de garde l'empêche de sortir.

— Le quoi ?

— Son frère. Il est comme un chien de garde. Il aboie dès qu'on s'approche d'elle. Elle ne peut jamais s'amuser, alors que lui, il ne s'en prive pas.

Bien que déçu, Frank prit la défense des Doyle :

— Gerry n'a pas tort. On ne peut pas laisser une fille faire tout ce qui lui plaît.

— Mais toi, tu n'es pas comme ça avec ta sœur. Elle n'a pas l'air de s'embêter, dit Simon en regardant Bernie qui fondait littéralement dans les bras d'un vacancier.

— C'est ce qu'on verra, lança Frank, à présent doublement contrarié.

Dès que la danse fut terminée, il alla inviter sa sœur pour la valse suivante.

— Eh bien, ça c'est nouveau, remarqua-t-elle sans paraître particulièrement réjouie.

— Conduis-toi un peu plus correctement en public, dit-il.

— Va te faire cuire un œuf, riposta Bernie.

Et elle le laissa planté en plein milieu de la piste. La voyant libre, Simon l'invita.

— Mon frère est fou à lier. Bon pour l'asile !

— Ne nous occupons pas de ton frère, dit Simon en la plaquant contre lui.

Gerry Doyle ne demandait jamais à une fille de lui accorder une danse. Il avait l'étonnante faculté de se trouver auprès de celle qu'il avait choisie au moment même où l'orchestre entamait un air, et il se contentait de lui tendre la main en souriant. La première élue fut Josie Dillon. Et ça tombait à pic pour elle : James Nolan, qui entrait au même moment, verrait qu'elle ne faisait pas tapisserie. Et Gerry dansait divinement. Josie se félicita de ce qu'elle et Clare aient appris le twist au début de l'été. Le monde se divisait entre ceux qui savaient et ceux qui ne savaient pas twister. Gerry Doyle, lui, devait déjà savoir twister en venant au monde.

Il lui dit qu'elle avait une jolie robe, une robe ensoleillée, et que, dans tout le bal, elle et Clare O'Brien étaient les deux filles qui avaient le plus de classe. Elle demanda si Fiona allait venir. Non, Fiona avait un rhume. Ils se dirent l'un et l'autre étonnés de la vigueur de l'oncle Dick. Depuis son arrivée, il n'avait pas raté une danse, même pas les airs de rock and roll qu'il s'obstinait à exécuter en fox-trot.

En la reconduisant à sa place, Gerry lui déclara :

— Je voudrais qu'elles dansent toutes comme toi. Josie Dillon, la Ginger Rogers de Castlebay !

Rose de plaisir, Josie s'apprêtait à le raconter à Clare mais l'oncle Dick lui ravit son amie. C'était franchement très gênant. Pourquoi l'oncle Dick ne restait-il pas assis, comme les autres vieilles personnes ? En plus, l'orchestre annonçait une série de rythmes latino-américains. Et d'abord, le *Tango bleu.*

En se laissant entraîner, Clare dit à l'oncle Dick :

— Je vais être minable à côté d'un semi-professionnel comme vous. Je ne sais pas danser le tango.

— Mets-toi ceci dans la tête : un pas et tu ploies, deux pas et tu ploies, trois pas et tu ploies. Tu as saisi ? À présent, tu t'accroches à moi et tu te laisses conduire.

Ils étaient tournés chacun dans un sens, côte à côte,

les bras tendus comme des épouvantails. À la première mesure, l'oncle Dick démarra. Quel cavalier prodigieux ! Clare le suivait sans effort et ne se raidissait même pas quand il lui faisait exécuter des virevoltes. Elle remarqua qu'on les admirait et aperçut, à l'autre bout de la piste, Miss O'Hara et le Dr Power s'escrimant pour ne pas s'emmêler les pieds et les bras. Miss O'Hara lui adressa un sourire. Gerry Doyle, qui dansait avec Bernie Conway, la regardait d'un air ravi. David Power attira l'attention de Caroline Nolan sur les deux partenaires. Au début, Clare aurait préféré, puisqu'elle suscitait tant d'intérêt, que ce soit avec un cavalier plus jeune, mais ensuite, elle n'y pensa plus. Et ils gagnèrent un lot : une bouteille de whisky Jameson (dix ans d'âge)

— Garde-la, dit Dick Dillon. Pour moi, l'alcool, c'est du passé.

— Mais pas la danse, comme j'ai pu le constater, riposta-t-elle, toute rose de son succès.

Et elle alla déposer la bouteille de whisky au vestiaire.

Les membres du Comité étaient très satisfaits. Ils avaient peut-être un peu forcé sur le tarif d'entrée, mais, outre que les nombreux lots distribués le justifiaient, cela avait également l'avantage de fermer le bal à bien des éléments douteux. Enfin, *pas à tous.* Il suffisait de voir Mogsy Byrne soulever sa cavalière de façon qu'on aperçoive sa culotte...

L'orchestre, qui animait le dancing pendant tout l'été, s'était tout de même donné un air de fête. Les musiciens avaient une fleur à la boutonnière, et la belle Helena, la chanteuse, avait fixé une grosse rose à la ceinture de sa robe de tulle.

Dans l'assistance, certains hochaient la tête en se rappelant avec étonnement que ce dancing avait été construit par Lionel Donelly. Un garçon sans aucune instruction, qui était allé apprendre la charpenterie en Angleterre, et, ayant remarqué que les dancings de ce genre marchaient bien, s'était endetté jusqu'au cou pour bâtir cette énorme monstruosité dont tout le monde prédisait que ce serait un éléphant blanc. Et à présent, le dancing de Castlebay attirait du monde de partout.

En revenant vers la piste, Clare vit David Power avancer dans sa direction, mais déjà Gerry Doyle lui tendait la main. Comme l'orchestre jouait un slow, ils dansèrent accrochés l'un à l'autre, joue contre joue. Comme Clare était en ballerines, ils étaient exactement de la même taille. Pour cet air, la piste était plongée dans la pénombre, et la grosse boule tournant au plafond renvoyait des milliers de petites taches lumineuses sur les couples. Clare se laissait conduire, les yeux fermés.

La soirée se termina dans l'allégresse pour Josie, car James Nolan, qui l'avait finalement remarquée, exécuta avec elle un rock endiablé. Les membres du Comité des fêtes se félicitaient d'avoir recueilli tant d'argent. Le bal avait attiré énormément de monde. Les commerçants qui avaient donné les lots ne le regrettaient pas, car ils s'étaient fait une jolie publicité.

— J'ai la disposition d'une caravane, dit Gerry à Clare.

Ils avaient dansé trois fois ensemble — une faveur qu'accordait rarement Gerry.

— Une quoi ?

— Une caravane. Je m'en occupe pour les propriétaires. Ils ne viennent qu'aux week-ends.

— C'est bien, comme arrangement, répondit Clare innocemment.

— Alors ?

— Alors quoi ?

— Ça te dirait d'y aller maintenant ?

Clare en avait le cœur qui cognait. Elle regarda franchement Gerry.

— Non, mais je te remercie.

— Comme tu veux. Bonne nuit, minette.

Sous les yeux de Clare, il alla trouver Caroline. Il fit semblant d'être surpris de la trouver là, comme s'il ne l'avait pas vue de toute la soirée.

Caroline souriait en écoutant Gerry. Et puis il la prit par le cou et ils partirent ensemble. La caravane était apparemment un fameux atout.

Le Dr Power s'offrit à emmener Angela, qui devait aller chercher sa mère à l'hôpital. Il ne faisait jamais le voyage du chef-lieu sans passagers, dans un sens ou dans l'autre. Cet homme était la bonté même.

— Je vous ai vue faire vos exhibitions avec Dick Dillon, dit-il plaisamment.

— C'est inouï, non ? Il pourrait disputer des concours. Je n'en suis pas encore revenue.

— C'est un type très bien, mais à l'hôtel il a toujours été relégué au second plan, parce que leur vieille mère préfère son frère. Non qu'il n'ait pas su s'en consoler à sa façon.

Angela sourit. La formule était douce, pour exprimer que l'homme avait été un ivrogne invétéré pendant des années. Évidemment, par rapport à Dinny O'Hara, Dick Dillon avait assez d'argent pour boire sans faire le malheur de sa famille, et aller de temps en temps se faire désintoxiquer à Dublin. Et puis tout de même, à présent il avait totalement arrêté. Après le bal, il l'avait reconduite au cottage. Elle avait fait du thé et des sandwiches au bacon et ils avaient bavardé. Il était reparti assez tard.

— Il lui faut quelqu'un qui le stabilise, Angela, remarqua le Dr Power.

— C'est un refrain auquel je risque d'avoir longtemps droit, non ?

— Probablement. Mais tu pourrais tomber plus mal. À présent, il a du plomb dans la tête.

— La question n'est pas de « tomber ». Il me semble que quand ça arrive, c'est parce que deux êtres découvrent brusquement que l'autre compte plus que tout le reste.

— En tout cas, ça devrait arriver comme ça, convint le Dr Power en contournant un troupeau de vaches qu'un gamin ramenait sans conviction sur le bas-côté.

— Comment ça s'est passé pour vous ? demanda-t-elle non sans impertinence.

— J'ai fait la connaissance de Molly à Dublin. C'était au cours d'un bal. Ce jour-là, je fêtais mes vingt-cinq ans. Elle portait une robe rouge, et elle riait en rejetant la tête en arrière. Je me disais que ce serait formidable qu'elle rie comme ça en m'écoutant. Après, je n'ai plus arrêté de lui faire la cour.

— Et elle rit toujours ?

— Souvent. Mais l'hiver, c'est assez morne par ici. Il faudrait qu'elle puisse voir plus de monde. Ou que nous ayons d'autres enfants. Quand on n'en a qu'un, on se centre trop sur lui. Je suis tout le temps en train de penser à ses études de médecine, et Molly se demande s'il est assez couvert, s'il mange bien, et qui il fréquente à Dublin.

— David ne vous donne pourtant aucun souci. Il est tellement intelligent et raisonnable.

— Absolument. On peut dire que tu sais faire dévier la conversation. Nous parlions de Dick Dillon.

— Il est vieux, il ressasse ses beuveries passées, ou parfois ses frasques de jeunesse.

— Il n'a même pas dix ans de plus que toi. C'est un brave homme, et il est très seul. Réfléchis bien, ma petite Angela.

Angela s'efforça une fois de plus de détourner la conversation.

— C'est drôle que Fiona soit allée faire ce stage de photographie à Londres, alors que les Doyle ont tellement de travail en été.

— Oui, ça ne tombe pas très bien. Je suppose qu'elle a saisi l'occasion au moment où elle se présentait.

Le Dr Power avait répondu sans quitter des yeux la route bordée de haies et, çà et là, de petites maisons blanches. Oui, ça tombait mal que Fiona ait dû partir pour Londres. Il le savait mieux que personne.

Quand Clare se leva, à six heures et demie, il y avait une légère brume au-dessus de la mer. Aujourd'hui, on allait encore cuire. Mais c'était tout ce qu'on demandait : quatre-vingts jours de grand soleil et quelques pluies nocturnes, pour satisfaire les cultivateurs. Elle balaya la boutique, ramassa les papiers gras et les gobelets de carton accumulés dans un coin, mit dans une caisse les bouteilles consignées et jeta les autres. Elle avait ouvert la porte pour aérer. Des deux côtés de la rue, les maisons aux façades blanches ou colorées dormaient encore. On aurait dit des bonbons fondants, rose tendre pour la poste, vert tilleul pour la boutique de Miss O'Flaherty.

La bouilloire chantait quand Agnes descendit. Avant qu'elle enfile sa blouse, Clare remarqua avec inquiétude sa maigreur, son air las.

— Tu aurais dû rester un peu plus longtemps au lit, dit-elle. Je peux me débrouiller seule.

— Rester au lit ? Avec la clientèle qui va affluer ? Je me demande à quoi tu penses.

— Je disais ça parce que tu as l'air fatiguée.

— Évidemment. Comme Tommy Craig dans son bar ou la jeune Mrs. Dillon à l'hôtel. Clare, réfléchis un peu : qui n'a pas l'air fatigué en plein milieu de la saison ?

— Ne te fâche pas, maman. Je pensais que ça te ferait du bien de te reposer un peu.

— Dès que j'aurai pris mon thé, je serai en forme, déclara Agnes, radoucie.

Mais elle but son thé debout, et elle était à peine passée dans la boutique que la sonnette de la porte retentit.

Et après ça, ce fut un défilé continuel. Le temps

radieux incitait apparemment les gens à pique-niquer. Clare n'arrêtait pas de préparer des sandwiches et d'envelopper des glaces dans des matelas de papier journal.

Caroline Nolan se montra matinale. Elle descendit de sa petite Austin Morris et laissa le moteur tourner.

— Vous serez combien ? demanda Clare.

— Je ne sais pas. Si je prends trop de choses, est-ce que je pourrai les rapporter ?

— Non.

— Pardon ?

— Je dis que ce n'est pas possible. Quand des tomates ou des bananes sont restées toute la journée au soleil, elles sont invendables.

— Je voulais dire des choses comme des boîtes de conserve, ou des produits qui ne s'abîment pas.

— Écoutez, le mieux serait de savoir combien vous serez.

Clare manquait de patience avec cette fille si fraîche dans sa robe blanche à pois rouges, si pleine d'énergie, à côté de Clare dans sa robe délavée et d'Agnes O'Brien, avec son visage fatigué.

— Vous pouvez peut-être me conseiller, déclara Caroline qui semblait déterminée à se montrer aimable. Un ami m'a proposé d'aller pique-niquer à l'endroit d'où on aperçoit les phoques. Il apportera une bouteille de vin. Et moi, je dois me charger du reste. Mais je ne sais pas s'il voulait dire à plusieurs, par exemple avec mon frère et David, ou juste nous deux. Vous comprenez mon problème ?

— Non, dit Clare. Allez donc le lui demander, c'est le plus simple.

Une demi-heure plus tard, Caroline était de retour.

— Nous serons quatre, annonça-t-elle.

— La malchance, laissa tomber Clare.

Elle rangea dans un carton des sandwiches au jambon et d'autres au fromage, des pommes, des oranges et des bananes, un paquet de biscuits au chocolat et quatre bouteilles d'orangeade. Caroline paya sans un mot. Clare la vit placer le carton dans le coffre de la petite voiture.

Peu après, Gerry vint chercher des cigarettes.

— Je te croyais parti en pique-nique, remarqua Clare.

— Je les rejoindrai là-bas. Je leur ai indiqué le chemin. Si tu venais avec nous ?

— Tu veux rire ? J'ai trop de travail ici. Et d'ailleurs, je ne suis pas invitée.

— Si, je suis en train de t'inviter.

— Je te remercie, dit Clare en riant. Mais franchement, je ne peux pas me libérer. Comment arrives-tu à prendre ta journée ?

— Si je paie un assistant, c'est pour qu'il me remplace quand je prends ma journée. Allez, viens donc. Pour une fois, oublie ton devoir.

— Laisse-moi tranquille, Gerry, c'est impossible. Nous devons travailler, même si d'autres laissent leurs affaires aller à vau-l'eau.

Il commençait par lui taper sur les nerfs. Et en plus, elle n'avait rien qui lui permette de faire bonne figure dans une pareille bande. Avec sa malheureuse robe d'un mauve délavé, ses jambes blanches, ses vieilles sandales, de quoi aurait-elle l'air à côté d'une Caroline bronzée, éclatante dans sa robe blanche à pois rouges ? Et puis, du moins pour l'instant, elle ne tenait pas tellement à ce que Gerry Doyle s'occupe d'elle.

L'été continuait d'être superbe. Quelques jours après le pique-nique, Clare se mit à détester le soleil. Pour les autres, il représentait les vacances, la vie au grand air, le camping, le golf, les baignades. Mais pour les O'Brien, il signifiait qu'il fallait retirer de la vitrine les gâteaux et les produits craignant la chaleur, et s'assurer que l'armoire réfrigérante contenait bien tous les parfums de glace pour que Ben et Jim ne s'affolent pas quand ils servaient la clientèle.

— Je t'apporte un message de la poste, dit Gerry. On va te rappeler dans un quart d'heure. Enfin, maintenant ça ne fait plus que dix minutes. Viens, dépêche-toi.

Ils remontèrent Church Street à toute allure. Clare sentait son cœur cogner dans sa poitrine. La pharmacie, le dancing, la quincaillerie, tout se brouillait devant ses yeux.

— Ah, vous l'avez trouvée, dit Mrs. Conway d'un air revêche en regardant Gerry par-dessus ses lunettes.

« Mon Dieu, faites que ce ne soit pas au sujet de Tommy. Je vous en prie, mon Dieu... »

— Tu dois être sur des charbons ardents, hein ?

— Pourquoi dis-tu ça ? Qu'est-ce que tu en sais ?

— Eh bien, il doit s'agir de tes résultats au diplôme de fin d'études secondaires.

Gerry avait raison. On appelait Clare de l'école. Au bout du fil, la sœur en bégayait de joie. Jamais encore une élève du couvent n'avait obtenu un succès aussi éclatant ! Sur les neuf sujets, Clare obtenait huit mentions. À présent, sa comparution devant le prix Murray était acquise ! Trois des sœurs commençaient immédiatement une neuvaine particulière, et Clare pouvait être sûre que toute la communauté prierait pour elle à chaque messe.

Mrs. Conway, qui n'avait pas perdu un mot de la communication, la félicita d'un air pincé.

— Huit mentions, s'exclama Clare, *huit mentions* !

— Hourra ! Hourra ! cria Gerry.

Et, soulevant Clare de terre, il lui fit faire trois fois le tour du petit bureau de poste.

— Il faut que j'aille l'annoncer immédiatement à Miss O'Hara.

— Je vais t'y conduire avec la camionnette. Je te laisserai seule avec elle, ajouta Gerry en remarquant que Clare hésitait. Je n'entrerai pas.

Angela arrosait les géraniums devant le cottage. En entendant la voiture freiner bruyamment, elle mit sa main en visière sur son front, car elle avait le soleil dans les yeux.

— Huit mentions, Miss O'Hara ! cria Clare en dégringolant du siège.

Angela posa l'arrosoir et courut vers elle. Elle étreignit Clare qui tremblait de joie.

Dans la soirée, tout Castlebay connaissait la nouvelle. Quand Josie Dillon l'apprit, elle couvrit sa machine à écrire en disant qu'elle prenait le reste de la journée pour fêter ça. Agnes et Tom O'Brien rayonnaient. Ils serraient les mains par-dessus le comptoir, ils se rengorgeaient devant les compliments décernés à leur brillante benjamine. Le Dr Power, qui se rendait au camping-caravaning, s'arrêta au passage. Le sergent McCormack ayant entendu la rumeur, il ne fallut pas longtemps pour que la petite auto du père O'Dwyer s'arrête devant l'épicerie. De tout l'après-midi, la boutique ne désemplit pas.

— Si tu venais ce soir au dancing, pour fêter ton succès ? proposa Gerry à Clare.

— Non, merci. Il y aura trop de monde, sans parler des Catherine Nolan et du reste, dit-elle en souriant.

— Nous pourrions aller dans un endroit plus calme.

— Je n'y tiens pas.

— L'été a quatre-vingts jours. Si ce n'est pas ce soir, ce sera un autre, déclara Gerry en lui rendant son sourire.

Au début de la soirée, Clare se rendit à l'hôtel Dillon. Dick Dillon lui offrit un apéritif sans alcool. Josie lui fit un cadeau-surprise : un corsage jaune et un ruban assorti pour ses cheveux. Elle-même planait car elle devait aller au cinéma avec James Nolan. Il était convenu qu'ils se retrouveraient dans la queue. Elle avait mis une robe fermée jusqu'au cou — pour se donner la possibilité d'accepter ou non, si James avait les mains qui s'égaraient. Elle jura de tout raconter à Clare.

Clare rentra en faisant le détour par la route de la Falaise. Le soleil était presque couché. Par les fenêtres des villas, on voyait les estivants qui finissaient de dîner. Cette journée qu'elle avait tant attendue, elle voulait en savourer toutes les minutes.

La fraîcheur de la nuit tombante la fit légèrement frissonner. Au cinéma, Josie et James regardaient le grand film et ne restaient sûrement pas inactifs. Chrissie et Mogsy Byrne étaient partis dans les dunes. Clare le savait parce qu'elle avait vu Chrissie changer de combinaison et préparer sa culotte bordée de dentelle. Gerry Doyle devait être dans sa caravane. Mais il n'était pas question qu'elle aille l'y rejoindre.

La renommée de Castlebay avait dû se répandre, car cet été-là il arriva un monde fou. Évidemment, on ne pouvait filtrer les estivants. Ceux qui couchaient sous la tente étaient assez turbulents, et quant à la saleté du camping-caravaning, il fallait le voir pour le croire. Lors d'une réunion du Comité, le Dr Power dit qu'au lieu de critiquer ses occupants, on ferait mieux d'y installer des toilettes, des douches et des bacs de collecte des détritus.

Presque quotidiennement, des gens demandaient au cottage O'Hara s'il n'y aurait pas une chambre libre.

À la surprise d'Angela, sa mère fut d'avis de louer une chambre. Tout le monde le faisait. Et l'argent serait le bienvenu.

Angela prépara donc la chambre inoccupée à recevoir des hôtes. Elle les préviendrait que sa mère était en mauvaise santé et leur demanderait de ne pas faire de bruit. Les premières qui se présentèrent furent deux jeunes filles qui restèrent quatre jours. Elles rentraient du dancing en marchant sur la pointe des pieds. Et en partant, elles dirent à Angela que Gerry Doyle avait une tête d'acteur de cinéma. Ensuite vint un couple marié, des gens assez ternes et qui semblaient ne plus rien avoir à se dire. Pourtant, quand ils prirent congé d'Angela, ils se déclarèrent ravis de leur séjour et décidés à revenir l'année suivante. Et puis ce furent deux gars de Dublin, qui s'esclaffaient à propos de tout et s'amusaient royalement. Un soir, ils rentrèrent complètement ivres, mais ils eurent la correction de passer la nuit dans la cabane à outils de jardinage plutôt que d'essayer de regagner leur chambre. Angela les en remercia cordialement et ne leur fit pas payer cette nuit-là.

— Vous ne le regretterez pas, M'dame, on vous enverra les camarades, affirma l'un d'eux.

Et de fait, à partir de ce moment-là les Dublinois se succédèrent — des maçons, des ouvriers, et puis deux peintres en bâtiment. Ceux-là voulurent tout de suite aller piquer une tête dans les vagues. Automatiquement, Angela les avertit :

— Soyez prudents. À la fin août, la marée est forte, et la mer brutale.

Une demi-heure plus tard, elle entendit les cris. Une sorte de rumeur qui s'enflait au loin, puis s'apaisait et reprenait. Il y avait une noyade ! Elle était en train d'acheter du bacon et des œufs chez les O'Brien. Sans se rendre compte de ses mouvements, elle se retrouva en train de pédaler sur la route de la Falaise. Une foule gesticulait et montrait la mer à l'endroit des récifs. Les vagues étaient gigantesques.

En bas, un petit groupe s'agitait au ras de l'eau. Cinq ou six hommes s'efforçaient de maîtriser Simon. À leurs pieds gisaient les cordages et les bouées de secours. Angela sentit le cœur lui manquer en apercevant, loin dans l'eau, une main qui émergeait et, un peu plus loin, une tête. Elle sut aussitôt que c'étaient ses pensionnaires.

Sur la plage, les hommes hurlaient :

— Tu t'es déjà jeté deux fois à l'eau, Simon, et tu t'es esquinté. Tu as tout le côté qui saigne. C'est inutile, tu y resterais. Tu ne peux rien faire.

— Lâchez-moi ! Lâchez-moi ! sanglotait Simon.

Gerry Doyle lui immobilisait un bras dans le dos.

Soudain, la foule se mit à crier. « Il y en a un qui a réussi à s'accrocher, il va s'en tirer ! »

Mais une énorme vague s'abattit sur l'homme et on ne vit plus que deux bras qui disparaissaient dans les flots.

Il n'y avait pas une barque, pas un nageur, pas un lancer de bouée qui pût les sauver. Un millier de personnes étaient là, impuissantes, et sous leurs yeux deux hommes se noyaient.

Le père O'Dwyer était arrivé. Autour de lui, on s'agenouilla. Il récita le rosaire, et toutes les voix se joignirent dans les « Je vous salue Marie ».

Sur la plage, Simon cessa de se débattre et se laissa tomber sur le sable, la tête dans les mains. Gerry Doyle s'assit à côté de lui, lui mit un bras autour des épaules.

On ne voyait plus les noyés. Les vagues continuaient de s'abattre avec fracas. Les hommes se passaient des flasques d'alcool. Les femmes appelaient leurs enfants, les secouaient en leur répétant les dangers de la mer.

Clara était venue voir, elle aussi. Une main prit la sienne. Elle tourna la tête et vit avec surprise que c'était David Power.

— Tu crois qu'ils s'en sont rendu compte ? demanda-t-elle.

— Je ne sais pas. Mais ils ont dû comprendre en étant jetés contre les récifs. Excuse-moi, il faut que je descende auprès de mon père. La marée va les ramener assez vite. Ce n'est pas que je sois obligé, mais il souhaite que je sois là. Et puis, je serai bientôt médecin. C'est seulement que...

— Que c'est arrivé sur ta plage.

Il la regarda, heureux d'avoir été deviné.

De nouveau la foule s'agitait et criait. On montrait le bout de la plage, près des grottes, là où l'eau était plus calme. Deux corps flottaient sur le ventre, sans agiter les bras, sans faire un mouvement.

Clare se détourna. Elle se sentait les jambes en

coton. Instinctivement, elle pressa son visage contre la poitrine de David. Il l'entoura d'un bras protecteur. Au bout de quelques secondes elle se dégagea en disant :

— Il faut que tu descendes là-bas.

Et soudain elle vit Angela, la main sur la bouche, l'air horrifié. Elle regardait les hommes entrer dans l'eau et tirer sur le sable les corps des deux jeunes gens. Le père O'Dwyer était descendu avec son eau bénite. Le vent faisait claquer sa soutane. Tout en demandant instamment aux curieux de s'écarter, le Dr Power pressait sur le thorax d'un noyé. L'instant d'après, son fils l'avait rejoint et s'efforçait de ramener l'autre à la vie, méthodiquement, calmement. Le jeune homme bouleversé qui s'accrochait à la main de Clare s'était ressaisi. Malheureusement, il n'y avait plus d'espoir.

Angela et Clare ne reparlèrent plus de ce malheur. Quand elles se voyaient, c'était pour repasser fébrilement le genre de questions que pourrait lui poser le jury du prix Murray, devant lequel Clare allait comparaître le premier jeudi de septembre.

Il fallait également mettre au point la question vestimentaire. Clare devait avoir une tenue soignée mais sans ostentation d'élégance. Ne pas avoir l'air trop pomponnée, ni non plus trop terne.

Quant à l'attitude générale, et compte tenu de ses mentions, qui disposeraient le jury en sa faveur, elle s'en tiendrait à la vérité : elle aspirait à poursuivre ses études, ses parents l'encourageaient, mais n'avaient pas les moyens d'en assumer les frais. C'était déjà grâce à une bourse, remportée par concours, qu'elle avait pu aller à l'école secondaire.

Elle n'avait de vraiment potable que sa jupe bleue. Mais Miss O'Hara lui prêtait une vareuse bleu marine et le foulard de soie offert, des années auparavant, par les parents de James Nolan, et qu'elle n'avait jamais porté. Et Josie lui passait une paire de chaussures. Elle se coifferait en queue-de-cheval comme d'habitude, mais en se faisant un shampooing la veille, pour avoir les cheveux brillants, et elle mettrait une imperceptible trace de « Pêche indienne ».

Angela aurait bien voulu l'accompagner, mais c'était impossible car la classe aurait repris. Cela ferait douze ans qu'elle enseignait à l'école religieuse où elle avait cru ne rester que douze mois. À présent, elle n'en voulait plus du tout à Sean. Certes, ce n'était pas très drôle de travailler depuis si longtemps sous la coupe de mère Immaculata. Mais Sean devait aussi passer de sales moments, depuis le temps qu'il attendait d'être rendu à l'état laïque.

La veille du grand jour, Gerry passa voir Clare à l'épicerie.

— Je dois aller faire des photos au chef-lieu. Je peux t'emmener.

— C'est très gentil à toi, mais j'irai par l'autocar. Même s'il n'est pas tout à fait à l'heure, j'arriverai largement à temps.

— C'est qu'on m'a demandé de faire un portrait de groupe des candidats. Alors, autant que tu profites de mon déplacement.

Ils étaient sept en tout, deux filles et cinq garçons. Gerry les plaça en rang de taille et prit plusieurs clichés. L'autre fille était plus grande que Clare. Elle faisait moins jeune et, avec ses lunettes et ses cheveux en bataille, elle avait la tête de la bûcheuse type. Elle portait l'uniforme de son école, et sa vareuse avait un petit trou. Clare se demanda si, comparativement, elle-même n'avait pas l'air trop frivole.

— Nous sommes un peu comme du bétail primé, remarqua un des garçons.

Il était si petit qu'on ne l'aurait même pas cru du niveau du brevet. Mais Clare ne s'y trompait pas :

c'était le concurrent le plus redoutable. Il y avait deux élèves de petits séminaires, des jeunes gens en pull foncé qui parlaient assez peu, un garçon tellement nerveux qu'il agacerait le jury et un autre qui l'indisposerait par sa lenteur à sortir la moindre phrase.

La fille était sympathique. Elle demanda à Clare combien de mentions elle avait obtenues. Prévenue par Angela, Clare se garda d'en faire étalage :

— Je ne pense pas qu'ils basent tellement leur décision là-dessus. On m'a dit que l'important, c'était l'opinion qu'ils se formaient de vous.

— Vous croyez ? demanda le garçon qui n'arrêtait pas de s'agiter. Moi, je comptais justement sur mes mentions. J'en ai six.

Il rit nerveusement. Une fois de plus, Clare remercia mentalement Miss O'Hara. Elle lui avait fait passer depuis beau temps ce genre de gloussements incontrôlés.

Une dame en tailleur de tweed parut. C'était la présidente du jury. Elle parlait d'une voix grave et sonore, mais, avec sa poitrine opulente, elle évoquait tellement un pigeon que Clare n'en fut pas impressionnée. Elle annonça aux candidats qu'ils passeraient par ordre alphabétique. Clare serait donc l'avant-dernière, et il n'y aurait plus ensuite que le garçon nerveux, O'Sullivan.

Elle resta calme. Contrairement à plusieurs autres, elle ne céda pas à l'impulsion de courir aux toilettes. Elle avait obtenu huit mentions. Elle ne s'estimait certainement pas inférieure à ses concurrents.

Gerry avait été étonné d'apprendre que toute l'affaire ne prendrait pas plus de deux heures. Pour sa part, il ne voyait pas Clare gagnante. Ce serait ou la grande fille mal ficelée ou l'espèce de petit gamin qui devrait être un enfant prodige.

Étant revenu un peu en avance, il resta à lire le journal dans sa camionnette. Cette semaine, trois clichés de lui y figuraient : un mariage, un concours de châteaux de sable et la pose de la première pierre d'une nouvelle aile à l'école des Frères de Castlebay.

L'espèce d'impérieuse bonne femme à la poitrine rebondie passa la tête à la fenêtre et lui enjoignit de venir photographier la lauréate de la bourse d'études à l'University College de Dublin : Clare O'Brien.

Voyant Angela sur la route de la Falaise, le Dr Power stoppa pour la saluer. Elle lui demanda si elle pouvait monter à côté de lui. Elle voulait lui parler. En fait, elle voulait lui demander quelque chose d'un peu irrégulier. Voyant qu'il fronçait ses sourcils broussailleux, elle s'empressa de le rassurer : il s'agissait seulement d'un certificat qui lui permettrait de se libérer de l'école pendant une quinzaine.

— Monte donc, dit-il. Il faut tout de même que je sache si ça vaut la peine que je me mouille.

Elle s'exécuta, en riant de sa mine faussement alarmée. L'affaire était simple : son amie Emer, de Dublin, venait d'avoir un petit garçon, et lui demandait d'être marraine. Simultanément, la jeune Clare partait pour la capitale où elle entrait à l'université. Angela souhaitait l'aider à s'installer, lui montrer la ville, lui apprendre à se débrouiller. Si elle demandait un congé à Immaculata, la mère supérieure en ferait une apoplexie. Le Dr Power pouvait-il lui trouver une affection quelconque nécessitant qu'elle se rende à Dublin ?

Perplexe, le médecin la regardait par-dessus ses lunettes.

— C'est la première fois que je vous demande pareille chose. Depuis le temps que j'enseigne à l'école, je n'ai jamais manqué, même un seul jour.

— Tu te méprends. Je vais le faire, évidemment. Je trouve excellent que tu ailles passer une quinzaine à Dublin... Mais je cherche le prétexte adéquat.

— Une histoire d'organes féminins ? suggéra-t-elle en le remerciant du regard.

Ça gênerait tellement Immaculata qu'elle n'oserait pas en parler.

— Oui, mais même pour un curetage on pourrait très bien t'envoyer à l'hôpital du chef-lieu. Il faut trouver quelque chose qui nécessite un spécialiste ou un service hospitalier spécialisé. Une affection dermatologique ?

— Non, Dr Power, je crains que ce ne soit pas la solution. Elle aura peur de l'attraper et elle mettra les autres en garde contre le risque de ne pas bien laver la tasse où j'aurai bu mon thé.

— J'ai trouvé ! Des examens du sang. J'ai décelé un début d'anémie et je veux savoir de quoi il retourne.

— J'étais sûre de pouvoir compter sur vous. Vous êtes formidable.

— Non, Angela. Je pense que tu as besoin de dételer un peu. Et je m'estimerais justifié à signer un certificat disant que tes nerfs sont mis à rude épreuve, qu'il te faut du changement et du repos. Seulement, tes nonnes croiraient que tu fais une dépression. Donc, en avant pour les examens hématologiques !

Emer et Kevin étaient tout réjouis de leur arrivée. Ils racontèrent leurs difficultés avec les sœurs et les infirmières de la clinique, scandalisées qu'ils ne fassent pas baptiser Daniel sur-le-champ. Mais ils avaient tenu bon en expliquant qu'ils attendaient la marraine qui venait de province. Angela apprit que le parrain serait Martin, le garçon d'honneur timide, et l'officiant... le père Flynn. Cinq ans après le mariage à Rome, les protagonistes se retrouvaient à Dublin !

À l'idée d'être en présence du père Flynn, Clare avait pâli. Et dire que, jusque-là, elle était si heureuse de faire la connaissance des amis d'Angela (Miss O'Hara tenait à ce qu'elle l'appelle dorénavant par son prénom), d'être accueillie chez eux en toute simplicité et invitée au baptême, le lendemain ! Mais l'idée de rencontrer cet homme qui n'ignorait pas la honte de sa famille, qui était allé voir Tommy en prison, non, c'était trop. Elle s'excuserait, elle n'assisterait pas à la cérémonie.

Tout en aidant Emer et Kevin à préparer la maison pour le lendemain, Angela avait du vague à l'âme. Ces deux-là étaient si heureux, ils s'extasiaient devant la petite créature rouge et fripée. Elle s'en voulut d'éprouver un léger pincement d'envie devant leur couple. Auprès d'eux, elle se prenait à regretter de n'avoir pas, elle aussi, un compagnon avec qui tout partager. À qui elle pourrait parler de Sean et de Shuya. La dernière fois qu'elle était allée voir son frère et sa famille, assise au coin du feu chez Emer et Kevin, elle avait dû se maîtriser pour ne pas leur confier son secret, ou plutôt le secret de Sean, qu'elle détenait seule depuis sept ans.

Elle regarda Clare qui, grimpée sur une chaise, aidait à accrocher des guirlandes de papier blanc et argent. Tout à l'heure, elle avait manqué de patience avec cette gamine. Et il n'y avait pas de quoi, puisque elle-même se refusait d'avance à parler de Sean avec le père Flynn. Et pourtant, c'était le prêtre qui avait procuré à Sean un poste d'enseignant dans un collège anglais. En somme, comme Clare, elle ne voulait pas évoquer une réalité gênante, au lieu de remercier franchement celui qui les avait aidées.

La journée allait s'achever. S'étant retrouvée près du père Flynn, Clare se força à lui dire :

— Je vous remercie de tout ce que vous faites pour mon frère Tommy. Et aussi pour Ned. Vous lui avez trouvé une place et vous veillez à ce qu'il nous écrive. Vous êtes très bon.

— Vous êtes donc Clare O'Brien. Savez-vous que Tommy attend vos lettres ? Parfois, c'est moi qui lui en dis le contenu. Aussi, ne racontez pas de mal de moi dans la prochaine, ou je me retrouverai en train de lire tout haut ma propre critique !

Clare éprouva tout de suite de l'amitié pour lui. Il n'avait pas hoché sombrement la tête en parlant de « douloureuse situation, etc. ». Miss O'Hara avait raison.

— Il n'est pas possible d'envisager qu'il revienne à Castlebay, mon père. Il n'y a pas de travail, il resterait à traîner.

— Il y a encore largement le temps d'y penser. Mais il vaut peut-être mieux traîner par chez vous que dans le milieu où il se trouvait.

— C'est vrai. À ma façon, je crois que j'essaie de me débarrasser de lui.

— Pas du tout, dit le père Flynn en souriant. Vous pensez beaucoup à lui. Vous êtes une nature généreuse. Je vous souhaite de réussir à l'université, de rencontrer tout plein de gens, de lire énormément et d'y vivre des années inoubliables.

On n'avait jamais souhaité à Clare tant de bonnes choses — des choses qu'elle voulait par-dessus tout.

Miss O'Hara repartait. Clare l'accompagna à la gare. Elles étaient allées inspecter le foyer où habiterait Clare. Angela l'avait déclaré très correct. D'ici une semaine, il serait plein de filles arrivant de tout le pays, vite unies dans leur hostilité aux sœurs dirigeant l'établissement, toutes aussi nerveuses que l'était Clare, mais aucune aussi brillante. Miss O'Hara l'avait menée aux quatre coins de Dublin, lui avait appris à s'orienter, et à prendre le bon côté de Stephen's Green pour rentrer au foyer.

En sortant de la gare, Clare monta avec assurance dans l'autobus. Elle regardait les lumières de cette ville qui allait être son point fixe pendant trois ans. L'hiver à Castlebay, Church Street n'était éclairée que de place en place ; la route de la Falaise et la route du Golf ne l'étaient pas du tout. Ici, il y avait des lampadaires même dans les petites rues, et les vitrines restaient allumées toute la nuit. Comme l'autobus longeait les quais pour remonter vers le centre, elle voyait les façades se refléter dans la Liffey. Les Four Courts (siège de l'ancien Parlement), les grandes églises et les hauts immeubles brillaient dans l'eau noire. Par rapport à Castlebay, tout paraissait démesuré.

Angela lui avait fait visiter les grands magasins, lui avait montré les boutiques à la mode mais aussi les librairies vendant des ouvrages d'occasion, où elle avait acheté tous les livres inscrits au programme de première année. Angela l'avait accompagnée au foyer. Elle avait annoncé aux religieuses que cette pensionnaire-là n'était pas n'importe qui mais la lauréate du prix Murray — information qui avait valu à Clare un accueil flatteur. Dans ce foyer de jeunes filles, Clare retrouvait un peu l'atmosphère de l'école secondaire du chef-lieu, mais elle avait été déçue qu'il n'y ait ni jardin ni cloître. Angela lui avait dit qu'en fait de jardin, Stephen's Green était délicieux en été, et surtout que le fait que le foyer soit si proche de l'université compensait largement le reste. Tandis que bien des filles devraient traverser la ville de bout en bout, Clare pourrait se lever tard, et elle aurait encore tout son temps, en arrivant, pour prendre son petit déjeuner à l'Annexe.

Clare descendit à l'arrêt du pont O'Donnell, et elle alla s'accouder un instant au parapet. En bas, un couple de cygnes glissait sur l'eau, l'allure fière, presque arrogante. Elle aurait pu prendre un autre autobus pour rentrer, mais elle préféra faire le chemin à pied. Elle remonta Grafton Street en s'arrêtant maintes fois : elle regarda les manteaux de fourrure, les équipements ménagers, les reproductions de tableaux et les cadres, les savonnettes et les parfums dans la vitrine d'une pharmacie, des livres de décoration, de grands fauteuils de cuir. Elle lut les tarifs des coiffeurs, remarqua le panneau indiquant le chemin de la petite église de Clarendon Street. Et au bout de Grafton Street, elle sut tout de suite de quel côté de Stephen's Green il fallait passer pour rejoindre le foyer.

Quand elle y avait laissé ses bagages, on lui avait dit que les autres filles n'arriveraient qu'après dix-huit heures. Et aussi qu'il n'était pas prévu de leur servir à dîner pour ce premier jour. Elle regarda la large façade de brique rouge, respira un grand coup et entra.

Elles seraient trois dans la chambre. Clare vit tout de suite qu'elles ne pourraient guère y étudier : la pièce était assez petite et l'éclairage médiocre. De toute façon, la majeure partie de leur travail se ferait en bibliothèque. Étant la première, elle pouvait choisir son lit. Elle prit celui qui était près de la fenêtre. L'idée de Chrissie, seule dans sa chambre à la maison, lui traversa l'esprit. Elle se demanda vaguement comment ça se passait entre elle et Mogsy Byrne.

Sa première camarade de chambre arriva. Elle s'appelait Mary Catherine, elle était américaine, son père voulait qu'elle ait une éducation irlandaise, elle n'avait jamais eu aussi froid de sa vie, elle n'en revenait pas que la chambre n'ait pas de salle de bains, elle venait étudier la littérature anglaise, dont elle avait déjà préparé un diplôme dans son université, elle était un peu perdue et pourquoi n'y avait-il pas de placards ? Assise sur son lit, Clare se demandait comment elle allait arriver à supporter une voix pareille pendant un an. Au même moment entra une fille aux cheveux courts et bouclés. Elle était en larmes.

— C'est atroce ! sanglota-t-elle. Exactement la même odeur qu'à l'école, pas de dîner, et un règlement qui comporte trente-six mille articles !

Elle se jeta sur son lit, le nez dans l'oreiller, et continua à pleurer bruyamment. Clare vit que son nom et son prénom étaient peints sur tous ses bagages.

— C'est vrai, Valerie, dit Clare, décidée à prendre les choses en main, ça sent encore pire qu'à l'école. Je m'appelle Clare, et elle, c'est Mary Catherine.

Elle vient des États-Unis, elle gèle de froid, et elle est perdue parce que nous n'avons ni salle de bains ni placards. Mais pour l'amour de Dieu, cessez donc de gémir, car ça n'y changera rien. Qu'est-ce que vous diriez de sortir manger des frites et de réfléchir à ce qu'on peut faire pour rendre l'endroit plus vivable ?

Elle se surprenait elle-même. Clare O'Brien, la petite provinciale de Castlebay, la boursière, était là en train de secouer deux parfaites étrangères. Mais ça marcha.

Après les frites, elles étaient tellement réconfortées qu'elles prirent de la tarte aux pommes et une glace. Clare leur raconta comment elle avait obtenu sa bourse. Mary Catherine leur dit que son père était facteur mais il lui avait recommandé de dire qu'il travaillait pour l'État — ce qui n'était pas absolument faux. Elle était fille unique, et son père rêvait de la voir épouser un châtelain irlandais. En ce qui concernait Valerie, ses parents étaient séparés. Son père vivait en Angleterre avec une femme de mœurs légères. Valerie elle-même ne souhaitait pas faire l'université. Mais sa mère y tenait, histoire, disait-elle, de faire casquer le bonhomme au maximum.

Ces confidences réciproques leur remontèrent formidablement le moral, et les amenèrent à s'avouer autre chose : aucune n'avait eu d'aventure avec un garçon. Mary Catherine connaissait une fille qui l'« avait fait » successivement avec quatre garçons avant même de passer son diplôme. Et le plus étonnant, c'était qu'elle ne soit pas tombée enceinte. En fin d'études secondaires, une condisciple de Valerie avait brusquement quitté l'école. Elle n'avait pas de petit ami, mais on avait pas mal chuchoté que le responsable était son frère ou son père. Clare raconta quelques-unes des choses qui se faisaient dans les dunes de Castlebay, mais elle ne les connaissait que par ouï-dire.

Quand elles se levèrent de table, elles étaient

pleines de projets : elles achèteraient une bibliothèque chez un brocanteur des quais, des patères à visser au mur pour y accrocher leurs vêtements, et une petite lampe de bureau. Au moment où elles allaient franchir la porte du restaurant, une voix cria :

— Mais c'est Clare O'Brien ! Hé là-bas, Clare !

Cela venait d'une table où se pressaient tout un tas de jeunes gens en duffle-coats. L'un d'eux faisait un signe de la main. C'était James Nolan. Il se leva et vint vers les filles.

— Ça alors ! dit-il.

Clare le présenta à Mary Catherine et Valerie. Il les soupesa du regard.

— Ça alors ! reprit-il comme un refrain. Est-ce que le reste de Castlebay a également débarqué à Dublin ?

— Josie Dillon va peut-être venir passer quelques jours.

Josie avait demandé à Clare de trouver l'adresse de James Nolan. Une fois ce renseignement obtenu, elle irait à Dublin et tenterait de le revoir. Et voilà que Clare le rencontrait dès le premier jour !

Apparemment, ce nom n'évoquait rien pour James Nolan.

— Josie Dillon, de l'hôtel. Vous êtes assez sortis ensemble, cet été, lança Clare.

— Non, je ne vois pas du tout, déclara James Nolan.

Clare aurait voulu lui envoyer une bonne tape.

— Alors, j'ai dû confondre. Je pense qu'elle non plus ne « verrait pas du tout », se rebiffa Clare.

— Certainement. Écoutez donc, nous faisons une surprise-partie samedi soir. Venez toutes les trois. Tenez, je vous écris le nom et l'adresse sur ce papier.

— Mais nous n'avons la permission de sortir que jusqu'à onze heures ! s'écria Valerie, déçue.

— Autorisation spéciale. Demandez une autorisation spéciale. Invitées par un cousin qui fête ses vingt et un ans. Les sœurs adorent les cousins. Ça montre qu'on a le sens de la famille. Et elles adorent aussi les anniversaires. Témoignage de continuité, etc.

Elles partirent bras dessus, bras dessous dans la nuit. Sans Clare, dirent les autres, elles n'auraient jamais retrouvé leur chemin. Et grâce à elle, à peine arrivées à Dublin elles étaient invitées à une surprise-partie !

Dès lors, elles formèrent un fameux trio. Les autres filles ne regardaient pas sans envie leur groupe soudé : la blonde aux yeux noirs, grande et mince, l'Américaine vêtue comme dans son pays, et Valerie, la terreur à la courte toison bouclée. Ce fut Valerie qui, ayant parlé avec un ouvrier qui réparait un mur du foyer, le persuada de sceller trois grosses barres de fer sous leur fenêtre, qui leur permettraient, la nuit, de s'échapper de leur chambre et d'y regrimper clandestinement.

— Et si des types passent par là et vous agressent ? avait-il protesté.

Valerie lui avait expliqué qu'à trois elles étaient plus que capables de repousser un assaillant. Et, à la réflexion, elle lui avait fait ajouter deux autres barres totalement inutiles, de sorte que personne n'aurait pu deviner qu'elles disposaient là d'une échelle vers la liberté. Le subterfuge ne fut d'ailleurs jamais éventé. Elles n'en firent profiter que quelques très bonnes camarades. La fille sautait dans la pièce, ses chaussures à la main, et se dirigeait vers la porte en s'excusant du dérangement.

Au demeurant, Clare et Mary Catherine n'exploitaient pas outre mesure cette possibilité de s'évader. Mais Valerie en profitait bien trois ou quatre fois par semaine, pour aller chez des amis ou à un bal. En revanche, elle assistait rarement aux cours. Après tout, sa mère ne lui avait pas dit qu'elle devait obtenir sa licence mais simplement qu'elle devait aller à l'université pour faire casquer son volage de père.

Aux vacances de Noël, Valerie retourna auprès de sa mère, qui maudirait son ex-mari du matin au soir ; Mary Catherine passait les fêtes chez des amis américains. Et Clare rentra à Castlebay par le train. Agnes O'Brien avait demandé à Gerry Doyle d'aller la chercher à la gare du chef-lieu. Il envoya à Clare une carte postale laconique : « Le transport amoureux stationnera dans le coin noir devant la gare. À bientôt. Affections. Gerry. » Cette formulation intrigua les deux autres. Et elles se perdirent en supputations quand elles apprirent qu'elle émanait du don juan qui avait proposé deux fois à Clare de le rejoindre dans sa caravane.

Elle était toute joyeuse de retourner chez elle. Ayant aperçu David Power qui montait dans la même voiture, elle resta le nez plongé dans son livre, pour qu'il ne fasse pas attention à elle s'il passait dans le couloir. Ce n'était pas par timidité, mais, depuis trois mois qu'elle vivait dans la même ville que lui, elle ne l'avait jamais rencontré. Alors, que trouveraient-ils à se dire ?

Il ne la vit qu'à la descente, et lui fit un grand sourire. Elle était vraiment charmante avec son duffle-coat marine égayé par une écharpe blanche, et ses cheveux noués en queue-de-cheval par un ruban assorti. Hier encore, ce n'était qu'une gosse. Mais comme disait la mère de David, entre le moment où lui-même était en barboteuse et maintenant, le temps avait filé comme un éclair.

Le Dr Power attendait son fils à la sortie.

— Veux-tu que nous te remmenions ? dit-il en apercevant Clare.

— On vient me chercher. Mais je vous remercie infiniment.

Appuyé contre un mur, Gerry Doyle restait à l'écart de la foule. Clare lui fit un signe de la main.

— Ta mère est dans la voiture, dit le Dr Power à

David. Avec ce froid, je ne voulais pas qu'elle soit dans les courants d'air.

David se félicita qu'ils n'aient pas emmené Clare. Pour une raison qui lui échappait, sa mère ne l'appréciait pas tellement. Pour elle, la place de la petite O'Brien était derrière le comptoir de l'épicerie, mais certainement pas à l'université, et encore moins dans la voiture du docteur.

Clare avait oublié que Castlebay était si calme en cette période de l'année. À travers les vitres des maisons, on ne voyait pas de girandoles ni d'arbres de Noël. Dans les rues, la circulation était réduite. Elle avait oublié la morsure du vent salé sur ses joues. Et elle avait oublié combien Gerry Doyle était beau. Il portait un blouson de cuir, ses cheveux étaient longs et lustrés. À la gare, on aurait dit un acteur de cinéma. Dans la camionnette, il avait posé une couverture sur les genoux de Clare.

En cours de route, une intuition poussa Clare à demander subitement :

— Tout va bien, chez nous ?

— Ta mère a fait une chute. Mais ça va très bien.

— Comment ça, très bien ?

— Elle a failli venir avec moi, c'est te dire...

— Ils ne m'ont pas prévenue. Où est-ce que c'est arrivé ?

— Elle est tombée dans le sentier de la falaise. Une fracture de la cheville. Et le lendemain même, elle sortait de l'hôpital. Voyons, tu ne vas pas pleurer maintenant, la reprit-il en lui voyant les larmes aux yeux. Ça remonte à trois semaines. Elle boitille mais elle est sur pied.

— Elle aurait pu se tuer.

— Allons donc ! N'en fais donc pas un drame. Et en arrivant, ne commence pas par les disputer de ne pas t'avoir prévenue.

À contrecœur, Clare reconnut que Gerry avait raison.

— Bon, assez parlé de maman, puisque je vais la voir tout à l'heure, dit-elle. Raconte-moi tout le reste.

La photographie ne marchait plus comme avant. Les gens achetaient des appareils. L'été passé, le préparateur de la pharmacie Murphy en était devenu dingue tellement on lui donnait de développements. Un photographe de plage ne faisait plus recette. Mais comme il avait vu venir cette évolution, il se reconvertissait progressivement dans le portrait et la photo d'architecture et de décoration, pour les hôtels ou les sociétés qui misaient sur la publicité de prestige. Évidemment, cela impliquait qu'il agrandisse et modernise ses locaux. Pour que les gens importants vous sollicitent, il fallait avoir soi-même l'air important.

N'était-ce pas risqué ? demanda Clare. Non, affirma Gerry, c'était la base même du commerce.

Il lui apprit que Josie Dillon avait réussi un coup de maître en organisant à l'hôtel un week-end de bridge. Depuis, les bridgeurs affluaient d'un peu partout. En fait, l'idée était de Dick Dillon, qui s'était apparemment mis à ce jeu quand il avait renoncé à la boisson, mais l'initiative venait de Josie. L'oncle et la nièce ne se tenaient plus de fierté, les sœurs de Josie en étaient folles furieuses, et la vieille Mrs. Dillon prétendait y avoir pensé la première.

De son côté, Clare décrivit à Gerry l'université, et lui confia son étonnement d'y voir des centaines de prêtres et de religieuses étudier à côté de la jeunesse.

Est-ce que Fiona rentrait pour Noël ? Comme elle allait dans un institut polytechnique, Clare pensait que ce serait intéressant de comparer leurs expériences respectives.

Non, Fiona ne rentrait pas. C'était Gerry qui irait passer les fêtes avec elle en Angleterre.

Elle ne serait pas là pour Noël ? Ça, c'était

incroyable. Ses études ne pouvaient pas la retenir à ce point !

— Bonté divine, Clare ! lança Gerry en soupirant. Tu sors de ta cambrousse, ou quoi ? Alors, je dois te fournir une explication à toi aussi ? À Castlebay, il faut que tout le monde sache ce que fait tout le monde, c'est ça ?

— Tu as raison, je te prie de m'excuser. À Dublin, je ne dirais jamais des choses pareilles.

— Eh bien, n'oublie pas que nous autres, on vit ici. Et ça ne nous empêche pas de devenir adultes.

Sans bien comprendre ce qu'il entendait par là, elle hocha la tête d'un air contrit.

— Je m'en vais demain, reprit Gerry au bout d'un moment. Je n'ai prévenu personne. Quand je serai parti, les gens le verront bien.

— Oui, tu as raison.

— À Londres, je pourrais rendre visite à Tommy et Ned. Ces vieux copains, ils ne sont pas revenus depuis des années. Donne-moi donc leur adresse, dit-il sans remarquer le tressaillement de Clare.

— Je ne l'ai pas.

— Et ta mère ?

— Non, elle non plus.

Elle se mit à fixer la route avec autant d'intensité que lui.

— Très bien, finit-il par lâcher. Comme nous le disions, ce n'est pas parce qu'on a grandi ensemble à Castlebay qu'on doit être aux ordres les uns des autres.

Clare se mordit les lèvres. Elle avait failli tout lui avouer. Et au fond, ça aurait peut-être mieux valu.

Chrissie avait reçu sa bague de fiançailles à Noël. Ils se marieraient en juin. Maurice — elle tenait beaucoup à ce qu'on cesse de l'appeler Mogsy — faisait construire un petit pavillon près de la laiterie. Et chez Dwyers, on avait dit à Chrissie qu'elle garderait sa place jusqu'au moment où s'annoncerait un petit Byrne. Ils étaient corrects, non ?

Clare trouva à sa mère une mine fatiguée.

— Comment se fait-il que tu ne files pas immédiatement chez ton amie Miss O'Hara ?

— J'arrive tout juste, et déjà tu me tombes dessus !

— Pour ce qu'on te verra ! Toujours fourrée là-bas, dans ses livres.

— Maman, pourquoi dis-tu des choses pareilles ? Je la verrai demain ou plus tard. J'ai tout mon temps. Et puis, jusqu'ici tu ne m'as jamais reproché d'aller chez elle. Tu étais contente qu'elle s'occupe de moi...

— Ne fais pas attention, ma fille. En ce moment, tout m'énerve.

Il fallait en profiter pendant qu'elles étaient seules.

— Qu'est-ce qu'il y a ?

— Un peu tout.

— Tu n'es pas d'accord pour le mariage de Chrissie.

— Oh, si, entièrement. Dieu les destinait l'un à l'autre.

— Alors ?

— Eh bien, c'est Tommy qui me trotte dans la tête. (Clare sentit son cœur battre très fort.) Un jour, tu sauras ce que c'est que de tenir à son aîné. Comme il n'écrit jamais, je me dis qu'il va peut-être nous faire la surprise de revenir pour ce Noël. Mais je me raconte des histoires.

— Écoute, à part pour signer, il n'est pas du genre à tenir une plume.

— Oui. Seulement, les lettres de Ned ne me rassurent pas. Je sens qu'il me cache quelque chose. Puisque Gerry Doyle part pour Londres, je vais lui demander de passer voir mes garçons.

— Comment l'as-tu appris ? Il m'a dit qu'il n'avertirait personne.

— Il me l'a dit pendant que tu sortais tes bagages de sa camionnette et que tu écoutais le bruit de la mer. Je lui demandais s'il pouvait nous rapporter de la marchandise avant Noël. Et il m'a répondu que non, parce qu'il partait pour l'Angleterre.

— Il aura autre chose à faire que de chercher Tommy et Ned.

— Allons donc ! Il y en a beaucoup qui racontent du mal de lui, mais c'est un brave garçon, et très serviable.

Plus tard dans la soirée, Clare passa déposer un mot chez Gerry Doyle. Pour justifier sa sortie, elle prétexta l'envie de faire un tour sur la falaise. Sa mère se récria. Il fallait avoir perdu l'esprit pour se promener par ce froid. Mais parler à ses enfants ou parler à un mur, c'était tout un.

Le lendemain matin, Gerry fut ponctuel au rendez-vous. Bien que le ciel soit gris et bas, il ne pleuvait pas.

— C'est à cause de Tommy, dit-elle. Il y a un problème.

— C'est ce que j'ai cru comprendre hier, convint-il d'un ton neutre.

— Un problème qui s'appelle la prison, pour être précis.

— Et ta mère n'en sait rien ?

— Non. Ça reste entre Ned et moi.

— C'est dur pour toi.

— C'est bien pire pour lui, et pour le vieux bijoutier qu'ils ont assommé.

— Tu veux que je dise que je ne les ai pas trouvés ?

— Non. Mais voici le numéro de téléphone de Ned. Tu pourrais l'appeler pour avoir des nouvelles. Et tu diras à maman que Tommy va tout à fait bien. Es-tu d'accord ?

Dans le froid piquant du matin, on aurait dit une gamine.

— Entendu. Compte sur moi.

— Merci, Gerry.

— Et pour Fiona...

— Ça ne me regarde pas.

— Non. En tout cas, elle accouche cette semaine. Et l'enfant est fichu de naître le jour de Noël, bon sang de bois !

Clare se maîtrisa pour dissimuler sa surprise.

— Elle a de la chance d'avoir un frère comme toi, dit-elle.

— Oui. On fait un fameux tandem ! lança-t-il en descendant du mur où ils étaient juchés et en tendant les mains à Clare pour l'aider à se recevoir au sol. Et joyeux Noël à toi !

Clare lui lança un regard de gratitude. Son visage mince était blanc de froid. Il n'avait pas cherché à la consoler, parce que c'était inutile. Il avait révélé le secret de Fiona, pour que Clare ait quelque chose en échange de sa honte et de sa peine, pour que la balance demeure égale.

— Je te souhaite un bon Noël, Gerry, dit-elle. Tu es quelqu'un de très sympathique. J'espère que tout se passera bien pour Fiona.

— J'en suis sûr. Elle donnera l'enfant à l'adoption, moi, je peux me préparer à lui faire des cours de photographie.

— Comment ?

— De photographie, répéta-t-il avec son fameux petit sourire en biais. Parce que tout Castlebay croit que c'est ce qu'elle apprend depuis six mois.

Angela était ravie de voir Clare. Mais non, il n'était pas trop tôt. Elles allaient partager le petit déjeuner, comme au bon vieux temps.

— Quand je serai vraiment adulte et installée chez moi, je servirai exactement la même chose que vous, le matin.

— Qu'est-ce que je sers de spécial ?

— Du pain de mie et de la marmelade d'oranges qu'on achète dans le commerce, toute légère. Vous n'avez pas ce pain de ménage compact et cette affreuse marmelade pâteuse qu'on rapporte des ventes de charité.

— C'est donc tout ce que tu retires d'aller à l'université ? Le goût du pain de mie ? Mais parle-moi un peu du reste. Parle-moi d'Emer et de Kevin. Tu m'écris si peu. Et tu ne m'envoies plus de longues lettres, comme quand tu étais à l'école secondaire. Évidemment, tu es très absorbée.

— Ce n'est pas ça, dit Clare qui ne voulait pas mentir. J'écris à maman et à Josie et à Tommy. Ce n'est pas *le temps* qui me manque.

— Tu vas t'organiser. (Angela paraissait décidée à passer sur bien des carences.) Mais laisse-moi t'en raconter une bonne. Immaculata devient tellement dingue que l'asile la guette.

— Angela, tu perds le sens ? Ce ne sont pas des choses à dire devant une enfant, intervint sa mère.

— Ne vous inquiétez pas, Mrs. O'Hara, j'étais déjà au courant. Et je ne répéterai rien. Je sais tenir ma langue.

— Ah oui ? Eh bien, tu es unique dans tout le comté, grommela l'infirme.

Angela raconta alors la dernière trouvaille de mère Immaculata : elle avait dit aux gamines d'apporter chacune un vieux jouet. On les mettrait en tas près de la crèche. Et pour quoi faire ? avait demandé une fillette.

— Pour les donner aux petits pauvres, avait croassé la mère supérieure.

— Mais les pauvres, c'est nous, avait répondu l'enfant. On n'a même pas de jouets à apporter !

Clare rit, et tandis qu'Angela leur reversait du thé, elle écrivit une phrase qu'elle lui mit discrètement sous les yeux : « Je veux vous parler de Tommy, mais pas devant votre maman. »

Angela emmena donc Clare à l'étage, sous prétexte de lui montrer des livres qu'elle venait d'acheter. C'était la première fois que Clare entrait dans la chambre de son ancienne institutrice. Son austérité la surprit. Il y avait un lit couvert d'une courtepointe éclatante de blancheur et surmonté d'un crucifix accroché au mur, une petite armoire, une chaise blanche et une descente de lit.

Elle raconta à Miss O'Hara qu'elle avait dû mettre Gerry au courant de la situation de Tommy.

— Tu aurais pu le laisser la découvrir tout seul, en espérant qu'il ne rapporterait rien à ta mère.

— J'ai préféré ne pas calculer.

— Tu as probablement raison. Seulement maintenant, s'il le veut, il aura barre sur toi.

— Non, Miss O'Hara. Si je suis sûre d'une chose, c'est bien de cela : Gerry Doyle n'aura jamais barre sur moi.

David Power passa à l'épicerie O'Brien la veille de Noël. Bones resta docilement à l'extérieur.

— Laissez-le donc entrer, dit le père de Clare. Tout le monde amène ses chiens dans cette boutique. Mogsy Byrne y a même introduit deux vaches, le mois dernier.

— Papa, je te serais reconnaissante de te souvenir qu'il s'appelle Maurice. Et il n'a pas introduit deux vaches. Elles sont entrées parce que le gamin qui devait les surveiller avait la tête ailleurs.

— J'ai appris vos fiançailles, Chrissie, dit David. Mes félicitations.

Chrissie montra sa bague en minaudant, et David la déclara splendide.

— Et vous-même, vous ne songez pas à franchir le pas ? demanda Chrissie.

— Je n'y penserai que quand j'aurai mon titre. Ce n'est déjà pas une vie drôle que celle d'une femme de médecin, mais ce doit être infernal d'être mariée à un étudiant en médecine, sans compter que je n'ai pas les moyens d'entretenir un ménage.

— Avez-vous trouvé l'élue, à Dublin ?

— Vas-tu te taire, effrontée ! dit Agnes.

— Non, j'ai beaucoup trop de travail pour penser aux jeunes filles, avoua gaiement David. Est-ce que Clare est là ?

— Mais non, voyons ! Clare est chez Miss O'Hara ou à l'hôtel avec Josie Dillon. Vous vous êtes déplacé pour rien, lança aigrement Chrissie.

— Pas du tout, je suis venu chercher des cigarettes. Je veux aussi des biscuits pour Nellie, le mélange riche, et du boudin.

— Du boudin, votre mère en a pris ce matin, dit Tom O'Brien.

— Je le sais, mais je suis sûr qu'elle n'en a pas pris assez. En revenant de la messe demain matin, je serai affamé. Et puis le boudin d'ici me manque tellement à Dublin. Celui qu'on trouve là-bas n'a vraiment pas le même goût.

Comme il se préparait à partir en leur souhaitant un joyeux Noël, ils dénichèrent un talon de jambon pour Bones, qui n'en fit qu'une bouchée et tendit sa patte alors que personne ne lui proposait une poignée de main.

Étendue sur le lit de Josie, Clare racontait Dublin à son amie : le foyer de jeunes filles, l'« échelle de la liberté », les fous rires avec Mary Catherine et Valerie, les cours à l'université, les bals organisés par les associations pour réunir de l'argent.

Josie était déçue que Clare n'ait vu James Nolan que deux fois : le jour de son entrée au foyer et lors de la surprise-partie le samedi suivant. Il avait dansé avec Mary Catherine, lui dit Clare — si on peut dire qu'on danse dans un appartement bourré de monde et toutes lumières éteintes ou presque, mais ils ne s'étaient pas revus. Elle n'estima pas utile de rapporter à Josie qu'il semblait l'avoir oubliée.

Josie ne tarissait pas sur l'hôtel : ça commençait à bien marcher durant l'hiver, et oncle Dick devenait très agréable, lui qui avait été tellement renfrogné et bizarre. Grand-mère était complètement gâteuse ; elle avait dit à Josie que sa mère mettait de l'arsenic dans les plats depuis des années. Ses deux sœurs, Rose et Emily, étaient à la maison pour Noël. Elles étaient à mort contre les week-ends de bridge. Elle-même savait maintenant y jouer, grâce à l'oncle Dick, et l'une de leurs rares distractions était d'aller de temps en temps bridger chez le docteur, avec Mrs. Power et Mr. Harris, un commissaire-priseur dont la belle propriété se trouvait à mi-chemin entre le chef-lieu et Castlebay. *Un bon parti,* disait de lui oncle Dick, sauf qu'il était centenaire. Enfin, pas exactement, mais il avait tout de même trente-sept ans, le double de l'âge de Josie. Clare convint que l'oncle Dick battait la campagne. Mr. Harris n'était tout de même pas un mari pour Josie !

Et, par un enchaînement d'idées, elles songèrent à Chrissie et Mogsy Byrne. Leurs enfants seraient-ils aussi détestables qu'eux ou — mathématiquement — quatre fois aussi détestables ?

Le soir du 24 décembre, le père O'Dwyer fit la tournée de ses paroissiens malades ou infirmes pour leur apporter la Sainte Communion. Il termina par Mrs. O'Hara.

Angela monta dans sa chambre tandis que le prêtre entendait la vieille dame en confession. Puis il la rappela, et elle descendit s'agenouiller auprès de sa mère qui recevait la communion. Ils observèrent ensuite quelques minutes de silence, après quoi le père O'Dwyer accepta volontiers une tasse de thé.

— Il est triste que le père O'Hara ne puisse passer Noël auprès de vous, remarqua-t-il.

— Oui, dit Angela, mais son ministère...

— Pensez que là où il est, la coupa Mrs. O'Hara, on n'achemine pas correctement le courrier. Alors, nous adressons nos lettres à la maison mère en Angleterre, où on se charge de le faire parvenir.

— Oui, bien sûr, dit le prêtre qui écoutait d'une oreille distraite. Enfin, il sera peut-être là pour le prochain Noël.

— Dieu veuille, mon père, Dieu veuille ! Mais, de la façon dont je vois les choses, il vaut encore mieux qu'il accomplisse l'œuvre du Seigneur parmi les sauvages que de revenir auprès de sa mère.

L'infirme avait le visage rayonnant. Angela se mordit les lèvres. Le père O'Dwyer tapota la main de Mrs. O'Hara.

Exactement, dit-il, exactement. Voilà l'esprit qui envoie les ouvriers à la vigne.

Clare avait apporté de Dublin des décorations de Noël. Avec Mary Catherine et Valerie, elles avaient passé un moment merveilleux dans Moore Street et Henry Street où les marchandes annonçaient sans vergogne « Les dernières ! Les dernières ! » pour inciter le client à l'achat. Elle avait acheté les dernières guirlandes argentées (pour en voir fleurir des dizaines l'instant d'après), et les dernières fusées, des feux d'artifice en miniature qui brûlaient en envoyant des gerbes d'étincelles. Jim et Ben les avaient adorées. Elle ne regrettait pas de s'être passée de déjeuner pendant trois semaines — le matin à l'Annexe, elle se lestait l'estomac de tartines beurrées — pour acheter des choses qui n'avaient pas cours à Castlebay.

Le matin de Noël, il faisait beau mais très froid. Les O'Brien allèrent en famille à la messe, et en rentrant ils purent prendre le petit déjeuner sans être dérangés. Personne n'aurait osé passer à l'épicerie, car ç'aurait été admettre qu'on avait oublié quelque chose pour le jour de Noël.

Clare avait placé dans un coin les cadeaux qu'elle avait emballés elle-même.

— J'espère que tu te rends compte qu'avec notre

futur mariage nous devons mettre de l'argent de côté, au lieu de le gaspiller dans des cadeaux, grinça Chrissie.

— Mais comment donc ! riposta Clare, en se retenant pour ne pas lui arracher ses mèches crêpées par la permanente.

Ensuite, il fallut préparer le déjeuner. Ne pouvant le faire elle-même, Agnes dirigeait les opérations assise sur une chaise, la jambe soutenue par un tabouret. « Attention, n'inonde pas la cuisine ! Chrissie, c'est Noël, veux-tu me mettre une nappe propre. Ben, va me chercher des pommes de terre. Jim, écarte ce houx, qu'on ne se pique pas. »

Assis à ses côtés, Tom O'Brien répétait les ordres à voix forte, en les parsemant de réflexions de son cru sur l'empressement qu'on devait mettre à aider sa pauvre mère avec sa cheville cassée...

Clare s'activa presque seule pendant toute la matinée. À midi, elle n'en pouvait plus. Elle trouvait qu'on aurait pu mieux distribuer les tâches, et aussi préparer un certain nombre de choses la veille, mais elle se garda de le dire, pour ne pas déclencher des foudres un pareil jour !

Lorsqu'ils eurent mangé le plum-pudding, elle donna ses cadeaux. Maman trouva le foulard très joli, peut-être un peu léger par ce froid. Il irait très bien quand il ferait plus chaud... enfin, si on avait envie de mettre un foulard à la belle saison. Son père regarda avec intérêt la carte ancienne du comté qu'elle avait réussi à dénicher dans une boutique de vieilles gravures et fait encadrer. Évidemment, celui qui ne connaissait pas son comté était à plaindre, mais cela pourrait instruire les étrangers. Et si Ben et Jim se montrèrent ravis des puzzles et des jeux, Chrissie fixa l'onglier d'un œil bovin.

Pourtant, Clare avait été sûre qu'il lui plairait. D'aussi loin qu'elle s'en souvienne, Chrissie se faisait les ongles des mains et des pieds et les laquait. Mais

Clare était remontée trop loin dans sa mémoire. Chrissie ouvrit la trousse de ses gros doigts aux ongles ras. Puis elle la referma en disant que c'était un joli cadeau, surtout pour celles qui, étant étudiantes, ont le temps de se soigner les mains.

De sa mère, Clare reçut une boîte de bonbons prise dans la boutique et, de Ben et Jim, une carte décorée de fausse neige. Son père fouilla dans sa poche et lui donna une livre. Elle refoulait ses larmes. Et elle s'en voulait de trouver qu'ils n'y mettaient guère de formes...

Chez les Power, il y avait toujours un arbre de Noël derrière la fenêtre, sur le côté de la maison visible de la route. Dans un coin du salon s'empilaient des cadeaux arrivés par la poste : ceux des Nolan, ceux de cousins et d'amis. David y ajouta les siens, enveloppés de papier crépon rouge et décorés d'un père Noël découpé.

Il regarda la salle à manger communicante où le couvert était déjà mis. Des brins de houx et des papillotes égayaient la table où étincelaient les verres de cristal et l'argenterie. Pourquoi ce décor lui paraissait-il vide de sens ? L'idée que Nellie resterait dans sa cuisine lui déplaisait, même s'il savait que c'était elle qui refusait de monter auprès d'eux. Et il détestait ce qui allait se passer : ses parents qui déchireraient les papillotes, liraient les messages puérils qu'elles renfermaient, se récrieraient sur les cadeaux. Si seulement ils avaient vu quelques-uns des taudis de Dublin où il s'initiait à la pratique, ils trouveraient assez honteuses leurs simagrées de Noël. Mais au fond, son père devait en savoir autant que lui là-dessus.

Ils se rendirent à la messe. Malgré le vent vif et glacial, tout le monde les saluait joyeusement. Le Dr Power donna ses soins à une jeune femme qui s'était évanouie. Et il lui dit ensuite que c'était normal quand on fait cinq kilomètres par un froid pareil et l'estomac vide.

— Mais, docteur, il fallait bien que je sois à jeun pour recevoir la Sainte Communion, le jour de Noël.

— Bien entendu. C'est exactement ce qui plaît au Seigneur, le jour de Son anniversaire — que les gens manquent d'y laisser la vie, grommela le Dr Power.

Tout au long de la journée, David eut l'impression qu'il n'y en avait que pour lui. On lui demandait son avis, on le chouchoutait. Pensait-il qu'on devrait passer à table ? Voulait-il un xérès ? Que dirait-il, si on ouvrait les cadeaux tout de suite ? Le pull lui plaisait-il vraiment ? S'il le trouvait trop petit ou s'il n'aimait pas la couleur, il était facile de l'échanger. Et ça continua quand on découpa la dinde. Préférait-il une cuisse ? Non, sûrement du blanc...

Quand les flammes de l'alcool entourèrent le pudding, ils applaudirent et portèrent un toast à l'année qui allait bientôt commencer. Comme Molly Power se demandait tout haut si, au même moment, à Dublin les Nolan fêtaient Noël de la même façon, David remarqua :

— Au moment des fêtes, la mère de James devient encore plus bizarre. L'année dernière, elle est restée coiffée d'un mouchoir pendant tout le déjeuner de Noël.

— Elle a dit pourquoi ? demanda son père en riant.

— Oui, quand Caroline lui en a demandé la raison. « Parce qu'on ne sait jamais, avec les plafonds... »

— Je n'aime pas que tu parles ainsi de Sheila, intervint Molly Power. Elle est différente, c'est une personnalité originale. Mais à t'entendre, elle déraille.

— Elle déraille quelque peu, maman. Non qu'elle soit dangereuse ni quoi que ce soit. Simplement, elle est assez braque. Enfin, tu as raison, c'est une originale, se rattrapa David qui avait remarqué l'air désapprobateur de son père.

Apaisée, Molly sourit, fit circuler une boîte de

chocolats à la liqueur et se livra à tout un tas de simagrées pour savoir si elle en prendrait un au kirsch ou au cherry. Lequel des deux alcools était le plus fort ? David se retint de lui dire qu'il y en avait si peu dans chaque que la question n'avait aucun sens.

— Tu as l'occasion de voir beaucoup Caroline ? le questionna sa mère, en affectant un ton naturel.

— Oui, pas mal. Mais j'ai tellement, tellement de travail. Juste avant que je revienne pour les fêtes, nous sommes allés ensemble chez des amis. Elle m'a chargé de vous transmettre ses affections.

— Elle se plaît ici. Dans sa délicieuse carte de Noël, elle dit que Castlebay doit être charmant en hiver.

— Oui, quand on est en vacances, dit David.

— Tu sais, il y a bien des gens qui pensaient ne venir ici qu'en vacances, et qui, ensuite, se sont épris de la ville au point d'y rester, déclara le Dr Power en tapotant affectueusement la main de sa femme.

David se sentit coincé. Ils tissaient une toile autour de lui. Ils avaient déjà prévu son retour définitif pour prendre la succession de son père, et voilà qu'ils lui choisissaient une épouse. Il balbutia :

— J'ai envie d'aller faire un tour... j'ai tellement mangé.

Mais c'était peine perdue. Son père alla chercher son bâton de marche, et sa mère monta prendre son manteau et ses gants. David emporta le plateau du café à la cuisine. Nellie dodelinait de la tête à côté de la cuisinière, sourde à la radio qui diffusait le programme de Noël, et Bones, repu de dinde, dormait profondément.

Sans bruit, il posa le plateau sur la table. En nouant son écharpe, il se disait qu'il n'était qu'un égoïste et un ingrat. Mais il aurait préféré avoir quatorze frères et sœurs — ses parents l'auraient autrement moins accaparé. Ou même être orphelin, comme un de ses camarades qui était parti avec un groupe d'Anglais passer les fêtes en Belgique. Les Anglaises avaient la réputation d'être extraordinairement libres... Voilà un type qui ne devait pas s'ennuyer.

— David, nous t'attendons !

L'appel de Molly secoua tout le monde. Tandis que David s'arrachait aux bras d'une Anglaise, Nellie et Bones émergèrent de leur torpeur culinaire.

Une fois effectuée la promenade en famille, il y aurait le thé familial, etc. David poussa un profond soupir.

Et il se le reprocha.

Le jour du Nouvel An, Clare alla se promener sur la plage. Elle voulait ramasser des coquillages, et être seule pour prendre de nouvelles résolutions :

— Ne pas attendre *trop* de mes parents.

— Réviser systématiquement, au lieu de noter « à réviser plus tard ».

— Me faire de l'argent en travaillant un soir par semaine dans un café ou un restaurant.

— Me faire couper les cheveux. Une coupe moderne.

— Trouver un garçon pour sortir ensemble.

— Écrire toutes les semaines à Angela O'Hara.

Elle avait déjà recueilli quelques très beaux coquillages quand elle s'entendit appeler. C'était David Power.

— J'étais sûr de te trouver là. À part toi et moi, personne ne vient sur la plage en hiver.

— En ce qui concerne mon père, il n'y vient pas en été non plus. Il ne sait pas nager. Où est Bones ? demanda-t-elle, soudain gênée de leur tête-à-tête. Sans lui, tu parais incomplet.

— Ce pauvre Bones, il tousse comme un malheureux. Malgré la potion que lui a prescrite mon père, il a des quintes à vous fendre l'âme. Nellie lui a enroulé un de ses vieux pulls autour du cou en guise d'écharpe. Je voudrais que tu le voies !

Il était sympathique comme tout, ce pauvre Bones, mais Clare ne put s'empêcher de rire en l'imaginant affublé d'une écharpe.

— Écoute, dit David, veux-tu m'aider ? J'aimerais m'en aller après-demain.

— Les cours ne reprennent pas si tôt.

— Justement. Si tu disais comme moi...

— Si je dis comme toi, je devrais repartir à Dublin, et mon foyer est fermé jusqu'au début du trimestre scolaire.

— Je peux te loger. Nous partageons un appartement à plusieurs. La chambre d'un des types est libre. Lui aussi, il est en vacances dans sa famille.

— Non, David, c'est impossible. Si ça se découvrait, je le paierais trop cher. Et pourquoi irais-je me mettre dans une situation fausse simplement pour arranger quelqu'un d'autre ? Je n'ai aucun bénéfice à en tirer, moi !

Sans s'en rendre compte, elle avait parlé avec véhémence.

— D'accord, d'accord ! Calme-toi. Tes raisons sont logiques, je les comprends.

— As-tu passé un bon Noël ? lui demanda-t-elle soudain.

— Non, pas trop bon. Et toi ?

— Moi non plus.

— Gerry Doyle te manque, hein ? J'ai appris que le grand séducteur avait déserté Castlebay pour les lumières de Londres.

— Non, il ne me manque pas. Je n'ai même pas pensé une seule fois à lui. Je dois être la seule dans tout l'hémisphère occidental. Mais dis donc, est-ce que tu es impatient de regagner Dublin à cause d'une fille ?

— Oui et non. Ce n'est pas la seule raison. La vérité, c'est qu'à la maison on s'occupe trop de moi. Je suis ce qu'ils ont de plus précieux.

— Chez moi, c'est le contraire. Je ne compte pas beaucoup, et je ne suis précieuse pour personne.

— On n'est jamais content, remarqua-t-il en riant. Écoute, on pourrait se voir, à Dublin. Je te téléphonerai un soir, au foyer.

— Pourquoi pas ? dit tranquillement Clare.

Il restait à voir s'il tiendrait sa promesse. Parce que, même s'ils faisaient tous deux leurs études, ils n'étaient pas du même bord.

Valerie avait passé calmement les fêtes, si on peut dire. Elle s'était chamaillée avec sa mère en jouant au Scrabble, à cause d'une contestation sur un mot, et sa mère avait envoyé promener le jeu en criant qu'elle ne se laisserait pas marcher sur les pieds. Mais à part ça, s'étant plongées dans un livre de cuisine elles s'étaient amusées à confectionner à tour de rôle des plats tous plus exotiques les uns que les autres. Et comme son père faisait des difficultés pour leur donner de l'argent mais payait les factures d'épicerie, elles avaient choisi ceux qui nécessitaient les ingrédients les plus chers.

Mary Catherine avait été invitée à trois reprises chez les Nolan. Ce que Caroline pouvait être énervante ! Terminant sa thèse de licence sur Spenser et l'Irlande, elle regardait le reste de l'humanité comme des illettrés, et les Américains comme les derniers des illettrés. Quant à James, il avait décidé d'aller aux États-Unis pendant l'été et il se promettait bien, disait-il, de rendre visite à Mary Catherine, chez ses parents. Or, son facteur de père avait recommandé à Mary Catherine de ne pas dévoiler le pot aux roses avant d'avoir pris son châtelain au lasso. James Nolan n'était pas un châtelain mais il deviendrait bientôt solicitor, ce qui n'était pas négligeable. Si elle l'aimait ? Non, bien sûr. Cependant, pour l'instant elle ne tenait pas à le décourager.

Clare soupira en songeant à Josie. Hélas, il n'aurait pas été réaliste de demander à Mary Catherine d'en faire un peu moins, puisque James Nolan ne savait même plus qui était Josie Dillon.

Mary Catherine avait grimpé l'escalier quatre à quatre.

— Clare, il y a en bas un jeune homme *divin* qui te demande. J'ai dit que j'allais voir si tu étais là !

— Au lieu de répondre que j'arrivais comme l'éclair. Bravo ! Et tu prétends être mon amie.

— Justement. C'était pour te laisser le temps de t'arranger un peu, espèce d'ingrate !

— Oh, ce ne peut être que Gerry Doyle. Il n'y a que lui pour susciter ce genre de réaction, dit calmement Clare.

Elle mit tout de même un soupçon de rouge à lèvres.

— Tu es déjà sûre qu'il va t'inviter à sortir ? demanda Valerie en la voyant prendre son duffle-coat. Je sens que notre échelle va servir ce soir.

— Il n'est pas vraiment beau garçon, remarqua Mary Catherine, mais il a une *aura*.

— Toi et les auras ! lança Clare. Depuis une semaine que tu connais ce mot, tu n'arrêtes pas de le placer.

Mary Catherine cherchait encore une riposte que Clare était déjà sortie de la chambre. Debout dans le hall, Gerry la regarda descendre l'escalier. Il était aussi à l'aise que s'il était déjà venu cent fois.

— Quelle agréable surprise, avoua franchement Clare. Je ne savais pas que tu étais à Dublin.

— Je n'y suis pas. Je ne fais que passer. Je reviens de Londres, et je voulais te parler.

Clare lui trouva les traits tirés.

— Très bien, dit-elle. Mais sortons avant qu'elles te mangent tout cru.

Une fois dehors, elle lui prit amicalement le bras et

lui demanda s'il voulait aller dans un pub. Oui, il avait envie de boire un verre.

— Il y en a deux dans cette rue. Vertueuse comme je suis, je n'y ai jamais mis les pieds. Regarde à l'intérieur et choisis le plus sympathique.

Gerry entra dans le premier et en ressortit presque instantanément, la mine plutôt sarcastique.

— Il y a combien d'habitants à Dublin ? Un demi-million ? demanda-t-il à Clare.

— Non, certainement beaucoup plus. Pourquoi ?

— Parce que j'entre dans ce pub, et qui est-ce que je vois ? David Power et Caroline Nolan, les yeux dans les yeux.

— Eh bien, allons-y. Nous formerons le cercle de Castlebay.

— Non. Je t'ai dit que je voulais te parler.

L'autre pub avait un public assez mélangé : des étudiants portant l'écharpe de leur faculté, des ouvriers d'un chantier de construction voisin, quelques vieux piliers de bar au nez violacé.

— C'est toujours une citronnade pour toi, ou bien es-tu devenue plus hardie ?

— Non, toujours une citronnade, dit-elle, contente qu'il se soit souvenu de sa préférence.

Il lui raconta que Fiona avait eu son bébé, un garçon qui était né le lendemain de Noël. Les sœurs avaient été très bonnes pour elle — surtout quand on pense qu'elles la tenaient pour la dernière des pécheresses. Elles s'étaient occupées de faire adopter l'enfant à l'âge de trois semaines. Mais à présent, Fiona traversait une période de dépression. C'était pour ça qu'il était allé à Londres, afin de lui remonter le moral et de lui répéter qu'elle avait pris une décision juste. Si elle voulait retrouver sa place à Castlebay, elle devait tout oublier, faire comme si rien n'était arrivé.

Clare ne souhaitait pas en savoir plus, mais Gerry tint à lui dire qui était le père de l'enfant : un homme marié, venu l'année dernière avec une bande de golfeurs, qui avait raconté à Fiona qu'il était célibataire. Et quand elle lui avait écrit en disant qu'elle était enceinte, il avait répondu qu'il s'en lavait les mains. Et si elle lui causait des ennuis, tous ses amis étaient prêts à dire qu'eux aussi avaient couché avec elle. Fiona n'avait donc pas eu le choix. Si la chose s'ébruitait, elle aurait fait figure à la fois de traînée et d'idiote...

Il parla ensuite à Clare de son métier. Il s'en tirait assez difficilement, parce qu'il avait dû investir considérablement dans du matériel ultra-perfectionné. Sans compter l'installation des locaux. En fait, ça finirait par rapporter, mais *quand* ? S'il s'était taillé une clientèle intéressante, elle était loin de suffire.

— Alors, qu'est-ce que tu vas faire ? demanda Clare, sincèrement inquiète pour lui.

— Survivre. Qu'avons-nous jamais fait d'autre, toi et moi ?

Il paraissait accablé. Devant sa peau blême, ses yeux cernés, Clare eut soudain envie de le prendre par le cou, de le serrer contre elle pour le réconforter. Non qu'il l'attirât. Dans tout Castlebay, elle était sûrement la seule fille à être immunisée contre Gerry Doyle. Mais là, il paraissait désarmé, vulnérable. Elle tendit le bras et lui tapota la main.

— C'est pourquoi j'ai eu l'idée de venir te raconter tout ça. Si quelqu'un peut me comprendre, c'est bien toi.

— Pourquoi moi ? demanda-t-elle, à la fois étonnée et flattée.

— Bon sang, tu n'as pas eu la vie facile pour en arriver où tu en es. Chez toi, c'était « Clare, fais ceci ou cela, repasse-moi cette chemise, trie les pommes de terre », alors qu'ils auraient dû être fiers de toi et te faciliter tes études...

Ainsi, pendant toutes ces années, Gerry avait remarqué la situation. Il comprenait ce qu'avait vécu Clare.

— Tu es différente, Clare, reprit-il en la fixant intensément. Toi et moi, nous sommes bâtis sur le même modèle. Les deux seuls que Castlebay ait produits. Nous sommes faits l'un pour l'autre.

Saisie, Clare ne savait pas trop quelle attitude prendre.

— Tiens, regarde le couple là-bas, dit-elle brusquement en montrant une étudiante qui, visiblement « partie », s'asseyait sur les genoux de son petit ami. Ceux-là sont sûrement faits l'un pour l'autre, mais ils ne vont pas tarder à être flanqués dehors.

— Ne dis pas n'importe quoi pour détourner la conversation, lança-t-il en lui saisissant la main. C'est vrai, nous sommes pareils, toi et moi. Je t'attendrai.

— Eh bien, tu auras le temps d'attendre, parce que j'ai l'intention d'aller très loin dans la carrière universitaire.

— Je t'attendrai aussi longtemps qu'il le faudra. Demande-le à ton cœur. Il le sait.

Clare le regarda. Avec ce visage troublé, il était plus beau que jamais. Mais tout de même trop mystérieux et solennel. Comme s'il prenait un engagement définitif.

De tout le trimestre, Clare ne revit pas David Power. Contrairement à sa promesse, il ne lui téléphona même pas.

Elle avait d'abord été vexée de son silence, mais bientôt elle ne pensa plus au fils du docteur. Elle sortit un soir avec un étudiant en histoire qui l'emmena au célèbre Abbey Theatre — il espérait que ça ne la dérangeait pas d'aller au poulailler. Quand ils arrivèrent à leurs places, Clare s'attendait qu'on pratique sur eux la respiration artificielle. Il lui expliqua gravement qu'il n'aimait pas dépenser de l'argent bêtement. Et après le spectacle, comme il lui offrait un café, il ajouta : « Vous ne voulez rien manger, n'est-ce pas ? » Clare se dit qu'effectivement, le meilleur moyen de ne pas dépenser bêtement de l'argent, c'était de ne pas dépenser du tout. Il lui proposa d'aller avec lui le samedi suivant à la National Gallery. Mais elle le trouvait assez antipathique, et elle pouvait très bien aller voir seule des tableaux. Et puis, inviter quelqu'un le jour où l'entrée des musées est gratuite, c'était un calcul franchement trop sordide. Elle raconta toute l'affaire par lettre à Josie, en peignant le garçon sous des couleurs encore plus noires. Il ne fallait pas que Josie se doute qu'au fond, elle s'amusait bien à Dublin. Et elle lui cacha qu'elle avait rencontré James Nolan. Extrêmement bien habillé, comme à son habitude — presque trop élégant.

Un matin, elle prenait un café à l'Annexe en lisant une revue d'histoire. Soudain, une voix frappa ses oreilles :

— Votre amie américaine, Mary Catherine, elle est pleine aux as, non ?

— Quels as ? dit-elle en faisant semblant de ne pas comprendre.

— Est-ce qu'elle croule sous l'argent ?

— Je n'en ai aucune idée. Quelle curieuse question !

— Ce n'est pas à elle que je peux le demander.

— Pourquoi pas ? Si vous tenez à le savoir, elle est la première renseignée.

— Non, je ne me vois pas en train de l'interroger là-dessus. Avec ça que les femmes prennent souvent les choses si drôlement.

— Pour ça oui, dit gentiment Clare. C'est navrant.

— Vous vous moquez de moi.

— Pas du tout. Je vous trouve affreux.

— C'est parce que je suis plus ou moins décidé à aller aux États-Unis cet été. Et ça réduirait un peu les frais si je pouvais habiter pendant une période chez les parents de Mary Catherine.

— Certainement. Mais qu'est-ce que ça fait, qu'ils soient riches ou non. Un lit, même dans une maison modeste, c'est un lit.

Baissant le nez sur sa tasse, James s'expliqua :

— Ce sont mes dernières grandes vacances. Après, j'entrerai dans la vie active. J'aimerais les passer dans un cadre chic. Une maison avec piscine, un ranch, ou un grand appartement sur la 5e Avenue. Mary Catherine reste très mystérieuse. Je ne sais même pas où habitent ses parents. C'est pour ça que je vous interrogeais.

— Pourquoi n'allez-vous pas à Castlebay, comme d'habitude ? Les complications du voyage en Amérique vous épuisent.

— Vous ne comprenez rien à rien, Clare. C'est ça le problème avec vous.

— Je le sais, dit Clare avec un grand sourire. Et ce n'est pas nouveau. J'ai toujours été bouchée.

Emer et Kevin acceptèrent avec grand plaisir que Clare vienne passer les vacances de Pâques auprès d'eux. Elle leur avait proposé un marché : elle garderait Daniel quand ils sortiraient, ferait toutes les vaisselles, et consacrerait quotidiennement deux heures à entretenir le jardin, moyennant le logement et la nourriture. Et elle avait écrit à Angela que ça lui pèserait trop de retourner chez elle pour les vacances de Pâques. Sans compter qu'elle n'y aurait jamais assez de tranquillité pour faire ses révisions. Et elle déposa un billet à l'École de médecine afin de prévenir David Power. En supposant qu'il téléphone au foyer juste avant de partir et qu'on lui réponde que Clare O'Brien était partie en vacances...

Le soir même, il l'appelait.

— Tu veux que je marche dans ton histoire, c'est ça ? dit-il pour la taquiner. Mais à Noël, tu m'as bien laissé tomber.

— Tes affaires de cœur n'en ont pas souffert, riposta-t-elle.

— Tu me fais filer par un détective, ou quoi ?

— David, je t'en prie. N'oublie pas que je suis

boursière. Je ne peux pas me permettre de redoubler. Et chez moi, c'est impossible de travailler. Ce n'est pas l'ambiance de votre villa.

— Bon, d'accord ! Mais garde tes prétextes. Avec moi, ça ne marche pas.

— Merci, David, dit-elle sèchement, car il commençait à l'énerver. Et à cet été. Nous nous verrons sûrement.

— Bah ! Ça m'étonnerait que tu ne trouves pas un autre prétexte pour couper aux grandes vacances à Castlebay.

Aussitôt, elle raccrocha, parce qu'elle allait lui dire des horreurs. *Pour qui se prenait-il, ce gosse de riches ?*

— Mais non, ils ne m'en veulent pas.

— Si, Clare, et peut-être ne s'en rendent-ils même pas compte. Tu as suivi un chemin qui était bouché pour eux. Tu t'exprimes plus correctement, tu t'habilles autrement qu'ici. La différence ne tient pas seulement dans les études.

Clare faisait tourner son verre dans sa main. Elles étaient installées dans un angle du bar-salon de l'hôtel Dillon. Le panorama sur la mer et la plage était superbe. Josie Dillon allait bientôt descendre, pour faire une partie de tennis avec Clare. Comme des dizaines d'autres fois. Mais Angela avait raison. La Clare d'hier n'était plus celle d'aujourd'hui — une fille assez sûre d'elle. Jamais sa mère ne serait venue boire une consommation à l'hôtel Dillon, enfoncée dans un fauteuil club, avec tout le panorama de la baie de Castlebay sous les yeux. Et son père n'aurait jamais accepté de prendre sa bière dans ce bar. Pour lui, c'était le pub de Craig ou rien du tout. Quant à Jim et Ben, ils resteraient muets et s'enverraient des bourrades. Pour ne pas parler de Chrissie ! Elle avait assez répété qu'elle et Mogsy n'iraient jamais s'enfermer dans un endroit aussi mortel ! Clare soupira. L'hôtel

Dillon n'avait rien d'un palace, et pourtant personne de sa famille n'y aurait mis les pieds.

— En tout cas, le mariage de Chrissie sera une belle journée, dit-elle à Angela.

— Bien entendu. Je ne veux pas jouer les prêcheuses, mais efforce-toi que la journée soit très réussie pour elle. Elle n'a pas bénéficié de tous tes avantages.

— Je n'ai qu'à essayer d'être gentille, et alors là, je n'ai pas fini de l'entendre !

— Tu m'as promis de faire de ton mieux.

— Je le ferai. Et vous, est-ce que vous vous rappelez l'ordination de votre frère ? La journée vous a paru difficile ?

— Non. Mon père n'a pas bu une seule goutte, répondit Angela d'une voix lointaine. Le Dr Power lui avait ordonné des comprimés, en lui disant qu'il était dangereux d'absorber ensuite de l'alcool. Je ne sais pas si c'était vrai. Ma pauvre maman avait un chapeau à voilette, et des gants. Non, je n'ai qu'un bon souvenir de ce jour-là.

— C'est drôle, vous ne parlez plus jamais de votre frère.

— Un jour, je t'en parlerai. Tiens, voici Josie et Dick. Josie, tu es resplendissante.

— Merci. Je sors d'un régime. Dans une semaine, les estivants seront là. Je veux être en forme pour les vamper.

— Tous, ou un en particulier ?

— Un en particulier. Et ce n'est pas simple.

Angela savait par Clare que James Nolan voulait passer ses vacances aux États-Unis. Et à son avis, Clare aurait dû en avertir Josie depuis longtemps. Comment ? En glissant ça *banalement* dans la conversation.

Banalement, avait riposté Clare, c'était impossible, parce que toutes les conversations de Josie tournaient autour de James Nolan.

Fiona Doyle avait bien volontiers accepté de tenir l'épicerie le jour du mariage. Elle demanda si elle devait couper le bacon fin ou épais, et à qui il ne fallait pas faire crédit. Enchanté, Tom l'avertit que si la photographie ne marchait plus, il la prendrait immédiatement comme vendeuse. Agnes la remercia chaleureusement d'être venue de bonne heure — comme ça, ils pourraient se préparer tranquillement, sans être obligés de courir à tout instant servir la clientèle.

Tommy avait envoyé une jolie carte de vœux, et Ned, une nappe accompagnée d'un petit mot disant qu'il regrettait de ne pouvoir assister au mariage. Clare devina la main du père Flynn derrière ces gestes.

Chrissie ne trouvait même pas bizarre que ses deux frères aînés ne puissent pas venir pour le grand événement. Et Agnes s'était résignée à ce que ses fils fassent leur vie loin d'eux. Comme le disait Gerry Doyle qui les avait vus, c'était une bénédiction qu'ils soient allés s'installer là-bas de bonne heure, parce que maintenant la moitié des Irlandais partaient chercher du travail en Angleterre. En fait, on n'avait pas vu Agnes aussi gaie depuis longtemps.

En raison de la circonstance, elle se mit un peu de poudre. Tom enfilait gauchement son costume neuf, trop raide à son goût. Mais l'occasion avait été toute trouvée pour le lui acheter, parce que l'autre était vraiment trop élimé.

— Je suis vraiment heureuse de ce mariage, dit Agnes.

— Elle aurait pu faire pire qu'épouser Mogsy Byrne, convint Tom.

— Oui, elle s'est assagie.

C'était la première fois qu'ils évoquaient leurs craintes passées : que Chrissie se fasse une réputation de coureuse, parce qu'elle sortait avec deux ou trois filles qui fréquentaient un peu trop le camping-caravaning la nuit. Ils pouvaient s'estimer chanceux que ce pauvre Mogsy fonde un foyer avec elle. Ce n'était pas une lumière, mais il était le frère de Bumper Byrne — et celui-là, à Castlebay, c'était quelqu'un.

Chrissie avait d'abord songé à faire le repas à l'hôtel Dillon. Mais son futur beau-frère l'en avait dissuadée. Pourquoi dépenser de l'argent pour enrichir les Dillon ? On pouvait faire un très beau lunch à bien meilleur compte. Et comme ça, on inviterait plus de monde, ce qui était toujours bon pour le commerce. On louerait la grande salle attenante au presbytère. Le Dr Power et Miss O'Hara avaient récemment persuadé le sergent McCormack de mettre ce local, jusque-là employé comme remise, à la disposition de la paroisse, et le père O'Dwyer avait repris l'idée à son compte. Depuis qu'on y organisait des repas de mariage ou de baptême, elle contenait en permanence de longues tables sur tréteaux et une grande fontaine à thé. On les couvrirait de nappes blanches et on préparerait un buffet copieux. Chrissie et Mogsy avaient beau dire qu'ils n'invitaient pas beaucoup de monde, ça ferait tout de même quarante-cinq personnes.

Agnes remarqua avec surprise que Clare se consacrait très efficacement aux préparatifs ; et le jour même du mariage, elle réussit à empêcher Chrissie de s'énerver. Elle avait acheté des sels de bain parfumés à la pharmacie Murphy et décrété que la salle de bains devait être réservée à Chrissie. Le reste de la famille ferait sa toilette dans l'évier de la cuisine.

Entendant rire les filles — Clare devait frotter le dos de Chrissie — Agnes O'Brien dit à Fiona :

— La prochaine mariée, ce sera toi.

Plantée calmement derrière le comptoir, la belle fille brune répondit :

— Ça m'étonnerait, Mrs. O'Brien. Qui voudrait de moi ?

— Allons donc ! Tu es la plus belle fille de Castlebay.

— Je suis trop éteinte. Les garçons aiment qu'on

ait de la vie. Moi, je suis comme la femme qu'on voit sur ces affiches qui disent : « *Sentez-vous la fatigue dès votre réveil ?* »

De sa vie, Agnes O'Brien n'avait jamais entendu la petite Doyle prononcer autant de mots à la suite. Elle aurait d'ailleurs préféré que Fiona choisisse un autre moment pour se confier.

— À ta place, j'irais voir le Dr Power. Il te prescrira un fortifiant. Souvent, on est fatigué parce qu'on manque de fer.

Agnes O'Brien la regardait avec sollicitude. Ça faisait drôle de la voir poudrée et chapeautée.

— Je vais vous écouter, Mrs. O'Brien. Oui, c'est peut-être un manque de fer.

Agnes lui sourit. À présent, il fallait presser la mariée et sa sœur de sortir de cette salle de bains.

Le père O'Dwyer les attendait devant le porche de l'église. Du côté des Byrne, tout le monde était déjà installé. Les O'Brien arrivèrent en cortège. Chrissie rayonnait en remontant Church Street au bras de son père, dans sa robe blanche dont la couturière trouvait qu'elle faisait plutôt robe de bal (« Tant mieux ! » avait pouffé la future mariée). Sur ses cheveux blonds, le voile court était retenu par une couronne de fleurs fantaisie en cire.

C'était une lumineuse matinée de juin. Les estivants ne commenceraient à arriver que dans les prochains jours, mais tout Castlebay était là pour voir passer le cortège de mariage de Chrissie O'Brien. Aux fenêtres ou sur le seuil des boutiques, on agitait les bras, on lançait des acclamations. À l'hôtel, Josie Dillon lui fit de grands signes. Les Murphy étaient carrément sortis devant leur pharmacie. La boucherie Dwyers affichait en grosses lettres : « *Tous nos vœux, Chrissie !* » Ravie, Chrissie le fit bruyamment remarquer à toute la noce.

Derrière Tom O'Brien et sa fille marchait Peggy, la demoiselle d'honneur, dans une robe d'un jaune canari qui ne lui allait pas au teint. Ensuite venaient Clare et sa mère, avec Jim et Ben. Clare songeait qu'elle ne pourrait jamais se prêter à un pareil cirque. Ou alors, il faudrait que ce soit pour un garçon vraiment exceptionnel. Elle essayait de l'imaginer...

— Arrête de rêver à moi, dit Gerry Doyle qui semblait surgi de nulle part.

— Il faudrait déjà que j'aie commencé à le faire, répondit-elle gaiement.

— Écoute-moi, Clare. Je file à l'église. Arrange-toi pour que Chrissie la ferme et se tienne tranquille en arrivant. Je voudrais faire un cliché d'elle au bras de son père.

Clare le regarda affectueusement. Gerry Doyle savait que l'album des photos du mariage serait conservé précieusement, qu'on le montrerait encore des années plus tard.

Une fois agenouillée devant l'autel, Chrissie devint très calme, et répondit d'une toute petite voix. Maurice Byrne, resplendissant dans son complet bleu marine, paraissait aussi impressionné.

La cérémonie terminée, la noce passa dans la grande salle et fit honneur au lunch. Gerry photographia les époux en train de découper le gâteau de mariage. Et puis leur départ : Chrissie montant dans la grosse Cortina que le beau-frère leur prêtait pour aller prendre le train au chef-lieu. Ils partaient en voyage de noces à Bray — une autre station balnéaire mais loin, bien loin de Castlebay. Et Mr. et Mrs. Byrne disparurent sous une pluie de confettis.

En deuxième année, personne ne bûchait vraiment très dur, parce qu'il n'y avait pas d'examen important à préparer.

Valerie n'était pas près d'oublier ses vacances. Son père avait dû être hospitalisé en Angleterre. Il avait écrit à sa femme une longue lettre où il lui demandait pardon. Et qu'est-ce qu'avait fait la mère de Valerie ?

Au lieu d'avaler deux ou trois verres et de débiter quelques insultes bien senties, est-ce qu'elle n'avait pas filé à son chevet ? Une fois rétabli, il lui avait promis de rompre avec sa maîtresse. Tout ce qu'il lui fallait, c'était un peu de temps. La mère de Valerie était revenue transformée. Pour une femme qui buvait sec dès le matin, elle était à présent la sobriété même. Plus question de dépenser un maximum pour faire-casquer-le-bonhomme. Et Valerie n'était pas à l'université pour se prélasser. Ça coûtait assez cher à son père. Par-dessus le marché, elles avaient passé l'été à nettoyer et embellir la maison en prévision du retour du père prodigue. La deuxième année allait être dure, disait lugubrement Valerie, car elle n'avait pas fait grand-chose en première année.

Quant à Mary Catherine, elle n'avait pas réussi sans peine à décourager James Nolan de la traquer aux États-Unis. Elle avait prétexté que ses parents et elle étaient invités chez des amis pour les vacances. Donc, il ne pourrait pas la voir là-bas. Point final. En fait, elle avait passé tout l'été derrière un comptoir, à servir des milk-shakes. Sa mère travaillait chez un confectionneur, et ses deux petits frères portaient les journaux. Ils n'avaient réussi à se retrouver tous ensemble que le jour de la Fête du travail, le premier lundi de septembre, parce que la paroisse organisait un pique-nique monstre. Voyant qu'au bout d'un an sa fille n'avait toujours pas déniché un châtelain irlandais, son père misait maintenant sur sa réussite professionnelle. Il la voyait déjà ambassadrice !

Clare s'excusa de ne pas avoir grand-chose à raconter. À Castlebay, cet été-là n'avait pas différé des autres. Bien sûr, il y avait eu le mariage de Chrissie. Et aussi le beau temps persistant. Ça, c'était une bénédiction, parce que le commerce marchait bien et tout le monde était content. Oui, elle avait souvent vu Gerry Doyle. Mais il avait tout le temps sur les talons une dénommée Sandra. Une très belle fille, venue passer trois semaines à Castlebay, et qui, finalement, y était restée tout l'été. Gerry Doyle la logeait dans une caravane inoccupée. Ils faisaient scandale, mais Gerry s'en moquait totalement. Cette fille, une étudiante à l'université de Belfast, s'était constamment baladée simplement vêtue d'un maillot de bain rouge sur lequel elle enfilait, sans les boutonner, des chemises violettes ou orange — rien que des couleurs qui juraient entre elles. Elle avait tellement de cheveux qu'on aurait dit une crinière, et elle se faisait ses shampooings devant tout le monde, sous la douche que le Dr Power avait obtenu qu'on installe au pied de l'escalier de la plage (il l'avait assez réclamée !). Valerie et Mary Catherine trouvaient désolant que ce beau Gerry Doyle ait été associé avec pareille créature.

— Tu n'as pas eu une aventure ou un flirt ? demanda Valerie. Tu as bien dû aller danser ?

— Non, même pas. À part le bal du Comité, où je suis allée comme tout le monde. Tu sais, les journées sont longues dans la boutique. Le soir, je ne tenais plus debout. Mais dis donc, à Castlebay je devais expliquer à Josie pourquoi je n'avais pas de flirt à Dublin. Et maintenant, je dois t'expliquer pourquoi je n'en ai pas eu à Castlebay !

David entamait sa dernière année, la plus décisive. Il prévint James qu'il se consacrerait entièrement à ses études. Il ne faudrait pas compter sur lui pour s'amuser. James riposta que lui aussi était en dernière année, et que le droit était certainement aussi sacré que la médecine. Mais justement, il devait aller danser avec cette héritière américaine, et il espérait que David viendrait avec Caroline. Ce serait sympathique, de sortir tous les quatre.

David resta inébranlable. D'ailleurs, entre lui et Caroline ça ne marchait pas très bien. À Castlebay, elle avait été fréquemment maussade, et elle n'arrêtait pas de se disputer avec sa mère. Elle paraissait obsédée par une fille assez vulgaire, une certaine Sandra qui venait d'Irlande du Nord et que Gerry Doyle promenait partout. Elle s'était même mise à imiter sa dégaine en sortant simplement avec une chemise passée sur son maillot de bain. Et elle avait brutalement envoyé promener sa mère qui essayait de lui faire une remarque discrète en lui demandant si elle n'avait pas oublié sa jupe.

— Mais qu'est-ce que tu lui trouves donc, à ce Gerry Doyle ? lui avait demandé David, exaspéré. Je croyais que ça t'était passé depuis longtemps.

— Avec Gerry Doyle, ça ne passe jamais ! lui avait-elle lancé. Toutes les filles en sont folles, et c'est comme ça !

Alors, David faisait de longues promenades avec Bones. Bones était sympathique et pas compliqué. Il trottait à côté de vous en attendant qu'on lui jette des choses à rapporter. Il s'inventait des lapins et partait à fond de train sur leurs traces. Bones avait la belle vie. Et il était toujours content.

Tandis que David passait pour la première fois de mornes vacances à Castlebay, Caroline avait l'air de s'ennuyer avec lui, et en même temps, elle ne savait pas ce qu'elle voulait. Elle parlait nerveusement de son avenir. Quand on pense qu'elle avait une licence de lettres, disait-elle, et que si elle voulait travailler elle devrait apprendre la sténo et la dactylo comme cette idiote de Josie Dillon qui recherchait tout le temps sa compagnie et se permettait de lui donner des conseils ! « *Suivre des cours commerciaux* », mais comment donc ! avait-elle dit en imitant l'accent de Josie. David savait que Josie voulait cultiver la sœur à cause du frère. C'était transparent... et inutile.

Mais le plus gros problème, c'était encore sa famille. Sa mère parlait déjà du moment où il reviendrait « aider » son père. Elle disait ça comme quand il avait dix ans et qu'il aidait Nellie à faire un gâteau ou le vieux Martin à bêcher le jardin. Il n'arrivait pas à lui faire entendre qu'il serait bientôt médecin en titre — l'égal de son père. Après son année d'internat, il pourrait pratiquer. Mais il voulait faire ensuite une année en pédiatrie et une année en obstétrique. Pourquoi vouloir étudier davantage ? avait-elle demandé de ce ton tellement énervant qu'elle prenait parfois. C'est sur le terrain qu'on acquiert la meilleure formation. D'autant que son père devait engager un jeune suppléant pour l'été — les estivants lui donnaient un travail fou ! Alors qu'il avait déjà sur les bras la clientèle de Castlebay.

David savait qu'il était né quand sa mère désespérait. Il savait combien elle avait tremblé pour lui, de sa naissance à l'adolescence. Mais il était devenu grand et robuste. Et demain, il serait médecin. Il réalisait le rêve de sa mère, disaient les dames qui l'avaient connu petit, par exemple Mrs. Conway ou Miss McCormack.

Quand il broyait du noir, David se demandait s'il émergerait un jour du rêve maternel pour vivre enfin ses rêves à lui.

Contrairement aux autres, Clare bûcha encore plus en deuxième année. Elle s'était fixé des plans de travail très stricts, et elle s'y conforma. Son assiduité attira l'attention des directeurs d'études — ce qui ne pouvait que la servir, parce que après la licence elle voulait faire un diplôme d'histoire et elle aurait besoin du soutien des professeurs de la faculté. Besoin aussi de conseils pour trouver un moyen de vivre et de payer ses études, car la bourse Murray n'était valable que jusqu'à la licence.

Mais cette année, elle ne resterait pas cloîtrée. Le vendredi soir, le foyer les laissait sortir plus tard. Elle ne s'en priva pas.

Quand on vit à trois dans une chambre minuscule, on sait tout ce que font les autres, et souvent, on y participe. Elles étaient à peu près de la même taille, ce qui était à la fois un bien et un mal. Un bien parce que, en cas d'urgence, on pouvait toujours puiser dans la garde-robe des amies. Elles avaient même acheté en commun un pull noir à col roulé — en édictant la règle de ne jamais le porter à même la peau et de le laver quand il avait été porté trois fois. Mais un mal lorsque, cherchant vainement son vêtement préféré, on le voyait sur le dos d'une des deux autres.

Quand elles sortaient toutes les trois le même soir, la chambre prenait des allures de zoo, l'espace étant tellement mesuré que chacune devait s'habiller assise sur son lit. La coiffeuse était un terrain miné. Valerie n'achetait aucune sorte de fards car elle affirmait ne *jamais* se maquiller. Mais elle se soulignait les paupières à l'eye-liner noir (celui de Mary Catherine) ; elle ravageait carrément le rouge à lèvres « Pêche indienne » (appartenant à Clare) ; et elle devenait véhémente quand on renversait de la poudre, alors que la matité de ses joues et de son nez révélait que la houppette était passée par là. Mary Catherine laissait traîner dans tous les coins des tampons d'ouate à démaquiller pleins de rouge à lèvres ou parfois de fond de teint (et, dans ces cas-là, elle s'en était passé partout : le visage, le cou, les épaules). Leur grief contre Clare, c'était qu'elle posait sur la coiffeuse ses peignes pleins de cheveux. Qu'elle ait des cheveux longs, disaient-elles, ce n'était pas une excuse pour qu'on en trouve partout dans la chambre.

Parfois, ça claquait sec entre elles, mais on n'y pensait plus quelques minutes plus tard. Sauf la fois où Mary Catherine découvrit aux pieds de Clare son unique paire de chaussures habillées, et son mascara à moitié fondu parce que Valerie l'avait laissé tomber dans la cuvette. Cette dispute-là fut longue à s'apaiser — non sans que Mary Catherine ait menacé à trois reprises de retourner aux États-Unis où les gens étaient normaux.

Elles allaient aux bals de Bective, Palmerston, ou

Belvedere, ou Landsdowne — les noms des clubs de rugby qui les organisaient. Clare trouvait ça original, parce qu'à Castlebay, on ignorait totalement le rugby. Il y avait l'équipe locale de football, un point c'est tout.

Par un après-midi glacial, Clare assista à un match de rugby interuniversitaire. L'étudiant qui l'avait invitée s'appelait Ian. Elle avait fait sa connaissance à un bal. Ils étaient allés deux fois au cinéma, et il l'avait aussi emmenée dans un pub, à cinq bons kilomètres de Dublin, dans lequel on pouvait boire après l'heure réglementaire de fermeture. Clare n'était pas très attirée par Ian. Pour lui, tout était toujours « formidablement impressionnant », ou « étrange, n'est-ce pas » ? Mais Mary Catherine et Valerie s'étaient liguées contre elle. Que ce Ian s'écoute parler, n'était-ce pas normal, chez un étudiant en droit ? Avait-on jamais entendu un avocat qui bégaye et ne soit pas sûr de lui ?

Ian avait emprunté la voiture de ses parents. Après le match, ils allèrent dans un pub. Puis ils mangèrent ailleurs des œufs au bacon et atterrirent dans un grand cinéma. Pendant le film, Ian se montra pressant. Et énervé parce que Clare ne voulait pas tellement se laisser faire.

— Alors, après ? demanda-t-il.

— Oui, c'est ça, répondit-elle, les yeux rivés sur l'écran.

Elle trouva qu'il la reconduisait au foyer par un curieux itinéraire. Rien que des petites rues sombres. Et il stoppa en chemin dans une sorte de terrain vague où les voitures se garaient dans la journée.

La suite fut franchement gênante. Une fois rentrée, Clare raconta la scène entre deux sanglots. Heureusement, Valerie avait du vermouth, et elles s'en octroyèrent toutes un verre pour se calmer. Dans les films, quand une fille se refusait, le garçon se montrait compréhensif. Mais apparemment pas dans la réalité. C'était *atroce,* une vraie mêlée de rugby. Elle avait bien accepté quand il avait dit « après », alors, est-ce qu'elle se fichait de lui ? Il l'avait traitée de tous les noms. C'était indigne de mettre un homme dans cet état et ensuite de se dérober ! Il avait raison. Si on ne veut pas aller jusqu'au bout, il ne faut pas laisser un garçon aller déjà très loin.

Pour Valerie, l'absurdité c'était qu'il y ait en quelque sorte une limite au-delà de laquelle un garçon s'estimait en droit de tout exiger. Et vous faisait une scène pas possible si on refusait.

Au point de vue technique, elles concevaient toutes les trois différemment cette limite. C'était peut-être pour ça qu'on pouvait avoir tant d'ennuis avec les garçons. Il n'y avait pas de règles, chaque fille réagissait à sa façon.

Clare dit qu'en tout cas ça lui servirait de leçon. Un type emprunte la voiture de son père, stoppe dans un coin noir, vous embrasse, vous passe les mains partout et vous traite ensuite comme la dernière des dernières ! Très peu pour elle. À partir de maintenant, les hommes, c'était fini. Elle ne penserait plus qu'à ses études.

D'autant qu'elle savait exactement ce qu'elle ferait. Sa licence, elle l'obtiendrait à l'automne 1960. Ensuite, elle préparerait une maîtrise en deux ans. Puis ce serait Oxford ou Cambridge, pour le doctorat. En travaillant comme répétitrice, évidemment. Cela la menait donc jusqu'à 1964. Après ça, elle irait aux États-Unis, pour un stage de trois ans comme chargée de cours dans une université féminine, Vassar ou Bryn Mawr. Elle reviendrait en 1967 et serait professeur d'histoire contemporaine à Trinity College ou à l'UCD. Elle accepterait un engagement de sept ans, publierait beaucoup, se taillerait une réputation dans sa discipline. Et à trente-quatre ans, elle se marierait, avec un universitaire évidemment. Elle aurait deux enfants — pas plus, en raison de son âge. Ils habiteraient une petite maison sans prétention aux façades tapissées de lierre. Il faudrait qu'il y ait un restaurant à proximité, car elle cuisinerait rarement le soir. Et ils y emmèneraient les enfants dès qu'ils seraient capables de manger leurs chips tout seuls.

Ce plan tellement détaillé suscita l'hilarité des deux autres.

— Mais tu sais, elle y croit, dit Valerie à Mary Catherine, comme si Clare n'était pas dans la pièce.

— Et quand elle aura rencontré l'homme de sa vie, elle lui fera des petits plats en riant de ses anciens projets.

— Vous êtes presque aussi idiotes que les garçons, leur assena Clare en se resservant du vermouth.

Le lendemain matin, on appela Clare au téléphone. Le Dr Power était au bout du fil. Elle était folle d'inquiétude. Heureusement, il ne la fit pas languir.

— Mrs. O'Hara vient de mourir, Dieu ait son âme. J'ai voulu te prévenir, en raison de ton amitié avec Angela.

— Quand ont lieu les obsèques, docteur ?

— Dimanche. Ne va pas dépenser de l'argent pour y assister. Mais comme ça, tu peux envoyer un avis de messe à Angela.

Angela consacra plusieurs soirées à remercier des envois de fleurs et d'avis de messe. Les gens lui avaient montré tant de sollicitude — Immaculata elle-même avait eu l'humanité de lui proposer de prendre un peu plus que ses congés légaux. Mais Angela avait décliné l'offre, en disant qu'elle préférerait prendre deux jours à la fin du trimestre. Immaculata n'était pas d'accord. On aurait besoin de Miss O'Hara pour les festivités de Noël. Mais elle avait dû céder, Angela lui ayant fait remarquer qu'elle n'aurait guère le cœur à s'occuper de festivités.

Geraldine et Maire s'étaient rendues plus utiles qu'elle n'osait l'espérer. Sans compter qu'avec leur manière de porter le deuil et leur accent anglais, elles avaient contribué à rendre moins évidente l'absence de Sean, qu'elles étaient les premières à regretter en toute innocence. Elles s'avouèrent d'ailleurs mutuellement qu'elles lui écrivaient rarement et ne recevaient plus de lui qu'une carte de Noël. Geraldine se demandait même s'il était toujours aussi heureux que quand il était entré dans les ordres. Il était si fervent, autrefois.

La question ne lui étant pas adressée, Angela n'eut pas à trouver un biais pour y répondre. Elle se contenta de dire qu'il était triste qu'il n'ait pas été là pour célébrer le service funèbre.

Le seul moment où elle faillit tout leur avouer, ce fut lorsqu'elles se partagèrent les humbles possessions de leur mère. Il y avait exactement cent livres sur son livret de caisse d'épargne. Cela faisait vingt-cinq livres pour chaque enfant. Maire songeait qu'elles devraient peut-être envoyer le tout à Sean, au profit de son œuvre missionnaire. Cela avait tellement compté, pour leur mère, d'avoir un fils ecclésiastique. Angela fut tentée de se débarrasser de son fardeau. Ses sœurs habitaient l'Angleterre, elles pourraient aller voir Sean. Mais non, lui et Shuya étaient trop vulnérables, et Maire et Geraldine tellement bourgeoises, tellement limitées par leur monde étroit !

Angela partit pour l'Angleterre un peu avant les vacances de Noël. Elle avait prévenu ses élèves que cette année elle les dispensait de lui adresser des cartes de vœux, et qu'elle passerait les fêtes chez ses sœurs ou peut-être chez des amis dublinois. À Castlebay, on l'approuvait. Il valait mieux qu'elle ne reste pas solitaire pendant les vacances, même si beaucoup avaient envisagé de l'inviter le jour de Noël.

La traversée fut humide et glaciale. En revanche, le train de Londres était confortable quoique surchauffé. À Londres, elle prit un autre train, dans lequel elle somnola car elle n'avait pas réussi à fermer l'œil de tout le voyage. Et à l'arrivée, il lui restait encore à faire près de deux kilomètres à pied.

Elle était déjà venue une fois voir Sean et sa famille dans ce collège anglais, peu après que le père Flynn eut trouvé ce poste pour son frère. Il expédiait lettre sur lettre au Vatican. Il croyait encore qu'il parviendrait à être délié de ses vœux.

Mais depuis quelque temps, il n'y faisait plus guère allusion. Il parlait surtout des siens. Il écrivait à Angela que Shuya était très occupée, que Denis travaillait bien en classe, que Laki se plaisait beaucoup à l'école du couvent. Les enfants avaient des tas d'amis. Évidemment, pour lui ce n'était qu'un emploi temporaire, mais ça permettait au moins à Denis d'étudier dans un collège de haut niveau, ce qu'autrement Sean n'aurait pu lui offrir.

Elle arriva devant le pavillon d'entrée où Sean était logé. Le jardin lui parut beaucoup mieux tenu, bien qu'on soit en plein hiver ; il y avait des petits sapins argentés et des chrysanthèmes d'un jaune lumineux. La porte du pavillon avait été repeinte dans une couleur presque semblable à celle des chrysanthèmes.

Elle frappa. Shuya ouvrit aussitôt, les bras tendus, le visage radieux.

— Je vous ai vue d'en haut. J'ai dégringolé l'escalier. Entrez, Angela, entrez. Je suis si heureuse. Nous vous attendions tous avec tant d'impatience. Et vous avez une valise. Cette fois, vous allez donc rester sous notre toit.

— Oui, Shuya, cette fois, je reste.

Elles prirent le thé. Angela trouvait Shuya *différente.* Elle paraissait plus jeune, plus élégante. Ses cheveux étaient relevés en chignon sur le sommet du crâne. Elle portait une jupe et un pull vert tilleul, avec un grand col blanc fermé par une broche en marbre de Connemara. Angela lui avait donné cette broche lors de sa dernière visite. Elle fut émue de penser que c'était peut-être le seul bijou que possédât la femme de son frère.

Shuya lui expliqua en quoi consistait son travail. Aucun rapport avec ses travaux de lingère dans la grande propriété d'Ostie. Elle tapait des thèses ; elle faisait des traductions pour des firmes japonaises installées à Londres ; et en plus, elle était équipée pour fournir des photocopies et des polycopiés. À cet égard, le collège était l'un de ses meilleurs clients. Sa direction préférait de loin s'adresser à Mrs. O'Hara pour les sujets d'examen, les corrigés ou les brochures, plutôt que de posséder une machine et de gâcher des rames entières de papier. Shuya devait même employer une jeune fille trois après-midi par semaine.

Sur le piano, il y avait les photos des enfants. Angela se dit qu'elle n'allait pas les reconnaître. Denis avait dix ans, et Laki, huit. Et il y avait aussi une photo encadrée de sa mère. La seule qu'on ait vraiment jamais réussie d'elle. C'étaient David Power et James Nolan qui l'avaient prise, l'année où, encore adolescents, ils avaient acheté en commun un appareil photo et faisaient des instantanés de tout le monde pour damer le pion à Gerry Doyle. Ils avaient réussi à saisir la mère d'Angela en train de sourire, et les douloureuses rides qui creusaient son visage en étaient comme gommées.

— Vous êtes venue parce que vous voulez parler à Sean de votre maman ? demanda Shuya.

— Oui, dit Angela dans un souffle.

— Est-elle très malade ? Elle le réclame ? Parce que si cela lui fait du bien, il faut qu'il aille la voir, tout seul, en soutane. Je le persuaderai...

— Non, Shuya, ce n'est pas ça. Elle est morte il y a un mois.

— Mais...

— Oui, Shuya, je n'ai pas prévenu Sean, je ne lui ai pas laissé la décision. Il m'a semblé que ça valait mieux.

— Il aurait peut-être fallu le laisser décider lui-même. On ne peut pas lui épargner toute sa vie de faire des choix.

— J'avoue que je ne sais plus trop où j'en suis.

— Angela, pardonnez-moi. Vous avez perdu votre mère et je ne vous dis même pas combien je suis triste pour vous. J'ai honte de mon égoïsme. Parlez-moi d'elle. Est-elle partie brusquement ?

— Oui. Une crise cardiaque. Si ça n'avait pas été aussi soudain, j'aurais prévenu Sean. Mais puisqu'il était trop tard...

— Ne vous reprochez rien, Angela. Comme toujours, vous avez essayé de faire ce qui était le mieux pour Sean. Oui, soyez-en sûre, dit Shuya en se levant et en passant son bras autour des épaules d'Angela. Je vous remercie d'avoir traversé seule ces épreuves pour le ménager. Je vous remercie de nous avoir préservés. Sean n'avait pas revu sa mère depuis treize ans. Il ne pleurera pas une vivante mais une image.

— Comme vous êtes sage, Shuya.

— Je me prépare à l'enseignement. Je vais passer des examens qui m'habiliteront à enseigner la sténo et la dactylo. Je suppose qu'en Irlande il y a une équivalence des diplômes.

— Oui, bien sûr. Vous allez donc venir en Irlande ?

— C'est l'unique projet dont Sean parle tout le temps.

Shuya montra à Angela le chemin pour aller à la rencontre de Sean. Elle les laisserait déjeuner seuls. Tout était prêt. Ils avaient des tas de choses à se dire.

Les mains dans les poches de son gros pardessus au col relevé, Sean avait une allure très jeune pour un homme frisant la quarantaine. Son visage s'éclaira d'un large sourire, il courut vers elle... et puis stoppa net.

— Tu m'apportes de mauvaises nouvelles ? demanda-t-il quand elle l'eut rejoint.

— Maman est morte sans souffrir. Et sans aucune peur.

Il se signa.

— Dieu ait son âme en Sa sainte garde.

— Je suis venue parce que je ne voulais pas t'apprendre ça par une lettre.

— Comme tu es bonne pour nous, Angela, dit-il en l'étreignant.

— J'espère avoir agi comme il le fallait. C'est arrivé si brutalement. Certes, j'aurais pu te faire prévenir en téléphonant. Pour Maire et Geraldine, j'ai appelé chez des voisins. Mais j'ai pensé que ç'aurait été trop exiger de toi et, pour dire la vérité, de nous.

Ils remontaient côte à côte vers le pavillon. Sean la tenait par les épaules.

— Tu l'as annoncé à Shuya ?

— Oui.

— Qu'a-t-elle dit ? Est-ce qu'elle trouve que tu as eu raison ?

Oui, pensa Angela, c'était exactement ce que Shuya exprimait en disant qu'on *ménageait* tout le temps Sean. On faisait écran entre lui et le monde.

— Elle m'a approuvée. Elle m'a remerciée de vous avoir préservés. Ce sont ses propres termes.

Sean sourit. Il était apparemment soulagé.

— J'aurais voulu être là pour tenir la main de ma mère à sa dernière heure, dit-il. Mais puisqu'elle est morte soudainement... Je te remercie d'avoir pris ce fardeau sur toi.

— Tu sais, dans les derniers temps, elle souffrait atrocement. Elle ne pouvait pas faire un geste sans avoir mal. Le Dr Power n'avait jamais vu un cas d'arthrite aussi dramatique. Et elle devenait incontinente. Parce qu'elle n'arrivait pas à se lever à temps. Elle ne connaissait un peu de paix qu'en dormant. Alors, maintenant, elle est vraiment en paix. C'est ce que je pense quand je regarde l'endroit de la cuisine où elle restait toute la journée dans son fauteuil.

— Quand est-elle partie ?

— Il y a un mois. Mais je n'ai pu me libérer que maintenant. Tu sais ce que c'est, dans l'enseignement.

Elle lui sourit d'un air entendu. Entre enseignants...

Ils avaient atteint le pavillon. Aussitôt, l'absence de Shuya inquiéta Sean.

— Elle est en ville, lui dit Angela. Elle voulait nous laisser parler seuls. Je lui ai pourtant dit que ce n'était pas nécessaire.

Elle se retrouva servant la soupe à son grand frère alors qu'elle n'était pas chez elle. Elle mit la bouilloire à chauffer pour faire du thé plus tard. Elle coupa le pain. Elle arrivait à peine, et déjà elle dorlotait Sean.

— J'aurais tellement voulu que les enfants connaissent leur grand-mère, dit-il. Maintenant, ils n'ont personne.

— C'était pareil pour nous, Sean. La mère de papa était morte avant notre naissance, et celle de maman, quand j'étais toute petite. Tu te souviens d'elle ?

— Non. Mais Denis et Laki auront une meilleure vie que toi et moi. Tout est si différent aujourd'hui. Et ils savent qu'ils finiront par aller en Irlande. Tu vois tous ces livres ? Ils sont sur mon pays. Et il y en a aussi sur le Japon. Contrairement à nous, eux, ils sauront d'où ils viennent.

Pensant à la mort de sa mère, Sean se cacha les yeux. Telle qu'il la revoyait, dit-il, elle était gaie, elle savait plein de choses sur les uns et les autres. À la maison, tout tournait autour d'elle.

Il parlait du passé, et Angela mangeait sa salade du bout des dents.

— Ce soir, nous dirons un rosaire pour elle, reprit Sean. Cela fera comprendre l'importance de l'événement aux enfants.

Son frère conduisant la récitation du rosaire alors qu'il vivait en état de péché mortel !

— Avec ce nouveau pape, crois-tu que ce sera

différent ? demanda-t-elle soudain en lui tapotant la main. Il a l'air si bon.

— Ce n'est pas une affaire de bonté mais de fonctionnement administratif, et toute administration est lente et complexe, dit tristement Sean. Si je pouvais faire monter mon dossier jusqu'à Jean XXIII, ce serait réglé en quelques jours. Mais il en aurait été de même avec Pie XII.

— Est-ce bon ou mauvais signe que ça traîne depuis si longtemps ?

— Je suis incapable de te le dire.

— Sont-ils au courant, ici ?

— Seulement tout au sommet. J'ai eu beaucoup de chance d'obtenir ce poste.

Autrefois, il n'aurait jamais admis devoir quoi que ce soit à la chance. Jeune prêtre, il était si sûr de sa valeur. Ses démêlés avec Rome changeaient sa façon de penser.

— Tu veux toujours retourner en Irlande ? demanda Angela, pressée de mettre cette question au net avant le retour des enfants et de Shuya.

— Bien sûr. Cela t'ennuie ?

— Non, pas du tout, mentit-elle.

— C'était seulement à cause de maman que tu m'en dissuadais, n'est-ce pas ?

— Absolument. Je ne m'en dédis pas.

Comme elle mentait bien ! Et pourtant, pouvait-il envisager plus grande folie ? Il était incapable d'imaginer le scandale qu'il causerait. Avoir trompé ainsi tout le monde. Ramener à Castlebay *un fils de dix ans* !

— Je m'en doute bien, Angela. Tu as toujours été si droite.

Angela servit le thé. Ses mains tremblaient un peu.

— Que vas-tu faire, toi ? Tu vivras toute seule au cottage ? reprit-il affectueusement.

— Je ne sais pas encore. En tout cas, j'y reste pour l'instant. Mais tu voudras peut-être l'occuper ? Si tu reviens...

— Oh, je ne songe pas à vivre à Castlebay. Pour un enseignant, c'est exclu. Et il y a les études des enfants.

Angela eut un bref moment de révolte intérieure. Qu'avait donc de si minable le couvent où elle enseignait, elle ? Et l'école des Frères n'avait tout de même pas obtenu de mauvais résultats avec Sean O'Hara ! Mais le contenu même de l'information la calma.

— Oui, tu n'as pas tort. Ce que tu veux, c'est revoir les gens, n'est-ce pas ? Discuter avec Mrs. Conway et le sergent McCormack, avec les Murphy ou les Dillon.

Elle avait choisi de mêler les noms des pires langues de vipère et ceux de familles ordinaires.

— C'est ma ville natale.

— Je te demandais ça pour savoir comment tu envisageais d'y revenir. En été ? Veux-tu que je prépare le terrain, ou préfères-tu t'expliquer toi-même, raconter ce qui s'est passé aux gens de Castlebay ?

— Je pensais que tu... À vrai dire, je n'en sais rien. Nous avons encore le temps d'y songer.

À part les deux énormes décisions qu'il avait prises dans sa vie, celle d'entrer dans l'Église et celle de la quitter, Sean était toujours aussi hésitant, pour ne pas dire pusillanime.

Au retour, elle s'arrêta à Londres pour rendre visite au père Flynn. Il l'invita à dîner au restaurant.

— Je commence à comprendre pourquoi les hommes entrent dans les ordres, plaisanta-t-elle. C'est un passeport pour dîner dehors toute leur vie.

— Oui, mais cette fois nous mêlerons le travail au plaisir. Je suis invité par le jeune O'Brien. Vous savez qu'il travaille dans un pub ? Eh bien, son patron ouvre un restaurant juste à côté, et c'est notre Ned qui le dirige.

— Et Tommy ? Il doit être libéré, non ?

— Oui. Et je veux justement questionner Ned à son sujet.

— Je me ferai toute petite.

— C'est inutile. Ned n'ignore pas votre rôle bénéfique dans leur vie.

— Père Flynn, vous simplifiez merveilleusement les choses. La simplicité est peut-être inséparable de votre ministère, comme la surdité pour les institutrices.

Ned paraissait à la fois fier de son rôle et un peu nerveux. Il expliqua au père Flynn comment ça se passait : il pouvait avoir au choix le steak, le poulet ou le poisson. Le prix du menu dépendait du plat de résistance, mais tous les menus marchaient avec une soupe et une glace. Il invitait le père Flynn ; seulement, pour Miss O'Hara, c'était difficile. Angela dit qu'il n'en avait jamais été question. Elle venait en cliente, et elle prendrait le steak — le menu le plus cher.

— C'est bien triste pour vous, Miss O'Hara, d'avoir perdu votre maman, dit Ned, que ses fonctions de maître d'hôtel n'absorbaient pas pour l'instant, car il n'y avait pas encore d'autre table occupée.

— Comment l'as-tu appris ?

— Par Clare, elle écrit toutes les semaines à Tommy. Et c'est moi qui lui lis les lettres. Je vous présente mes condoléances.

— Merci, Ned. Tu sais, elle était âgée, elle souffrait. En un sens, c'est une délivrance.

— Je crois que Tommy ne va pas faire long feu chez vos amis, père Flynn, dit confidentiellement Ned.

— C'est très regrettable. Pourquoi ?

— Il dit que les types de la bande vont le relancer. Moi, je pense qu'ils en ont soupé de lui, tout de même ils lui ont fait savoir qu'il aurait sa part la semaine prochaine.

— Mais s'ils en ont soupé, qu'est-ce qui empêche qu'il reste chez les Carroll ?

Le père Flynn avait trouvé à Tommy une place nourri et logé chez des fruitiers irlandais. Pour commencer, il nettoyait la boutique et portait les cageots. Et s'il donnait satisfaction, ils le mettraient à la vente.

— Vous connaissez Tommy. Il a beau être un homme, c'est toujours un gosse.

Angela soupira. Est-ce que tous les frères étaient de grands gosses ? Quand Ned les eut laissés, elle interrogea le père Flynn :

— Qu'est-ce que je vais faire, si Sean revient à Castlebay ?

— Vous y survivrez, Angela, comme vous avez survécu à tout le reste, dit le père Flynn.

Elle arriva à Dublin la veille de Noël, pour passer le réveillon avec Emer et Kevin. Il y avait du houx et du lierre partout dans la maison, et l'entrée était décorée de guirlandes de papier. Emer eut le tact de demander à Angela si cette ambiance n'était pas trop joyeuse, considérant son deuil si récent. Pas du tout, dit Angela, c'était exactement ce qu'il lui fallait. Et elle attendait avec joie de voir Clare qui, en allant à la gare, s'arrêterait au passage afin de donner son cadeau de Noël pour Daniel.

Clare paraissait fatiguée, et peut-être un peu amaigrie, mais elle était très gaie. Elle ne s'attarda que le temps de dire qu'elle était contente de passer Noël à la maison, d'autant qu'elle aurait enfin pour elle toute seule l'ancienne chambre de Chrissie, qu'elle avait repeinte durant l'été. Elle avait reçu une lettre de Ned. Ça marchait bien pour lui à Londres. Et du côté de Tommy, il n'y avait rien de fâcheux.

À la gare de Kingsbridge, en attendant le train sur le quai glacial, elle pensa à ses amies. Valerie redoutait ce Noël, car son père allait réintégrer la maison. Quant à Mary Catherine, elle était invitée chez les Nolan, mais elle était loin de s'en faire une joie.

Brusquement, Clare entra dans une cabine téléphonique et appela Valerie, qui devait être encore au foyer.

— Écoute, je suis pressée, car le train va bientôt arriver. Mets bien les choses au point avec ton père. Tu n'as pas à le dorloter. Il t'a abandonnée, cela t'a bouleversée. Dis-lui que tu veux d'abord voir s'il a l'intention de rester.

— Comment ça ? demanda Valerie, abasourdie.

— Il est inutile de faire comme s'il était parti la veille. Quand il vous a quittées, tu avais treize ans, tu avais besoin de lui. Si tu tires un trait là-dessus, il estimera être dans son bon droit.

— Si j'agis de la sorte, nous passerons les fêtes à nous disputer, et maman m'en voudra à mort.

— Pas du tout. Je ne te conseille pas de te disputer mais de t'expliquer. Joyeux Noël !

Ensuite, elle chercha le numéro des Nolan dans l'annuaire, ce fut James qui décrocha.

— C'est vous, Clare ? Que se passe-t-il ? demanda-t-il d'un ton alarmé.

— Voyons, James, il n'y a que les anciennes générations pour croire qu'un coup de téléphone signifie toujours une mauvaise nouvelle. Je veux seulement parler à Mary Catherine.

D'un ton vexé, il répondit qu'il allait la chercher.

— Dis-leur que ton père est facteur. Immédiatement.

— Hein ?

— Tu vas passer un Noël empoisonné à cause des mensonges dans lesquels tu t'empêtres. N'attends pas qu'ils t'interrogent. Ils n'iront tout de même pas te jeter dehors. (À l'autre bout du fil, Mary Catherine se mit à rire.) Alors, tu vas le faire, oui ou non ? reprit Clare. Je dois raccrocher dans une minute. Mon train arrive.

— Je crois que oui, convint Mary Catherine. Présenté comme ça, ce serait idiot de m'en abstenir.

Personne n'avait téléphoné à Clare pour lui donner des conseils, mais elle suivrait ceux qu'Angela lui donnait depuis toujours : avoir une attitude positive, se montrer gaie.

Elle aida sa mère à confectionner à l'improviste un gâteau de Noël. Elle rendit visite à sa sœur mariée, dans son pavillon neuf. Avec Jim et Ben, elle alla chercher du houx et du lierre chez des fermiers qui appréciaient qu'on les en débarrasse. Et ils décorèrent ensemble l'épicerie et la maison.

Elle fit de longues promenades avec son père sur la route de la Pointe. Il songeait à acheter un distributeur de crèmes glacées italiennes. Il pesait le pour et le contre : le pour, c'était qu'un jour ou l'autre un commerçant de Castlebay se déciderait à le faire. Et l'épicerie O'Brien verrait partir la clientèle chez celui qui débiterait ces glaces crémeuses en cornet. Le contre, c'était qu'il devrait emprunter l'argent pour acheter cette machine. En fait, c'était le courage de souscrire un emprunt qui lui manquait. Mais il faisait semblant de réfléchir, il disait que c'était tout de même une grosse dépense alors que, dans toute l'année, le distributeur ne servirait même pas trois mois. Clare lui apprit qu'à Dublin les gens mangeaient ces glaces-là même en hiver, par exemple quand ils faisaient la queue devant un cinéma. Il répétait :

— Oui, mais tout de même... je me demande...

Avec son dos voûté, il avait l'air vieux et fatigué, ce pauvre papa. Et s'il prétendait que ça lui faisait plaisir de prendre l'air avec sa petite fille, Clare voyait qu'il peinait, que le vent lui brûlait les yeux. Un instant, elle songea à lui parler de Tommy, mais elle y renonça aussitôt. Un homme qui n'arrivait pas à se décider à acheter un distributeur de glaces n'était pas de taille à entendre que son fils avait fait de la prison.

Quant à Josie, elle accueillit joyeusement Clare mais elle était débordée. Elle avait eu l'idée de proposer quelque chose qui commençait à se faire dans beaucoup d'établissements : le forfait « Programme de Noël ». Ils attendaient vingt-neuf clients. Tout le monde était sur les dents. Mais ça causait des dissensions dans la famille. Sa sœur Rose, qui était sur le point de revenir définitivement à l'hôtel, avait dit que puisque Josie en était pratiquement passée directrice, elle allait se faire engager ailleurs.

Dans la soirée, David Power passa à l'hôtel pour boire un verre et souhaiter aux Dillon un réveillon de Noël réussi. Ils ne savaient plus à quel saint se vouer, parce qu'ils avaient tout prévu sauf un pianiste. L'été, ils prenaient pour ça des étudiants à qui ils donnaient une chambre et le petit déjeuner pourvu qu'ils tiennent le piano le soir. Et les invités qui descendaient au salon !

— David, vous qui savez jouer... Rien que pour une heure, dit la mère de Josie avec un regard implorant. Vous ne pouvez savoir à quel point vous nous tireriez d'affaire.

— Mais je suis plus que médiocre, protesta David. Clare, tu ne peux pas te dévouer ?

— Non, car les études de piano n'étaient pas incluses dans mon éducation. Tandis qu'un garçon comme toi, rompu à toutes les disciplines, et avec ton tempérament artiste...

— Clare, sois assurée que je te déteste, dit-il en riant.

Josie se confondit en remerciements et le mena au piano. David exécuta laborieusement *Dans la taverne de ma ville.* Dick Dillon, qui était planté au milieu des clients, se mit à chanter les paroles, et ils ne se firent pas prier pour reprendre la suite en chœur. Au bout de trois morceaux, David comprit qu'il en avait pour toute la soirée. Dick Dillon aussi, car il lui apporta une bière qu'il déposa sur le dessus du piano.

Bones était resté dans le hall, attendant patiemment que la musique s'arrête. On le conduisit à la cuisine et on lui servit une pâtée. Il s'endormit à côté de la cuisinière, en rêvant de dunes pleines de lapins et de grandes plages à marée basse où on ne se lassait pas de lui faire rapporter un bout de bois.

L'été de 1959 fut torride — au point que certains disaient qu'il présageait la fin du monde. Tom O'Brien se maudissait d'avoir été timoré quand il voyait les vacanciers passer en foule devant sa boutique pour aller assiéger son concurrent, Fergus. Celui-ci avait acheté la fameuse machine, et en plus son chiffre d'affaires augmentait considérablement parce que les clients pour les glaces trompaient leur attente en achetant des bonbons, des magazines, de l'épicerie. Le Comité des fêtes de Castlebay se félicitait d'avoir prévu un registre indiquant les locations vacantes — ce qui évitait aux arrivants d'aller de porte en porte pour trouver une chambre chez l'habitant. Il y avait à présent deux maîtres nageurs, et la baignade était strictement interdite en dehors de la portion de plage limitée par deux drapeaux. Cet été-là, il n'y eut pas de noyade à Castlebay, ni non plus de membres cassés dans le sentier de la falaise, car il avait été aménagé et muni d'une rampe. On allait toujours crier ses questions dans la grotte de l'Écho. Les Dillon, qu'un projet de construction d'un énorme hôtel avait plongés dans l'abattement, furent transportés d'apprendre que deux des cinq promoteurs associés dans l'affaire avaient dissimulé qu'ils étaient en faillite — ce qui mit fin à l'entreprise. Le Dr Power disait qu'il sentait le poids de l'âge, mais sa récompense, c'était son fils David, à présent médecin. Le garçon avait passé brillamment ses derniers examens. Il faisait encore une année d'internat à Dublin, et après, nul ne pouvait prévoir...

James Nolan fut admis au Barreau et plaida sa première affaire. Et il avait beau dire qu'on ne lui en confierait jamais une deuxième, on le voyait souvent chargé de dossiers.

Fiona Doyle annonça ses fiançailles avec Frank Conway, le précieux rejeton de Mrs. Conway, la receveuse des postes. Mrs. Conway ne tenait pas tellement à ce que Frank convole, et par ailleurs, les Doyle lui inspiraient quelques réserves. Les choses que faisait ce Gerry ! Même s'il n'y en avait que la moitié de vraies, c'était un énergumène à montrer dans un zoo. Et la mère était bizarre — une sorte de phobie, à ce qu'on disait. En tout cas, elle restait enfermée chez elle. Mais Mrs. Conway en était encore à entendre une critique sur Fiona Doyle. Une fille qui était belle, et qui se respectait. On ne l'avait jamais vue avec un homme, même dans cette période difficile où les jeunesses se laissent tourner la tête. Oui, soupirait-elle, Frank aurait pu tomber beaucoup plus mal. Et Frank semblait très impressionné depuis la conversation qu'il avait eue avec Gerry Doyle. Ce petit singe avait eu l'impudence de dire que c'était son devoir de frère. Mrs. Conway n'avait pas réussi à en savoir la teneur.

En sortant de chez le Dr Power, qui lui avait appris qu'elle était effectivement enceinte, Chrissie acheta une robe de grossesse avant de reprendre son poste à la boucherie Dwyers.

Ned O'Hara fit une visite éclair à ses parents. Avec Dorothy, sa fiancée. Dorothy trouva Castlebay formid'. Quand ils seraient vieux, elle et son Neddy — vers la trentaine, quoi ! — ils viendraient là et ils y ouvriraient un restaurant. La maison des O'Brien était vraiment formid'. La mère de Dorothy était irlandaise. Pourquoi ne lui avait-elle pas fait découvrir plus tôt ce pays ? Un endroit formid'.

Cet été-là, une lettre chargée arriva, au nom d'Agnes O'Brien. Elle contenait vingt-cinq coupures de dix livres et un petit billet à peine lisible de Tommy. Depuis des années il mettait de l'argent de côté pour offrir un cadeau à sa maman. Voilà, le cadeau, c'était l'argent.

La première réaction de Tom fut qu'il ne fallait pas

ébruiter la chose. Pendant tout l'été, on discuta de ce qu'on ferait de l'argent de maman. Pas avec Chrissie, puisque, à présent, elle était une Byrne.

Finalement, il pensa à acheter un manteau pour Agnes et dans un projet maintes fois caressé : agrandir l'espace commercial, en profitant de la vue imprenable sur la mer. Il suffirait d'un toit de plastique ondulé reposant sur des piliers. On mettrait là-dessous des tables et des chaises, et on y servirait les orangeades et les glaces, pour ceux qui voulaient consommer tranquillement. Et l'été prochain, rien n'empêcherait d'offrir également du thé et des sandwiches. Grâce à l'argent de Tommy, le projet devenait réalisable.

L'été 1959, mère Immaculata demanda à Angela O'Hara si, maintenant qu'elle avait la liberté de parcourir le monde, elle voulait toujours enseigner à l'école du couvent. Percevant très bien que la mère supérieure ne demandait qu'à la voir décamper, Angela répondit qu'elle voulait rester à Castlebay. Et, ce même été, Dick Dillon lui proposa le mariage. Angela lui expliqua avec tact qu'ils ne se supporteraient pas plus de quelques mois, et que ça les mènerait tous les deux à l'asile. Dick fit bonne figure. Elle lui tapota le genou et lui dit qu'elle comptait sur lui pour être son cavalier au bal du Comité. Parce qu'elle le trouvait épatant.

D'après les professeurs, Clare obtiendrait une mention « Très bien ». Elle se le répétait sans trop oser y croire. À la Bibliothèque nationale, elle se prit à rêver. Avec une telle mention, elle ne serait plus « la boursière » mais « la lauréate ». Une érudite. Il fallait qu'elle écrive ça tout de suite à Angela. Elle détacha une feuille de son cahier à spirale. Pour la première fois, lui dit-elle, elle sentait qu'enfin tout marchait. Les prières, les questions dans la grotte de l'Écho, et, plus que tout, le mal qu'Angela s'était donné pour elle.

Angela répondit par retour du courrier. Elle n'avait

jamais reçu une plus merveilleuse lettre. Cela justifiait tous ses efforts — y compris celui de supporter la croassante Immaculata. Clare était en haut de la vague, le monde lui appartenait. Voilà ce que pensait Angela.

Clare plia la lettre en quatre et la glissa dans le rabat du grand carnet relié de cuir noir qui ne la quittait jamais. C'était un cadeau des sœurs de l'école secondaire, quand elle avait obtenu le prix Murray. Immaculata lui avait donné un portrait de Maria Goretti, dans un grand cadre capitonné en velours corail. Heureusement, l'image avait plu à sa mère, qui l'avait accrochée au fond de la boutique où elle se fanait progressivement. Et Gerry Doyle avait absolument tenu à lui faire présent d'un stylo, en prétendant — ce qui était faux — que s'il avait eu la commande des photos de groupe des candidats, c'était parce qu'il y avait parmi eux une fille de Castlebay. Elle songea à Gerry. Elle ne pouvait pas lui écrire comme elle l'avait fait à Angela, mais elle aurait aimé bavarder avec lui. S'il revenait à Dublin, ils iraient se promener le long du canal, ou bien elle paraderait en sa compagnie devant les filles du foyer. Clare soupira. Ce n'était pas en rêvant comme ça qu'elle décrocherait sa mention.

Mais en sortant de la Bibliothèque nationale, elle acheta une carte postale pour Gerry, une vue de O'Connell Street. Elle lui écrivit qu'elle allait bien, qu'elle était contente, et que cela lui ferait plaisir de le voir s'il passait par Dublin.

Gerry ne répondit pas.

Pour qui se prenait-il ?

Heureusement qu'elle n'était pas amoureuse de lui.

David découvrit très vite que la vie d'un interne était loin d'être rose. Certains vous prenaient pour un médecin éprouvé qui doit tout savoir ; d'autres vous regardaient comme un parfait ignare en blouse blanche. Et les horaires ! Les cas insolites, les cas effrayants, il fallait y faire face nuit et jour. À force de veiller et de manger en quatrième vitesse, les jeunes médecins étaient complètement déphasés. Quant à sortir ou voir des amis, c'était exclu.

On appela David au téléphone.

— Dr Power, dit la voix au bout du fil, ici Mr. Nolan, avocat. Que penserais-tu d'un long déjeuner bien arrosé ? Je viens de recevoir un chèque de soixante-dix guinées.

— Un déjeuner ?

— Voyons, tu as dû en entendre parler. C'est une chose qui se fait à midi. On mange et on boit, assis à une table.

— Ici, c'est absolument inconnu.

— Alors, tu viens ? On pourrait se retrouver à mi-chemin, par cette splendide journée d'automne.

David eut envie de l'envoyer promener. Fallait-il que James manque de tact ! Il était donc incapable d'imaginer la vie que menait un interne ? David ne s'était pas couché de la nuit, et il était de service toute la journée. Il y avait d'abord eu la tournée des salles. Une prise de sang ici, un goutte-à-goutte là, envoyer le troisième à la radiographie. Et la surveillante était une peste, qui estimait ne devoir parler des patients qu'aux professeurs. Comme ça, les internes avaient l'air de sacrés idiots.

Et ce matin, un patient difficile avait arraché à trois reprises son goutte-à-goutte ; chaque fois, David avait dû courir à son chevet. Ensuite, il y avait eu la tournée avec le professeur — l'enseignement clinique. À présent, c'était l'heure des consultations. Quand James l'avait appelé, David examinait un homme qui se plaignait d'une enflure du pied.

Le plus courtoisement possible, David lui dit de trouver un autre convive pour célébrer l'arrivée du chèque. Pour sa part, il avalerait en vitesse des choses peu appétissantes. À condition qu'il en ait le temps.

Ensuite, il faudrait procéder aux admissions, et faire un premier tri des patients, en attendant que les chefs viennent se pencher sur leur cas. Et la journée ne serait pas encore finie...

Il revint vers l'homme au pied enflé en vouant intérieurement ces parasites d'avocats aux gémonies.

— Écoutez, je ne vois pas ce que c'est, dit-il honnêtement. Montrez-moi l'autre, pour que je compare.

À contrecœur, l'homme enleva chaussure et chaussette. Le pied qui devait être montré au médecin était propre. L'autre n'avait pas été lavé depuis bien longtemps. David se recula un peu pour voir d'un coup d'œil s'il y avait également enflure. Il rencontra le regard du patient.

— Vous comprenez, dit l'homme, je ne pensais pas...

— Je sais. C'est ça l'ennui. On pense rarement.

À l'École de médecine, il n'avait jamais eu cette impression de solitude. Mais à l'hôpital, l'interne accomplit ses tâches, et sa vie se limite là. Si par hasard il parvient à s'en échapper, il n'a personne pour partager son évasion.

Le soir tombait. David retournait ces idées sombres en suivant Kildare Street. Entre ceux qui arrivaient et ceux qui sortaient, les entrées de la Bibliothèque nationale et du Collège des Arts étaient très animées. Devant le Dail, la Chambre des députés, les gardes paraissaient très affairés. À part David Power, tout le monde avait quelque chose à faire.

Soudain, il vit Clare émerger de la Bibliothèque, serrant contre son cœur ses livres retenus par un élastique. Dans la lumière du soir, elle était très jolie.

— Clare, Clare ! appela-t-il. J'espérais te trouver.

Elle était heureuse de rencontrer quelqu'un de connaissance. Il lui prit le bras et lui proposa d'aller boire un café.

— Volontiers. Pourquoi me cherchais-tu ? demanda-t-elle.

— Pour te proposer de sortir ce soir. Je sais que je te prends au dépourvu, mais à l'hôpital nous ne savons jamais d'avance quand nous serons libres.

Clare comprenait très bien. Ça ne la dérangeait pas. Mais elle devait d'abord repasser au foyer où un message serait peut-être arrivé pour elle. Un ami qui venait à Dublin. S'il arrivait ce soir, elle irait dîner avec lui et les deux filles qui partageaient sa chambre. Sinon elle sortirait avec David.

— C'est honnête, non ? dit-elle

Tandis qu'ils se dirigeaient vers le foyer, il grommela qu'un garçon avec trois filles, c'était plutôt rare.

— C'est Gerry Doyle.

David se sentit brusquement pris d'une curieuse exaspération. Ce Gerry Doyle était franchement *impossible.* Haut comme trois pommes et se croyant irrésistible. Et ça marchait, parce qu'il avait la manière.

— Je croyais que Gerry Doyle, ça t'était passé, dit-il d'un ton supérieur.

Clare fut surprise. David Power n'avait pas l'habitude de s'exprimer de la sorte.

— Gerry Doyle, ça ne passe jamais, répondit-elle.

Exactement la formule qu'avait employée Caroline ! Furieux, David lança à Clare :

— Mais qu'est-ce qu'il a donc de si extraordinaire ? Il fait bien l'amour ou quoi ?

— Ce n'est pas moi qui pourrais te le dire, répondit sèchement Clare.

— Pourtant, les conversations intellectuelles, ce n'est pas son genre, hein ? Et s'il a une âme de poète, il la cache bien !

— Ma parole, tu fais une scène.

— Non, mais tu me déçois. Tu t'abaisses. Je te croyais différente des autres. Et puis Gerry Doyle lève le petit doigt, et tu accours. Enfin, Clare, un type aussi vulgaire. Tu vaux mieux que ça !

Ils s'affrontaient, plantés sur le trottoir. Clare ne se rendait même pas compte que les passants devaient les éviter.

— Si tu es déçu, c'est ton affaire. Et garde pour toi tes insultes. Parce que s'il y a quelqu'un de vulgaire en ce moment, c'est toi. Et maintenant, moi je vais retrouver mes amies. Si Gerry est là, il ne se permettra pas de commentaire sur ce que nous sommes ou ne sommes pas, mais il nous remontera le moral, il nous fera rire. Il sera *gentil* avec nous. Et c'est ce que tu es incapable de comprendre. Gerry Doyle est gentil avec les gens. Il est *content* de les voir. Il sourit, il pose des questions, et il écoute vraiment les réponses. Il *aime* les gens. Et moi, Valerie et Mary Catherine, nous serons heureuses s'il arrive ce soir à Dublin.

— Clare, je ne voulais pas...

— Oh, laisse-moi tranquille. Je suis fatiguée.

— Moi aussi, je suis fatigué. À l'hôpital du matin au soir et du soir au matin. J'en ai tellement assez que je ne vois plus clair.

— Je m'en rends compte, se contenta de dire Clare.

— Écoute, même s'il est là, je pourrais sortir avec vous...

— Certainement pas. Après tout ce que tu viens de déballer sur lui ! Trouve-toi une autre compagnie pour ce soir. Et je plains la personne sur qui ça tombera.

Clare tourna les talons. David la regarda partir à grandes enjambées rageuses.

Une semaine plus tard, elle reçut une lettre de David.

> Je commence à comprendre pourquoi on plaisante sur les médecins en disant qu'ils sont incapables de tenir une plume en dehors de la rédaction des ordonnances. Cela fait si longtemps que je n'ai pas écrit une lettre amicale

que je ne sais pas par quel bout commencer. Mais je tiens à te dire que, l'autre fois, j'étais d'une humeur exécrable, et à te présenter mes excuses. Je te le dis très sincèrement. Je ne sais pas pourquoi j'ai attaqué Gerry Doyle de la sorte. Ou plutôt, je dois avouer que la jalousie me poussait. J'ai toujours envié son charme naturel, son succès avec les filles. Et encore plus ce soir-là parce qu'il allait peut-être me priver de sortir avec toi. Ce n'est pas facile d'admettre une chose pareille, et je m'y prends sans doute maladroitement, mais je tiens à te répéter encore une fois mes regrets. Pour Halloween, nous faisons un bal à l'hôpital. Je serais heureux que tu veuilles bien être ma cavalière...

Clare lui envoya une carte postale pour lui dire qu'elle acceptait. David vint la chercher au foyer. James lui avait prêté sa voiture. Clare avait mis la robe jaune et rouge que Mary Catherine avait portée pour aller danser avec James. Penchée à la fenêtre, celle-ci la regarda partir :

— Même robe et même auto, dit-elle. Seule la distribution a changé.

— Ils élèvent une jolie race, à Castlebay, remarqua Valerie qui, penchée à côté d'elle, regardait David, en pardessus foncé et écharpe blanche, qui ouvrait la portière à Clare.

L'internat était décoré de petites têtes grotesques, découpées dans des citrouilles à l'intérieur desquelles brûlaient de petites bougies. Les lampes étaient masquées par des papiers rouges ou noirs. Et il y avait des pommes pendues au plafond ou placées dans des cuvettes. Il fallait les attraper avec les dents, et on les ratait presque toujours, parce qu'on riait trop. La moitié des garçons avaient déjà le devant de leur chemise trempé. Le stock de disques était imposant.

Une infirmière avec une jambe dans le plâtre s'occupait de l'électrophone.

David avait beaucoup de succès, et les filles l'assiégeaient quand l'infirmière annonçait :

— Cette fois, les dames choisissent leur cavalier !

Ça faisait drôle à Clare d'entendre les infirmières appeler David « Docteur Power ». Il lui présenta ses collègues.

— Il n'y a pas de garde ce soir ? demanda-t-elle.

Il lui expliqua que si. Quand on appelait un interne, ils y allaient à tour de rôle, et environ un tiers d'entre eux ne buvaient rien d'alcoolisé, au cas où il y aurait eu des urgences.

— Ce sont les plus dangereux, expliqua à Clare un interne barbu. Comme ils ne peuvent pas boire, leurs obsessions tournent autour d'autres pôles.

— J'ai donc intérêt à rester avec les soiffards, si je tiens à conserver ma vertu, dit Clare en riant.

David la regardait avec fierté. Et elle-même ne le voyait plus avec les mêmes yeux. Dans ce monde-là, il était détendu et drôle. Elle n'avait jamais songé qu'on pût rire avec David Power. Jusque-là, elle le trouvait même un peu solennel. Quoique... pendant tous ces étés où les Nolan étaient venus à Castlebay, il n'ait pas été le dernier à rire et s'amuser, tandis qu'elle était clouée derrière son comptoir.

— À quoi penses-tu ? lui demanda David qui l'avait invitée à danser, et la serrait d'un bras vigoureux.

— À toi. Tu as l'air si bien intégré ici. Tu t'amuses.

— À Castlebay aussi, je m'amusais. Seulement là-bas, tu me regardais d'un œil désapprobateur.

— D'un œil jaloux, oui. Tu avais tellement de liberté.

— Moi, je vous enviais, avoua David en souriant. Vous vendiez de la confiserie, vous entriez et sortiez à votre guise. Personne n'était là à attendre votre retour, à guetter vos moindres paroles.

— On n'est jamais content, je te l'ai déjà dit. Tu t'en souviens ?

— Oui, mais je n'aurais pas cru que toi tu t'en souvenais. Je trouvais que c'était une remarque mélancolique, pour une petite fille.

Au même moment, l'infirmière mit un nouveau disque, et la robe jaune et rouge de Mary Catherine vola dans une exécution très swinguée de *Down by the River Side.* David et Clare n'avaient pas remarqué qu'on annonçait : « Les dames choisissent leur cavalier. » Plusieurs infirmières battirent en retraite.

Le dîner fut splendide, un vrai festin de Halloween : des pyramides de *colcannon,* ce mélange de chou, de pomme de terre et d'oignon écrasés — et on n'avait pas oublié d'y glisser des piécettes de trois pence et des bagues de pacotille ; des platées de saucisses ; et pour finir, un amoncellement de *barmbrack,* mais les tranches de pain au raisin étaient grillées et, elles aussi, truffées de bagues — présages de mariage dans moins d'un an, et donc sources de cris de divine surprise. Clare faillit avaler la sienne.

— Seigneur ! dit-elle, quelle frayeur !

— Tu as failli t'étouffer ? demanda David.

— Non. C'est la pensée d'être mariée dans un an.

Ils étaient assis près d'une fenêtre de la grande salle, un peu à l'écart, parce qu'il y avait tout de même un fameux tapage. Chacun buvait son verre de vin rouge à petites gorgées.

— Ce ne serait tout de même pas la fin du monde.

— Si. En tout cas, de mon monde.

Elle lui expliqua ses projets : la maîtrise, le doctorat, les États-Unis, et finalement l'enseignement universitaire.

— Tu y arriveras, dit David.

— Oui, parce que je le veux, je le veux absolument. Nous venons de la même ville, tu m'as connue toute petite, mais nous sommes de milieux trop différents pour que tu puisses imaginer ce que ça représente pour moi d'en être où j'en suis et de me dire que je deviendrai un grand professeur d'histoire !

— Je ne suis tout de même pas bouché à ce point. C'est toi qui me connais mal. Est-ce que tu sais comment je vois ma carrière, moi ?

— Tu vas devenir le suppléant de ton père, en attendant de reprendre son cabinet, non ?

— Non, justement. Je ne me vois pas du tout en médecin de campagne. Tu as choisi ta voie, j'ai l'intention de choisir la mienne.

— Mais tout le monde pense...

— Tout le monde pensait que tu resterais à l'école du couvent jusqu'au brevet, et que, pour finir, tu épouserais un garçon du coin. Comme Chrissie.

— Ce n'est pas pareil. Pourquoi avoir fait tes études de médecine si tu ne veux pas être docteur ?

— Si, je veux être médecin. Mais je ne suis pas encore praticien. Et j'ai l'intention d'en apprendre beaucoup plus, de passer au moins quatre ou cinq ans à travailler dans des spécialités différentes, avec des patrons qui sont à la pointe...

— Tu préfères être spécialiste ?

— Je ne dis pas ça. J'aimerais être généraliste, comme mon père. Mais pas tout de suite. Et certainement pas à Castlebay. Tu me vois vivre à côté de papa et maman, et leur raconter le soir ce que j'ai fait de ma journée, comme quand je revenais de l'école ?

— Non, convint Clare en riant. Présenté comme ça, c'est assez ridicule. Mais il est très possible que tu te maries. C'est dans l'ordre des choses, non ?

— Ah oui ? Seulement, si j'attends que tu dételles à trente-quatre ans, moi, j'en aurai près de quarante.

— Je ne te le conseille pas, s'empressa de dire Clare, qui tenait à être bien comprise. Je n'ai pas l'intention de renoncer à ma chaire d'histoire et de retourner à Castlebay quand j'aurai trente-quatre ans. J'ai dit que c'était l'âge où je me marierais.

— Tu es trop compliquée pour moi. Il vaut mieux que j'épouse quelqu'un d'autre.

— Caroline Nolan, par exemple.

— Alors, toi aussi tu penses que nous irions bien ensemble, comme ma mère, comme la sienne, comme son frère ?

— Pas toi ?

— Je ne sais pas. Viens donc danser.

Un médecin roux qui avait l'accent de Cork demanda à David s'il voulait bien lui prêter cette jolie dame en rouge et jaune. Il expliqua à Clare qu'on l'appelait Bar. À Cork, tout plein de gens avaient un prénom dérivé de Finbarr. Lui-même portait le nom du saint. Il se présenta comme le chef d'un service — un homme tout ce qu'il y a d'important, et dont la carrière de David pouvait dépendre, pourvu que Clare soit gentille et docile aux désirs de Bar. Franchement réjouie, elle lui demanda si son speech donnait parfois des résultats.

— Rarement, convint-il sombrement. Mais de nos jours, les jeunes personnes ont pas mal de cervelle. Et puis, ajouta-t-il en l'étreignant encore plus étroitement, pas mal d'autres choses aussi. Certaines étaient mignonnes comme tout.

Diplomatiquement, Clare proposa de l'aider à choisir la plus mignonne. Bar accepta sportivement. Ils détaillaient un groupe de filles quand David vint libérer Clare en réclamant sa cavalière.

— Dieu soit loué, dit-elle, ce type a quelque chose de la pieuvre.

— Personnellement, je regrette que, pour la bonne tenue de la soirée, on ait exclu les attouchements.

— Allons donc, David ! Comme si c'était ton genre. De toute façon, tu ne te livrerais pas à des attouchements. Et tu n'oserais te montrer caressant qu'avec quelqu'un que tu aimes. Je me trompe ?

— Seigneur Dieu ! Tu as absolument raison, dit-il en serrant plus fort Clare, mais sans laisser vagabonder ses mains, contrairement à Bar-la-pieuvre. (Un sobriquet qui allait lui rester.)

Alors qu'il ramenait Clare au foyer, il stoppa en chemin. Clare le regarda d'un air inquiet.

— Non, calme-toi, dit-il. Je ne suis pas devenu un grand méchant loup. Simplement, j'ai envie de parler. Normalement, à cette heure-ci je m'écroule. James prétend que je suis le plus assommant de ses amis. Jamais libre — ou, s'il est libre, s'endormant aussitôt.

Ils se mirent à discuter à bâtons rompus, amicalement, sans aucune gêne.

— Écoute, nous devrions sortir d'autres fois. Aller au cinéma, ou simplement boire un café. Ça te dirait ?

Il lui proposait de se revoir en amis. C'était évident.

— Oui, bien sûr, dit Clare.

Et sans personne sur le dos, remarqua-t-il en l'embrassant sur les deux joues avant de remettre l'auto en marche. Il ne citait pas les gens de Castlebay, mais c'était clair.

Au foyer, il eut la sollicitude d'attendre que Clare soit rentrée par l'échelle de la liberté.

— Ça s'est bien passé ? demanda Mary Catherine à moitié endormie, tandis que Clare enjambait la fenêtre.

— Épatamment.

— Il t'a fait du gringue ?

— Non, rien de ce genre.

— Alors, pourquoi rentres-tu si tard ?

— Nous avons bavardé.

— Oh, oh, c'est sérieux, dit Mary Catherine, à présent tout à fait réveillée.

— Tu es complètement idiote. Dors donc !

— Qu'est-ce qui se passe ? demanda Valerie, émergeant de son sommeil.

— Clare vient de rentrer. Ils ont discuté toute la nuit. Ils sont amoureux.

— Formidable nouvelle, dit Valerie en se rendormant.

— Je ne suis pas amoureuse de lui, affirma Clare. Même si je le voulais, je ne le pourrais pas.

— Pourquoi ? Vous vous connaissez assez, non ?

— Parce que sa mère demanderait qu'on place un cordon de gendarmes autour de leur grande maison sur la falaise, si elle pensait qu'une O'Brien, une fille de petits épiciers, avait des vues sur son fils.

Tout en parlant, Clare s'était déshabillée et couchée.

L'œil rond d'étonnement, Mary Catherine contre-attaqua :

— Tu ne vas pas me dire que tu laisserais de pareilles imbécillités te faire obstacle ? Tu ne vas pas me dire...

— Je ne te dirai rien d'ici demain matin. Dors bien, Mary Catherine.

La lettre de Ned n'était pas longue. Tommy avait quitté la fruiterie des Carroll un vendredi. Il avait dit qu'il leur laissait son salaire de la semaine, puisqu'il ne l'avait pas terminée. Ce ne serait pas honnête. Il avait trouvé autre chose à faire. Les Carroll avaient téléphoné au père Flynn, mais Tommy demeurait introuvable. Seulement, le mercredi suivant, la police l'avait trouvé. Dans une voiture volée, poursuivie par la police et qui était entrée dans le décor. On poursuivait le véhicule parce qu'on l'avait vu disparaître après un vol avec effraction. Tommy s'en tirait avec une épaule déboîtée, la mâchoire brisée et neuf ans de prison, Ned voulait simplement demander à Clare s'il ne fallait pas enfin le dire à papa et maman, ou si on allait continuer éternellement à faire semblant.

Pauvre *abruti* de Tommy. Clare ne pouvait l'imaginer dans une bande de repris de justice. Elle ne se souvenait plus que lointainement de lui, mais elle avait mémoire d'un garçon aussi gentil que Ned, tel qu'elle l'avait retrouvé l'été dernier.

Il fallait qu'elle le dise à ses parents. Mais pas par lettre.

Et puisqu'elle rentrait chez elle pour Noël...

Elle l'annonça dès le soir de son arrivée.

— J'ai de mauvaises nouvelles de Tommy, commença-t-elle. Il n'est ni malade ni blessé, mais ce sont de mauvaises nouvelles.

— Tommy, mon Tommy... dit maman.

Et ses yeux se remplirent de larmes. Toute la famille s'assit autour de la table de la cuisine.

— Ned m'a écrit que Tommy était en prison... pour longtemps.

— Combien de temps ? demanda aussitôt maman d'une voix ferme.

Son premier réflexe n'était pas de savoir pourquoi son fils aîné était privé de liberté, mais jusqu'à quand il le serait.

— Une longue période, maman. Très longue. Neuf ans.

Elle regarda ses parents et ses jeunes frères. Dire que, vingt secondes plus tôt, ils croyaient encore que Tommy menait une vie normale ! Et maintenant, ils allaient tout apprendre en même temps. Quelle erreur de n'avoir rien dit dès la première fois...

Elle se mit à raconter l'histoire de Tommy.

Gerry Doyle arriva en plein milieu.

Maman pleurait. Papa agitait la tête en grognant que ça devait arriver. Les yeux écarquillés, Jim et Ben oscillaient entre l'admiration pour le grand frère qui avait eu le cran d'entrer dans une bande de voleurs, et l'horreur de la honte qui allait rejaillir sur eux.

— J'ai bien vu la pancarte « Fermé » sur la porte, dit Gerry Doyle en souriant. Mais j'ai pensé que c'était seulement pour les clients.

— Non, c'est pour tout le monde, annonça Claire en le regardant droit dans les yeux.

— Mais comment donc ! convint Gerry qui avait

compris. Je voulais seulement des cigarettes. Ne vous dérangez pas. Je me servirai et je passerai vous payer demain.

Gerry Doyle s'esquiva. Aussitôt se déclencha l'avalanche de reproches. De quel droit leur avait-elle caché ce qui se passait depuis le début ? Qu'est-ce qu'ils cherchaient donc, Ned et elle, en leur débitant mensonge sur mensonge ? Et qu'est-ce qui garantissait qu'elle leur racontait la vérité, à présent ? Ce prêtre qui se mêlait de leurs affaires, qui était-il ? Est-ce que la fiancée de Ned était au courant ? Ça n'en ferait qu'une de plus qui les aurait trompés...

Clare fit bravement face. Ça devenait progressivement plus facile. Le premier choc était passé. Elle avoua qu'elle n'aurait pas dû les laisser dans l'ignorance, mais sincèrement, la première fois elle avait cru qu'il s'était laissé entraîner, qu'il ne récidiverait pas. Elle avait voulu le protéger de la colère de leurs parents.

Y avait-il des gens qui le savaient, à Castlebay ? demanda maman. La regardant bien en face, Clare répondit que non. Elle pouvait compter sur la discrétion d'Angela et de Gerry. Il était inutile de causer une honte supplémentaire à maman.

Toute la famille devait accuser le coup des révélations de Clare. Maman paraissait encore plus maigre et plus fatiguée. Papa avait le teint terreux. Le visage fermé, il peignait la nouvelle salle qui, maintenant, le désolait, parce qu'elle avait été construite avec l'argent d'un vol. Jim et Ben avaient moins d'entrain. Et ils restaient plus souvent à la maison, au lieu de courir Castlebay avec leurs copains de l'école, à l'affût de niches pendables.

Quand Chrissie venait, poussant devant elle son énorme ventre de femme enceinte, elle disait qu'elle se croyait plutôt dans un cimetière que chez ses parents au moment des fêtes de Noël. Si Clare les rendait aussi lugubres, elle aurait mieux fait de rester à Dublin.

Clare prévint qu'elle allait passer la journée chez Angela. Pour travailler son programme de l'université.

— Ne lui raconte pas nos ennuis, m'entends-tu ? l'avertit Agnes.

— Pourquoi le ferais-je ? riposta Clare, qui avait justement l'intention d'en discuter longuement.

Et c'est ce qu'elle fit, au point d'oublier tout le reste. Elle n'aurait su dire si elles avaient déjeuné ou pris le thé. En tout cas elles avaient bu, car elle se souvenait de la bouteille de porto sur la table.

À un moment, Dick Dillon se présenta au cottage. Angela l'éconduisit.

Clare avait bien des choses à raconter, mais Angela aussi. Au sujet du père Sean. Des années auparavant, il avait abandonné son ministère. Ses enfants étaient déjà grands. Toute la famille viendrait passer l'été à Castlebay. Ils avaient retenu une caravane. Le père O'Hara venait montrer sa maison natale à sa concubine japonaise et faire prendre conscience de leurs racines à ses enfants.

À Dublin, Clare et David étaient libres de se voir à leur guise. Il passait la chercher au foyer, ou elle prenait le bus pour le retrouver à son hôpital où ils buvaient un café à la cantine. Ils allaient au cinéma ou dans un pub. À Castlebay, ce genre de rencontres était exclu. Impossible de rester des heures à discuter dans le bar-salon de l'hôtel Dillon, car toute la ville l'aurait su. Impossible de se voir au golf, Clare ne sachant pas jouer et ne pouvant prendre des leçons sous peine de faire rire tout Castlebay — la petite O'Brien voulant singer les riches ! Les links et leurs discrètes dunes n'étaient donc pas pour eux. Et on aurait jasé si on les avait vus ensemble au cinéma.

Et ils ne voulaient à aucun prix susciter des commérages. Ils n'étaient pas amoureux l'un de l'autre.

Simplement amis, de grands amis. Mais à Castlebay, c'était là une notion inconnue. Et d'ailleurs, comment imaginer qu'une amitié puisse se nouer entre le fils du docteur (beau garçon et cœur à prendre) et la fille des épiciers (même si elle était étudiante).

Ils firent une longue promenade avec Bones. Le matin, David avait eu une sérieuse empoignade avec sa mère. Il avait dit qu'il irait peut-être au cinéma, à la séance du soir, et qu'il songeait à inviter Clare. Molly avait déclaré suavement qu'elle le lui déconseillait. Il mettrait la jeune fille dans une position fausse. Mais à Dublin, ils se voyaient, avait-il lâché sous le coup de la colère. En toute amitié, évidemment. La mine réprobatrice, Molly avait dit que, pour sa carrière, il n'était pas tellement recommandé de sortir avec une O'Brien. Il lui avait ri au nez. Elle avait quitté le salon comme une furie. David pouvait s'attendre qu'on en reparle ce soir, quand son père serait rentré. Il faillit tout raconter à Clare. Mais non, elle pourrait s'estimer offensée, même si elle était toujours la première à dire en plaisantant qu'à Castlebay il ne fallait pas confondre les serviettes et les torchons.

Clare fut sur le point de raconter à David ce qui arrivait à Tommy. Compréhensif comme il l'était, et tellement dénué de préjugés... Elle savait par Chrissie, qui le tenait de Nellie, que, le matin même, il y avait eu une grosse scène chez lui, à cause de son amitié avec Clare. Au fond, mieux valait qu'il continue à ignorer qu'elle était la sœur d'un délinquant bouclé dans une prison anglaise. Il était déjà suffisant qu'elle soit la fille de l'épicerie O'Brien !

Pour le réveillon du Jour de l'An, il y avait des réjouissances à l'hôtel Dillon, mais Clare n'avait pas le cœur à s'amuser. Elle proposa à sa mère d'inviter Angela O'Hara à dîner à la maison.

— Nous ne sommes pas des gens à inviter du monde à dîner, déclara sa mère.

— Il y a un commencement à tout, riposta Clare.

Son père dit que ça ne le dérangeait pas. Les histoires de femmes, ce n'était pas son rayon.

Contre toute attente, la soirée fut très réussie. Angela leur apprit à jouer au rami. Agnes, qui s'était d'abord fait prier pour y participer, finit par y prendre goût. Angela remarqua à plusieurs reprises qu'il était si agréable de passer le réveillon dans une famille.

— Une famille qui s'en va par tous les bouts, oui, dit Tom.

— Comment ça ? Vous avez une fille mariée qui vous rendra grand-père au printemps. L'autre est un petit génie. Deux garçons établis en Angleterre, deux ici, et, Dieu veuille, au sortir de l'école ils trouveront du travail sur place. Que vous faut-il de plus ?

Agnes dit que, présenté comme ça, effectivement ils ne devaient pas se plaindre, mais...

Et elle étouffa un soupir. Hochant sombrement la tête, Tom remarqua que tout ne se passait pas forcément comme on le croyait.

Alors là, Angela l'approuvait totalement. À Castlebay, il n'y avait pas une famille qui n'ait son lot de tristesse et de soucis. Elle y pensait souvent au cours de la messe dominicale. Seul le Seigneur savait ce que recelait le cœur des fidèles agenouillés. Cette constatation désabusée remonta considérablement le moral des O'Brien. Ils n'étaient pas les seuls à porter une croix. Ils en furent même tellement ragaillardis qu'ils décidèrent qu'il fallait boire quelque chose en l'honneur de l'année 1960 qui s'ouvrait. Ils échangèrent des vœux, et Angela s'en alla peu après. Elle avait promis à Dick Dillon de passer à l'hôtel pour lui souhaiter la bonne année.

Clare fit quelques pas dehors avec elle. Elle était nerveuse, et elle n'avait pas du tout sommeil. Elle alla s'asseoir sur le grand banc vert que le Comité avait fait installer devant la mer, juste en haut de l'escalier de la plage. Le ciel était dégagé et plein d'étoiles. La mer prenait une teinte d'encre bleu-noir, et les silhouettes des falaises ressemblaient à un décor.

Arrivé sans bruit, Gerry s'assit à côté d'elle.

— Tu circules comme un chat ou un félin, remarqua-t-elle. Tu m'as fait sursauter.

— Bonne et heureuse année, dit-il en tirant de son blouson une flasque d'alcool et deux petits gobelets de métal.

Clare battit des mains.

— Tu es vraiment formidable, Gerry ! Est-ce que tu as toujours cette panoplie sur toi, ou seulement au moment des fêtes ?

— Non. Je sortais de l'hôtel, et je t'ai vue te diriger seule par ici. J'ai couru m'approvisionner à la maison.

Ils choquèrent leurs gobelets.

— Pour toi, 1960 sera l'année décisive, hein ? Tu passes ta licence.

— Oui, et quand je pense à tout ce que je devrai rattraper en rentrant à Dublin ! J'avais l'intention de lire des tas d'ouvrages, et je n'en ai même pas ouvert un.

— Je m'excuse de vous avoir dérangés, l'autre soir. On aurait dit un conseil de famille.

— Nous parlions de Tommy. Comme tu étais déjà au courant, je peux te le dire. Il a récidivé. Et cette fois ils ont blessé un homme si gravement qu'il en reste infirme. Tommy est condamné à neuf ans.

Gerry ne put retenir un sifflement.

— Seigneur ! C'est sacrément lourd.

— Alors cette fois, j'ai décidé de mettre la famille au courant. Tu imagines le coup que ça leur a fait. Heureusement, ce soir Angela leur a formidablement remonté le moral. À propos, comme ils craignaient que des gens ne le sachent, j'ai juré que je ne l'avais dit à personne.

— Bien entendu.

Gerry n'était pas contrariant. Clare commençait à se détendre. L'alcool y était peut-être aussi pour quelque chose. Gerry l'embrassa. Un long baiser plein de douceur. Il glissa ses bras sous le duffle-coat de Clare et l'attira contre lui. Il recommença à l'embrasser. Elle sursauta. Quelque chose lui avait effleuré la jambe. C'était Bones. David arrivait derrière lui.

— Je m'excuse, lança-t-il. Je ne voulais pas vous déranger. C'était seulement pour dire « Bonne année ».

Et il tourna les talons.

Plein d'espoir, Bones regardait Clare et Gerry. Ils allaient peut-être jouer avec lui. Mais non. Déçu, il partit à fond de train rejoindre son maître, qui arpentait à grandes enjambées la route de la Falaise, sous le ciel constellé d'étoiles.

Ses parents n'étaient pas encore rentrés de l'hôtel. Nellie passait le réveillon dans sa famille. David claqua violemment la porte d'entrée.

Il allait s'installer au salon. Dans la cheminée, le feu rougeoyait encore. Il boirait un verre pour se calmer. Mais si ses parents rentraient, il sentait qu'il ne pourrait supporter leur conversation. Il se versa donc un grand whisky et l'emporta dans sa chambre. Ayant ouvert les doubles rideaux, il resta à contempler la mer. En entrant pour la première fois dans cette chambre, bien des années auparavant, Gerry Doyle s'était écrié qu'on se serait cru dans un tableau. Droit devant soi, il n'y avait que la mer. On ne voyait la terre qu'en tournant la tête vers un des caps, ou en se penchant, parce que le jardin s'étendait en contrebas.

Les deux grandes chambres du premier, la sienne et celle de ses parents, avaient de larges baies en saillie. Sous les trois fenêtres composant la baie courait une banquette qui formait coffre. David y rangeait ses jouets quand il était enfant. Il regarda s'ils y étaient toujours. Mais oui, il y avait un petit matériel de cricket, un tableau noir pliant, des boîtes de soldats de plomb, des jeux de construction, son Meccano, un carton portant l'inscription « Matériel de peinture de David ».

Ça l'agaçait de les revoir. D'un autre côté, qu'aurait pu en faire sa mère ? Les donner ? Et s'il voulait les garder pour ses propres enfants...

Tout l'énervait. Et il avait passé une soirée assommante. Sans compter sa gaffe avec Josie Dillon. Apparemment, Clare n'avait jamais dit à son amie que, depuis longtemps, Mary Catherine entretenait un flirt intermittent avec James Nolan. Josie l'avait très mal pris, et ce qu'elle pardonnait encore moins, c'était que Clare l'ait laissée dans l'ignorance. En larmes, elle était allée se coucher bien avant qu'on chante *Ce n'est qu'un au revoir.* Il y avait des explications en perspective pour le Premier de l'An.

Et là-dessus, il trouve Clare dans les bras de Gerry Doyle ! Ça l'avait bouleversé au point qu'en y repensant il se mit à trembler de tous ses membres. Il fut pris d'un tel malaise qu'il ne put finir son whisky. Il le vida dans le lavabo et s'étendit tout habillé sur son lit.

Au petit déjeuner, il était si blême que sa mère lui demanda s'il n'avait pas attrapé la grippe.

— Nous sommes deux médecins dans la maison, maman, dit-il sèchement. Tu veux bien nous laisser le diagnostic ?

Alarmé, le Dr Power leva la tête.

— Ta mère s'inquiète pour ta santé. Elle te parlait gentiment.

— Oui, tu as raison. Pardonne-moi, maman.

— N'y pensons plus, dit généreusement Molly.

Au moins s'excusait-il. Ce n'était pas comme l'autre fois, quand il lui avait réservé cette sortie parce qu'elle avait parlé innocemment de la petite O'Brien. Elle en était encore à attendre qu'il lui exprime ses regrets.

— David, c'est le jour des consultations, je ne bougerai donc pas de la maison. Si tu veux prendre la voiture pour faire un tour ? Ça te changera.

— Je te remercie, papa. Aimerais-tu aller quelque part, maman ?

L'idée ne lui souriait pas trop, mais il devait se montrer élégant. Par chance, Molly déclina l'offre. Elle avait un bridge dans l'après-midi, et ce matin, elle voulait se faire belle. Mais elle le remerciait de sa gentillesse. L'honneur était sauf.

Nouvel An ou pas, si on était mal fichu on allait chez le médecin. Le Dr Power passa dans son cabinet, de l'autre côté de la maison. Nellie prépara pour David des sandwiches à la dinde et une gourde de thé.

Il prit la voiture, roula sans but précis, stoppa en pleine nature et partit à pied vers une anse rocheuse qu'il ne connaissait que pour l'avoir aperçue de la route.

En la découvrant, il se dit qu'elle devait être inchangée depuis des siècles. Morne et inaccueillante, constamment battue par les flots, déserte hiver comme été. Qui donc ferait la descente par un sentier pierreux et raide pour débouler dans un endroit où il n'y avait pas de plage de sable ? Il se mit à jeter des galets dans l'eau, régulièrement, mécaniquement. Il songeait à la nuit qu'il avait passée, au tremblement qui l'avait pris en revoyant à Gerry Doyle tenant Clare dans ses bras. Il n'était tout de même pas obsédé par Clare. Non, c'était l'énervement, l'excès d'alcool, cette scène ridicule avec Josie Dillon, et l'inquiétude qui le tenaillait à cause de cette idée de son retour à Castlebay, de la vie entre papa et maman, à jouer au docteur.

Mais l'image de Clare lui dansait devant les yeux. Ses cheveux, ses épaules, son sourire lumineux. Sa façon de s'intéresser à tout, d'avoir des opinions sur n'importe quel sujet. Et si elle avait des projets superambitieux, elle était en tout cas brillamment partie pour la licence et certainement ensuite pour la maîtrise. Alors pourquoi, hier soir, s'était-elle conduite comme la dernière des traînées ? Parce qu'il n'y avait pas d'autre mot. Et en plus avec Gerry Doyle, qui avait embrassé et peloté toutes les filles un peu jolies, et même quelques-unes qui étaient assez tartes ?

Il lâcha le galet qu'il allait jeter et serra les poings. Gerry Doyle ne toucherait plus jamais Clare. Ah ça, non ! D'ailleurs, en y repensant, il n'oserait sûrement pas. Hier, c'était le réveillon. Gerry avait peut-être l'excuse d'avoir trop bu, lui aussi.

Oui, David l'expliquerait à Clare, et ils en riraient bien tous les deux.

Mais qu'y avait-il à lui expliquer ?

Il aurait dû prendre Bones avec lui. Rien qu'à regarder sa bonne tête d'ahuri, on allait mieux.

Que dirait-il à Clare ?

La seule attitude vraiment sage aurait été de s'en tirer par une plaisanterie, et d'oublier le tableau qu'il avait découvert sur le banc.

Mais David n'arrivait pas à l'oublier. Et il en avait des sueurs froides.

Il fallait qu'il voie Clare. Tout de suite.

Il lui dirait combien elle comptait pour lui. Il la supplierait de rester son amie et... d'être son amour.

Clare ne comprenait pas pourquoi elle était d'une humeur massacrante. Elle ne pouvait rien reprocher à David. Non seulement il n'avait pas été grossier, mais, considérant les circonstances, il avait même été courtois. Simplement, il n'avait pas à se trouver là. Et puis, deux ou trois baisers, est-ce que ça tirait à conséquence ? Par-dessus le marché, ils ne se cachaient pas. Et de toute façon, ce n'était pas elle qui céderait à Gerry Doyle !

Évidemment, elle avait souvent l'impression que, dans leur amitié, David souhaitait passer à une autre étape. Elle ne l'avouait pas aux filles. Elle n'arrêtait pas de dire qu'une liaison était hors de question. D'ailleurs, Mrs. Power y mettrait le holà, même si elle devait ceindre la villa d'un cordon de vigiles pour tenir Clare à distance.

De son côté, elle parlait avec David comme elle ne l'aurait pu avec personne d'autre. Il s'intéressait à tant de choses. Avec lui, Clare ignorait ce que c'était que de s'ennuyer. Il ne l'avait jamais serrée contre lui, il ne l'avait jamais embrassée. Elle ne savait pas ce qu'il éprouvait vraiment pour elle. Elle ne se cachait pas qu'elle aurait voulu être plus étroitement liée à lui, mais elle ne ferait rien dans ce sens. Et puis, elle se laissait peut-être griser par le fait que, lorsqu'elle était une gamine mal fagotée tenant l'épicerie familiale, David et James étaient les dieux de Castlebay.

En tout cas, ce n'était pas elle qui avait relancé le fils du docteur, mais l'inverse.

Si seulement elle n'avait pas fait un bout de chemin avec Angela. Ou si elle était ensuite rentrée directement à la maison. Ou si elle avait repoussé cet énergumène de Gerry Doyle. Et si cet idiot de chien n'avait pas joué les détectives...

À l'épicerie, le Jour de l'An était assez calme. C'était une fête d'obligation. Les O'Brien étaient allés en famille à la première messe. Clare n'avait pas cherché David des yeux. De toute façon, elle ne tenait pas à le rencontrer. Laissant ses parents bavarder avec des gens de connaissance, elle était rentrée directement à la maison.

Clare décida d'inviter Josie à dîner. Si elle pouvait obtenir que sa mère ne s'aplatisse pas devant elle... Pourquoi Josie ne partageait-elle pas la saucisse aux haricots et le pain de ménage, servis dans la cuisine ? Clare était sûre que ça lui plairait.

À l'église, Clare avait essayé d'accrocher le regard de Josie, mais celle-ci tournait tout le temps la tête. Elle n'avait pas dû voir Clare.

La clochette de la porte tinta. Tom O'Brien nettoyait ses pinceaux derrière la maison. Ben et Jim lisaient les bandes dessinées du journal. Chrissie, qui était en visite, discutait de questions ménagères avec maman qui repassait le linge. Clare était plongée dans un savant ouvrage retraçant les origines du droit anglais : coutumier, normatif et législatif.

— J'y vais, dit Chrissie en se levant de sa chaise.

À présent, elle aimait servir les clients pour se montrer à eux comme la personne importante qu'elle était : Mrs. Maurice Byrne, et en plus, enceinte de sept mois.

— C'est le jeune Dr Power, qui demande Miss O'Brien, dit-elle d'un ton acide en revenant dans la cuisine.

Clare passa dans la boutique.

— Viens avec moi. Je t'en prie.

— D'accord, répondit-elle en décrochant son duffle-coat.

Elle fut surprise de voir la voiture devant la porte. Il lui ouvrit la portière, puis fit le tour du véhicule et s'installa au volant. Il expliqua à Clare :

— Je voulais t'emmener en promenade.

Il avait les yeux très brillants, mais il ne paraissait pas contrarié.

— Avec plaisir.

Ils roulèrent jusqu'à un paysage sauvage, rocailleux, triste et un peu menaçant. David stoppa. Ils descendirent de voiture, s'avancèrent au bord de la falaise. Les seules présences vivantes étaient celles des mouettes.

— Ce matin, je suis descendu jusqu'en bas. J'y suis resté longtemps à jeter des galets dans la mer. Et j'ai compris quelque chose. J'ai compris que je t'aimais.

— Moi aussi, je t'aime.

Elle ne savait pas pourquoi elle pleurait. C'était ridicule. Alors qu'il lui arrivait cette chose absolument formidable ! Cette chose absolument merveilleuse.

Les larmes roulaient sur ses joues, et elle en sentait le goût salé mêlé à celui des embruns qui les enveloppaient de leurs impalpables gouttelettes tandis qu'ils s'embrassaient et s'étreignaient, en ce froid premier jour de l'année 1960.

TROISIÈME PARTIE

1960-1962

Dick Dillon et Angela conduisirent Clare en voiture à la gare. « Tiens, voilà David ! » fit remarquer Angela en entrant sur le quai. Dès qu'il les aperçut, David leur adressa de grands signes enthousiastes tandis que sa mère les gratifiait d'un sec salut de la tête. Le Dr Power était allé acheter un magazine pour distraire son fils pendant le long trajet jusqu'à Dublin. À en juger par le livre qu'elle tenait à la main, Clare, elle, mettrait le temps du voyage à profit pour étudier.

Le train sortait à peine de la gare qu'ils s'étaient déjà rejoints dans le couloir. Ils s'étreignaient, chacun murmurant comme une caresse le prénom de l'autre. Même si Clare logeait dans un foyer religieux et si David vivait à demeure à l'hôpital, en comparaison de ce qu'ils laissaient derrière eux, la liberté qui les attendait à Dublin prendrait des airs de licence.

Ils trouvèrent facilement un compartiment vide. Le magazine et le manuel d'histoire du droit restèrent abandonnés sur la banquette. Leur solitude ne fut troublée que vers la fin du voyage, par l'arrivée d'un vieux monsieur américain qui se plaignit de n'avoir jamais eu aussi froid depuis qu'il parcourait le monde, et il le parcourait depuis longtemps. « L'important, c'est d'avoir chaud aux pieds », décréta David qui prit la grande écharpe du voyageur et lui en emmaillota délicatement les chevilles. Après quoi l'Américain glissa dans le sommeil. Pelotonnés l'un contre l'autre, David et Clare recommencèrent à s'embrasser.

On était vendredi. Le foyer de Clare ne rouvrait que le dimanche, et David n'était tenu de reprendre son poste que le lundi matin à huit heures : ils pourraient passer deux jours ensemble à Dublin, en amoureux clandestins. Pour ne pas défier le sort, ils n'avaient fait aucun projet.

Au sortir de la gare, la froide nuit d'hiver les enveloppa. Ils allèrent prendre l'autobus pour O'Connell Bridge. Clare ne portait qu'une mallette, alors que David était encombré de deux grosses valises. Il devait avoir apporté un trimestre de linge à laver à Nellie ! Mais bien sûr, dit-il, étonné de la réflexion de Clare. Tout le monde en faisait autant, non ?

Clare brûlait d'envie de le questionner sur la façon dont ils allaient s'organiser. Par exemple, elle pouvait demander l'hospitalité à Kevin et Emer tandis qu'il irait chez James. À moins qu'elle ne force la main des religieuses du foyer, qui n'oseraient pas la renvoyer si elle se présentait à l'improviste. Ne la considéraient-elles pas comme une des pensionnaires les plus sérieuses qu'elles aient jamais eues ? Elles ronchonneraient un peu mais la laisseraient monter dans sa chambre, où elle trouverait un air confiné et un lit glacé, faute d'une bouillotte prête.

Par ailleurs, elle avait dix-huit livres sur elle. À Glasnevin, on trouvait des petites pensions de famille qui vous logeaient à prix modique.

Finalement, elle décida de patienter pour savoir ce que David avait en tête. À l'idée qu'il pourrait lui proposer de coucher avec elle, elle se sentit la gorge sèche. Pourvu qu'il n'en fasse rien. Pas encore. Tout était allé si vite, elle avait besoin de s'habituer, de réfléchir.

— Tu sais, l'appartement que je partageais avec des copains avant qu'on me boucle à l'hôpital, lui dit David tandis qu'ils montaient dans l'autobus, j'en ai gardé une clé. Il sera vide jusqu'à lundi. Les chambres n'y manquent pas : tu pourrais t'installer dans celle que j'occupais, c'est la meilleure. Quant à moi, j'irai... dans n'importe laquelle. Enfin, assez loin pour ne pas être tenté d'enfoncer ta porte et de me jeter sur toi.

Elle lui sourit, soulagée. Elle avait bien fait de se taire : il avait trouvé juste ce qu'elle souhaitait lui entendre dire. Qu'il la désirait, mais qu'il ne profiterait pas de la situation.

Ils s'offrirent une lune de miel « chaste ». Elle lui fit découvrir le Dublin qu'elle aimait : la majestueuse banque d'Irlande ; Trinity College, où est exposé le *Livre de Kells* ; la colonne Nelson, du haut de laquelle on contemplait toute la ville après avoir gravi un interminable escalier en colimaçon (où on pouvait faire des haltes pour reprendre haleine et s'embrasser dans l'obscurité). Elle l'emmena sur les quais de la Liffey, jusqu'à la vieille église St. Michan où une momie intacte était conservée dans la crypte voûtée. « J'en avais entendu parler », « j'avais l'intention d'y venir un jour ou l'autre », disait David selon les endroits où Clare l'entraînait.

Le premier soir, David proposa de faire la dînette dans l'appartement. L'idée ne paraissait pas enthousiasmer Clare.

— J'aurais juré que tu étais déjà une ménagère accomplie, lui dit-il pour la taquiner. Une si grande famille avec tous ces frères à table !

— Préparer une platée de pommes de terre et de bacon pour huit, je m'y entends. Mais un repas pour deux, ce n'est pas du tout pareil. Et au foyer, ajouta-t-elle d'un air penaud, nous avons un réfectoire.

— Allons, Clare, ne fais pas cette tête d'enterrement ! Ça n'a rien de catastrophique. Regarde, il y a des œufs et du fromage. Une omelette au fromage, c'est délicieux, dit David en ouvrant la porte de la cuisinière pour vider les cendres et nettoyer le foyer.

— D'accord. Mais c'est moi qui m'occupe du feu, et *toi* tu feras l'omelette.

— Tu ne vas pas me dire que tu ne sais pas...

s'exclama David qui s'arrêta en voyant l'expression bouleversée de Clare. Oh ! et puis peu importe. Tu m'entends, Clare ? insista-t-il en souriant.

— Oui, mais j'aimerais que tu me montres comment on fait une omelette, dit Clare qui avait retrouvé son calme.

— Bien sûr, si tu y tiens.

Ils s'embrassèrent en attendant que le feu prenne. Le reste n'avait aucune importance.

Ils passèrent la soirée du dimanche assis par terre, une bouteille de vin à portée de la main.

— Et maintenant, lui demanda-t-il, qu'allons-nous faire ?

— Je ne sais pas.

— C'est allé trop vite, et nous nous sommes rencontrés trop tôt.

— Nous nous connaissons depuis toujours, David.

— Tu sais très bien ce que je veux dire. Je parle de maintenant. Nous ne sommes pas prêts.

— Je t'aime, tout le reste ne compte pas. Même lorsque je serai professeur d'histoire, je ne veux pas être séparée de toi.

— Moi non plus. Je ne veux plus te quitter. Mais il y a la réalité...

— La réalité. Nous allons la retrouver dès demain, convint-elle tristement.

David l'attira contre lui, la cajola, l'embrassa comme une enfant.

— Maintenant nous n'avons plus rien à craindre, il ne peut plus rien nous arriver de mauvais. Je t'aimerai toujours. Je t'aime depuis longtemps, sans le savoir.

C'est vrai, nous n'avons plus rien à craindre, admit Clare, confiante.

Mary Catherine et Valerie devinèrent tout. Quasi instantanément.

— Ça vous ferait quelque chose si on n'en parlait pas ?

— Et comment ! s'écria Valerie avec indignation. Quelle blague ! Nous qui ne t'avons jamais rien caché, qui t'avons toujours tout raconté.

— C'est vrai. Parfaitement, acquiesça Mary Catherine, hors d'elle. Ça ne te ressemble pas : c'est déloyal et hypocrite de ta part.

— Mais il n'y a rien à raconter. Je regrette, absolument rien de louche ou d'émoustillant. Bien moins que lorsque je suis sortie un soir en voiture avec Ian. Vous êtes satisfaites ?

— Non, pas du tout. Nous voulons savoir comment c'est arrivé. S'il t'a dit qu'il t'aimait ? Si tu as failli t'évanouir de bonheur ? Tout, quoi ! conclut Valerie qui était assise en tailleur sur son lit.

Elle a l'air si jeune, pensa Clare, une vraie gamine. Nous sommes toutes les trois très jeunes, pas même vingt ans. Je n'ai pas assez de maturité pour comprendre ce qui m'arrive.

— Je vais vous dire : je suis trop jeune, déclara-t-elle bêtement.

— C'est nouveau ! Trop jeune pour quoi ? Bon sang, ce que tu peux être énervante à toujours couper les cheveux en quatre. C'est David qui t'a mis cette idée dans la tête ?

— Non, pour lui pas de problème, il a vingt-cinq ans, il voit le bout du tunnel. Je veux dire, les études et tout ça.

— De toute façon, ce n'est sûrement qu'une passade. Dans huit jours tu n'y penseras plus. Sinon, tu en serais tombée amoureuse depuis belle lurette, puisque tu l'as toujours connu.

— Tu te trompes. J'ai l'impression d'avoir enfin trouvé quelque chose que je cherchais depuis toujours sans le savoir, quelque chose que j'aurais perdu. À la fois très familier et très inattendu. Comme de revenir chez soi après une longue absence. Enfin, comme ça devrait être.

— C'est d'un romanesque !

— On dirait que tu entres au couvent, renchérit Mary Catherine.

— Oh, tout de même pas. Et ensemble, nous sommes très gais. Mais vous voyez ce que je veux dire : je ne peux pas en parler à la légère.

— Apparemment oui, convint Valerie d'un air découragé. Enfin, nous tâcherons d'en tenir compte désormais lorsqu'il nous arrivera de parler de sexe ou du garçon que nous avons l'intention de draguer le soir même : que tu as le sentiment enivrant d'avoir retrouvé le paradis perdu en récupérant ton petit voisin.

— Pensez tout ce que vous voudrez, mais mettez-vous bien dans la tête que David est tout, sauf mon petit voisin.

Rien de ce qui la concernait ne laissait David indifférent. Il était au contraire avide des moindres détails de sa vie d'enfant, de jeune fille. Elle savait assez qu'il les avait toujours enviés, elle, ses frères et sa sœur, de pouvoir courir la campagne pour cueillir des mûres ou attraper des vairons. Elle lui parla de Chrissie et du cauchemar qu'elle lui avait fait vivre pendant des années, la tourmentant continuellement, lui tirant les cheveux, la traitant d'idiote ou d'hypocrite... Mais tout était oublié, effacé.

Pour sa part il lui parla de son père qui ne rêvait que de le voir reprendre le cabinet — tout en s'interdisant de l'influencer s'il préférait terminer son internat et se spécialiser — ; de sa mère, qui réussissait parfois à le rendre complètement fou avec ses enfantillages et ses inepties. Il avoua pourtant honnêtement que son père l'exhortait à se montrer patient avec sa mère, car, disait-il, « voilà une femme qui a renoncé aux agréments de la grande ville pour venir s'enterrer dans ce trou de Castlebay ». Mais tout de même... Elle avait pris l'habitude de venir tous les ans passer quelques jours à Dublin, chez les Nolan. C'était chaque fois pour lui un vrai supplice : il était terriblement gêné quand il devait prendre le thé avec elle dans un hôtel chic, le Shelbourne, l'Hibernian ou le Gresham. Elle y venait habillée comme pour un cocktail. Et puis ce besoin de demander à haute voix qui était qui, et de s'écrier avec un petit rire perlé que son fils était décidément un vrai sauvage, quand il sifflait entre ses dents qu'il n'en savait rien.

Dans la façon qu'avait Mrs Power de se conduire à Dublin, Clare voyait le désir de se sentir importante, ne serait-ce que deux ou trois jours par an. Et quand elle rentrait chez elle, il lui restait le souvenir d'avoir été remarquée par telle personne, ou saluée par telle autre. C'était puéril, mais bien des gens restaient toute leur vie comme des enfants gâtés qui cherchent à attirer l'attention.

Et puis, contrairement à son intention première, elle parla de Tommy à David. Il lui avait témoigné une telle confiance en lui faisant part de tous ses problèmes de fils unique qu'elle se serait sentie déloyale en lui cachant quoi que ce soit. Elle lui raconta brièvement l'affaire, en s'interdisant toute émotion. Par-dessus la table, il lui prit les mains, les serra. Il était bouleversé mais pas du tout choqué. Au fond, si Tommy était assez stupide pour se laisser embringuer dans la première bande de petits voyous qu'il rencontrait, au moins, en prison il était en lieu sûr. D'autant que c'était un bien trop brave garçon pour que les autres détenus ou les gardiens le persécutent.

— Le jour où nous irons à Londres, toi et moi... nous irons le voir, dit David très ému. Qu'il n'aille pas croire qu'il est abandonné ou rejeté par les siens.

Aller voir Tommy ? En prison ? Le jour des visites ? Clare ne put que hocher la tête en signe d'acquiescement, la gorge serrée.

— Tu ne mesures pas à quel point je t'aime, lui dit-il en lui caressant le visage. Désormais tu es une part de moi-même, je ferais n'importe quoi pour toi, sans hésiter. Si cela peut te rendre heureuse, aller voir Tommy est la moindre des choses que je puisse accomplir pour toi. Si je le pouvais et s'il ne tenait qu'à moi, je prendrais le bateau ce soir même.

— Je ne mérite pas tout ce que tu me donnes, dit-elle en prenant la main de David pour la porter à son visage. Je me trouve si étriquée, si repliée sur moi-même, si obsédée par mes petits problèmes personnels. Je ne comprends pas pourquoi tu m'aimes tant.

— Moi non plus. Mais c'est comme ça. Tu es venue combler tous mes désirs, occuper toute la place vide en moi. Maintenant j'en suis sûr, c'est toi que je veux et je veux ton bonheur.

Il lui faisait face, assis à une table du petit café, les traits tirés par le manque de sommeil, le col de sa chemise défait. Le visage illuminé par un sourire radieux.

En sortant du café, il lui demanda si d'autres personnes savaient, pour Tommy...

— Angela. C'est elle qui m'a convaincue de lui écrire chaque semaine. Oh, et Gerry Doyle.

David se rembrunit. Pourquoi en avait-elle parlé à Gerry ? s'étonna-t-il en essayant de garder un ton indifférent.

Clare devina qu'il était révolté que Gerry ait été mis dans le secret avant lui.

— C'était il y a longtemps : Gerry devait aller à Londres et maman lui a demandé d'essayer de trouver Tommy. J'étais obligée de lui dire la vérité, sinon il risquait de la découvrir sur place et de ne savoir que raconter à son retour. Bien sûr, il ne l'a jamais répété à personne.

— Bien sûr.

— Qu'est-ce qui te prend de travailler au lit ? s'étonna Valerie.

— Il me prend que je n'ai rien fait de la journée. Après avoir passé deux heures avec David, j'en ai passé une autre à la bibliothèque à lui écrire, puis une autre à m'imaginer à Londres avec lui, et encore une autre à chercher comment il pourrait s'y prendre pour convaincre son père qu'il a mieux à faire qu'à retourner à Castlebay pour le seconder. Après quoi, je suis allée chez ce coiffeur qui fait des prix l'après-midi, et ensuite j'ai repris le chemin de l'hôpital où j'ai bu un thé à la cantine avec David. Je lui ai donné ma lettre et je suis rentrée. Voilà une journée bien remplie, non ? Si la fondation du prix Murray savait ça, elle serait fière de sa brillante lauréate.

— Et alors ? dit Valerie qui ne s'attendait pas à une telle réaction. Tu as pris un peu de bon temps, une fois n'est pas coutume. Tu as consacré une journée au garçon qui est devenu toute ta vie, tandis que nous perdons notre jeunesse, moi en faisant les yeux doux à un garçon qui ne sait même pas que j'existe, et Mary Catherine en sortant avec James. Arrête de geindre.

— Si tu savais à quel point je m'en veux d'avoir passé la journée à perdre mon temps au lieu...

— Je commence à le savoir ! Bon sang, lève-toi, enfile ton manteau, installe-toi à la coiffeuse et travaille pour de bon, si c'est ce que tu as décidé, au lieu de faire des acrobaties pour lire dans ton lit. Sans compter que tu t'abîmes les yeux.

— Et toi, arrête de jouer les reines de tragédie, dit Clare en riant et se levant.

Elle s'habillait pour ne pas prendre froid lorsqu'on frappa au carreau de la fenêtre. Clara alla ouvrir à une pensionnaire que ni elle ni Val ne connaissaient.

— Toutes les trois vous êtes devenues légendaires dans le foyer, leur confia-t-elle, après les avoir chaleureusement remerciées. Vous êtes si émancipées, si organisées et si indépendantes.

— Tu peux ajouter si cinglées, dit Valerie de son lit. Si tu veux le savoir, nous montons la garde à tour de rôle, tout habillées, pendant que les deux autres dorment en sécurité.

— Pour la peine, fais-nous donc du thé, dit Clare pour plaisanter à la visiteuse qui sortait de la chambre, assez estomaquée.

Dix minutes plus tard, celle-ci était de retour avec deux tasses de thé.

— Votre amie n'est pas encore rentrée ? demanda-t-elle en regardant le lit vide de Mary Catherine.

— Non, mais quelle heure est-il ? Oh, à peine trois heures du matin, observa négligemment Valerie.

Quand la fille fut repartie, Clare reprocha à Valerie de s'ingénier à les faire passer toutes les trois pour folles à lier. Qu'est-ce que Mary Catherine pouvait bien fabriquer avec James Nolan à trois heures du matin, se demandait Valerie, s'ils n'avaient pas fini par coucher ensemble ?

Sur ce, Mary Catherine fit son apparition à la fenêtre, et leur annonça, sitôt rentrée, qu'elle venait de faire l'amour avec James. C'était bien, mais sans plus. En attendant, elles seraient de chics filles si elles commençaient séance tenante une neuvaine pour que ses règles arrivent dans neuf jours, comme prévu.

Dick Dillon tint à ce qu'Angela sache qu'il n'avait pas renoncé à elle, sans pour autant se faire d'illusions : il était tout, sauf un « bon parti », il n'avait pour ainsi dire jamais ouvert un livre de sa vie, mais au moins, elle savait qu'il était devenu aussi sobre qu'un chameau. Et aussitôt, il se confondit en excuses en se souvenant un peu tard que le père d'Angela avait été un ivrogne notoire. S'il ne la fermait pas, finit par exploser Angela en voyant son soupirant prêt à s'étendre indéfiniment sur le sujet, elle allait lui flanquer sa bicyclette à la tête.

Non, *sérieusement,* dit-il. N'était-ce pas une riche idée ? Angela était seule dans son cottage, lui il était seul dans son coin, à l'hôtel. Elle n'aurait qu'à choisir :

rester au cottage ou s'installer dans une maison qu'ils feraient construire à leur goût. Il trouverait facilement un terrain bien situé. Angela pourrait continuer à enseigner si elle le souhaitait, puisque les institutrices laïques mariées étaient désormais admises dans les écoles des sœurs. À moins qu'elle ne préfère se laisser vivre. Comme ça, ils seraient ensemble toute la journée, tant mieux ! Et il ne disait pas cela pour faire le joli cœur, il avait toujours été incapable de tourner un compliment, mais sincèrement, si elle pouvait lire en lui, elle serait conquise.

Angela semblait pensive. Tout en sentant qu'un tel mariage serait une absurdité sans précédent depuis la partition de l'Irlande, dit-elle, elle promettait d'y réfléchir. Mais pas avant la fin de l'été, car d'ici là, une affaire qui la tracassait serait réglée. Ils pourraient alors discuter tranquillement, sérieusement.

Dick n'était pas rassuré pour autant. Est-ce qu'il y avait un autre homme dans sa vie ou quoi ? Non, lui répondit Angela en le regardant bien en face. Il avait l'air si bon. Pas une once de malice :

— Mais vous ne pensez tout de même pas à entrer au couvent ? lui demanda-t-il, passant en revue tout ce qui pouvait faire figure d'obstacle.

— C'est pour le coup qu'Immaculata préférerait fermer le couvent plutôt que de me voir prendre le voile.

— J'aime autant ça. Pour une famille, un religieux suffit, bougonna-t-il, soulagé, sans savoir qu'il mettait précisément le doigt sur la plaie qui tourmentait la jeune femme.

Le père Sean O'Hara. Qui ne parlait plus dans ses lettres que de l'impatience avec laquelle ils attendaient tous la venue de l'été.

Paddy Power annonça qu'il n'avait jamais vu un si beau temps en cette saison : on distinguait les côtes à perte de vue, dans leurs moindres détails. Nellie lui avait fait remarquer qu'il était rentré plus tôt que prévu et qu'il devrait attendre que le déjeuner soit prêt. Molly lui proposa une petite promenade sur la falaise.

— Est-ce que tu comptes aller passer quelques jours chez Sheila ? lui demanda le Dr Power. Habituellement, tu aimes faire ton escapade en janvier.

— Oui, j'y ai pensé et j'en ai parlé à David au téléphone, mais ça n'a pas eu l'air de le transporter de joie. Il m'a dit qu'il tenait à me prévenir qu'il était débordé de travail et qu'il n'aurait guère le temps de me voir.

— Eh bien, mais c'est plutôt gentil de sa part de t'avertir. Autant que je me souvienne, c'était déjà comme ça de mon temps, nous n'avions pas une minute à nous.

— Il n'empêche qu'il trouve tout de même le moyen de rencontrer cette petite Clare O'Brien, puisque c'est elle qui lui a appris qu'on avait dû faire venir les gendarmes à l'hôtel Dillon. Elle le tenait de Josie Dillon, avec qui elle semble correspondre régulièrement.

— Mais, Molly, il n'y a pas de quoi te mettre martel en tête. Tu as toujours été prévenue contre cette petite ; il a dû la rencontrer par hasard, et ils ont tout naturellement parlé de Castlebay.

— Pas du tout. Il m'a dit : « Quand je l'ai vue », comme s'il s'agissait d'une chose habituelle. Et arrête de toujours me faire sentir que je t'agace. Je suis sûre d'avoir raison. J'en suis sûre, tu m'entends ?

— Soit. Mais s'ils se voient matin et soir, où est le mal ?

— Ah ! Toi aussi tu y viens. Ce n'est plus moi qui imagine des choses, qui tire des conclusions.

— Non, non, c'est moi...

On ne pouvait tout de même pas faire une neuvaine pour ça, déclara Valerie. D'ailleurs, elle ne parviendrait même pas aux oreilles de Dieu. Et, renchérit

Clare, il était trop tard. Si quelque chose devait arriver, c'était déjà en route, on ne pouvait plus intervenir. Aucune prière n'y changerait quoi que ce soit. Mary Catherine leur expliqua qu'elles n'avaient jamais rien compris au sens vrai de la prière. Dans sa paroisse, aux États-Unis, on avait été très clair : Dieu sait d'avance qu'on Lui adressera une prière plus tard. C'est une question de prescience, non de prédestination. La question suscita d'interminables et stériles débats, car fort heureusement, au jour J, les nouvelles étaient bonnes. Elles poussèrent un grand soupir de soulagement.

Mary Catherine tira aussitôt la leçon des jours d'appréhension qu'elle venait de vivre. Elle n'était pas près de recommencer, même si James lui avait promis de *faire attention,* à l'avenir. Il pouvait prendre toutes les bonnes résolutions qu'il voulait, il n'y aurait pas de seconde fois. D'ailleurs, elle n'arrivait plus à comprendre comment elle avait été assez folle pour franchir si allégrement le pas. Il fallait dire que James l'avait littéralement assiégée, la tannant de questions pour qu'elle justifie ses réticences. Elles auraient dû le voir le jour où elle lui avait annoncé qu'elle irait avec lui dans cet appartement, celui où David avait habité, où ils emmenaient apparemment toutes les filles dont ils faisaient la conquête !

Mary Catherine ajouta qu'ils se vantaient sûrement beaucoup, quant à leurs exploits de séducteurs. James avait eu beau se targuer d'une certaine expérience, à présent, elle en doutait. Elle leur épargnerait les détails. Au fait, elle lui avait demandé, mine de rien, si David était lui aussi un tombeur, et il lui avait répondu que depuis quelque temps David faisait tellement mystère de ses relations qu'on en concluait qu'il se distrayait à l'hôpital avec une infirmière peu farouche.

Pourquoi Clare et David attachaient-ils tant d'importance à ce que leur amour restât secret ? C'était ce que Mary Catherine avait renoncé à savoir, et finalement peu lui importait, elle avait suffisamment à faire avec ses propres problèmes. Dans l'immédiat, elle se demandait comment s'y prendre pour se débarrasser élégamment de James. En effet, pour comble de malchance non seulement il ne l'avait pas laissée tomber après être arrivé à ses fins, mais il la relançait de plus belle, lui téléphonait deux fois par jour, vraisemblablement dans l'espoir de répéter leurs ébats. Sans vouloir l'éconduire trop brusquement, elle ne tenait pas davantage à ce qu'il aille raconter un peu partout qu'elle était une bonne affaire.

À la faveur rassurante de leurs rencontres quotidiennes dans des lieux publics, Clare et David s'enhardissaient à parler librement de sexe. Il lui avoua qu'il n'avait jamais couché avec une fille, contrairement à la réputation de séducteur qu'il avait largement contribué à se faire. En une occasion, il avait failli ; mais c'était un épisode dû à la boisson, et non aux sentiments. Mieux valait d'ailleurs l'oublier.

Ils essayèrent d'envisager pour ainsi dire abstraitement la question si, par exemple, Clare vivait seule, et lui aussi. Seraient-ils aussi sages ? Clare n'hésita pas : elle aurait trop peur des conséquences possibles. Elle répugnait à parler des secrets de Mary Catherine, mais elle s'aperçut que David savait à quoi s'en tenir. Elle commença à en vouloir à James, d'une façon un peu injuste, puisque elle-même et Valerie avaient bien reçu les confidences de Mary Catherine... Il y avait tout de même des moyens pour parer à ces inquiétudes — un médecin les connaît, fit valoir David. Sans oublier qu'en Irlande du Nord, la vente des contraceptifs était légale.

— À supposer que nous envisagions sérieusement la question...

— Bien sûr, convint David.

Emer téléphona à Clare, au foyer. Accepterait-elle de garder leur maison pendant trois jours ? Kevin devait se rendre à Londres pour trouver de jeunes éducateurs stagiaires, et il l'emmenait ! Sa mère prendrait Daniel. Clare accepta cette offre inespérée.

Elle n'en souffla mot à David. Pendant deux bonnes heures.

Lorsqu'elle lui annonça la nouvelle, il décida de prendre les trois jours de repos auxquels il avait droit.

— J'espère que ça ne va pas se solder par une neuvaine à commencer le soir de ton retour, marmonna Valerie.

— Et si, ensuite, je ne veux plus te voir ? lui demanda-t-elle tandis qu'ils gagnaient la chambre à coucher.

— Pourquoi ferais-tu une chose pareille ?

— *Après,* Mary Catherine a rompu avec James.

— Ils ne s'aimaient pas, ils faisaient semblant.

— Si on s'aime, c'est tout autre chose ?

— Je crois, oui. C'est ce que j'ai toujours entendu dire.

Après, il caressa longuement ses beaux cheveux blonds épars sur l'oreiller, inquiet à l'idée qu'il lui avait peut-être fait mal, qu'elle était peut-être déçue, qu'il avait été seul à éprouver un tel plaisir et un tel apaisement. Rien dans son visage, dans ses yeux grands ouverts, ne lui permettait de deviner ce qu'elle éprouvait.

— David, murmura-t-elle.

Il poussa un grand soupir de soulagement, d'exultation, et enlaça Clare, la serrant à l'étouffer, submergé d'un bonheur inouï, inimaginable.

— Je te croyais mort et enterré, dit James Nolan à David en le rencontrant à l'improviste. Depuis le temps que je te cherche.

— Il est arrivé quelque chose ?

— À toi d'en juger. Ta mère débarque demain chez mes parents. Elle et la mienne sont plutôt de mauvais poil, parce qu'on n'a pu te trouver nulle part. Tu sais ce qu'il te reste à faire : appeler ta mère pour essayer de l'amadouer. Au fait, on peut savoir où tu étais, où tu te cachais ?

— Mais enfin, tu savais comme moi qu'elle ne devait arriver que le week-end prochain.

— Oui, dit James en haussant les épaules, et c'est bien pour ça que j'ai prétendu que tu étais allé assister à un match.

— Un match de trois jours ?

— En Irlande du Nord, par exemple.

— Ça marche. Merci, mon vieux.

— Hé, minute ! Tu ne m'as toujours pas dit où tu étais ?

— Mais voyons, à un match.

— Tu ne perds rien pour attendre. De toute façon, dimanche midi, à la maison. N'oublie pas.

Molly Power était au supplice.

— Ne va surtout pas croire que je cherche à contrôler ton emploi du temps. Ça ne me regarde pas, et d'ailleurs ton père m'a assez répété que tu n'étais plus un gamin dont il faut surveiller les faits et gestes.

— Je suis content de savoir que tu viens à Dublin, dit David en s'efforçant de prendre un ton convaincu.

— Simplement, les Nolan ont trouvé *étrange* qu'il soit impossible de te joindre. David, comprends-moi, s'il arrivait quelque chose à ton père — Dieu nous en préserve — et qu'il faille te prévenir rapidement...

David avait écarté le combiné et il le tenait à bout de bras. S'il avait pu le fracasser contre le mur !

— ... penses-tu pouvoir te libérer de ce qui t'absorbe à ce point, réussir à venir me voir lorsque je serai chez les Nolan ?

— Je me suis arrangé pour être libre dimanche midi...

— Tu veux dire que je ne te verrai pas avant...

— Si, bien sûr que si... mais dimanche, j'aurai plus de temps...

Lorsque la communication fut terminée, il resta la tête appuyée contre le mur, les yeux fermés, en murmurant plaintivement : « Clare, Clare. »

— Ça ne va pas, docteur ? lui demanda une jeune infirmière qui passait.

Elle s'était laissé dire que les jeunes internes étaient tous plus ou moins givrés, ce qu'elle trouvait parfois plutôt justifié.

La lettre de Clare laissa Angela abasourdie. Si Clare lui avait écrit qu'elle militait dans un groupe politique, sa surprise n'aurait pas été plus grande. Ce charmant David, ce grand beau garçon, qui allait revenir à Castlebay dans un an pour seconder son père, le Dr Power... Comment diable en étaient-ils arrivés là ? Et ils se marieraient ! Sans tellement chercher à lire entre les lignes, cela sautait aux yeux. Ils étaient follement épris. Ils ne pouvaient plus se passer l'un de l'autre. Tous ces épanchements ! Angela en était médusée. Elle ne voyait qu'une façon d'y répondre, et c'est ce qu'elle fit :

> J'imagine que tu bûches très dur pour réussir brillamment ta licence, avant de faire une pause puis de préparer une maîtrise d'histoire. Et d'ici là, il peut se passer tant de choses ! De mon côté, je songerai peut-être à me mettre au vert et, dans ce cas, le poste que j'occupe sera libre. Un poste très inférieur à tes capacités, évidemment. Et puis, devenue Mrs. Power, la jeune Mrs. Power, auras-tu encore envie de travailler, de passer tes journées à enseigner ?

Plus elle avançait dans la lecture de la lettre, plus Clare était consternée et hérissée. Quelle gourde elle était de s'être confiée à Angela. Celle-ci n'avait rien compris. Retourner à Castlebay ! Comme s'il pouvait encore en être question. Mais c'était bien là ce qui la tourmentait, ce qui les angoissait, elle et David. Ne pas savoir comment ils allaient annoncer la nouvelle au Dr Power sans lui briser le cœur. Angela était depuis trop longtemps enterrée à Castlebay, elle était incapable de voir plus loin que le bout de son nez.

— Dimanche je déjeune avec ta belle-mère et ton futur, lui annonça Mary Catherine.

— Comment ça ?

— James m'a invitée. Mrs. Power sera là, David aussi. Il ne t'en a pas parlé ?

— Mais si, où ai-je la tête ?

Non, David ne lui avait rien dit. Elle bouillait de colère.

— Je n'aime pas t'annoncer des choses désagréables.

— La venue de ta mère n'a rien de désagréable.

— Si. Ça met en relief l'autre côté des choses, celui auquel je préfère ne pas penser.

— Elle vient à Dublin chaque année. Et puis, tu n'as pas l'intention d'évoquer tes nouveaux projets d'avenir devant les Nolan ?

— Non. Mais j'aurais préféré passer ce dimanche avec toi.

— Mary Catherine y sera aussi. Ils vont sûrement mettre les petits plats dans les grands.

— Tiens, c'est une idée. Je pourrais demander à James de t'inviter ?

— David, tu es fou à lier. Et je modère mes paroles.

Évidemment, l'idéal aurait été de dénicher quelque chose à proximité de l'hôpital, mais c'était un quartier chic et les loyers y étaient astronomiques. En banlieue, on trouvait des appartements sympathiques et abordables — seulement, David n'aurait pu y rentrer que de loin en loin. Ils épluchèrent régulièrement les petites annonces des journaux du soir, et découvrirent que le moindre meublé était convoité chaque jour par un nombre impressionnant d'amateurs. À force de se retrouver en train d'attendre à l'entrée des immeubles, ils se lièrent avec d'autres jeunes et échangèrent des informations. On leur vanta les avantages de Rathmines, à vingt minutes à pied de l'université ; ils s'y rendirent en reconnaissance et entreprirent de faire du porte-à-porte. L'endroit leur plaisait : une rue principale bordée de grandes maisons bourgeoises, à présent louées en meublés. Certains garnis étaient avenants, avec des peintures et des papiers de tenture frais et gais, tandis que d'autres étaient plutôt minables : linos déchirés, murs crasseux, odeurs de pauvreté. C'était parmi ces derniers qu'ils devraient choisir.

De fait, l'endroit se prêtait au dépaysement : on aurait dit un bourg à des kilomètres du Dublin qu'ils connaissaient, alors que Rathmines était desservi par les autobus des transports urbains. Ils pourraient se promener sur les bords du canal. Et les boutiques restaient ouvertes tard le soir, pour les besoins d'une clientèle dans l'ensemble assez jeune. Clare remarqua tout de suite le *fish and chips,* établissement débitant sur place ou à emporter du poisson frit et des chips.

La petite chambre était au troisième étage. Ils se consultèrent du regard, et dirent qu'ils la prenaient. En recevant le mois de loyer d'avance, le logeur les prévint que, généralement, il n'acceptait pas d'étudiants. Il faisait une exception parce qu'ils étaient mariés, et semblaient former un gentil petit couple. Sa complaisance n'irait pourtant pas jusqu'à accepter qu'un enfant vienne troubler le calme de la maison. Ils le rassurèrent, il n'y avait pas de bébé en préparation.

David avait offert à Clare un anneau acheté quinze shillings — en attendant le jour où il lui passerait au doigt une vraie alliance. De même qu'un jour ils auraient un vrai appartement ou une vraie maison à eux. Pour le moment ils devaient se contenter d'un petit poêle à pétrole malodorant, d'un réchaud qui semblait n'avoir jamais été récuré et d'un lit défoncé. Quant à la salle de bains, elle se trouvait deux étages plus bas. Mais ils seraient chez eux. Et à part Valerie et Mary Catherine, nul ne saurait où ils se cachaient.

Le soir où ils emménagèrent, ils achetèrent pour leur premier dîner du bacon, des saucisses et une bouteille de vermouth rouge. Et pour la chambre, une petite bibliothèque, chez un brocanteur. Le logeur ne voulait pas qu'on « abîme » les murs en y fixant des rayonnages. En fait, rien ne prouvait que les murs soient de taille à supporter même un seul clou. Lorsqu'elle vit ses livres en place, Clare se sentit en sécurité.

David lui prit les mains, les baisa, et dit en se redressant :

— Tu vois, tout se passe pour le mieux. Tu vas décrocher ta mention Très bien et moi je vais terminer mon année à l'hôpital et commencer à exercer, comme si c'était depuis toujours prévu, n'importe où, pourvu qu'on reste ensemble. Plus question d'internat, je veux gagner ma vie le plus tôt possible.

— Moi aussi, s'écria Clare, je donnerai des cours particuliers.

— Nous n'avons aucun souci à nous faire. Puisque nous avons déjà pu avoir cela en si peu de temps, dit-il avec emphase en désignant le triste décor du garni, rien ne nous résistera.

Son premier dimanche de solitude trouva Clare un peu cafardeuse. Mais à Dublin, quel dimanche n'est pas un peu cafardeux ?

Après avoir passé pas mal de temps à nettoyer le

réchaud, Clare descendit acheter un journal dans la grand-rue. La cloche sonnait, toute la population de Rathmines semblait rassemblée pour pénétrer dans l'église. Clare s'éloigna rapidement. Depuis cinq semaines, elle était en état de péché mortel. Le premier dimanche elle était allée malgré tout à la messe, mais elle s'était aussitôt rendu compte qu'elle était incapable de prier, qu'il était hypocrite de s'agenouiller en sachant fort bien qu'elle allait commettre d'autres péchés mortels. Inutile de se jouer la comédie, Dieu n'avait sûrement aucune envie de voir des gens comme elle continuer de se rendre à l'église.

Valerie déjeunait chez ses amis. Ils seraient six et participeraient tous à la confection du plat de résistance : un ragoût au curry. Clare aurait aimé y être aussi, même si cette histoire de curry ne lui paraissait pas très engageante. Emer et Kevin la recevraient sans doute bien volontiers, mais à présent, elle était un peu gênée quand elle se retrouvait sous leur toit — bien qu'ils ignorent ce qui s'y était passé. Lorsque David lui avait si ingénument proposé de la faire inviter chez les Nolan par James, peut-être aurait-elle dû accepter. Seulement, la mère de David n'aurait pas décoléré, et James et Caroline n'auraient certainement pas pris le parti de Clare. D'un autre côté, être ainsi tenue à l'écart, passer son temps à attendre, ce n'était guère mieux.

Elle avait l'impression d'avoir une liaison avec un homme marié, comme cette fille qui, l'année précédente, sortait avec un maître assistant. Elle passait tous ses week-ends au foyer à broyer du noir.

« Arrête de jouer les martyres, se dit Clare à haute voix. Il n'y a aucune comparaison possible. Nous avons notre chambre à nous, David sera de retour tout à l'heure, et il n'est pas avec une autre femme mais avec sa *mère.* Bonté divine, on croirait qu'il t'abandonne ! »

Dans l'allée, devant la maison, David compta les quatre voitures des Nolan, plus une cinquième qu'il ne connaissait pas. Il gravit d'un pas léger les marches du perron, remit son manteau à Breeda venue lui ouvrir la porte et gagna le salon du premier étage. Sa mère s'y tenait près de la cheminée. Elle était une fois de plus trop maquillée, pensa David, et sa robe avait trop de fanfreluches autour du cou et des poignets.

— Enfin ! Le retour de l'enfant prodigue ! s'écria Molly d'une voix stridente, sans laisser à son fils le temps de faire, du regard, le tour de l'assistance.

Au lieu d'aller tranquillement saluer le maître et la maîtresse de maison, il dut se diriger vers sa mère et l'embrasser sur la joue comme un chien savant.

— Maman, tu es irrésistible.

— Et flatteur, par-dessus le marché, tout comme son père, claironna-t-elle de plus belle.

Il se détourna, s'avança vers Mrs. Nolan. Comme toujours, elle paraissait à la fois absente et nerveuse. Elle est franchement déphasée, pensa David. Et ma mère qui n'y voit que du feu !

— Je suis ravi d'être des vôtres, débita-t-il d'un ton appliqué.

— Oh, David ! lui répondit-elle après l'avoir longuement fixé d'un regard appuyé et vide. Quelle joie de vous avoir parmi nous. Votre mère est ici, le saviez-vous ?

— Oui, je viens de la voir, bredouilla-t-il.

Il commençait à se sentir pris au piège, comme chaque fois qu'il se trouvait en présence de Sheila Nolan, qui était déjà repartie dans un autre monde.

Il vit que James buvait un gin tonic, mais Mrs. Nolan l'avait quasiment forcé à prendre un xérès, qu'il détestait. Caroline Nolan et Mary Catherine bavardaient près d'une fenêtre, non loin de Mr. Nolan, en conversation avec deux prêtres. Le visage de l'un d'eux lui semblait vaguement familier. Breeda passait d'un groupe à l'autre, en présentant un plateau chargé de morceaux de céleri garnis de fromage.

David se retrouva en train de demander à sa mère

des nouvelles de la maison, et de son père, et de Bones, après la terrible mésaventure qui lui avait valu d'être tondu comme un mouton. Molly déclara que Bones n'avait jamais été très beau, mais que maintenant, sa vue était un cauchemar. C'était bien simple, on ne pouvait plus l'emmener nulle part, ne serait-ce que parce qu'il fallait raconter ce qu'il lui était arrivé. À la longue, ça devenait fastidieux et déprimant : il y avait mieux que de le revoir chaque fois couché les pattes en l'air sur le sol de la cuisine, dans une mare de peinture rouge. En plus, il avait beau être vieux et en si piteux état, il continuait à folâtrer comme un chiot autour de vous en faisant un raffut de tous les diables.

— Est-ce qu'on peut espérer te voir à la maison avant Pâques ? demanda-t-elle à David.

— Il y a peu de chances que je puisse... oh, et à ce sujet... commença-t-il, mais Sheila claquait dans ses mains pour annoncer qu'on passait à table.

Dans la salle à manger, aussi surchauffée que le salon, était dressée une table de neuf couverts. Les deux bouteilles de vin étaient débouchées. Sur la table à découper trônait un imposant rosbif.

— Voilà qui s'appelle bien vivre, dit Molly d'un ton mélancolique, tandis qu'ils pénétraient dans la pièce aux lourdes tentures, au mobilier sombre et massif.

Elle enviait terriblement la chance qu'avait son amie de pouvoir recevoir avec ce faste tellement citadin, comparé à Castlebay.

David fit un effort pour chasser de son esprit la triste chambre où l'attendait Clare, et accorder toute son attention à sa mère. Papa ne lui avait-il pas répété cent fois que très peu de chose suffisait à la rendre heureuse ? Et il avait raison. En ce moment elle était comblée de voir que Sheila donnait ce déjeuner en son honneur. Non, il n'allait pas lui gâcher son plaisir. Il attendrait une meilleure occasion pour lui parler de ce qu'il ferait à Pâques.

David était placé entre Caroline et un des prêtres. Caroline était dans une forme éblouissante, et elle le soumit à un feu roulant de questions chuchotées :

— Tu crois que James est vraiment amoureux fou de cette fille yankee ? Allez, n'aie pas l'air de tomber des nues. Comme si les hommes ne se racontaient pas tout. À d'autres, mais pas à moi.

— Là, Caroline, tu fais fausse route, et tu connais bien mal les hommes : ils sont trop sensibles et délicats pour faire état de leurs émotions et de leurs sentiments. Ce n'est pas comme vous autres, femmes, vous sortez tout au grand jour, vous examinez, vous analysez...

— À ton avis, ils sont vraiment ensemble, si tu vois ce que je veux dire ? lui demanda-t-elle, avec un rire plein de sous-entendus. Au début il ne parlait que de sa fortune, mais maintenant il semble qu'elle ait réussi à l'intéresser à sa personne, et pas qu'un peu.

Ils regardèrent Mary Catherine, que Molly Power soumettait à un interrogatoire. Sheila Nolan tournait de temps en temps un œil hostile vers la jeune Américaine.

— Interroge-la toi-même. Entre femmes, on ne se cache rien.

— J'en serai pour mes frais : je parie qu'il n'y a pas plus cachottière.

— Mais parlons un peu de tes amours. Est-ce que tu es toujours la coqueluche de ces messieurs de la fac de droit ?

— Monstre ! Tu feins d'ignorer qui est l'homme de ma vie uniquement pour me briser le cœur, s'indigna Caroline en battant comiquement des cils.

— De toute façon, un bouseux de mon genre n'a aucune chance avec une citadine raffinée comme toi, répondit David en souriant.

C'était un bonheur de bavarder avec Caroline. Elle savait plaisanter de tout et d'elle-même. Il avait, bien sûr, eu le béguin pour elle lorsqu'il était encore adolescent, et même plus tard, sporadiquement. Il se souvint que sa mère avait toujours trouvé qu'ils allaient très bien ensemble, et il constata avec quelque inquiétude qu'elle était précisément en train de les couver d'un regard attendri, tout comme Mrs. Nolan, d'ailleurs.

— Je n'ai jamais rien fait pour t'avoir à ma merci, David, lui confia Caroline d'un ton de badinage, tout simplement parce que j'ai horreur de tomber sur un bec, de me mettre en frais inutilement. Mais je sais attendre mon heure et elle viendra. Je n'aurai alors qu'à ouvrir les bras, même si tu sors des bras d'une autre femme, conclut-elle en riant, la tête renversée en arrière.

Ses cheveux noirs brillaient d'un éclat qui mettait en valeur ses dents d'une blancheur éblouissante. David se souvint qu'un jour, Clare lui avait déclaré qu'il suffisait de voir sourire Caroline Nolan pour deviner que ses parents avaient toujours eu les moyens de la nourrir sainement et de l'emmener régulièrement chez le dentiste, ce qui n'était évidemment pas le cas chez les gens pauvres.

Non seulement Caroline respirait la santé, mais elle était ravissante dans son pull-over jaune citron et sa jupe écossaise vert et or. Un lourd collier d'ambre lui emprisonnait le cou. Elle expliqua à David qu'elle avait été folle de suivre les conseils des religieuses et de s'obstiner à préparer une licence de droit, chose pour laquelle elle était aussi faite que le pape pour la danse du ventre, au lieu de n'écouter qu'elle-même et de suivre des cours de secrétariat afin de travailler dans le bureau de son père, comme elle le faisait depuis un certain temps, à la satisfaction de tout le monde.

Elle dut se tourner pour passer la lourde légumière et David en profita pour adresser la parole à son voisin, le prêtre aux petits yeux brillants de malice.

— Mon père, j'ai l'impression de vous avoir déjà vu. Peut-être en photo, dans un journal ?

— J'espère bien que non. L'archevêque me tient déjà suffisamment à l'œil. Non, mais je sais que vous êtes de Castlebay, je parlais avec votre mère peu avant votre arrivée. Je crois que nous avons tout simplement une amie commune en la personne de Miss Angela O'Hara. J'ai fait sa connaissance à Rome, où elle était venue à un mariage. Oh, il y a... au moins huit ans de cela.

David revit aussitôt les photos de mariage où le père Flynn figurait en bonne place, photos qu'il avait eu tout le temps de détailler tandis que Clare dormait dans ses bras pour la première fois. Ils étaient dans le grand lit de la chambre de Kevin et d'Emer.

Mary Catherine n'éprouvait aucune sympathie pour la mère de David. Cette pauvre Clare allait en voir de toutes les couleurs.

— Parlez-moi de Castlebay. Je me suis laissé dire que c'était une adorable petite ville, lui demanda-t-elle en feignant le plus vif intérêt pour un endroit dont elle se souciait comme de sa première chemise.

— On vous a dit n'importe quoi, laissa tomber sèchement Mrs. Power. En fait, c'est une minuscule petite agglomération qui enfle chaque été de vingt fois sa taille. Malheureusement, nous sommes de plus en plus envahis par des hordes de gens qui tiennent plus de la canaille que d'autre chose, si vous voyez ce que je veux dire. Enfin, qui ne savent pas qu'on peut parler sans brailler. C'était pourtant une station balnéaire d'un grand charme, n'est-ce pas, Sheila ? Souvenez-vous, lorsque vous y veniez...

Molly venait de rencontrer le regard de David qui l'écoutait d'un air mi-figue mi-raisin, et elle s'alarma de s'être laissée aller à dénigrer en sa présence un endroit où elle essayait par tous les moyens de le décider à venir s'installer.

— ... Cela dit, ce n'est que le point de vue d'une

vieille dame telle que moi... Il en va tout autrement pour les jeunes gens, pour les jeunes qui se lancent dans la vie professionnelle, que ce soit en qualité de médecin ou de solicitor. Ils peuvent y mener une existence de rêve. D'ailleurs, à une courte distance de la côte, nous avons pour voisins des gens d'un rang et d'une fortune considérables, absolument merveilleux à tous égards...

David fixait sans pitié sa mère qui hochait la tête, l'œil rond, comme une vieille chouette effarée, pensa-t-il dans un mouvement de rage impuissante. Pourquoi s'acharnait-elle à se rendre ridicule ? Comme si elle avait jamais fréquenté les grands propriétaires ! Mais il fallait qu'elle se donne de l'importance, c'était plus fort qu'elle.

— Je projetais d'aller y passer quelques jours cet été, dit Mary Catherine. Dès que j'aurai terminé ma licence, je retournerai aux États-Unis. En attendant, autant que j'en profite pour découvrir un peu l'Irlande.

Molly était assez interloquée. D'un côté, la jeune fille ne dissimulait nullement que son père était postier et que sa mère travaillait dans la confection. D'un autre côté, les Nolan semblaient avoir pris leur parti de voir leur fils s'en être entiché...

— Oui, ce serait charmant, ma chère petite, dit-elle diplomatiquement. Ne manquez pas de nous faire signe lorsque vous serez sur place. Vous descendrez à l'hôtel Dillon, j'imagine ?

— Non, Clare m'a proposé de me trouver une chambre...

— Clare ?

Il était trop tard. Clare lui avait pourtant assez recommandé de ne pas parler d'elle.

— Oui, Clare O'Brien. Nous partageons... nous avons partagé la même chambre.

— Ma pauvre petite, autant que je sache, les O'Brien seraient bien en peine de vous héberger, leur offririez-vous un pont d'or : leur bicoque est positivement inhabitable, dit Molly d'un ton pincé.

— Je me suis mal expliquée, intervint vivement Mary Catherine, je voulais dire que Clare me retiendrait une chambre quelque part. Mais je n'en suis pas là, auparavant j'ai tant de choses à faire.

Depuis un moment, David avait le regard fixe et le visage en feu.

— Je connais Clare O'Brien, annonça d'un ton enjoué le voisin de David, qui avait senti la tension monter autour de la table. Une jeune fille très brillante, qui a obtenu une bourse pour l'université. Un prix très recherché car décerné à un seul concurrent. Pour ces jeunes de modeste origine, quel terrible enjeu que la poursuite d'études supérieures.

— Vous aussi, mon père, vous la connaissez ? Elle est décidément une gloire locale. Vous vous souvenez, demanda Molly à Sheila, ces toutes petites gens qui ont plein d'enfants ?

— Non, je ne vois pas.

— Allons donc, vous ne pouvez les avoir oubliés : ils tiennent boutique près de la plage. Nous y achetions régulièrement des glaces. Bien que je n'aie jamais beaucoup aimé m'y servir, l'endroit étant d'une propreté douteuse.

— Une propreté douteuse... et nous y achetions des glaces ! s'exclama Sheila en portant sa main diaphane à sa gorge comme pour intimider les microbes qui pourraient y être restés embusqués depuis si longtemps.

Molly se récria sans parvenir à cacher son embarras ni à rassurer Sheila qui cherchait à quel signe elle allait démasquer les intrus malfaisants.

Ayant plus ou moins deviné de quoi il retournait, le père Flynn demanda au père Kennedy, récemment nommé curé de la paroisse des Nolan, de raconter l'histoire du jardin de l'archevêque, histoire qui ne pouvait que détendre l'atmosphère.

Tandis que son collègue s'exécutait, le père Flynn se tourna vers David :

— La plupart du temps, les gens font preuve de plus de cruauté dans leurs propos qu'ils n'en ont dans le cœur.

— Oui, c'est vrai.

— Ce bœuf est succulent. Cela doit vous changer de l'ordinaire de l'hôpital. Rien de tel que de manger pour se libérer l'esprit.

— On ne se méfie jamais assez des gens d'Église, dit David en se déridant.

— Parfait. Transmettez à Clare mes affectueuses pensées.

— C'est vous qui avez aidé ses frères, n'est-ce pas ?

— Vous devez être un ami très sûr pour qu'elle vous mette dans la confidence. Est-ce qu'elle bûche sa licence ? Ça comptait tellement pour elle.

— Oui, et je l'y encourage de mon mieux, eut le temps de dire David avant que Caroline se penche vers lui pour lui parler.

À l'autre bout de la table, Molly, la main devant la bouche, chuchotait à sa voisine :

— Franchement, je ne saurais dire pourquoi, mais je n'ai jamais aimé cette fille. Remarquez, je n'ai rien à lui reprocher, simplement elle ne m'a jamais inspiré confiance. Je suis sûre que vous comprenez ce que je veux dire.

— Absolument, susurra Sheila confidentiellement, le regard non plus flottant dans le vague mais fermement braqué sur Mary Catherine. Cette petite Américaine ferait bien de retourner chez elle au plus vite.

— Que ne puis-je en dire autant de cette Clare O'Brien !

Allongée sur le lit, Clare parcourait la rubrique « Souvenir » du journal.

— David, écoute ça : « Tous les ans, en ce même

jour, / Nous pensons à toi, notre amour. / Où t'en es-tu allée ? » Tu te rends compte, dit-elle en riant, tous les ans ils se rassemblent le jour de son anniversaire et se disent : « Mais où a-t-elle bien pu aller ? »

— Pourquoi lire ces sottises ? Tu avais annoncé que tu travaillerais toute la journée, puisque tu serais débarrassée de moi. Où sont tes livres ? demanda-t-il en s'asseyant.

— Ne me secoue pas. Raconte-moi plutôt comment ça s'est passé ?

— Chez les Nolan, c'est toujours pareil. Mais comme tu le répètes si souvent, les hommes ne savent pas dépeindre ce genre de choses. Il y avait à manger pour un régiment.

— Oui, tu sens la nourriture, dit-elle en lui reniflant le visage.

— Ton ami, le père Flynn, était là. Il est en vacances à Dublin pour quelques jours.

— Mais comment savait-il que tu me connaissais ? demanda-t-elle, intriguée.

— Castlebay, tout et tout.

— Oui. Et quoi d'autre, David ?

— J'ai failli me mettre en colère à cause de ma mère et je suis parti...

— Comment ça ?

Rien de très grave. Rien qu'ils ne sachent déjà : la mère de David était plus ou moins allergique aux jeunes filles comme Clare. Pourquoi était-il si bouleversé ?

— Parce que j'aurais voulu être ici, pas là-bas.

— Ça y est, tu es là.

Plus tard, ils mangèrent des poires au sirop à même la boîte. Comme ils y piochaient chacun avec une cuillère, ils se retrouvèrent bientôt couverts du jus sucré qu'ils léchaient partout où il avait coulé, en riant de se voir rivaliser d'audace, jusqu'au moment où ils n'y tinrent plus et s'enlacèrent, encore tout poisseux. La boîte de conserve vide avait roulé par terre.

— C'est ça, manger de la vache enragée ? demanda Clare.

— Sûrement, mais je ne donnerais pas ma place pour tout l'or du monde.

Certains jours, les internes ne dételaient pas avant dix heures du soir. C'était le moment où ils allaient boire un verre et se détendre à la cantine, sauf David qui filait en trombe jusqu'à l'arrêt de l'autobus.

— On ne peut pas dire que tu moisisses beaucoup à l'hosto, lui fit remarquer son collègue Bar.

— C'est vrai. Mais au début, je ne pensais pas que nous serions coincés à ce point, admit David.

— Quelle blague ! Ce que tu ne prévoyais pas, c'était que tu dégoterais une fille aussi à la page, riposta l'interne, en pouffant de rire de se montrer si perspicace.

— Pardon ? demanda David d'un ton sec, le visage fermé.

— Oh, je plaisantais...

— Je ne trouve pas ça drôle du tout.

— Bien, je m'excuse. D'ailleurs, je ne sais rien...

— Dans ce cas, tu aurais mieux fait de te taire, dit David en se levant, blanc de colère, et en jetant sa blouse blanche sur le dossier de sa chaise.

Il laissa l'autre sur place et sortit à grands pas.

Il faisait humide et froid. Le bus n'arrivait pas. Ensuite il mit plus de temps que jamais à atteindre Rathmines. David rageait toujours : une fille à la page ! Clare ! Le sale type !

Clare l'attendait en travaillant, installée au bureau qu'ils avaient improvisé au moyen de briques et de planches. Il s'immobilisa un instant pour la contempler. À cause du froid, elle portait des mitaines. Elle était adorable.

— Tu es déjà là ? Il est donc si tard ? Je n'ai pas vu le temps passer.

Elle avait les traits tirés, les yeux battus. Il éprouva une brève déception à constater qu'elle ne s'était pas inquiétée en l'attendant.

— Tu as bien travaillé ?

— Oui, Dieu merci, j'ai réussi à m'y remettre. J'ai tout de même entendu le marchand de pétrole qui passait dans la rue et j'ai descendu les escaliers quatre à quatre avec le bidon, dit-elle en couvant du regard le petit poêle aux reflets rougeoyants.

— Il fait bon, on est bien. Qu'est-ce qu'il y a pour dîner ?

— Mon Dieu, mais rien. J'ai oublié d'acheter quelque chose.

— Il y a bien un reste de pain, de quoi faire des toasts ?

— Non. Vraiment. Regarde, dit-elle d'un ton consterné en ouvrant la porte du petit placard. Allons au *fish and chips,* s'empressa-t-elle d'ajouter en voyant la mine longue de David.

— Je suis fatigué, je n'ai guère envie de ressortir.

— Ne bouge pas, dit Clare en prenant son manteau. J'y vais, j'en ai pour cinq minutes.

— C'est ça, laisse-moi tout seul, bougonna-t-il.

Elle le regarda, stupéfaite : il ne lui avait jamais parlé sur ce ton.

— Clare, ma chérie, pardonne-moi. Je suis tellement épuisé que je ne sais plus ce que je dis.

— Tu n'as pas à t'excuser, je comprends très bien. Assieds-toi. Je vais aller acheter tout plein de bonnes choses, un vrai festin, dit-elle en le déchaussant et lui plaçant les deux oreillers dans le dos.

Non, elle n'avait pas besoin d'argent, le dîner était son affaire. Déjà elle était partie, et il se sentait coupable.

Quelle brute ! Il se comportait comme les hommes mariés qui se font servir dès qu'ils rentrent chez eux :

« Et mon thé ? » braillent-ils. Tout mais pas ça. Sinon, leur situation deviendrait intenable. Ils étaient déjà si fatigués qu'ils trouvaient à peine la force de se parler. Sans compter que, faute d'argent, ils devaient vivre dans un pareil cadre, loin de l'hôpital, avec ce poêle qui empestait, cette entrée d'immeuble encombrée de bicyclettes, qui était non seulement rebutante de crasse mais d'odeurs agressives d'urine.

Énervé, il se leva et s'approcha du bureau. Elle avait noirci des pages de notes de sa grande écriture affirmée. Non pas au crayon à bille mais toujours avec son drôle de vieux stylo à encre. Depuis quelque temps, elle potassait l'histoire économique. Son exposé de cette semaine portait sur les théories de John Maynard Keynes. Sa fringale de travail ne s'était pas émoussée avec le temps. En ce qui le concernait, il n'était pas sûr de pouvoir en dire autant, et pas davantage de James qui, lui, se laissait vivre depuis des mois. David avait l'impression de ne plus avoir d'autres soucis que de ne dormir que d'un œil chaque fois qu'il était de garde à l'hôpital.

Sur le bureau, une enveloppe de type commercial attira son attention. Une lettre adressée à Clare non pas au foyer mais au meublé. Or, personne ne savait qu'ils avaient loué une chambre à Rathmines, *personne,* et qui plus est, le logeur les croyait mariés. L'enveloppe portait le cachet de la poste de Castlebay. David n'hésita qu'une seconde : la lettre était à l'en-tête du « Studio Doyle, photographie » et elle était signée « Affectueusement, Gerry ».

Clare avait poussé le luxe jusqu'à acheter deux esquimaux à l'épicier, qui n'en revenait pas qu'on puisse manger des glaces par un temps pareil. Elle sortit les frites de leur emballage en papier, disposa deux assiettes sur la table et l'affreuse fleur artificielle en pot qui était rituellement l'objet de plaisanteries à l'heure des repas. Tout en vantant gaiement les mérites de la vie en meublé qui vous permet à toute heure du jour et de la nuit d'aller vous acheter à dîner, Clare avait sorti le sel, la sauce tomate et le vinaigre.

— Tu n'as même plus la force de parler, remarqua Clare. Tu ne te sens pas bien ?

— Non.

— Alors, quelque chose te tracasse...

— Oui, cette lettre, dit-il en désignant le bureau.

— Laquelle ? demanda-t-elle en se levant pour s'approcher du bureau où se trouvaient deux lettres, dont une de sa mère (envoyée à l'université, comme le lui avait demandé Clare, en prétextant qu'elle recevrait ainsi plus rapidement son courrier). Celle-ci ?

— Bien sûr.

— Si tu l'as lue, qu'est-ce qui te chiffonne ?

— Je ne l'ai pas lue, parole d'honneur. Mais je sais de qui elle est, et je ne comprends pas pourquoi tu lui as donné notre adresse, pourquoi tu lui as dit que nous vivions ici. C'est notre secret. Et nous sommes censés être mari et femme. Sacré bon sang, pourquoi faut-il toujours que ce Gerry Doyle de malheur se croie tout permis ? Et dispense-moi des sempiternels commentaires qu'on s'attire invariablement dès qu'on prononce son nom, et *on peut tout lui dire,* et *Gerry sait tout,* et *tout le monde aime Gerry.* J'en ai soupé !

Clare avait sorti la lettre de l'enveloppe et s'était mise à la lire :

> Chère Clare,
>
> J'ai fait ce que tu m'as demandé. Pourvu que ça arrive à bon port, sinon j'aurai l'air d'un fichu escroc.
>
> Ici c'est l'effervescence : ta Chrissie est fin prête pour t'offrir un neveu ou une nièce, notre Fiona va épouser Frank Conway, et quant à Josie on ne la voit plus qu'avec un monsieur d'un certain âge, très présentable.

Il n'y a plus que toi et moi de disponibles dans la vieille garde.

Envoie-moi une carte ou un petit mot pour me dire si tu as reçu l'objet.

Affectueusement,

Gerry.

Il avait eu beau protester qu'il ne voulait pas savoir ce que Gerry lui écrivait, elle avait lu la lettre de bout en bout et puis l'avait jetée sur le lit, à côté de David. L'instant d'après, elle y jetait aussi un livret de caisse d'épargne qu'elle avait extrait du tiroir.

— Et maintenant tu vas tout savoir : j'ai demandé à Gerry de s'arranger pour aller dans ma chambre à Castlebay et y récupérer mon livret de caisse d'épargne. Je ne voulais pas que maman s'inquiète de savoir pourquoi j'avais besoin de disposer de mes économies. Or j'en ai besoin, sale fouineur jaloux ! Parce que depuis que j'habite ici je dois acheter du lait, du thé, du pain, du sucre, de la soupe en sachets, de la poudre à récurer, et j'en passe. Sans parler de ma part du loyer. Mais voilà, je n'ai plus d'argent, et même, j'en dois à Valerie. Alors, pour ne pas me faire entretenir, pour qu'il ne soit pas encore plus criant que je suis la pauvre Clare O'Brien et toi le riche David Power, j'ai récupéré mes économies. Je ne pouvais pas courir le risque de voir ce livret, où j'ai soixante-trois livres, les économies de trois ans, s'égarer à l'université. C'est la raison pour laquelle j'ai demandé à Gerry Doyle de me l'envoyer ici. Et il se moque comme de sa première chemise que j'habite ici ou en haut de la colonne Nelson ! lança-t-elle, folle de rage. Je n'allais tout de même pas lui raconter que je me faisais passer pour ta femme, d'autant que le logeur ne gobe notre histoire que dans la mesure où ça l'arrange. Je n'ai plus faim, dit-elle en vidant son assiette de chips dans celle de David. Et je ne vois pas pourquoi je partagerais le repas d'un individu à l'esprit mesquin.

— Allons... Faisons la paix...

— Pas question. Pas ce soir. Demain. En attendant je m'en vais.

Elle avait déjà pris sa chemise de nuit sous le traversin et elle la fourrait, avec quelques papiers, dans son sac.

— Tu ne vas pas sortir par ce temps...

— Je suis bien sortie te chercher à manger tout à l'heure, pour que tu puisses fureter ici tout à loisir et me servir tes accusations à mon retour. Oh, et puis, va au diable ! lui lança-t-elle en se précipitant dans l'escalier.

Il s'était lancé à sa poursuite, mais elle sauta dans le dernier bus en direction du centre-ville. Les alentours du foyer étaient déserts ; elle n'eut aucune peine à grimper par la fenêtre de son ancienne chambre. Hélas, Valerie et Mary Catherine étaient là, ce n'était pas une soirée où la chance lui souriait.

Elles écoutaient un disque de Chris Barber, sur leur petit électrophone portatif, en feuilletant des magazines. En la voyant apparaître à la fenêtre, furibonde et dégoulinante de pluie, elles faillirent s'étouffer de rire. Et le rire ne les lâcha plus tandis qu'elles réquisitionnaient une « première année » terrorisée pour leur faire du thé, donnaient à Clare une grande serviette de bain et couraient lui faire couler un bain chaud dans la spacieuse et vétuste salle d'eau, à l'autre bout du couloir.

Elle céda, elle aussi, au fou rire en se séchant les cheveux et en buvant à petites gorgées son thé brûlant arrosé d'alcool, tout en racontant aux filles sa dispute avec David. Enfin elle retrouva son petit lit qui était resté inoccupé.

Inoccupé, car Valerie et Mary Catherine l'avaient défendu comme des tigresses contre les sœurs, en arguant que Clare avait payé sa pension jusqu'à

Pâques, et qu'elles feraient un profit illicite si elles installaient quelqu'un à sa place. En réalité Mary Catherine avait toujours été convaincue qu'un jour ou l'autre Clare réintégrerait le bercail, que son aventure amoureuse avec David n'avait aucune chance de durer. Mais elle n'en souffla mot en voyant Clare s'apprêter à dormir, et Valerie imita sa discrétion.

— Excusez-moi, j'ai vraiment l'air d'une parfaite idiote, conclut Clare.

— Détrompe-toi. Tu nous prouves que tu es normale. C'est autrement réconfortant que de te voir planer dans la Vérité-de-l'Amour-sans-égal.

Le lendemain matin, à la cantine, Bar demanda à David de l'excuser pour sa remarque de la veille.

— J'ai dit n'importe quoi. Mais je ne cherchais pas à être blessant.

— Je n'en doute pas. C'est oublié, marmonna David.

— Je ne voudrais pas être une fois de plus indiscret, mais tu n'as pas l'air dans ton assiette. Ça ne va pas ?

— Si, tout va très bien.

David expédia son café et retourna dans son service. Avant de venir il avait passé trois heures à faire le ménage dans la chambre et à aller acheter du thé, du café, du lait, du sucre, des sardines, des oranges et des corn flakes. Plus un vase qu'il avait placé sur la table avec un mot :

> C'est pour les fleurs que j'aimerais pouvoir te rapporter ce soir. Si tu ne veux plus me voir, je comprendrai, mais j'en aurai le cœur brisé. Tu es tout pour moi, tu combles tous mes rêves, tous mes espoirs. J'ai été odieux mais je ne m'en rendais pas compte. Si tu me pardonnes, je veux que tu sois *sûre* que c'est de ton plein gré, et non pour me consoler. Sache que je t'aimerai aussi longtemps que je vivrai.

J'espère simplement que nous saurons de nouveau rire ensemble lorsque le monde aura retrouvé ses couleurs de fête. Je regrette tellement de t'avoir fait du mal. Pour l'effacer, si cela était possible, je m'infligerais n'importe quel châtiment.

Il avait épluché chaque phrase, supprimé tout ce qui pouvait paraître trop geignard. Et finalement, il s'était exprimé d'une façon qui ne lui était pas vraiment naturelle. Peut-être aurait-il mieux fait de dessiner simplement un cœur sur une carte, ou d'aller rôder autour du foyer la nuit dernière. Il avait appelé d'une cabine publique mais, à l'autre bout du fil, la sœur lui avait demandé s'il savait l'heure qu'il était : les jeunes filles étaient couchées depuis longtemps. Souhaitait-il laisser un message pour Miss Mary Catherine ? Il avait raccroché. Le matin, il aurait pu sécher l'hôpital, dire qu'il était malade et aller attendre Clare en guettant la fenêtre de son ancienne chambre. Ou se poster en faction dans le hall d'entrée de la fac.

Il passa la matinée à ruminer, tout en accomplissant mécaniquement son service.

Lorsqu'il sortit, une secrétaire du bureau d'accueil lui fit signe :

— Dr Power, une lettre pour vous.

Il la lut sur place :

Nous avons eu notre première querelle d'amoureux. C'est tout. Bien sûr, je t'aime. Je me suis emportée et je manque de patience, je le regrette. Maintenant j'ai honte de m'être sauvée comme je l'ai fait en te laissant seul, fatigué et désemparé. Je t'aime et je t'attends, toi, la soirée, et les fleurs.

Ils étaient souvent trop fatigués pour parler, trop fatigués pour faire l'amour avant de s'endormir, mais plus jamais irritables. Ils préparaient minutieusement leur emploi du temps, pour les jours de congé de David. C'est ainsi qu'ils visitèrent le zoo, merveilleusement désert en cette époque de l'année ; ou qu'ils allèrent par le train à Bray où, du haut de Bray Head, on voit se déployer tout entiers le comté de Wicklow et le comté de Dublin.

De temps en temps ils dînaient dehors, et un soir ils allèrent au cinéma avec Mary Catherine et Valerie. Mais ils ne fréquentaient guère les collègues de David, et pas du tout James Nolan, qui avait renoncé à Mary Catherine et gravitait à présent dans la meilleure société. Ils se suffisaient l'un à l'autre.

Ils vivaient un peu au jour le jour, en s'abstenant d'envisager l'avenir. David prospectait les hôpitaux où il ferait des stages à partir de septembre, après son internat, et Clare ne pensait qu'à sa licence. Dès septembre, l'un et l'autre gagneraient leur vie. Ils auraient donc les moyens de se loger plus confortablement, mais ils attendraient pour se marier. Et comme cela déclencherait une tempête, mieux valait ne pas y penser. À Dublin ils s'étaient créé leur monde, où rien ni personne ne semblait pouvoir les atteindre.

Mais à l'approche de Pâques, deux événements rompirent leur quiétude. Le Dr Power eut une petite attaque, et Clare découvrit qu'elle était enceinte.

Ce fut Angela qui se porta à son secours lorsqu'il s'effondra au moment où il remontait dans sa voiture. Il l'avait laissée à moins de cinq cents mètres du golf, histoire de faire un peu d'exercice. Il était allé panser le doigt du barman du club — qu'il avait par la même occasion chapitré sur les risques qu'on prenait à trop aiguiser les couteaux qui ne servaient qu'à débiter les citrons en rondelles de plus en plus fines.

Il revenait d'un pas guilleret à sa voiture et s'apprêtait à en ouvrir la portière lorsqu'il sentit que tout devenait noir et qu'il était sur le point de perdre connaissance. Il se laissa glisser au sol, essaya d'appeler. Ses oreilles bourdonnaient.

Angela venait d'étendre du linge dans son jardin. Elle avait vu la voiture et, au moment de rentrer dans le cottage, elle aperçut la sacoche noire tombée par terre. Le temps qu'elle arrive en courant près du Dr Power, il revenait à lui.

— Vous êtes tombé ?

— Nan, Djangeldja...

Il avait une voix pâteuse, comme s'il était ivre. Angela prit les initiatives dans le bon ordre.

— Répondez-moi par oui ou par non. Voulez-vous que je vous aide à vous asseoir sur le siège de la voiture ?

— Ouich.

Angela ouvrit la portière et parvint à aider la grande carcasse à se relever et à s'installer sur le siège avant de sa voiture.

— Et maintenant, est-ce que je vais prévenir votre femme ou est-ce que je commence par téléphoner à l'hôpital ?

— Nan.

— Je ne préviens pas votre femme ?

— Nan.

— J'appelle l'hôpital ?

— Nan. Condoui.

— Non, Dr Power. Je ne sais pas conduire, triple buse que je suis. Croyez-vous que je puisse vous laisser seul et aller chercher quelqu'un ? À bicyclette je serai de retour dans cinq minutes.

— Andgelja, dit le Dr Power en s'agitant.

— Rassurez-vous, je ramènerai la personne qui convient.

— ... acor.

À peine eut-il perçu l'image floue de la silhouette s'éloignant à bicyclette que la voiture arriva. Dick Dillon et Gerry Doyle, les deux hommes qu'il aurait lui-même choisis dans tout Castlebay, s'approchèrent.

À l'hôpital, les formalités d'admission furent expédiées en un temps record. Alors qu'on le déposait dans son lit, Tim Daly, un de ses plus vieux amis, arriva à son chevet.

— C'est une attaque, Paddy, mais sans gravité. Non, aucune chance pour cette fois-ci de moisir dans un fauteuil roulant, lui dit-il simplement. Les difficultés d'élocution, l'engourdissement du côté, tout ça aura disparu dans deux ou trois jours. Mais vous le savez aussi bien que moi.

— Voui, convint le Dr Power tristement.

— Est-ce que vous voulez que je prévienne David ? Personnellement, je n'en vois pas la nécessité. Vous allez rentrer chez vous très vite. Il pourrait même ignorer cet épisode.

— Tim... Tim... dit le malade en mobilisant toutes ses forces, remplachant...

— Je m'en suis occupé, c'est arrangé. J'ai prévu large, trois semaines. Comme cela vous pourrez prendre un vrai repos et, pourquoi pas, partir huit jours avec Molly.

Le Dr Power se détendit, ferma les yeux. On avait paré au plus pressé.

Tim Daly avait vu juste, ce n'était qu'une très légère attaque. À Castlebay, on ne parla même que de malaise. Parce que, dit le Dr Power, les futures mamans pourraient redouter que le médecin ne flanche juste au moment de leur accouchement. Le Dr Mackey, venu en remplacement, était un homme sympathique. Et il ne se démontait pas quand les patients expliquaient qu'ils préféraient attendre le Dr Power pour se faire retirer les agrafes ou ordonner des analyses. Il avait longtemps vécu dans les villes industrielles du nord de l'Angleterre, et le calme régnant en permanence à Castlebay lui paraissait si précieux qu'il disait qu'on devrait le mettre en bouteilles et le prescrire à tous ceux qui étaient trop tendus et trop anxieux de par le monde.

— Ne vous fiez pas aux apparences, lui conseilla le Dr Power. Il n'y a guère moins d'anxieux ici qu'ailleurs.

Il était sorti de l'hôpital depuis une semaine sans aucune séquelle de l'accident. Le Dr Mackey ne devait lui rendre ses malades que dans dix jours. Paddy avait convenu sans difficulté qu'il devait tirer pour lui-même — comme il l'aurait fait pour un de ses patients — les conclusions qui s'imposaient. Notamment, il n'était plus question qu'il assure les urgences de nuit. Il allait donc devoir se faire seconder par un assistant, un jeune médecin qui lui succéderait au cabinet. David, évidemment.

— Je viens de lui écrire. C'est plus facile par lettre que de vive voix.

— Ce n'est pas vous qui sollicitez une faveur, s'étonna le Dr Mackey. Votre clientèle n'est plus à faire et il pourra bénéficier de l'expérience de toute votre carrière. Ce n'est pas comme si vous aviez l'intention de ne lui laisser que des os à ronger. Quel jeune médecin ne souhaiterait démarrer dans de telles conditions ?

— C'est vrai, convint le Dr Power, mais n'oublions pas que notre jeune médecin envisageait de se spécialiser en pédiatrie, puis en obstétrique et Dieu sait quoi d'autre... en un mot il ne songeait pas à revenir ici dans un avenir proche. Dans ma lettre, je lui dis que je sais à quel point ce que je lui propose va à l'encontre de tous ses projets. Il sera là demain. Il a fait croire à l'hôpital que j'étais plus ou moins à l'article de la mort pour qu'on lui accorde un congé exceptionnel.

Molly les avait rejoints au salon, suivie de Nellie portant le plateau à thé. Tout le monde, y compris Tim Daly et le Dr Mackey, avait été surpris et impressionné par le calme dont elle avait fait preuve en la circonstance. Loin de s'abandonner à ses nerfs, elle avait témoigné d'un grand sens pratique. Elle avait même accepté qu'on ne prévienne pas David sur-le-champ.

Tim Daly devait se rendre à l'évidence : d'une certaine façon, il avait mal jugé Molly, d'autant qu'il avait souvent confié à sa propre femme qu'à son avis Paddy Power méritait mieux qu'une épouse aussi sottement entichée des apparences, des mondanités et des snobismes de la capitale. Ce qui était sûr, c'était qu'elle et Paddy pouvaient être fiers de leur fils, un grand beau garçon et un type brillant. Il aurait tant aimé en avoir un, comme lui — alors que le destin lui avait donné cinq filles.

David n'eut pas à attendre la lettre de son père pour être avisé de ce qui lui était arrivé. Angela avait aussitôt pris l'initiative de lui écrire, en confessant qu'elle devenait, en vieillissant, d'autant plus incapable de résister au besoin de se mêler à tout propos des affaires des autres qu'elle était impuissante à mettre de l'ordre dans les siennes. Elle tenait juste à ce qu'il ne soit pas pris de court lorsqu'il recevrait la lettre de son père dans quelques jours, lui annonçant qu'il avait été victime d'une attaque sans gravité, qui rendait cependant nécessaire que David vienne le seconder sans tarder.

Elle lui avait adressé la lettre à l'hôpital, le laissant implicitement libre de décider du moment où il en parlerait à Clare. Une vraie douche froide. Mais il bénissait Angela pour son à-propos.

Il fallut qu'un malade lui demande à brûle-pourpoint de revenir sur terre pour qu'il se décide à aller s'isoler dans un box réservé aux urgences. Il s'assit sur le lit et essaya d'y voir clair. Devait-il rentrer à Castlebay sans attendre juillet, sans avoir terminé son année d'internat ? Et Clare, si elle obtenait sa licence et qu'elle veuille préparer une maîtrise, pourrait-elle s'y consacrer en se partageant entre Dublin et Castlebay ? Peut-on rédiger une thèse n'importe où ?

Il appela le secrétariat de l'université. Le mieux était qu'il vienne, lui répondit-on, on le renseignerait plus efficacement.

— C'est trop fort, s'emporta-t-il. Il y a bien un règlement ? Est-on ou non tenu de suivre régulièrement des cours à l'université pour préparer une maîtrise ? C'est oui ou c'est non, que ce soit au téléphone ou de vive voix. Je ne vous demande pas la lune.

Apparemment si, ou bien c'est qu'on n'aimait pas son ton. En tout cas, il n'obtint pas le renseignement.

David retourna à ses malades. Il n'en continua pas moins à retourner les idées dans sa tête. Quelle que soit la décision de Clare au sujet de ses études, rien ne devait être en mesure de les séparer. Il n'exercerait sur elle aucune pression, aucun chantage amoureux. Il n'exprimerait aucun regret concernant la santé de son père, n'irait pas lui raconter qu'elle adorerait sa mère lorsqu'elle la connaîtrait mieux, quand ils seraient mariés. Bon, il allait tout dire à Clare et le plus tôt serait le mieux.

Comme il n'y avait pas de bus en vue, il décida de rentrer à pied. Et puis, il la vit venir à sa rencontre, les mains dans les poches, l'air absorbé dans ses pensées.

— Tu es passée me chercher ?

— Oui. Je pensais que nous pourrions boire un verre quelque part.

— Bonne idée, dit-il en lui prenant le bras.

Dans un pub, il serait plus facile de lui annoncer qu'allaient prendre brutalement fin, dans quelques jours, leur vie à Dublin, leur liberté, leurs études.

En apportant leurs consommations sur la table d'angle qu'ils occupaient, il s'apprêtait à se lancer à l'eau sans attendre.

— David. J'ai une mauvaise nouvelle à t'annoncer : je suis enceinte.

Un long silence.

— Ce n'est pas possible... avec toutes les précautions que nous avons prises.

— Je sais. Il faut croire que ce n'était pas suffisant.

Elle avait l'air si jeune, si fragile et aussi si effrayée.

— Oh, Clare, Clare. Qu'allons-nous faire ?

— Je ne sais pas. J'y pense depuis quinze jours et je n'ai pas trouvé.

— Tu aurais dû m'en parler aussitôt.

— À quoi bon ? Tant que ce n'était pas sûr, il était inutile d'être deux à se torturer. Maintenant, c'est sûr, David.

— Oh, non, non ! gémit-il, la tête dans les mains. C'est trop bête, c'est trop injuste.

Elle se tenait assise, raide et glacée. Spectatrice.

— Pardon, dit-il, le visage très rouge, les cheveux en bataille.

— Pourquoi ?

— Je suis médecin, ça n'aurait pas dû arriver. Je suis sans excuses.

— Ne t'occupe pas de ça. Tu ne passes pas un examen, personne ne va venir te noter.

— Clare !

— Quoi ? Qu'est-ce que tu veux que je te dise d'autre ?

— Rien. Réfléchissons à ce que nous allons faire.

— Bien sûr.

Elle avait un petit visage tout blanc, douloureux. Brusquement il se souvint qu'il avait, lui aussi, un mauvais coup à lui porter. Et il se souvint qu'elle était une jeune fille dans la pire condition qui puisse être en Irlande, dans une petite ville de province comme dans la capitale.

— Nous nous en tirerons, dit-il en se penchant pour lui prendre la main.

Mais elle s'écarta.

— Tu n'as pas touché à ton verre, remarqua-t-il d'une voix mal assurée.

— Toi non plus.

Les demis de bière les narguaient, trop amers, trop froids.

— Finalement, je prendrais bien un cognac, dit David. Pas toi ? Le médecin te le recommande formellement, en la circonstance il n'y a que ça, débita-t-il en grimaçant un sourire.

— Non. Merci.

Lorsqu'il revint s'asseoir, Clare se pencha vers lui avec sollicitude.

— Je suis malheureuse pour toi, dit-elle. Je comprends à quel point tu dois être paniqué, et momentanément incapable de réfléchir, de savoir clairement ce que tu ressens. Ça te paraît encore trop irréel.

— C'est vrai, dit-il, sensible au fait qu'elle ait si bien deviné ce que son désarroi avait de paralysant.

Il resta silencieux un long moment, vida son verre d'un coup et lui demanda si elle voulait rentrer. En se levant, en sortant du pub, ils évitèrent soigneusement de se rapprocher, de risquer un contact physique.

Ils attendirent l'autobus. En chemin, une ou deux fois ils se regardèrent comme s'ils étaient sur le point de rompre le silence qui s'était établi entre eux, mais les mots ne vinrent pas.

Deux arrêts avant le leur, David se leva :

— Si nous descendions ? proposa-t-il d'une voix mal assurée.

— Si tu veux, oui, répondit Clare d'un ton neutre, alors qu'en d'autres circonstances elle aurait élevé des objections pour rire.

— Marchons le long du canal, décida-t-il.

Ils s'immobilisèrent en apercevant deux cygnes qui glissaient sur l'eau dans leur direction.

— Je n'ai qu'un morceau de chewing-gum à leur offrir, dit Clare d'une voix presque naturelle. Tu crois qu'ils aiment ça ? Et si ça leur soude le bec ?

— Acceptes-tu de m'épouser ?

— Quoi ?

— Je te demande si tu acceptes de m'épouser. Je t'en prie, donne-moi une réponse.

— Mais, David, ne te crois aucune obligation. Nous allons réfléchir, discuter, envisager des solutions. Ce n'est pas la fin du monde.

— Je sais. Je t'aime, Clare.

— Moi aussi, je t'aime. Comme avant, ça n'a pas changé, ça ne changera jamais.

— Alors, c'est simple, dit-il, les yeux brillants. Nous allons nous marier plus tôt que prévu, c'est tout. Dis oui, dis « oui, David ».

— Tu sais qu'il y a une autre solution très facile, qui évitera toute précipitation, qui...

— Non. Pas pour notre enfant. Rien d'autre.

Elle le regardait, les yeux pleins de larmes.

— Allez, réponds-moi, comme dans les romans, insista-t-il, impatient, encore incapable de deviner ce qu'elle allait choisir.

— Si c'est vraiment ce que tu désires... murmura-t-elle, après avoir lentement levé les bras pour prendre dans ses mains le visage de David. Oui. Oui, David, je veux bien être ta femme. Épouse-moi, je t'en prie.

Avant de rentrer, ils achetèrent des chips, du vin et un gâteau au chocolat. Assis par terre à côté du poêle à pétrole, ils essayèrent de prévoir leur avenir, ils firent des projets.

— Marions-nous ici, David. Rien qu'à l'idée que ça pourrait se passer à Castlebay, j'en ai la chair de poule.

— En voilà des façons de parler de notre Grand Jour.

— Tu sais bien ce que je veux dire.

— Oui. On se mariera ici. Ou ailleurs. Où tu voudras : Londres, Paris, Rome.

— C'est ça. Et en revenant, nous louerons un appartement plus grand. Et il n'y aura plus qu'à attendre les examens, fin septembre, et la naissance du bébé, un mois plus tard.

— Ce sera merveilleux, dit-il en lui prenant les deux mains entre les siennes.

— Un moment, j'ai craint que l'idée de rentrer de l'hôpital pour trouver chez toi une femme et un enfant ne te rebute, lui confia-t-elle en souriant.

Il ne dit rien et elle poursuivit son monologue, un peu surprise, un peu inquiète de le voir rester silencieux, cherchant à le rassurer, à se rassurer, sur ce que serait leur nouvelle vie imprévue d'adultes...

— Clare, écoute-moi.

— Qu'est-ce qu'il y a ?

David lui apprit que son père avait eu une attaque. Ils devraient retourner vivre à Castlebay.

David ne reçut une lettre de son père que cinq jours plus tard. Cinq jours terribles. Ils essayaient de faire calmement l'inventaire de toutes les solutions de rechange. Il n'y en avait aucune. Ils s'en prenaient violemment l'un à l'autre, ils s'agrippaient passionnément l'un à l'autre. Clare reprochait à David de n'avoir jamais quitté les jupons de sa mère. Quel homme se résignerait à sacrifier aussi facilement toute sa carrière ? Et elle, que valait son amour s'il était à la merci d'un simple changement de résidence, des contingences les plus terre à terre ? Ils avaient entendu parler d'un médecin rayé de l'Ordre qui pratiquait des avortements. On pouvait s'adresser à lui en toute sécurité. Mais ils n'envisagèrent une telle possibilité que pour la forme : dans la période sombre qui s'annonçait, seul brillait l'espoir de cette naissance. D'ailleurs, le problème, ce n'était pas l'enfant, même s'il allait falloir annoncer la chose aux deux familles, mais l'obligation de rentrer à Castlebay. Ils ne le voulaient ni l'un ni l'autre. Mais ils devraient s'y résoudre. Ils le savaient. La lettre du Dr Power les désarma.

En la lisant, Clare pleura à chaudes larmes. Il y témoignait d'une telle générosité, de tant de délicatesse et de compréhension. Aucun des aspects de la situation de son fils ne lui avait échappé, il se faisait l'écho de toutes les considérations qui les torturaient depuis cinq jours. Il lui en coûtait tant d'être obligé de demander à son fils un pareil sacrifice qu'il avait, disait-il, à peine la force d'écrire. Et pourtant ! Il lui était impossible de recourir à un autre médecin en attendant que David soit disponible dans trois ou quatre ans.

> Le plus dur, pour toi comme pour moi, c'est que je suis contraint, par la force des choses, d'exercer sur toi ce genre odieux de chantage sentimental. Je ferais tout au monde pour ne pas avoir à te demander de rentrer à la maison, comme toi pour ne pas avoir à renoncer à tes projets. Mais je n'ai pas le choix et toi non plus, tu dois me répondre par oui ou par non. Si j'étais mort ou que tu aies choisi un autre métier, ce serait tellement plus simple. Ta mère irait habiter Dublin, on ferait l'économie d'un drame.
>
> Pour ma part je ne puis que m'efforcer par tous les moyens de te rendre ici la vie aussi attrayante que possible. Autrement dit, que tu te sentes indépendant, libre de tes mouvements, si tant est qu'un jeune médecin puisse prétendre l'être dans une petite ville comme Castlebay, si tu vois à quoi je fais allusion. Pour ce qui concerne l'aspect pratique de ton indépendance, il suffira de faire restaurer le pavillon. C'est une rude épreuve pour toi, mon garçon, je ne le sais que trop, et cette lettre ne me plaît pas.

Ce qu'on appelait le pavillon était une maisonnette blottie dans un coin du petit jardin des Power. Non seulement le toit était à refaire, mais il fallait rendre habitables les quatre pièces qu'elle comportait et installer des sanitaires. Et une cuisine, pensa David. Pour le moment elle abritait les meubles en disgrâce ou en surnombre.

Ce serait leur maison. La première.

Ils firent le voyage ensemble, par le train.

Ils regardaient la campagne, en contrebas des poteaux télégraphiques qui défilaient. Ils avaient retrouvé un calme salutaire. À un moment où le train avait ralenti, ils virent au passage un groupe d'enfants agglutinés derrière une barrière pour faire des signes aux voyageurs. Une petite fille de cinq ou six ans portait un gros bébé joufflu qui agitait les bras et riait en exhibant sa première dent. D'un même mouvement David et Clare se prirent la main et se sourirent pour s'encourager, se convaincre qu'ils seraient à la hauteur. Le reste, ils en avaient fait cent fois le tour.

Ils avaient soigneusement prévu leur arrivée à Castlebay. David descendrait vivement du train et rejoindrait sa mère venue l'attendre sur le quai. Il devrait s'arranger pour l'entraîner tout de suite jusqu'à la voiture.

Clare avait demandé à Angela de trouver quelqu'un qui veuille bien venir la chercher. Elle l'avait fait par téléphone, en appelant Angela à l'école, et non sans imaginer de quel air hautement désapprobateur Immaculata avait accueilli cette inadmissible initiative.

Angela n'avait posé aucune question : de toute façon Clare lui expliquerait plus tard pourquoi elle ne souhaitait pas être véhiculée par Gerry Doyle, et pourquoi elle serait une des dernières personnes à sortir, disons pour ne pas se trouver nez à nez avec Mrs. Power.

Elle eut un pincement au cœur lorsqu'elle le vit franchir le portillon de sortie sans un regard en arrière, comme ils en étaient convenus.

Le poinçonneur à qui elle remit son billet ouvrit de grands yeux devant cette voyageuse attardée :

— J'allais partir prendre mon thé. Je parie que vous vous étiez endormie ?

Clare sourit. L'heureux homme.

Debout près de sa voiture, Dick lui faisait de grands signes, et finalement il s'avança pour lui prendre sa valise.

Molly Power conduisait avec des gants depuis qu'on lui avait dit qu'on avait ainsi une meilleure prise sur le volant. Elle était telle que David aurait aimé la voir en janvier chez les Nolan : habillée d'un seyant et discret ensemble vert pâle, coiffée sobrement, à peine maquillée. Et très calme.

Elle parla posément de son père, de la nécessité où il se trouvait de se ménager. Ses propos ne trahissaient ni nervosité ni anxiété. Oui, elle était heureuse et soulagée de savoir qu'il allait seconder son père. David verrait ce charmant Dr Mackey, le remplaçant, avec qui il pourrait s'entretenir utilement. Elle lui raconta la conversation qu'elle avait eue avec Bumper Byrne au sujet des travaux à effectuer au pavillon.

David regardait attentivement sa mère, en essayant de deviner sa réaction lorsqu'elle apprendrait qu'elle était sur le point d'avoir Clare O'Brien pour belle-fille.

Dick Dillon était vraiment un homme agréable. En route, ils parlèrent à bâtons rompus, Clare lui demanda s'il était difficile d'apprendre à conduire. C'était un jeu d'enfant, l'assura-t-il, en lui désignant les trois pédales à ses pieds. Avant d'arriver à Castlebay, elle en connaîtrait par cœur le fonctionnement. 1) l'accélérateur, 2) le frein, 3) l'embrayage.

Clare observa pendant un moment le jeu des grands pieds dans leurs chaussures bien cirées, tandis qu'il lui expliquait chaque manœuvre.

— J'ai compris. Vous enfoncez à fond la pédale du débrayage et vous appuyez à peine sur celle de l'accélérateur et au fur et à mesure que vous libérez la pédale d'embrayage, vous enfoncez celle de l'accélérateur. Et maintenant, ajouta-t-elle, ravie, vous allez ralentir en appuyant sur celle du frein, puisqu'on approche du croisement.

— Plus précisément, je vais m'arrêter, chère madame, parce qu'il y a un panneau qui m'en intime l'ordre — Stop.

— J'adore ça ! Je vais passer mon permis dès que je le pourrai, dit-elle d'un air décidé en pensant à Molly Power, à sa maison, à son jardin.

Si elle devait y vivre, il faudrait qu'elle puisse s'en échapper.

Son père l'écoutait sans perdre un mot. David reconnaissait qu'ils s'étaient en quelque sorte laissé piéger, qu'auparavant ils n'avaient prévu de se marier que dans deux ans, lorsqu'ils auraient l'un et l'autre mené à bien une partie décisive de leurs études. Mais, étant donné les circonstances, ils étaient heureux de revenir au pays, de se marier et d'attendre la naissance de leur enfant.

Paddy Power gardait un air préoccupé. Ils étaient si jeunes, tous ces projets n'étaient-ils pas un peu prématurés ? Clare avait à peine vingt ans. Fonder un foyer à cet âge, avoir un enfant, alors qu'elle était à peine sortie de l'adolescence ? Quelle aventure périlleuse, quel poids pour de si frêles épaules !

Mais David était inébranlable. Prêt à défier son père s'il le fallait. Ils se marieraient à Dublin, le bébé était en route, il était exclu de mettre sa naissance en question.

— Bien sûr que non, se récria Paddy. Ce sera au contraire une joie.

— Pour le moment, ce que je voulais dire c'est que nous l'annoncerons officiellement dès que j'en aurai parlé à maman, et Clare à sa famille.

— Elle est là, elle aussi ?

— Oui, mais nous avons jugé préférable de sortir de la gare séparément. Maman ne l'a pas vue.

Le Dr Power acquiesça longuement de la tête.

— Franchement, fils, tu as fait preuve d'une grande légèreté, de beaucoup d'irresponsabilité. Tu n'aurais pas dû tirer avantage de ta situation, de ta plus grande expérience. C'est déloyal, il n'y a pas d'autre mot. Voilà une enfant qui est sans défense, timide, qui n'a que son obstination au travail.

— Papa, tu n'y es pas du tout. À Dublin, Clare est une jeune fille comme une autre, personne ne pense à elle comme à la pauvre petite dernière de l'épicier. Et essaie de comprendre qu'avant tout, qu'elle soit enceinte ou pas, je l'aime, je l'aime follement. Pour la vie. Papa, il m'est impossible de l'imaginer avec quelqu'un d'autre que moi. Je ne pensais pas que *toi* tu réagirais ainsi.

— N'interprète pas mes réactions. Tu es bouleversé, c'est compréhensible, dit le Dr Power qui se servit un fond de verre d'eau-de-vie. Une dose homéopathique que je me prescris de temps en temps, expliqua-t-il en souriant.

— Tu vas boire à notre santé, papa ?

— Non, pas maintenant. Tu sais que tu n'as qu'une vie, David ? Que tu ne dois pas la gâcher sur un coup de tête. Tu peux reconnaître l'enfant, verser une pension à sa mère. Nous sommes en 1960, tu ne risques plus de recevoir une balle « perdue ».

— Tu te trompes complètement. L'enfant ne fait que sceller notre amour. Pourrais-je goûter à ta médecine ?

— Non, garde la tête froide pour affronter ta mère, et tu n'as pas besoin de stimulant.

— Tu oublies que je suis ici en qualité de collègue. Tant qu'à faire, je me prescris une double dose de remontant.

— À ta santé, fiston, lui dit le Dr Power en le servant.

— Et toi ?

— Pour moi, ça suffit. Je n'ai plus ton âge. Je vais aller dans mon cabinet maintenant.

Depuis quelque temps, Pâques devenait également une saison de vacances à Castlebay. Pour les propriétaires ou les locataires de caravanes notamment, mais aussi pour les touristes. Agnes O'Brien ne s'étonna donc pas d'entendre tinter la sonnette de la porte. Mais elle fut très étonnée de voir entrer Clare.

— Tu arrives donc toujours sans prévenir ?

— J'ai profité d'une occasion imprévue et me voilà.

— Tu aurais pu écrire...

De son temps on prenait la peine d'annoncer ce qu'on projetait de faire ; et *ensuite seulement,* on le faisait.

— Je te répète, maman, que c'était une occasion imprévue, dit Clare en se dominant pour ne pas laisser paraître sa nervosité. Si nous prenions le thé ?

— Tu as raison, où ai-je la tête ? Tiens, viens dans la cuisine, donne-moi ta valise.

— Tu as l'air d'aller beaucoup mieux, maman. Et ta jambe ?

— Oh, je n'y pense plus depuis longtemps. Je ne boite plus, ni rien.

— C'est formidable. Et les autres, où sont-ils ?

— Ton père est allé accompagner Ben au nouveau garage qui s'est ouvert au carrefour. Ils ont besoin de deux apprentis pour les former avant l'été. Ben pourrait faire l'affaire s'il voulait bien se secouer un peu.

— Ils sont partis depuis longtemps ?

— Ils avaient rendez-vous avec le patron à six heures. Pourquoi ?

— J'ai à te parler.

Clare avait accroché l'écriteau « Fermé » sur la porte de l'épicerie. Agnes reposa la bouilloire sans l'avoir remplie d'eau.

— Sainte Vierge, tu es enceinte.

Avant que sa mère arrête de pleurer, Clare eut le temps de remplir la bouilloire, faire chauffer l'eau, passer le thé, couper deux tranches de cake aux fruits et dénicher deux serviettes en papier pour servir de mouchoirs à sa mère.

— Seigneur ! Et dire que tu m'annonces ça tout tranquillement, assise là comme si de rien n'était. Ce n'est pas croyable ! Quelle effrontée tu fais, s'indigna Agnes en hoquetant.

— Maman, je n'ai rien dit. J'ai simplement acquiescé d'un signe de tête. Et tu t'es mise à pleurer.

— Mais tu ne regrettes rien, tu t'en moques, tu es au-dessus de ça. Franchement, nous ne nous attendions pas à une chose pareille. Et tu prenais des airs supérieurs !

— Je t'en prie, maman, laisse-moi au moins te dire pourquoi je suis revenue. Je vais me marier.

— C'est peut-être un peu tard, non ?

— Pas du tout. Écoute : de toute façon je devais me marier, ça aura lieu plus tôt que prévu, un point c'est tout. Crois-moi.

— Bien, continue, dit la mère de Clare qui, les yeux rouges, ne touchait ni au thé ni au cake.

— Avec David, David Power. Nous nous marierons dans deux ou trois semaines à Dublin. Ensuite il reviendra ici — je veux dire, nous reviendrons ici. Son père a eu une attaque et...

— David Power ! s'écria Agnes en bondissant sur ses pieds. Tu as permis à David Power, le fils du docteur, de se servir de toi comme d'une fille ! Ce n'est pas vrai ! Non, oh, non !

— Pourquoi le prendre ainsi, maman ? En ce moment même, David l'annonce lui aussi à ses parents. Et encore une fois, de toute façon nous voulions nous marier. Et dès le début, j'ai toujours eu autant envie de lui que lui de moi.

— Garde tes obscénités pour toi. As-tu perdu toute pudeur pour débiter des horreurs pareilles devant ta mère ? Coureuse sans vergogne ! Tu veux savoir ce que tu as fait ? Tu as jeté le déshonneur sur toute la famille, nous allons être la risée de la ville — épouser le fils Power, pas moins ! Pauvre idiote, qui croit que Mrs. Power permettra à une fille de ton espèce de franchir le seuil de sa maison. Dis-toi bien qu'à ses yeux tu n'existes pas, lança-t-elle à Clare en riant méchamment, et tu voudrais qu'elle te *donne* son fils ? Je n'ai pas besoin d'avoir fait des études, moi, pour prédire de façon certaine qu'il n'y aura pas de mariage, qu'on trouvera un arrangement, aujourd'hui ou demain, pour envoyer le beau jeune homme terminer sa médecine à l'étranger, et quant à toi, tu te retrouveras seule avec un moutard sur les bras, et la honte, les railleries, pour toi et pour ta famille, conclut Agnes en se remettant à pleurer de plus belle.

Clare éprouva de la compassion pour la frêle femme qui pétrissait convulsivement les serviettes de papier assise à la table de sa cuisine.

— Maman, je comprends que tu aies du mal à y croire mais c'est vrai. David a vingt-cinq ans, c'est un adulte qui n'a pas besoin d'obtenir la permission de ses parents pour faire ce qu'il veut. Nous avons tout arrangé, le prêtre est prévenu, le mariage aura lieu. Rien ne peut l'empêcher. Tu connais le pavillon qui est dans leur jardin du côté de la falaise ? Bumper Byrne doit le mettre en état pour que nous puissions y habiter. Maman, lorsque Chrissie aura eu son bébé elle viendra te voir avec la poussette, eh bien, moi aussi, le moment venu, je viendrai te montrer notre enfant en prenant la route de la Falaise. Et il n'y aura ni honte ni railleries. Tout est bien, nous allons être heureux.

— Ma pauvre petite, tu es dans tes rêves, mais la vie c'est une autre paire de manches, tu verras, dit Agnes, les joues trempées de larmes.

— Pas du tout, maman. Je suis l'égale de David, dans quelque domaine que ce soit. D'ailleurs, il le sait aussi bien que moi.

— Vous serez les seuls à penser ça dans tout Castlebay.

— Allons, maman, bois ton thé maintenant.
— C'est pour quand ? demanda Agnes.
— Fin octobre. Juste après mes examens.
— Tu ne pourras pas mener les deux choses de front.
— Il le faudra bien, même si on doit échancrer un pupitre pour que j'y tienne.
— Ne dis pas de bêtises.
Sa mère avait bu sa tasse de thé. Les choses rentraient dans l'ordre.

David préféra se lancer à l'eau sans attendre.
— Maman, je viens d'avoir une longue discussion avec papa. C'est d'accord, je termine mon année d'internat et je reviens m'installer ici début juillet.
— Je savais qu'il n'y aurait aucun problème, dit Molly, les yeux brillants de contentement. Paddy était convaincu que cela te briserait le cœur de ne pas poursuivre jusqu'où tu voulais, moi pas. Je savais que tu serais heureux de revenir à la maison.
— Tu avais raison. Et l'idée du pavillon me séduit beaucoup... Dès demain j'en parlerai avec Bumper Byrne.
— Rien ne presse, tu as ta chambre...
— C'est-à-dire que... J'ai aussi d'autres projets. C'est ma grande nouvelle, ma surprise. Je... j'ai l'intention de me marier.
— David ! Tu ne parles pas sérieusement. Nous ne savions même pas que tu étais fiancé. Paddy, Paddy...
— Il est dans son cabinet, mais je lui en ai parlé et je voulais te l'annoncer moi-même. Je vais épouser Clare O'Brien. Bientôt. Dans moins d'un mois. À Dublin. Et dès qu'elle aura terminé sa licence, elle reviendra ici et nous habiterons le pavillon.
Molly était devenue livide. Elle s'était retrouvée debout sous l'effet du choc et maintenant elle oscillait légèrement, une main posée sur le dossier de sa chaise.
— Notre première intention était d'attendre pour

nous marier, mais à présent que papa a besoin de moi, tout est changé.

— *Clare O'Brien !*

— Tu te souviens du père Flynn, il vient d'être nommé à Dublin. Nous l'avons vu, c'est lui qui nous unira. Un mariage dans l'intimité, sans réception ni rien.

— Je ne peux pas y croire.

— Si, et il nous a très bien conseillés, dit-il en n'hésitant pas à feindre de se méprendre grossièrement sur la réaction de sa mère.

— Tu sais très bien de quoi je parle. Quoi que tu aies fait, je ne peux pas admettre que tu sois obligé d'épouser cette fille. Non, c'est impossible.

— Ce n'est pas une « obligation ». C'est une volonté commune. Nous y étions décidés depuis longtemps.

— Certainement pas avant qu'elle ait réussi à se faire mettre enceinte !

David se souvint à temps que Clare et lui s'étaient promis de garder leur calme quand, sous l'effet de l'indignation, leurs parents proféreraient des horreurs. Il n'avait tout de même pas imaginé que sa mère irait si loin dans l'insulte.

— C'est une façon de voir vulgaire...

— Cette fille est vulgaire.

— Non, pas le moins du monde. Clare est au contraire d'une délicatesse, d'une sensibilité rares. Elle est intelligente, intuitive et très bien élevée. Ce que tu lui reproches, c'est d'être pauvre, c'est de venir d'une famille pauvre et inculte. Et sa sœur Chrissie est effectivement vulgaire, je te l'accorde.

— David, c'est une union *impossible,* voyons.

— Écoute-moi, et ensuite tu me diras tout ce que tu veux. C'est très important. Rien, tu m'entends, rien ne me fera changer d'avis. J'aime Clare, je vais l'épouser et nous serons heureux. Et nous allons avoir un enfant en octobre. Tous les mots durs et méchants que tu auras pour elle maintenant ou plus tard ne feront que rendre nos rapports plus difficiles, aussi, je t'en supplie, attends au moins d'avoir eu le temps de réfléchir...

Les yeux rivés sur David, Molly resta interdite. Lorsqu'il fit mine de s'approcher d'elle, elle se raidit comme si elle redoutait qu'il ne la touchât.

— J'ai tellement peur que tu n'en viennes à dire des choses trop blessantes, qu'il me sera ensuite difficile d'oublier.

Elle fit hâtivement oui de la tête.

— Je vais aller faire un tour avec Bones, ça vaut mieux. Je serai de retour vers huit heures, j'ai rendez-vous avec Clare à l'hôtel à neuf heures. Elle aura annoncé la nouvelle à ses parents, elle aussi.

— David... entendit-il, comme une plainte, avant de quitter la pièce.

Feignant de ne pas remarquer son père qui attendait dans l'entrebâillement de la porte du cabinet, il appela Bones et sortit de la maison. Au bout de l'allée, il se retourna, le temps de distinguer les deux silhouettes derrière la fenêtre. Sa mère, à n'en pas douter, pleurait sur l'épaule de son père qui la serrait dans ses bras.

Tom O'Brien était rentré chez lui d'excellente humeur : le garagiste avait accepté d'engager Ben.

— Qu'est-ce que ça veut dire ? La porte du magasin fermée ? Ben vient de trouver du travail, mais ce n'est pas encore demain qu'il nous fera vivre.

— Clare est arrivée à l'improviste. Nous avons parlé. Elle est fiancée, Tom. Elle va se marier bientôt.

— Clare ? Pas possible ! Avec un étudiant ?

— Avec David Power.

— Notre David Power ? Je croyais qu'elle le connaissait à peine ? Eh bien, tu m'en diras tant ! marmonna-t-il, se grattant la tête d'un air perplexe, cherchant à deviner ce que sa femme en pensait. J'en reste tout bête, moi, ajouta-t-il en remarquant qu'Agnes avait les yeux brillants, mais qu'elle ne semblait pas au bord des larmes. Ça ne te paraît pas bizarre, hein ?

— Maman t'a appris la nouvelle ? lui demanda Clare qui descendait de l'étage.

— Oui, je n'en crois toujours pas mes oreilles.

— C'est tout l'effet que ça te fait ? Moi qui m'attendais à être félicitée, à ne plus savoir comment accueillir les vœux de bonheur, à faire admirer ma bague de fiançailles...

Un petit diamant brillait à son doigt. Le reste de ses économies y était passé, et en plus il avait fallu que David dépose son beau manteau en peau de mouton chez un prêteur sur gages.

Clare s'approcha de son père. Il ne la serra dans ses bras qu'après avoir lancé un coup d'œil à sa femme. Puis Clare embrassa Agnes.

— Maman m'a prévenue que ce ne serait pas toujours facile. Mais qu'est-ce qui est facile ?

— Tu as raison, fillette, dit Tom O'Brien. Mais avec Molly Power, tu verras ce que c'est qu'un champion du monde toutes catégories.

À neuf heures cinq ils se retrouvèrent dans le bar-salon de l'hôtel, Bones sur les talons de David. Il n'y avait pas eu moyen de le faire attendre dans le hall.

D'un signe de tête, ils se signifièrent réciproquement leur soulagement : le plus dur était passé.

— Qu'est-ce que vous boirez, Mrs. Power ? lui demanda-t-il tendrement.

Clare lui adressa un sourire complice.

Il s'approcha du bar, derrière lequel se tenait Rose Dillon. Elle n'avait jamais réussi à attirer David à ses petites fêtes ou à ses pique-niques.

— Qu'est-ce qui nous vaut l'honneur de ta présence ? minauda-t-elle. On ne t'a pas vu à Castlebay depuis une éternité.

— Je vais y revenir définitivement très bientôt.

— Non ? Eh bien, tu n'auras que l'embarras du choix — avec tous ces cœurs à prendre, prédit-elle en le couvant d'un regard incendiaire.

— Je serai peut-être marié plus tôt qu'on ne le pense.

Rose fronça les sourcils et regarda dans la direction de Clare O'Brien. Non. Ce n'était pas possible : ce serait tellement *absurde.*

Ils se rendirent à pied au cottage d'Angela. S'il y avait, dans tout Castlebay, une personne capable de partager sans arrière-pensées leur bonheur, ce ne pouvait être qu'elle. C'est ainsi qu'elle interpréta leur visite, et elle en fut touchée.

— Ce serait tellement gentil de votre part si vous veniez à notre mariage. Il risque d'y avoir de l'orage dans l'air.

— Dans ce cas, je serais impardonnable de vous faire faux bond : je suis devenue experte en la matière.

— C'est le père Flynn qui nous mariera.

— Oh, alors, vous êtes parés : nous sommes des spécialistes chevronnés. Aucun mariage délicat ne nous résiste.

— On peut compter sur vous, Angela ?

— Si Immaculata m'accorde une permission. Je ne voudrais pas la prendre trop tôt à rebrousse-poil — il sera grand temps pour elle de tonner cet été, lorsque l'enfant prodigue refera surface.

— Je ne comprends pas, dit David.

— Clare, ta discrétion ne me surprend pas, mais on peut tout dire à celui qu'on aime... et qu'on va épouser. David, ne faites pas cette tête, il n'y a tout de même pas de cadavre. Votre mariage, la naissance rapprochée de votre bébé — vous ne m'en avez pas encore parlé, mais était-ce bien nécessaire ? — vont, je vous l'accorde, mettre tout notre petit monde en ébullition. Cependant, et au risque de vous décevoir, permettez-moi de vous dire qu'il ne s'agira que de vaguelettes, comparé à la tempête que va déchaîner l'arrivée du père Sean O'Hara à Castlebay, lorsque tout un chacun pourra constater qu'il occupe une caravane avec une Japonaise et deux enfants — sa femme, leur fils et leur fille. Je regrette, dit-elle en riant de l'ébahissement de David, mais vous serez depuis longtemps relégués dans l'ombre que je serai encore, et pour longtemps, sous les feux de la rampe...

Le Dr Mackey accoucha Chrissie Byrne d'un bébé de neuf livres. Un garçon, que Chrissie et Mogsy décidèrent de baptiser John Fitzgerald en l'honneur du président des États-Unis. Clare alla voir sa sœur. Et se fit rabrouer.

— Décidément, il faut toujours que tu aies la vedette ! Dès que tu as su que John Fitzgerald était né, toc ! tu annonces tes fiançailles.

— Ne sois pas stupide.

— Et toi ne prends pas tes grands airs.

— Laisse-moi voir le bébé.

— Ne le touche pas. Pour que tu le laisses tomber.

— Qu'il est beau ! s'extasia Clare en contemplant la minuscule frimousse rouge couronnée de cheveux noirs qui émergeait du petit paquet de langes que Chrissie tenait dans ses bras.

Chrissie parut se radoucir. Allons, Clare devait poser *la question,* sans quoi, elle en entendrait parler toute sa vie.

— Nous allons nous marier dans l'intimité, dit-elle. Il n'y aura que la famille de David et la nôtre, plus deux ou trois amis. Est-ce que toi et... Maurice, pourrez venir ?

— C'est dans si peu de temps. Il faudrait que j'emmène John Fitzgerald. J'en ai discuté avec Maurice. Nous regrettons, ce ne sera pas possible.

Clare ne se hasarda pas à avoir l'air trop déçue, juste un peu.

— Je te rapporterai un morceau du gâteau de mariage, promit-elle.

— C'est comme si tu épousais un Lord ou je ne sais quoi, dit Chrissie. Ce que je ne comprends pas, c'est pourquoi tu te crois obligée de retourner à ton université. Toutes ces études, c'était bien pour dénicher un mari, non ? Un mari riche ?

Rien ne se passa comme elle s'y attendait. Ainsi, Mrs. Conway prit la peine de traverser la rue pour venir la féliciter et lui souhaiter beaucoup de bonheur. Elle était sincère. « J'ai toujours pensé que mon Frank ne serait pas tellement mal tombé s'il vous avait épousée », lui déclara-t-elle. C'était un fameux compliment.

Curieusement, Josie la traita presque comme une simple relation et lui présenta ses vœux du bout des lèvres. Elle avait une excuse : son chevalier servant, Mr. Martin Harris, le commissaire-priseur. Martin était un homme *fait* et *responsable,* autrement dit vieux et assommant. Pour la première fois, Josie enviait Clare. Ne réapparaissait-elle pas à Castlebay après avoir pris dans ses filets le seul homme séduisant de la ville, le seul véritable beau parti à des kilomètres à la ronde ?

Clare dut aller trouver le père O'Dwyer pour lui demander une lettre de dispense. Il n'était pas courant qu'une jeune fille se marie hors de sa paroisse. Mais le père Flynn offrait toutes les garanties requises en pareille circonstance, il serait à la hauteur de son rôle.

Pour complaire à Angela, Clare rendit une visite de politesse à Immaculata. Sa présence mit tout le couvent en émoi. Les sœurs se récrièrent sur la beauté de la bague de fiançailles, cependant qu'intérieurement on se pourléchait à l'idée de la sauce à laquelle Molly Power allait accommoder sa belle-fille.

Les contacts entre les deux familles se réduisirent au plus strict minimum.

David remercia Tom O'Brien de lui accorder la main de sa fille.

— Pour ce qu'on m'a demandé mon avis !

— Vous devez être heureuse de voir votre fille de retour au pays, dit David à la mère de Clare.

— Espérons que tout se passera au mieux, répondit-elle avec un pâle sourire.

Dans la grande villa, Molly, campée près de la cheminée du salon, attendait, les nerfs à fleur de peau. Elle avait changé trois fois de tenue. Rien dans l'arrangement de la pièce n'avait été laissé au hasard. À force de s'entendre houspiller, Nellie boudait dans sa cuisine.

Elle les aperçut en train de remonter l'allée. Ils riaient. Cette fille riait, au lieu d'être paralysée par la peur.

— Maman, nous voilà, lança David en pénétrant dans la maison.

Molly avait oublié que Clare était si grande. Grande et mince, le teint très pâle.

— Bien, dit Molly en toisant des pieds à la tête la visiteuse pour préparer le terrain à l'insulte appropriée qu'elle allait lui décocher négligemment.

— Bonjour, Mrs. Power, dit Clare d'une voix posée.

Je ne la laisserai pas me harceler, se dit Clare. *Je ne tomberai pas dans le panneau de ses provocations.*

— David a dû vous parler de nos projets d'avenir, Mrs. Power ?

— Oui, bien sûr.

— Je tiens seulement à ajouter que j'espère le rendre heureux, et peut-être faire en sorte que vous et le Dr Power soyez satisfaits de ce mariage.

Le comble, c'était qu'elle avait le succès modeste. Jamais Molly n'avait éprouvé une telle rage.

— J'en doute, parvint-elle enfin à articuler. Mais je suis là pour vous recevoir. Voulez-vous que je fasse servir le thé ?

— Non, je vous remercie, Mrs. Power. Avant de me

retirer, j'aimerais saluer le Dr Power. Mais je repars demain, et il me reste une foule de choses à faire. Je vous remercie de votre accueil. Et à bientôt, n'est-ce pas ? Le mariage est si proche...

Que ne puis-je la tuer ! pensait Molly.

Un sentiment fugitif mais puissant. Et puis elle eut honte d'elle-même.

— Comment ?... Mais oui... au mariage. Certainement.

Clare avait disparu, sur un sourire.

— Merci, maman, dit David.

Son regard démentait la gratitude de ses paroles.

Beaucoup plus tard, ce même jour, elle l'aperçut assis sur le muret près de l'hôtel.

— Tu allais repartir sans m'avoir rien dit, lui reprocha-t-il, le visage fermé.

— Quel idiot tu fais, dit-elle en riant sans conviction. Si je ne t'avais pas rencontré ce soir, tu sais bien que je t'aurais mis un mot.

— Menteuse.

— Ah non, arrête, hein ! s'emporta-t-elle, outrée qu'il l'accuse si directement de mensonge, même et surtout si c'était vrai.

— Tu ne m'aurais rien dit, insista Gerry, parce que tu savais ce que je t'aurais répondu.

— Quoi ? Qu'est-ce que tu m'aurais répondu ? Qu'est-ce que tu vas me répondre ?

— Que tu es folle. Que tu ne dois pas faire ça. Pas toi, Clare.

— Pourquoi ne veux-tu pas me voir heureuse, comme n'importe qui d'autre ?

— Tu peux être heureuse, mais sûrement pas avec David Power. Ça, c'est impossible. Je te l'ai toujours dit, tu n'es pas comme les autres, et moi non plus. C'est pour ça que tu ne dois pas te marier avec lui mais avec moi. Tu le sais. Tu le sais depuis qu'on se connaît.

Clare le dévisageait, stupéfaite. Où était le fameux petit sourire en coin ? Que se passait-il ?

Elle s'écarta, se dirigea vers le portail de l'hôtel. D'un bond de chat, Gerry l'avait rejointe.

— Reste encore un peu.

— Pour quoi faire ? Tu veux me blesser un peu plus ? Si c'était toi qui étais fiancé, je ne penserais qu'à me réjouir, qu'à souhaiter ton bonheur.

— Qu'est-ce que tu me chantes ? Toi et David, vous n'avez jamais été fiancés. Vous vous marierez dans trois semaines, à la sauvette.

— Fiche-moi la paix ! lui cria-t-elle en partant vivement.

Il la rattrapa, la harcela, moitié courant, moitié bondissant à ses côtés.

— Fais comme Fiona, ne te laisse pas prendre au piège pour une bêtise. Tout peut s'arranger. Vous n'êtes pas des *filles faciles.*

Clare s'arrêta, fit face à Gerry :

— Écoute-moi bien : en ce qui me concerne, il n'y a pas, il n'y a jamais eu de piège ou de bêtise à réparer. Même si notre mariage a lieu plus tôt que prévu, il nous comble, il nous comblera de bonheur l'un et l'autre.

— Non, dit-il en la regardant droit dans les yeux, ton mariage avec David Power ne t'apportera aucun bonheur. Idiote, pauvre idiote de Clare ! Quoi que tu fasses, ton mariage est voué à l'échec, il est voué au malheur.

Les deux fidèles amies se surpassèrent. Elles écumèrent le foyer de fond en comble, réquisitionnant tout ce qui leur paraissait portable, sans qu'aucune pensionnaire ose protester, tant était grande la terreur que leur inspiraient Valerie et Mary Catherine. Clare n'eut que l'embarras du choix.

Elle jeta son dévolu sur un ensemble rose qui lui allait à ravir. Dans le butin, un chapeau presque ton sur ton et un sac à main noir follement élégant furent également retenus. Elles se cotisèrent pour lui offrir une paire de gants assortis à l'ensemble, et Clare n'eut plus qu'à s'acheter des chaussures noires pour être parée.

La demoiselle d'honneur serait Mary Catherine, et James Nolan, le garçon d'honneur. Clare eut l'impression que David se montrait plutôt froid à l'égard de James mais elle n'eut pas le temps d'approfondir la question. En fait, elle ne savait plus où donner de la tête. Elle se partageait entre ses cours, la recherche d'un appartement, le déménagement à préparer.

Caroline Nolan lui adressa un mot de félicitations. Une décision aussi rapide, quelle surprise ! Elle regrettait que le lunch de mariage n'ait pas lieu chez eux, comme ses parents l'avaient proposé.

Sur ce point, Clare s'était montrée intraitable : le lunch aurait lieu en territoire neutre, dans un hôtel voisin de l'église. Le père Flynn était allé discuter du menu avec le propriétaire, en choisissant délibérément quelque chose de relativement modeste. Entre-temps, David et Clare avaient ouvert un compte en banque conjoint et le directeur de l'établissement, qui appréciait particulièrement les jeunes médecins — David lui avait habilement laissé entendre qu'il avait l'intention de s'établir à Fitzwilliam Square —, leur avait aussitôt accordé un crédit qui leur permettait de faire face aux frais du mariage.

Ils prirent un malin plaisir à établir la liste de leurs invités. D'autant que, face aux *décontractés,* les *coincés* ne semblaient pas faire le poids. Parmi les premiers, ils rangèrent le père de David, Angela, le père Flynn, Emer et Kevin, Mary Catherine et Valerie. Est-ce qu'on pouvait leur adjoindre James et Caroline ? Oui, même si Clare les trouvait trop snobs. Et Ben et Jim ? Non, décréta Clare, car si ses jeunes frères n'étaient pas raides comme des passe-lacets, ce serait le signe qu'ils étaient devenus des voyous.

Dans l'autre camp, la palme reviendrait à coup sûr à la mère de David qui aurait tout de l'ange exterminateur. Les parents de Clare seraient parfaits dans leur genre, tellement intimidés et effrayés à l'idée de commettre un impair qu'ils indisposeraient tout le monde. Enfin il y aurait les parents de James et Caroline, qui considéraient apparemment ce mariage comme une catastrophe de même grandeur que le naufrage du *Titanic.*

— Encore heureux qu'on puisse en rire, remarqua Clare.

— Oui, sinon, il y a des moments où je finirais par croire que ce mariage est placé sous de mauvais auspices, dit David.

Clare en eut le frisson.

La veille du mariage, les O'Brien arrivèrent par le train du soir. Clare les attendait à la gare. Ils s'entassèrent à cinq dans un taxi qui les conduisit à l'hôtel proche de l'église, où Clare avait retenu trois chambres. (Le patron, Mr. Ryan, lui avait fait un prix.) Elle en occuperait une, où Valerie et Mary Catherine viendraient l'aider à s'habiller.

Elle avait eu le cœur serré en voyant ses parents descendre du train, fatigués par le voyage et anxieux à l'idée de ce qui les attendait. Il devait bien y avoir deux petits sacs à la maison, mais non, ils avaient emporté une grosse valise miteuse prête à rendre l'âme. Encore tout ébahis par les dimensions de la gare de Kingsbridge, Ben et Jim se serraient sur le siège avant du taxi. Chacun tourné vers sa vitre, Tom et Agnes O'Brien regardaient les rues de Dublin. Clare annonça que du thé et des sandwiches les attendaient à l'hôtel. Et aussi quelques bouteilles de stout — perspective qui dérida Tom O'Brien et fit dresser l'oreille à Ben. Inutilement, car il n'y aurait pas droit — ce qu'on lui précisa aussitôt. À l'hôtel, ils étaient si fatigués qu'ils mangèrent du bout des dents. Ce qui n'empêcha pas

Agnes de demander dix fois à Clare à quelle heure ils devraient être prêts le lendemain matin pour se rendre à l'église. Sans s'impatienter, Clare lui répéta qu'ils partiraient vers onze heures pour l'église — distante de cinquante mètres.

Le soleil se montra dès le matin. Habillées à ravir, Valerie et Mary Catherine arrivèrent en pouffant et jacassant comme deux écolières. Elles apportaient le chapeau et le sac à main. Les filles qui les prêtaient leur avaient fait jurer de les restituer le soir même.

— J'ai du cognac, au cas où, annonça Valerie.

— Pas maintenant, dit Mary Catherine. Nous devons habiller la mariée.

Trouvant Clare un peu pâle, elles lui mirent un soupçon de rouge à joues, on aurait dit que l'ensemble rose avait été confectionné sur mesure. Clare avait une allure folle, là-dedans. Et les accessoires étaient parfaits. Selon le dicton, une mariée doit porter au moins une chose empruntée. Eh bien, tout ce que portait Clare était emprunté ! On ne pouvait pas faire plus. Elles en riaient encore quand le père de la mariée vint tambouriner à la porte de la chambre en leur criant qu'il était moins vingt.

Le murmure de l'orgue la surprit. Elle ne savait pas qu'il y aurait de la musique. Mais l'autel paraissait si loin ! Elle sentit que son père se raidissait. Il était intimidé. Les têtes s'étaient tournées, les invités les regardaient avancer lentement dans l'allée. Clare vit le regard admiratif d'Angela, qui avait saisi le bras d'Emer pour lui faire partager sa joie.

Ben et Jim, briqués comme elle ne les avait jamais vus, semblaient contempler une apparition. Elle remarqua l'air étonné de Caroline et le grand sourire chaleureux du Dr Power. Et pendant une fraction de seconde, Mrs. Power eut un regard approbateur et cessa son conciliabule avec Mrs. Nolan.

David tourna la tête, et surprit le sourire radieux de Clare. Elle était plus belle que tout ce qu'il avait imaginé. Il échangea un sourire avec James. Sortant du banc, il tendit la main à sa belle, à sa merveilleuse fiancée, pour la conduire à l'autel.

Pas plus les Power que les Nolan n'avaient apporté d'appareil photo. Kevin, lui, se multipliait pour prendre les mariés et les invités sous tous les angles. Le père Flynn expédia Jim jusqu'à la pharmacie voisine pour acheter trois autres rouleaux de pellicule. En arrivant en vue de l'hôtel, Mrs. Power faisait une tête de dame patronnesse visitant un taudis.

Elle fut assez agacée d'entendre les Nolan admirer « ce charmant cadre tellement imprévu », et les beaux objets anciens décorant le hall d'entrée.

Mr. Ryan avait décidé de faire servir les apéritifs dans la serre qui ouvrait sur un jardin. Il y avait toutes sortes de plantes exotiques et le soleil jouait à travers les vitres colorées.

— C'est plutôt bien, non ? glissa Valerie à l'oreille de Mary Catherine. À entendre Clare, je m'attendais à tomber dans un endroit miteux.

— Tout à fait. Mais tu as vu la belle-mère, elle a l'air garce, hein !

— Ne vous inquiétez pas, dit Angela en les faisant sursauter, car elles ne pensaient pas qu'on les écoutait, elle est loin d'être aussi sûre d'elle qu'il y paraît. Et elle se ralliera à la majorité, en voyant que tout le monde apprécie le cadre et le lunch.

— Je vais aller lui faire un brin de causette et lui en mettre plein la vue avec l'histoire de mes ancêtres, dit Valerie.

On passa à table. Dans les bols de potage à la tomate, flottait une noix de crème fraîche parsemée de persil haché. Mrs. O'Brien regardait dubitativement le sien. C'était peut-être une décoration. Après avoir dit le bénédicité, le père Flynn la tira d'embarras en faisant bruyamment naufrager l'« île flottante » avec sa cuillère. Dans les serviettes, les petits pains étaient restés tièdes. Sur toute la longueur de la table, les bouteilles de vin rouge, de vin blanc, d'orangeade et de stout avaient été disposées avec art.

Pour placer les invités, il avait fallu déployer des trésors d'ingéniosité. Chaque O'Brien était flanqué de deux invités « sympathiques ». Quant à Molly, elle était fermement mais gentiment neutralisée à droite par le père Flynn et à gauche par Kevin. Après le poulet à la crème, lorsque les deux serveuses apportèrent l'entremets glacé et le gâteau de mariage, on ne pouvait rêver atmosphère plus détendue et bon enfant. Et les petites allocutions traditionnelles furent accueillies avec une émotion partagée.

Enfin, Clare s'éclipsa pour aller se changer dans sa chambre. L'ensemble rose n'avait subi aucun outrage, le chapeau et le sac à main retrouvèrent leur emballage de papier de soie. Elle passa la robe grise que lui avait prêtée Valerie et un collier de perles de verre assorti à ses gants. En bas David l'attendait près de la voiture que leur prêtait James Nolan.

— C'était très réussi, lui disait James.

— Oui. Je te remercie. Ton speech était parfait.

— Tout va se passer merveilleusement bien pour vous.

— J'en suis sûr, oui.

Il était déjà loin, le temps où ils se disaient tout et n'importe quoi, sans y penser.

La lune de miel du jeune couple Power ? Trois jours au calme dans un hôtel de Wicklow. C'était du moins ce qu'ils avaient laissé croire. En réalité, ils allaient se cloîtrer dans leur nouvel appartement où régnait un désordre indescriptible. Ils n'avaient qu'une hâte : se retrouver seuls. Sans gaieté ni dîners aux chandelles. Simplement être ensemble, avec le soulagement de savoir que le jour tant redouté était passé.

Grâce à la prévoyance de James, lorsque les Nolan rentrèrent chez eux avec les Power ainsi que Mary

Catherine et Valerie, Breeda les attendait avec des flûtes disposées sur un plateau, et le champagne était frappé.

— C'est tout de suite mieux, fit remarquer Caroline.

— C'était charmant. Très réussi, corrigea son père.

Son verre à la main, le Dr Power fit quelques pas dans le joli jardin. Un homme tondait le gazon. Pour les autres gens, c'était un jour comme un autre.

Au bout d'un moment, Molly vint le rejoindre et resta silencieuse à ses côtés.

— Molly, tu as été très bien.

— Bien ?

— Même si le cœur n'y était pas, même si cela t'a beaucoup coûté, tu n'as rien fait qui puisse gâcher leur journée.

— Clare...

Il attendit sans rien dire.

— J'ai trouvé qu'elle avait beaucoup d'allure. Cet ensemble était très chic.

À l'intérieur, on était fort occupé à sabler le champagne. Caroline était en verve. Elle venait de se demander tout haut pourquoi, en partant, Clare n'avait pas son sac à main, si élégant.

— Oh ! et puis saviez-vous qu'il s'en est fallu de peu pour que James ne soit pas le garçon d'honneur de David ? leur demanda-t-elle d'un air confidentiel. Il y a quelque temps, ils étaient franchement en froid.

— Ah oui, comment ça ? dit Valerie pour la laisser s'enferrer.

— C'est bien simple, lorsque David a confié à James dans quelle situation critique il se trouvait, ce mariage à la clé et tous les drames que ça allait déclencher, il semblerait que James, à mon avis très logiquement, ait parlé de poisse. Et, comme David insistait pour qu'il aille jusqu'au bout de sa pensée, James lui aurait déclaré que, tout bien pesé, David n'était nullement tenu d'épouser une moins que rien. Pour toute réponse, David lui a envoyé le contenu de son verre à la figure et l'a planté là — ça se passait au bar d'un hôtel. James a couru pour le rattraper, mais avouez que c'était vraiment affreux !

— J'avoue que je trouve ça affreux, dit Valerie avec véhémence. Oui, avoir des pensées aussi basses !

— Non, ce que je voulais dire... commença Caroline qui ne cherchait plus qu'à se tirer de ce mauvais pas.

— Quand on pense que James se destine à faire carrière dans la magistrature, remarqua Mary Catherine, avec une telle mentalité, ça promet !

Dans l'attente des grandes vacances, juin était toujours un mois particulièrement éprouvant.

À en juger par leur dernière lettre, Sean et Shuya étaient plus survoltés que jamais. Oui, leur répondit Angela, elle serait là, au cottage. Dès qu'ils auraient arrêté une date pour leur arrivée, ils n'auraient qu'à la prévenir. Mais que Sean soit bien au clair sur la conduite qu'ils comptaient tenir à Castlebay. Aux yeux d'Angela, c'était primordial.

Sean répondit qu'il n'avait prévenu personne des changements survenus dans sa vie, pour la bonne raison qu'il ne savait à qui en faire part. Sur ce chapitre, Angela se montrait intraitable : il incombait à Sean et à lui seul de raconter son histoire et de juger à qui il avait envie de se confier en priorité.

Ensuite, ce fut le silence.

Ils arriveraient donc samedi.

Le sursis prenait fin.

Le samedi matin, elle se sentit brusquement prise de panique dans la boucherie Dwyers. Chrissie, qui avait repris son travail, venait de s'étonner :

— Vous donnez une petite réception, Miss O'Hara ?

— Non, pourquoi ?

— Avec toute la viande que vous achetez, il y a de quoi nourrir un régiment.

Ainsi, elle se préparait machinalement à faire à dîner pour toute une famille ! Prise de vertige, elle s'appuya au comptoir.

— Ça ne va pas ? lui demanda Chrissie, alarmée. Jimmy ! Viens soutenir Miss O'Hara.

Mais Angela s'était déjà ressaisie.

— Veuillez m'excuser. Les soirées sont encore fraîches, j'ai dû attraper froid.

Elle paya, mit sa viande dans le panier de la bicyclette et rentra droit au cottage. Elle passa la journée prostrée sur une chaise, incapable d'empêcher son esprit de battre la campagne. Pourquoi n'avait-elle pas eu le courage de dire à tout le monde la vérité aussitôt après la mort de sa mère ? Elle avait continué à mentir quand les gens s'inquiétaient de Sean, ou demandaient des prières pour des intentions particulières. Elle avait beau leur avoir toujours conseillé d'envoyer directement leurs oboles au siège de la mission, personne n'oublierait la comédie honteuse qu'elle avait jouée. Et elle ne songeait qu'aux gens bien intentionnés, honnêtes, crédules. Les autres, tous ceux qui se réjouiraient méchamment de pouvoir crier au scandale, au fond, elle s'en moquait. Elle se moquait de ce que pourraient penser et dire Immaculata et le sergent McCormack, mais pas du tout de ce qu'éprouverait Dick Dillon. Rien que d'y penser, elle en avait la nausée.

C'était une de ces merveilleuses journées dont les commerçants rêvent pendant toute l'année, et qui laisse aux excursionnistes et aux vacanciers un souvenir enchanté de Castlebay.

Shuya et Sean en éprouveraient l'enchantement, Laki et Denis aussi, qui allaient découvrir l'immense plage de sable blond et l'étendue bleue et scintillante de la mer. Angela était triste à mourir.

Elle calcula qu'ils étaient sans doute déjà installés dans leur caravane depuis une heure. Sean avait dit qu'ils feraient la traversée de nuit, prendraient le premier train pour le chef-lieu puis l'autocar jusqu'à Castlebay.

Elle n'avait jamais remarqué à quel point le tic-tac de la pendule résonnait dans la pièce. Comme les battements de son cœur, qui l'ébranlaient des pieds à la tête. Elle restait assise, tout entière occupée à attendre.

Elle attendit tout l'après-midi.

Le jour déclinait, les enfants devaient être couchés. Elle entendit frapper à la porte. Aucun bruit de voix ne lui parvenait. Peut-être étaient-ils fâchés qu'elle ne soit pas allée les accueillir à l'arrêt de l'autocar.

Elle ouvrit la porte. C'était Dick Dillon.

— Bonsoir, dit-elle d'une voix faible en s'appuyant contre le montant de la porte.

— J'ai hésité à venir. Vous m'aviez bien dit de ne pas vous importuner cette semaine, que vous m'expliqueriez plus tard pourquoi. Mais je savais qu'ils ne seraient pas là, alors j'en ai profité.

— Quoi ?

— Je savais que je ne risquais pas de jouer les trouble-fête, puisqu'ils sont à l'autre bout de la ville en train de contempler la mer.

Il les avait aperçus par hasard au moment où ils descendaient du car. Son attention avait été attirée par la femme étrangère et par les enfants qui avaient eux aussi quelque chose d'asiatique.

— Lui ne m'a pas reconnu. La dernière fois où il était à Castlebay, c'était encore l'époque de mes soûlographies, je rasais les murs, on ne me regardait pas.

— Êtes-vous sûr de ne pas vous tromper ?

— Le petit garçon a demandé à sa mère quand ils iraient voir tante Angela et elle lui a dit qu'ils allaient d'abord s'installer dans la caravane et qu'ils ne rendraient visite à tante Angela que plus tard dans la journée ou demain, qu'elle les attendait dans son cottage.

— Oh, Dick, pardonnez-moi, je m'en veux tellement d'être si faible, si lâche, dit-elle en se mettant à sangloter, la tête sur l'épaule de Dick, qui la prit dans ses bras et lui caressa les cheveux.

— Allons, allons, dit-il comme s'il consolait une petite fille. Dick est là pour faire ce qu'il faut, tout va s'arranger.

Ils étaient restés longtemps assis à regarder la grosse boule orange du soleil s'enfoncer lentement dans le bleu foncé de la mer. Derrière eux, la musique du parc d'attractions et le bruit de la foule couvraient celui des vagues battant la plage en contrebas.

Épuisés, Denis et Laki n'avaient pu résister au sommeil. Sean leur avait montré l'école des frères, où il était allé enfant, les récifs, où il venait jouer, et la grotte de l'Écho, dans laquelle, bien entendu, ils avaient lancé leurs questions.

Dans son souvenir, l'épicerie-confiserie des O'Brien était plus petite. Le garçon qui servait devait être un des fils cadets. Sean avait aperçu Mrs. O'Brien, affairée au fond de la boutique, mais il avait préféré s'éclipser sans aller la saluer. Il était trop tôt, il n'avait pas le cœur à provoquer la confrontation délicate du passé et du présent. De même, lorsqu'il était allé acheter un album de coloriage chez Miss O'Flaherty, il n'avait été que trop heureux qu'elle soit accaparée par un autre client tandis qu'une jeune fille qu'il ne connaissait pas le servait.

Dans la rue, une fillette de sept ou huit ans s'était arrêtée pour considérer Laki d'un air intrigué :

— D'où tu es ?

— Du Japon. Je suis moitié japonaise, moitié irlandaise, déclara fièrement Laki.

— C'est drôle, dit la gamine, lorsque j'étais petite

j'ai eu une poupée japonaise. Elle ne te ressemblait pas du tout.

En déjeunant dans la caravane, ils avaient fait des projets pour le lendemain. On irait se baigner et on pique-niquerait sur la plage.

Auparavant, on rendrait visite à tante Angela.

— C'est un bon endroit pour avoir notre autre maison, convint Laki, qui avait entendu maintes fois son père parler de Castlebay comme de « l'autre maison » en Irlande.

Aujourd'hui, il s'était abstenu de commentaires.

Le soir, il avait voulu montrer la ville à Shuya. Mais à l'entrée de Church Street, il n'avait pas eu le courage d'aller plus loin. La plupart des gens qui les dépassaient se rendaient au dancing. Pour maintes raisons, il était exclu que lui et Shuya y entrent. Prendre un verre à l'hôtel Dillon ? À un moment ou à un autre, quelqu'un l'y reconnaîtrait. Tenait-il tellement à abréger le temps de répit qu'il s'accordait sans l'avoir prémédité ?

Shuya lui avait passé un bras autour de la taille. Elle le sentait mal à l'aise, déçu de ne pouvoir renouer plus facilement avec les témoins de sa jeunesse.

— Tout a tellement changé, dit-il comme pour s'excuser. C'était plus petit, plus intime et plus pauvre, moins tape-à-l'œil.

— C'est drôle, dit Shuya, la plupart des gens qui reviennent sur les lieux de leur enfance ont l'impression inverse. Tout leur paraît rapetissé par rapport au souvenir qu'ils en avaient gardé. Et maintenant, si nous allions voir ta maison ? lui proposa-t-elle. Seulement de l'extérieur, sans déranger Angela.

— Oui, d'accord. Par la route de la Falaise, c'est plus long mais beaucoup plus beau.

En chemin ils croisèrent quelques joueurs de golf qui rentraient après avoir bu un dernier verre au bar du club. Avec la brise tiède et l'odeur salée de la mer, il faisait délicieusement bon. Au cottage, seule une fenêtre du bas était éclairée, rideaux tirés. Angela devait les attendre.

— C'est peut-être indélicat de rester là sans entrer ? observa Sean.

— Angela nous a dit d'aller la voir à n'importe quel moment, quand nous serions prêts. Nous ne sommes pas tout à fait prêts.

Comme Shuya était compréhensive !

— Non. Je ne le suis pas vraiment.

Il lui désigna la fenêtre de son ancienne chambre, d'où il se laissait glisser au petit matin pour courir jusqu'à la plage et se baigner. Puis il rentrait, toujours en courant, et restait à travailler dans sa chambre en attendant que la maisonnée se réveille. Lorsqu'on est jeune, pourvu que l'appétit soit au rendez-vous, rien ne vous arrête, on a des trésors d'énergie à dépenser sans compter. Il se souvenait que certains jours il croisait les troupeaux de vaches qu'on ramenait des pâtures pour la traite matinale.

Dans les jardinières des fenêtres, sa mère plantait des petits géraniums. Il y en avait encore aujourd'hui. Sur cette cheminée, là-haut, une année des oiseaux avaient fait leur nid. L'hiver, on devait continuellement dégager la neige accumulée sur la marquise de l'entrée pour éviter que les vitres ne cèdent sous le poids.

Maintenant, lui chuchota Shuya, elle n'avait plus aucune difficulté à se représenter le genre de vie qu'il avait menée ici avant son départ.

Pour regagner le camping-caravaning, ils reprirent la route de la Falaise, marchant bras dessus, bras dessous, d'un pas accordé, en plein milieu de la chaussée déserte.

— Ils sont partis, annonça Dick Dillon en descendant de la chambre à coucher où il était allé les épier dans le noir.

Pendant ce temps Angela n'avait pas bougé, pour le cas où ils se seraient décidés à venir frapper à sa porte. Dick se serait alors débrouillé pour sortir sans bruit par-derrière.

— Qu'est-ce qu'ils sont venus faire ?

— Nous ne le saurons sûrement jamais.

— Est-ce que vous pourriez rester pour la nuit, Dick ? lui demanda-t-elle à brûle-pourpoint.

— Quoi ?

— Pas dans le même lit, bien sûr. Je ne vous infligerais pas une telle corvée. Sous le même toit suffira.

— Avec plaisir. Et si j'osais, je dirais que je ne vois aucun inconvénient à ce que vous vous dispensiez de faire un lit à mon seul usage.

— Ça me prendra à peine cinq minutes, répondit-elle en riant.

— Il ne me reste plus qu'à espérer que tous vos draps sont justement en train de sécher.

— Espoir vain. En été, tout sèche en un rien de temps. Si vous découchez, demain à l'hôtel, est-ce qu'on va crier au scandale ?

— Angela, mon petit, ils se souviennent à peine que j'existe.

— Bon, cessez de chercher à m'apitoyer sur votre sort. Je vais aller faire votre lit.

— Vous savez, je ne vous gênerais pas. J'ai vu votre lit, là-haut, il est spacieux...

— Arrêtez de rêver, Dick.

— J'arrête, j'arrête.

— Merci. Merci de tout cœur.

Elle s'était dit qu'ils iraient sûrement à la grand-messe. Mais non, ils étaient venus tous les quatre à cette messe basse. Sean et les enfants se levèrent pour aller communier. Angela ferma les yeux, morte de confusion. S'il y avait une chose qu'on ne leur pardonnerait pas à Castlebay, c'était d'avoir eu cet aplomb quasiment sacrilège.

Elle sortit de l'église avant la fin de l'office et s'arrêta près du portail pour acheter son journal du dimanche à Mickey Mack, le temps d'entendre un fermier dire à sa femme : « Tu as vu cette Chinoise à la messe, et ses deux enfants qui sont allés communier ? »

— Tout le monde sait que la Chine est pleine de bons catholiques comme vous et moi, leur lança Mickey Mack.

Il avait beau être incapable de lire les journaux qu'il vendait, il était loin d'être d'une ignorance crasse.

Elle avait fait ample provision de pain aux raisins et, pour les enfants, de corn flakes.

Elle avait retrouvé un certain calme. Elle s'assit pour lire le journal.

La nuit dernière, ils avaient dû avoir, au dernier moment, l'intuition qu'il n'était pas opportun de la déranger.

L'appréhension de la veille s'était émoussée. Dick avait fait beaucoup pour la réconcilier avec elle-même. Elle se sentait moins misérable, plus forte pour affronter les événements.

Elle les entendit arriver, bavardant tous à la fois, aussi bruyants qu'une volée de moineaux. Après les embrassades, ils regardèrent autour d'eux. Shuya était très impressionnée par la quantité de livres qui garnissaient les murs de la pièce, par tous les objets qui y étaient disposés un peu partout.

— Tu ne m'avais pas dit que c'était comme cela, Sean.

— Mais de mon temps, c'était différent...

Angela lui demanda s'il avait eu l'occasion de présenter Shuya à d'anciennes connaissances.

— Non, pas encore. Je n'ai même pas revu un ancien camarade de classe. J'ai trouvé tout tellement changé. Tu n'es pas de mon avis ?

Angela se garda de souligner qu'il serait incapable de reconnaître des hommes qu'il avait connus gamins, trente ans plus tôt. Oui, Castlebay avait changé, *beaucoup changé.* À bon entendeur, salut.

— Autrefois, tout le monde connaissait tout le monde, et on pouvait se promener dans le moindre chemin de campagne sans rencontrer des foules, comme aujourd'hui.

— Oui, hier soir Sean m'a dit qu'il trouvait tout plus grand, intervint Shuya pour jouer le jeu, plus... Comment ?

— Oh, un peu... surfait, criard. Comme tous ces endroits en Angleterre qui sont devenus à la mode, que les touristes envahissent chaque été... et qui étaient si charmants il y a dix ou vingt ans.

Les enfants firent irruption dans la pièce, venant du jardin d'où la chaleur les avait chassés. Ils n'aspiraient plus qu'à une chose, aller se baigner, tout de suite. Non, Angela ne les accompagnait pas, mais elle les attendrait ce soir à dîner, et elle avait déjà acheté tout ce qu'il fallait.

— Quel est le meilleur endroit pour pique-niquer sur la plage ? lui demanda Shuya avant de partir.

Angela le lui indiqua, en prenant soin de choisir celui où ils risqueraient le moins de rencontrer des gens de Castlebay capables de reconnaître Sean O'Hara.

— Angela, Sean et moi nous nous disions qu'il serait vraiment dommage d'avoir fait tous ces kilomètres sans visiter un peu le pays.

— C'est une bonne idée, effectivement, acquiesça Angela, en respirant profondément pour cacher son émotion. Une excursion d'une journée ?

— Oh, non. Un vrai voyage, pour que les enfants reviennent avec une mine de souvenirs. Et je tiens à voir Dublin : chose promise, chose due.

— Oui, c'est un beau programme. Mais, et la caravane ?

— La liste d'attente des candidats à une location s'allonge tous les jours. On nous remboursera même la différence, ce qui est vraiment honnête.

— Vous repasserez tout de même par Castlebay avant de quitter l'Irlande ?

— Non, dit Sean. Ce ne serait pas raisonnable. Cela nous obligerait à revenir sur nos pas.

— Nous pensons partir demain matin. Libérer la caravane avant midi.

Angela se taisait. Elle avait la gorge trop serrée, le cœur trop gros. Sean se méprit sur son silence.

— Angela, ne va pas croire que nous partons pour... pour t'éviter. Je ne te remercierai jamais assez de l'accueil... Mais simplement...

— Oui, je comprends, Sean. Trop de choses ont changé...

— Et d'autres pas du tout. C'est tellement réconfortant.

— L'autocar part très tôt, dit Shuya. Nous devons nous lever à l'aube.

— J'ai un ami, Dick Dillon. Il ne demandera pas mieux que de vous conduire au chef-lieu. Cela vous permettra de profiter, jusqu'au dernier moment, de Castlebay. Je lui en parlerai ce soir.

— Angela, je préférerais que tu ne lui dises pas qui je suis...

— Entendu, Sean. Ne t'ai-je pas laissé le soin de décider toi-même si tu voulais te faire reconnaître ou non ?

Elle les accompagna jusqu'au bout de la route de la Falaise, à l'endroit où il y avait le grand banc vert, face à la mer.

Lorsqu'elle se retrouva seule au cottage, elle tomba à genoux et rendit grâce au Seigneur, en sanglotant et en implorant Son pardon. Ne l'avait-elle pas accusé d'avoir le cœur dur, il n'y avait pas si longtemps ?

Les jours se succédaient, tous identiques. Chaque matin les voyait descendre, tôt, les marches qui conduisaient du pavillon directement à la plage encore déserte. Bones invariablement sur leurs talons. Il se faisait vieux et il avait besoin d'aide pour remonter. Avant d'entrer dans l'eau, David caressait amoureusement le ventre de Clare qui commençait à s'arrondir.

Ensuite ils prenaient leur petit déjeuner, composé de tomates et de bacon, puis David allait rejoindre son père et Clare se rendait chez ses parents par la route de la Falaise. Elle buvait une tasse de thé avec sa mère dans la cuisine, faisait quelques achats et rentrait au pavillon au moment où les estivants commençaient à se diriger vers la plage. Elle avait toute la journée devant elle pour préparer ses examens de licence. David faisait au moins deux apparitions au pavillon, et il rentrait en début de soirée. Ils sortaient rarement et uniquement pour aller prendre un verre à l'hôtel ou assister à une réunion du Comité des fêtes. Les couchers de soleil leur offraient une débauche d'effets de couleurs et de lumières. La paix du soir était sans prix.

De temps en temps ils consacraient une heure ou deux à la peinture des trois pièces du premier étage : leur chambre, celle qui servirait de nursery et un débarras. Bumper Byrne s'était en effet contenté de rendre le pavillon habitable, et n'avait fignolé que le rez-de-chaussée. « Après tout, à part vous deux, qui ira voir comment c'est là-haut ? » leur avait-il fait remarquer jovialement. Et ils étaient si enchantés par la perspective d'avoir une maison à eux qu'ils n'avaient pas discuté. Ils peignirent donc la chambre d'enfant en jaune clair, tandis que Nellie, qui avait très vite compris, confectionnait des rideaux en tissu imprimé représentant des petits animaux.

De son côté, David récupéra un à un ses anciens

jouets dans le coffre de sa chambre. Mrs. Power accueillait toute allusion au bébé qu'attendait Clare par un silence glacial. David préférait éviter de penser à ce qu'elle allait pouvoir inventer lorsque l'enfant verrait le jour.

— Elle finira par prendre le chemin du pavillon. Pas pour moi, pour le bébé.

— Bien sûr. Il faudra s'arranger pour la laisser parfois s'en occuper.

Ce serait un garçon, aucun doute là-dessus. Il s'appellerait Patrick Thomas.

Au fur et à mesure que le temps passait, ils n'arrivaient plus à concevoir comment ils avaient pu supporter si longtemps leurs conditions de vie à Dublin, l'incessante course contre la montre, le minable meublé de Rathmines.

Au cours de l'été, David procéda à trois accouchements. En fait, disait-il, tout le mérite en revenait à Mrs. Brennan — une sage-femme hors pair, selon lui. Les femmes ne juraient que par elle. Cette appréciation éclairait d'un jour nouveau la personnalité de Mrs. Brennan, que Clare avait toujours prise pour un gendarme en jupons. Assuré de la discrétion de Clare, David lui confiait les petits secrets de ses patients. La grand-mère de Josie Dillon avait dû être admise à l'asile du comté pour démence sénile. Mrs. Conway entrerait prochainement à l'hôpital du chef-lieu, pour y subir une hystérectomie. Quant au père O'Dwyer, il avait les poumons dans un si piteux état que le Dr Power l'avait averti que s'il continuait à fumer, cela équivaudrait à un suicide, et que le Seigneur serait un des premiers à savoir à quoi s'en tenir. « Et vous, tenez-vous-en donc à vos ordonnances, et laissez le Seigneur tranquille », avait répliqué le père O'Dwyer, piqué au vif. Si David n'avait pas eu la patience de jouer les bons offices, les deux hommes auraient été capables de se quitter sur une brouille.

C'est ainsi également que Clare apprit que son frère

Jim n'était pas paresseux et borné comme on l'avait toujours cru, mais simplement à moitié sourd.

— Ça ne pourra aller qu'en s'aggravant, dit David. L'idéal, ce serait que tu lui apprennes à lire sur les lèvres.

— Il faudrait d'abord que je sache le faire, se récria Clare en riant.

— Tu n'as qu'à t'y initier. Sinon il finira comme Mickey Mack.

Clare en fut bouleversée. Mais oui, elle allait se renseigner. Il existait forcément des livres pour enseigner la méthode.

Il avait fallu très peu de temps à David pour se glisser dans la peau de son personnage et se sentir aussi concerné que son père par son métier de médecin. Aussi les gens avaient-ils cessé de le considérer comme l'assistant du Dr Power. Et un jour, une patiente venue à la consultation récusa poliment mais fermement le Dr Power qui prétendait l'examiner : « J'ai commencé avec le jeune Dr Power, et si vous n'y voyez pas d'inconvénient, je préférerais que ce soit lui qui me suive. Il a été si efficace. »

Ce jour-là, Paddy Power s'offrit un apéritif avant le déjeuner, et Molly, le visage illuminé de fierté, annonça la bonne nouvelle à Nellie qui les servait. On s'extasia sur les mérites de David. De sa femme, qui buvait un bol de soupe tout en continuant à travailler à cinquante mètres de là, il ne fut pas question.

Il n'y avait pas encore le téléphone au pavillon. En attendant qu'il soit installé (les postes avaient promis de faire diligence), de la villa on prévenait David au moyen d'une sonnerie, et il se précipitait chez ses parents pour prendre la communication.

Un matin où Clare était seule au pavillon, la sonnerie tinta. Étonnée, puisque David n'était pas là, Clare se rendit chez ses beaux-parents. Molly l'attendait dans le hall :

— On vous appelle de Dublin, expliqua-t-elle en lui tendant le combiné à bout de bras, comme si elle craignait de recevoir une décharge électrique.

— Je suis désolée de vous déranger, dit Clare.

C'était Mary Catherine. Elle et Valerie venaient de s'installer dans un appartement absolument fabuleux. À la rentrée, Valerie s'attaquait au diplôme d'études supérieures et Mary Catherine à celui de bibliothécaire. Elles attendaient Clare de pied ferme. Toute seule ou avec David, s'il pouvait se libérer. Il y avait un grand lit dans la chambre d'amis.

Dracula tendait d'oreille en faisant mollement semblant d'arranger un bouquet de fleurs.

— Alors ? Est-ce que tu penses pouvoir venir ? Est-ce que tu en as la moindre envie ?

— Je vous écrirai...

— Tu n'es pas seule ? Elle écoute ?

— C'est ça. Exactement.

— Bon, fais pour le mieux.

— C'est mon intention. Je vous enverrai un mot.

D'un ton très naturel, elle informa Mrs. Power que ses amies les invitaient, elle et David, à leur rendre visite.

— Ma chère Clare, c'est fort aimable à elles. Mais David n'a jamais manqué d'amis pour le recevoir à Dublin, dit-elle en se rengorgeant. Dieu sait s'il est chez les Nolan comme chez lui.

Clare parvint à grimacer un sourire et tourna les talons. Au pavillon, elle passa sa colère en tapant avec une règle sur tout ce qui se trouvait à sa portée. Le ton supérieur avec lequel cette femme lui adressait la parole était plus qu'elle n'en pouvait supporter. Non, elle n'essaierait même pas de travailler, elle allait sortir et se changer les idées. Elle prit le temps de griffonner un mot pour le cas où David passerait, et claqua rageusement la porte derrière elle. Pour commencer, elle se rendit à la remise que Bumper Byrne appelait pompeusement son bureau et prit vivement l'entrepreneur à partie. Jusqu'à quand devrait-elle se contenter de ce trou dans la haie pour entrer ou sortir de la propriété ? Il avait été convenu qu'ils auraient leur propre entrée, avec un portail et une allée goudronnée, oui ou non ? Alors, qu'est-ce qu'il attendait ? C'était simple, elle tenait à ce que cette affaire soit réglée avant la fin de la semaine. Pouvait-il lui fixer un jour ? Non ? Dans ce cas elle allait s'asseoir là, et attendre. Attendre aussi longtemps qu'il le faudrait. Jeudi ? Fort bien, c'était entendu. Elle le remercia chaleureusement de sa bonne volonté.

Ensuite elle alla trouver Peter O'Connor, l'élagueur de Castlebay, pépiniériste à ses heures.

— Voilà : je veux des arbustes. Quelque chose qui, au début, ne paye pas de mine, mais qui forme en un rien de temps une haie haute et touffue.

— Pour la prononciation, je ne garantis rien, mais je vois ce qu'il vous faut, on appelle ça des Cupressus.

— Oui, des cyprès, c'est bien ça ?

— J'ai de jeunes plants qui feront parfaitement l'affaire.

— Pas trop jeunes tout de même, Mr. O'Connor.

— Il vous les faudrait pour quand ?

— Séance tenante. Je veux qu'ils fassent six mètres de haut la semaine prochaine.

— Oh ! *Elle* n'est tout de même pas aussi terrible que ça ?

— Non. J'exagère. Mais qu'ils en mettent un coup au début, dit Clare en riant.

Et pour finir elle décida d'aller au cottage passer un moment avec Angela. Elle s'arrêta chez Costello pour acheter une bouteille de xérès, et cloua le bec à Teddy Costello qui n'avait trouvé rien de mieux que de lui donner du Mrs. Power long comme le bras.

— Dieu Tout-Puissant, Teddy, nous nous connaissons depuis la maternelle ! Qu'est-ce qui te prend ?

Il y a six mois tu m'appelais encore Clare. Tu veux peut-être que je te donne du « Mr. Costello » ?

Le pauvre garçon balbutia qu'il avait cru bien faire, parce que Mrs. Power mère était à cheval sur les principes.

— Au cinéma, on n'y couperait pas : « Miss Jones, vous devriez tout le temps vous fâcher : rien ne vous rend plus séduisante », déclama Gerry qu'elle n'avait pas vu entrer dans le magasin.

— C'est vrai, franchement, Gerry ! dit-elle en riant sans conviction. C'est la goutte d'eau qui a fait déborder le vase. Quelle idée d'aller m'appeler « madame ».

— Fiona en redemande. Elle dit que ça lui donne l'impression d'être adulte.

— Moi, ça me fait l'effet de jouer sur une scène de patronage.

— Tu vois, je te l'avais prédit : tu n'aurais jamais dû épouser David.

En sortant du magasin, Clare aperçut Angela qui posait des fruits et une grande bouteille de jus d'orange à l'arrière de la voiture de Dick Dillon.

— Vous allez pique-niquer ? lui demanda-t-elle avec envie.

— Oui. Dick a un jour de repos. Nous allons explorer un peu la côte.

— Formidable !

— Et toi ? Tu ne devrais pas être en train de travailler ?

— J'avais besoin de prendre un peu l'air.

— Et un remontant ? dit Angela en regardant le sac de papier contenant la bouteille. J'espère que ça marchera, ajouta-t-elle en lui faisant gaiement au revoir de la main.

Résignée, Clare reprit le chemin du pavillon. Son accès de colère était passé, son entrain aussi. Pourvu que David soit déjà reparti ! Elle se sentait incapable de chercher à dissimuler son découragement.

Il lui avait laissé un mot à côté de ses feuilles de notes.

> Tu as bien fait d'aller te promener, c'est le plus beau jour de l'été. Si nous nous donnions tous les deux une journée de répit pour visiter la côte ? Je suis passé chez Peter O'Connor (un de ses enfants s'était brûlé) et il m'a dit que tu lui avais commandé des arbustes. C'est une très bonne idée. Il viendra les planter demain. Pour Castlebay c'est un record de célérité.
>
> Je t'aime, ma chérie, à ce soir.

Il avait dessiné un grand cœur autour de son nom.

Elle s'assit à sa table de travail et fondit en larmes. Elle ne méritait pas d'avoir été choisie par un homme aussi généreux, aussi aimant. Et en retour, elle ne trouvait rien de mieux que de courir la ville pour faire du pavillon un vrai camp retranché défiant sa belle-famille. Jamais elle ne s'était sentie aussi basse et mesquine. Dracula n'avait peut-être pas entièrement tort à son sujet. Non, décidément, elle n'arrivait pas à la cheville de David.

Ils allèrent passer toute une journée au bord de la mer, plus bas vers le sud. Ils partagèrent une plage avec deux petits phoques. Des mouettes leur faisaient fête et une troupe de marsouins s'ébattit sous leurs yeux. Ils s'abandonnèrent au plaisir de nager, de lézarder au soleil et de ne plus sentir le temps passer. Ils firent très tôt un sort aux œufs durs et aux tartines de pain bis copieusement beurrées, à la bouteille de vin, à la glace préservée de la chaleur par une épaisseur de six journaux, et au café dans la bouteille thermos.

Entre deux baisers, David accusa Clare d'avoir usé de ses charmes avec Peter O'Connor, pour lui faire planter cette haie toutes affaires cessantes, et avec Bumper Byrne, qui avait enfin terminé l'allée d'entrée et le portail promis depuis fin avril. Clare riposta que Rose Dillon était plus que jamais décidée à le séduire, et qu'en outre toutes ses patientes étaient folles de lui. Ils pensèrent au pauvre Bones, qui aurait été si heureux sur cette plage. Mais avec ses rhumatismes, il aurait eu trop de mal à descendre jusque-là, et encore plus à regrimper la falaise.

Toute une journée de bonheur, sans une ombre.

Le 1er septembre, deux semaines avant le début de ses examens, Clare prit le train pour Dublin. David viendrait la voir aux week-ends et il la ramènerait à Castlebay après la clôture des épreuves.

— Je te souhaite bonne chance, fillette, lui avait dit le Dr Power au moment du départ. Mais j'ai confiance, je t'ai toujours vue réussir brillamment à tous tes examens. Te souviens-tu, lorsque je t'ai conduite au chef-lieu ? J'ai l'impression que c'était hier, et pourtant...

— J'espère que vous tomberez sur les questions que vous avez le mieux préparées, lui souhaita Molly, décidée à se montrer aimable. Ce n'est pas une façon très orthodoxe de formuler les choses mais vous me comprenez...

Elle s'était arrêtée en route pour dire au revoir à sa mère. Sans le formuler clairement, Agnes laissa entendre qu'au fond, cette licence, c'était un luxe que se permettait sa fille. Clare en eut un mouvement d'exaspération qui n'échappa pas à Agnes et qu'elle trouva injustifié. Tout le monde pensait comme elle : Clare avait trouvé un mari, qu'avait-elle besoin de plus ?

— Nous devrions peut-être nous documenter, au cas où il arriverait sans crier gare ? suggéra Valerie d'un air faussement paniqué, tandis que Clare se déchaussait et se soulageait le dos avec un coussin.

— Comment ça ?

— Si ton rejeton vient au monde ici, que devrons-nous faire ? À part te mettre un réveil sous les yeux pour que tu notes l'heure ?

— Aucun risque. D'après le père de David, il naîtra vers la mi-octobre. Il espère que ce sera le 18 octobre, parce que c'est la Saint-Luc, patron des médecins. Qu'est-ce qu'il y a qui ne va pas, Mary Catherine ?

— Il y a que si j'en crois ce calendrier, tu ne pourras pas assister à la remise des diplômes.

— Je voudrais bien voir ça. Patrick Thomas, dit-elle en s'adressant à son ventre, sois gentil d'arriver plus tôt que prévu, disons juste à la fin septembre, pour que maman puisse repartir à Dublin. Tu comprends, une solennité pareille !

— Ça pourrait aller, dit Mary Catherine. Le 29, c'est la Saint-Michel-Archange.

— Marché conclu, dit Clare en claquant des mains. Et tu y gagneras un prénom de plus : Michel. D'accord ?

— Et moi qui croyais que cet avorton n'aurait son mot à dire qu'une fois venu au monde, se lamenta Valerie.

Une vie de rêve : beaucoup de place, des livres dans tous les coins, du café à toute heure du jour et de la nuit, des amis qui passent en coup de vent. À la bibliothèque, sourires complices et félicitations à la future maman. À l'université, surprise muette.

Kevin et Emer semblèrent eux aussi la trouver « très enceinte ».

Clare discutait de son travail avec son directeur d'études.

— Je ne comptais plus vous revoir, lui dit-il.

— Pourquoi ? lui demanda-t-elle d'un ton un peu acerbe.

— Après ce mariage et tout un été passé à Castlebay, j'étais convaincu que vous n'ouvririez plus un livre.

— Il n'y a que ma licence qui compte. Je sais, la plupart des gens pensent que je suis toquée ou que je cherche à me singulariser, mais quand ça a été si dur, ça prend une tournure presque mystique.

— J'aimerais bien que tous partagent ce point de vue.

— Alors, souhaitez-moi bonne chance.

— Vous n'en avez pas besoin, Clare O'Brien... ou quel que soit votre nom désormais. Tout le monde sait que vous êtes un sujet exceptionnel.

Une fois de plus il restait à le prouver. Ce soir-là, elle s'endormit en souriant.

Elle avait eu David au téléphone. Sans elle, le pavillon était vide. Mais dans dix jours elle serait rentrée, et ils attendraient Patrick Thomas ensemble. Il fallait qu'elle ait confiance et qu'elle rassemble toute son énergie. Il était dans le hall : « Et tout le reste », lui dit-il comme ils en étaient convenus pour se dire qu'ils s'aimaient.

Mary Catherine se réveilla en sursaut :

— Qu'est-ce qu'il y a ?

— Vite. Dépêche-toi. Tantôt elle crie, tantôt elle geint. Elle est pliée en deux par la douleur. Elle va sûrement accoucher.

— Mais c'est impossible. C'est pour dans un mois.

— Écoute, appelle une ambulance.

— Elle ne veut pas en entendre parler.

— Ça va aller mieux, dit Clare en haletant, le visage livide et couvert de sueur. Ça ne peut pas être ça. Ce ne sont pas les douleurs. On me les a bien décrites.

— Nous ne connaissons aucun médecin, Clare, alors nous allons appeler une ambulance, c'est plus prudent. C'est sûrement une fausse alerte, dans une heure nous serons de retour et nous rirons d'avoir provoqué tout ce remue-ménage, mais pour le moment, laisse-nous prendre les choses en main, ne serait-ce que pour nous rassurer.

Pendant ce temps, Valerie avait téléphoné. Elle revint dans la chambre :

— L'ambulance arrive... Habillons-nous.

— Non, gémit Clare. Vous n'allez pas passer une nuit blanche à cause de moi.

Dix minutes plus tard, elles étaient dans la rue, l'ambulance les attendait. Valerie portait un sac contenant les affaires de Clare.

— Je suis sûre qu'on vous a dérangé pour rien, dit Clare, en larmes, à l'ambulancier qui les accueillit sur le trottoir. Et nos examens commencent demain, alors...

Mais la douleur la plia en deux.

L'homme échangea un regard avec son collègue resté au volant. Peu après, l'ambulance démarrait en faisant hurler sa sirène.

Elle n'aurait jamais cru qu'on puisse souffrir autant. Et rien n'y faisait. Pas plus de haleter comme on le lui avait appris que de se réciter des poèmes à toute vitesse, que de se tordre dans tous les sens, sous l'œil bovin d'une sage-femme stagiaire qui ne cessait de lui répéter : « Détendez-vous, là, détendez-vous. »

Alors qu'elle était en travail depuis deux heures, la sage-femme se redressa après avoir écouté pour la troisième fois les battements du cœur du bébé, et annonça d'un ton funèbre :

— Il souffre.

— Oh non ! hurla Clare. Qu'est-ce qu'il y a ? Dites-moi ce qui ne va pas.

— Le cœur réagit mal aux contractions. Je vais prévenir l'interne.

Clare eut l'impression qu'une éternité s'écoulait. Des vagues d'angoisse la submergeaient. Elle appelait David à l'aide. Son enfant allait mourir à cause d'elle, sans qu'elle ait eu le temps de le voir, de le serrer contre elle, de le caresser. Dans l'espoir de le soulager, elle essayait de contrôler sa respiration, lorsque Bar, l'interne qui exaspérait David, entra précipitamment dans la chambre. En quelques secondes son diagnostic était fait :

— Le cordon ombilical est enroulé. Je regrette, mais nous allons devoir pratiquer une césarienne. Il nous faut votre accord écrit. Juste une signature sur le formulaire.

— Une césarienne ? Oh oui, s'écria Clare, soulagée. Merci, mon Dieu, rien n'est perdu.

Il fallait agir vite. Bar se penchait vers elle, habillé d'une blouse verte, le bas du visage dissimulé par un masque blanc. Il donnait de brèves instructions à Miss McClusky, l'infirmière convoquée d'urgence, la « spécialiste des cordons », une grosse femme joviale, qui glissa sa main à l'intérieur, dans le bas-ventre de Clare, et n'arrêta pas de lui dire jusqu'à la salle d'opération que le bébé se débrouillait comme un chef. « Merci », lui dit Clare tandis qu'on finissait de l'anesthésier. Le coup de bistouri la transperça d'une fulgurante brûlure et elle eut le temps d'entendre : « Quelle jolie petite fille ! » avant de glisser dans le noir.

En se réveillant elle aperçut David, debout au pied de son lit, leur enfant dans les bras.

— Elle n'arrête pas de me sourire, dit David fièrement. Il y a une heure que je la porte en attendant que tu te réveilles, et j'ai déjà eu droit à tout un échantillon de sourires plus réussis les uns que les autres.

— C'est une mongolienne, c'est ça ?

— Clare, c'est une petite merveille. Elle est parfaite.

— Les bébés normaux ne sourient pas avant six semaines.

Brusquement le bébé se mit à vagir. David s'empressa de le mettre dans les bras de Clare, et aussitôt le nouveau-né se calma. Clare découvrit à quel point la fillette était réussie. Elle était ravissante malgré son nez encore un peu écrasé, avec de grands yeux très clairs, et tout plein de cheveux noirs. Des ongles minuscules terminaient ses petits doigts longs et fins.

Dans un éclair de lucidité, Clare éprouva l'envie insensée de rester toujours là, à l'abri dans cet hôpital, avec l'enfant au creux de ses bras. Ce nouvel amour lui conférait une vulnérabilité qui ne la quitterait plus.

Personne n'avait fait d'erreurs de calcul, mais il y avait eu le surmenage de la préparation des examens, la tension nerveuse, une façon de s'alimenter trop fantaisiste, ou peut-être tout bêtement l'impatience désordonnée d'un bébé qui ne supportait plus d'attendre, à l'étroit dans le corps de sa mère.

Elle avait de très longs cils, dans un visage qui n'était ni fripé ni rouge. Elle était si menue qu'en comparaison John Fitzgerald Byrne, à sa naissance, était un monceau de chair. D'ailleurs tous les autres nouveau-nés de l'hôpital n'étaient que de vilaines petites choses couineuses.

Clare et David passaient leur temps à contempler la créature hors du commun qu'ils avaient été capables de fabriquer, à se regarder ensuite d'un air stupéfait et surtout à répéter à l'envi que c'était incroyable. Le père Flynn finit par leur faire remarquer que « Miss Incroyable Power », cela sonnerait curieusement...

Ils décidèrent d'exclure tous les prénoms féminins portés dans leurs deux familles et même par leurs amis. Ils lui offriraient quelque chose de neuf, d'inattendu.

Ils essayèrent Victoria, puis Martha, et enfin David

eut l'inspiration décisive : ce serait Olivia. Rien ne semblait devoir lui convenir mieux. Olivia Power.

— Il n'empêche qu'il lui faudra une sainte patronne, dit l'infirmière qui avait toujours son opinion sur tout.

— On verra bien, dit Clare, insouciante.

— Mary, c'est encore ce qu'il y a de mieux, poursuivit l'infirmière, sûre de son fait.

Lorsqu'on s'était aperçu que Clare n'était pas une étudiante hystérique mais l'épouse d'un médecin, on s'était empressé de lui attribuer une chambre individuelle. C'est là que Olivia Mary Power reçut le baptême. Il y eut des fleurs, des cartes de vœux, du champagne, et toutes les marques d'une admiration unanime. Parmi les quelques personnes présentes, personne ne regretta à mi-voix que l'enfant, en venant au monde un peu plus tôt que prévu, ait empêché sa mère de remporter le succès universitaire qui aurait couronné ses années de labeur acharné. Clare elle-même n'éprouvait aucun regret, toute à la joie d'avoir donné naissance à une si adorable enfant après avoir frôlé la catastrophe.

— Pauvre Clare. Elle n'a tout de même pas eu de chance, à quelques jours près elle avait et sa licence et son bébé.

Dick et Angela s'étaient acheté un livre de cuisine et chaque semaine ils se lançaient dans la confection d'un plat nouveau.

— Oui, je pensais qu'elle en serait atterrée, mais pas du tout. Elle semble s'être fait assez facilement une raison. En un sens, tant mieux.

— Maintenant que l'enfant est là pour l'occuper... marmonna Dick en examinant d'un air perplexe le mélange qu'il venait de battre consciencieusement dans un saladier. Est-ce que j'en suis au point où c'est suffisamment liquide et blanc ?

— Les auteurs de ce genre d'ouvrages méritent la

corde. « Mettre sur le feu jusqu'à la bonne cuisson. » La bonne cuisson ! Si je la connaissais, je n'irais pas consulter leur satané bouquin.

— Elle peut passer ses examens l'année prochaine, non ?

— Oui. Mais dans un cas semblable, généralement une femme renonce à ses études. Le bébé l'accapare entièrement.

— Tu te fais du souci pour elle ?

— Oui, mais c'est ma nature. Tout me soucie.

Agnes lut la lettre de Clare à Tom : les cheveux d'Olivia descendaient en pointe sur le front et sur les côtés, comme une petite étoile ; ses minuscules doigts de pied avaient d'adorables ongles roses parfaitement formés ; parti en catastrophe, David avait oublié d'apporter à Dublin la moitié des affaires préparées pour le bébé.

— Ce qu'elle peut avoir l'air heureuse ! commenta-t-elle.

— Oui, mais si on fait le calcul..., remarqua Tom en observant par-dessus ses lunettes la réaction de sa femme.

— Oh, pour ça il était largement en avance sur l'horaire, puisque Clare n'a pas pu passer ses examens.

— Mais même si elle avait pu...

— Tom, qu'est-ce que tu vas chercher ? Tout le monde sait qu'elle ne l'attendait pas si tôt, sinon elle n'aurait jamais envisagé de terminer sa licence et tout le reste.

— Bien sûr, bien sûr, convint-il, en comprenant qu'il n'était pas question, chez les O'Brien, de chercher la petite bête à propos d'un événement aussi heureux. Ils lui ont tout de même trouvé un drôle de prénom, grommela-t-il.

— Tu peux être sûr que c'est encore une lubie de Molly. Et ça ne fait que commencer. Mais le plus sage est encore de ne rien dire.

Avant leur retour dans le pavillon, Nellie avait profité de son jour de repos pour y faire le ménage. Dans les débuts, elle s'était dit que Clare allait jouer les jeunes bourgeoises, mais à force de la voir seule toute la journée, et le nez dans ses livres, elle l'avait prise en affection et un peu en pitié.

Ayant très vite su qu'elle attendait un enfant, Nellie avait pu constater à quel point cela faisait enrager sa maîtresse. L'ennui, c'était que Molly Power n'avait pas d'amies auprès de qui se confier et vider sa bile. De sorte qu'elle se couchait comme elle s'était levée, furieuse contre tout.

Nellie était navrée de la voir ainsi se gâcher la vie inutilement. Même si elle avait des tas d'idées bizarres, ce n'était pas une méchante femme. Bien sûr, elle aurait préféré avoir une belle-fille plus huppée que cette petite O'Brien, mais puisque David avait tenu à se conduire en gentleman et qu'il était heureux, pourquoi ne pas accepter les choses telles qu'elles étaient ? À quoi rimait cette guerre, quand la belle-mère et la bru vivaient à cinquante mètres l'une de l'autre ? Et maintenant, cette naissance prématurée rendait la maîtresse encore plus hargneuse qu'avant.

Molly lui dit que David et sa femme arriveraient samedi.

— Est-ce que je servirai le thé dans la salle à manger ? s'enquit Nellie.

— Après tout, pourquoi pas ? Dans la salle à manger, ce sera parfait.

Nellie avait gagné. Le jeune couple n'aurait pas à attendre dans le pavillon que la reine mère veuille bien le sonner.

Sur le quai de la gare, le Dr Power ne tenait plus en place.

Comme ils étaient dans une voiture de tête, au passage ils le virent qui clignait des paupières pour essayer de les apercevoir. Clare sentit ses yeux se remplir de larmes et David lui fit signe de la main : « Papa, papa ! »

On ne laissait plus le Dr Power partir seul en voiture. Cette fois Mrs. Brennan l'accompagnait. Elle attendait dans la Ford. Molly avait préféré rester à la maison et Paddy n'avait émis aucune objection, car elle avait décidé de garder les enfants à dîner en signe de bienvenue.

Le Dr Power courut carrément au-devant d'eux, se pencha sur le petit visage émergeant des langes. Il enleva ses lunettes, en frotta les verres et les remit sur son nez :

— Elle est merveilleuse, dit-il. Seigneur ! Quelle beauté !

Clare laissait difficilement toucher Olivia, et pourtant elle n'hésita pas à la mettre dans les bras de son beau-père. Il la berçait, béat d'admiration.

— Bon, nous n'allons pas nous donner en spectacle plus longtemps, remarqua-t-il enfin.

Dans la voiture, Mrs. Brennan admira le bébé comme il convenait.

— Mrs. Brennan, est-ce que je la tiens correctement ? lui demanda Clare.

Le visage de la passagère se radoucit. Jusqu'à cet instant, elle avait plutôt considéré Clare comme une petite prétentieuse. Tout le temps que dura le trajet en voiture les jeunes parents se virent gratifier d'un véritable cours de puériculture, qui leur permit, entre autres, d'apprendre comment il fallait maintenir la tête et le dos du bébé pour la tétée, et lui donner le biberon sous un certain angle, pour qu'il n'avale pas d'air. Le Dr Power sourit : six mois plus tôt, Clare et David auraient traversé la rue pour éviter d'avoir à adresser la parole à Mrs. Brennan.

Le Dr Power les déposa au bas du perron de la villa.

— Est-ce que vous tenez à passer d'abord chez vous

avant de venir dîner et montrer le bébé à Molly ? leur demanda-t-il, en souhaitant visiblement le contraire.

— Allons directement lui montrer, dit Clare après avoir échangé un regard de connivence avec David.

Molly se tenait dans le salon comme si elle se préparait à recevoir quelque illustre représentant de la noblesse locale. Elle sortait de chez le coiffeur et portait son plus beau deux-pièces de jersey.

David se précipita pour l'embrasser et se tint ensuite derrière elle. Clare la prit de court en lui mettant d'autorité le bébé dans les bras. Et aussitôt la grand-mère s'absorba dans la contemplation de sa petite-fille. Rien de ce qu'elle pouvait reprocher à Clare n'était oublié, mais elle acceptait l'enfant que David avait eu avec la fille des petits épiciers de Castlebay.

Le lendemain, ils rencontrèrent Gerry à la sortie de la messe.

— On ne peut pas dire le contraire, pour Castlebay, « Olivia », ça fait rudement chic, dit-il d'un ton approbateur.

— Les David, les Gerry ou les Clare, ça suffit, lança Clare en riant.

— Pourvu qu'on ne lui donne pas un affreux diminutif comme Olly ou je ne sais quoi dans ce genre, dit David.

— Prenez les devants, trouvez-le vous-mêmes.

— Livy ? proposa Clare.

— Et pourquoi pas Liffey, dit Gerry qui profita de ce que David était allé acheter les journaux à Mickey Mack pour ajouter à voix basse : Je regrette pour ton examen.

— Ça n'a aucune importance.

— Raconte ça à d'autres. Moi, je sais combien tu y tenais, lui lança-t-il en s'éloignant.

Angela était là, bien sûr, et ils insistèrent pour

qu'elle vienne avec eux au pavillon où Nellie gardait Olivia.

Clare leur prépara du café et des toasts. Angela avait l'intention d'offrir à la petite fille non pas une douillette comme tout le monde mais un livre.

— C'est déjà vous qui m'avez offert mon premier livre, lui rappela Clare. Pour me consoler de n'avoir pas remporté le concours d'histoire.

— Oui, *Le Trésor de la poésie anglaise.* Et si tu n'as pas eu ce prix-là, tu as eu ensuite des succès autrement importants.

Clare déposa un baiser sur le front d'Olivia qu'elle tenait au creux de son bras. En la regardant, Angela se demandait si elle se consolait avec l'enfant de n'avoir pu passer ses examens ou si, au fond, elle ne trouvait pas que là résidait son véritable succès.

— Tu m'as déconsidérée aux yeux de la famille Byrne, lui reprocha d'entrée de jeu Chrissie, qui fut la seule personne à lui faire remarquer qu'elle avait accouché à peine cinq mois après son mariage.

— Tu n'avais qu'à leur dire que le bébé était prématuré, lui répliqua sèchement Clare.

— Pas à ce point. Les gens ne sont pas idiots.

— Bon, en attendant, prends-la, puisque je suis venue te la présenter. Pendant ce temps, je vais refaire connaissance avec John Fitzgerald. Quel beau garçon tu fais ! Six mois ? Un vrai petit athlète.

— Elle est mignonne, mais si petite !

— Puisque je te disais que c'était une prématurée.

Chrissie éclata de rire.

— Si tu savais ce qu'il m'en a fait baver en venant au monde, ce gros père !

— Je sais. Ça ne passe pas comme une lettre à la poste.

— Tu peux toujours en parler, toi ! On t'en a débarrassée sans que tu t'en rendes compte, non ?

— C'est une façon comme une autre de voir les

choses, effectivement, admit Clare en serrant les dents.

— À ce compte-là, on en aurait tous les mois. Tu verras le prochain, tu m'en donneras des nouvelles. Moi, ça a duré quatorze heures, tu m'entends ? Quatorze ! Évidemment, une femme de médecin, on ne la laisse pas s'exténuer à pousser et à crier toute une journée et une partie de la nuit...

Justement, Clare aurait tellement aimé mettre ainsi Olivia au monde, seule et en toute lucidité. Mais il était inutile d'essayer de le faire comprendre à sa sœur.

— Enfin, au bout du compte on en est toutes les deux au même point, reprit Chrissie. Après toutes ces études, tous ces grands projets.

— Oui. C'est drôle, n'est-ce pas ?

— Oh, tu as fait tout ce que tu as pu, dit Chrissie pour atténuer un peu l'effet de ses remarques blessantes.

— Absolument.

Tous les patients se réjouirent d'apprendre que David était devenu père de famille. Il ne leur en inspirait que davantage de confiance. Même ses clients les plus démunis trouvèrent le moyen de lui offrir un petit cadeau, que ce soit un jouet ou une petite robe brodée à la maison. Un homme lui fit présent de deux lièvres, abattus le jour même, et lui recommanda de demander à son épouse d'en faire un bon civet, c'était souverain pour la santé des bambins. Un autre lui remit une cuvette de poupée, et une femme qui habitait une des maisons les plus malfamées de la région lui envoya une médaille miraculeuse pour la petite, en lui assurant qu'elle la protégerait toute sa vie.

À la longue, Clare parvint à donner correctement le biberon à Olivia, mais de toute façon il lui fallut beaucoup de temps et de patience pour apprendre à s'occuper de l'enfant. Rien qu'à voir une mère de famille entourée de six ou sept marmots, elle se sentait prise de panique. Mais peut-être les difficultés se limitaient-elles au premier-né. Ensuite l'habitude était prise, et les plus grands se rendaient utiles. D'ailleurs, il lui revenait qu'elle avait parfois donné le biberon à Jim et à Ben tandis que sa mère servait au magasin.

Et Olivia était vraiment délicieuse. Il suffisait de lui effleurer le ventre du bout des doigts pour qu'elle agite ses petits bras et ses petites jambes dans tous les sens. Et ses sourires ! Elle avait d'ailleurs souri beaucoup plus précocement que les autres bébés.

— Tous les enfants doivent être plus ou moins comme elle, seulement, la plupart du temps, les parents n'ont pas l'occasion d'en parler ni même d'y faire très attention.

— Faute de temps, dit David en expédiant son fond de tasse avant d'attraper son pardessus. Je ne comprends toujours pas comment papa s'en tirait et s'en tire encore avec tous ses clients, d'autant que de ma vie je ne l'ai entendu se plaindre d'avoir trop à faire.

Il embrassa Clare et Olivia et se précipita sous la pluie jusqu'à sa voiture. Il se passionnait de plus en plus pour son travail. Comme il le disait, une année d'hôpital ne vous en apprenait pas autant qu'un mois sur le tas, à Castlebay.

Clare n'avait jamais songé sérieusement à reprendre ses livres avant Noël, et d'ailleurs tout le monde lui avait prédit qu'elle n'aurait pas une minute à elle au cours des trois premiers mois. En revanche, personne ne l'avait prévenue qu'au cours de ces mêmes mois le bébé lui pomperait toute son énergie.

Olivia avait beau être un bébé modèle, il lui arrivait malgré tout de se mettre à pleurer sans raison apparente. Quand ça se prolongeait trop, Clare ne savait plus à quel saint se vouer. Certains jours, les moindres choses devenaient compliquées, tout prenait inexplicablement des allures d'exploits insurmontables. L'eau du bain se refroidissait trop vite, la petite lui glissait entre les mains, risquait d'avoir du savon dans les yeux. Ou bien elle repoussait obstinément le biberon. Ou encore, les yeux papillotant de sommeil, elle hurlait dès qu'on la posait dans son berceau. Alors Clare la gardait dans ses bras et faisait les cent pas dans la cuisine, tandis que la vaisselle et l'éternelle lessive l'attendaient, sans parler du ménage et des repas à préparer midi et soir, et des courses à faire en ville.

Nellie, qui était peut-être la seule à se rendre compte combien la jeune femme était débordée par tout un ensemble de tâches auxquelles elle n'avait guère été préparée, lui proposa bien un jour de lui faire un peu de lessive, mais en présence de Molly, qui, bien entendu, fronça les sourcils : Clare s'empressa de remercier la brave fille et de décliner son offre... Mais que de linge il fallait laver tous les jours, avec les couches, les langes, les petits vêtements ! Sans compter que David changeait tous les jours de chemise et qu'il aimait en avoir cinq ou six propres et repassées d'avance pour avoir le choix chaque matin. Les premiers temps, Clare ne mettait pas moins de dix-sept minutes à en repasser une. Elle finit par s'en tirer en dix ou douze minutes, mais c'était encore beaucoup trop long.

— Si tu détestes à ce point le repassage, je peux le faire moi-même, ça me détendra, lui proposa un jour David.

— Surtout pas, lui répondit Clare. Le jour où tu repasseras ta première chemise, ta mère accourra et je n'aurai plus qu'à plier bagage.

Aujourd'hui, elle allait faire un peu de toilette avant de se présenter avec Olivia à la villa, où Molly l'avait invitée à prendre le thé. Celle-ci n'adressait pratiquement la parole qu'à sa petite-fille, et cette fois elle lui demanda si sa brassière n'était pas un peu juste. Olivia avait déjà trois mois, mais la réponse se fit attendre. Clare finit par dire qu'à son avis la brassière était assez grande.

— Mais alors, peux-tu m'expliquer d'où viennent ces marques rouges sur tes petits bras ! Pauvre Olivia !

Clare avait le choix entre jeter un coussin à la tête de sa belle-mère ou, et c'est ce qu'elle se résigna à faire, se laisser aller en soupirant sur le divan et gober un petit canapé à la tomate.

Vers la fin de l'après-midi, David l'appela.

— Qu'est-ce qu'il y a ? demanda-t-elle, inquiète.

— Rien. Je voulais juste inaugurer la ligne. C'est formidable d'avoir enfin notre téléphone.

— Et comment ! Fini d'accourir quand le palais royal nous sonne.

— Clare !

— Je plaisantais. Est-ce que tu pourrais rapporter quelques côtelettes de chez Dwyers ?

— Ce sera sûrement fermé lorsque je rentrerai. Pourquoi n'en commandes-tu pas par téléphone ?

— Pour que Chrissie m'appelle madame la duchesse pendant un mois, non merci. Tu n'as rien d'autre à me dire ?

— Si. Je t'aime.

Clare raccrocha, et se rendit compte aussitôt qu'elle aurait pu lui dire qu'elle aussi l'aimait.

Elle demanda à Nellie de bien vouloir garder un moment Olivia, le temps qu'elle aille jusqu'à Church Street. (Au moins cela permettrait-il à Chrissie de lui décocher quelques amabilités bien senties.) En traversant le jardin, elle aperçut le rideau du salon de la villa qui s'écartait. Molly ne la perdait jamais complètement de vue.

Plus tard, elle écrivit à Valerie. Mais elle déchira la lettre avant de la terminer. Ce n'était qu'un tissu de plaintes et de récriminations. Elle jeta tous les morceaux dans la cuisinière. Il ne fallait pas que quelqu'un, les trouvant dans les détritus, reconstitue la lettre. « Je suis folle, se dit-elle aussitôt après. Qui pourrait bien chercher à savoir ce que je raconte à une amie de Dublin ? Complètement dingue ! »

Cette nuit-là, on appela deux fois David d'urgence.

Au deuxième appel, Clare se réveilla en entendant la petite pleurer. Elle la prit dans ses bras et la berça pour la rendormir. Tout en se chaussant, David continuait à parler avec la femme à l'autre bout du fil.

— Ce n'est vraiment pas une vie, dit Clare en essayant de calmer Olivia.

— Elle ne m'appelle pas pour elle, dit David en reposant le combiné. Ses chiens de malheur ont mangé la figure de son bébé.

— C'est atroce ! Qu'est-ce que tu vas faire ? lui demanda Clare d'une voix blanche.

— Souhaiter que le bébé soit mort et m'efforcer de persuader la mère de se laisser hospitaliser. Après un tel choc, il faut administrer de puissants sédatifs.

Il ne revint qu'au petit jour. Clare l'attendait dans la cuisine. La bouilloire était sur le feu et la théière prête.

— Il était mort ? lui demanda-t-elle tandis qu'il buvait son thé.

— Pas tout à fait.

— Et la mère. Dans quel état est-elle ?

Il ne répondit pas. Ses épaules étaient secouées de mouvements convulsifs. Il se leva et s'approcha de la fenêtre. Il ne voulait pas qu'elle le voie pleurer, qu'elle s'approche de lui. Dehors la mer était noire sous le ciel pâlissant de l'aube, et les hautes silhouettes des falaises sortaient l'une après l'autre de l'ombre. Il resta ainsi un long moment immobile. Clare ne trouva ni les mots ni les gestes qui auraient pu l'aider.

Elle était allée rendre le journal à sa belle-mère après l'avoir lu de bout en bout. Quand elle revint, quelqu'un parlait à Olivia dans la cuisine. Elle pensa à David, mais sa voiture n'était pas en vue. C'était Gerry, qui amusait Olivia en lui faisant danser devant les yeux un pompon de laine multicolore.

— Gerry, qu'est-ce que tu fais là ? demanda-t-elle, mécontente. Autant qu'il m'en souvienne, je ne t'ai pas invité à me rendre visite ?

— Autant qu'il m'en souvienne, à Castlebay les amis n'attendaient pas une invitation pour se retrouver. Ici, dans l'enceinte de cette... propriété, c'est peut-être différent...

— Qu'est-ce que tu veux ?

— Je suis venu voir ta fille et lui proposer de faire une photo d'elle... Un cadeau de mariage en quelque sorte...

— Il n'en est pas question.

— Quelle civilité ! C'est charmant.

— Non, merci. Je regrette.

Olivia parlait au pompon.

— C'est une très jolie petite fille, dit-il en se levant. Parfois il m'arrive de me dire que moi aussi j'aimerais bien en avoir une.

— Il ne faut pas t'en priver, répondit-elle en souriant. J'espère que tu n'as plus besoin qu'on t'apprenne comment ça se fabrique ?

— Oh, mais c'est que je veux qu'elle soit à nous deux, sinon ça ne m'intéresse pas. Je m'en vais, je m'en vais, s'écria-t-il en voyant l'expression de Clare devenir menaçante. Si tu changes d'avis, tu n'auras qu'à me faire signe. Je reste à ton entière disposition, ajouta-t-il en ramassant le vieux sac noir qui lui servait depuis des années à transporter son matériel de photographe.

— D'accord. J'en parlerai à David.

Elle demeura longtemps mal à l'aise, sans parvenir à savoir pourquoi. Il n'avait fait que plaisanter. Gerry Doyle plaisantait toujours. Et il s'offrait à photographier Olivia. Pourquoi en avait-elle été agacée ?

Ayant invité sa belle-mère à assister au bain d'Olivia, elle avait consacré une bonne partie de la journée à nettoyer la maison.

En maman expérimentée, Clare commença par vérifier la température de l'eau avec le coude.

— Avec le coude ? C'est curieux. Vraiment curieux, s'étonna Molly. Maintenant il y a des thermomètres, tout ce que l'on veut. Quoique oui, pourquoi pas ? dit-elle d'un air compréhensif, comme si elle se souvenait brusquement que Clare avait été élevée par une paysanne illettrée et obtuse qui ne connaissait rien à rien.

Un matin de grisaille, elle entendit frapper discrètement à la porte de la cuisine. C'était sa mère :

— Tu n'es pas passée depuis longtemps, je me demandais ce que tu devenais.

— C'est gentil. Entre.

Agnes fit quelques pas dans la cuisine en jetant tout autour d'elle des regards soupçonneux, comme si quelqu'un allait lui demander d'un instant à l'autre ce qu'elle osait venir faire dans cette maison.

— Vous avez terminé le salon ?

— Tu me le demandes chaque fois qu'on se voit. Non. Et nous n'avons pas besoin de salon, nous vivons pratiquement tout le temps ici.

— Mais, et eux... dit Agnes en désignant d'un mouvement de tête la demeure des Power.

— Ne t'occupe donc pas toujours de ce qu'ils pensent ou penseront de tout. Ici ce sera la cuisine mais aussi un endroit avec des fauteuils, des rayonnages pour les livres. Une pièce confortable et gaie. Tu prendras une tasse de thé ? demanda-t-elle en remplissant d'eau une casserole qu'elle mit sur le feu.

— Tu ne te sers pas d'une bouilloire ?

— Pour nous deux, pas la peine.

— Je vais au chef-lieu avec Mrs. Dillon, dit Molly qui était apparue sur le pas de la porte, et je voulais vous demander si vous n'aviez besoin de rien. Bonjour, Mrs. O'Brien.

— Bonjour, Mrs. Power, répondit Agnes, visiblement impressionnée.

— Vous êtes venue voir Olivia ?

— Oui. Mais Clare ne l'a pas encore descendue.

— Clare, ne laissez pas languir votre mère. Montrez-lui la petite.

Clare se mordit les lèvres de rage contre les deux femmes. Comme si elle cachait l'enfant !

Elle monta au premier chercher Liffey. Pour comble de malchance, la petite était non seulement trempée mais souillée jusqu'au nombril. Et les langes propres étaient tous dans la cuisine.

— Oh ! ne te donne pas la peine de l'habiller spécialement pour moi, lui dit sa mère en la voyant revenir.

— Je n'en fais rien.

Ayant changé vivement Liffey, avec un manque de douceur qui déclencha ses hurlements, elle redescendit et la déposa dans les bras d'Agnes.

— Je ne sais pas si je dois...

« Mais pourquoi maman est-elle toujours aussi servile ? »

— Tu en as eu six, tu ne vas pas me dire que tu ne sais plus comment on tient un bébé ? lui lança Clare d'un ton vif tout en tournant le dos à Molly pour jeter quatre pincées de thé dans l'eau de la casserole qui bouillait.

— Quelle façon originale de faire le thé, s'exclama aussitôt Molly, avec une délectation mauvaise.

— Je le lui ai assez répété, mais elle ne m'écoute pas, renchérit Agnes en passant maladroitement Liffey à Mrs. Power qui lui fit des guili-guili et s'en trouva aussitôt récompensée car la petite s'arrêta immédiatement de pleurer.

— Voilà ! s'écria triomphalement Molly.

Elle refusa la tasse de thé qu'on lui proposait et disparut.

Clare et sa mère restèrent un moment assises, l'air abattu.

— Tu ne devrais pas laisser ta maison dans un tel état, finit par dire Agnes, en regardant le tas de linge sale dans un coin, la vaisselle sale sur l'évier.

— Je suis ici chez moi, je n'ai de critiques à recevoir de personne.

— Oh ! si tu le prends ainsi, lança Agnes, offusquée et prête à s'en aller.

— Enfin, maman, rassieds-toi ! Je ne parlais pas pour toi. Pourquoi devrions-nous ramper devant elle ? Elle n'attend que ça. Avec moi, elle va en avoir de moins en moins pour son argent.

— Tu peux faire du ménage et de la cuisine. Ça ne s'appelle pas « ramper ».

À l'avenir Agnes ne reviendrait plus au pavillon à l'improviste. Elle attendrait que Clare l'y invite en bonne et due forme.

Très frappée d'apprendre qu'Angela avait entrepris de s'initier à la cuisine, elle décida de suivre son exemple. Un matin, elle confectionna des sablés et en porta une assiette à Molly.

— Vous prendrez bien une tasse de café ? lui proposa sa belle-mère.

— Je vous remercie, mais je ne peux pas : j'ai laissé Olivia seule à la maison.

— Ce sera pour une autre fois dans ce cas.

N'aurait-elle pas pu lui dire d'aller chercher Liffey et de revenir avec elle ?

S'étant sentie lasse dans la matinée, elle s'était étendue un instant sur le lit. Quand David entra, elle avait dû dormir quelques minutes.

— Eh bien, qu'est-ce qui t'arrive ? Je me demandais où tu étais passée.

— Pourquoi ? Qu'est-ce qui ne va pas ?

— Mais enfin, Clare, tu ne te rends pas compte ? Olivia est en bas, elle n'arrête pas de pleurer sous l'œil de Bones. Et il n'y a rien à manger.

— Quelle heure est-il ?

— Il est une heure et demie. J'ai été retardé.

— Oh, mon Dieu, je suis désolée, David. J'ai dû m'endormir, dit-elle en se précipitant hors du lit.

Dans la cuisine, David la retrouva portant Liffey sur un bras et sortant un saladier du placard.

— Qu'est-ce que tu fais ?

— Tu vois, je vais nous confectionner une omelette en vitesse. Ce soir je me rattraperai, tu auras un vrai dîner. C'est idiot, je tombais de sommeil, je n'ai pas pu résister. Je suis si fatiguée.

— Je sais. N'en parlons plus. Est-ce que je peux t'aider ? Veux-tu que je grille du pain ?

— Non. Occupe-toi seulement de Liffey cinq minutes, j'irai plus vite.

— Je ne veux pas que tu te sentes obligée de me préparer à déjeuner tous les jours...

— David, mon chéri, c'est la première fois que ça m'arrive. Tu sais bien que j'aime tellement déjeuner avec toi. Je me sentais si seule lorsque tu mangeais avec tes parents et que je passais tout mon temps à travailler près de la fenêtre.

Ils regardèrent la fenêtre en question où trônait un imposant bouquet de fleurs séchées.

— Tu n'as pas l'intention de reprendre tes livres, tes études ?

— Pour quoi faire ?

— Pour ta licence, bien sûr.

— Ma licence ? Je l'ai préparée une fois, ça ne suffit pas ?

— Non, ça ne suffit pas. Il faut la passer. Ça te plaisait de travailler, non ?

— Pas tellement. Finalement j'étais souvent anxieuse et survoltée.

— Et si nous allions au cinéma ce soir ?
— Tu as décidé de me changer les idées ?
— Pourquoi pas ? convint-il d'un air préoccupé.

Clare demanda conseil à Angela. Que pourrait-elle confectionner de ses mains, pour offrir en cadeau de Noël ?

— Tu peux faire des chocolats, et les présenter dans des jolies boîtes. Mais tu aimes si peu t'affairer dans une cuisine, et tu es certainement encore moins douée que moi pour la confiserie. Et puis, j'imagine qu'ils attendent un cadeau un peu plus conséquent.

— Qu'ils attendent ce qu'ils veulent, je m'en moque. Je vous l'ai dit, Angela, je suis épuisée. Je ne pense qu'à dormir, et encore dormir. Ici, on ne trouve rien et la simple idée d'aller au chef-lieu me liquéfie...

— Bon, tâche d'avoir les yeux assez ouverts samedi, et Dick et moi t'y emmènerons en voiture. Tu n'auras qu'à préparer une liste des cadeaux.

— D'accord, ça je peux le faire. Je demanderai à la douairière de garder Liffey.

— Liffey ? Quel nom ! D'où t'est venue une telle idée ?

— Comme ça, dit Clare qui ne tenait pas à ce qu'on sache que c'était une idée de Gerry.

— Cette fois tu n'y couperas pas, Clare, je vais t'apprendre à conduire. Tu connais déjà la théorie.

— Je crois qu'elle s'est assoupie, dit Angela.

— Non, excusez-moi. De quoi parliez-vous ?

— Clare, après Noël, je te donne tes premiers cours de conduite, d'accord ?

— Je ne sais pas si j'aurai vraiment le temps. Mais c'est très gentil de votre part. Si je parviens à me libérer, je ne dis pas non...

Quand elle rentra, Molly et David étaient assis au coin de la cheminée, dans la villa.

— Tu as l'air épuisée, dit David.

— Tu devrais habiller Clare de pied en cap. C'est assez terrible de la voir traîner sa vieille garde-robe d'étudiante. Pas étonnant qu'elle paraisse aussi éteinte.

Clare les laissa parler d'elle.

— Et si nous prenions l'apéritif ? proposa David en se levant d'un bond.

— Un beau manteau, dans un coloris assez vif. Quelque chose qui lui éclairerait le visage. Un rouge cerise, peut-être.

David tendit leur verre aux deux femmes.

— C'était fatigant ? demanda-t-il.

— Oui, très fatigant, répondit Clare.

— Tu as laissé tes paquets au pavillon ?

— Non. Tout ce que j'ai acheté est là, dit-elle en montrant quelques menus objets au fond de son cabas.

Elle s'assit sur un tabouret devant le feu ; David et sa mère finirent par dialoguer de nouveau. Ils n'essayèrent même pas de l'intégrer à leur conversation.

Ce fut David qui acheta tous les cadeaux de Noël. Il fit même les paquets et rédigea les cartes. Il posa devant Clare celles qu'elle devait envoyer à Mary Catherine et Valerie. Au bas de chacune d'elles, elle écrivit « Bons Baisers de Clare ».

David déballa le cadeau que Clare lui faisait pour Noël et déclara qu'il était ravi de la chemise. C'était exactement ce qu'il voulait. Des chemises, on n'en avait jamais trop. Il affirma que celle-ci était particulièrement jolie et la mit rapidement de côté avant que sa mère puisse voir qu'elle venait d'une boutique de Castlebay et remarquer qu'il en avait déjà une demi-douzaine du même modèle.

David avait fait provision de décorations pour le sapin de Noël quand il était allé au chef-lieu. Il ne supportait pas l'idée d'être vu en train de les acheter à Castlebay. Il rapporta un arbre d'une de ses visites chez un fermier. L'homme était ravi de donner un sapin au jeune médecin qui avait guéri son enfant.

Ayant observé soigneusement l'arbre de sa mère, David décora le leur de la même façon. Clare le regardait manier délicatement les guirlandes.

— C'est formidable, David, vraiment très joli. Je m'en serais bien chargée, mais je suis exténuée.

Dehors, il faisait beau et froid. Par la fenêtre, David vit ses parents, chaudement vêtus et confortablement chaussés, partir en promenade avec Bones. Il savait qu'ils longeraient la falaise dans la direction opposée à Castlebay, qu'ils se montreraient les oiseaux descendant en piqué, les lièvres déboulant dans les champs. En rentrant, ils n'auraient qu'à s'attabler devant un déjeuner chaud. Ensuite, ils s'installeraient devant la cheminée et liraient. Il jeta un coup d'œil vers Clare. Pourquoi n'iraient-ils pas faire une balade, eux aussi ? Elle était assise à la table de la cuisine. Elle dormait sur son livre ouvert.

Il y eut un coup de fil réclamant d'urgence la présence du médecin. Un gamin de cinq ans était tombé sur un soc rouillé et s'était fendu la tempe jusqu'au coin de l'œil.

David se souvint d'avoir entendu Clare raconter que, fillette, elle s'était blessée à la jambe dans des conditions semblables. Il ressentit une bouffée de colère envers ces gens qui élevaient leurs enfants parmi tous ces dangers avec une parfaite inconscience.

D'un ton apaisant, David débita des paroles rassurantes auxquelles il ne croyait pas. Il essuya le sang qui séchait déjà sur le visage de l'enfant. Ce n'était pas trop grave. Bavardant d'une voix calme pour distraire l'attention des parents et de l'enfant, il déclara qu'il n'y avait pas grand mal, que tout irait bien, et demanda s'il pouvait avoir du thé. Puis il sortit sa trousse et posa rapidement cinq points de suture sur le petit visage. Il examina son travail d'un œil critique. Ça pouvait aller. L'enfant le regardait d'un air plein de confiance.

— Voilà, c'est fini, dit David.

— Je m'appelle Matthew.

David le serra contre lui tandis qu'on apportait le thé.

— Vous ressemblez bien à votre père. Vous savez vous y prendre, comme lui, dit la mère de Matthew en prenant la main de David entre les siennes.

— Merci.

— Et comment va votre petite fille, docteur ?

— Oh, elle est splendide, merci. Tout simplement splendide.

— J'en suis bien contente. Vous vous êtes tellement dévoué pour les enfants des autres, ce serait terrible si la vôtre ne vous donnait pas de joie.

Quand il rentra, Liffey pleurait. Elle était trempée, elle avait les fesses et les cuisses irritées. Elle devait baigner là-dedans depuis un bon moment.

Clare était au lit. Elle lisait un livre de cuisine.

— Je songeais à faire des scones, ça n'a pas l'air trop compliqué, dit-elle en lui souriant.

— Oui, bonne idée. Liffey est trempée.

— Je m'occupe d'elle dans une minute.

— Ça fait des heures qu'elle est comme ça, Clare.

— Oui, j'y vais.

David répliqua d'un ton sec :

— Non, je vais le faire, ça ira plus vite.

— Oh, très bien.

Elle se replongea dans le livre de cuisine.

Clare s'était couchée de bonne heure, pour avoir du sommeil d'avance quand Liffey la réveillerait à l'aube. Mais la petite pouvait bien hurler, Clare dormait comme une souche.

David se leva. Il changea l'enfant, lui donna le

biberon. Comme elle se remettait à crier, il marcha de long en large en la berçant dans ses bras. Elle finit par s'endormir.

Dix minutes avant l'heure à laquelle il devait se lever, des hurlements montèrent de nouveau du petit lit.

— Tu t'en occupes cette fois, chérie, dit-il à Clare en la poussant doucement du coude. Je voudrais dormir encore quelques minutes.

Clare se leva et enfila sa robe de chambre. Elle prit Liffey dans ses bras en lui murmurant des mots apaisants et descendit avec elle.

Quand David, lavé et rasé, descendit à son tour pour le petit déjeuner, il trouva Clare assise à la table de la cuisine, endormie. La bouilloire sifflait sur le feu. Dans son berceau, Liffey hurlait.

Ce matin-là, non sans quelques hésitations et balbutiements, David dit à son père que Clare souffrait certainement d'une dépression.

Son père répondit qu'on avait trop vite fait de ranger ce genre de choses dans des catégories bien définies. Clare était un peu abattue. Elle menait une vie très différente de celle de l'année précédente, et il ne fallait pas oublier qu'elle n'avait pas pu passer ses examens. C'était dur pour n'importe qui, mais plus encore pour une jeune fille qui s'était tellement battue afin d'en arriver là.

David affirma qu'il y avait autre chose. Elle était si fatiguée physiquement qu'elle somnolait en permanence et, tout en adorant Liffey, elle semblait se désintéresser d'elle.

— Si nous la mettions sous Tofranil ? C'est ce que nous ferions pour une cliente, papa. Pourquoi pas pour Clare ?

— Parce qu'il peut s'agir d'un tas d'autres choses. Elle est peut-être trop seule, pas assez sûre d'elle, et certainement mauvaise maîtresse de maison, comparée à ta mère. Discutez-en donc tous les deux. Clare n'est pas une pauvre femme abandonnée et incomprise. Elle a un bon mari, un mari formidable.

— Peut-être pas si formidable que ça, puisqu'elle a tellement changé.

— Tu m'aimes toujours ?

— David, qu'est-ce que tu racontes ? Je t'aime plus que jamais.

— C'est la troisième fois que tu es trop fatiguée pour faire l'amour.

— Je suis désolée. Je me sentais juste un peu lasse. Bon. Maintenant que je suis réveillée, je veux bien.

— C'est trop tard.

— Oh, David, arrête de bouder.

— Je te jure que je ne boude pas. Mais quand je pense que l'année dernière, à la même époque, nous n'étions jamais rassasiés l'un de l'autre, j'ai l'impression qu'il s'agissait de deux personnes différentes.

— L'année dernière à la même époque nous étions à Dublin, et nous n'avions pas les responsabilités d'aujourd'hui, dit-elle.

— Tu travaillais quatorze heures par jour pour tes examens, je travaillais quatorze heures par jour à l'hôpital, nous passions le reste du temps dans les bus et nous étions rongés d'angoisse. Aujourd'hui, nous avons notre maison, notre fille, tout le loisir de faire l'amour quand nous en avons envie. Moi, j'ai un travail calme et satisfaisant, qui me change de la panique de la vie d'interne, toi, tu n'as aucune contrainte particulière, et pourtant, nous sommes trop fatigués.

— C'est moi qui suis fatiguée. Pas toi, corrigea-t-elle.

— Mais pourquoi, Clare, pourquoi ? Je ne suis pas une bête en rut qui demande son dû, ou plus que son dû. Je voudrais savoir pourquoi tu es si fatiguée.

— Il y a tant à faire, dit-elle.

— Tu es bien sûre que tu m'aimes, et tu as compris que je ne cherchais pas à faire une scène ?

— Oui, absolument.

— Alors, je vais te raconter ta journée. Tu t'es levée, et j'ai préparé le petit déjeuner. J'ai aussi changé Liffey. J'ai dit que je prendrais du mouton chez Dwyers en rentrant et tu as répondu que tu t'en chargeais. Avant de partir j'ai rentré des pommes de terre, j'en ai épluché quelques-unes et tu n'as pas voulu me laisser continuer. Quand je suis rentré à midi, tu avais dormi toute la matinée. Liffey était trempée et hurlait... Tu étais dans tous tes états parce que le déjeuner n'était pas prêt. J'ai ouvert une boîte de soupe et nous l'avons mangée avec le pain de Nellie pendant que tu préparais le biberon de Liffey. Cette fois, j'ai insisté pour prendre la viande. Je l'ai déposée à la maison à trois heures. Tu dormais dans le fauteuil. Clare, ce soir, c'est moi qui ai mis cette fichue viande au four pour le dîner. Et nous ne sommes pas allés au cinéma parce que tu étais trop fatiguée. Tu as dormi toute la matinée, tout l'après-midi, et maintenant, en te couchant tu dis que tu es lasse. Je suis ton mari, mais aussi ton médecin. Et bien entendu, je me fais du souci pour toi.

— Je suis désolée. Présenté comme ça, le cas n'est pas plaidable.

— Ma chérie, je ne te fais pas de reproches, mais tu es ma meilleure et plus chère amie, et je te demande juste de m'expliquer ce qui ne va pas.

— Je ne sais pas. Je ne m'étais pas rendu compte que quelque chose n'allait pas.

— Nous ne pouvons pas continuer comme ça. Plus exactement, tu ne peux pas continuer comme ça. Si je n'étais pas moi-même médecin, je t'emmènerais en voir un.

Il lui fit un sourire rassurant et, de ses deux mains, lui encadra le visage.

— Qu'est-ce que tu en penses ? demanda Clare avec un air d'enfant inquiet.

— Je crois que c'est une dépression.

— Je ne suis pas triste.

— Non, une dépression au sens clinique du terme.

— Mais je te jure que je ne suis pas déprimée.

— Et tes examens ?

— Bien sûr, mais j'ai surmonté tout ça. Honnêtement, c'est vrai. J'ai affronté des choses bien plus dures, il y a dix ans. Si je n'ai pas le courage de recommencer, ce sera ma faute et celle de personne d'autre.

— L'auras-tu, ce courage ?

— Je crois que je suis trop fatiguée. Tu vois, je l'ai dit encore une fois.

— J'aimerais te prescrire un antidépresseur.

— Un truc qui redonne de l'énergie ?

— Non. Je ne te parlerai pas comme à une ignare, ça n'a rien à voir avec le fer ou les vitamines, ça agit sur les processus chimiques, sur les acides aminés du cerveau, et sur les terminaisons nerveuses. Il faut environ trois semaines pour que le traitement commence à faire effet.

— Qu'en pense ton père ?

— Il croit que tu es seulement trop seule et mal à l'aise ici.

— Et toi, tu crois que c'est une dépression, et moi, je pense que c'est juste de la fatigue.

— Il y a peut-être un peu de tout.

— Alors donnez-moi ce médicament, docteur, et espérons qu'il permettra une guérison miraculeuse.

Elle lui sourit, d'un sourire comme ceux du bon vieux temps, et il s'endormit, soulagé d'un gros poids.

— Je passais dans le coin, et je me suis demandé s'il n'y aurait pas moyen d'avoir une tasse de thé.

— Ici, ce n'est pas un coin où on passe, mais tu peux avoir une tasse de thé.

— On ne te voit plus à Castlebay.

— Qu'en sais-tu ?

— Ta mère me l'a dit.

— Mon Dieu ! J'avais l'intention de lui rendre visite cette semaine.

— Cette semaine ? Lui « rendre visite » ? Clare, elle habite à dix minutes d'ici. Elle est persuadée que tu as rejoint les gens de la « haute ».

Clare se sentit coupable. Les jours se télescopaient. Une semaine s'était écoulée depuis la dernière fois où elle avait emmené Liffey chez sa mère. Cela devait faire trois jours au moins qu'elle n'avait pas vu sa belle-mère.

— Est-ce que tu te sens bien, Clare ? demanda Gerry gentiment.

Clare versait l'eau bouillante dans la théière.

— Je vous remercie de votre intérêt, Dr Doyle. Serais-tu devenu médecin, en plus d'être mon conseiller familial ?

— Je parle sérieusement, Clare.

— Je suis fatiguée, c'est tout. C'est épuisant de s'occuper d'un bébé.

Ils burent leur thé.

— Est-ce que le beau docteur te donne quelque chose pour ta fatigue ?

— Oui, bien sûr... des comprimés.

— Bon. Je suis content qu'il s'en soit rendu compte.

— Je t'en prie, Gerry, ne dis pas de mal de David. Ça me contrarie terriblement.

— Je ne dis pas de mal de lui, j'affirme seulement qu'il n'est pas l'homme qu'il te faut.

— Ami ou pas, Gerry, lança-t-elle sèchement en se levant, rien ne te donne le droit de venir chez moi quand David n'est pas là pour me débiter ce genre de chose.

— Ça te dérange parce que tu sais que c'est vrai.

— Ne sois pas ridicule. Avec ces arguments-là, on a toujours raison. La vérité, c'est que ça me contrarie d'entendre qui que ce soit parler en mal de David, et si tu savais ce que ça signifie d'aimer quelqu'un, au lieu de te contenter de... heu... d'utiliser les gens... eh bien, tu comprendrais.

— Je t'aime, dit Gerry.

Il y eut un silence.

Puis elle rejeta la tête en arrière.

— Quelle bêtise ! Tu prétends ça uniquement parce que tu m'as fait du plat une ou deux fois et que ça n'a pas marché. Tu as l'impression que ça a démoli ton score, que tu n'as plus cent pour cent de réussite, hein ? C'est ça qui te tracasse. Je plains la fille à qui tu diras vraiment que tu l'aimes, parce que tu ignores le sens de ces mots.

— Ça signifie que je ferais n'importe quoi pour t'avoir, n'importe quoi.

Clare se sentit soudain prise de peur.

— Je t'en prie... commença-t-elle.

— J'ai vu David, un jour de la semaine dernière, agenouillé au milieu de la route. J'ai pensé à enfoncer l'accélérateur. Je ne risquais rien : il était en plein milieu de la route, n'importe quel tribunal m'aurait acquitté. Et puis j'ai vu qu'il était en train de s'occuper d'un chiot qu'on avait écrasé. Je n'ai pas pu le faire.

— Tu n'es pas sérieux, tu dis ça pour te noircir.

— Non, c'est vrai. Tout ce qu'il y a de plus vrai, affirma-t-il très calmement.

— Mais *pourquoi* ?

— Qui sait ? Qui sait pourquoi une personne en aime une autre ? En tout cas, j'ai décidé que ça ne marcherait pas, et même si David avait un accident, un authentique accident, et que tu deviennes une veuve éplorée, il te faudrait peut-être des années pour te consoler. Alors, les choses devront se passer d'une façon totalement différente.

— C'est un jeu, n'est-ce pas ?

Sans répondre, il resta à la fixer. Un regard qui gênait Clare.

— Écoute-moi, Gerry. J'ai peut-être tort de me confier à toi, mais tant pis. En ce moment, je ne me sens pas bien, je crois que je fais une sorte de dépression, et honnêtement, je ne pourrais pas encaisser un choc supplémentaire. Je resterais là à paniquer jour et nuit si je pensais que la moindre parcelle de ce que tu viens de raconter est vraie. Peux-tu me rassurer en m'affirmant que c'est faux ? Je t'en prie...

— Je me doutais que tu faisais une dépression, dit-il d'un ton compatissant. Rappelle-toi, Fiona en a fait une aussi, en Angleterre. Mais elle s'en est remise et tu t'en remettras pareillement. Tout ira bien, tu retourneras à tes livres et ce petit bout de chou fera ta joie et ton bonheur en grandissant.

C'était comme s'il n'avait proféré aucune de ces choses horribles. Clare se sentit prise de vertige.

— Ôte-toi toutes ces idées de la tête, reprit-il. Je me contenterai de t'aimer de loin. Jusqu'à la fin de mes jours. Tu le sais ?

— Ou jusqu'à l'été.

— Non, jusqu'à la fin de mes jours. Mais tu as raison, ce n'est pas la peine de t'ennuyer avec ça, l'important maintenant, c'est que tu remontes la pente.

Il se leva, prêt à partir.

— Oui, oui, ça va aller très bien.

— Et va voir ta maman, hein ? Et Josie aussi, d'accord ?

— D'accord. Au revoir, Gerry.

Au même instant, le bébé se réveilla et se mit à pleurer.

— Tu ne la prends pas ?

— Si, dans une minute. Chut, Liffey, j'arrive...

— Liffey ? dit-il en souriant sur le seuil de la cuisine. Tu l'appelles par le surnom que je lui ai donné.

— Je crois que nous devrions régler leur compte aux gâteaux.

— Moi, j'ai commencé à le faire il y a des années. Je les adore.

— Non, je veux dire, en confectionner. Nous nous décourageons dès qu'une recette parle d'abaisser la pâte. Affrontons enfin ces fichus machins.

— Je ne connais pas d'autre femme de ton âge qui ne sache pas faire la pâtisserie, dit-il pour la taquiner.

— Ça t'apprendra à te trouver une intellectuelle pour petite amie. D'ailleurs, tu devrais en être fier et remercier le Ciel tous les jours.

— Tu es ma petite amie ? demanda-t-il, ravi.

— Évidemment. Je ne le voulais pas, mais c'est arrivé.

Le soir suivant, ils firent de la pâtisserie. Ce fut cauchemardesque. Le livre disait qu'on pouvait utiliser du saindoux *ou* du beurre *ou* de la margarine.

— Pourquoi ne disent-ils pas ce qu'utilisent les gens normaux ! fulmina Angela.

Il était conseillé de manier matière grasse et farine pour obtenir une pâte homogène.

— Bonté divine ! Et le verbe « malaxer », alors ? Encore qu'entre manier et malaxer du saindoux, l'un soit aussi déplaisant que l'autre.

Angela avait insisté pour que Dick passe un tablier sur son beau costume.

— Je ne comprends pas pourquoi tu portes un complet comme ça, juste pour faire la cuisine, avait-elle déclaré sur un ton de réprimande. Mais elle le savait très bien...

C'était pour la même raison qu'elle avait enfilé un chemisier élégant et lavé ses cheveux.

Il fallut ensuite découvrir la marche à suivre pour « cuire à four chaud comme un biscuit, en tenant compte des proportions ». Angela écrivit une courte lettre à l'éditeur du livre de recettes, disant que celui-ci devrait être retiré de la vente, car contenant trop de renseignements erronés.

Ils s'assirent et se servirent quelque chose à boire. Puis Dick se leva et déclara qu'il aimerait qu'Angela accepte de l'épouser.

— Dick, en es-tu bien sûr ? Il y a longtemps que tu me le demandes, tu sais.

Posant son verre d'orangeade sur la table, il prit les mains d'Angela.

— Quand tu as reconnu que tu étais ma petite amie, j'ai pensé que nous avions franchi un pas.

— Je suis difficile à vivre, dit-elle.

— Je sais.

— Et toi, tu es attaché à tes habitudes.

— Je ne suis pas attaché à mes habitudes. Je l'étais quand nous avons commencé à nous voir, ce qui ne date pas d'hier. Mais à présent, je fais toutes sortes de choses que je n'avais jamais faites. Je lis des livres très longs, je cuisine de somptueux repas. Moi qui étais malheureux, je suis gai. Attaché à mes habitudes, moi ? Tu veux rire ?

— Oui, avec plaisir.

— Quoi ?

— J'ai dit oui. Je serai ravie de t'épouser.

Angela essaya la superbe bague ornée d'un rubis. Elle était parfaite.

— Avec moi, tu auras une bonne épouse — attention, pas une épouse de tout repos, mais je serai gentille, je t'aimerai et je m'occuperai de toi.

— La partie amour est la plus importante, prononça Dick dans un souffle.

— Pour moi aussi. C'est juste que ça me gêne d'en parler.

— Nous n'avons plus besoin d'être gênés, répondit-il.

Ils restèrent assis devant le feu de bois, tandis que le gâteau brûlait dans le four et que le rubis lançait ses feux.

— Est-ce que tu éprouves cette curieuse impression que tout est fini ? Que c'est passé ? Comme si tout avait glissé du futur au passé simple ? demanda Clare.

David la regarda. Il ne ressentait jamais rien de semblable. Il n'en répondit pas moins, le cœur lourd :

— Oui, je connais ça.

— Ah bon. J'avais peur que cela vienne seulement de moi. Je suppose que nous finirons par nous habituer et nous adapter. Ça n'a rien à avoir avec les regrets, tu sais. Je veux dire, par exemple, que tu ne regrettes pas d'être revenu ici, mais le travail que tu fais, la vie que nous menons, c'est comme si c'était arrivé trop tôt, n'est-ce pas ?

Il lui tapota la main. Clare était à présent bien plus vivante, elle s'occupait énormément de Liffey et passait des heures à jouer avec elle. Elle avait pris des leçons de conduite avec Dick Dillon. David avait même vu quelques-uns de ses livres d'histoire reparaître sur la tablette de la fenêtre.

Clare était peut-être simplement trop jeune pour mener déjà une vie aussi installée. Ce n'en était que plus difficile de lui avouer qu'il *adorait* cette vie. Il aimait s'occuper de tous ces gens malades et inquiets, les soigner en tirant des remèdes de sa grande trousse noire, recoudre leurs blessures, mettre leurs enfants au monde ou fermer les yeux de leurs morts. Ils avaient confiance en lui, et très souvent cela signifiait que la bataille était aux trois quarts gagnée.

Il ne s'inquiétait plus pour la santé de Clare, mais il avait le sentiment que l'intimité à laquelle ils s'étaient habitués, et qu'ils avaient acceptée comme une évidence et un droit, avait disparu. Les mots n'avaient pas changé, l'intérêt était toujours présent, elle continuait à l'écouter parler de ses patients et à en discuter avec lui. Mais tout se passait comme si elle croyait qu'ils avaient été détournés sur une voie de garage où on les avait oubliés, qu'ils étaient prisonniers de ce monde moyenâgeux, et que le mieux était de jouer leur rôle de vieillards le plus gaiement possible.

Angela et Dick se marièrent à Dublin. Il n'avait jamais été question que les choses se passent autrement. Ils savaient qu'ils ne voulaient voir personne de Castlebay, aucune des relations de Dick, et Angela dit qu'elle n'avait absolument pas l'intention de rameuter les sœurs, le frère, et le reste du Japon. Ce fut une cérémonie simple, célébrée par le père Flynn, bien entendu. Rien qu'Emer, Kevin et les futurs mariés, un matin, au pied d'un petit autel.

Ils rentrèrent ensuite chez Kevin et Emer pour manger des œufs brouillés, du bacon et un gâteau qu'Angela et Dick avaient fait eux-mêmes d'après une recette choisie dans la partie appelée « La pâtisserie sans peine » — encore un exemple, selon eux, de l'hypocrisie des livres de cuisine. Après beaucoup d'hésitations, ils finirent par autoriser le père Flynn à prendre une photo, qui, au tirage, apparut totalement ridicule. Angela affirmait qu'elle aurait pu illustrer un article appelé « Noël à l'Asile d'aliénés ».

Quand ils auraient envie de s'amuser, ils sortiraient le cliché, mais ils n'avaient pas besoin de ça pour se rappeler le plus beau jour de leur vie. Dick ne cessait de le répéter. C'était vraiment le plus beau jour de leur vie. Pour une fois, même le père Flynn ne trouva rien à ajouter.

La surprise était de taille ! Les Nolan louaient de nouveau une villa sur la route de la Falaise. Mr. Nolan ayant eu quelques ennuis de santé, on lui avait conseillé de ralentir un peu son rythme et d'aller respirer l'air du large. Caroline avait terminé son stage, et elle connaissait les épreuves de ceux qui cherchent du travail. Elle pensait qu'une pause ne lui ferait pas de mal. Et, déclarait James, lui-même pouvait très bien préparer ses dossiers à Castlebay.

David lut sa lettre à toute la famille, avec des gestes « à la James ». Clare fut surprise de voir à quel point l'arrivée des Nolan les rendait heureux.

Molly Power se lança frénétiquement dans le réaménagement du jardin. Il y avait un coin agréable avec des lupins et elle voulait pouvoir y servir le thé. Mais les chaises longues n'étaient plus très fraîches...

— Je vais vous les repeindre en bleu, et ça aura des airs de paquebot transatlantique, proposa Clare. Qu'est-ce que vous en pensez ?

— Je ne crois pas que...

— Écoutez, vous avez de la porcelaine bleu et blanc. Il suffirait de trouver des serviettes en papier bleues. Ça ferait un effet formidable !

Mrs. Power parut regretter d'avoir laissé transparaître son excitation devant Clare. Si elle voulait impressionner les Nolan, cela ne regardait pas sa bru. Elle commença à faire machine arrière.

— Eh bien, merci, en tout cas, pour l'idée.

— Alors, vous êtes d'accord ? s'écria Clare. Parce que dans ce cas, je téléphone à Bumper de nous apporter des pots de peinture immédiatement.

— Je crois que la réponse est non, Clare. Mais je vous remercie.

Deux taches rouges étaient apparues sur les pommettes de Clare.

— Trop tapageur, peut-être ?

— Puisque vous employez ce mot, c'est exactement ça. Vous comprendrez, ça risque de paraître un peu... eh bien, un peu excessif.

— Vulgaire ? demanda Clare.

— Non, non, grands dieux, ce n'est pas ainsi que je qualifierais votre idée, mais vous comprenez...

— Je comprends, répliqua Clare, l'air furieux.

Elle rentra au pavillon.

— Tu as une mère vulgaire et tapageuse, dit-elle à

Liffey, une mère qui est un peu... qu'est-ce qu'elle a dit déjà... excessive.

Liffey parut ravie de l'attention que lui portait Clare.

— Et tu as aussi une fichue monstresse de grand-mère. Je veux que tu te souviennes toujours de ça. Elle arrive en tête du classement général, comme dirait ta marraine Mary Catherine, c'est vraiment la monstresse de première classe.

Ayant parfaitement défini les choses, Clare se sentit mieux. Liffey savait prêter l'oreille aux confidences.

Caroline était très élégante. Clare la revit adolescente, lors de ses premières vacances à Castlebay. Et elle se souvint de sa propre jalousie, parce que Caroline et son amie Hilary s'amusaient si bien avec David, James et Gerry Doyle.

Les choses avaient tourné si bizarrement. Clare se sentit mal à l'aise en pensant à Gerry.

Elle faillit sursauter quand Caroline, alanguie dans une chaise longue avec Liffey sur les genoux, demanda :

— Est-ce que Gerry Doyle est toujours la coqueluche du coin ?

— Je pense que oui, répondit prudemment Clare. Je ne suis plus tellement au courant de ces choses. Les plus jeunes ont peut-être d'autres héros, mais je suppose que Gerry s'en tire toujours bien.

— Maintenant que vous avez mis la main sur le plus bel homme de Castlebay, il va falloir que je me rabatte sur les seconds choix.

Elle rit et tous les autres l'imitèrent. David aussi.

Clare était furieuse. La garce — pourquoi avait-elle dit ça devant Molly ? Clare avait vu le regret s'inscrire sur le visage de sa belle-mère. N'aurait-ce pas été merveilleux si Caroline et David s'étaient mariés ? Elle et Sheila Nolan gazouillant au-dessus du berceau de leur petite-fille. Ça aurait eu une autre classe que la situation actuelle. Parce que Liffey avait tout de même aussi pour grands-parents les épiciers O'Brien.

Valerie vint passer une semaine au pavillon.

— Je ne peux pas supporter Caroline Nolan, décréta-t-elle. Arrête d'être aussi gentille avec elle, Clare.

— Je ne suis pas gentille. Juste polie. Elle sera partie dans quinze jours.

— Ça m'étonnerait, elle a demandé à ce solicitor ami du père de David... Comment s'appelle-t-il déjà ? Kenny, c'est ça ! Bon, elle lui a demandé de la tuyauter sur les possibilités d'exercer à la campagne. « C'est tellement plus varié qu'à la ville, etc. »

— Mais à Castlebay, il n'y a pas de possibilités. Ce pauvre Mr. Kenny suffit largement pour une si petite ville. Et de toute façon, la plupart des gens vont au chef-lieu.

— Très juste ! Et c'est ce qu'il lui a dit. Alors elle s'y rend aujourd'hui, pour explorer le terrain. Gerry Doyle la véhicule.

— Tout ça, c'est du bidon, comme dirait Mary Catherine. Elle veut se faire un peu tripoter par Gerry. Il la chavirait. Maintenant, elle parle de son faible pour David, mais je me souviens parfaitement de tous ces étés où c'était Gerry par-ci et Gerry par-là.

— J'espère que tu as raison, dit Valerie.

— J'aurais voulu que tu restes, fit Clare. Avec toi je me sens en sécurité.

— Tu es en sécurité, idiote.

— Alors, disons que je me sens normale.

— Viens au dancing ce soir, lui proposa soudain Valerie.

— Non, je suis trop vieille, trop terne. Et David a un accouchement, il ne rentrera peut-être pas de la nuit. Il vient d'appeler : Mrs. Brennan dit qu'il y a des complications.

— Ça ne t'empêche pas de sortir. Je suis sûre qu'il trouvera ça très bien.

— Non, je ne veux pas. Ce n'est pas ma place.

— Alors je n'irai pas non plus, et pourtant j'en avais tellement envie.

— Tu me forces la main, Valerie. À présent, il va falloir que je me fasse un shampooing et que je t'accompagne.

Ils prirent tous un verre à l'hôtel, Caroline, James, Josie, Martin, Valerie et Clare, avant de se rendre au dancing voisin. Dès l'entrée, la musique les assaillit.

— Je sens revenir cette excitation, celle que nous ressentions quand nous étions jeunes, dit Caroline.

— Moi aussi, assura James, en jetant un regard en coin vers Josie Dillon.

Martin ne fit pas de commentaire.

L'orchestre entama un morceau de Paul Jones, et Clare revit ces années où l'on pouvait s'arrêter devant pratiquement n'importe quel garçon et l'inviter à danser. La moitié des filles choisissaient Gerry Doyle.

— Allez, les filles, en piste, s'écria-t-elle en se plantant, pour sa part, devant un adolescent qui n'avait sûrement pas plus de seize ans.

Il était tout rouge, et il transpirait de nervosité. C'était peut-être la première fois qu'il allait au dancing.

— Bonsoir, dit-elle en souriant. Je suis votre cavalière.

— Heu, merci, je ne danse pas trop bien.

— Sûrement pas plus mal que moi, répliqua-t-elle joyeusement.

Ils s'élancèrent sur la piste, et elle lui donna tellement confiance en lui qu'elle sut qu'il ne se chercherait pas d'autre cavalière.

À la fin elle refusa, mais en expliquant :

— Je vous remercie. Je suis la femme du médecin. Et maman d'une petite fille.

Il fila comme une flèche. *Une femme mariée ! Seigneur !*

Valerie avait été invitée plusieurs fois par un homme au visage constellé de taches de rousseur, qui portait un costume à carreaux. Il paraissait très sympathique. À présent, ils bavardaient. James Nolan — le sale hypocrite ! — dansait joue contre joue avec Josie Dillon. Elle se conduisait comme une idiote, c'était évident. Clare la désapprouvait, mais elle savait que ça devait arriver. De même qu'elle aurait pu prédire que Caroline et Gerry Doyle ne manqueraient pas de « remettre ça ».

Accoudée à la balustrade du balcon, elle les regarda. Caroline était plus grande que Gerry — tout le monde était plus grand que lui. Souriants, ils dansaient enlacés, mais sans se coller l'un à l'autre. Ils semblaient vraiment en accord. Clare aurait voulu que Valerie abandonne son cavalier et monte la rejoindre. Elle aurait compris alors que cette idée de Caroline jetant son dévolu sur David était stupide. Tout le monde pouvait constater qu'elle n'avait d'yeux que pour Gerry Doyle.

Clare se souvint du temps où Josie et elle venaient au dancing et ne rataient pas une danse. Ce n'était pas le cas de Josie ce soir — elle ne quittait pas James Nolan. Ni celui de Mrs. Clare Power, la femme du médecin et la mère de sa fille. Aucun des garçons qui l'invitaient naguère n'oserait l'approcher aujourd'hui. Ça ne l'ennuyait pas vraiment de faire tapisserie. Elle ne regrettait pas non plus l'absence de David ; elle avait l'impression d'avoir grandi et de s'être éloignée de tout ça. Elle n'avait pas vraiment vieilli. Elle s'était juste éloignée.

Deux petites choses se produisirent avant que retentisse l'hymne national marquant la fin de la soirée. Martin dit à Josie d'une voix tremblante qu'il s'en allait et lui demanda si elle venait ou non. La question était symbolique. Josie répondit sans hésiter. Non, elle ne venait pas, elle préférait rester. Merci.

La seconde chose, ce fut que Gerry Doyle et

Caroline adressèrent aux autres un petit signe de la main et s'éloignèrent dans la nuit en direction du camping-caravaning.

Le père de Caroline affirma qu'il était très sensé de vouloir acquérir un peu d'expérience dans une ville de province, que rien n'était plus utile que d'apprendre le métier sur le tas, à tous les échelons. Ils furent unanimes à la féliciter d'avoir trouvé un emploi au chef-lieu.

Pour sa part, James espérait qu'elle parviendrait à convaincre la firme de lui envoyer tous les cas nécessitant l'intervention d'un avocat conseil. Sheila Nolan expliqua qu'elle viendrait aider Caroline à s'installer et qu'elle pousserait jusqu'à Castlebay pour passer un week-end hivernal avec Molly. Le Dr Power la prévint que le village lui paraîtrait bien différent de ce qu'il était en été.

Clare resta silencieuse. Quand Valerie lui avait dit que Caroline était une intrigante qui projetait de s'installer dans la région, elle avait trouvé cette idée risible. Caroline avait-elle vraiment des vues sur David ? Impossible. N'avait-elle pas renoué avec Gerry Doyle, le « deuxième choix » ? Peut-être restait-elle à cause de lui. Mais non. Elle était bien trop intelligente pour faire une chose pareille.

Ils prenaient souvent le thé dans le jardin de Crest View. Caroline avait le don d'improviser ce genre de réunion, alors que Molly s'agitait pendant trois jours avant une réception, que Sheila Nolan ne donnait jamais de thés, et que Clare ne lançait pas d'invitations parce que, pensait-elle, personne n'avait envie de venir au pavillon.

Mais Caroline semblait savoir instinctivement que ce dont les gens avaient envie à cinq heures, c'était d'une théière inépuisable et de petits sandwiches à la tomate. Même le Dr Power adorait débarquer à l'improviste, Caroline avait peint les chaises longues en rouge vif.

— Est-ce qu'elles nous appartiennent ? demanda James.

— Bien sûr que non, mais elles étaient tellement écaillées. La vieille chouette qui nous loue la maison sera certainement ravie.

Molly déclara que c'était une excellente idée. Une idée d'un *goût exquis.*

Caroline prenait parfois Liffey sur ses genoux, mais pas systématiquement. Un bébé de dix mois remue beaucoup et demande de l'attention. Elle n'avait que peu de temps à consacrer aux bébés. Il semblait bien, cet été-là, que c'était Caroline qui allait mener la danse. Après tout, elle avait l'intention de devenir une autochtone. Ou presque.

David paraissait apprécier sa compagnie, mais cela n'avait rien de nouveau. Ils avaient toujours été amis. Simplement, à présent, il s'amusait nettement plus avec elle qu'avec James.

Clare était assise, la main sur le landau, berçant Liffey endormie.

Mrs. Nolan décrivait un de ses rêves avec force détails, Molly Power l'écoutait, subjuguée. Le Dr Power et James Nolan discutaient de la possibilité d'appeler des médecins comme témoins et experts devant un tribunal. Breeda remplissait la théière et apportait encore des sandwiches. David et Caroline étaient assis sur le muret blanchi à la chaux et regardaient la plage en contrebas.

« Qu'est-ce que je fais ici ? pensa Clare. Ce n'est pas ma place. Je ne suis pas faite pour être *ici* avec ces gens. »

— J'ai toujours détesté quitter cet endroit, dit Caroline. Ça ne m'arrivera plus. Je suis contente d'avoir trouvé ce travail.

— Nous en sommes contents pour toi. Seulement, ne vas-tu pas trouver la vie ici bien terne ? Honnêtement, Caroline, tu n'as pas idée du calme qui peut régner dans le coin.

— Comment une ville qui abrite Gerry Doyle pourrait-elle être terne ? Explique-moi ça.

Caroline avait voulu plaisanter, mais elle comprit tout de suite qu'elle venait de faire une erreur.

— Oh, lui ! répliqua David.

— Je te taquinais. Je ne crois pas que je l'inclurai dans mon cercle mondain pour la saison d'hiver. Ce n'est pas vraiment le chevalier servant idéal pour une juriste.

— À toi de choisir tes amis. Après tout, je ne suis qu'un vieux croûton.

C'était faux et, de toute façon, elle aurait du mal à se faire des amis au début.

— Je compte sur toi et sur Clare pour m'introduire dans le monde.

— Nous ne connaissons pratiquement personne.

David ne s'excusait pas, il exprimait juste une vérité.

— Alors nous reprendrons le golf.

— J'adorerais ça, dit David. Oui, j'adorerais vraiment jouer avec toi. Je suis censé avoir un après-midi de congé par semaine, mais je ne le prends jamais.

— Eh bien, voilà qui est dit. Le bon vieux médecin de campagne et le bon vieux solicitor de campagne en route pour un dix-huit trous. Qui aurait cru, David, que nous en arriverions là ? plaisanta-t-elle avec un rire perlé.

Clare les écoutait. Bon vieux médecin de campagne, bon vieux solicitor de campagne, et elle, Clare — bon vieux rien-du-tout de campagne.

Les guêpes mouraient, les algues montaient avec la marée, les visiteurs faisaient leurs bagages. Angela préparait ses livres et ses cahiers pour la rentrée scolaire.

Clare arriva chez elle, avec Liffey dans sa poussette.

— Elle doit avoir presque un an.

— La semaine prochaine. Est-ce que Dick est là, Angela ?

— Non... oh, et puis si, il m'avait demandé de dire qu'il était absent. Mais toi, tu peux entrer.

Dick se tenait devant la table sur laquelle étaient étalés toutes sortes de plans. Il fit un bond, tel un voleur pris sur le fait.

— C'est Clare, chéri, annonça Angela.

— De toute façon, nous allions lui en parler.

Ils avaient un projet, qui était déjà en bonne voie. Dick retirait sa part de capital de l'hôtel familial, ce qui arrangeait d'ailleurs tout le reste des Dillon ; Angela était propriétaire du champ s'étendant derrière le cottage. Ils y construiraient une hôtellerie pour une clientèle de golfeurs, qui pourraient s'y faire servir des petits déjeuners à l'aube et des dîners tardifs. Douze chambres seulement. Un petit établissement sélect. Angela abandonnerait son poste à l'école, évidemment. Si tout se déroulait bien, ils ouvriraient en juin.

— C'est pour ça que vous vous étiez mis à faire la cuisine ? demanda Clare avec intérêt.

— Ce que nous avons prouvé, en tout cas, c'est que nous devions absolument engager un cuisinier. Nous ferons les chambres, mais pas question de toucher aux fourneaux !

Ils prirent le thé et regardèrent les plans.

— Est-ce que votre frère sera content ou furieux ? demanda Clare à Dick.

— Il sera ravi d'être débarrassé de moi, mais furieux quand il apprendra l'existence du projet. C'est pour ça que nous tenons au secret. L'accord financier doit se conclure cette semaine. C'est une firme du chef-lieu qui s'en occupe. Celle où travaille cette fille — comment s'appelle-t-elle déjà ?

— Caroline Nolan ?

— Oui, c'est ça. Charmante pour une Dublinoise, très directe.

— Hum, fit Angela.

— Hum, effectivement, renchérit Clare.

— Au fait, Clare, pourquoi voulais-tu voir Dick ?

— Je me demandais si vous accepteriez de me donner en secret quelques leçons de golf, Dick, quand Angela aurait repris la classe. Je pensais que vous auriez du temps libre, mais je vois que ça ne sera pas vraiment le cas.

— De toute façon, je ne suis pas celui qu'il te faut. Je suis un très mauvais golfeur. Je t'apprendrais tout de travers et il faudrait que tu recommences de zéro.

— Pourquoi ne vas-tu pas voir Jimmy le Pro ? demanda Angela.

— Je voulais apprendre en secret.

— Je sais ce qu'il te faut, commença Dick, cette fille, Caroline, elle adore le golf. Elle a dit qu'elle viendrait jouer chez nous. Elle pourrait te donner des leçons.

Dick semblait ravi de sa proposition.

— Je suis désolée, Clare, dit Angela. Certains hommes sont d'une lourdeur consternante.

— Je ne vois pas de quoi tu te plains. Tu n'as rien proposé et tu te moques de moi alors que j'essaie de résoudre le problème, grommela Dick.

— Je vais le résoudre à ta place, reprit Angela. Clare, si moi je prenais des leçons avec Jimmy, tu pourrais m'accompagner, regarder, et éventuellement participer. Comme ça, tu n'aurais pas l'air d'apprendre.

— Un peu quand même et, de toute façon, pourquoi voudriez-vous vous mettre à ce jeu ?

— Si je dois être copropriétaire d'un hôtel réservé aux golfeurs, je ferais aussi bien de connaître cette fichue histoire de links et de trous et de clubs, décréta Angela.

— Vous passez votre temps à m'aider, fit Clare. Tout ça est sans doute complètement idiot.

— Non, je crois que tu as parfaitement raison, dit Angela d'un ton si sérieux que Clare en frissonna.

Ce soir-là, Josie arriva en pleurs au pavillon. Martin ne voulait plus la revoir de sa vie. Il disait qu'elle l'avait ridiculisé en se comportant comme elle l'avait fait avec James Nolan. Comment avait-elle pu être aussi stupide ? Elle se serait donné des coups de pied, tellement elle était contrariée. Que faire maintenant ? Clare savait si bien s'y prendre avec les hommes.

— Je ne sais pas m'y prendre avec les hommes, qu'est-ce qui te fait croire ça ?

Elle avait bien réussi à épouser David Power. Et Gerry Doyle, le Roméo de la ville, disait encore l'autre soir à l'hôtel qu'il regrettait de ne pas avoir réagi avant le jeune médecin.

— Gerry disait ça ? Devant des gens ?

— Oui, oui.

Josie était bien plus intéressée par ses propres déboires. Devait-elle écrire à Martin ? James s'intéressait-il vraiment à elle ? Qu'en pensait Clare ?...

— Je ne peux pas te dire ce que j'en pense tant que tu ne m'auras pas dit ce que tu veux, lança Clare, exaspérée.

— Je veux James Nolan, mais je ne crois pas qu'il me veuille. Alors, si je suis sûre qu'il n'y a pas d'espoir de ce côté, je veux Martin. Est-ce que c'est assez honnête pour toi ?

— Tu n'aurais pas envie d'être seule un moment, de laisser le temps passer et de rencontrer éventuellement quelqu'un d'autre ?

— Non, merci, affirma catégoriquement Josie.

— C'est pourtant le conseil que je te donnerais.

— C'est facile pour toi de parler d'indépendance, tu as un mari, un enfant, et tu séduis encore.

— Exact. Eh bien, je vais te conduire chez lui.

Tu glisseras un mot sous sa porte : « Cher Martin. Je me suis conduite comme une idiote, je suppose que je voulais voir si vous teniez vraiment à moi... », ou quelque chose dans ce genre. Ni trop geignard ni trop repenti, mais pas trop agressif non plus. Tiens, voilà un bloc et un stylo.

Deux semaines plus tard, Josie et Martin achetèrent la bague de fiançailles. Trois diamants en grappe.

— Tu es géniale, Clare, souffla Josie quelques jours après l'annonce des fiançailles.

— C'est exactement le mot que je cherchais.

Mais là où Clare n'était pas géniale, c'était pour elle-même.

À l'époque grisante où David et elle étaient follement amoureux l'un de l'autre, ils s'étaient juré de toujours se dire sans détour ce qu'ils éprouveraient. L'autre aurait droit à dix minutes de chagrin avant de se rappeler qu'ils étaient en train de vivre le Grand Amour du Siècle, et que la franchise faisait partie de la relation très spéciale qui les unissait.

Oui, mais cela c'était à Dublin en 1960. On était à présent en 1962, et à Castlebay. Et ils ne se parlaient plus à cœur ouvert. Clare essaya un jour de le faire par lettre. En se relisant, elle vit que ce qu'elle croyait devoir dire à David se ramenait à une liste de récriminations. Qu'elle déchira, bien entendu.

Elle tenta de se confier au père de David. De façon très détournée. Mais elle comprit rapidement que le Dr Power pensait que tout allait parfaitement bien dans le ménage. Il aurait été inutile et cruel de le détromper.

Elle écrivit à son directeur d'études. Elle souhaitait se remettre au travail, disait-elle. Sa fille avait maintenant dix-huit mois, et ne l'accaparait plus autant. Il lui répondit qu'elle devait s'inscrire officiellement, mais qu'il n'y aurait pas de problèmes considérant le cas de force majeure qui l'avait empêchée de passer ses examens de licence. Il la félicitait de sa ténacité.

Qu'elle entre en contact avec lui si elle venait à Dublin.

Et ce fut tout. Pas moyen de retrouver le feu qui l'habitait naguère. Elle regarda ses notes. Comment avait-elle pu être aussi intelligente ? Comment avait-elle pu écrire ces commentaires dans la marge de gauche, ces citations, ces références dans celle de droite ? Avait-elle vraiment su toutes ces choses un an et demi plus tôt ?

Devait-elle aller à Dublin pour quelques jours ? Peut-être que tout lui paraîtrait plus réel là-bas.

Elle en parla avec David. Il l'encouragea à le faire.

Elle descendrait chez Emer et Kevin. Ils mouraient d'envie de connaître Liffey, qu'ils n'avaient vue qu'au baptême. Est-ce que David viendrait, au moins un week-end ?

Non, dit-il. C'était la plus mauvaise époque pour s'absenter. En hiver, les vieillards attrapaient des pneumonies. Mais il le regrettait. Vraiment.

— Est-ce que tu t'es éloigné de moi, David ? lui demanda-t-elle ce soir-là sans amertume.

— C'est ridicule, répondit-il. Est-ce que tu fais la tête parce que je ne peux pas me libérer ?

— Bien sûr que non. Je parlais d'une façon beaucoup plus générale.

— Je ne me suis pas éloigné de toi, ma chérie. Comment peux-tu penser pareille chose ?

— Je ne sais pas, qui sait pourquoi une personne en aime une autre ? (C'étaient les mots de Gerry Doyle. Ils lui étaient revenus comme un écho et elle frissonna.) Es-tu heureux, David ?

— Qu'est-ce que ça veut dire, heureux ? demanda-t-il en haussant les épaules.

— Cette pièce commence à ressembler à la grotte de l'Écho, remarqua-t-elle. Il y a un an, quand tu m'expliquais que je ne tournais pas rond, tu m'as demandé si j'étais heureuse.

— Et qu'as-tu répondu ?

— Tu ne t'en souviens pas ?

— Non, et ne me cherche pas querelle parce que je ne me rappelle pas tous les mots que nous avons prononcés depuis deux ans, ma chérie. Je pourrais te renvoyer l'argument.

— Exact. J'ai répondu que j'étais heureuse. Mais que nous nous étions un peu rangés. Un peu trop. Tu as dit que tu avais la même impression.

— Et alors ?

— Alors, nous avons changé. C'était toi à l'époque qui me sollicitais. Aujourd'hui, c'est moi qui veux savoir.

— Écoute, j'ai eu une très dure journée. Une femme de quarante-cinq ans est morte aujourd'hui. Elle était apparemment en pleine santé. Le cancer l'a emportée en deux mois. Elle avait six enfants et un grand imbécile de mari à qui j'ai dû raconter que c'était mieux comme ça. Comme si la mort pouvait être mieux que la vie ! En rentrant, j'ai recousu un enfant de cinq ans que son père avait frappé au visage avec une chaise. Le père était dans un pire état que l'enfant. Il me restait encore à faire un rapport écrit pour la gendarmerie. Comme je le remettais à Frank Conway, il m'a demandé mon sentiment sur l'état de sa mère. Il a fallu que je lui explique qu'elle ne quitterait plus l'hôpital. Et quand je reviens chez moi, c'est pour m'entendre adjurer de passer un week-end à Dublin, ce qui m'est impossible, malgré l'envie que je peux en avoir. Et maintenant, c'est toute la trame de la vie qu'il faut analyser.

— Je suis désolée, dit-elle.

— Il n'y a aucune raison pour que tu le sois. Ce sont les joies et les horreurs de mon quotidien, pas du tien.

— Qu'est-ce que tu aurais souhaité, ce soir ? Dis-le-moi.

— Je suppose que j'aurais voulu un peu de tranquillité, j'aurais voulu parler d'autre chose, et non m'interroger sur mon bonheur ou sur mon prétendu éloignement.

Il se leva et passa son bras autour des épaules de Clare.

— Ce n'est pas grave, Clare. La magie ne marche pas à tous les coups, mais les gens qui ont un travail comme le nôtre, enfin, comme le mien, et quand tu étudiais jour et nuit tu étais pareille, tu comprenais... ces gens-là ont besoin de se détendre quand ils s'arrêtent, pas de penser à ce qu'est l'amour ou à ce qu'il n'est pas.

— Je comprends. Vraiment, dit-elle.

Le téléphone sonna. David décrocha.

— Oh, bonsoir, dit-il, le visage subitement épanoui.

Ce ne pouvait être que Caroline Nolan. Celle-là, elle savait ce dont les gens ont besoin pendant leurs moments de liberté. Juste un échange de mots sans conséquence et un rendez-vous pour jouer au golf.

Elle écrivit à Emer pour lui dire qu'elle ne viendrait pas tout de suite. Elle devait encore régler deux ou trois choses à la maison. Emer répondit qu'il n'y avait pas de problème, son lit l'attendait quand elle voudrait. Clare se sentait toujours un peu coupable quand il était question de lit dans la maison d'Emer.

Angela était vraiment douée, disait Jimmy le Pro. Elle avait un swing d'homme. Dans sa bouche, c'était un grand compliment. Jimmy le Pro ne brillait pas par le tact.

— Votre jeune amie ne se débrouille pas mal non plus. (Clare lui fit une grimace.) Si elle arrivait à ne pas bouger la tête, elle ne me ferait pas honte du tout.

— Encourageant, dit Clare.

— Pourquoi ne venez-vous pas jouer avec votre mari de temps en temps ? Quand la dame solicitor n'est pas là. Je suis sûr que David apprécierait une partie de golf le samedi.

— Je devrais, mais je ne suis pas assez forte pour lui.

— Oh, vous lui donneriez du fil à retordre, vous vous en êtes bien tirée au deuxième trou. Vous étiez sur le green en trois coups, et il ne vous a fallu que deux putts.

— Mais c'est un par trois.

— C'est tout à fait honorable, croyez-moi.

— C'était bien, le golf ? lui demanda-t-elle quand il rentra la fois suivante.

— Non. Je n'arrivais pas à décoller la balle.

— Tu as fait le deuxième en combien de coups ? demanda-t-elle d'un air innocent.

— Ne me parle pas du deuxième ! C'est un par trois, il m'en a fallu sept, gémit-il.

— Ce n'est pas grave. Il y a les jours avec et les jours sans, n'est-ce pas ?

Il la regarda avec reconnaissance.

Dans les magazines féminins, on vous explique comment garder votre silhouette de jeune fille et on vous donne tout un tas de conseils de beauté. Clare essaya de se maquiller, mais sur elle l'effet était un peu vulgaire et ça paraissait trop apprêté pour la campagne. Après tout, sa garde-robe était correcte, elle n'avait pas pris un gramme, et elle avait même plus d'allure qu'au temps où elle était étudiante. Les magazines féminins n'avaient jamais entendu parler de l'épouse irritable et nerveuse qui finit par pousser son mari dans les bras d'une dame solicitor de campagne.

Pourtant, elle se devait d'essayer. Et pour commencer, elle allait se faire faire une mise en plis. Quelque chose de souple — de grosses boucles flottant sur les épaules.

Chrissie entra chez la coiffeuse, avec sa blouse

pleine de traînées sanguinolentes, et se planta devant Clare qui était sous le séchoir.

— Je t'ai vue entrer. Tu sors, ce soir ?

— Non.

— Tu dois bien aller quelque part. Puisque tu te fais coiffer.

— Oh, va-t'en, Chrissie !

— C'est un endroit public, tu ne peux pas me chasser d'ici.

Clare savait que tout le monde allait être au courant de la charmante conversation qu'avaient eue la femme du jeune médecin et la vendeuse de la boucherie Dwyers.

Elle alla voir sa mère.

— Tu vas bien, Clare ? On dirait que tu as pleuré.

— C'est du maquillage, maman.

— Où est Liffey ?

— Nellie s'en occupe, j'étais chez le coiffeur.

— Avec ce vent, c'est de l'argent gâché. Tout sera défait avant que tu rentres chez toi.

Jim arriva dans la boutique. Clare se retourna et lui parla en articulant ostensiblement.

— J'aimerais bien que tu ne lui parles pas comme à un débile, dit sa mère. Jim n'est pas débile, il est juste nonchalant, n'est-ce pas, Jim ?

Le ton était affectueux mais elle n'obtint pas de réponse. Clare lui faisant écran, il n'avait pas vu bouger les lèvres de sa mère, et ne pouvait donc savoir qu'elle s'adressait à lui.

Elle s'était échinée à préparer un bon dîner pour David. Il était fatigué et distrait. Il ne remarqua pas sa coiffure, ni son maquillage, ni la nourriture, ni la façon dont elle avait arrangé la maison.

Il déclara qu'il était épuisé. Ils allèrent se coucher tôt et David s'endormit comme une masse au moment où elle s'apprêtait à se rapprocher de lui.

— Caroline ?

— Oh, David, ne me dis pas que tu veux annuler le golf. J'y pense depuis ce matin.

— Moi aussi. Non, bien sûr, je n'ai pas l'intention d'annuler. Écoute, j'ai pensé à un truc : le trajet de retour est long pour toi après la partie, que dirais-tu de dîner avant de rentrer ?

— C'est très gentil, mais je ne voudrais pas que Clare se donne...

— Non. Nous pourrions aller quelque part.

Il y eut une pause.

— Oui, ce serait super. Où ça ?

— Eh bien, je ne vois pas pourquoi j'ai dit quelque part, parce que l'hôtel est le seul endroit potable. La cuisine y est très correcte.

— Quelle formidable idée ! Ça me donnera des forces pour faire la route du retour.

— Parfait. Je vais réserver une table pour deux.

Au début, c'était juste une partie de golf avec Caroline, ensuite, une partie de golf et un verre au club. Maintenant, c'était une partie de golf, un verre et un dîner en tête à tête. Josie appela Clare le lendemain. Pour avoir de ses nouvelles.

— J'espère que le repas n'était pas trop succulent hier soir, sinon je ne serai jamais à la hauteur, fit Clare.

— Qu'est-ce que tu veux dire ?

— Eh bien, j'ai l'intention d'inviter les golfeurs à dîner à la maison la semaine prochaine. Ça te dirait de venir avec Martin ?

Oui, Josie en serait ravie. Elle était soulagée de savoir que Clare était au courant pour David et Caroline. La veille au soir, sa sœur était arrivée tout excitée de la salle à manger pour annoncer que David Power et Caroline Nolan se tenaient la main sous la table. Mais c'était peut-être faux. Rose avait toujours eu un faible pour David. Qui plus est, elle se comportait d'une manière étrange et paraissait très amère depuis que Josie avait annoncé ses fiançailles.

Clare demanda à Molly si elle voulait venir dîner le mardi suivant.

— Vous vous y prenez très à l'avance, non ? dit Molly. Mais ce sera avec plaisir. Vous croyez que vous vous en sortirez ?

Angela dit qu'en n'importe quelle autre circonstance elle se serait libérée, mais la Provinciale de l'ordre était en visite à l'école et les sœurs avaient organisé une sorte de fête en son honneur. Depuis le temps qu'elle enseignait dans ce couvent, elles ne l'avaient jamais invitée à dîner, et voilà qu'elles se décidaient !

— Ce sera épouvantable. Je prendrai des notes pour te raconter.

— Depuis le temps que je vous connais, c'est la première fois que je vous invite, et il faut que ce soit le même soir, soupira Clare.

— C'est pour célébrer quelque chose de spécial ?

— Plutôt une question de vie ou de mort.

— Ah bon ! Ta belle-mère y sera ?

— Oui. Et la partenaire de golf de mon mari.

— Tu ne recules devant aucune difficulté. Tu as préparé ton menu ?

— Je n'y ai pas encore pensé.

— Laisse-moi te donner un conseil. Sers-leur quelque chose de froid pour commencer, des œufs durs farcis, par exemple. Ça se fait beaucoup à Dublin.

— Peut-être, mais ici, si on ne commence pas par un potage, on vous envoie directement à l'asile.

— Le potage, il faut le chauffer et le servir. Ça empêche de se concentrer sur le plat de résistance.

— Croisez vos doigts pour conjurer la chance.

— Tu t'en sortiras très bien, déclara Angela sans y croire.

Mr. Kenny dit que c'était très gentil de la part des jeunes de penser à l'inviter. Il était très touché. Clare avait son huitième convive.

Elle demanda à Nellie de l'aider à apporter des chaises de la villa et vérifia sa vaisselle et ses couverts. Elle fit ses préparatifs en secret, s'interrompant dès que David rentrait. Il avait l'air heureux que Clare donne ce dîner, ce qui signifiait, pensa-t-elle, qu'il n'avait pas grand-chose à cacher. Si Caroline et lui avaient fait autre chose que jouer au golf, bavarder et s'embrasser sur la joue en se quittant, il n'aurait pas pu l'amener dans cette maison comme si de rien n'était.

Elle avait appelé Caroline, qui semblait elle aussi ravie de l'invitation.

— C'est très sympathique, Clare. Vous croyez que vous pourrez faire face ?

— Comment ça ? demanda Clare d'un ton charmant, alors qu'elle bouillonnait de rage.

— Eh bien, vous occuper du dîner et de tout le reste.

— J'espère bien que oui.

Et elle retourna comme une furie dans la cuisine. Sortant Liffey de son berceau, elle lui parla sérieusement.

— Écoute-moi bien, fillette. Ce monde est plein de conneries, comme disait ta marraine Mary Catherine dans ses moments les moins raffinés. Toi et moi, Liffey Power, nous n'allons pas le supporter. Nous ne nous laisserons pas marcher sur les pieds. Je vais te faire une promesse solennelle : si tu te comportes comme un gentil bébé mardi soir, si tu ne pleures pas, si tu ne mouilles personne, si tu ne vomis sur personne, je t'offrirai une belle vie pleine d'aventures et de liberté, et si tu veux monter dans un spoutnik et que ton père s'y oppose, je te défendrai à mort.

Liffey tapa dans ses mains, ravie de tant d'attention.

— Marché conclu, alors.

Bones entra dans la cuisine.

— Et toi aussi, mon vieux, interdiction de se gratter le derrière quand ils seront là. Pas question non plus d'aboyer après les mouches et autres stupidités. Contente-toi d'avoir l'air d'un bon chien qui aime sa jeune maîtresse. Évidemment, tu peux planter tes crocs dans le postérieur de Miss Nolan, mais arrange-toi pour qu'elle ait l'air d'avoir attaqué la première. Si tu te conduis honorablement, tu peux compter sur ma protection. David a dit qu'il faudrait peut-être te faire piquer. Moi vivante, il n'en sera pas question.

Bones sourit, et elle retourna à son livre de cuisine.

Tout aurait été facile si elle avait demandé à Nellie de l'aider, mais il n'en était pas question. Il fallait qu'elle y arrive toute seule. Elle ne pouvait même pas lui laisser voir à quel point elle était nerveuse, car cette dernière aurait pu dire à Molly que le pavillon était en effervescence, ce qui aurait tout gâché. Elle avait téléphoné à Valerie. Ses conseils ? Faire au plus simple et donner beaucoup d'alcool aux convives, pour qu'ils ne sachent plus ce qu'ils mangeaient. Ça marchait peut-être avec les relations de Valerie, mais dans le présent contexte, c'était totalement irréaliste. Alors, Valerie avait fait preuve de sens pratique : Clare devait chauffer les petits pains, mettre de la crème dans le potage et faire de la purée ou des pommes sautées, parce que ça marche à tous les coups.

Chrissie trouva que c'était formidable de pouvoir se payer un rosbif pareil.

— Pourquoi est-ce que tu n'as pas téléphoné ? On te l'aurait livré.

— J'espérais, en venant ici, que tu me donnerais

un bon morceau et que tu me montrerais comment le découper, dit Clare avec humilité.

— Le découper ? Tu n'as qu'à couper des tranches, comme tu le fais d'habitude, répliqua Chrissie, sœur affectueuse et bouchère serviable.

Pas de doute, on pouvait compter sur elle pour vous calmer les nerfs avant un événement d'importance.

Mardi était le jour du golf de David. C'était aussi celui du dîner.

Clare pensa que les magazines féminins auraient été fiers d'elle et de la manière dont elle dit à David qu'il pouvait ramener directement Caroline. Elle voudrait sûrement se changer pour le dîner.

— Mais nous te gênerons.

— Pas le moins du monde, répliqua-t-elle d'une voix flûtée.

Il l'embrassa sur le nez.

— Bones ne peut pas faire un mouvement sans que ses os craquent. Je me demande s'il souffre ? C'est dur à savoir, parce qu'il sourit toujours.

— Oh, Bones est encore plein de vie, répondit-elle en tapotant la tête du chien.

Une promesse, c'est une promesse.

Liffey vomit ses carottes et sa purée sur sa plus jolie robe à smocks. Clare alla aussitôt la laver. Elle serait peut-être sèche à temps pour ce soir. C'était une robe offerte par Molly, et que Liffey devait porter en son honneur. Ensuite, tandis qu'elle nettoyait la cuillère en argent que Mr. Kenny avait offerte à sa fille, Bones s'en empara et détala. Il fit trois fois le tour du jardin en la tenant dans sa gueule puis l'enterra dans un massif de fleurs.

Il ne lui restait plus de crème — ce jour-là entre tous ! — et deux des serviettes de table avaient un accroc. Dans sa hâte, elle renversa une carafe d'eau sur la nappe. Elle dut glisser des taies d'oreiller par-dessous, en priant pour qu'elle sèche vite.

Comme Caroline se changerait dans la chambre, Clare avait arrangé la pièce de façon qu'elle ait l'air beaucoup plus intime qu'elle ne l'était d'habitude. Elle y avait mis des fleurs et une lampe dont l'abat-jour tamisait romantiquement la lumière. Elle avait rapproché les oreillers, comme si elle et David dormaient normalement très près l'un de l'autre, et laissé dehors sa chemise de nuit noire, celle qui était affreuse à porter mais paraissait érotique lorsqu'elle était posée en évidence.

Ils arrivèrent tous en même temps.

David servit du xérès à la ronde, et chacun répéta au moins trois fois que c'était une réunion tout à fait charmante.

Caroline resplendissait de santé. Ses cheveux étaient brillants et bien coiffés. Clare avait espéré qu'après la partie de golf, elle serait échevelée. Caroline déclara qu'elle adorerait faire un brin de toilette et redescendit, au bout d'un laps de temps plus que raisonnable, vêtue d'une longue jupe de lainage rouge et d'un chemisier de dentelle blanche.

— C'était vraiment merveilleux aujourd'hui, dit-elle, tu devrais apprendre, Clare.

— Quelqu'un m'a raconté que tu t'y mettais, Clare, lança Josie.

Clare eu envie de lui écrabouiller la figure.

— Non, non, mais on a dû me voir une fois avec Angela. Elle prend des cours.

— Ah oui ?

Angela était un sujet qu'il valait mieux ne pas aborder devant les Dillon, qui craignaient qu'oncle Dick et l'institutrice ne leur soufflent la clientèle.

— James joue à Dublin. En fait, certains trouvent qu'il passe trop de temps sur les links, déclara Caroline.

Autre sujet délicat. La main de Martin se crispa sur son verre quand il entendit le nom de James Nolan.

Clare décida qu'il était temps de passer à table.

Maudits soient les magazines féminins et leur descendance.

Les petits pains mis à tiédir dans le four étaient carbonisés.

Elle coupa quelques tranches d'un pain que lui avait donné la bonne de sa belle mère, et les disposa dans une corbeille. Molly en profita pour remarquer que personne n'avait la main de Nellie, pour la confection du pain et des gâteaux.

— Ce pain-là aussi est très bon, assura le vieux Mr. Kenny.

— C'est le pain de Nellie, expliqua Clare, au désespoir.

La viande était dure, la purée sèche et la sauce grumeleuse.

Alors que Clare avait calculé large, il ne fût même pas question de repasser les plats, car les convives laissèrent leur assiette à moitié pleine. Rouge de confusion, elle débarrassa la table.

Il n'y avait pas de crème pour le pudding au chocolat. Elle avait maudit ses parents de ne pas avoir le téléphone ; il aurait été si facile de lui livrer cette maudite crème !

Les invités touchèrent à peine au pudding. Personne n'avait pris de fromage, pourtant joliment disposé sur un plat, avec des crackers bien alignés.

Elle alla préparer le café.

Elle découvrit qu'elle n'en avait pas. La boîte rangée dans le placard, et qu'elle croyait pleine, était en fait celle où elle gardait des coquillages, en attendant d'avoir trouvé une place pour les exposer.

Prétextant qu'elle montait voir Liffey, elle sortit de la maison dans l'obscurité pour essayer de trouver du café dans la cuisine de sa belle-mère. Elle devrait se débrouiller toute seule, car Nellie était au cinéma. Elle buta sur Bones et s'étala de tout son long. Dans sa joie, le chien se mit à aboyer si fort que le Dr Power sortit voir ce qui se passait.

— Mon Dieu, Molly, appela-t-il. Il y a quelqu'un dans notre cuisine !

David prit la situation en main. Il s'empara d'un club de golf et insista pour que son père reste en arrière.

Alors que Clare se glissait hors de la cuisine des Power, les mains écorchées, le front contusionné, certaine de s'être abîmé une dent, Bones, tout excité, se mit à hurler à la lune.

— Tu as signé ton arrêt de mort, dit-elle au chien. Je ne lèverai pas le petit doigt pour t'aider.

Soudain, elle vit les convives qui l'attendaient, leur masse se découpant sur le pas de la porte du pavillon éclairé, et David qui avançait lentement vers elle, un club de golf à la main.

Au loin, elle entendit un bruit familier. Liffey venait de se réveiller et elle hurlait. Il allait falloir deux heures pour la calmer.

Angela en riait aux larmes.

Clare pleurait réellement en lui racontant la soirée.

— Je ne vois pas ce qu'il y a de drôle, arrêtez de rire. Satanée soirée ! je me suis rendue ridicule. J'aurais aussi bien pu me lever et me mettre à danser sur la table en petite culotte. C'était horrible. Ils avaient tous pitié de moi. Même Josie.

— C'est ta faute, expliqua Angela. Tu as toujours été la première à donner de bons conseils à Mary Catherine... « Dis-leur que ton père est facteur, tu verras s'ils tiennent à toi. » Pourquoi ne leur as-tu pas expliqué que tu avais un pot de café plein de coquillages ?

— Pas après les petits pains brûlés, la sauce grumeleuse et la viande coriace. Je suis sûre que Chrissie a fait exprès de me donner de la carne.

— Et David ?

— Il m'a consolée, il m'a dit qu'un premier dîner était toujours une épreuve. Premier et dernier, sans doute. Et votre Provinciale ?

— L'air d'un hamster, avec le nez qui bouge et des dents pointues. Nous avons parlé de la foi et de la morale en mangeant des sandwiches à l'œuf arrosés de thé. Voilà pour le festin.

— J'aurais adoré ça, répliqua Clare. Ça ressemble au paradis, en comparaison de ce qui s'est passé chez moi hier soir.

Ce mardi-là, il pleuvait.

Gerry Doyle se présenta au pavillon.

— Je suis occupée, Gerry.

— Je vois ça, dit-il en regardant le journal ouvert sur la table de la cuisine.

— Eh bien, fit-elle, l'air gêné.

— Eh bien, ça a pris du temps, mais c'est quand même arrivé.

— Quoi ? demanda-t-elle, subitement angoissée.

— David, répondit-il en souriant.

Clare porta la main à sa gorge.

— Qu'est-ce qui lui est arrivé ?

— Je crois qu'il a trouvé le véritable amour, Clare. Dans une caravane.

— Quoi ?

— Il pleut bien trop pour jouer au golf, non ? Ils auraient été complètement trempés.

Il s'était assis sans y avoir été invité. Sa flèche décochée, il se leva.

— À bientôt, lança-t-il en partant.

David rentra tout à fait sec.

— Tu as joué, ou bien est-ce qu'il pleut trop ?

— Non, nous avons joué. C'était très vivifiant sous le vent et la pluie.

— Je n'en doute pas.

— Ce n'est pas drôle pour Caroline d'avoir à conduire par une nuit pareille, dit-il.

— Effectivement. Tu penses que nous aurions dû lui proposer de rester dormir ici ?

— Non, non, mais je crois qu'elle songe à prendre une caravane, au cas où elle ne voudrait pas rentrer chez elle en roulant de nuit. Ce n'est pas une mauvaise idée, non ?

— Gerry Doyle a de sérieux ennuis, dit la mère de Clare.

— Quel genre ?

— Pour commencer, il a une grosse dette ici. Trois mois d'épicerie et de cigarettes. Ça commence à chiffrer.

— Je m'en doute.

— Je lui en ai parlé et il m'a répondu qu'il était à sec. Chrissie dit qu'il a une note longue comme le bras chez Dwyers, et qu'on ne lui fait plus crédit chez Costello. Il a vu trop grand avec son studio, ils n'ont pas assez de commandes pour amortir une pareille installation. Tout allait bien quand ils avaient la petite baraque et qu'ils faisaient tout le travail en famille. D'après Dick Dillon, il va être obligé de vendre.

— Gerry surnagera.

— Moi aussi, j'ai toujours pensé ça, mais quand il m'a répondu qu'il était à sec, je lui ai dit qu'il n'avait qu'à nous verser une petite somme de temps en temps, juste pour apaiser Tom. Et sais-tu ce qu'il m'a sorti ? Que je n'avais pas à être gentille avec lui, et que quand il lâcherait tout ça ferait un sacré bang qui s'entendrait dans tout le pays. Je me demande bien ce qu'il a voulu dire.

— Je vais emmener Liffey à Dublin pour une semaine ou deux. Je veux lui montrer l'autre Liffey, la rivière.

— C'est une bonne idée.

— Pendant mon absence, tu dîneras chez tes parents ?

— Oui, probablement. Je me ferai aussi la cuisine quand j'en aurai envie. Oh, et Caroline sera dans sa caravane. Je dînerai probablement avec elle une fois ou deux pour fêter son installation.

Gerry revint.

— Cette fois, j'ai des photos, dit-il.

— Quel genre de photos ?

Elle était en train de nourrir Liffey et avait besoin de se concentrer.

— Je peux avoir une tasse de thé ?

— Non, Gerry. Tu sais que je n'aime pas que tu viennes ici.

— Tu ne sais pas t'y prendre. Tu lui en mets partout. Donne-moi cette cuillère, et occupe-toi de la bouilloire.

— Après, tu partiras ?

Il donna très adroitement la becquée à Liffey. Clare prépara le thé. Elle n'éprouvait aucune inquiétude.

— Passons aux photos, dit-il quand Liffey eut enfin l'air repue.

Il vida une enveloppe sur la table. Une douzaine d'épreuves en noir et blanc, qui montraient David et Caroline faisant l'amour sur la couchette de la caravane.

Elle porta la main à sa bouche et se rua vers l'évier où elle se mit à vomir. Gerry s'approcha, ouvrit le robinet, rinça le bac et tendit un verre d'eau à Clare.

— Bois ça, dit-il.

Elle le lui lança à la figure. Mais il rata sa cible et éclata en mille morceaux sur le sol. Elle tremblait de tous ses membres.

Calmement, il prit une serviette, la mouilla, s'approcha d'elle et lui essuya la figure, comme si elle était une enfant. Elle n'avait pas la force de le repousser.

Elle se servit elle-même un verre d'eau et le but.

— Qu'est-ce que tu vas faire ?

— Rien.

— Très bien, dit-il en posant la main sur la poignée de la porte.

Elle rassembla les photos d'une main tremblante.

— Remporte ça, balbutia-t-elle.

— Mais comment donc !

Elle resta assise un long moment, à regarder devant elle sans rien voir.

Elle dit à David qu'elle couvait une sorte de grippe et lui demanda si ça l'ennuyait qu'elle dorme en bas.

Il lui tâta le front. Elle semblait effectivement un peu fiévreuse.

Ils préparèrent un lit dans la cuisine, près du feu.

— Ça a l'air très confortable, dit-il. Au fond, nous dormirions peut-être mieux ici.

Elle se coucha, remonta les draps sous son menton comme une enfant sage.

Il lui déposa un baiser sur le front.

— David ?

— Oui ? répondit-il d'un air inquiet.

— Rien. Merci pour tout et bonne nuit.

Quand elle fut sûre qu'il dormait, elle se leva, complètement réveillée. Qu'est-ce qu'elle allait bien pouvoir faire ?

Elle fit du café.

Elle veilla toute la nuit et ne se recoucha qu'en entendant craquer le lit dans leur chambre.

Il descendit sur la pointe des pieds et prépara du thé. Il le lui apporta triomphalement.

— Qui est un gentil mari ? demanda-t-il.

— David est un gentil mari, répondit-elle mécaniquement.

Elle avait l'air grippée, pensa David en allant vers la villa. Curieux pourtant qu'elle n'ait pas de fièvre !

Mais elle avait les yeux brillants, le front chaud, et elle était blanche comme un linge. Ou bien était-ce qu'il ne pouvait plus la regarder ces derniers temps sans éprouver de la honte ?

Et au fond, pourquoi ? Quand il était avec Caroline, il était tellement sûr que personne ne serait blessé, que Clare ne serait pas humiliée, qu'il n'y aurait ni revendications ni scènes publiques. Personne ne saurait jamais rien. Ils seraient les premiers amants de l'histoire de Castlebay à s'en tirer sans dommage.

Caroline était si facile à vivre. Elle n'exigeait pas de savoir ce qu'il pensait, ce qu'il sentait. Elle ne voulait pas de promesses, n'avait pas besoin d'être rassurée et refusait de parler de l'avenir. La voir était bon comme un bain chaud, et aussi décontractant, particulièrement après les interrogations de Clare sur l'amour et sur ce qui les attendait dans dix ans.

Caroline insistait pour qu'il continue à faire l'amour avec Clare. Personne n'enlevait rien à personne.

Parfois, il se demandait comment tout cela allait se terminer. Caroline riait et disait qu'il était inutile de spéculer sur l'avenir.

C'était reposant et ça permettait d'écarter tout sentiment de culpabilité.

Clare était toujours allongée sur son lit de fortune quand elle entendit démarrer la voiture de David.

Une minute plus tard, Gerry Doyle entra.

— Bonne idée, dit-il en voyant le lit.

— *Sors immédiatement !* s'écria-t-elle.

— Chut, chut.

— Gerry, j'appelle ma belle-mère. *Au secours !*

Il lui posa doucement la main sur la bouche et l'entoura de son bras. Le mince corps de Clare tremblait sous la chemise de nuit. Elle avait un regard terrifié.

— Qu'est-ce que tu lui dois ? Tu as vu ce qu'il t'a fait ?

Clare se libéra brutalement. Elle courut vers la

porte, en s'emparant au passage d'un couteau à découper.

— Ne sois pas idiote. Pose ça, Clare. Tu vas te blesser.

Elle posa le couteau.

— Je pars. Je reviendrai te chercher plus tard.

— Me chercher ?

— Je crois que nous devrions partir très loin, toi, moi et Liffey.

— Tu es fou.

— Non, pas du tout. Nous laisserons les photos sur la table, comme ça, ils sauront.

— Je sais que tu as des ennuis, Gerry. Des ennuis d'argent. Tu veux que je t'en prête ?

— On en aura autant qu'on voudra. Toi et moi, on ira peut-être à Londres. Je pourrai travailler là-bas, nous aurons un foyer.

— Tu te racontes des histoires... arrête.

— À ce soir, Clare.

— Non, tu ne dois pas revenir. Je répéterai tout à David, je le répéterai au Dr Power.

— Tu ne diras rien à personne, je le sais. Tu *veux* partir avec moi.

— Inutile de revenir ce soir. Je ne serai pas là. Ou alors tu trouveras ici les gendarmes, David, son père et encore plein d'autres gens. Quoi que David ait pu faire, je ne veux pas partir avec toi !

— À bientôt.

Il avait disparu.

Elle resta assise sans bouger, terrifiée. Ses dents claquaient.

David appela à six heures. Sa dernière visite à domicile l'avait conduit pratiquement au chef-lieu. Alors, il valait mieux qu'il dîne sur place, en attendant que l'orage cesse. Comment Clare se sentait-elle ? Était-ce finalement une fausse grippe ?

— David, je t'en prie, rentre maintenant.

— Qu'est-ce qu'il y a ?

— David, je ne t'ai jamais ennuyé, je ne t'ai jamais demandé pareille chose depuis que nous sommes ici. C'est vrai, non ?

— Évidemment que c'est vrai, ma chérie. Mais écoute, c'est ennuyeux. J'ai rencontré Caroline, et en fait je viens juste de l'inviter.

— Tu pourras dîner trois cent soixante-cinq fois par an avec Caroline, pourvu que tu rentres ce soir.

— Mais je rentre ce soir.

— Non. Tout de suite. J'ai peur.

— Écoute, nous ne traînerons pas à table. Je me dépêcherai de revenir, et tu me diras ce qui te tracasse.

— Je vois, fit-elle en lui raccrochant au nez.

Elle laissa un mot sur la table de la cuisine qui disait :

« Je ne me sens pas bien ce soir. Je vais à la villa parce que je préfère ne pas rester seule. »

Ça vaudrait pour Gerry comme pour David.

À six heures et demie, serrant le couffin de Liffey dans ses bras, elle frappa à la porte de ses beaux-parents.

— Tu n'as pas besoin de frapper, Clare, dit le Dr Power. Entre, installe la petite et assieds-toi.

Il s'apprêtait à écouter les nouvelles. Ils avaient terminé leur dîner, et Molly reprisait près du feu.

— J'espère que je ne vous dérange pas. Je ne me sens pas bien et David a été retardé. Il ne rentrera pas avant neuf ou dix heures. Ça ne vous ennuie pas si je reste ici ?

Ils échangèrent un regard.

— Bien sûr que non, dit Molly.

— C'est au lit que tu devrais être. David a dit que tu étais grippée.

— Ce n'est pas la grippe, c'est l'anxiété. J'ai l'horrible sensation qu'il va se passer quelque chose de grave.

— Allons donc, c'est juste l'orage. Tu es encore plus près de la mer que nous. Ne te laisse pas abattre, fillette. Tout à l'heure, je vous raccompagnerai et je vous borderai, toi et ton altesse qui, par parenthèse, a commencé sa nuit, elle.

Elle ne pouvait imposer sa présence plus d'une heure et demie. À huit heures elle était de retour au pavillon. Dès que le Dr Power fut reparti, elle ferma la porte, coinça une chaise contre la poignée puis vérifia les fenêtres.

Elle resterait près du feu. Dans une heure au plus, David serait de retour.

Il y eut un mouvement derrière elle. Gerry était là, dans son éternel blouson de cuir. Il lui souriait.

— Seigneur !

— J'étais dans l'autre pièce. Tout va bien. Tout va bien.

— Tu ne comprends pas. Il n'est pas question que je parte avec toi.

— Clare, nous sommes de la même race, toi et moi, je te l'ai dit il y a des années. Nous sommes des avides, nous voulons tout avoir. David est différent, il a eu une vie plus douce.

— Si j'ai fait quoi que ce soit qui ait jamais pu te laisser croire que j'étais amoureuse de toi, je jure que je ne m'en souviens pas.

Elle n'avait plus peur maintenant. Simplement, elle ne pouvait supporter l'affrontement qui ne manquerait pas de se produire quand David rentrerait, l'étalage des photos. Et en plus, comment David réagirait-il en la trouvant seule avec Gerry, même si l'infidèle, c'était lui ?

— Tu vas faire tes bagages. Ma voiture est dans l'allée.

— Écoute, tu es fou. Il n'en est pas question. Je t'ai toujours porté de l'affection et admiré, mais ça n'est jamais allé plus loin.

— Très bien. Je suppose que tu penses ce que tu dis ?

— Complètement.

Il se dirigea vers la porte et elle se détendit immédiatement.

— Tu regretteras de ne pas être partie avec moi ce soir. Tu le regretteras toute ta vie.

— Non, Gerry. Tu te trompes du tout au tout. Mais nous resterons amis, n'est-ce pas ?...

— Non, répondit-il.

Quand il fut sorti, elle tendit l'oreille pour entendre démarrer sa camionnette. Il n'y eut aucun ronflement de moteur. Ou alors il fut noyé par le fracas de la mer et du vent.

David se maudit d'avoir téléphoné chez lui. Il savait que cela arriverait un jour, malgré les belles paroles de Caroline. Maintenant, elles allaient être malheureuses toutes les deux. Clare s'énerverait à la maison, Caroline serait contrariée qu'il la quitte si tôt. Et légèrement méprisante, comme à plusieurs reprises ces derniers temps, quand elle lui avait dit sur un ton sarcastique que *bien entendu* il devait rentrer retrouver la *pauvre Clare* si elle avait besoin de lui, et qu'en tout cas, pour sa part, elle ne lui avait pas passé des chaînes. Il avait trouvé ça très humiliant et, curieusement, il s'était senti obligé de défendre Clare. C'est ce qui se passerait ce soir. « La pauvre est grippée. » Ça aurait l'air d'une excuse idiote.

Il gara sa voiture dans la petite cour de la maison que louait Caroline. Il s'était fait une telle joie de cette soirée ! Évidemment, il pourrait ne pas mentionner sa promesse de rentrer tôt, puis téléphoner chez lui et expliquer qu'il s'était produit quelque chose...

Caroline n'était pas dans la cuisine. Sur le réchaud à gaz, une casserole faisait de curieux bruits. Automatiquement il éteignit le brûleur et retira la casserole.

Le fond avait juste commencé à brûler. De l'eau mise à chauffer, et qui s'était évaporée...

— Caroline, appela-t-il.

Il n'y eut pas de réponse.

C'était bizarre. Elle devait sûrement être là. La porte de derrière n'était pas fermée à clé puisqu'il était entré. Or, Caroline gardait cette habitude des citadins de tout boucler quand elle sortait.

— Caroline, appela-t-il encore.

Elle était peut-être dans la salle de bains.

Un son lui parvint d'en haut.

Soudain alarmé, il grimpa les marches quatre à quatre.

Caroline était assise sur son lit, le visage couleur de cendre, les deux mains pressées sur sa bouche.

— Que se passe-t-il ? demanda David.

Avait-elle été attaquée ? Violée, peut-être ? Pourquoi restait-elle muette ?

— Oh, mon Dieu, mon Dieu ! lâcha-t-elle enfin.

Un médecin sait ce qu'il faut faire quand une personne est en état de choc, mais David était trop bouleversé pour que ses réflexes professionnels fonctionnent. Il s'agenouilla devant Caroline, lui caressa les cheveux, lui écarta les mains. Elle détournait les yeux.

— Caroline, ma chérie, dis-moi ce qu'il y a.

— Je ne peux pas.

— On a osé te toucher ?

Elle secoua négativement la tête.

— Je t'en prie, laisse-moi t'aider. As-tu reçu de mauvaises nouvelles ? Il s'agit de la santé de ton père ou de ta mère ? Dis-moi ce qui se passe ?

Elle était toujours immobile sur le lit, le visage ravagé, le regard affolé. Il continua de lui caresser les cheveux.

— David, dit-elle enfin, il est fou. Fou à enfermer.

— Qui ? De qui parles-tu ?

— Gerry Doyle.

— Qu'est-ce qu'il a encore fait ?

Agacé, David se leva. Il suivit le regard de Caroline et vit sur la coiffeuse ce qu'il l'avait mise dans cet état.

Lentement, il regarda les douze photos. Il sentait monter les nausées en voyant ainsi étalé un acte qui avait été intime et beau.

— Ce n'était pas comme ça, finit-il par dire. C'était spécial. Tu le sais.

Un peu réconfortée par la réaction de David, elle tendit vers lui une main glacée.

— Pourquoi a-t-il fait ça ?

David retourna les photos contre le plateau de la coiffeuse.

— Parce qu'il est fou, dit-elle simplement.

David attira une chaise près du lit et prit les mains de Caroline dans les siennes.

— Est-ce qu'il te les a données ? demanda-t-il doucement.

— Non, elles étaient là quand je suis rentrée. Il y avait ça aussi. Elle ramassa une feuille de papier portant l'en-tête *Doyle-Photographe d'art,* sur laquelle on pouvait lire, d'une écriture menue :

Livraison de trois jeux de photos :

a) Miss Caroline Nolan ;

b) Dr David Power. Cabinet de consultation, Castlebay ;

c) Mrs. Clare Power. Le pavillon, Castlebay.

David se leva d'un bond.

— Seigneur ! C'est de ça que Clare voulait parler. C'est pour ça qu'elle a téléphoné.

— Elle les a vues ?

Caroline recommençait à presser ses mains sur sa bouche.

— Je ne sais pas. Elle m'a appelé, elle était frénétique. Enfin, c'est moi qui l'ai appelée pour lui dire que je venais ici. Elle voulait que je rentre sur-le-champ. Je lui ai répondu que nous dînions ensemble, et que je partirais aussitôt après.

— Elle n'a pas pu voir ça, c'est impossible !

— Écoute, elle insistait d'une façon tout à fait inhabituelle chez elle. Elle a dit que je pourrais dîner avec toi tous les autres soirs de l'année pourvu que je rentre immédiatement.

Ils se regardèrent, affolés.

— Il ne les lui a pas données, sinon elle n'aurait pas réagi comme ça.

— Alors, pourquoi voulait-elle que je revienne tout de suite ?

— Tu veux partir ? demanda Caroline d'un air terrifié.

— Je ne peux pas te laisser.

— Et s'il les lui avait données ?

— Impossible. Je l'aurais deviné à sa voix. (Il se leva, marcha de long en large.) Bon, je vais lui téléphoner.

Il appela le pavillon. Pas de réponse. Ils se regardèrent. Était-ce bon ou mauvais signe ?

— Elle est peut-être allée chez tes parents ?

— Non. Je crois que même si ses jours étaient en danger, elle n'irait pas demander secours à la villa, dit-il, le visage défait.

— D'où les a-t-il prises ? De la fenêtre de la caravane ? demanda Caroline.

— Probablement. Mais pourquoi ? Pour de l'argent ? Je sais qu'il avait des problèmes. Pourtant, il ne demande rien. Alors, c'est par jalousie. Je ne vois pas d'autre explication à un comportement aussi pervers. Il ne peut pas t'avoir, alors il ne veut pas que tu appartiennes à quelqu'un d'autre.

Caroline secoua la tête.

— Comme s'il ne m'avait pas déjà eue, et quand il l'a voulu. Il est fou, c'est évident.

S'étant caché le visage dans ses mains, elle ne vit

pas l'expression atterrée et douloureuse de David. Il interrompit ses litanies sur la folie de Gerry.

— Tu as couché avec lui ?

— David, ce n'est vraiment pas le moment d'en parler. Toi, tu couches avec Clare, et je ne te l'ai jamais reproché, non ? (Elle prenait une voix stridente.) Dans le comté, toutes les femmes ont approché Gerry Doyle, de près ou de loin. L'important, c'est : qu'allons-nous faire ?

Elle paraissait très jeune, très désarmée et très seule.

— Tu vas penser que je me dérobe, déclara David, mais je crois que je dois rentrer à Castlebay. Ne bouge pas d'ici. Je t'appellerai en arrivant.

— D'accord.

— Je viendrai te voir demain en début de matinée. Nous aurons eu le temps de nous calmer, de réfléchir.

— Absolument !

— N'as-tu pas d'amis que tu pourrais appeler pour qu'ils viennent te tenir compagnie ?

Il regarda autour de lui, malheureux à l'idée de la quitter, cherchant quelque chose, n'importe quoi, susceptible de la réconforter.

— Non.

Il avala sa salive, incapable de prononcer un mot de plus.

Elle tourna la tête vers la coiffeuse. On ne voyait plus que le dos des photos, mais elles n'avaient pas disparu magiquement.

Rabattue par le vent, la pluie frappait de plein fouet le pare-brise. La route était semée de rameaux morts. Lancinantes, les mêmes idées n'arrêtaient pas de tourner dans la tête de David : pourvu que Clare aille bien, pourvu qu'elle n'ait pas vu les photos...

Clare resta longtemps devant la fenêtre. Elle aussi retournait les mêmes phrases dans sa tête.

« Mon Dieu, faites que Gerry n'ait pas montré les photos à David. Faites que David n'en sache rien. » De toute façon, elle nierait les avoir vues. L'idée d'en parler avec lui, non, c'était insupportable. Et à présent, cette histoire ne lui donnait plus de nausées, mais une infinie tristesse. Gerry l'avait tout simplement forcée à admettre une réalité qu'elle connaissait depuis plusieurs mois sans même se l'avouer intérieurement.

« Mon Dieu, faites que Gerry Doyle quitte Castlebay et n'y revienne jamais. Je Vous en prie. Je Vous en prie. »

De sa vie, Gerry n'avait jamais claqué une porte. Il tira doucement celle du pavillon. S'il avait pu l'arracher de ses gonds !

Clare l'avait regardé comme s'il était *fou.* C'était elle qui était folle ! D'abord, d'avoir espéré que cette famille l'accepterait. Et ensuite, le nez sur les preuves, de vouloir quand même rester... ce n'était plus la Clare O'Brien qu'il avait connue, celle pour laquelle il avait fait tant de projets. Il avait tout pardonné, tout compris. Il n'avait rien dit quand elle s'était comportée comme une catin avec le fils du docteur. Il ne l'avait accusée de rien. Et ce soir, alors qu'il lui offrait son amour, elle le refusait avec une mine terrifiée.

Il envoya un coup de pied dans une branche d'ajonc qui dépassait de la haie entre le pavillon et la falaise.

Pourquoi Clare avait-elle eu ce regard épouvanté ? Elle ne pouvait tout de même pas craindre qu'il lui fasse du mal ! Lui... Gerry, qui l'avait toujours désirée. Qui l'avait attendue.

Il s'approcha du bord de la falaise et contempla la mer.

Que lui restait-il, maintenant ? *Rien.* Son studio périclitait depuis des mois, et Clare... il n'avait pas prévu qu'elle le repousserait. Sa respiration se fit haletante. Clare n'avait pas le droit de lui faire ça... Il avait formé trop de projets... *Clare !* Oh, comme elle regretterait son attitude ! Parce qu'il allait partir, et nul ne le retrouverait jamais. Elle se tiendrait ici, sur cette falaise, et elle penserait à lui. Mais trop tard, Clare, trop tard !

Il s'aperçut qu'il tremblait de colère. Il n'avait jamais éprouvé pareille sensation, comme si un grand souffle de vent l'avait soulevé et porté dans les airs...

Il tremblait trop pour conduire. Il allait marcher sur la plage, ça lui permettrait de reprendre ses esprits. Il dégringola le sentier. Dans le noir, la plage avait quelque chose d'hostile, mais la lame faiblissait. C'était le début de la marée descendante. Il avançait, les cheveux mouillés par la pluie et les embruns.

Il avait vraiment tout gâché.

Les factures s'entassaient sur son bureau. Le triste privilège d'« épurer la situation » reviendrait à Fiona. Demain, quand le personnel ne pourrait pas entrer, il y aurait un scandale. Mais il serait loin, et l'Angleterre est grande. Il vivrait à crédit, comme il le faisait depuis pas mal de temps.

En se tournant, il apercevait de petites lumières, ici ou là, dans la masse sombre de Castlebay, et, pour la dernière fois, la silhouette de la flèche de l'église.

Il arrivait à proximité du cercle de récifs où, enfant, à marée basse, il adorait sauter d'une roche à l'autre. Si on perdait l'équilibre, on tombait dans quelques centimètres d'eau.

Ce soir, les vagues recouvraient les rochers... mais la tentation était grande. Il s'amusa à sauter d'un rocher à l'autre. Son pantalon mouillé lui collait aux jambes. Il s'en moquait. Il criait : « Et hop ! Et hop ! » C'était ridicule, mais enivrant.

La vague le renversa, et il sentit que l'arête d'une roche lui avait fendu la joue.

Ce n'était plus drôle du tout. Une autre vague arriva et reflua. Il avait une jambe collée contre la roche. Il tendit les mains en un geste désespéré.

Mais le reflux était trop puissant.

Quand la troisième vague arriva, il comprit qu'il allait se noyer, ou bien être déchiqueté dans le cercle de récifs où il avait joué depuis ses premiers pas, ou presque.

Il frappa à la porte, manœuvra vainement la poignée.

— Clare ? Clare, ça va ?

Elle ouvrit la porte, pâle mais calme. Et s'écarta pour esquiver ses bras ouverts.

— J'avais peur... à cause de l'orage. Maintenant, c'est passé.

— Je t'ai appelée. Deux fois.

— J'étais chez tes parents.

— Tu vas mieux ?

— Oui, je crois. Mais je n'ai pas envie de parler. Tu veux manger ou boire quelque chose ? Est-ce que tu as eu le temps de dîner ?

— Non. Ça n'a pas d'importance.

— La route a été difficile ?

Elle le questionnait comme si elle n'était pas sa femme mais une simple relation.

— Oui, des branches partout, et un arbre en travers. J'ai dû descendre dans un fossé pour arriver à passer.

— Ah, oui ?

— Clare...

— Tu te rappelles que je voulais aller pour quelques jours à Dublin ? Tu as dit que ça ne poserait pas de problèmes, qu'on s'occuperait de toi ?...

— Oui ?

— Je voudrais partir très vite. Demain peut-être.

— Tu es encore fatiguée. Attends quelques jours.

— Non !

— C'est idiot d'emmener Liffey à l'autre bout du pays alors que tu es patraque.

— C'est encore plus idiot de rester seule ici à

écouter la mer, heure après heure, alors que je suis patraque.

— Tu n'es pas obligée de rester seule ici.

— Non. David, veux-tu être vraiment gentil ? Ne me fais pas de scène, parce que, aujourd'hui, j'ai eu mon comptant de drame. Et je suis sûre que, toi aussi, tu as eu une dure journée. Mais je voudrais aller dormir chez Angela et Dick.

Elle doit savoir.

Il lui a montré les photos.

David sentit son cœur se pétrifier.

— Pourquoi donc ?

— Je crois que si je restais ici ce soir, ce serait mauvais pour nous. Nous risquons de nous dire des choses qui feraient mal.

— Est-ce que tout ça n'est pas un peu théâtral ? lança-t-il avec un rire forcé.

— Non.

— Tu veux emmener Liffey ?

— Oui, s'il te plaît.

— Je pourrais essayer de t'expliquer...

— Moi aussi. Mais je sais qu'on en vient très facilement à dire des choses impardonnables lorsqu'on est contrarié ou blessé. Pour le moment, nous ne nous sommes pas fait trop de mal. Ne prenons pas un tel risque ce soir.

— Ton sac est prêt ?

— Oui. Juste quelques affaires. Je reviendrai demain, quand tu seras parti, pour prendre le reste.

— J'accepte uniquement parce que tu es très sûre de ce que tu désires, alors que moi, je ne le suis pas.

Il lui sourit, et elle faillit se jeter dans ses bras.

— Merci, dit-elle d'une petite voix.

— Angela t'attend ?

— Oui. Elle n'a rien demandé, tu sais. Angela ne demande jamais rien.

— Je ne pensais pas à ça.

— C'est tout de même mieux.

— Oui. Tu dois avoir raison.

Combien de fois n'avaient-ils pas souhaité que Liffey se tienne tranquille ? Ce soir, alors qu'ils n'auraient pas dédaigné une diversion, elle dormait dans son berceau, ses longs cils ombrageant ses joues.

— Au revoir, Clare.

— Au revoir, David. Pour l'instant.

Ils ne se touchèrent pas.

Clare regarda la voiture s'éloigner le long de la route du Golf. Elle agita la main en signe d'adieu, mais David ne la vit pas.

— Entre, dit Angela.

— C'est assez compliqué à expliquer.

— J'ai toujours pensé que la plupart des choses étaient compliquées à expliquer. Prends ça et va te coucher, dit Angela en lui mettant dans les mains une tasse de thé.

Les gens semblaient en être avertis par un sixième sens. Ils sortaient de chez eux en trombe et couraient vers la mer.

Du haut de la falaise, ils virent les silhouettes descendre le sentier, celui de la maison du docteur, et s'agenouiller près de la forme étendue, bras en croix.

Lorsque le père O'Dwyer arriva, sa soutane flottant au vent, dans les petits groupes le murmure devint prière. Les habitants de Castlebay disaient le rosaire pour le repos de l'âme qui avait quitté ce corps gisant sur leur plage, face contre le sable.

David dormait depuis deux heures lorsqu'il entendit les cris. Il se redressa dans son lit, chercha instinctivement Clare. Mais non, elle n'était pas là ! En un éclair, il revit la scène : il la déposait chez Angela, puis il rentrait au pavillon et le fouillait de fond en comble pour retrouver les photos. Il savait qu'elle ne les avait pas emportées, car il avait regardé discrètement dans son sac.

Et ensuite, il était trop tard pour téléphoner à Caroline. Elle devait être couchée. Pourquoi la tirer du sommeil alors qu'il n'avait rien de réconfortant à lui apprendre ?

Il avait rêvé qu'on le poursuivait en brandissant de grandes enveloppes. Des gens en fureur...

Mais les cris qu'il entendait n'étaient pas dans son rêve. C'étaient les voix de Bumper Byrne, de Mogsy, puis celle de son père. Ils l'appelaient. Il distingua le mot « noyade ».

Comme un fou, il dégringola l'escalier. Après avoir fouillé vainement la maison, il s'était allongé tout habillé sur son lit. Sa chemise sortait à moitié de son pantalon.

Il attrapa Mogsy Byrne par le bras.

— Qui est-ce ? Qui est-ce, nom de Dieu ?

— Je ne sais pas... je ne sais pas... balbutia Mogsy, dérouté par l'air hagard de David Power, qu'il avait toujours connu calme et posé.

— Vas-tu me le dire ! rugit David, ou je t'écrase.

— Il est couché sur le ventre, parvint à articuler Mogsy. Je suis parti avant qu'on le retourne.

Il avait dit « Il ». C'était un homme. Merci, mon Dieu, merci.

David se ressaisit. Il enfila son pardessus et courut jusqu'au cabinet pour prendre sa trousse. Son père l'avait précédé.

— Je m'en occupe, papa. Fais le tour par l'escalier de la plage. Le sentier est trop raide.

— Tu n'étais pas né que je le descendais déjà pour examiner les noyés.

— Qui est-ce ?

— Ils ne savent pas. Ils pensent qu'il s'agit de Gerry Doyle.

Au même moment, David vit sur le bureau l'enveloppe de papier jaune sur laquelle était imprimé le nom de la firme *Doyle-Photographe d'art*. Il dut se retenir à un meuble pour ne pas tomber.

Son père était déjà ressorti. David glissa vivement l'enveloppe au fond d'un des tiroirs qui lui étaient réservés. Puis, les jambes tremblantes, il suivit le Dr Power.

En apercevant de loin le groupe qui entourait la victime, ils comprirent aussitôt qu'on n'aurait pas besoin de leurs services. Le seul qui pût encore quelque chose pour celui qui gisait sur le sable, les bras en croix, c'était le père O'Dwyer. Dans la pluie et le vent, sa silhouette noire se découpait devant la mer. D'instinct, David sut que c'était Gerry Doyle.

— Pauvre fou, dit le Dr Power. Il faut qu'il ait perdu l'esprit. Pourquoi a-t-il fait ça ? C'est un crime de porter atteinte à la vie que Dieu vous a donnée.

Ils retournèrent le corps. Le visage était horriblement lacéré. Par déférence pour son père, David resta en retrait et le laissa annoncer ce que tout le monde savait déjà. Gerry Doyle était mort.

— Où est Clare ? Est-ce que vous voulez venir prendre le petit déjeuner avec nous ?

— Elle n'est pas là, papa. Elle a passé la nuit chez Angela Dillon.

— *Comment ?*

— Papa, je t'en prie. Tu m'as demandé où elle était. Je te l'ai dit.

— Oui, oui, c'est entendu, tu me l'as dit. Alors veux-tu venir prendre ton petit déjeuner ? Ça te remonterait, après ce qui s'est passé.

— Non, merci. Je vais me faire du thé. Je n'ai pas envie d'autre chose.

— Et est-ce que ma petite-fille est également allée vivre chez les Dillon, ou bien est-ce que je ne dois pas parler de ça non plus ? demanda le Dr Power avec un sourire qui ne dissimulait pas son inquiétude.

— Ce n'était que pour une nuit, papa. Ça va s'arranger.

— Clare paraissait grippée hier soir. J'ai remarqué qu'elle tremblait. Mais c'était peut-être la nervosité. Je le dis pour t'informer, pas pour me mêler de ce qui ne me regarde pas.

— Elle ne t'a rien confié ?

— Elle était anxieuse. Elle a pris une tasse de thé avec nous, puis je l'ai raccompagnée. Tu n'étais pas là.

— Non.

Le Dr Power plissa les yeux.

— Regarde, c'est la camionnette de Gerry. Qu'est-ce qu'elle fabrique ici ? Que Dieu ait pitié de ce jeune insensé. Et dire qu'il était capable d'être si charmant.

À sa grande surprise, Clare constata qu'elle avait bien dormi, dans ce lit qui n'était pas le sien. Dans le lit jumeau voisin, Liffey terminait sa nuit.

Angela était entrée sans bruit, apportant une tasse de thé. Elle tira une chaise et s'assit au chevet de Clare. Allait-elle lui faire une leçon de morale à une heure aussi matinale ? Angela avait les traits tirés. Clare la remercia pour le thé et attendit.

— Bois-en une bonne gorgée.

Clare reposa sa tasse.

— Que se passe-t-il ?

— Il y a eu un accident. Gerry Doyle s'est noyé. On vient de remonter son corps de la plage.

Il y eut un silence, troublé seulement par les gazouillis de Liffey qui, encore ensommeillée, jouait avec son lapin de satin rouge, celui qui avait depuis longtemps perdu ses longues oreilles.

— Il est mort. Vraiment mort ?

— Oui, ça paraît tellement incroyable ! Il était si plein de vie.

Angela s'interrompit et fixa Clare. Elle restait là, assise dans le lit, les cheveux défaits, pâle, le regard fixe.

Ce n'était pas une réaction normale. Angela fut prise d'inquiétude. Clare était très liée avec Gerry Doyle, trop peut-être. Est-ce que ça pouvait expliquer cet état de choc ? Elle lui toucha la main.

Brusquement, Clare se jeta dans ses bras. Elle sanglotait et balbutiait, répétant encore et encore : « Il est mort, merci, mon Dieu, merci. »

On rendit un constat d'accident. Il fallait que ce soit précisé, sinon on n'aurait pu l'inhumer en terre consacrée. Et les choses étaient bien assez dures comme ça pour Fiona et sa mère.

Mais évidemment, tout le monde pensa que Gerry Doyle avait mis fin à ses jours. Il était criblé de dettes, à la veille d'être déclaré en faillite. Fiona Conway, enceinte et défaillant de douleur, confia qu'il lui avait annoncé son prochain départ de Castlebay, mais elle avait cru qu'il parlait d'un voyage en Angleterre.

Les formalités furent réglées le plus rapidement possible et le permis d'inhumer fut accordé.

Le père O'Dwyer annonça en chaire que les obsèques de Gerry Doyle seraient célébrées jeudi, après la messe de dix heures. Et il se moucha bruyamment, parce qu'il n'arrivait pas encore à accepter cette disparition.

David accomplissait sa tournée d'une façon mécanique. Partout où il allait, on ne parlait que de la tragédie.

Les parents d'une fillette de dix ans qui avait la jaunisse déclarèrent, entre deux questions au médecin, qu'ils avaient entendu dire que l'affaire de Gerry Doyle marchait très mal. Mais ce n'était certainement pas une raison suffisante pour se tuer. Surtout pour un garçon comme lui, gai et plein de vie. Il devait y avoir autre chose.

— Si tous les gens se noyaient quand leurs affaires

vont mal, la mer serait pleine de cadavres, non ? dit le père.

David approuva, l'air absent. La fillette avait le blanc des yeux jaune. Il lui expliqua qu'elle allait aussi avoir la peau un peu jaune, comme celle des Chinois.

— Est-ce que les Chinois sont vraiment jaunes ? demanda l'enfant.

— En y repensant, non, pas vraiment. Ceux que j'ai vus n'étaient pas jaunes du tout.

— Vous avez vu un vrai Chinois ?

— Oui, à Dublin. À l'université, il y avait des étudiants chinois.

David se demanda si Liffey poserait aussi ce genre de questions. Son cœur se serra en pensant à sa fille. Et à Clare.

La journée lui parut longue. En rentrant, il passa au cabinet, récupéra l'enveloppe et alla tout droit au pavillon. Il aperçut sa mère à la fenêtre, qui le guettait à travers les rideaux.

La cuisine était impeccable. Il regarda autour de lui dans l'espoir de trouver un message. Clare était passée dans la journée, c'était évident. Elle avait lavé la vaisselle du petit déjeuner et acheté des provisions. Dans la chambre, le lit était fait. Elle avait emporté une grande partie de ses vêtements et ceux de Liffey, et il manquait une grande valise. David vérifia si elle avait pris certains de ses livres. En un sens, ce serait rassurant. Cela signifierait qu'elle partait vraiment à Dublin.

Pourvu qu'elle soit partie pour Dublin. Mon Dieu, faites qu'elle ne soit pas là pour l'enterrement.

Il ferma la porte à clé et s'assit dans la cuisine. Il sortit les photos. C'était un jeu identique à celui qu'avait reçu Caroline, accompagné de la même liste de « destinataires ». Ces photos ne pouvaient que détruire leur vie. Et c'était précisément ce qu'avait voulu faire Gerry Doyle avant de détruire la sienne.

David ouvrit le fourneau et jeta les clichés dans le

feu. Gerry Doyle avait dû remettre lui-même le troisième jeu à Clare. Cela expliquerait la présence de sa camionnette près de leur maison. Prévenus par le Dr Power, les gendarmes étaient venus l'enlever. Ils avaient conclu qu'il l'avait laissée là pour descendre sur la plage. Mais David savait qu'il était venu au pavillon. Voilà pourquoi Clare était effrayée, pourquoi elle voulait qu'il rentre tout de suite. Gerry avait-il parlé à Clare ou s'était-il contenté de glisser les photos sous la porte ?

Tandis que les flammes consumaient le souvenir des moments passés avec Caroline, ces moments qui, croyait-il alors, n'avaient rien de répréhensible parce que personne ne serait lésé ni blessé, il chercha encore une fois à comprendre les raisons de cet acte. Pourquoi ? Pourquoi Gerry Doyle s'était-il donné tout ce mal ? Ce n'était pas pour faire du chantage, ni non plus par jalousie — Caroline avait été brutalement explicite là-dessus. Alors, que restait-il ?

Il ne restait que Clare.

Clare.

Il se souvint du jour où il les avait découverts en train de s'embrasser sur le banc face à la plage. Il se souvint de Clare sortant de la Bibliothèque nationale et voulant rentrer au foyer pour voir s'il y avait un message de Gerry. Il se souvint de Clare et de Gerry dansant au bal du Comité des fêtes, et de la façon dont ils se souriaient. C'était à Gerry qu'elle avait demandé de lui envoyer son livret de caisse d'épargne.

Les photos étaient détruites. Il fourragea dans le foyer, et leurs cendres se mêlèrent aux autres. Il referma la porte et regarda autour de lui. La pendule faisait entendre son tic-tac. En bas, la mer cognait contre les rochers. C'étaient les seuls bruits de la maison. Ceux que Clare O'Brien, si intelligente et si douée, entendait toute la journée, toute la soirée. C'était ça la vie qu'il lui avait offerte.

Gerry Doyle l'aimait. Il avait pris ces photos pour lui prouver que plus rien ne la retenait ici.

Était-il venu lui demander de partir avec lui ?

S'était-il tué parce qu'elle avait refusé de le suivre ?

La pendule continuait son tic-tac, et la mer, son éternel fracas. Du regard, David fit le tour de la pièce. Rien n'y signalait le séjour de Clare. Pas un tableau qu'elle aurait choisi. Pas un objet. Sur la tablette de la fenêtre, était resté le livre de cuisine. À l'intérieur, il trouva une feuille où Clare, de sa belle écriture nerveuse, avait noté ses préparatifs pour ce désastreux dîner. C'était la seule preuve qu'une femme ait jamais vécu ici...

David Power mit sa tête dans ses mains et pleura.

Sur *tout* ce qui s'était passé.

Une fois de plus, Angela et Dick avaient été formidables.

— Prends la voiture, avait dit Dick. Je n'en ai pas besoin pour le moment. Si tu veux aller chercher tes affaires...

Elle prit la voiture et retourna au pavillon. Molly et Nellie, chacune à sa fenêtre, guettaient ses faits et gestes, mais elle n'en avait cure.

Méthodiquement, elle nettoya et rangea le pavillon. Si Molly ou Nellie venaient s'occuper de David, elles verraient que Clare O'Brien savait tout de même tenir un intérieur. Puis elle s'assit, dans une cuisine plus propre qu'elle ne l'avait jamais été. Durant un quart d'heure, elle chercha quoi écrire à David. Il n'y avait rien à dire.

Lui non plus, après tout, n'avait pas laissé de message. Il avait passé la nuit ici et elle savait qu'on l'avait appelé quand on avait trouvé Gerry sur la plage. Peut-être n'avait-il pas eu le temps de rédiger un mot.

Gerry avait-il réellement envoyé ces photos à David ? Aurait-il pu les laisser dans la camionnette ?

Non, Angela lui avait dit que les gendarmes n'avaient rien trouvé dans le véhicule.

Et s'il les avait déposées au cabinet ? Et si le Dr Power était tombé dessus ? Son cœur bondit dans sa poitrine à l'idée qu'il aurait pu voir des preuves aussi indécentes de l'adultère de son mari avec une amie de la famille. Puis elle revint à la réalité et abandonna toute sentimentalité. Quelle importance ? Ce n'était pas elle qui figurait sur les photos. Elle était chez elle, avec son enfant, pendant que ces scènes se déroulaient. C'était elle qui méritait de la compassion.

Elle se leva, laissa les provisions en évidence, sortit, chargea la voiture et referma la porte derrière elle.

— Je ne vais pas rester éternellement ici, dit Clare à Angela.

— Tu n'es là que depuis deux jours, ne sois donc pas si dramatique. Et puis, tu nous tiens compagnie, non ?

— Pas vraiment. Je ne suis pas une invitée idéale.

Liffey voulut monter sur les genoux de Clare, puis demanda immédiatement à redescendre. Elle se livra au même manège avec Angela.

— Quel dommage que Gerry n'ait pas vu naître l'enfant de Fiona !

— Quoi ?

— Fiona va bientôt accoucher, tu le sais.

— Bien sûr, je pensais à... pourquoi dites-vous ça ?

— Il adorait les enfants. Il s'entendait bien avec eux. Il parlait souvent de Liffey. Tu le savais ?

— Non.

Angela décida de changer de sujet.

— J'ai vu Fiona en sortant de l'école. Elle allait au magasin pour ranger les photos et les papiers... Clare ? Qu'est-ce qu'il y a ?

— Oh, Seigneur ! J'avais complètement oublié. Est-ce que je peux prendre encore la voiture, Angela ? J'en ai pour cinq minutes.

— Bien sûr que tu peux, mais qu'est-ce...

Clare était déjà sortie. Elle s'assit au volant. Les clés restaient en permanence sur le tableau de bord. En haut, Dick se pencha à la fenêtre pour voir qui conduisait sa voiture en passant les vitesses avec une telle brutalité.

Fiona portait une robe grise avec un col blanc. On ne fabriquait certainement pas de robes de grossesse qui conviennent également pour le deuil, pensa Clare. Fiona triait des enveloppes jaunes marquées d'une date et d'un numéro d'ordre.

— Quelle tristesse, dit Clare.

Fiona continua son travail en expliquant :

— Ça aide d'être occupée. Les choses paraissent plus normales.

— Je comprends.

Il y eut un silence.

Clare avait agi impulsivement, en pensant brusquement aux négatifs. Il fallait les récupérer à tout prix. Mais comment s'y prendre ?

— Fiona ? commença-t-elle d'une voix hésitante.

La jeune femme tourna vers elle son visage à l'ovale parfait. Elle était très pâle et ses yeux étaient marqués de larges cernes.

Clare avala sa salive et continua :

— Tu as déjà connu cette sensation... celle d'être dans une situation désespérée... tu sais qu'il n'y a aucun moyen de t'en sortir, et soudain, quelqu'un te tend la main. Ça peut changer une vie.

Fiona la regarda, assez interloquée.

— Il a bien dû t'arriver d'avoir un problème, quelque chose de grave, peut-être Gerry t'a-t-il aidée sans t'interroger. Seulement aidée.

Fiona fixait toujours Clare, cherchant à déchiffrer sur son visage si elle connaissait sa première grossesse et la façon dont Gerry l'avait tirée d'affaire en l'expédiant en Angleterre.

— Oui, convint Fiona.

— Je sais d'ailleurs que Gerry a souvent aidé des gens dans l'embarras, et j'aimerais faire la même chose pour lui.

— Comment ça ? s'écria Fiona.

Clare parla très vite :

— Il y a des photos, quelque part ici, ou peut-être chez lui, qu'il ne destinait pas à d'autres yeux que les siens.

— Quel genre de photos ?

— Ce n'est pas notre affaire. Ce qui compte, c'est de faire ce qu'aurait voulu Gerry.

— C'est très important ?

— Oui.

— Mais Gerry s'en est peut-être occupé avant de... avant de se...

— Il ne s'est pas noyé volontairement, Fiona.

Fiona tourna les yeux comme pour s'assurer qu'elles étaient bien seules. Sans l'avouer ouvertement, tout le monde croyait à un suicide.

— Mais...

— Il n'aurait pas pu, Fiona, c'était tout à fait contraire à son caractère.

— Je sais, mais comment expliquer... ?

— Il devait être nerveux, remâcher ses ennuis, il est allé sur la plage, et il a fait de l'équilibre sur les rochers. Tu sais bien comme ça l'amusait.

Mieux valait que Fiona croie à un accident. Elle paraissait ébranlée. Ses yeux s'emplirent de larmes.

— Oui, dit-elle, sans mon frère... Oui, il m'a aidée.

Presque inconsciemment, elle caressa son ventre, comme si elle pensait à Stephen, cet enfant qui vivait aujourd'hui dans une autre famille.

Elle tendit une clé à Clare.

— Si elles sont quelque part, ce ne peut être que dans son bureau. Le petit classeur métallique, près de la fenêtre.

— Merci, Fiona.

Elle les trouva immédiatement. Le classeur ne contenait pratiquement rien d'autre excepté trois souvenirs de Clare : la carte postale représentant O'Connell Street, la lettre demandant à Gerry d'envoyer le livret, et le mot par lequel elle le remerciait de lui avoir rendu ce service.

En même temps que les négatifs, l'enveloppe contenait une note précisant que des épreuves avaient été expédiées à Caroline Nolan et David Power. Ainsi, ce mal-là était fait ! Elle mit l'enveloppe dans son porte-documents et resta un moment le front appuyé à la vitre.

Devait-elle dire à Fiona qu'elle avait trouvé les photos ou prétendre que le classeur était vide ? Qu'est-ce qui lui causerait le moins d'inquiétude ?

Elle n'eut pas à choisir. Fiona frappait à la porte.

— Je peux entrer ?

— Oui.

Clare regardait toujours par la fenêtre. Dans Church Street, les gens vaquaient à leurs occupations.

— Je suis contente que tu sois venue, dit Fiona.

— Pourquoi ?

— Parce que maintenant, je crois vraiment que c'était un accident. Si Gerry avait voulu mettre fin à ses jours, il n'aurait jamais laissé quelque chose qui puisse le compromettre... ni qui puisse te compromettre, *toi.* Il te vénérait, Clare. Je suis sûre que c'est un accident.

— Oui, très certainement.

Clare regardait toujours au-dehors.

— Alors il n'est pas en enfer. Je ne supportais pas cette idée. Je n'arrêtais pas d'y penser.

Gauchement, Clare prit Fiona dans ses bras. Pardessus l'épaule de la sœur de Gerry, elle continuait de regarder la rue, cette rue qu'il avait dû contempler tous les jours tandis qu'il restait assis dans ce ridicule bureau à la décoration surchargée et ruinait tranquillement l'affaire de son père.

David examinait une radio avec son père.

— Elle est bien vilaine, cette hanche. La pauvre femme doit souffrir énormément, dit le Dr Power.

— Elle ne se plaint pas, mais elle boite très bas.

— C'est terrible d'être impuissant à la soulager, et de savoir en plus que son mal ne pourra qu'empirer... David ? Qu'est-ce qu'il y a ?

David avait fait un bond, comme s'il avait reçu une décharge de chevrotines.

— Je viens de me rappeler quelque chose. Il faut que je parte. Je ne m'absente pas longtemps.

Les négatifs. Il y pensait seulement à l'instant. Ils étaient probablement au magasin, à moins que le petit fumier ne les ait expédiés, eux aussi. Aux parents de Clare, par exemple, ou au cabinet juridique où travaillait Caroline ! Les poings serrés, il partit à pied. L'après-midi touchait à sa fin, le soir tombait déjà. À grandes enjambées, David arriva dans Church Street.

Fiona était seule dans le magasin. Elle avait l'air très jeune. Trop jeune pour ce gros ventre qui déformait sa robe grise, au col blanc de pensionnaire.

— Oh, David, dit-elle, c'est gentil d'être venu.

Il avala sa salive.

— Je ne sais que dire. Mon père trouve toujours les mots qu'il faut, lui.

— L'important, c'est que vous soyez là. Vous êtes gentil.

— Je suis sûr que des tas de gens sont venus vous dire à quel point ils étaient peinés.

— Non. C'est un peu embarrassant, vous comprenez...

— Pourquoi ?

— Parce que beaucoup pensent qu'il... qu'il l'a fait volontairement.

Devant cette fille superbe et sereine, qui croyait que son petit monstre de frère avait été emporté par une vague, David sentait faiblir sa détermination.

— Eh bien, je suppose que nous ne saurons jamais... commença-t-il.

— Oh, mais si. Je sais qu'il n'aurait jamais pu se suicider. J'en suis sûre.

— Non, évidemment, dit-il d'un ton réconfortant.

— Absolument sûre.

Il n'y arriverait pas. Il ne pouvait pas lui avouer qu'il n'était pas venu par compassion, mais uniquement pour demander s'il pouvait fouiller dans les classeurs de son frère qui venait de mourir.

— Vous devriez être chez vous, en train de vous reposer, dit-il d'un ton professionnel.

Elle lui lança un regard reconnaissant.

— Non, je préfère m'occuper.

— Oui, je comprends.

C'était la dernière fois qu'il parlait normalement à Fiona. Elle classait méthodiquement des photos. Elle allait forcément tomber sur les négatifs ou sur un jeu d'épreuves. Elle pousserait un cri en les voyant, ou bien elle s'évanouirait. Elle serait tellement choquée, ou révoltée, par leur signification, qu'elle irait peut-être les porter à une personne dotée d'une autorité morale, comme le père O'Dwyer, et lui demanderait conseil.

Pouvait-il laisser une chose pareille se produire ?

— Fiona, je me demandais... commença-t-il.

Elle leva les yeux vers lui, et il remarqua les profonds cernes bleutés.

— Je me demandais...

Il n'y arriverait pas. Les mots ne voulaient pas sortir. Il fit demi-tour.

— Non, rien, dit-il.

— Clare a laissé son écharpe, tout à l'heure. Voulez-vous la lui rendre ?

— Clare est venue ici ?

— Oui. Il y a environ une heure.

— Bonté divine ! Pour quoi faire ? lâcha-t-il sans réfléchir.

Fiona le regarda d'un air songeur.
— Simplement pour me voir.
— Oui, bien sûr.
Il sortit, accablé.
Dans la rue, des gens lui parlèrent au passage mais il ne les entendit pas. Il remonta le col de son manteau et s'arrêta au carrefour. Devait-il aller la voir chez Dick et Angela ? Pour lui dire quoi ? « Je crois que tu as les photos. Je te présente mes excuses » ?
Non, il n'y avait rien à dire. Il reprit le chemin du pavillon.

Clare resta assise dans la voiture. À présent, il fallait faire disparaître les négatifs. Les brûler, évidemment. Mais comment ? Il était exclu qu'elle retourne au pavillon. Elle ne pouvait décemment pas débarquer chez ses parents : « Bonjour, papa, bonjour, maman, j'ai deux ou trois trucs à brûler dans votre fourneau, ça ne prendra pas longtemps. »
Chez Angela ou chez Josie, le problème n'était pas moins délicat. Elle songea qu'il devrait y avoir une sorte de bûcher public dans les villes, un endroit permettant aux gens de se débarrasser de ce qui les effrayait ou les déprimait.
Brusquement, elle se rappela que le Dr Power avait fait toute une histoire pour qu'on construise un incinérateur au camping-caravaning de la route de la Pointe. Comment les campeurs auraient-ils pu garder l'endroit propre si rien n'était prévu pour cela ? Et il avait finalement eu gain de cause.
Quelle ironie d'aller brûler ces photos à l'endroit où elles avaient été prises. Sur les lieux du crime, en quelque sorte. En cette saison, il n'y aurait pas de feu, mais rien ne l'empêchait d'en allumer un. Elle avait des allumettes et un bidon d'essence dans le coffre de la voiture de Dick. Oui, plus elle y pensait, plus l'idée lui plaisait.

David tenta une nouvelle fois de joindre Caroline au cabinet. La première fois qu'il avait appelé, une femme enchifrenée lui avait répondu qu'elle n'était pas là. Chez Caroline, ça ne répondait pas. Non, lui dit de nouveau l'employée, elle n'était pas là. Autant, juste après l'horrible affaire, il avait été soulagé de ne pas avoir à parler à Caroline, autant il tenait maintenant à mettre les choses au point avec elle. Il avait suffisamment réfléchi pendant ces deux longs jours.

— Savez-vous où je peux joindre Miss Nolan ? demanda-t-il à la femme qui n'était apparemment pas débarrassée de son rhume.

— À Dublin, dit-elle.

— Elle est partie en vacances ?

— Non, elle est partie pour de bon. Sans crier gare, précisa-t-elle avec un reniflement désapprobateur.

Cette femme ne semblait pas avoir une haute opinion des Dublinoises.

David ne savait pas s'il était triste ou soulagé. Soulagé, pensa-t-il enfin. Au moins, à Dublin, Caroline serait entourée. En ce moment, elle faisait peut-être la route dans sa mini. Il la revit, quand elle lui avait dit que Gerry Doyle n'avait pas pu agir par désir pour elle. « Comme s'il ne m'avait pas déjà eue, et quand il l'a voulu. » Gerry avait-il aussi possédé Caroline dans la caravane ? Dieu merci, David n'avait pas eu à contempler l'acte en photo. Son imagination suffisait largement.

Le vent balayait le terrain de camping. Il était difficile de comprendre pourquoi tant de gens venaient d'Irlande et d'Angleterre passer leurs vacances dans un endroit aussi exposé. On aurait dit une autre planète.

Clare reconnut immédiatement la caravane de Caroline. Elle avait écouté silencieusement David quand il la lui avait décrite. Elle n'avait pas voulu y penser, de même qu'elle avait refusé de penser à David et à Caroline en train de faire l'amour. Elle avait bloqué son esprit pour ne pas voir, ne pas savoir. Il avait fallu ces photos infâmes pour qu'elle admette enfin la réalité. Gerry Doyle était habile. Quelques jours de plus, et elle aurait peut-être commencé à voir en lui un consolateur possible. Pauvre fou de Gerry !

Elle sortit le bidon d'essence. De l'endroit où elle se tenait, elle voyait la caravane grise que Caroline Nolan avait louée six mois plus tôt. Celle où David venait quand il prétendait jouer au golf.

Elle s'en approcha. Elle regarda autour d'elle pour vérifier que personne ne la voyait, puis se hissa sur la pointe des pieds. On n'y voyait aucune trace de présence. Pas un bibelot, pas un coussin. Caroline était peut-être partie, écœurée ou honteuse...

Clare sortit la grande enveloppe, la posa sur la grille de l'incinérateur, arrosa un chiffon d'essence et regarda brûler les négatifs et ses propres lettres à Gerry Doyle.

Quand il ne resta plus que des cendres, elle aspira une grande bouffée d'air marin. Elle avait cru que le fait de brûler ces preuves la calmerait, mais elle se sentait encore nerveuse, survoltée. Les souvenirs tournoyaient dans sa tête. La solitude. Les mensonges de David. La caravane.

Sans s'en rendre compte, elle s'approcha de la forme grise, les allumettes et le bidon d'essence à la main. Elle resta immobile un long moment.

— Oui, dit-elle enfin à haute voix. Oui, je vais le faire !

La porte n'était pas verrouillée. Clare monta dans la caravane, inonda le lit d'essence. Elle enflamma un autre chiffon, le jeta sur le lit, et s'enfuit à toutes jambes. Lorsqu'elle atteignit la voiture, les flammes commençaient à jaillir des petites fenêtres.

Surexcitée, elle rentra en ville et se gara près de

chez ses parents. Elle vit l'éclat de l'incendie au loin, et se sentit bien pour la première fois depuis longtemps.

Sa mère l'accueillit comme elle le faisait si souvent, par une question.

— Depuis quand conduis-tu la voiture de Dick ?

— Maman, je dois dire que pour souhaiter la bienvenue, tu es imbattable.

— Je n'ai jamais pu te comprendre, Clare, jamais.

— Tu ne t'en tires pas trop mal, maman. Est-ce que je peux avoir une tasse de thé ?

— Fais-la toi-même alors. Il y des gens qui travaillent ici.

— Tu es fâchée, ou quoi ?

— Je ne sais pas ce que tu fabriques, c'est tout.

La bouche d'Agnes avait un pli dur.

— Je n'en sais rien moi-même, maman. Je vais peut-être aller à Dublin, avec Liffey, repasser mon examen.

— Tu ne vas pas emmener cette enfant là-bas, loin de chez elle ?

— Pas pour toujours, juste pour lui donner le goût de la vie en ville. Ça m'a plutôt bien réussi, non ?

Les yeux de Clare étaient brillants. Trop brillants.

Assise sur le comptoir, elle buvait son thé à petites gorgées quand les cris retentirent. Il y avait le feu au terrain de camping.

— Et alors ? Il n'y a pas de quoi s'affoler, non ? dit Clare. En hiver, personne n'y habite.

On vint chercher David, mais il était incapable de bouger.

— Demandez à mon père, dit-il à Brian Dillon qui avait donné l'alarme. Emmenez-le avec vous en voiture.

David n'arrivait plus à coordonner ses mouvements. Il lui fallut presque cinq minutes pour décrocher le téléphone. Et la poste mit des heures à lui passer Dublin.

Ce fut James qui répondit.

— Nous pensions ne plus jamais entendre ta voix, s'écria-t-il, comme si David était un explorateur qui venait juste de retourner à la civilisation.

— Arrête, James, dit David d'un ton sec.

— Comment ?

— Est-ce que Caroline est là ? Vite !

— Vite ou pas, je ne peux rien te dire. Elle habite dans ton coin, non ?

— James, je t'en prie.

— Vous avez eu une querelle d'amoureux ou quoi ?

— J'ai dit : je t'en prie.

— Très bien, puisque tu m'en pries si gentiment, laisse-moi t'annoncer qu'elle est là, mais que je ne suis pas censé te le dire.

— Tu en es sûr, tu l'as vue ?

— Je ne sais pas où elle se trouve à cette minute, mais je lui ai parlé ce matin au petit déjeuner et elle m'a appelé tout à l'heure de la Bibliothèque pour organiser la soirée. Mais, chut. Secret d'État.

Il n'avait pas prononcé la dernière syllabe que David raccrochait.

L'incendie de la caravane était une énigme. Des gamins, sans doute, qui avaient joué avec de l'essence. Le véhicule semblait en avoir été aspergé. Pauvre Miss Nolan. Les gendarmes l'avaient appelée au chef-lieu mais ne l'avaient pas trouvée. Dieu merci, personne n'avait été blessé.

Clare passa au garage où travaillait son frère pour faire le plein de la voiture et remplir le bidon d'essence. Puis elle retourna chez Angela.

— Tu avais dit cinq minutes, je commençais à m'inquiéter.

— Arrêtez de parler comme ma mère.

— Ça va ? Tu es toute rouge.

— Ça va mieux, maintenant. J'ai fait ce que je devais faire.

Mrs. Corrigan, la voisine d'en face, vint annoncer l'incendie de la caravane.

— Il n'y a pas de blessés ? demanda Angela.

— Qui aurait pu se trouver là en plein hiver ? dit Clare, l'œil toujours trop brillant.

— Il arrive qu'il y ait des gens, fit Angela prudemment.

— Alors, c'est qu'ils y font quelque chose de louche.

Angela eut un air si affolé que Clare s'empressa de la rassurer.

— Ne vous inquiétez pas, Angela. J'ai vérifié, il n'y avait personne. Et toi, ma fille, dit-elle à Liffey en la prenant dans ses bras, d'ici quarante-huit heures nous serons parties chercher fortune en terre inconnue. Enfin, nous nous contenterons du diplôme de maman pour commencer.

— Tu peux compter sur mon silence, fit Angela.

— Vous, Angela, vous pouvez tout savoir. Le bien et le mal.

— En fin de compte, c'était assez *pittoresque,* dit Angela en souriant.

— N'est-ce pas ?

Clare était redevenue elle-même.

Le soir, Agnes O'Brien demanda à son mari :

— Tu savais que Clare était chez Angela et Dick ?

— Qu'est-ce que ça a de drôle, elle y est tout le temps fourrée depuis l'âge de dix ans.

— Non, elle vit *vraiment* là-bas, depuis trois jours.

— C'est ridicule, Agnes. Elle a une maison à elle, non ?

— Oui. Alors, je lui ai demandé ce qui se passait.

— Qu'est-ce qu'elle a dit ?

— Impossible d'avoir une réponse directe avec Clare. Elle m'a raconté qu'elle allait à Dublin pour son examen ou une bêtise de ce genre.

— Ne t'en mêle donc pas. Fais comme si tu ne savais rien.

Agnes pensa que, pour une fois, Tom avait raison. Il y a tant de choses qu'il vaut mieux ignorer !

La famille de Nellie Burke lui demanda s'il était vrai que David et Clare vivaient chacun de leur côté. Loyale, Nellie répliqua qu'elle n'était pas au courant. Ses belles-sœurs, qui étaient de fameuses commères, furent déçues. Elles durent se contenter de dire qu'un mariage de cette sorte ne pouvait pas marcher. Elles le savaient depuis le début. La petite avait été idiote de croire qu'un peu d'éducation faisait d'elle l'égale du fils du médecin.

— David t'a dit que Caroline Nolan était partie à Dublin ? demanda le Dr Power à sa femme.

— Je ne te crois pas.

— C'est pourtant ce qu'affirme Mr. Kenny. C'est lui qui lui avait trouvé cet emploi, et il en est tout bouleversé. Elle leur a déclaré que la vie à la campagne ne lui convenait pas, elle a passé la nuit à finir le travail en instance et elle a tourné les talons.

— Il faut que j'appelle Sheila.

— Je ne te le conseille pas, Molly. Laisse la situation se calmer un peu.

— Pourquoi dis-tu ça ? demanda-t-elle, inquiète.

— Nous ne savons pas la moitié de ce qui se passe, nous risquons d'aggraver les choses.

— Comment pourrions-nous aggraver les choses ? Nous sommes leurs amis, nous n'avons rien fait pour contrarier Caroline et la pousser à partir.

— Non, Molly. Ni toi ni moi n'avons rien fait, déclara-t-il d'un ton égal.

Elle comprit qu'il n'en dirait pas plus.

— Il y aura tellement de monde que mon absence ne se remarquera pas. Je n'irai pas, décréta Clare.

On entendait le glas sonner par cette froide et pluvieuse matinée.

— Ça fera de la peine aux vivants, insista Angela. Fiona, sa mère...

— Je ne peux pas rester là à prier pour le repos de son âme. C'est absurde. Vous ne pouvez pas comprendre, vous ne savez pas...

— Clare, arrête immédiatement ! Je ne sais pas, effectivement, parce que tu ne m'as rien dit, et tu ne vas pas te mettre à parler maintenant. On nous attend à l'église dans dix minutes. Mrs. Corrigan gardera Liffey.

— Non, Liffey a besoin de moi.

— Clare, cesse de faire l'enfant et viens ! Tout de suite.

— Tu m'accompagnes à l'église, David ? J'y vais à pied.

— Papa, j'étais en train de penser que je ferais mieux de rester ici, au cas où il y aurait une urgence.

— On saura où nous trouver.

— Je sais, mais...

— Si tu ne viens pas, on va jaser.

— C'est ridicule, l'église sera pleine. Et il y a un tas de choses que je ne peux pas expliquer...

— Dans ce cas-là, n'en parle pas. Viens avec moi à l'église, David. C'est un geste minime. Il deviendra énorme si tu ne l'accomplis pas.

— Tu crois que...

— Oui, je crois, le glas sonne déjà. Ta mère est partie devant avec la voiture.

Le cercueil, exposé devant la clôture du chœur, était couvert d'avis de messes. Il n'y avait que deux couronnes. Une de Mrs. Doyle, une de Fiona et Frank Conway. Personne d'autre n'avait songé à en envoyer. Gerry Doyle n'était pas un homme qu'on associait aux couronnes mortuaires.

L'église semblait toujours plus froide durant les enterrements. Au premier rang, Mrs. Doyle était agenouillée, les mains jointes, le regard vide, abrutie par les médicaments qu'elle avalait pour calmer ses nerfs. Près d'elle se tenait Fiona, plus pâle que jamais, en manteau noir et mantille.

David et son père arrivèrent en même temps qu'Angela, Dick et Clare. Ils échangèrent des paroles de circonstance. David et Clare laissèrent les autres passer devant.

— C'est toi qui as incendié la caravane ? demanda-t-il.

— Oui. Et brûlé les photos et les négatifs.

— Ça n'a plus d'importance, je pense, finit-il par dire.

— Non.

Ils entrèrent côte à côte dans l'église. Angela et le Dr Power s'assirent délibérément côte à côte. David et Clare remontèrent l'allée pour les rejoindre. Castlebay ne verrait donc pas le jeune docteur et sa femme afficher leur désunion en plein milieu d'un enterrement. Ils exécutèrent une génuflexion puis prirent place sur le banc. L'un près de l'autre.

Jamais messe n'avait été plus longue.

Clare se levait, s'agenouillait, se rasseyait à côté de David. Elle regarda les mains jointes de son mari, remarqua qu'il avait besoin d'une coupe de cheveux, nota que ses chaussures étaient cirées.

Et chaque fois qu'elle levait les yeux, elle voyait le cercueil.

Si elle pouvait recommencer, d'où partirait-elle ? Avant sa grossesse ? Non, parce que Liffey n'aurait pas été là et sa fille était la seule chose positive de toute cette histoire. Juste après sa naissance, peut-être ? Elle avait du mal à se rappeler la période consécutive à la venue du bébé. Elle avait dû être une piètre compagne. Aussi droguée et hagarde que l'était à présent la pauvre mère de Gerry Doyle.

Juste au moment où elle avait posé pour la première fois les yeux sur Liffey, peut-être...

David aurait voulu être placé ailleurs, mais c'était impossible. Clare était agenouillée, la tête dans ses mains. Il remarqua la maigreur de ses poignets. La montre qu'il lui avait offerte pendait comme un bracelet.

Il éprouva une grande lassitude. Il était trop fatigué pour lui faire des promesses, pour la supplier de revenir au pavillon, pour lui dire que tout irait bien. Tout n'irait peut-être pas bien du tout. Il ne lui avait jamais menti délibérément. Uniquement par omission. S'il n'y avait pas eu ces photos, ils auraient peut-être conservé une chance.

S'ils avaient seulement pu revenir en arrière, avant les photos...

Le père O'Dwyer fit le tour du cercueil en balançant l'encensoir. La suave odeur emplit l'église. Puis quatre hommes soulevèrent ce qui avait été Gerry Doyle et sortirent de l'église, suivis par les fidèles, autrement dit, par tout Castlebay.

Courbant la tête sous le vent, ils gravirent les quelques centaines de mètres qui séparaient l'église du cimetière, situé tout au haut de la colline. La fosse béait.

Les visiteurs disaient souvent du petit cimetière que c'était un bel endroit pour y dormir de son dernier sommeil : entouré d'un muret de pierre, semé de croix celtiques, ponctué par une chapelle en ruine recouverte de lierre. Comme il était situé en hauteur, on pouvait voir la plage, l'écume blanche des vagues, le sable et les récifs.

La mère et la sœur de Gerry Doyle ne voulaient surtout pas regarder la mer. Pour Mary Doyle, toute cette cérémonie tenait du cauchemar. Gerry n'était pas là, mais il ne tarderait sûrement pas à arriver. Fiona pleurait, et ses larmes se mélangeaient à la pluie et au sel porté par le vent. Mais son chagrin n'était pas amer. Elle avait à présent la certitude que son frère ne s'était pas suicidé.

Le père O'Dwyer disait la prière des morts. L'âme de Gerry reposerait en paix.

Angela regardait Dick, l'émotion lui donnait toujours un air bougon. La veille, en se couchant, il lui avait dit qu'il trouvait que Castlebay était aujourd'hui en proie à la violence, à une sorte de passion destructrice.

— Ça va s'arrêter, maintenant que Gerry Doyle est mort, avait déclaré Angela.

— Non, on dirait plutôt que ça commence. Pourquoi un garçon comme lui a-t-il fait une chose pareille ? Et cette caravane qui a brûlé ? Remarque, il n'y a peut-être aucun rapport.

Mais si, bien sûr. Un jour, Angela saurait le fin mot de toute l'histoire.

Le père O'Dwyer savait enterrer ses paroissiens. Il le faisait depuis si longtemps. Il regarda autour de lui les visages battus par le vent au goût de sel. Il ne retiendrait pas trop longtemps son monde — juste assez pour honorer la mémoire du défunt.

— Vous connaissiez tous Gerry Doyle... en ce jour, nous sommes réunis autour de sa tombe, et tandis que nous prions pour que son âme monte au ciel, nous nous rappellerons combien il aimait la vie, et combien il était inséparable de Castlebay...

« Puisqu'il est vrai que ce jeune homme personnifiait la jeunesse et l'énergie, sa mort soudaine nous enseigne une fois de plus la fragilité de notre existence. Tandis que nous prions ce matin, souvenons-nous que les jours de l'homme sont comptés. L'année prochaine, dans dix ans, beaucoup d'entre nous auront peut-être été rendus à leur Créateur. Pas seulement les vieux, ceux qui sont prêts à partir, mais aussi les jeunes, ceux qui affrontent sans préparation le royaume des cieux, ceux qui avaient encore tant à dire à leur famille, à leurs amis.

« Gerry Doyle aurait peut-être souhaité vivre un jour de plus pour dire certaines choses, en arranger d'autres et rassurer ceux qu'il aimait. Mais le Seigneur ne nous fait pas savoir le temps ni l'heure. Il nous appelle, simplement. Tous ici, nous avons de Gerry des souvenirs heureux. Gardons-les dans notre cœur et prions pour que son âme soit au ciel aujourd'hui comme au dernier jour. »

L'assistance récita trois « Je vous salue, Marie » puis Fiona s'avança pour jeter la première pelletée de terre. Elle se pencha au-dessus de la tombe ouverte.

— Merci, Gerry, prononça-t-elle.

Il n'était pas coutumier de parler à un mort. Et encore moins de lui dire des paroles aussi inattendues.

Un peu gênés, les gens se succédèrent pour recouvrir le cercueil de terre. Le pire moment des enterrements. Ils se rapprochaient les uns des autres, comme pour rechercher la chaleur rassurante du groupe.

Clare et David s'avancèrent ensemble. Parce qu'on les poussait, mais aussi parce qu'ils le désiraient.

Avant de prendre la pelle, David s'arrêta et regarda Clare droit dans les yeux. Elle ne se détourna pas.

Il plongea la petite pelle dans le tas d'argile près de la tombe et entendit la terre tomber sur le cercueil de Gerry. Il recula vers Clare, qui lui tendait sa main gantée.

Main dans la main, ils regardèrent les fossoyeurs achever le travail que les gens de Castlebay avaient commencé. Dans un an, Gerry Doyle aurait une pierre tombale où serait gravé : « 1935-1962 ». Et les visiteurs hocheraient la tête en disant qu'il était mort bien jeune.

La foule redescendit la colline. Certains allèrent au bar de Craig, d'autres se dirigèrent vers l'hôtel Dillon. D'autres encore retournèrent à leur boutique, fermée en l'honneur de Gerry Doyle.

Il y avait longtemps de cela, à Dublin, quand la vie était simple, David avait l'habitude de prendre la petite main et de l'enfouir au chaud dans la poche de son pardessus. Il se demanda s'il aurait le courage aujourd'hui d'oser ce geste. Doucement, il attira la main de Clare vers sa hanche, et elle l'enfouit d'elle-même dans la poche béante.

Ils descendirent la route sinueuse où roulaient toujours des pierres. La route qui menait à Castlebay.